Visión binocular

Edith Pearlman

Visión binocular

Relatos nuevos y escogidos

Prólogo de Ann Patchett

Traducción de Amado Diéguez Rodríguez

EDITORIAL ANAGRAMA

BARCELONA

Título de la edición original:
Binocular Vision. New and Selected Stories
Lookout Books
Wilmington, 2011

Ilustración: foto © The Advertising Archives / Bridgeman Images.
Colección particular

Primera edición: enero 2018

Diseño de la colección: Julio Vivas y Estudio A

© De la traducción, Amado Diéguez Rodríguez, 2018

© Edith Pearlman, 2011

© EDITORIAL ANAGRAMA, S. A., 2018
Pedró de la Creu, 58
08034 Barcelona

ISBN: 978-84-339-7995-7
Depósito Legal: B. 28847-2017

Printed in Spain

Liberdúplex, S. L. U., ctra. BV 2249, km 7,4 - Polígono Torrentfondo
08791 Sant Llorenç d'Hortons

PRÓLOGO

A la larga lista de grandes misterios de la humanidad, que incluye la construcción de las pirámides y el cargante poliestireno con el que últimamente lo empaquetan todo, permítanme que añada el siguiente: ¿por qué Edith Pearlman no se ha hecho famosa todavía? Claro que, como su obra no tiene el reconocimiento que tan obviamente se merece, todos los que la queremos podemos permitirnos la arrogante presunción de decirnos que nosotros sí estamos en el ajo. En presencia de ciertos lectores basta con las palabras «Edith Pearlman» para que automáticamente te tomen por una iniciada, por alguien capaz de reconocer y apreciar la belleza. Dicho esto, no tengo la menor duda de que *Visión binocular* debería ser el libro que acabe de una vez por todas con el anonimato de Edith Pearlman y la ponga en el lugar que merece entre las joyas de nuestras letras. Porque sus relatos están a la altura de dos cimas de la literatura como John Updike y Alice Munro.

Descubrí a Edith Pearlman en 2006. Me habían invitado a colaborar en la edición de *Best American Short Stories* [Los mejores relatos cortos de la literatura norteamericana] y dio la casualidad de que dos de mis cuentos favoritos del centenar largo entre los que tuve que elegir –«El puente de Junius» e «Independencia»– pertenecían a la misma autora; alguien de quien,

7

por otra parte, yo jamás había oído hablar. ¿Cómo era posible? Katrina Kenison, la editora de aquel volumen, me confesó que toparse año tras año con los relatos de Edith Pearlman era una de las mayores satisfacciones que le deparaba aquel trabajo. Tras pensármelo un tiempo ridículamente breve, decidí incluir «Independencia» en la antología; y no incluí también «El puente de Junius» por la sencilla razón de que, por norma, no se podían publicar dos cuentos de un mismo autor. De ahí pasé directamente al fondo de armario de Edith Pearlman: *How to Fall* [Cómo caer], *Love Among the Greats* [Amor entre los grandes] y *Vaquita*. Mi amor trascendente por Edith quedó sellado de una vez para siempre.

Pero también el amor eterno es susceptible de crecer. Para la presentación de *Best American Short Stories 2006*, la editorial organizó una fiesta en Cambridge, Massachusetts, y contrataron a tres actores para que leyeran tres relatos. Yo me iba a ocupar únicamente de las presentaciones, pero dos días antes de la fiesta, uno de los tres actores nos comunicó que no podría asistir y me encargaron a mí la lectura de «Independencia».

Aunque había leído en público otras veces, existe una gran diferencia entre leer unos párrafos de tu propia obra y leer a otro autor, y estaba la dificultad añadida de tener que hacerlo junto a dos actores profesionales. Pero no me quedaba otra, así que me encerré en la habitación del hotel, me senté cómodamente en el centro de la cama y empecé a ensayar. «Independencia» no es un cuento largo y debí de leerlo fácilmente unas veinte veces antes de tenerlo dominado. Una cosa les puedo asegurar: existen pocas obras que resistan veinte lecturas en voz alta y muchísimas menos que mejoren con cada una de esas lecturas. Pero cuanto más sometía a ese relato a la prueba de la repetición, más se iluminaba. Yo me sentía igual que un aprendiz de relojero desmontando un Vacheron Constantin. Sabía que el cuento era muy bueno ya desde la primera lectura, pero cuando lo hube leído veinte veces me di cuenta de que es inmaculado, de que no tiene un solo defecto. Cada una de las palabras de cada una de las frases es indispensable, cada observación, sutil y compleja. Es su ritmo, tanto como su trama, lo que impulsa la lectura. Y aquella tarde en el hotel, cada vez que creía conocer todos los matices, el relato me revelaba uno nuevo en el que no había reparado, algún detalle que había aguardado tranquilamente y sin queja a que yo lo descubriera. Con esto no quiero decir que sea necesario leer los relatos de este volumen varias veces para comprenderlos plenamente, sino que su riqueza es tal, y tienen tanta profundidad de espíritu, que el lector siempre podrá llegar donde esté dispuesto a llegar.

Sin la menor traza de vanidad les digo que aquella noche triunfé, la sala se vino abajo. La propia Edith Pearlman se encontraba entre los asistentes, así que me sentí como aquel actor que interpretaba al tío Vania una noche que Chéjov fue a la función. Abordé la lectura y me puse como meta no interrumpirla en ningún momento, pero con frecuencia me daban ganas de detenerme y decir: «¿Han oído ustedes eso? ¿Se dan cuenta de lo bueno que es?»

Un año después, la biblioteca pública de Nashville, mi biblioteca, solicitó mi colaboración en «Una hora para lectores adultos» (personas que se reúnen a la hora del almuerzo y escuchan la lectura de obras de ficción) y tuve la oportunidad de volver a leer «Independencia». ¡Qué gran día! Los asistentes, en número muy considerable, casi se vuelven locos. Se preguntaban, y me preguntaban, cómo era posible que no hubieran oído hablar de Edith Pearlman. Yo les dije que comprendía su perplejidad, y como la lectura me había llevado menos de media hora, les sugerí que dedicásemos el resto de la hora a comentar el relato que acababan de oír.

–¡No, no, no! –dijo alguien–. Mejor léenos otro relato.

–¡Sí, otro relato, por favor! –clamaron todos.

Cogí un libro de Edith Pearlman (al fin y al cabo nos encontrábamos en una biblioteca) y empecé a leer. Y aunque no había podido preparar nada, la brillantez de la prosa me llevó en volandas hasta la conclusión. Fue la segunda mejor lectura que he hecho en mi vida.

Cuando me pidieron este prólogo –ante la invitación di saltos de alegría–, me apresté a leer el original lápiz en mano. Me pareció buena idea subrayar las mejores frases, para poder citarlas luego a conveniencia. Pronto pude comprobar que la idea era ridícula, porque iba leyendo e iba subrayando todas y cada una de las frases. De acuerdo, me dije, limítate entonces a señalar tus relatos preferidos, para luego citarlos. Cuando terminé la lectura, resultó que los había señalado todos. Todos y cada uno de los relatos sin dejarme uno solo.

Tienes entre manos, lector, una joya, un libro que podrías llevarte a una isla desierta sabiendo que, cada vez que llegases a la última página, podrías volver a empezar. Este libro no es una antología de accidentes, de yonquis, de personajes en circunstancias desesperadas. Es mucho más fácil escribir desde la desesperación que desde la confianza, o desde la independencia. Los relatos de este volumen constituyen un ejercicio de imaginación y compasión, un viaje alrededor del mundo, un ejemplo de lo que puede ocurrir cuando el talento se conjuga con la disciplina y una inteligencia brillante. Este libro nos permite observar a una artista en la cúspide de sus facultades creativas. Espero, lector, que cuando lo termines salgas a la calle y difundas la buena nueva. El secreto de Edith Pearlman ha durado ya demasiado tiempo.

ANN PATCHETT
Nashville, julio de 2010

Relatos escogidos

DIRECCIÓN CENTRO

En el metro, Sophie recitó la lista de estaciones como si fuera un poema. Luego leyó los nombres de abajo arriba. Decir las cosas al revés le ayudaba a recordarlas, a que se le quedaran grabadas. La familia se bajó en la estación de Harvard Square, y Sophie frunció el ceño al ver una de las señales del andén.

–¿«Otras direcciones»? –preguntó a su madre.

Joanna acababa de agacharse para ajustar el arnés de la sillita de Lily. Así que respondió Ken.

–En este caso, «Otras direcciones» quiere decir que los trenes que paran en este andén van hacia las afueras –dijo–. Las vías discurren en ambos sentidos, y son de extensión equivalente. –Se interrumpió. ¿De extensión equivalente? Sophie había aprendido a leer a los tres años; a los siete su vocabulario era prodigioso; aun así...–. Miden prácticamente lo mismo –aclaró–. Por una vía circulan los trenes que van hacia las afueras y por la otra los que van...

–Dirección centro –dijo Sophie, terminando la frase–. Entonces cuando volvamos al hotel iremos en dirección centro. Pero ¿dónde están las vías que van al centro? ¿Por qué no están ahí, al lado de esas? Ayer, en el acuario...

Ken dio un profundo suspiro; por un momento Sophie se arrepintió de haber preguntado.

–Hace años Harvard Square era la estación término –explicó Ken–, la última estación de la línea. Al ampliar la red de metro, los ingenieros se encontraron con las cloacas y tuvieron que separar las vías, en vertical. –Era una explicación improvisada, o quizá la había oído en alguna parte–. Las vías de los trenes que se dirigen al centro pasan por debajo de estas. –De eso sí estaba seguro.

La familia bajó una suave rampa y llegó al vestíbulo. Sophie iba delante. Su melena rubia y lisa tapaba la mitad del bulto multicolor de su mochila, regalo de cumpleaños de sus padres. En sus primeros años de matrimonio, Ken y Joanna cargaban con grandes mochilas de montaña cuando viajaban a lugares remotos o poco conocidos. Después de nacer Sophie ya solo viajaban a Francia, y siempre con la niña. Esta aventura, que les había obligado a cruzar, desde las llanuras del norte, la mitad del país, era su primer viaje desde el nacimiento de Lily hacía dos años. «Un viaje es como un bucle», le había explicado Joanna a Sophie en pocas palabras. «Empieza en casa y termina en casa.»

Ken, empujando la pesada sillita y a su callada pasajera, acomodó su paso al de Sophie. Joanna les iba pisando los talones. A su espalda se mecían la bolsa de los pañales y un bolso marrón lleno de rozaduras.

Sophie se paró en mitad del vestíbulo.

–Las escaleras están a la izquierda –dijo Ken.

Sophie siguió andando. Sus padres fueron detrás, como osos amables. Otras personas que también salían del metro empujaban los torniquetes sin dificultad, pero la sillita era demasiado grande, así que Ken y Joanna y Sophie y Lily tuvieron que salir por otro sitio: la puerta junto a la tienda de baratijas. Las escaleras que subían a la calle eran lo bastante anchas y no hacía falta subir en fila india. Ken y Joanna agarraron la sillita por los lados. Los cuatro, guiñando los ojos, alcanzaron la blanca luz de Harvard Square al mismo tiempo. Lily, sorprendida y algo asustada, miró con una sonrisa a los vendedores ambulantes. Le parecieron divertidos y gorjeó, como solía.

—Mamá —le dijo a Ken.

—Papá, cariño —corrigió él.

—Papá.

—Sophie, Sophie, Sophie —dijo Sophie, bailando delante de la sillita.

—Mamá —dijo Lily.

Aún no sabía pronunciar el nombre de su hermana, pero a veces, en el salón, cuando Sophie la ayudaba a recoger los juguetes, desviaba sus peculiares ojos del suelo y por un instante miraba a su hermana mayor con interés.

Lily tenía síndrome de Down. A los dos años era menuda, rubia y muy tranquila, aunque Ken y Joanna eran conscientes —muy pocas cosas les quedaban por saber a esas alturas del síndrome de Down— de que aquella enfermedad no era garantía alguna de tranquilidad. Lily había empezado a gatear hacía poco y eso favorecía su tono muscular; el médico estaba satisfecho. En la sillita acolchada era capaz de sentarse más o menos erguida.

«Lily clarifica la vida», había oído Sophie decir a su padre mientras hablaba con un amigo. Pero ella no estaba de acuerdo. Clarificar era ponerse las gafas, clarificar era separar la espuma de la mantequilla —su madre le había enseñado cómo se hacía— y dejar un fino líquido amarillo que no servía ni para juntar galletas. Lily no clarificaba nada; ablandaba las cosas y las dejaba pegajosas. Antes de nacer Lily, Sophie, su madre y su padre eran tres personas separadas. Ahora los cuatro estaban pegados como gominolas olvidadas en un alféizar.

Desde que nació Lily y hasta ese mismo día al atravesar las puertas de la universidad, tan parecidas a las de la facultad donde daban clase sus padres solo que más rojas, viejas y pesadas, tras dejar atrás el bullicio de Harvard Square y el temblor del suelo al paso de otro metro en dirección centro o en otras direcciones, y escoger un solo camino de varios en una explanada rodeada de edificios..., hasta ese mismo día, en aquel campus donde apenas había nadie, se movían los cuatro como si fueran uno solo.

–Massachusetts Hall –dijo Ken señalando con el dedo–, el edificio más antiguo de la universidad. Y esa de allí es la estatua de John Harvard. Y la residencia, que tiene habitaciones nuevas, la han reformado desde nuestra época. ¿Te gustaría vivir aquí algún día, Sophie?

–No sé.

Agrupados en torno a la sillita, llegaron a otro patio. Había una iglesia en uno de los lados, y justo enfrente una escalinata de piedra ancha como tres casas. Subía hasta una columnata.

–Esa es la quinta mayor biblioteca del mundo –dijo su padre.

–¿Y cuál es... la sexta?

Ken sonrió.

–La Bibliothèque Nationale de París. Tú has estado.

¿París? Sophie recordaba las vidrieras. Tuvieron que subir a la segunda planta por una escalera de caracol muy estrecha. Su madre, a la que le quedaba muy poco para dar a luz, respiraba con dificultad. Una intensa luz entraba por las vidrieras y les bañaba de azul a los cuatro: a su padre, alto y delgado, a su abultada madre, a su invisible hermana y a ella. Se acordaba del metro también, igual de apestoso que el campamento de verano.

–La Bibliothèque –repitió su padre–. ¿Te acuerdas?

–No.

–Ken –dijo Joanna.

Se encaminaron hacia la quinta mayor biblioteca. Joanna y Ken cogieron la sillita para subir la escalinata. Sophie, en un ataque de impaciencia, subió corriendo hasta arriba, volvió a bajar y subió otra vez. Se escondió detrás de una columna. Sus padres no se dieron cuenta. En la entrada, les dio la bienvenida.

Dentro había un hombre mayor sentado detrás de una mesa. Se encargaba de revisar las mochilas. La familia cruzó un vestíbulo de mármol y subió por unas escaleras de mármol que terminaban en una enorme sala repleta de ordenadores. Finalmente, Lily empezó a lloriquear. Empujaron la sillita hasta la zona de los catálogos por fichas. Joanna cogió en brazos a Lily. –Vamos a entrar en una sala de lectura muy grande –canturreó a una oreja sin lóbulo–. Ven, vamos a mirar por la ventana.

Sophie las vio alejarse. Su madre, con el abrigo negro de siempre, le pareció estrecha.

–¿Dónde están los libros? –le preguntó a su padre.

–Mi pequeña lectora –dijo Ken, y la cogió de la mano. A la cueva de los libros se entraba por una simple puerta. Un chico vulgar y pecoso parecido al primo de Sophie, el primo del instituto, vigilaba sin prestar mucha atención. Ken buscó en los bolsillos la tarjeta de admisión. Al final la encontró.

–Los niños... –dijo el chico.

–Diez minutos –prometió Ken. Sophie le había oído ese mismo tono para tranquilizar a una mujer que había resbalado delante de su casa, en el suelo helado; y también para consolar a su gata cuando se moría de cáncer–. Venimos de Minnesota. Quiero que mi hija vea esta joya. Cinco minutos.

El chico se encogió de hombros.

Sophie entró detrás de su padre. Y el corazón, que ya le latía con fuerza, le dio un vuelco, como cuando algún compañero le daba un empujón en el recreo. Los libros abarrotaban las altas estanterías metálicas, ni el menor espacio para respirar, hombro con hombro, libro tras libro, anaquel sobre anaquel, estantería tras estantería, y pasillos muy estrechos entre medias. ¡Demasiados libros! Demasiados aunque tuvieran la letra muy grande. Se encontraban en la PLANTA 4 ESTE, decían unas letras pintadas en la pared.

Recorrieron los pasillos hasta llegar al final de 4 Este. Luego dieron la vuelta; de 4 Este pasaron a 4 Sur. Detrás de una enorme rejilla metálica había un pasillo de oficinas, todas con

17

las puertas cerradas. Sophie se preguntó qué estaría haciendo su madre. Entraron en la Sección 4 Oeste. Era igual que la 4 Este: libros, libros, libros; y un pequeño ascensor encorvado entre ellos.

—¿Adónde lleva? –preguntó, muy bajito.

—A la quinta y a la sexta plantas –le respondió su padre, también en voz baja–. Y a la tercera y a la segunda y a la primera y a la A y a la B...

—¿Han pasado ya los cinco minutos?

—... y a la C y a la D.

Esta vez fue Sophie quien encabezó la marcha..., y era más fácil de lo que había imaginado: bastaba con ir por el perímetro. Hasta había una señal de SALIDA. El chico de las pecas les hizo un gesto con la cabeza.

Su madre les esperaba, con la sillita. Lily se había vuelto a sentar y chupaba el biberón. Sophie le dio siete besos.

—¿Estaba muy impresionada? –le oyó Sophie decir a su madre.

—Asombrada –dijo su padre.

Sophie le dio un paseo a Lily, entre cajones con patas de madera llenos de tarjetas. Ken y Joanna se quedaron mirando a sus hijas, que desaparecían y volvían a aparecer.

—Los anaqueles envueltos en el silencio... –dijo Ken–. El ascensor, donde te di el primer beso... Se me había olvidado.

Le dio otro beso, suavemente, en los elegantes pómulos que ninguna de sus hijas había heredado.

Joanna siguió ofreciendo la cara, como buscando la luz del sol.

—Vamos al museo –dijo al cabo de un momento.

—A Sophie le van a encantar los Renoir –dijo Ken, asintiendo.

Pero en el museo a Sophie *Bañista sentada* le pareció raro. Su padre le llamó la atención para que se fijase en un cuadro de bailarinas que ensayaban cada una por su lado. ¿Qué sentido tenía ensayar así? Solo una obra despertó el interés de Sophie: ángeles sustanciales de espesas plumas superpuestas y pies descalzos que se reflejaban en la arena.

–Así que te gusta Burne-Jones –murmuró el padre.

No tardaron en volver a salir a la calle. Había que ir a comer, comentaron. Ken y Joanna eligieron uno de sus antiguos restaurantes favoritos, con la esperanza de que siguiera abierto. Se encaminaron hacia él por la acera de las fachadas traseras.

–La puerta de atrás de la biblioteca –dijo Ken, señalándola.

Sophie desvió la mirada. Cruzaron la calle en cuanto cambió el semáforo.

Esto es, tres de ellos cruzaron la calle. Sophie, que miraba todavía para otro lado con un peculiar giro de cabeza, quedó atrapada en el bordillo cuando el semáforo se puso en rojo. Sus padres se alejaban despacio. Unas personas se interponían y no la dejaban ver. En cuanto se despejó la acera, los coches reanudaron la marcha y tuvo que quedarse donde estaba.

Eso estaba bien. Si se perdía, lo que tenía que hacer era quedarse donde estaba. «Si las dos echamos a andar, ¿comprendes?, lo más probable es que no volvamos a encontrarnos en el mismo sitio al mismo tiempo», le había explicado su madre.

«Como los átomos», había dicho Sophie.

«Sí, supongo... Pero si una de las dos se queda donde está, tarde o temprano la que se mueve se cruzará con la que no se ha movido.»

Tenía sentido. Sophie había imaginado que, en el caso de que eso llegara a suceder, se quedaría muy quieta y muy fría, como una lagartija debajo de una planta.

Pero no, no sintió frío sino calor, casi fiebre. Empezó a canturrear «Hi-ho, hi-ho. Silbando al trabajar», muy bajito. El semáforo volvió a cambiar: verde. Sophie cantó la canción de los enanitos empezando por el final. Su madre no tardaría en cruzarse con ella. Pero su madre no podía soltar la sillita. El semáforo cambió otra vez: rojo. Pues entonces su padre. Cruzaría la calle corriendo, con dos zancadas le bastaría; la levantaría en alto y se la pondría sobre un hombro. Ella era demasiado grande para una percha tan pequeña, pero eso daba igual. Su padre la llevaría en el hombro por calles y calles hasta un restaurante de tejado a dos aguas y ventanas de cristalitos, porque sus padres siempre escogían restaurantes así.

Joanna había maniobrado con la sillita a la derecha, dado uno o dos pasos, vuelto en busca de Sophie, no la había visto; luego había mirado a la derecha, dos veces, y luego a la izquierda; se había fijado en un sendero peatonal, había divisado un grupo de niños que rodeaba a un mimo y visto el pelo rubio y la mochila multicolor de su hija. Su corazón saltaba como un globo.

–¿Dónde está Sophie? –dijo Ken, acercándose por detrás.

Joanna señaló con confianza y empujó la sillita, y pasó muy cerca del escaparate inclinado de una pastelería. Cogió en brazos a Lily y los tres pudieron ver mucho mejor al mimo –subía con destreza por una escalera invisible– y a los niños que le observaban, encantados, y más en particular a Sophie, con su mochila nueva y su gastada cazadora turquesa, solo que aquella cazadora era verde y aquella niña era más alta que Sophie y también más rubia, mucho más rubia. Solo una madre desnaturalizada podía confundir aquel color vela, tan común y tan corriente, con la pálida incandescencia de su preciosa hija.

Sophie seguía diciéndose que tenía que quedarse donde estaba, pero le dieron un empujón. Se volvió para protestar, pero el culpable había desaparecido. El semáforo se puso en verde. Sin pensarlo pero sin timidez se echó a la calzada.

Sudorosa, jadeando, llegó a la acera opuesta. No vio a su familia. Vio sillitas aquí y allá, pero no la de Lily; todas eran de esas plegables para niños normales. Vio una silla de ruedas. Eso no tiene nada que ver, se amonestó, frotándose la nariz con el dorso de la mano. Lily aprendería a andar algún día. Le pareció que la saludaba un payaso con la cara pintada. No le hizo caso. Se encaminó al centro de la plaza. Antes había visto un quiosco..., un puesto de periódicos, había dicho su padre.

Resultó que el quiosco era una casita preciosa llena de revistas, periódicos y mapas. Un hombre con orejeras se sentaba detrás de la caja. El quiosco temblaba ligeramente cada pocos minutos: por debajo pasaba el metro.

Allí esperó Sophie, sola, anónima y libre.

Para entonces sus padres habrían vuelto sobre sus pasos. Ya habrían estado donde ella había estado y ya no estaba.

Sophie se sentía más cómoda cerca de la pared más alejada. Había periódicos extranjeros unos encima de otros. Eran periódicos franceses. Reconoció *Le Monde,* de aquel viaje a París. *El Mundo;* su padre, de estar allí, le preguntaría la traducción. Había periódicos de otras partes de Europa también —sabía, por las palabras, que eran españoles o italianos, aunque no entendía qué decían—. De algunos hasta el alfabeto era un misterio. Letras curvas como la lámpara de Aladino, o con puntos y rayas debajo como si allí hubiera también un segundo código. Caracteres que había visto en restaurantes chinos, alineados, hacia arriba, casitas donde habitaban distintas familias. Lily aprendería a leer, había dicho su madre. No pronto, pero sí algún día. Hasta ese día, todas las páginas le parecerían como esa, la confundirían, y se sentiría aún más excluida. Pese a todo, en pocos años andaría. Se quedaría cerca de ella. Quizá demasiado cerca. ¿Qué quiere decir eso?, susurraría. ¿Qué quiere decir eso?, preguntaría, lloriqueando, tirándole de la manga.

El hombre de las orejeras miró a Sophie con curiosidad. Ella se volvió para estudiar un periódico. Todas las palabras tenían muchas letras, y cada letra era una combinación de líneas gruesas y líneas delgadas. Nada más verlo supo que era alemán. Su padre tocaba a Bach en el arpa, leyendo un antiguo manuscrito facsímil; el título y las indicaciones estaban en alemán. Si se quedaba en aquella preciosa casita el resto de su vida, probablemente aprendería uno o dos idiomas con tal de que el alfabeto le resultara familiar. Lo haría del siguiente modo: leería los periódicos ingleses de cabo a rabo y luego, sabiéndose las noticias de memoria, deduciría las compañeras de las palabras inglesas de los demás periódicos.

Joanna y Ken se comportaban con sensatez. Joanna esperaba cerca del mimo, que en ese momento andaba por una cuerda floja imaginaria... hasta que se paró, con el susto en su pintado rostro. Fingió perder el equilibrio. Se puso rígido y se fue inclinando hacia un lado lentamente, en discretas sacudidas, como el minutero de un reloj, hasta que, a las diez pasadas, cayó, se recogió sobre sí mismo y en un abrir y cerrar de ojos se transformó y se le vio colgando de una cuerda floja, estirando el brazo izquierdo hasta límites antinaturales, agitando el derecho desesperadamente, y con las piernas muy separadas.

Ken se había ido a buscar a Sophie. Recorrería a la inversa el camino hasta el museo, entraría, iría de los ángeles de la guarda de Burne-Jones a los Degas y los Renoir. Volvería a la biblioteca si era necesario; Joanna imaginó el tirante interrogatorio al hombre que inspeccionaba las mochilas. El mimo congregaba a una multitud cada vez mayor; Joanna tuvo que estirar el cuello para verle bien. Sophie disfrutaría con aquel espectáculo en cuanto Ken la encontrara; si no se la habían llevado secuestrada en un coche; si su vida no terminaba con una fotografía impresa en un cartón de leche. Pero no debía pensar así, no no no; debía imaginar consecuencias normales, como una madre normal, como una madre con hijos normales. La niña se había despistado, arruinado el día por algún ataque de curiosidad, hiperintuitiva decían que era, yo más bien diría egoísta, ¿no es ya lo suficientemente madura para facilitarnos las cosas y no para empeorarlas? ¿No son para nosotros ya lo bastante duras las cosas con la pequeña señorita Inadaptada aquí presente? Ay, mi dulce Lily, mi dulce Sophie, mis queridas hijas; y miro

a Lily, adormilada, y me acuerdo de Sophie cuando era pequeñita y se echaba a dormir al lado de su hermana, en la cuna,
con las piernas y los brazos totalmente estirados; parecía un bi-
sonte en una cueva. Me acuerdo, me acuerdo... Ella probablemente también se acuerde; ella, con el cociente intelectual de
un genio, capaz de cantar canciones empezando por el final. A
Ken le encanta presumir de su memoria y de sus singulares dotes: su preciado trofeo de feria. El mimo pedalea hasta ponerse
a salvo; se tiene bien merecidos esos aplausos. ¿Tengo alguna
moneda para echarle en el sombrero? Pero no puedo dejar aquí
la sillita de Lily, no nos podemos separar, ninguno de los cuatro. Naturalmente, Sophie se acordará de quedarse donde está
en cuanto se dé cuenta de que se ha perdido. ¿Adónde iba a ir?
No conoce esta ciudad. Solo ha visto el museo, que no le ha
gustado, y la biblioteca, que no le ha gustado nada; Ken estaba
muy molesto, dolido. Le ha gustado el metro. A todos los niños les gusta el metro: los túneles, los tesoros escondidos, los
zombies. A todos los niños les gustan los trenes. Quieren que
vayan a alguna parte, que vayan dirección centro, en otras direcciones...
    Ken tenía el rostro como el yeso.

    –¿La biblioteca? –preguntó Joanna sin necesidad.

    –No –respondió él, jadeando.

    –Vamos –dijo Joanna–. Ya sé adónde ha ido.

    Sophie, sacando un brazo de las correas de la mochila, deci-
dió empezar por los periódicos franceses. Tenía que estudiar
francés al año siguiente de todas formas, con el resto de la clase
especial. Pero estaba segura de que en la nueva asignatura no
destacaría. Tenía fuertes lazos con su lengua materna; su lengua
materna y la de Lily. Aun así, aprendería las reglas. Escucharía y,
a veces, hablaría. Ahora, viendo *Le Monde*, fingiendo que el
hombre de las orejeras ya no estaba allí, se puso ligeramente bizca, como se suponía que no debía, y se fundió con los espacios

23

entre párrafos hasta entrar en una sala que estaba más allá de la tienda de periódicos, en una sala forrada de madera iluminada por unas velas, llena de volúmenes en piel, como le habría gustado que fuera la quinta mayor biblioteca. Aunque se habían escrito más libros de los que podría leer en toda su vida –lo había comprendido nada más ver la Sección 4 Este–, conseguiría leer muchos de ellos, en refugios dorados como el que estaba viendo. Leería tantos como habían leído sus padres. Se haría tan mayor como se habían hecho sus padres. Estudiaría como ellos y se casaría y se reiría y bebería vino y daría abrazos a la gente.

Más tranquila gracias a esa ensoñación se permitió ver algo más allá. Viviría su vida en el mundo, no en la tienda de revistas. Lo adivinaba. Adivinaba también que cuando fuera más fuerte sus padres se atreverían a ser más débiles. Podrían también tirarle de la ropa, pero no por molestar.

Lily nunca se separaría de ella. «Siempre será diferente, cariño», le había dicho su madre. En ese momento, Sophie había pensado que su madre quería decir nosotros siempre seremos diferentes. Ahora le añadió un brillo distinto: yo siempre seré diferente.

Notó un cosquilleo en la cara, como si se la hubiera lamido la lengua seca y triste de un gato. Cuando fuera mayor, Lily casi le llegaría por el hombro. Aprendería algunas cosas. Sobre todo aprendería de ella. Se conocerían las dos del derecho y del revés. Avanzarían la una al lado de la otra como las vías del metro, en dirección centro y en otras direcciones. De extensión equivalente.

Tenía que volver con su familia ya; había que continuar la excursión. Volvió a meter el brazo que había sacado por el hueco de la correa y se acomodó la mochila. Pasó junto al hombre de las orejeras sin decirle adiós.

Ken y Joanna bajaron al metro con la sillita dando golpes en los escalones. En circunstancias normales se habrían puesto a la cola de venta de fichas para pasar por su puerta. Pero esta vez Joanna insertó una ficha y pasó el torniquete con rapidez.

Ken, antes de pasar, le colocó a la niña en los brazos, metió una ficha en la ranura y se volvió para levantar la sillita por encima de la cabeza, y pasó el torniquete empujando con las nalgas. Sentaron otra vez a Lily en la sillita y se precipitaron por la rampa.

–¿Otras direcciones? –dijo Ken.

–Es más lista que eso.

En la rampa tuvieron que rodear a una anciana que se había detenido justo en medio con una bolsa de basura a la izquierda y un carrito plegable a la derecha.

–Tranquilos –dijo la mujer.

El tren que iba en dirección al centro acababa de salir. En el andén se habían quedado las cinco personas que lo habían perdido: tres estudiantes, un hombre con barba y una mujer negra y alta –de las Islas Vírgenes, suponía Joanna; un porte regio que delataba sus orígenes, una revista debajo del brazo, probablemente en francés.

Sophie iba detrás de ellos, a poca distancia. Había encontrado la boca de metro nada más salir de la casita. Cuando su padre pasaba el torniquete de espaldas, con la sillita, ella empezaba a bajar desde la calle. Cuando su madre elegía dirección centro, Sophie estaba pensando en sumarse a la cola de compradores de fichas, en prometer que pagaría luego. Decidió no arriesgarse a hablar con el taquillero. Cuando sus padres llegaron al andén, ella estaba pasando por debajo del torniquete. Y empezó a bajar por la rampa.

Los vio antes de llegar al andén. Su madre estaba sentada en un banco, con Lily encima. Su padre, de pie, estaba inclinado sobre las dos. No parecía que les ocurriera nada fuera de lo normal, pero Sophie no se dejó engañar: su madre juntaba las rodillas bajo el abrigo y tenía los pies separados, con los tobillos tan exageradamente doblados hacia dentro que casi tocaban el suelo. No veía la cara de su padre, pero sabía que estaba a punto de echarse a llorar. Una anciana con un carrito estaba apoyada en la pared.

–Y ahora el reencuentro –dijo cuando apareció Sophie en un tono familiar, aunque en voz bastante alta.

Ken se volvió y se irguió: una jugada de baloncesto repetida a cámara lenta.

Joanna recibió el alivio como una inyección: fin del dolor y fin de la emoción. Se dio cuenta de que la niña había sufrido una experiencia inquietante, pero ella no tenía en ese momento mucho consuelo que ofrecer. Quizá por esta vez Sophie recibiera la bendición del olvido.

Y de hecho Sophie se acercó a paso ligero, como si unos minutos antes no hubiera visto con nitidez su futuro.

Lily asistía a la escena como ausente. Pero de pronto levantó la manita, enfundada en una manopla.

–¡Phie!

DÍA DE TEMOR

Él era el último judío en una tierra maldita. Un país en ruinas, un país de timadores. Ricas haciendas escondidas en los pliegues de las montañas. Pistolas bajo cajas de plátanos. Hasta los loros practicaban el engaño. Se posaban en los árboles sin hacer ningún ruido; de pronto levantaban el vuelo al unísono y aparecían y desaparecían en un instante, y si alguien les estaba observando, se sentía abandonado.

¡El único judío!

A decir verdad, había otro judío: Lex, su hijo. Estaban el uno frente al otro en la mesa de la cocina. Lex parecía sentir lástima por la gravísima situación en que se encontraba su padre: era la víspera de Yom Kippur y no había un solo rincón en toda la ciudad donde un judío pudiera rezar por su perdón en compañía de otros nueve.

–Emigraron todos a Miami cuando la revolución –dijo Lex–. Y se llevaron todo su dinero.

Robert hizo una mueca.

–Te vamos a buscar un minián, Bob –dijo Lex, mirando a su padre con compasión.

Aunque ¿era realmente compasión? ¿No sería más bien la ensayada actitud comprensiva de un trabajador social muy profesional? Igual que se había acostumbrado a que su hijo le lla-

27

mara por su nombre de pila, Robert se había reconciliado ya con la afeminada vocación de Lex. A lo que no se había acostumbrado era a los gestos de asentimiento, a los murmullos de aquiescencia. Él era consultor de inversiones.

–Hemos mirando en todas las guías de la ciudad –recordó Lex–. ¿Habrá algún Shapiro en el listín telefónico? ¿Algún Katz? Padre e hijo se echaron a reír. Ellos se apellidaban Katz.

El niño les miró, primero a uno y luego al otro.

Era un niño muy delgado a pesar de un apetito en apariencia insaciable. Su nombre, Jaime, escrito por Lex, adornaba los garabatos hechos con ceras que estaban pegados con celo en la nevera.

Allí estaban ellos, delante de aquella modesta y en absoluto ambiciosa empresa infantil, en la vieja y estropeada cocina de una casa pequeña de una calle embarrada de una capital de un país donde no había judíos. Robert todavía en pijama. Muy lejos, en Beverly Hills, los dibujos de su nieta, y sobrina de Lex, adornaban también la puerta de la nevera. *Maureen Mulloy*, decía la firma. Maureen Mulloy escribió de su puño y letra aquel nombre de lavandera. La asistenta mexicana de los Mulloy colgó aquella obra de arte. ¿Quién si no iba a hacerlo? Los padres de Maureen practicaban la ley doce horas al día.

Jaime. Se pronunciaba «Haimi», aspirando la hache. Robert miró la bandeja del desayuno e hincó el cuchillo en una rodaja de papaya.

Lex estaba hojeando la guía telefónica.

–Ningún Shapiro, Bob. Ni tampoco ningún Katz. Ni siquiera yo salgo en la guía, utilizo el teléfono de la organización. Robert masticaba un trozo de piña.

–Voy a llamar a la embajada –dijo Lex.

–Ex –dijo Jaime, dándole golpecitos en el brazo–. *Tengo hambre.*[1]

---

1. En español en el original, como todo lo que aparece en cursiva en este relato. *(N. del T.)*

–*¿Qué quiero?* –probó Robert–. Quiero decir: *¿qué quieres...?*
Lex ya se había levantado. Jaime se acercó a él y los dos examinaron tranquilamente el contenido de la nevera: un hombre delgado y un niño muy delgado.

–*¿Qué quieres?* –repitió Robert, despacio. Gracias a su vacilante español no terminaba de llegar a ninguna parte con aquel niño. ¿Para qué se habría pasado un mes escuchando las malditas cintas del curso de idiomas? Y, ya puestos, ¿para qué habría viajado hasta aquel sitio?

Cinco días antes había bajado las escaleras de aluminio del avión y pisado el asfalto, que a las dos de la tarde se derretía. Conocía muchos aeropuertos destartalados, estaba acostumbrado. A lo que no estaba acostumbrado era a la ausencia de jet lag; claro que pocas veces había cogido un avión de norte a sur. El sol se había parado por y para él. No había necesitado dar una cabezada, no había necesitado ni comer, aunque en el trayecto desde el aeropuerto Jaime insistió en parar a tomar un tamal.

–¡Ex, Ex! –exclamó, señalando un puesto.

Lex paró en el arcén. Robert le miró y sonrió: padre indulgente en comunión con padre indulgente. Pero Lex hizo caso omiso. Las atenciones que dedicaba al hijo que pronto adoptaría merecían aprobación, no comunión.

El niño no pronunciaba algunas consonantes, así que Robert no terminaba de entenderle. La primera tarde estuvieron viendo un álbum de fotos. *Vaca,* en español, se convertía en *aca; caballo,* en *callo.* Seguramente a Maureen, se dijo Robert, la llamaría Een, si los dos primos –¿podría decirse que eran primos?– llegaban a conocerse algún día. No pasarían mucho tiempo juntos, los dos primos. La familia estaba desperdigada: Robert y Betsy vivían en Massachusetts, su hija Mulloy, Katz de soltera, en California, Lex allí, en Centroamérica, desde hacía ya dos años. Dios sabría por cuánto tiempo más.

–Me voy a quedar aquí hasta que se haya resuelto el tema de la adopción –le dijo Lex aquella noche, después de que Jaime por

fin se hubiera ido a la cama–. Dentro de seis meses. Y después...
–Encogió sus delgados hombros–. A Chicago no pienso ir, eso
seguro. No quiero vivir en la misma ciudad que Ron. –Ron era
su expareja–. Puede que Jaime y yo volvamos a Boston.

Robert asintió.

–Allí los colegios siguen un programa bilingüe.

–¡Madre de mi vida! –dijo Lex, molesto, como si Robert
hubiera dicho una tontería–. Seguiremos hablando español en
casa –prosiguió–. Jaime aprenderá inglés en el colegio, en el recreo, como llevan haciendo los hijos de inmigrantes generación
tras generación.

«Pero si apenas sabe hablar su propio idioma», no dijo Robert. «No sabe contar. No sabe los colores.»

–¿Cuántos años tiene? ¿Me habías dicho que siete? Es...
bajito.

–Nos basamos en las pruebas óseas, y en la dentadura –dijo
Lex–. Los centroamericanos en general son más bajitos que los
norteamericanos, y los de sangre india, como Jaime, son más
bajitos todavía. Cuando vayamos a hacerle el pasaporte, me in-
ventaré una fecha de nacimiento. Voy a decir que tiene cinco
años. Emocionalmente tiene unos tres; unos tres y con privaciones. Nunca ha ido al colegio. Cuando le vi por primera vez
en el orfanato, hace un año, no hablaba una palabra. Ha madurado considerablemente desde que vive conmigo.

Robert estaba cansado, como si el jet lag le hubiera atrapado al fin.

Y se fue a la cama, en la estrecha habitación que había al
lado de la cocina. La ventana daba a un patio interior donde no
cabían más que las cuerdas de tender la ropa, una pila y un frutal
con cítricos de piel dura. El árbol donde se escondían los loros.

Acabó el domingo y los días posteriores y Robert pasaba
solo la mayor parte del tiempo. Lex tenía que ir a trabajar y dejaba a Jaime en una guardería. Robert se despertaba todos los
días con los ruidos que hacían los dos mientras desayunaban.

Imaginaba qué estarían diciendo. Jaime repetía el menú del desayuno, las pocas tareas, lo que tenía que hacer en la guardería. Y luego volvía a repetir lo mismo, una y otra vez. Entre repetición y repetición, Robert oía el rumor de las páginas del periódico y el resbalar de ruedas de caucho sobre el suelo de linóleo. Jaime jugaba con su cochecito de juguete. El motor estaba en su garganta. «¡Brum, brum!» Veinticinco años atrás, Robert y Betsy compartían el *Globe* mientras a sus pies dos niños encantadores revolvían las piezas de un Lego. Jaime no estaba preparado para el Lego, había explicado Lex. Ni siquiera para la caja de nivel básico que Robert le había llevado de regalo. Jaime no comprendía aún el concepto de construcción. Probablemente no había visto juguetes hasta que el orfanato le encontró, tal vez hubiera jugado con un par de cucharas, o llenado de barro algún zapato viejo. Maureen, se acordaba Robert con satisfacción y sentimiento de culpa, ya era capaz de erigir torres muy elaboradas.

Antes de marcharse a trabajar, Lex siempre llamaba a la puerta entreabierta de Robert.

—*¡Entra!* –decía Robert, por practicar.

Lex comentaba a continuación alguna cosa del día que estaba comenzando. ¿Le gustaría a Robert conocer la universidad? Lex podía darle un pase para la biblioteca. Si andaba cerca del mercadillo, ¿podía, por favor, comprar una piña? Jaime, todavía en el suelo con el cochecito que murmuraba, asomaba la cabeza entre las rodillas de Lex y miraba a Robert; y su carita dorada, entre piernas en vaqueros, parecía solemne, o quizá no fuera más que perplejidad, por no comprender.

Cuando se marchaban, Robert se levantaba con esfuerzo de la cama. Ponía a hervir agua mineral para hacerse un té y desayunaba tres galletas saladas. A pesar de tantas precauciones de abstemio, sus deposiciones eran invariablemente sueltas y con agua marrón.

—No hay por qué preocuparse mientras no haya sangre –le había dicho Lex tras el primer episodio, la segunda noche.

31

La intención de Lex era tranquilizarle, pero fruncía los labios con aprensión; y Robert, delante de la puerta del baño con el cinturón desabrochado, levantaba la barbilla en gesto desafiante, como los niños cuando manchan los pantalones. Pero tras la diarrea matinal siempre se sentía mejor, como si la explosión hubiera servido para reafirmarse en tan austero entorno. A continuación leía la primera página del periódico, recurriendo al diccionario muchas veces. Luego se daba una ducha de agua fría, se afeitaba con agua fría y se vestía. Metía en la riñonera un plano, el diccionario, dinero y una petaca, y se la ponía por delante: barriguera, más bien. Tras ponerse las gafas de sol y una gorra de lona, salía a la calle.

Había llegado un sábado, y hacia el final del miércoles, el día anterior, había vagabundeado por toda la ciudad. Había vagado por los barrios, rechazado los chicles y el valium que le ofrecían los buhoneros. Se había tropezado con un pequeño museo arqueológico atendido por mujeres devotas. En él había aprendido que al tucán de enorme pico se le tenía por una encarnación del diablo.

Y se había quedado mirando el edificio sin ventanas en el que los miembros de la Asamblea Nacional, según el último insulto popular, peían sus desacuerdos. Había ido en autobús a visitar dos pueblos calurosos y polvorientos. Ambos tenían un museo de los mártires. De vuelta en la capital, había pasado las últimas horas de la tarde del miércoles en el enorme mercado al aire libre. Los carteristas merodeaban siempre por allí, le habían dicho. De vez en cuando se había llevado la mano a la riñonera de lona.

Le había comprado a Betsy un collar de coral negro. Aunque la quería y la admiraba, apenas la echaba de menos. Que no le hubiera acompañado no había sido motivo de desacuerdo..., no, ellos no habían peído ningún desacuerdo. Betsy no había viajado con él por varias razones: Lex había estado en casa hacía poco; su casa solo tenía una habitación para invitados y con una sola cama individual; y aquella situación no del todo habitual –un hombre joven padre reciente de un niño– parecía exigir la presencia de un hombre mayor sin compañía, la presencia de Robert, *el* hombre mayor, el abuelo.

¡Abuelo! Para un niño que parecía reñido con todo su ser: la mirada blanda, incluso delicada; la boca, con dientes separados, floja; el cuerpo tenso, sometido a ocasionales espasmos. Y sin embargo iba a convertirse en parte de la familia, en un Katz. Jaime Katz. ¿Qué habría hecho el abuelo de Robert, una persona por otro lado de piel amarillenta, en tales circunstancias? Le vino a la cabeza la imagen de Zayde Chaim, que se envolvía en un chal de seda los Días de Temor..., y había sido en ese momento, mientras aún estaba en el mercado, con la mano en la barriga de lona, cuando se había acordado de qué día era. El día antes del día antes de Yom Kippur. Transcurridas veintiséis horas tendría que estar cantando el Col Nidré.

En esos momentos, jueves por la mañana, la embajada estaba respondiendo a la pregunta de Lex: que ellos supieran, no había ninguna comunidad judía en toda la ciudad, en todo el país. Lex colgó.

–Una de las funcionarias es judía. Está en Texas de vacaciones.

–Pues no tenemos más opciones.

–Lo siento –dijo Lex, y se levantó–. Tengo que irme a trabajar. En cuanto a esta noche... Me había olvidado del Yom Kippur..., iban a venir a cenar algunas personas de la organización.

–Que vengan –dijo Robert–. No soy tan estricto, ya lo sabes. No ayuno. En tu bar mitzvá tuve que refrescar mi hebreo, y no conseguí ponerme al día.

–¿Jaime? –llamó Lex en dirección al dormitorio–. *Rápido, por favor.* –Se volvió para hablar con su padre–. Trabajaste aquellas sílabas como un tallador de diamantes. Betsy recurrió a la transliteración.

33

–Ella no ha estudiado hebreo.

–Pero tú te portaste como un héroe. Por mí –dijo, e inclinó la cabeza.

–Ojalá fuera capaz de hacer lo mismo con mi español de instituto –dijo Robert, colorado de vergüenza.

Lex levantó la cabeza.

–Por él –dijo, indicando el dormitorio del niño con un gesto de hombro que a Robert le pareció amanerado. Una cuba de lava burbujeó en los intestinos de Robert; se las arregló para contenerla. Qué temeridad haber probado la fruta. Jaime se tomaba su tiempo para colgarse la mochila. En aquel país caótico hasta el niño del barrio más cochambroso tenía mochila.

–¡*Vámonos!* –dijo Lex por fin.

Jaime fue corriendo. Lex salió para arrancar el jeep y que se fuera calentando. Jaime se volvió al llegar a la puerta y se despidió de Robert con la mano –todavía no le había llamado por su nombre–. Para despedirse, en aquel país utilizaban el gesto que indica «acércate». A Robert aún le sorprendía; y en esos momentos se sorprendió. Dio un paso, como si el niño en efecto quisiera que se acercara. Y se detuvo, siseando. ¡Qué país este! Si querían que te acercaras, utilizaban un gesto igualmente contradictorio: te mostraban el dorso de la mano, aflojaban la muñeca y movían la mano como indicando que te fueras.

¿Estaría aquel niño riéndose de él? No, era solo otra de aquellas sonrisas húmedas suyas. Robert imitó dócilmente el insinuante gesto de Jaime. Se sintió como un guardia de tráfico. Se sintió como un viejo verde. Jaime sonrió y salió dando un portazo. Robert se volvió y fue al baño a toda prisa.

Pasó la víspera de Yom Kippur con un grupo de gentiles. No eran mala gente, compañeros de trabajo de Lex. Una pareja de altruistas que pasaba de los sesenta, con tripa, canas, regalando los últimos años de su vida a las causas justas. Una enfermera joven y guapa. Una segunda enfermera, mayor que la primera, pecosa y fuerte. Algunos otros. Cenaron arroz con alubias, sazonado por Lex con mano experta. Jaime jugaba en el suelo. De vez en cuando llamaba la atención de Lex con un gemido. Lex concluía lo que estaba diciendo, se volvía, escuchaba al niño, que con su aguda voz repetía con insistencia frases cortas, y le contestaba con un «*sí*» o con un «*no*» o con alguna grave explicación.

Los adultos comentaban los tormentos del país, los siglos de crueldad en que cada generación maltrataba a la siguiente.

–La Iglesia tiene que dar muchas explicaciones –dijo una feroz mujer canadiense–. Las primeras escuelas misioneras... nos enseñaban a infligir dolor.

Robert se preguntó a quién se referiría aquella mujer al decir «nos»; entonces se acordó de que era nativa americana, miembro de un pueblo indígena. La había conocido a principios de semana, un día que se pasó por la casa. Despeinada, con gafas y boca de insatisfacción, le recordaba a una prima del Bronx. A la pareja de beatos también la conocía, de una tarde en una conferencia sobre cooperativas a la que le había llevado Lex. Pero aquella era la primera reunión social de Robert, y se dio cuenta, ya tarde, cuando estaba a punto de acabar, de que se trataba de una fiesta en su honor.

A la mañana siguiente muy temprano metieron el equipaje en el jeep. Pasarían el fin de semana visitando orfanatos en las montañas: Robert, Lex, Jaime y Janet, la enfermera pecosa, no la guapa.

Conducía Janet. Sabía llevar un jeep. Iba deprisa por la carretera de doble sentido, adelantando siempre que podía. Cuando les detuvieron un par de chicos en uniforme de faena, con ametralladora, respondió a sus preguntas con tal autoridad que Robert pensó que los muchachos podían sacar la lengua en cualquier momento, para que ella la inspeccionara. En vez de ello, indicaron con un gesto que podían seguir adelante. Robert, sentado en el asiento de delante, iba dando saltitos. En el de atrás, Lex le enseñaba a Jaime a juntar piezas de Lego. Jaime miraba con indiferencia, sin soltar su cochecito de juguete. Pararon a última hora de la mañana en un pueblecito con muchos árboles. Cerca había plantaciones de café, dijo Janet. En el patio de un restaurante, los loros observaban desde las ramas. Jaime echó a correr hacia un gato al que ya conocía y se acomodó en un rincón del patio. La cocinera y propietaria le sacó un plato de pasta antes de dar la bienvenida a los demás en un perfecto inglés. Tenía la nariz grande y ganchuda y una amplia sonrisa.

–Es chilena –dijo Janet cuando la mujer volvió a la cocina–. Hace una lasaña de maíz deliciosa. Intervino activamente en política durante la revolución.

Robert comprendió: contrabando de armas.

Dos gráciles camareros de angélicos rostros les sirvieron. Robert sabía que no había que tomarse aquella androginia demasiado en serio. «Afeminados por fuera, tipos duros por dentro», le había dicho Lex de unos hombres parecidos. «No son gays.» Robert no le había preguntado si había gozado de algún amante nativo. Ya hacía años que se había asegurado de que su hijo practicaba sexo seguro; Betsy y él no querían saber nada más.

La lasaña de maíz estaba ciertamente deliciosa. Jaime compartió su plato de pasta con el gato. A Robert le habría gustado quedarse a tomar un café, dar una vuelta por el pueblo y visitar su museo de los mártires; volver a la hora del cóctel y disfrutar de un aperitivo con aquella aventurera sudamericana mientras dormitaban los loros. En vez de eso, pagó la cuenta, le estrechó la mano a la aventurera y se despidió de los pájaros con el correspondiente gesto de llamada.

Al cabo de una hora habían dejado la carretera y ascendían por las montañas. Las granjas dejaron paso a los árboles, las rocas, los matorrales. Janet sorteaba los cráteres de la carretera con habilidad. Tras tanto agarrarse para suavizar los tumbos del jeep, Robert estaba cansado –o quizá fuera el vaso de vino chileno de la comida–. Apoyó la cabeza en el reposacabezas, cerró los ojos... y le despertó una criatura que se deslizaba por su cuello. La espantó de un manotazo. Era una mano pequeña.

–Perdona, Jaime. *Excúlpame.* ¡Eh! –Porque el niño le había devuelto el manotazo.

–Jaime.

Lex empleó la misma voz autoritaria de Janet. A continuación dijo algo rápido, en español, casi en voz baja. Luego vino una palmadita en el hombro y el niño le mostró a Robert, por ese mismo hombro y poniéndoselas delante de la cara, tres piezas del Lego mal encajadas.

–*Asa* –dijo Jaime.

Casa.

–*Bueno* –dijo Robert, armándose de entusiasmo. Se volvió para mirar los atractivos ojos, la curiosa boca. Lex sonrió tibiamente.

Justo antes de las dos llegaron al pueblo donde pensaban pasar la noche. Robert bajó con cuidado.

–Necesitas un masaje en la espalda –le dijo Janet.

La plaza del pueblo estaba en una loma pelada. En la plaza había una iglesia. Tenía muros encalados que se estaban cayendo a trozos. La pensión, de una sola planta, se combaba sobre el patio. Condujeron a Robert a una habitación de la parte de atrás. Por la ventana se veían bueyes.

Janet y Lex le invitaron a ir dando un paseo al orfanato.

–Gracias, no –dijo–. Me quedaré aquí en el patio, leyendo.

–Y escribiendo otra postal a la pequeña Maureen.

Pero en cuanto Janet y Lex se marcharon, le embargó la tristeza. No se quedaría; iría en busca de su hijo.

Le habían dicho que el orfanato estaba a tres kilómetros del pueblo, en el camino recto que iba al oeste. Anduvo deprisa al principio. Al cabo de cinco minutos les divisó y no tardó en llegar a las chozas de piedra bajas por donde ellos acababan de pasar, todas con la puerta abierta, de una sola habitación, la misma en todos los casos: un par de mecedoras de mimbre, una mesa. La misma mujer inexpresiva de pie ante todas las puertas. Niños jugando en el barro. ¿Habría nacido Jaime en un sitio así? Lo más probable es que hubiera brotado de un chamizo como los que en ese momento atravesaba Robert: tablillas y planchas de metal, la letrina en la parte de atrás, con una cortina para respetar el decoro.

Lex y Janet caminaban por el centro del camino. Jaime salía disparado de un lado a otro. Janet era más alta que Lex. La melena, castaño claro, le caía formando una joroba sobre la mochila –la iba cepillando–, caqui sobre caqui.

Al final del camino una multitud de niños pequeños esperaba detrás de una puerta: un par de troncos en horizontal, tentativa no del todo exitosa de evitar que entraran animales. Jaime se coló entre los troncos. Lex y Janet pasaron por encima.

Robert se sentó en el tronco de arriba, le crujieron los huesos. Oyó, como si llegara desde la distancia, un llanto. Tal vez no fuera más que su propio lamento de hombre mayor.

Aterrizó entre niños. Niños, niños por todas partes. Niños: mugrientos rostros triangulares bajo negros flequillos. Niños: con prendas que una década atrás y a un continente de distancia habían tenido su estilo –camisetas de rugby, bermudas hawaianos–. Niños: ninguno parecía mayor de diez años, aunque él sabía que sí lo eran. Quizá alguno tuviera doce. Niños: en espera de armas, en espera del cólera.

–¡Bob! –llamó Janet. Lex le dio la bienvenida con una sonrisa.

Hicieron un uso inmediato de él: lo mandaron a oír las quejas del director del orfanato, un joven feroz de bigote fino. Robert, sentándose, rodeado de niños, consultando el diccionario cada pocas palabras, se las ingenió para comprender que el problema era el dinero, en efectivo y a crédito. Las provisio-

nes escaseaban. El último cocinero se había marchado llevándose la radio. Robert tomó nota de todo lo que decía aquel
hombre y corrió a arbitrar un partido de softball a tres entradas. Los niños no eran muy hábiles. Luego Lex organizó una
carrera de obstáculos. A Robert le encargaron que sostuviera
una mano de payaso hinchable a la altura del pecho. Esta
mano había salido de la mochila de Janet; ella la había inflado
en tres soplidos –las pecas de la cara se le hacían más grandes y
luego más pequeñas–. Todos los participantes en la carrera de
obstáculos tenían que dar una palmada en aquella mano; algunos niños le dieron a él sin querer. Tenían los dientes blancos
como chicles.

Pronto les acorralaron en un lúgubre refectorio.

–¡*Cércame!* –suplicaban algunos.

Robert se sentó al lado de un niño un poquito beige y pelirrojo. Todos los niños recibieron ceras y papel. Parecía que les
hubieran dado oro. Estuvieron dibujando media hora, en maravilloso silencio. Entretanto, Janet examinó algunas orejas inflamadas –llevaba un otoscopio en la mochila, además–. Lex
habló con un niño con cara de pocos amigos en el modesto
despacho del director. Después de la sesión, el niño parecía menos enfadado.

Robert elogió las obras de arte. Ayudó a los artistas a estampar su firma. El enano pelirrojo era Miguel O'Reilly. Miguelito insistió en particular en el apóstrofo de su apellido.

Aquellos marginados... ¿sabrían hasta qué extremo llegaban
sus privaciones? Lex le había hablado de ellos: a algunos los habían abandonado a las puertas del orfanato siendo bebés, otros
habían pasado hambre y sufrido abusos antes de llegar, con menos de dos años, a otros les habían rescatado de la prostitución,
o al menos se la habían evitado. Jaime había sido por un tiempo la mascota de una pandilla callejera.

Para aquellos niños, Robert debía de ser un patriarca. Respetaban su español: su raquítico vocabulario, el ceceo de los remotos conquistadores. Respetaban sus canas, además. En su país, cualquier hombre de su edad ya estaría muerto. La luz enrojecía, las sombras se alargaban; desde sus árboles, los loros alzaban el vuelo sin hacer ruido. La tarde terminaría pronto. En algún lugar, en otra parte, quizá en Miami, una congregación rezaba junta, se sentía unida, singular, casi segura.

Un niño con una marca de nacimiento le pidió el reloj, lo estudió muy serio, luego se lo devolvió con una sonrisa. Otros dos insistieron en enseñarle sus habitaciones. Él miró debajo de los catres de hierro; se suponía que tenía que reírse por algo, pero no vio más que polvo. Quizá algún ratón hubiera correteado por allí hacía poco.

Se sentó pesadamente en un catre, y los niños se quedaron perplejos. Tiró de ellos, uno contra cada rodilla. Los niños aguardaban, impacientes, una muestra de su sabiduría.

–Avinu malkeinu –murmuró.

Sonó un timbre: la cena. Los niños se pusieron muy nerviosos. Robert dejó que se fueran.

Ah, su delgada, dura, codiciosa personalidad infantil; nómadas demasiado pequeños congelados por unos años en un pedazo de tierra en los confines de ningún sitio. Bosta de vaca en la explanada. Alubias para cenar los días buenos.

Jaime se había integrado en los juegos. Lo había pasado muy bien.

Volvieron a la pensión mientras anochecía. Algunas chozas eran pequeñas tiendas, se dio cuenta Robert ahora. Latas de comida y medicamentos bajo la luz tenue de las bombillas. Los televisores parpadeaban en el distante interior, iluminando hamacas. Qué engañoso llamar a aquel mundo el tercero. Era el último.

Aquella mañana Lex había preparado una nevera portátil con sándwiches y Coca-Cola.

–Jaime no aguantaría un segundo restaurante el mismo día –le explicó ahora a su padre.

«¿Y cuál ha sido el primero?», se preguntó Robert. Y entonces se acordó, como si le viniera a la mente un rico tapiz visto hace mucho, de la sonrisa de la chilena y de la experta supervisión de sus loros color lima.

–Hay suficiente para todos –dijo Lex.

Janet negó con la cabeza.

–Me voy a llevar a tu padre al café.

El café, detrás de la pensión, era una cocina vista con tres mesas. Dos hombres cenaban en una de las mesas. No había carta: el plato del día consistía en pollo con salsa picante. Robert esperaba que su estómago pudiera soportarlo. Pidió una botella de un vinazo imbebible.

–L'echaim –dijo Janet.

Robert la miró, sorprendido.

–Mi bisabuelo se llamaba Isaac Fink –dijo Janet–. Era vendedor ambulante y llegó a Minnesota por equivocación, y allí se quedó. Mi familia es luterana hasta la médula, pero...

–Pero tú tienes algo de judía –dijo Robert, con educación–. Skoal.

Hablaron del talento de Lex y de lo nervioso que era Jaime. Hablaron de los niños que habían visto esa tarde, y del trabajo de Janet. Tenía pensado pasar allí algunos años más.

–Luego un máster en salud pública, creo. –Se sonrojó–. Lo del masaje en la espalda lo decía en serio.

Y quizá aquella mujer que tenía algo de judía quisiera también examinarle la lengua y su cansado abdomen. Robert había dado por supuesto que era lesbiana. Probablemente lo fuera. Uno podía ser allí un poco de todo.

–Gracias, pero no –respondió–. Es la noche de Yom Kippur.

–Ah, es verdad –fue la desconcertada respuesta de Janet.

Solo en la cama, Robert se sorprendió preguntándose si la guapa chef chilena también sería un poquito judía. Y la canadiense de la fiesta de la noche anterior..., menuda quejica. Lex y él tendrían que haber buscado con más ahínco a otros ocho

41

judíos. En la trastienda de alguna sastrería de algún pueblo vivería un hombre mayor y piadoso, demasiado pobre para haber emigrado a Miami. En algún barrio humilde un medio médico medio judío comerciaría con hierbas abortivas. A lomos de un asno, la kipá oculta debajo de un sombrero, un buhonero que vendía sartenes. La población entera podía ser judía, Jaime incluido: descendientes de indios temerosos del tucán –¿qué era un tucán sino un pájaro con narizota?– y de altivos marranos que rezaban a Yavé en sótanos de sótanos.

A la mañana siguiente se despertó al fin dueño de sus intestinos. Hizo su maleta de viaje y cruzó la plaza en dirección a la iglesia que se caía a trozos. Dentro, aunque el Cristo de la cruz de madera estaba desnudo, santos de yeso vestían túnicas de terciopelo. Parecía que los lugareños también lucían sus mejores galas. Vio a uno de los hombres del café de la noche anterior. Llevaba una chaqueta amarilla de gaucho.

Se sentó cerca de la puerta, se quedó a oír la misa. Comenzó el sermón. No intentó entender, aunque aquel español era lento y sencillo; el tema era la *misericordia,* la piedad. Rachamim. Pensó en Lex, que en esos momentos metía las maletas en el jeep para proseguir la visita a otros orfanatos. Lex había pagado la cuenta, además.

–Este viaje me toca a mí –había dicho, rechazando el dinero de Robert. Un hombre admirable y decepcionante. «Os deseo, también, que tengáis un hijo como el mío», pensó Robert; la vieja maldición, la vieja bendición.

Una manita le cayó sobre el brazo. Giró la cabeza y vio a Jaime. El niño se alejó bailando, luego se volvió y se quedó en la puerta doble, abierta. Detrás de él, la plaza sin árboles; detrás de la plaza, la pensión, algunas casas, las laderas.

–¡Ob! –susurró Jaime–. ¡Ob! –E hizo un rápido ademán, como despreciando alguna tontería. Piérdete, parecía decir. Ven aquí, quería decir. Robert ya sabía la diferencia.

Ob. Ab, Abba, padre, Abraham. «En padre de una multitud de naciones te he convertido.» ¿De verdad? ¿Por medio de quién? ¿Por medio de Maureen Mulloy, que es mitad irlandesa? ¿Por medio de Jaime Katz, que es indio? Una multitud de naciones: cuánta presunción. No es de extrañar que siempre andemos metidos en problemas. ¿Qué tal solo de algunos lugares, pocos, buenos?, le dijo en silencio al sacerdote, al Cristo, al Dios que le hablaba al oído. ¿Qué tal de un pueblo que se ocupe de sus hijos, incluso de los que brotan de una semilla que nadie ensalza...?

–¡Ob!

Robert se levantó. Fue detrás de su nieto, salió de la iglesia oscura, misericordiosa, y entró en la intensa y áspera luz.

COLONIZADORES

Una mañana de domingo temprano Peter Loy estaba esperando al autobús que iba al centro. Era octubre y el viento soplaba con fuerza suficiente para que rodaran los desperdicios del bordillo y el abrigo le golpeara las rodillas: abierto, cerrado; abierto, cerrado. A Peter no le habría importado que el viento se lo quitara del todo, como un ayuda de cámara disgustado. Había sido un error, aquel abrigo príncipe de Gales largo y con capa, propio de algún estudiante de teatro, no de un maestro de escuela de sesenta y tantos años ya jubilado. Pensó que con su estatura y delgadez, y su melenita, parecería Sherlock Holmes. Y en cambio parecía una dama vieja y viuda.

Daba igual, aquel barrio no podía permitirse el lujo de fruncirle el ceño a nadie, por estrafalario que fuera. Brighton Avenue, donde ahora se encontraba, era una de sus avenidas principales, y estaba sucia y abandonada. Congdon Street, la calle donde él vivía, acogía a un variado surtido de estudiantes, extranjeros y gente rara. Una pareja joven con maletines a juego había comprado hacía poco una de sus desconchadas casas con la esperanza de que la zona se volviera chic; pasaban el tiempo libre arrancando la pintura del interior con el mejor de los ánimos. Las mañanas entre semana mujeres de pelo blanco vestidas con bata miraban desde la ventana a sus hijas de mediana edad, que salían con prisa hacia el trabajo, y luego seguían mirando. La inmovilidad de esas madres que se quedaban en casa sugería que sus hijas las dejaban encerradas con llave, pero Peter se encontraba muchas veces con una de ellas al mediodía, dirigiéndose a la esquina. Aceleraban el paso cuando estaban llegando a Brighton Avenue. ¡La vida estaba allí! Pescado fresco, pescado con patatas, la tienda de pesca... Además, en Congdon Street había un edificio de madera de tres plantas con enormes columnas y galerías combadas, una construcción vagamente sureña. En él vivía un pueblo entero de camboyanos.

Peter se había trasladado a aquella sórdida parte de Boston hacía tres años, tras dejar su trabajo en la academia privada donde enseñaba inglés y jubilarse. Su sencillo piso del barrio le gustaba mucho más que la casa de su tía en Back Bay. Había prolongado su estancia en esa casa varias décadas, primero como huésped mimado de su tía y luego como su legatario. La había vendido a buen precio al joven millonario hecho a sí mismo de la puerta de al lado, Geronimus Barron. Nadie le había metido prisas para que se marchara después de la venta, aunque estuviera impaciente por irse, pero al mes de haberse mudado, Barron había echado abajo la pared que separaba su casa anterior de la recién adquirida —estaban adosadas–, levantado los suelos, abierto claraboyas e instalado paneles solares. La magnífica vivienda resultante había salido en *Architectural Digest* y el *New York Times*. La encantadora chimenea con azulejos de su dormitorio, advirtió Peter con orgullo, no la habían tocado.

Llegó el autobús. Los pocos pasajeros que llevaba parecían fatigados. Peter, ligero el corazón bajo su tonto abrigo, dio comienzo a su viaje semanal.

–¿Qué tal va la investigación? –le preguntó Meg Wren unas horas después.

Jack y los tres niños estaban jugando al fútbol en el campo de la parte de atrás, que se inclinaba suavemente hacia los árboles. A dos kilómetros de distancia estaba el río Sudbury. Desde la cocina Peter no podía verlo, pero sí desde la habitación de invitados de la tercera planta, donde dormía siempre que se quedaba a pasar la noche.

–Tengo problemas para ubicar a la señora Jellyby –dijo Peter.

–¿La señora Jellyby? –repitió Meg, frunciendo el ceño.

Peter esperó. La mirada azul de Meg era la de una persona inteligente, pero quizá no la de una persona muy leída; no lo sabía bien. Meg había nacido y crecido en Wisconsin y se había establecido en el Este al acabar la universidad hacía casi quince años, y se había casado muy pronto con uno de los antiguos alumnos de Peter. Se habían conocido en la iglesia.

–¿*Casa desolada?* –dijo Meg.

–*Casa desolada* –le confirmó Peter–. La señora Jellyby es la chiflada que se pasa la vida recaudando dinero para los nativos de Borrioboola-Gha. Sus andrajosos hijos se caen continuamente por las escaleras. La casa está siempre sucia y se cae a pedazos. «No tengas nunca una misión», le advierte su pobre marido a la heroína. Hoy en día aplaudiríamos el egoísmo de la señora Jellyby. Nos alegraría saber que se preocupa por África. Tiene gracia, pero hay cosas que no cambian nunca.

–¿«Porque los pobres siempre estarán con vosotros»?

–Exacto. Y son siempre los mismos pobres. La señora Jellyby lleva su ardor al extremo y descuida a los necesitados que tiene más cerca. No es una forma de caridad muy cristiana.

Peter se interrumpió. Le estaba soltando la lección a Meg, se estaba aprovechando de su filial atención. Tras los años pasados entre maestros presuntuosos y verborreicas viejas damas, se había acostumbrado al papel de oyente. Hasta encontrar a alguien que escuchaba con tanta atención como él. Era como si Meg hubiera heredado su talento, o, ya que eso era imposible, como si se hubiera contagiado de él. Y aquella casa suya –tan vieja y aun así tan fresca– también parecía querer oír lo que él tenía que decir.

–La filantropía de la señora Jellyby tampoco es muy judía –continuó–. Se podría sostener que es una caridad tipo séptimo grado de Maimónides: no sabe cómo se llaman las personas a quienes ayuda y esas personas ni siquiera han oído hablar de ella. Pero Dickens quiso hacer de ella un personaje cómico, el hazmerreír, y él me lo sigue discutiendo. Dice que Maimónides hablaba de una caridad más próxima, y que eso no se corresponde en absoluto con la señora Jellyby... Me dejo llevar un poco por mi entusiasmo, ¿verdad?

Meg guardaba silencio. De todos los silencios que Peter había conocido, el de Meg era su favorito. En él no había decepción, como en el de su madre; ni aburrimiento, como en el de las mujeres a quienes había hecho la corte; ni bochorno, como en el del comité de estudio que no le había premiado con la dirección del colegio; ni modorra, como en el de los alumnos de recuperación de media tarde; y tampoco sobrecogía, como el de su tía muda tras el derrame cerebral.

–Me parece que te gusta –dijo Meg al cabo de un rato.

–¿El qué? ¿Pelar zanahorias? –dijo Peter, sonriendo. Había estado pelando zanahorias para ella mientras hablaban –él hablaba.

–Pensar en Dickens y en Maimónides –dijo Meg–. Buscar los ocho niveles de caridad de Maimónides en las novelas de Dickens –se corrigió, con delicadeza– suena... bonito. Sabía que te interesaba Dickens. Pero no sabía que te interesaba el judaísmo.

–No me interesa el judaísmo. Solo los judíos. Son tan complicados...

–Hum –respondió Meg, sin dar su opinión.

–Lo han sido siempre.

En Harvard justo después de la guerra, Peter se había dado cuenta de que sus compañeros más brillantes eran chicos judíos. Comprendían lo grotesco en Swift y las mujeres ingenuas de Jane Austen. Adquirir un buen nivel de inglés era facilísimo sabiendo hebreo. Las historias de Shakespeare no eran más que otro capítulo del *Midrash*. Después de cada conversación con uno de aquellos estudiantes, Peter sentía admiración y envidia. Se preguntó a qué conversaciones habría asistido Meg: ¿debates de sobremesa después de una cena? ¿Arrogantes intentos de seducción?... Y ahí llegaba su marido, franco y formal como el director de instituto que era. Entró sonriendo, y le tendió la mano. Los tres niños entraron detrás de él y le rodearon: dos niños y una niña más pequeña. El hijo menor tenía el pelo del mismo color que la calabaza del alféizar. Meg decía que era herencia de su familia, aunque ella tuviera el pelo castaño, y liso. Los niños saludaron a Peter sin mucha efusividad, como si no hubiera pasado una semana desde la última vez; como si no tardara más de una hora de autobús, tranvía y tren en llegar; como si viviera ahí. En realidad, algún día tendría que hacerlo, como había dicho Meg más de una vez. El dormitorio del tercer piso era el lugar idóneo para retirarse de su retiro.

Después de comer, los tres adultos bebían sidra caliente bajo un manzano y hablaban de los niños.

–Son unos vagos –dijo Jack–. El otro día quise enseñarle a Ned a jugar al ajedrez. Es muy difícil, me dijo. Con las damas le vale.

–Con las damas le vale a mucha gente –dijo Meg.

–Venga, Meg. Les mandamos a un colegio privado. Hemos reformado esta casona por ellos. –No era una queja, observó Peter; Jack estaba orgulloso.

–Pierdes todos los días dos horas en ir y venir –añadió Meg.

–Eso es. Así que no les queda más remedio –dijo Jack.

–¿No les queda más remedio que qué? –dijo Meg, riendo.

–No les queda más remedio que aprender a jugar al ajedrez. –Y Jack también se echó a reír–. ¿Tú qué opinas, Peter?

–¿Yo qué opino de qué? –contestó Peter, sin ganas de pronunciarse.

–De nuestros tres gamberros. Del valor de la enseñanza privada. De la vida en el campo.

Jack respiró hondo. Generaciones de granjeros y clérigos se expresaron en esa complacida inhalación. Aquella casa había pertenecido a su familia desde siempre; algún antepasado suyo la había construido. Un siglo atrás él habría cultivado aquella tierra con sus hijos y un puñado de jornaleros. Y eso habría bastado para ganarse la vida dignamente. Los niños habrían ido a Harvard, como no podía ser de otra forma. Y en cambio ahora él estaba harto de ir al instituto todos los días, y sus hijos tendrían que competir por una plaza en la universidad con los nietos de cualquier estibador o revisor de tren. Para que estuvieran preparados para la lucha, Meg les dejaba todas las mañanas en la escuela de Cambridge y les recogía todas las tardes, a última hora. Mientras, trabajaba de programadora, también en Cambridge.

–Opino que la casa lo vale, sin más –dijo Peter.

El sol de la tarde enrojecía la tapia de piedra del jardín. Las ventanas de la cocina destellaban como el agua. Las rosas resplandecían con un fuego suave –una o dos aún lo harían en Acción de Gracias, muy tarde ya, recordó Peter– y las zinnias y los asteres florecían en el camino que conducía hasta la puerta. Era una casa a la que volver todos los días. Que los jóvenes Wren estuvieran dentro viendo la televisión no parecía irremediable, solo triste. Meg era demasiado humilde, Jack siempre estaba demasiado ocupado; y eso quizá no constituyera el mejor ejemplo para sus hijos.

–Los niños tienden al promedio –sugirió Peter.

–Los niños tienden a la mediocridad –dijo Jack.

–¿Al promedio entre Jack y yo? –dijo Meg, dudando.

–Al promedio de su generación –dijo Peter, con una sonrisa.

–¿Y eso no se puede remediar? –dijo Meg, sin una sonrisa.

A Peter no le gustaba conducir, no tenía coche, pero si viviera allí podría llevar a los niños al colegio y volver, y Meg podría trabajar desde casa. Era una programadora muy apreciada; su empresa le concedería ese privilegio. Ahora era posible llegar a cualquier acuerdo. Y con el tiempo, la herencia de su tía, que no había gastado, sería para los niños.

Todas las mañanas, los más jóvenes de Congdon Street iban al colegio, los mayores llevaban a los menores. Hasta los más pequeños iban cargados con una mochila. Algunas madres iban detrás, sin intervenir, solo vigilando. Peter se preguntó si harían turnos. De día el peligro estaba en el tráfico. Peter también echaba un vistazo a los niños desde la ventana. A veces, cuando iba temprano a comprar el periódico, le rodeaban; una reducida multitud de pequeños asiáticos y centroamericanos se dividía brevemente por su culpa y volvía a congregarse a su espalda. Se sentía como un mayo. Los niños llevaban prendas de pana de todos los colores. ¿Qué tal les iría en la Tierra de las Oportunidades?, se preguntaba. N. Gordon, el administrador del edificio lleno de camboyanos, estaba citado a juicio por fallos de mantenimiento en la finca. Los fallos no eran culpa del señor Gordon, aducía su abogado. Aquellas viviendas estaban superpobladas; esa gente se subarrendaba los pisos.

Peter salía todos los días. Ya conocía a algunas de esas mujeres de pelo blanco y movimientos lentos, y las saludaba con una sonrisa. Frecuentaba la principal biblioteca del centro. Estaba leyendo un libro sobre Dickens y los sabatarios y otro sobre Dickens y los judíos. A veces quedaba a comer con algún antiguo compañero o alumno. Algunas tardes iba al cine y se sentaba en la última fila y apoyaba sus largas piernas en el asiento de delante. A cenar iba a casa de algún amigo o, si no salía, se preparaba algo sano.

Los Wren daban una fiesta todos los años la tarde del domingo después del partido. Meg se encargaba de prepararlo todo, con alguna ayuda de la familia y de Peter. Horneaba bollos de hojaldre con queso cheddar, hacía bocadillos de salami y cortaba hortalizas y las colocaba alrededor de un bol lleno de yogur. Peter se acordaba de las tartas que la cocinera de su tía preparaba con tanto celo, cada una de las capas menos comestible que la anterior. Al menos los canapés de Meg estaban bastante ricos.

Esa mañana, Peter estaba frente a la encimera untando el paté de pescado en cuadraditos de pan de centeno, y, mientras, admiraba las vistas. Los abetos le hicieron pensar en la Navidad. A su lado, Meg cortaba pepinos. Los dos llevaban vaqueros; los dos tenían la gracilidad de un abedul. Él podría haber sido su hermano mayor.

Los invitados eran, como siempre, muy diversos: gente bien, viejos amigos, compañeros de trabajo, dos ancianas primas de Jack. También había un grupo de padres del colegio de los niños, incluidas dos personas importantes, ambas judías: un psicólogo que salía en la tele y Geronimus Barron, el antiguo vecino de Peter. Sus mujeres no eran particularmente atractivas, eso desde luego. Una generación atrás, reflexionó Peter, las esposas judías iban bien vestidas, eran cultivadas y tenían mucho tiempo libre. Ahora todas ejercían la medicina. Imposible seguirle el hilo a gente así.

Peter era un personaje popular en aquella fiesta. Todos le recordaban del año anterior. Una amiga de Meg cuyo marido la estaba dejando lloró una vez en su hombro en la despensa. Al parecer, la pareja se había reconciliado, advirtió. El dentista de los Wren presumía de ser muy aficionado a Dickens, pero Peter tenía la impresión de que solo había leído *Oliver Twist*. Las primas le apreciaban mucho.

–Nos gustaría charlar con usted más a menudo y no solo de vez en cuando.

–Me encantaría –dijo Peter.

–Tenemos que hablar con Peggy y solucionarlo. –¿Peggy?

–Las familias felices *no* se parecen –decía alguien.

–Más digna de lástima que de crítica. Quien avisa es el traidor. –¿Quién era aquel aficionado a los juegos de palabras? Ah, el psicólogo de la tele... Y no se había dado cuenta, pero a su lado estaba Geronimus Barron. ¿Cuánto tiempo llevaba allí?

–Me alegro de verle, señor Loy.

–Peter –le corrigió Peter–. No le he oído llegar, Geronimus. Es usted sigiloso como un tigre.

–¿Es eso lo que se siente al adquirir una empresa? –preguntó una de las primas.

–No lo sé –dijo Geronimus. Tenía la costumbre de contestar con la mayor precisión posible a todas las preguntas que le planteaban. Eso le daba aire de persona obediente–. A usted no quisiera adquirirle, señor Loy... Peter, pero sí me gustaría que formara parte de mi equipo. Dice Margaret que es usted el último de los pensadores lúcidos.

¿Margaret? Geronimus, manos en los bolsillos, despachó con una educada sonrisa al adolescente que pasaba con una bandeja ofreciendo vino. Las primas, quizá por compensar a un invitado tan abstemio, cogieron dos copas cada una. ¿Cuántos años tendría el magnate tranquilo?, se preguntó Peter. ¿Cuarenta? Le dejabas en una isla desierta desnudo y con las manos vacías y en cinco años se había convertido en primer ministro del rey de los nativos. Maimónides había prosperado hasta ser médico de la corte en tiempo récord...

–¿Y qué más dice Margaret?

–Peggy no habla mucho que digamos –dijo una de las primas.

–Pero las apariencias engañan –dijo la otra.

–Los dos formamos parte del comité de becas del colegio –dijo Geronimus, y la conversación cambió a la inclusión de las minorías. Peter acababa de recibir el último boletín del colegio interno en que se había educado. Hacía poco habían becado a dos chicos de South Bronx, y ningún pergamino de alta calidad había inmortalizado hasta entonces dos caras tan tristes. Una trampa, lo llamó Peter. Geronimus se limitaba a escuchar.

A la mañana siguiente Meg dijo que dejaría a los niños en el colegio antes de dejarle a él en Harvard Square. A Peter le encantaba formar parte de aquel ritual familiar. La caravana se arrastraba despacio por la curva. Los coches solo podían soltar su carga de uno en uno. Los alumnos que bajaban tenían esa mirada de pillo que tienen los ricos. Meg llevaba puesto un jersey de lana y no parecía rica, solo saludable.

–Piensa en el largo trayecto que Jack tiene que hacer todos los días –decía cuando ya salían del colegio–. No me extraña que no pueda terminar el doctorado, se pasa la vida en la carretera. A veces creo que tendríamos que contratar a un chófer. Sería un derroche, pero así Jack ganaría dos horas al día para trabajar en la tesis. Podría ir en el asiento trasero con un portátil. ¿Te parece una locura?

–Todo lo contrario. Es innovador. El tipo de solución en que pensaría Geronimus Barron.

–¿Ah, sí? Jack no quiere ni oír hablar de ello.

–Dale tiempo –dijo Peter, y la miró. Parecía preocupada–. Jack es una persona flexible. –Era mentira. Jack era una persona rígida. Él, Peter, sí era flexible. La suya era una flexibilidad tardía, adquirida después de mucha tristeza y decepción, y estaba orgulloso de ella. Lo que conseguimos tras muchas postergaciones tal vez sea lo mejor. Maimónides se casó ya casi al final de su mediana edad, y hasta fue padre, de un varón...

Meg volvió la cabeza y le dirigió una sonrisa cálida, casi conyugal.

–Me gustaría poder dejarte en tu casa, pero tengo una reunión muy temprano.

–Tengo que ir a la Widener –volvió a mentir Peter.

Meg paró cerca de una de las puertas del campus. Peter abrió la puerta del coche.

–Querida –dijo.

–*Querido* –dijo ella, de una manera encantadora. Esperó a que Peter bajara y cerrara la puerta, demasiado fuerte. Y entonces se marchó.

Una noche de diciembre se produjo un incendio en el edificio de los camboyanos. Una mujer había improvisado una barbacoa en el suelo de la cocina porque el horno ya no funcionaba o le habían cortado el gas. No hubo muchos daños y nadie se vio obligado a dejar su piso, pero todos los vecinos tuvieron que esperar una hora en la calle como la pandilla de refugiados que eran. Cuando los bomberos anunciaron que podían volver a sus casas, que ya no había ningún peligro, fueron entrando en fila india. A Peter, que observaba desde una ventana, le habría gustado invitar a algunos a tomar un té, pero ¿a quiénes? Ojalá Meg estuviera a su lado, con su bata acolchada.

Era la noche del viernes antes de Navidad. Tenues velas eléctricas iluminaban algunas ventanas, y la joven y esperanzada pareja de los maletines a juego había puesto un árbol en el salón, pero se habían marchado a Stowe, el complejo de montaña, y las luces del árbol estaban apagadas. En el resto de la calle no había fiesta. El piso de Peter, la excepción, resplandecía –le encantaba la noche de los viernes; a pesar de que ya no trabajaba, seguía sintiendo la liberación del fin de semana–, aunque la gélida y desagradable presencia de Jack Wren le robaba calidez. Jack se había quedado hasta muy tarde en el colegio para asegurarse de que todo estuviera en orden antes de las vacaciones, como haría cualquier buen director, y luego se había dirigido hacia el centro de Boston, con todo el tráfico de los viernes por la noche, directo a casa de Peter. Había llegado a las siete en punto. Ahora eran más de las ocho. Peter seguía, como un idiota, ofreciéndole algo de comer. Jack seguía diciendo que no. Se iría a casa pronto, seguía diciendo. Meg y él no se habían separado todavía. Todavía no les habían dicho nada a los niños. Seguían siendo marido y mujer. Meg le estaba esperando.

–Es increíble –decía Jack.

Por no decir fuera de lugar, pensó Peter. También sospechoso. ¿Y qué tendría planeado Geronimus Barron hacer con su mujer? Pero él sabía la respuesta a esa pregunta. La señora Barron –dicho en propiedad, la doctora Barron– era una eminente especialista en inmunología; multitud de científicos estarían sin duda impacientes por hacerle compañía. También a Geronimus le gustaba, o eso parecía. El suyo había sido un buen matrimonio, se daba cuenta Peter. Se separarían amistosamente. Pero ¿y los hijos de los Wren?, se preguntó. No sabía qué pensar. ¿Cómo reaccionarían en las inevitables vacaciones cuando se vieran obligados a compartir un chalet o un yate –o, más probablemente, una tienda de campaña o un retrete– con los extraordinarios chicos Barron? Bueno, quizá los hijos de los Barron también tendieran al promedio. Los judíos estaban sometidos a las mismas leyes mendelianas que todo hijo de vecino, razonó Peter. Los judíos eran...

–Se quedan con nuestros trabajos, con nuestro dinero, con nuestras plazas de colegio –decía Jack–. Toman nuestras ciudades. Y ahora se quedan con nuestras mujeres.

–Con nuestras casas no –murmuró Peter–. No con todas.

–A Meg nunca le gustó nuestra casa.

–No, Jack. Tal vez ahora diga eso, pero...

–Lo ha dicho siempre. –Jack apretaba la nariz contra la ventana, como hacía uno de sus hijos–. Habría preferido vivir en algún chalet de dos plantas en las afueras y mandar a los niños a un colegio público. Ojalá lo hubiéramos hecho. No habría conocido a ningún Geronimus Barron en la asociación de padres y madres de Nothingsville.

Eso Peter tenía que reconocerlo. Lo cual demostraba, suponía él, que Meg y Geronimus estaban predestinados. Ella le había dicho una vez que no estaba hecha para tener dinero; que no era una aristócrata, sino una mujer sencilla; y que, pese a que se le daban bien los ordenadores, no era particularmente brillante. Ni tampoco ambiciosa. Estaban solos debajo del manzano, con la niña dormida. Cuando él abrió la boca para rebatir aquella inesperada y sin duda inexacta confesión, Meg le puso el dedo en los labios.

–Simplemente una sencilla chica de campo –susurró. Peter recordaba ahora la deslumbrante belleza de su pálida y pecosa cara, y de sus ojos azules, y entendió que lo que sentía por Geronimus Barron era un amor de campo, irresistible como el viento.

Se acercó a Jack, aquel hombre más joven que él, y le rodeó los hombros. En aquel abrazo de apoyo, Jack irguió la espalda.

–Nunca la olvidarás –dijo Peter–, pero la rabia se irá calmando, y la pena.

–Sí –dijo Jack.

Peter se preguntó sin mucho interés quién se casaría con Jack. Alguna mujer buena. Le gustaría la casa, pero no se daría cuenta de que el mobiliario incluía a un profesor jubilado obsesionado con Dickens y Maimónides. A Peter le invitarían quizá una vez al año. En cuanto a Meg y Geronimus, vivirían en un ático con vistas al puerto rehabilitado. Un catering se encargaría de los entremeses. Esperaba que le mantuvieran en su lista de invitados.

En la calle un hombre alto y una mujer con pinta de golfa caminaban deprisa. Por la acera de enfrente paseaban dos chicos, discutiendo. Aunque se habían dejado la mochila de los libros en casa, por sus barbas y sus parkas era obvio que eran estudiantes de derecho. Se marcharían después de licenciarse, predijo Peter; abandonarían el campo, lo cambiarían por Charlestown o el South End. La joven y esperanzada pareja, tras descubrir que ella se había quedado embarazada, vendería la casa de la que se habían encaprichado y se marcharía a toda prisa a un barrio residencial de la parte oeste. Otras personas ocuparían las habitaciones de los estudiantes, el hogar de la pareja. Las casas se dejan mandar por el primero que llega. No como los gatos; los gatos siempre guardan las distancias. No como los perros; los perros siempre son fieles. Como las mujeres, se obligó a pensar, deseando que la misoginia le invadiera, le colonizara, para que al cabo de unos años todo el mundo diera por supuesto que siempre había sido suya.

EL NO COMBATIENTE

–Si termina la guerra, no podré ser enfermera –protestó la hija mayor de Richard.

–¿Por qué no? –preguntó él.

–Porque no habrá más batallas –dijo la niña. Estaba a los pies de la cama de Richard, y le miraba con enfado.

Richard se acordó de que su hija estaba leyendo una biografía infantil de Florence Nightingale. La niña debía de imaginarse volando de tienda en tienda por toda la polvorienta Crimea para confortar a los bravos *tommies* británicos.

–Puedes ser enfermera de tiempos de paz –le dijo Richard–. Como las que me ayudaron a mí después de la operación. –En realidad no le habían ayudado mucho; mujeres afligidas, de brazos coloradotes. Tenía metástasis. Y cuarenta y nueve años.

–¿Las enfermeras del hospital? Qué feas –dijo la niña, con la franqueza de sus ocho años–. ¿Va a acabar la guerra?

–Sí.

En Europa la guerra ya había terminado. Esos días, principios de julio de 1945, la guerra en Asia estaba a punto de acabar. Richard oía exultación en la voz de los locutores radiofónicos, veía alivio en el rostro de los soldados. Hacía tres días que su familia se había instalado en aquel pequeño pueblo del cabo

Cod. Esa tarde, cuando Catherine había bajado corriendo del coche para entrar en la tienda de ultramarinos a comprar pan y algo de leche, dos chicos jóvenes, soldados, a salvo de la batalla y con la sensación de libertad de un estudiante, le habían dedicado un silbido mientras Richard observaba desde el otro lado del parabrisas.

Aunque ya no compartía esa hambre, la comprendía. Con sus vestiditos de algodón, Catherine estaba en verdad muy guapa, y las dos arrugas de preocupación que hacían guardia entre sus cejas realzaban en realidad sus suaves y grandes ojos castaños. Catherine se había criado entre cuáqueros y conservaba la calma aprendida entonces. Era quince años más joven que él. Sus dos hijas pequeñas eran una copia exacta de su madre. En cambio la mayor, la enérgica niña que quería que la guerra continuara, se parecía a él. Tenía sus pequeños ojos de acero y su piel clara.

–Si no puedo ser enfermera del ejército, seré médico, como tú –dijo la niña.

–Una segunda opción estupenda –la elogió Richard. Se dio cuenta de que la niña tenía, a causa del verano, la cara sonrosada, mientras que él, estaba seguro, seguía pálido como la arena.

Pero la segunda semana de julio ya tenía mejor aspecto. Era como si dentro de su cuerpo se hubiera firmado una tregua. Desde que el primer día en aquel pueblo había reducido los analgésicos. Por eso estaba más alerta. Despertarse no era muy divertido precisamente, pero hacia las diez ya podía sentarse con cierta comodidad en el porche con mosquiteras de la casa que tenían alquilada. Veía jugar a sus hijas a la sombra de un árbol achaparrado y nudoso. Contestaba el correo recibido durante su reciente hospitalización. Escuchaba la melodiosa voz de Catherine si hacía algún comentario cerca de él, en el porche, cuando separaba la ropa para lavar, o pelaba patatas, o estaba concentrada en el puzle.

Catherine iba a la playa todas las tardes con las niñas. Él se quedaba observando hasta que ya no las veía, luego volvía al comedor, reconvertido en dormitorio de enfermo. Habían puesto allí su cama para estar en la misma planta del cuarto de baño, que estaba cerca, aunque a veces no lo suficiente. Para cuando volvía su familia, estaba esperando en el porche. Catherine volvía a veces con la niña de tres años en brazos, y les recordaba a las dos mayores que tenían que ir a la parte de atrás a lavarse los pies en el grifo.

–¡Y no hagáis ruido! ¡Pensad en la señora Hazelton!

La mayoría de los días la señora Hazelton no estaba y no había por qué pensar en ella. Las niñas sabían que no estaba porque no veían su bicicleta apoyada en la pared de la cabaña, en la que se instalaba cuando alquilaba la casa. Cuando no estaba la bicicleta (se lo decían a sus padres), se sentían libres para mirar por la ventana de la cabaña e irse enumerando, la una a la otra primero y luego a quien quisiera escucharlas, las maravillas que guardaba el interior. Richard recordaba el primer día de inventario. Las niñas, que tenían ocho y seis años, estaban tan nerviosas que no paraban de interrumpirse.

–Un lavabo muy pequeñito, y...

–Una cama. Y una manta... ¿hinchable?

–Un edredón –dijo Catherine, que estaba atenta.

–Una tetera. ¿De oro?

–Me temo que de cobre –dijo Catherine, sonriendo.

–Una mecedora. Un escritorio. Una alfombra que parece de serpiente...

–... Ah, una alfombra trenzada.

–Una cocina negra y grandota.

–Para hacer niños al horno –bromeó Richard.

–¡Papá! –dijo la niña mayor.

–No es una bruja –dijo la mediana. La pequeña se echó a llorar. Ya había estado a punto de hacerlo antes por algún otro asunto.

60

–La señora Hazelton es una bruja buena –aclaró Richard. Bien podría haber sido la malvada bruja mala. Richard y Catherine apenas sabían nada de ella: que era su casera, que se había quedado viuda hacía poco y que trabajaba en la biblioteca. Sabían también que era larguirucha, y suponían que era más o menos de la edad de Richard. Tenía canas, pocas, y llevaba el pelo revuelto, como si estuviera eternamente en mitad de un puente en plena tormenta. Llevaba pantalones militares y camisas de hombre con el botón de arriba desabrochado.

–Tiene cuadritos en el escritorio –le dijeron las niñas a Richard.

–¿Cuadritos? –preguntó Richard, distraído.

–Ya sabes, papá, de caras.

–¿Fotos?

–Sip –dijo la hija mediana–. Hombres. Y todos llevan gorras con visores.

A los pocos minutos:

–¿Con visores? –preguntó Richard.

–Viseras –le aclaró la niña mayor.

La cabaña de una habitación y una ventana a la que se retiraba la señora Hazelton cuando alquilaba su casa estaba en la esquina nordeste del jardín trasero, separada de la casa de la familia por un huerto de la victoria[1] con tomates, judías y lechugas.

–Tendrán que espachurrarlos cuando nosotros volvamos a casa, y las calabazas lo último –había dicho Catherine, sonriendo ante esa abundancia futura.

La señora Hazelton les dejaba una cesta de hortalizas en la escalera de la cocina. De vez en cuando la veían a gatas, arrancando hierbajos. Se ponía una gorra de oficial que le quedaba

---

1. Durante la Segunda Guerra Mundial, muchos norteamericanos plantaron huertos en sus jardines y en los parques públicos para abastecerse de frutas y verduras y contribuir al esfuerzo de guerra. Los llamaban *victory gardens*, «huertos de la victoria». *(N. del T.)*

grande. A veces la veían salir por la mañana o volver a última hora de la tarde. Pero con frecuencia, a las nueve, cuando la niña más pequeña todavía no se había despertado y las mayores seguían en la cama, con un libro, la bicicleta ya no estaba. Y a veces eran ya las doce de la noche cuando Richard, que se quedaba leyendo en su cama del piso de abajo hasta la hora de la última pastilla del día, oía el crujido del suelo bajo las ruedas. Levantaba la vista del libro y esperaba al segundo ruido. Y ahí estaba: la puerta de la cabaña al cerrarse.

La tercera semana de julio Richard estaba lo bastante recuperado para ir dando un paseo hasta la calle principal del pueblo y volver, entre sus dos hijas mayores. Entonces un día se llevó también a la más pequeña, en la sillita antigua donde la niña iba sentada en sentido contrario a la marcha y sus padres podían admirar la dulzura de sus ojos castaño oscuro y el arabesco de sus labios. No volvió a dejar en casa a la copia pequeña de su madre.

A finales de julio daba dos paseos diarios: uno antes de la cena con todas sus hijas y otro más tarde, bajo un cielo patrullado por reflectores. La primera de aquellas noches se paró en una heladería decorada en rosa. Jóvenes trabajadoras se sentaban en mesitas redondas. Grupos de mujeres y niños tomaban helados enormes. El dolor, que nunca le abandonaba del todo, estalló. Echó la culpa al ambiente de harén que reinaba en aquel sitio.

La noche siguiente entró en un bar. Aunque no solía beber demasiado, se sintió a gusto de inmediato. Las paredes no eran de ningún color en particular, y las mesas, con bancos oscuros de respaldo alto, acogían por igual a civiles y militares. La radio daba noticias del Pacífico. Richard se quedó en la barra, sentado, y procuró alargar la única cerveza que pidió, evaluando cuánto dolía. Pero el dolor no fue a más, como queriendo demostrar que podía ser piadoso. La calle principal seguía muy animada cuando se marchó. Su calle, sin embargo, estaba oscura. A mitad de camino orinó detrás de unos pinos raquíticos.

Catherine se echó a reír al ver que le olía el aliento a cerveza.

–Viejo borrachín.

–Estoy celebrando algo.

–¡En serio! –dijo Catherine con su voz dulce y melodiosa, mientras otra canción muy distinta vibraba entre ellos: ¿qué demonios tenemos que celebrar?

Llegaban visitas. Fue a verles Banice Bass, al que la marina había licenciado recientemente. (Richard había preferido el ejército. Podría haber llegado a comandante. Pero el ejército no quería a un médico enfermo y entrado en años, aunque estuviera recuperándose, y desde luego no lo quería si su mujer estaba embarazada.)

Los MacKechnie y sus cuatro hijos derrocharon muchos cupones de gasolina para ir a verles en coche desde Providence. El racionamiento acabaría muy pronto, en eso estaban todos de acuerdo. Catherine guardaba pringue en una lata detrás de la cocina, pero dentro de poco tampoco eso sería necesario.

–Terminará la guerra y empezará mi batalla –le dijo Richard a Mac en el porche.

–Cobalto –dijo Mac directamente.

–Sí, probaremos el cobalto –dijo Richard, y suspiró. Se iba a presentar voluntario para un protocolo experimental y tenía la esperanza de que no le pusieran en el grupo de placebo.

Llovía. Las mujeres se habían llevado a todas las niñas a ver una película de Betty Hutton. Los hijos varones de los MacKechnie, inclinados sobre el puzle, gruñían tímidamente. Las ramas se mecían y las hojas susurraban bajo una avalancha de lluvia. En la distancia se oían truenos y las sirenas de los barcos. Sin hacer ningún ruido, una mujer en bicicleta bajó por el camino de tierra de su casa y llegó a la calle. No llevaba impermeable ni sombrero. Levantó la cabeza, empapada, y pedaleó apresuradamente en dirección a la tormenta, como si al menos esta sí la quisiera.

El camarero de la barra era un tipo simpático. Los tres o cuatro clientes habituales también eran muy agradables. Siempre hablaban del fin de la guerra: ¿cuánto tiempo más tendremos que esperar? ¡Por el amor de Dios! ¿Cuántos más de los nuestros tienen que morir? Una pareja tristona y enjuta solía sentarse en una de las mesas del centro. Un grupo de mujeres de mediana edad muy animadas ocupaba por lo general una mesa del fondo. Una llevaba el pelo rizado, de un negro artificial. Otra mucho rojo. Una tercera tenía un glamour amariposado; en el cine podría haber interpretado a la tía de Rita Hayworth. Una noche les acompañaba otra mujer. Tenía el pelo revuelto y vestía como un hombre... Richard la saludó con una inclinación de cabeza mirando al otro extremo de la barra. La señora Hazelton le devolvió el saludo.

Intercambiaron el mismo saludo varias noches posteriores pero no consecutivas. Unas veces la señora Hazelton estaba en el bar, otras no.

Llegó de visita el hermano de Richard. Las familias tenían mucha relación. Los hijos de su hermano eran lo bastante mayores para comprender la gravedad de la situación de su tío. Ocurrió un pequeño percance: después de comer, la hija mediana de Richard y Catherine se cayó de un árbol. Perdió el conocimiento por unos instantes. El hermano de Richard, también médico, la examinó concienzudamente –Richard y Catherine se cogían las manos con preocupación– y anunció que no tenía nada. Pero todos se llevaron un buen susto. Y luego, justo antes de la cena, descubrieron un charco debajo de la nevera. El interior estaba caliente, aunque la comida no se había estropeado. Catherine fue a llamar a la señora Hazelton. No estaba. Así que las cuñadas prepararon la comida, y cuando los nueve estaban en el porche, comiendo ensalada y maíz y perritos calientes («Se *supone* que la mantequilla es mejor derretida», había dicho la hija mediana), la señora Hazelton pasó en su bicicleta.

–Vamos a buscarla –dijeron los niños, y salieron corriendo. Desde luego que era una bruja, si su habilidad con los tercos electrodomésticos servía de prueba. Richard se quedó observando desde la puerta de la cocina. Catherine se sentó en una de las sillas. La señora Hazelton abrió una puertecita y dejó al descubierto las tripas de la nevera. Luego se puso en cuclillas, alargó el brazo para girar algo y tirar de otra cosa. Al cabo de unos instantes, y con un zumbido, el motor volvió a ponerse en marcha. La señora Hazelton le indicó con un gesto a Catherine que se agachase a su lado. En cuclillas, las dos juntas examinaron la nevera. ¿Por qué había elegido la señora Hazelton a Catherine para decirle lo que había que hacer?, se preguntó Richard. ¿Acaso no era él el oficial al mando allí? Las dos mujeres se pusieron en pie –la más joven y grácil llevaba un vestido de lunares, la mayor y angulosa, ropa de su difunto marido– y primero se miraron y luego lo miraron a él. Por un momento a Richard le parecieron más grandes que la vida: Grave Aceptación y su oscura hermana Desafío. Luego volvieron otra vez a ser dos personas: la dulce Cathy y la viuda del jardín trasero, cuyos ojos, azules como las llamas de gas, le miraban con un parpadeo.

Llegó agosto. El dolor disminuía. Richard no se engañaba, pero se aprovechaba de la situación. Una noche llamaron a una niñera y se fueron al cine. Otra noche salieron a cenar. El encanto de Catherine le distraía de casi todo. Cuánta suerte había tenido con ella, y con sus hijas, y con su trabajo; y sin embargo, cambiaría sin pensárselo los placeres de su particular vida por la vida misma. Se ocultaría en una cueva, se escondería en un callejón, se ataría a un arado; cualquier cosa por seguir vivo.

El 6 de agosto la radio del bar anunció a voz en grito la noticia de Hiroshima. Muchos clientes prorrumpieron en aplausos. Todo el mundo invitó a alguna ronda. La señora Hazelton, que estaba con sus amigas, se volvió y miró a Richard. Sus manos no se movieron de los muslos, como si las tuviera amarradas. El 9 de agosto dieron la noticia de la destrucción de Nagasaki. La señora Hazelton no estaba presente. Richard se marchó pronto. En casa encontró a Catherine haciendo punto junto al transistor. Lo miró con sus grandes ojos.

–Es espantoso.

–Todas las guerras son espantosas –dijo Richard, y se sentó en el suelo, cerca de los pies de Catherine–. Esas bombas pueden poner fin a la guerra y salvar vidas. Matar para curar, cariño. –Escucharon juntos el incesante regodeo de la radio.

Los días siguientes el pueblo empezó a llenarse de civiles y soldados y todos preguntaban si había nuevas noticias de Japón. El día después del bombardeo de Nagasaki, Richard y las niñas se abrieron paso a duras penas por las atestadas aceras de la calle principal. Una mujer a la que no conocían, y llevaba un vestido de verano turquesa con volantes, se inclinó sobre la sillita y, muy emocionada, le dio un beso a la niña pequeña, y lo hizo todo tan deprisa que la niña simplemente se quedó mirando en vez de llorar.

Catherine les dijo que la playa estaba abarrotada. Un ruidoso dirigible planeó sobre el mar el 11 de agosto. Unos niños lo observaron con entusiasmo, otros, asustados. Finalmente, el dirigible se marchó lentamente en dirección oeste y se perdió de vista. Mientras tanto apareció un nuevo puesto ambulante, de algodón de azúcar, que el encargado sacaba dando vueltas de una cuba. Las niñas no habían visto algodón de azúcar en su vida. Al llegar a casa tenían la cara manchada de finas líneas rosas, como la cara de los alcohólicos.

El 13 de agosto, el bar estaba tan lleno que Richard no pudo encontrar un taburete libre. De todas formas era mejor beber de pie. El dolor volvía a ser más agudo. La pareja de ancianos excesivamente delgados compartía su mesa con unos desconocidos. El camarero estaba muy ocupado. Su hijo, un chico nervudo, también estaba detrás de la barra..., aunque trabajar a su edad era una flagrante ilegalidad.

La tarde del 14 de agosto Richard estaba inquieto. Cuando su familia se fue a la playa, él se marchó al centro del pueblo. Habían abierto el bar y estaban todos los clientes habituales. El camarero y su hijo habían colgado cintas de papel crepé marrón y melocotón en el centro del techo. Luego les habían dado vueltas y clavado con chinchetas en lo alto de las paredes. Pero aquellos tonos de lencería echaban a perder el efecto carnaval.

–Las rojas, blancas y azules estaban agotadas –explicó el camarero.

Había cintas medio caídas, parecían papel matamoscas. El lugar se iba llenando poco a poco. En cada mesa con bancos se apretaban siete u ocho personas. Las mujeres animadas ya se habían instalado al fondo. Y habían conseguido unos hombres: un par de oficiales y un tipo con alzacuello. La señora Hazelton no se había unido a la fiesta.

El ambiente era sofocante. Richard salió con el vaso a la puerta, pero con tanto entrar y salir los empujones eran frecuentes, de modo que acabó bebiendo en la calle, otra ilegalidad. Un marinero le acariciaba descaradamente los pechos a una mujer. Tres de sus compañeros compartían una botella sentados en un banco. Cometían la infracción justo delante de la biblioteca pública, al otro lado de la calle, en diagonal y enfrente de Richard. En la tercera planta del edificio de Woolworth –el único del pueblo que tenía tres plantas– la gente se asomaba a las ventanas y tiraba confeti. La papelería estaba llena de clientes ruidosos. El estanco, la tienda de ultramarinos...

Alguien, en algún lugar, tiró un petardo, luego una ristra. Mientras tanto, detrás de Richard, el bullicio del bar se convirtió en clamor, y ya no cesó.

–¡Victoria! –oyó Richard.

–¡Derrota! –oyó.

–¡Rendición!

Las risas iban en aumento. Doblaron las campanas de las iglesias, desde la episcopaliana de una punta del pueblo hasta la congregacionista de la otra punta. Los conductores tocaban el claxon, aunque los coches no se movían, porque la calle se estaba llenando de gente: de todos los tamaños y edades, de todos los colores de cabello y de ropa; gente cantando, gritando, abrazando, llorando, bailando sola y en pareja y en trío y en grupo. Alguien tocaba un acordeón. Alguien tocaba una trompeta. Un camión del ejército asomó el morro en la calle principal desde una bocacalle, dio marcha atrás, desapareció. Luego llegó un pelotón de soldados, no para contener la algazara sino para unirse a ella, porque aquello era el fin de la guerra y todo el mundo participaba de la gloria. Un niño pequeño solo que andaba sin rumbo y lloraba entró en el campo de visión de Richard y entonces alguien le cogió en brazos, presumiblemente su madre. ¿Estaría la policía abriendo la cárcel? ¿Era ese el significado de la última sirena? Richard se apoyó en la cristalera del bar y se dio cuenta de que su vaso todavía estaba medio lleno. Se desabrochó uno de los botones inferiores de la camisa y se echó la cerveza encima. El líquido le bajó por la tripa. Le goteó un poco por debajo de la cintura suelta del pantalón y le refrescó el vientre. No apagó el fuego interior, pero lo mitigó un poco, durante un rato. Richard tiró el vaso en un cubo de basura.

De la tienda de ultramarinos del otro lado de la calle llegaron vítores y exclamaciones. De la barbería, de la consulta del dentista. Una mujer pasó corriendo delante de la biblioteca, sobrepasó a los tres marineros del banco..., pero para entonces ya había veinte personas en ese banco, ¡treinta personas! La mujer corrió en diagonal hacia él, cruzó la calle sin reparar en los ebrios, melena al viento, como un mascarón de proa.

Richard observó que Catherine no se reía, ni lloraba, ni gritaba, ni deliraba de alegría. Estaba rabiosa. Finalmente, su furia se había desatado. La cogió cuando ella pasó por delante con intención de seguir corriendo. Catherine ahogó un grito, se puso tensa, levantó los puños. Y entonces le reconoció, y se arrojó gimiendo entre sus brazos. Estaban igual que las decenas de miles de personas que celebraban el triunfo en su loca nación, presas de la victoria. Richard sintió que el aliento de Catherine, su apasionada insumisión, restañaba su agonía. Era un medicamento nuevo, salvaje, sin testar: una última y desesperada oportunidad. Catherine arqueó la espalda y le miró por un momento, las llamas azules de sus ojos le lamieron la frente, la nariz, la barbilla, la frente otra vez. Aunque quizá solo estuviera evitando fijarse en otra cosa, agachar la mirada, fijarse, por ejemplo, en sus pantalones mojados, cuya humedad sin duda notaba sobre la suya. Luego Catherine movió la cabeza rápidamente a los lados y sacudió la melena con la fuerza de la negativa. Richard la soltó. Catherine entró corriendo en el bar. Richard volvió a casa a duras penas, empapado pero no derrotado, no derrotado todavía, todavía no.

VAQUITA[1]

–Un día –le dijo la ministra de Sanidad a la subsecretaria–
tienes que llevarme a uno de esos complejos turísticos del lago.
Me pones una carpa de rayas y me vas mandando a los niños
que haya que vacunar. El alcalde y yo descorcharemos una botella de vino español frío y luego volaremos por los aires el último almacén de leche en polvo... –La ministra se interrumpió.
Caroline, la subsecretaria, parecía cansada–. Lina, ¿qué lugar
dejado de la mano de Dios tengo que visitar mañana?

–Campo del Norte –fue la respuesta–. El agua es buena, el
alcantarillado está bien, no hay cólera, la disentería abunda...

La señora Marta Perera de Lefkowitz, ministra de Sanidad,
escuchó y memorizó. La barbilla ligeramente elevada, sus pálidos ojos entrecerrados. Era la pose que la prensa escogía con
más frecuencia para sus caricaturas. Los periódicos proguberna-
mentales más o menos afectuosamente: en sus páginas la ministra parecía una vaca curiosa. Los periódicos de la oposición
acentuando las arrugas de debajo de los ojos y adornando su
boca con un cigarrillo; y sin que nunca faltara la famosa ramita
de diamantes que llevaba en la solapa.

–Ha habido disturbios –prosiguió Caroline.

1. En español en el original. *(N. del T.)*

La señora Perera apuró el cigarrillo, el cuarto de su diaria ración de cinco. Normalmente fumaba a esa hora avanzada de la tarde, en la balsámica presencia de Caroline. El despacho ministerial era grande y blanco, con preciosas paredes talladas. Unos rectángulos grises eran la prueba de la reciente presencia de cuadros. Las cortinas parecían una colección de cintas.

–¿Qué disturbios? –preguntó la ministra.

–Han exiliado a una familia.

–¿Por qué tontería?

La subsecretaria consultó sus notas.

–Responder a las preguntas de un australiano que investigaba el tráfico de drogas en Latinoamérica.

–Qué espanto. Van a terminar por sugerir que Nueva York blanquea nuestro dinero. Continúa, por favor.

–Lo habitual. Alimentación deficiente. Desnutrición. Pérdida de cosechas. Elevada fecundidad.

La señora Perera cerró los ojos del todo. La lactancia había servido de eficaz control de natalidad durante siglos, y la población se había mantenido estable. En una sola generación, la industria de la leche artificial lo había cambiado todo: ahora todos los años todas las familias pobres tenían un nuevo bebé. La señora Perera abrió los ojos.

–¿Hay televisión?

–No. Algunas radios. A setenta kilómetros hay un pueblo con un pequeño cine.

Sueños dorados.

–La clínica... ¿qué necesita?

Caroline volvió a revolver papeles.

–Agujas, guantes, kits de deshidratación, vacunas del tétanos, cigarrillos...

Una salva de disparos interrumpió la enumeración.

La ministra y su subsecretaria intercambiaron una mirada y estuvieron calladas un minuto. Los disparos no se repitieron.

–Pronto me deportarán –dijo la señora Perera.

–Podría irse voluntariamente –dijo Caroline con timidez.

–Esa idea apesta a boñiga de vaca –dijo la señora Perera, solo que lo dijo en polaco. Caroline esperó–. Todavía no he terminado de mangonear –añadió la señora Perera en una inaudible combinación de lenguas–. Me van a dar la patada y me van a mandar a Miami –prosiguió en su tono de voz normal, solo en español–, como han hecho con el resto del gobierno. Todos menos Pérez, que me parece que está muerto. Y se van a quedar con mi piso. ¿Podrás ocuparte de Gidalya? –Gidalya era su loro–. Y mientras, Lina, ocúpate también de rescatar este ministerio. Te pedirán que gestiones los servicios de sanidad, con independencia del memo al que pongan de ministro. Comprenderán que eres la única que puede hacerlo..., con tus principios, y nada de política. Así que hazlo.

–Quédate con mi loro, quédate con mi mesa, quédate con mi trabajo... –Caroline suspiró.

–Entonces trato hecho.

Siguieron hablando de otros temas del ministerio: la rebelión de los estudiantes en la parte oeste de la ciudad; la niña nacida sin manos en un campamento ocupado a quien tomaban por santa. Y se levantaron.

–Mañana por la mañana Luis la recogerá a las cinco –dijo Caroline.

–¿Luis? ¿Y qué pasa con Diego?

–Diego ha desertado.

–El muy granuja. Pero Luis... Le huele el aliento a ajo. Preferiría ir sola.

–Tiene que llevar escolta, es lo habitual –le recordó Caroline.

–Esta en particular podría venir con unas esposas –dijo la ministra.

Se dieron un beso de cortesía en la mejilla; y de repente se abrazaron. Luego salieron del fresco y casi vacío ministerio por dos puertas distintas. Caroline bajó corriendo a la parte de atrás, donde tenía aparcado el coche, un pequeño utilitario. La señora Perera bajó por la gran escalinata curva que acababa en el vestíbulo embaldosado. Sus pasos resonaron en toda la estancia. El guardia tiró de la enorme puerta de roble hasta abrirla. Empujó la verja de hierro. Saludó con una reverencia.

–Hasta luego, señora ministra.

La señora Perera esperó en la parada del autobús: una ancianita con el pelo teñido de rojo. Llevaba uno de esos trajes de chaqueta oscuros que siempre, con independencia de la fecha, parece que estuvieron de moda el año anterior. Los diamantes brillaban en la solapa.

Que fuera en autobús muchos lo interpretaban como un gesto de afectación. En realidad era un lujo. En el asiento de atrás de una limusina oficial se sentía como un cadáver. Pero en el autobús volvía a ser una joven estudiante de medicina en Praga, con el pelo en una sencilla trenza roja. Hacía sesenta años iba en tranvía a todas partes: a los cafés; al apartamento de su novio; a casa de su profesor de checo, que luego se convirtió en su segundo novio. En su habitación tenía un dulce pájaro cantor. En la ópera lloraba con Smetana. Les escribía a sus padres a Cracovia siempre que necesitaba dinero. Todo eso antes de los nazis, antes de la guerra, antes de los partisanos; antes del año que pasó escondida en un granero, con la única compañía de una vaca; antes de la liberación, el campo de refugiados y el barco que zarpó hacia el oeste rumbo al Nuevo Mundo.

Cualquiera que tuviera interés podía averiguar su historia. Al menos una vez al año le hacían una entrevista en la radio o en la televisión. Pero a los ciudadanos les interesaba sobre todo su vida con la vaca. «Aquellos meses en el granero..., ¿en qué pensaba?» Siempre le hacían la misma pregunta. «En todo», respondía unas veces. «En nada», respondía otras. «En la lactancia materna», ladraba, seria, durante la fallida campaña contra los fabricantes de leche artificial. La llamaban *la Vaca*.

Aquel día el autobús llegaba tarde, aunque no demasiado teniendo en cuenta que había una revolución en marcha. Habían estallado tantas revoluciones en la capital, en la meseta, desde su llegada, junto a su jadeante madre. Primero la Guerra del Café, luego la Revuelta de los Coroneles, luego la... Ya llegaba el autobús, medio lleno. Se agarró a la barra y, resoplando, subió a bordo. El conductor, mirando los diamantes, la saludó con la mano; la señora no necesitaba enseñar el pase.

El aire estaba anegado de calor. Todas las ventanas estaban cerradas en prevención de alguna bala perdida. La señora Perera abrió la suya. Los demás usuarios no protestaron. Y así, de camino a casa, la ministra, apoyada en una mano, pudo oler el aroma a gasoil del centro de la ciudad, los eucaliptos del parque, el hedor del río, la acre peste a cítricos de la basura del mercadillo de aquel día, y, por último, la fragancia de los hibiscos de la falda de las montañas. Ningún disparo perturbó el trayecto. Cerró la ventana antes de bajar y saludó con la cabeza a los cinco viajeros que aún quedaban.

En su casa, Gidalya estaba enfurruñado. Las visitas siempre se sorprendían ante un loro tan desvaído –Gidalya era solo marrón, prácticamente–. «Me atrajo de él su mirada de rabino listo», explicaba la ministra. Gidalya ni siquiera había aprendido los habituales tacos; solo graznaba, con blanda rabia.

–Hola –saludó la señora Perera.

El loro le devolvió una mirada resentida. La ministra le abrió la jaula, pero Gidalya se quedó en su percha, picoteándose el pecho.

La ministra se hizo dos tostadas y cortó unos trozos de papaya y se sirvió una copa de vino y lo puso todo en una bandeja. Cogió la bandeja, salió al patio y, comiendo y fumando, observó la ciudad que se extendía a sus pies, sometida al toque de queda. Podía ver un tramo del río, con su puente Segundo Imperio y sus puntales ornamentados. Quinientos metros más al norte estaba la plaza, donde se encontraba la catedral de piedra volcánica blanca, blanqueada aún más a esa hora por los focos, cuya pálida luz burbujeaba en los frondosos alrededores. Se oyó un débil tañido de campanas. Las diez.

La señora Perera llevó la bandeja a la cocina. Apagó las luces del salón y tapó con un pañuelo la jaula de Gidalya.

–Buenas noches, seguramente por última vez –dijo, primero en español y luego en polaco. Al llegar a su habitación se quitó los diamantes de la chaqueta y los prendió en la chaqueta que se pondría al día siguiente. Hizo los preparativos para acostarse, se metió en la cama y al instante se quedó dormida.

Los periodistas desconocían datos biográficos de la notable viuda. En las entrevistas la señora Perera podía rememorar sus primeros días en aquel país –que reanudó sus estudios de medicina, su labor para el nuevo y pequeño partido de izquierdas–, pero nunca mencionaba el caro aborto pagado por su rico amante casado. Hablaba del joven Federico Perera, del noviazgo, de la creciente importancia de él en los ambientes legales, de la fortaleza cada vez mayor del partido y su participación en varias coaliciones. No hablaba de las infidelidades de Federico, aunque sabía que los enemigos del matrimonio hacían chistes groseros sobre las joyas que él le regalaba siempre que se echaba una nueva amante. Excepto los diamantes, todas eran falsas.

Con cincuenta y tantos había sido ministra de Cultura; bajo su cálida dedicación tanto la orquesta nacional como el teatro nacional habían vivido un gran esplendor. Estaba orgullosa de eso, les decía a los periodistas. También estaba orgullosa de su amistad con la soprano Olivia Valdez, estrella de la ópera ligera ya retirada que vivía en Jerusalén; pero de Olivia nunca hablaba. Hablaba en vez de eso de las alegres sobrinas norteamericanas de su marido, que a menudo viajaban desde Texas para hacerles una visita. No divulgaba tampoco que los jóvenes caballeros que les había presentado las habían encontrado muy poco cultivadas. Ni mencionaba los motivos de que no

75

tuviera hijos. Hacía pocas declaraciones acerca de su país de adopción; la famosa ocurrencia de que la revolución era el deporte nacional seguía avergonzándola. ¿El año con la vaca? Pensé en todo. No pensé en nada.

¿De qué raza era?

Tenía la piel marrón oscuro, estaba llenita de garrapatas, que yo también cogí.

¿Le puso algún nombre?

Vaquita, en dos o tres idiomas.

¿La familia que la ocultó?

Justos gentiles.

¿Sus padres?

En los campos. Mi padre murió. Mi madre sobrevivió. Me la traje a este país.

... cuyo aire nunca pudo respirar. Cuya escurridiza lengua se negó a aprender. Yo, por mi parte, ni siquiera tuve que estudiarla; la recordaba de pocos siglos más atrás, de antes de la expulsión de España. A mamá nada le levantaba el ánimo; lloraba todas las noches, hasta que murió.

La señora Perera les hurtaba estos hechos tristes a los periodistas.

–Aquí la gente... es como una familia –decía a veces–. Terca como una mula –añadió en cierta ocasión, en un murmullo grave que nadie debió de oír; pero la mujer del micrófono se abalanzó sobre la frase como sobre un gatito a la fuga.

–Te encanta esta cloaca –le había gritado Olivia en su furiosa despedida–. No tienes hijos a quien querer, y tienes un marido que no es digno de que le quieran, y a mí ya no me quieres porque estoy perdiendo la voz y me ha salido tripa. Así que quieres a mi país, que yo al menos tengo la sensatez de odiar. Quieres a esos generales grasientos. A esos aristócratas que se sacan las uñas. A esos intelectuales que roncan en los conciertos. A esos revolucionarios de camiseta interior. ¡Hasta a los loros quieres! ¡Te has vuelto una bruta!

Fue un adiós a la altura de su talento. Luego se habían cruzado cartas muy cariñosas. La casa de Olivia en Israel sería el último hogar de la señora Perera, que volaría directamente a Jerusalén desde Miami. Los diamantes sufragarían algunos años de vida sin lujos. Pero por un rato más, el que fuera, seguiría entre aquellos olores, la cháchara de los vendedores ambulantes, los salones de baile, las iglesias evangélicas rosas, los uniformes de colegio azules, el polvo de la carretera, la deslustrada agua del río. Seguiría en aquel caótico lugar que era todo lo que un granero no era.

Luis la estaba esperando al amanecer, junto a la limusina. Llevaba un mono de camuflaje.

–¿Muchos problemas anoche? –preguntó la ministra, escrutando en vano los cristales oscuros de las gafas de Luis y tratando de evitar al mismo tiempo su fétido aliento.

–No –escupió Luis, omitiendo el tratamiento, omitiendo incluso el cargo. Esa falta de respeto le permitió a la señora ministra subirse en el asiento del acompañante del conductor, como una camarada más.

Llegaron al aeropuerto y subieron a una endeble avioneta. Luis dejó la metralleta en el asiento trasero, junto a los medicamentos, y se sentó en el sitio del copiloto. La señora Perera y la enfermera –una voluntaria holandesa con un español aceptable– se acomodaron en los otros dos asientos. La señora Perera esperaba ver el suelo alejarse bajo sus pies, pero detrás del piloto lo único que puedo ver fue el cielo y las nubes, vislumbrar por un momento la cinta de la carretera, y luego las montañas. Reconstruyó la ciudad de memoria: su mosaico de edificaciones incrustadas en un anillo de montañas, sus escasos rascacielos elevándose en el centro como un absceso. El río, el ridículo puente parisino. La plaza. La gente se congregaría allí en esos momentos, supuso, para las oraciones del día.

La enfermera holandesa era enorme, una diosa. Tenía que ir algo encogida y con sus grandes manos colgando entre los muslos. Un blando y aterciopelado vello le cubría la mandíbula; menudo ejemplar para compartir la eternidad si aquel avioncito se caía, aunque no había ninguna razón para quedar atrapada para siempre con el zoquete con quien daba la casualidad de que habías muerto. La señora Perera tenía planeado recostarse entre almohadas celestiales junto a Olivia. Federico, ese viejo y querido animal, podía unirse a ellas cada milenio o así, y también Gidalya, príncipe de los rabinos liberado de su cuerpo aviar, sus graznidos por fin inteligibles... Ofreció a la enfermera la petaca que siempre llevaba en los viajes.

–¿Valor holandés?[1] –dijo en inglés.

La chica sonrió sin comprender, pero echó un trago.

En menos de una hora habían rodeado las montañas y aterrizado en una pista de asfalto surcada de grietas. Les estaba esperando un helicóptero. La señora Perera y la enfermera tuvieron que ir al servicio. De un clavo colgaba un rollo de papel higiénico, en su honor.

El helicóptero despegó. Atravesaron la piel de la jungla. La señora Perera vio árboles llameando con flores anaranjadas y árboles con espuma de flores blancas. De pronto apareció un claro y de inmediato se lo tragaron los árboles achaparrados y de hojas anchas. Loros verde lima levantaron el vuelo al unísono, primos ricos de Gidalya.

Aterrizaron en medio de la plaza del pueblo, al lado de un quiosco de música maltrecho. Un funcionario muy musculado les dio la mano. Era el señor Rey, recordó la ministra que le había dicho Lina. Su memoria le seguía siendo fiel; todavía era capaz de recitar todos los nervios craneales. Décadas atrás, no-

---

1. *Dutch courage?*; literalmente: «¿Valor holandés?» Es una expresión acuñada que alude al efecto enardecedor del alcohol y tiene su origen en la ginebra de fabricación holandesa a la que se aficionaron los soldados ingleses durante la Guerra de los Treinta Años. No hay que olvidar que la enfermera del relato es holandesa. *(N. del T.)*

che tras noche, se los había susurrado a la vaca. Le había explicado la estructura de varias moléculas. *Ma Petite Vache*... Le había enseñado a la vaca las Cuatro Preguntas.

El señor Rey les condujo a un cuartel levantado sobre una plancha de cemento: la clínica que había ido a inspeccionar. El personal –una enfermera-directora y dos ayudantes– aguardaba en el exterior muy tenso como si temiera el arresto. Probablemente ningún miembro de ningún gobierno les hubiera visitado jamás –exceptuando siempre a los traficantes.

La directora, pintada como una meretriz, les mostró la clínica recién fregada sin parar de hablar. Conocía todos los detalles de todos los casos; podía relatar todos los fracasos por escasez de medicación, por errores de medicación, por ausencia de medicación. La chica holandesa parecía comprender su español ametrallado.

Unos guantes quirúrgicos recién lavados colgaban a secar en una cuerda. En las estanterías del almacén había frascos de ampicilina inyectable y frascos de valium, remedios muy populares entonces. Había algunos pacientes en la sala de rehidratación. En un rincón de la enfermería se encontraba un anciano moribundo hecho un ovillo. Detrás de un biombo la señora Perera encontró a un niño lánguido con los ganglios inflamados y el lecho de las uñas muy pálido. Lo examinó. Un año atrás habría pedido permiso a los padres para mandarlo a un hospital de la ciudad a que le hicieran unas pruebas y si era necesario le pusieran en tratamiento. Ahora en el hospital de la ciudad trataban heridas y urgencias, no enfermedades. De todas formas, los padres se habrían negado. ¿Servía una unidad de oncología para otra cosa que para hacer desaparecer a la gente? La señora Perera se quedó inmóvil unos momentos, la cabeza agachada, el pulgar en la ingle del paciente. Luego le pidió al niño que se vistiera.

Al salir de detrás del biombo vio a las dos enfermeras por la ventana. Iban hacia la cocina comunitaria a ver el milagro de los pasteles de soja. Luis esperaba fuera, junto a la ventana.

La ministra se apoyó en el alféizar y le habló al ceroso oído.

—Ve con esas dos, ¿de acuerdo? Quiero hablar a solas con el señor Rey.

Luis se alejó de mala gana. El señor Rey la condujo a su propia casa en un silencio resentido. ¿Creería que a ella de verdad le importaba si traficaba con armas o cocaína? Solo quería librarse un rato de Luis. Y tendría que someter a aquel matón de pueblo a un pequeño interrogatorio para conseguir una hora de libertad.

Y entonces se le ocurrió una treta mejor. Vio una motocicleta medio escondida en el cobertizo del señor Rey. Había volado detrás de Federico en una moto exactamente igual, un verano junto al mar. Recordó el amplio torso dentro del círculo de sus brazos. Al verano siguiente ya conducía ella, y Olivia se cogía a su cintura.

—¿Puedo dar una vuelta?

El señor Rey asintió con impotencia. La ministra le dio su bolso. Se subió la falda y subió a lomos de la moto. Calzó los bajos tacones de sus zapatos en los estribos.

Pero aquella moto no volaba. Cuesta arriba iba muy forzada, atrapada en una de las dos roderas que llamaban camino. En el bulto entre las roderas crecía la hierba, y hasta flores, florecitas rojas. Cogió algo de velocidad y dejó el pueblo a sus espaldas. Pasó junto a dos granjas muy pobres y extensiones de espesa vegetación. El camino bajaba y subía. Desde una elevación divisó un lago marrón. Le dolía el trasero.

Cuando por fin se detuvo y bajó de la moto, la falda se rasgó ruidosamente. Apoyó el decepcionante vehículo en un matorral de pino y se internó en el bosque, en dirección al lago. La bruma rodeaba algunos árboles. Unas raíces gruesas se le engancharon en el pie. Pero delante vio un claro, junto al otro lado del follaje. Un buen sitio para fumar un cigarrillo. Separó las ramas trepadoras y entró, y vio a una mujer.

Una niña, en realidad. No tendría más de dieciocho años.

Estaba sentada sobre una alfombra de agujas, con la espalda apoyada en un árbol de corteza áspera. Pero su rostro era tan plácido como si estuviera en un puf de seda. Llevaba al bebé al que daba de mamar envuelto en un manto de un tejido basto y de rayas. Una manita cogía el moreno pecho de la mujer. Madre y niño estaban en apariencia inmóviles, pero la señora Perera notó un pálpito regular bajo los pies, como si la tierra misma fuera una teta gigante.

Salvo su resuello de mujer mayor, la ministra no había hecho ningún ruido. Pero la chica la miró, como si reaccionara a su presencia. Tenía la cara huesuda y picada de viruela. Si la sangre de los conquistadores había corrido por las venas de sus ancestros, ya había sido conquistada; la chica era rotundamente india. En sus ojos castaños no había miedo.

–No te levantes, no te preocupes... –Pero la chica dobló la pierna izquierda y se levantó sin interrumpir al niño.

Avanzó. Cuando se encontraba a pocos pasos de la señora Perera, vio los diamantes. Los observó con moderado interés y volvió a fijar la mirada en la desconocida.

Estaban frente a frente, separadas por el claro de matojos pequeños y secos. Con la calma de un médico, la señora Perera se vio a través de los ojos de la chica india. Un cura no era, porque los curas llevaban mono del ejército y ofrecían cigarrillos; y además era mujer. Una abuela tampoco era, porque las abuelas no llevaban el pelo teñido de rojo. Ni una soldado, porque las soldados no llevaban falda. Ni una traficante, porque las traficantes eran zalameras. Ni una periodista, porque las periodistas asentían como hipócritas. Tampoco podía ser una deidad; las deidades irradian luz. Debía de ser, pues, una bruja.

Las brujas tienen autoridad.

–Qué bien que le des el pecho a tu hijo –dijo la señora Perera.

–Sí. Hasta que le salgan los dientes.

–Y hasta después. Puedes enseñarle a no morder. –Abrió la

81

boca y sacó la lengua y tocó la punta con el índice–. ¿Ves? Enséñale a poner la lengua encima de los dientes.

La chica asintió despacio con la cabeza. La señora Perera copió el gesto. Indios y judíos: las víctimas favoritas de la reina Isabel. Cinco siglos después, los judíos eran una gran nación, se hacían más ricos. Los indios se multiplicaban, se hacían más pobres. Sería cosa de un momento quitarse el broche y dárselo a la chica. Pero ¿cómo evitar que se lo robasen? El señor Rey insistiría en la parte del león. Además, ¿qué podía hacer una campesina con el dinero, trasladarse a la envilecida capital? La señora Perera miró al bebé, que seguía ajeno a todo, y le acarició la cabeza. La madre reveló su blanca sonrisa.

–Será un gran hombre –prometió la ministra. La chica la miró. Tenía pocas pestañas. La bruja se había vuelto profeta. El encuentro solo necesitaba de alguna tontería mágica para que la profeta se convirtiera en un ser sagrado–. Será un gran hombre –repitió la señora, en polaco, y calló unos segundos. Y entonces, otra vez en español, con la voz grave que inevitablemente acompañaba sus indelebles sentencias–: ¡Mama! –ordenó. Se quitó el broche. Con un elegante ademán sacado directamente de una de las operetas de Olivia, transmitiendo ternura e ímpetu y también autoridad, puso los diamantes en la mano libre de la chica–. Guárdalos hasta que sea mayor –dijo, suavemente, y dio media vuelta y se alejó por el camino, con la esperanza de desaparecer de pronto en la flotante bruma como si no hiciera falta decir más. *Exiliada sin un céntimo entra a rastras en Jerusalén*, se le ocurrió pensar, enfadada, furiosa consigo misma.

Al llegar al lugar donde había dejado la moto, encendió el cigarrillo que llevaba postergando y recobró la calma. Al fin y al cabo, siempre podría dar lecciones de español.

El señor Rey la estaba esperando delante del cobertizo. Chasqueó la lengua al ver la falda rasgada. Y Luis estaba esperando junto al helicóptero, hablando con el piloto. Se fijó con una mirada dura en la solapa vacía de la ministra. La enfermera holandesa se quedaría hasta el sábado siguiente, el día que pasaba el jeep del correo. De modo que no eran más que tres pasajeros, dijo Luis. La señora Perera se preguntó si la arrestaría en pleno vuelo, o al llegar al aeródromo, o en la avioneta, o cuando aterrizaran en la capital, o si no lo haría hasta que estuvieran en su casa. Daba igual; podía dar su carrera de entrometida por honorablemente concluida tras la consigna del bosque. ¡Mama! Que la palabra se difundiera hasta cortar toda la leche de todos los malditos botes de todo el país.

Y ahora..., ¿la deportación? Mejor llamarla retiro. Se preguntó si los necios y los matones tendrían en mente un castigo peor. También daba igual. La vida era un regalo de Dios desde el año de la vaca.

En la casa de Deronda Street había cinco viviendas. En el portal había cinco buzones: puertecitas de madera en embarazosa proximidad, como retretes.

A nadie le gustaba que le vieran cogiendo el correo: ni al viudo de mediana edad ni a la familia marroquí ni a las tres ancianas.

El viudo recibía pocas cartas.

Los marroquíes recibían demasiadas, todas facturas.

La soprano recibía algunas, suficientes, demasiadas, demasiado pocas; la cantidad tenía su importancia. La soprano aparecía en la lista de correo de todas las series de conciertos de Jerusalén. Las instituciones de caridad no la dejaban en paz. Pero la carta que más deseaba llegaba muy raramente, y cuando lo hacía no consistía más que en un delgado cuadrado azul, como si primero la hubieran planchado y luego la hubieran congelado. La mujer abría la palma de la mano, la misiva flotaba encima. Décadas atrás recurría a ese mismo y gracioso gesto, después de recibir aplausos suficientes, para indicarle a su acompañante que ya podía saludar con una reverencia. La carta pesaba menos que una peseta; podía consistir quizá en cuatro frases nada informativas redactadas en una caótica mezcla de polaco y español. Lo mismo le habría dado quemarla sin abrir. La barbilla levantada, los ojos secos, subió las escaleras con esfuerzo.

Tamar, que vivía con su abuela en la misma planta que la soprano pero al otro lado del pasillo, abría el buzón cuando volvía del instituto. A diferencia de los demás, no le importaba que vieran su correspondencia. Tenía diecisiete años. Sus padres, de año sabático en Estados Unidos, escribían una vez a la semana. Gran número de ancianos vieneses que habían ido a parar a otras costas escribían a su abuela. Pero a su abuela no le gustaba bajar al buzón, ni a ningún otro sitio en realidad. Cuando salía –a alguna exposición, a una conferencia, al mercado–, la abuela de Tamar lo hacía porque estaba obligada, como mujer cultivada, a trascender su antipatía por la sociedad, aunque no a ocultarla.

A la señora Goldfanger, la de la planta baja, le encantaba la sociedad. Pero se deslizaba entre su piso y los buzones como una ladrona. No quería que nadie la viera cuando descifraba el hebreo de los sobres para asegurarse de que todo el contenido del buzón estaba en verdad dirigido al señor Goldfanger o a la señora Goldfanger o al señor y la señora Goldfanger o a la familia Goldfanger; y no a los Gilboa, que hacía diez años les habían vendido el piso cuando ellos acababan de llegar de Ciudad del Cabo. Los Gilboa todavía recibían anuncios de centros de bronceado que a la señora Goldfanger le parecía justificado tirar. Pero algún día podría aguardar una herencia en ese buzón. Esas cosas ocurrían, eso todo el mundo lo sabía. Y, entonces, ¿qué? Tendría que correr detrás del cartero con la esperanza de que siguiera cruzando y volviendo a cruzar Deronda Street como las cintas de un corsé, de puerta en puerta. Y, si había completado la ruta, tendría que ir hasta la oficina de correos con la carta que le habían enviado por error, y ponerse a la cola, que llegaba hasta la panadería; y tendría que explicar en su hebreo de tan poco fiar que los Gilboa, a quienes iba dirigida aquella carta de un banco de

París, se habían ido lejos, al exilio, y no habían dejado ninguna dirección.

De manera que la señora Goldfanger tenía con su buzón, como con tantas cosas, una relación de ansiedad. Qué extraño resultó, por tanto, que una mañana de agosto, tras descifrar el primer sobre y también el remite, cogiera todos los demás sin examinarlos –que los Gilboa esperasen un día más sus esmeraldas–. Voló escaleras arriba, una sonrisa en su bonita cara.

La señora Goldfanger tenía ochenta y cinco años. El médico le había dicho que tenía el corazón de una mujer de treinta, y aunque ella no se lo había creído, desde ese extravagante cumplido, su coraje físico, de por sí considerable, había aumentado. No temía el esfuerzo de tener que atender a su marido: podía levantarle de la cama y sentarlo en la silla de ruedas, levantarle de la silla de ruedas e instalarlo en la cama; podía ayudarle a andar cuando él quería. Pero su tristeza era cada vez más profunda. Cambiarle el pañal le parecía el colmo de la falta de decoro, y escuchar su ininteligible farfullar acabaría por partirle algún día aquel corazón de treinta años. Las personas que contrataba para ayudarla actuaban muchas veces con indiferencia; y si eran amables pronto conseguían un trabajo mejor.

Pero ahora..., llamó a la puerta del piso de arriba. Abrió la abuela de Tamar, vestida como siempre con blusa y pantalones. Nadie la había visto en bata jamás.

La señora Goldfanger entró en la casa de Tamar dando brincos de antílope.

–¡Ya lo han mandado!

La abuela de Tamar examinó el sobre oficial y se lo dio a su nieta, que acababa de entrar desde la terraza, donde estaba tomando el desayuno en su escaso camisón.

Tamar también examinó el sobre.

–El arúspice está aquí –dijo.

Un año antes el Estado de Israel había suscrito un tratado con una nación pobre del Sudeste Asiático. Según dicho tratado, los ciudadanos israelíes podían solicitar ayuda a personas procedentes de esa nación para que cuidasen a sus ancianos. A los extranjeros no se les podía contratar para cuidar niños ni para limpiar casas; había ciudadanos israelíes sanos y capaces para esos trabajos, aunque no entusiasmaran a nadie. Los asiáticos tenían que cuidar de los sabios que habían sobrevivido a su sabiduría. Los empleadores corrían con los gastos del viaje: billete de avión de ida y vuelta, porque se suponía que los trabajadores no se quedarían en Israel cuando las personas que tenían a su cargo fallecieran. El estatus de ciudadanía no formaba parte del trato. ¿No eran ya esas personas ciudadanos de otro país? La Ley de Retorno no afectaba a los católicos, cosa que la mayoría de los recién llegados eran, nominalmente, ni a los arúspices, cosa que se decía que algunos eran.

Tan pronto como abrieron la oficina pertinente, la señora Goldfanger solicitó la ayuda de un asiático.

–¿Qué es un arúspice? –le preguntó a la abuela de Tamar.

–La aruspicina –respondió la abuela de Tamar– es la predicción del futuro mediante el examen de las entrañas, más concretamente del hígado de los mamíferos. En teoría un cordero, casi siempre un roedor.

–Ah.

–Los gatos callejeros... –murmuró Tamar–, menos mal que valen para algo.

Después de que la señora Goldfanger presentara la solicitud, la abuela de Tamar la acompañó a diversas oficinas durante varias semanas. La mujer mayor joven ayudaba a la mujer mayor vieja a rellenar los formularios. Cada vez que llegaba algún documento por correo, la señora Goldfanger se lo llevaba a la abuela de Tamar y la abuela de Tamar se instalaba en la mesa del comedor. El sol que entraba a través de la persiana oxidaba todavía más el óxido de su pelo; lo volvía más artificial, dijo luego Tamar. «La henna es una sustancia natural», le recordó la abuela.

Y por fin llegó el asiático. O llegaría al cabo de tres semanas. La señora Goldfanger tendría que presentarse en una oficina a las diez una mañana de septiembre para conocer al recién llegado y firmar los documentos definitivos.

–¿Quieres que te acompañe? –dijo la abuela de Tamar, suspirando.

–No, esta vez no –dijo la señora Goldfanger, e hizo una pausa–. No creo que haya ninguna confusión –explicó, confusamente–. Pero muchas gracias, por todo. Solo quería que lo supieras.

Así pues, tres semanas más tarde la señora Goldfanger acudió sola a la sucia y descuidada oficina que para entonces conocía tan bien. Solo ella estrechó la mano del hombre serio. Solo ella le dio la bienvenida, en inglés. El hombre hablaba inglés con un acento cantarín, como las olas que lamían su país, una isla. La señora Goldfanger dijo sin ayuda al funcionario que comprendía la necesidad de empleador y empleado de pasarse por aquella misma oficina una vez cada cuatro meses (después se preguntaría, por breves momentos, si no sería cuatro veces cada mes). Con una sonrisa le indicó al hombre que la acompañara.

La mochila del hombre era minúscula. Llevaba pantalones de color tostado y camisa de vestir, y otra camisa, de cuadros, a modo de chaqueta. La señora Goldfanger tenía la esperanza de encontrar muchos taxis en la parada cercana; quería que él comprendiera cuanto antes que aquel país era pródigo. La providencia le sonrió: había tres taxis esperando, y el primero arrancó de inmediato. Pero antes de que la pareja subiera a su vehículo se acercó un mendigo. La señora Goldfanger le dio una moneda. Joe se palpó los bolsillos. Dios mío.

–Ya he pagado yo por los dos –explicó la señora Goldfanger.

En su primera tarde en casa de los Goldfanger, Joe pasó varias horas en la terraza arreglando la silla de ruedas. Como se puso a gatas, no podían verle desde el otro lado de la barandilla metálica, que estaba cubierta de hiedra; pero sobre la mesa de cristal, a simple vista, estaban la caja de herramientas, abierta, y una rueda amputada. Al llegar del instituto, Tamar se detuvo debajo del eucalipto, miró entre la hiedra con ojo experto y vio la silla de ruedas tumbada en el suelo, a la persona arrodillada a su lado, que la estaba reparando. No veía bien qué hacía aquel hombre, pero era preciso, o por lo menos minucioso; sus movimientos, los que fueran, eran imperceptibles. El hombre mantuvo su respetuosa posición varios minutos. Tamar, bajo el árbol, mantuvo la suya, erecta. Por fin el hombre levantó el brazo, desnudo –al parecer sin mirar, pero con un propósito–, y cogió, sin vacilaciones, un destornillador. La chica se metió en el portal.

En días sucesivos hubo señales de nuevos e industriosos trabajos en el piso de los Goldfanger. El golpeteo del martillo se mezclaba con el fuego de mortero de la taladradora. La soprano vio al nuevo criado ante la caja de fusibles de los Goldfanger en el portal, con los dedos enroscados en la barbilla. El equipo de música no tardó en levantarse de su tumba; la música de las orquestas de swing en versión remasterizada que la señora Goldfanger llevaba meses sin poder escuchar salía por las puertas abiertas de la terraza hacia el cálido otoño.

–Joe es un milagro –dijo la señora Goldfanger a Tamar y a su abuela–. Ha bajado a la tierra de entre los mismísimos ángeles.

La abuela de Tamar frunció el ceño. Los temporales eran a menudo muy industriosos. La predisposición al trabajo era natural en las personas nacidas en la zona templada. La simpatía florecía en los climas suaves; se agostaba en los tórridos; y en este país, entre cinco millones de almas heridas, era rara como un loto. Aquí la gente había olvidado la buena educación hacía un siglo.

La señora Goldfanger hablaba maravillas de Joe; la abuela de Tamar se reservaba su opinión sobre la naturaleza humana.

–Mi marido ha tenido mucha suerte –dijo la señora Goldfanger.

El declive del señor Goldfanger había sido gradual, aunque Tamar y su abuela recordaban que cuando los señores Goldfanger se mudaron ya tenía temblores. Para los niños del piso de la planta baja de enfrente de los Goldfanger nunca había sido otra cosa que un duendecillo mudo. Aquellas graciosas orejas puntiagudas, de las que salían pelos, y siempre con pinta de ir a decir algo, aunque luego nunca decía nada, ni una sola palabra. Les habían advertido: más les valía no burlarse de él.

Esa familia, que en la finca todo el mundo conocía como «los marroquíes», había nacido íntegramente en Israel: el padre, la madre y los tres hijos. El epíteto provenía de la generación anterior y sin duda sobreviviría varios centenares de años. La madre de los marroquíes se vestía y pintaba con mucho vigor los días festivos y las noches que salía, pero el resto del tiempo se paseaba con una bata de seda poco limpia. Tenía el pelo color albaricoque y pecas y una sonrisa maliciosa. Siempre tenía humillados a sus hijos, que también se humillaban ante cualquier otra persona. Su marido dirigía un próspero negocio de azulejos; algunas de las cocinas más elogiadas de Rehavia le debían su brillo.

Era un artista –o al menos tenía ojo de artista–, pero no era muy hábil. Todos en aquella familia, en realidad, eran torpes. Y todos eran todo ojos y todo oídos también; no podían evitar estar al corriente de lo listo que era el nuevo asistente de los Goldfanger. ¡Qué manos! Y, siendo así, cada diez días más o menos, cuando les fallaba algún electrodoméstico: «¡Joe, Joe!», llamaban. «¡El maldito tostador!» Y Joe, dejando abierta la puerta de la casa de los Goldfanger por si su paciente le necesitaba, cruzaba el portal y hacía el diagnóstico y quizá reparaba el aparato, y regresaba a su puesto pacíficamente.

–Hay que tener cuidado, no vayamos a aprovecharnos de Joe –dijo la madre una mañana. El padre la miró con satisfacción. Los comentarios de su mujer le hacían cierta gracia, como su lánguida forma de ser, tan distinta de la energía de las mujeres que le compraban azulejos. Su mujer era indolente y olvidadiza; eso sí, muy pedigüeña no era: no se había quitado su andrajoso vestido rojo desde la luna de miel. Quería a los niños con displicencia: a veces llamaba al mayor por el nombre del pequeño, a veces llamaba a la niña por el nombre de su hermana.

–¿Aprovecharnos de Joe? –dijo el hombre–. ¿Qué quieres decir?

Pero como de costumbre la mujer no pudo o no quiso explicar lo que quería decir, se limitó a sonreír, sentada al otro lado de la desastrada mesa. De modo que el hombre se levantó, se despidió con un beso y se fue. En el portal oyó la tranquila voz de Joe. ¿Qué falta nos hace a nosotros esta gente?, se preguntó con un breve espasmo de irritación. ¿No tenía el país ya bastantes problemas? Al día siguiente le llevaría el tostador al reparador búlgaro. Luego se le pasó el mal humor y pensó que a Joe tal vez le valiera la chaqueta jaspeada que él ya no se ponía nunca: quizá demasiado chillona para su color de piel; perfecta sin embargo para un hombre amarillo.

La soprano tenía amigos y conocidos en la comunidad de habla hispana y en el mundillo musical, y asistía a muchos recitales. Sin embargo, pasaba la mayor parte de su tiempo escribiendo y revisando cartas para el hogar que había dejado.

Aparte de a ti, Cara, lo que más echo de menos es a la gente del campo. ¿Te acuerdas de cómo me recibían siempre que salía de gira? ¿De cómo se agolpaban junto al tren, de cómo cubrían de flores el camino? Echo de menos sus ojos castaños, su llana mirada.

En realidad sus giras habían sido un fracaso. En Latinoamérica los trenes de provincias no eran más que ristras de vagones polvorientos. Las ventanas siempre atascadas: abiertas o

91

cerradas. La soprano viajaba con su acompañante –una joven sencilla, ceñuda y con gafas– y no sufrían las molestias de la admiración, ni siquiera la reconocían. Pero la cantante había imaginado multitudes de fans con tanta frecuencia que la visión del ojo de su mente tenía la claridad de un recuerdo. Veía un asno engalanado con guirnaldas. Le besaba la mano el grasiento alcalde de algún pueblo cuyo cine también hacía las veces de sala de conciertos. La mujer del alcalde estaba en casa preparando un banquete. Al concierto acudía mucha gente y al banquete todavía más, y las pisadas retumbaban en el suelo de la desvencijada mansión del alcalde y los vítores atronaban en el salón.

En este ambicioso país no hay campesinos, nadie que ame la tierra. Las colectivas pagan a mercenarios para que cultiven; el campo se ha convertido en un feudo. Los gigantes del desierto han desaparecido. Cito a mi vecina de enfrente, una mujer de opiniones rotundas.

La soprano garabateaba sus cartas a mano, en la terraza. Dedicaba una semana a cada una. ¿A quién estaban dedicados esos esfuerzos literarios? Preguntó la abuela de Tamar. Ah, solo se trataba de entretener a su mejor amiga, allí en su casa, dijo la soprano, ajustándose un suave chal. Lo tenía en varios tonos: el gris del amanecer, el violeta del atardecer, el lavanda de un moratón.

A nadie le importa el canto. Nos hemos convertido en un país de violinistas, todos rusos, todos genios. Luego está el señor con un violín y una escudilla que toca a las puertas de los grandes almacenes. Y también él se gana la vida.

–Como es lógico, yo ya no canto –le dijo a Joe.
–Su voz hablada es música –dijo Joe, o algo parecido.

Joe creció en un pueblo junto a un río. Vivía en un palafito. Tie-
ne formación de farmacéutico.

La soprano lo imaginó mezclando polvos obtenidos ma-
chacando raíces. Joe le contó que en algunos pueblos de su país
el farmacéutico tenía que hacer las veces de médico.
–Con la ayuda de Fuerzas de Policía Americanas –aclaró.
–Fuerzas de Paz, claro.

Las tardes que la soprano se dejaba caer por casa de los
Goldfanger, Joe y ella intercambiaban historias sobre los americanos de nobles sentimientos. Luego, cuando la soprano se en-
corvaba ligeramente por el cansancio evidenciando que la visita
había llegado a su fin, Joe la acompañaba a su casa y la dejaba
en la puerta.

Ven conmigo, Carissima. Tráete a tu maldito loro. Ven.

El viudo ocupaba toda la última planta. Un hombre triste
pero siempre vigilante. Y no era de los que se quedan fuera
cuando otros reciben favores.
–No hay en toda esta condenada ciudad ni un solo taxista
del que te puedas fiar –le confesó a Joe cuando subían las escaleras con las verduras–. ¿Los árabes? No me hagas reír. Los rusos son todos unos ladrones. No te pesan mucho las bolsas,
¿verdad? ¡Con esos músculos! Pero podrías dejar una en el des-
cansillo y subir en dos viajes. Ya llevo yo el repollo. –Cogió la
pálida cabeza de un repollo de una de las bolsas, y un folleto,
todo su correo aquel día.

El viudo se había hecho vegetariano. Las verduras son más
ligeras que los pollos. Joe solía subir la compra semanal en un
solo viaje, una bolsa en cada brazo, como gemelas. Y además
sabía manejar la televisión nueva.
–Supongo que no sabrás jugar al ajedrez –dijo el viudo un
día.

–Sé jugar al ajedrez.

Pronto jugaban dos o tres tardes a la semana. Si la señora Goldfanger se quedaba en casa jugaban después de que Joe acostara al señor Goldfanger. El piso del viudo era un batiburrillo de mobiliario de oficina y existencias de su papelería, que también era un caos. Los dos hombres se acomodaban en unas sillas de respaldo recto en una de las esquinas de una mesa metálica llena de cajas de cartón.

Si la señora Goldfanger se iba a un concierto o a una partida de bridge jugaban en casa de los Goldfanger. El viudo bajaba el tablero y las piezas y una botella de vino y una tarta de verduras. Joe ofrecía té y naranjas. El viudo plantaba el tablero en la mesita del salón. Después de tomar tarta y vino, el viudo arrastraba un cojín hasta la mesita. Se pasaba la tarde en el cojín, encorvado sobre el tablero. Joe se sentaba en el sofá de flores. Muchas veces el señor Goldfanger, sentado mudo a su lado, se quedaba dormido con la cabeza apoyada en el hombro de su cuidador. Cuando eso ocurría, Joe, por no cambiar de posición, pedía al viudo que moviera sus piezas por él.

Los sábados por la mañana, mientras la señora Goldfanger atendía los servicios religiosos y la abuela de Tamar leía filosofía alemana y la soprano nadaba en el mar Muerto con otros emigrados y el viudo jugaba con sus nietos en la casa de su hija y la familia marroquí, con sus mejores galas, salía pitando hacia alguna fiesta, el más pequeño en patines..., los sábados por la mañana, Tamar llamaba a la puerta de Joe.

–¿Damos un paseo?

Joe respondía haciéndole la misma pregunta al señor Goldfanger.

El señor Goldfanger miraba a Joe cariñosamente.

–*Tov* –decía Joe. Su hebreo ya era mejor que el de la señora Goldfanger, pero Joe era demasiado tímido para hablarlo con ningún vecino del edificio salvo con los niños marroquíes. Con los adultos hablaba inglés.

Sacaba la silla de ruedas del piso y del portal. La aparcaba debajo del eucalipto. Echaba el freno. Luego volvía al portal. Luego volvía a salir, andando hacia atrás, las manos extendidas, las palmas hacia arriba. El pequeño señor Goldfanger salía tambaleándose, con las manos apoyadas en las de Joe. Al principio, el señor Goldfanger no apartaba la mirada de sus deportivas, pero poco a poco la iba levantando hasta fijarla en los ojos de Joe. Iban los dos hasta la silla, que les estaba esperando. Ejecutaban un giro de noventa grados y Joe asentía, el señor Goldfanger se sentaba, Joe lo colocaba bien, lo colocaba mejor y a continuación se ponía detrás de la silla y le quitaba el freno.

—Ya bajo —decía Tamar desde la terraza. Había subido corriendo a coger un jersey, decía; a coger un libro, decía; en realidad a observar el *pas de deux* desde arriba, como una princesa en su palco.

Unas veces iban hasta el jardín botánico, otras al parque de Liberty Bell, y la mayoría al paseo Goldman, desde donde contemplaban, al otro lado del valle arbolado, las murallas de la Ciudad Vieja.

En inglés entrelazado con hebreo hablaban del futuro de Tamar en los informativos de la televisión o en la producción de vídeos.

—Y, por supuesto, me iré a vivir a Tel Aviv.

—He oído hablar de Tel Aviv. Es donde se cuece todo.

Hablaban del pasado de Joe, de su país, de su isla.

—Muchas islas en realidad. En forma de media luna.

—¿Conectadas? —preguntaba Tamar.

—Hay puentes. A veces hay que ir en barca.

—Mucha agua. Esto te parecerá un poco seco.

—Bueno... Ya había oído hablar de Galilea —decía Joe, con respeto.

—¿Tenéis reptiles?

—Oh, muchos lagartos.

—¿Y hay selva?

—Hay selva.

—Yo nunca he estado en la selva.

—Antes de venir yo nunca había estado en el desierto.

Si el señor Goldfanger se quedaba dormido en la silla, quizá hablaban de él. Joe opinaba que, a pesar de que no decía nada o precisamente por eso, el señor Goldfanger sabía más que la mayoría.

—Los secretos de las plantas. La localización de las aguas subterráneas.

—Un ministerio pagaría por esa información.

—Es como uno de nuestros *allogs*, demasiado mayor para asistir al consejo, pero todavía muy respetado.

—¿*Allog*?

Joe se quedó pensativo.

—Una especie de jefe de la tribu.

—*Allog, all'gim* —dijo Tamar, hebraizando la palabra. Luego la hizo verbo, en pasiva y en activa y en reflexivo. Joe escuchó con paciencia.

—Al viejo *allog*, al sabio —dijo—, se le consultan las grandes cuestiones.

—*Allog emeritus* —dijo Tamar.

Joe volvió a guardar silencio. Luego:

—Yo creo que quizá seas muy lista.

A Tamar le dio vergüenza. Profirió un pequeño aullido.

—Y tú eres el joven *allog*... ¿El que todavía está al mando?

—Toma las decisiones del grupo. También soluciona problemas. Y es una especie de confesor, porque las iglesias ya no ayudan mucho.

—¿Es verdad que sabes leer las entrañas? —preguntó Tamar atropelladamente.

—Esa práctica se acabó cuando llegaron los misioneros.

–¿Y cuándo fue eso?

–En el siglo XVI.

–A Joe le educaron los jesuitas –le dijo la soprano a la abuela de Tamar–. ¿Otra copa de vino?

La abuela de Tamar asintió.

–Luego se hizo paramédico –dijo.

–Farmacéutico –la corrigió la soprano.

El ambiente se podía cortar con un cuchillo. Poco a poco se fue suavizando y volviéndose cordial. Había poco trabajo para un paramédico o para un farmacéutico en la pequeña isla de Joe, coincidieron las dos mujeres al reanudar la conversación. La mujer de Joe, una profesora, tampoco pudo encontrar trabajo. Trabajaba de asistenta en Toronto. Los dos esperaban poder traerse al otro, y a la niña de ocho años que habían dejado al cuidado de sus abuelos y estaba tan disgustada con el arreglo que se negaba a ir al colegio. «Está de huelga», había dicho Joe.

–El aula –observó la abuela de Tamar– es un crisol de reaccionarios.

Si Tamar iba alguna vez a la huelga, su abuela asumiría con entusiasmo su educación, en casa, haciendo hincapié en la filosofía alemana del siglo XVIII. Ante esta perspectiva, Tamar seguía yendo al instituto, casi siempre.

Pero a veces le repugnaba hasta el mero hecho de pensar en sus compañeros de clase, unos glotones que solo pensaban en sí mismos... Uno de esos días llamó a la puerta de los Goldfanger.

–¡Sorpresa!

–¿Hoy no tienes clase? –dijo Joe tranquilamente.

–Hoy no tengo clase –mintió Tamar–. ¿Vamos a dar un paseo?

El señor Goldfanger asintió. Salieron. Tamar sugirió que, como era día laborable y todo estaba abierto, fueran a uno de los cafés del centro, donde se podía navegar por la Red. Joe dijo que el señor Goldfanger no lo pasaría bien con esa actividad. Tamar se preguntó si lo habría intentado alguna vez. Caminaban mientras discutían. Al final empujaron la silla por las calles más bulliciosas.

Se detuvieron en un patio con jardín a comer el almuerzo que había preparado Joe. Daban al patio un taller de reparaciones y una verdulería polvorienta, y una tienda de utensilios de cocina.

—Deliciosa naranja —dijo Tamar—. Cuando se practicaba la aruspicina, ¿qué descubrían del futuro?

Joe quitó el envoltorio a un sándwich y le dio la mitad a Tamar.

—Descubrían cosas del pasado..., transformaciones que habían ocurrido. Solo un bocado, señor mío.

—¿Transformaciones? ¿De qué tipo?

—De personas en peces. De árboles en guerreros.

¿De hombres en enfermeras? Tamar esperó, pero Joe no dijo eso. De cuidadores en protectores, entonces.

—De niñas en sabias —dijo Joe con una sonrisa—. Qué libro tan gordo.

El libro tan gordo era *Los embajadores*. Tamar quería mejorar su vocabulario en inglés. El primer párrafo era tan largo como el *Tanaj* entero.

El señor Goldfanger empezaba a oler. Tamar cogió los restos de comida y fue a tirarlos a un contenedor que había en una esquina del patio. Al acercarse, unos gatos escuálidos escaparon de su escondrijo.

Al dar media vuelta vio, al otro lado del patio, que a los dos hombres se les había unido un tercero. El tercero era un mendigo, de los que tienen una historia. A Tamar no le hacía falta estar cerca para oír la consabida monserga. Su mujer había muerto recientemente. Hijos huérfanos y descalzos y sin libros de texto; ¿había oído el caballero extranjero esa noticia de que unos niños que no podían pagarse los libros de texto se habían suicidado? Tamar se acercó y pudo escuchar el rollo directamente. Es imposible encontrar trabajo en este país, que regala todos sus recursos a etíopes que son tan judíos como usted, señor. ¡Señor!

Joe se había puesto de pie, una mano apoyada en la cabeza del señor Goldfanger. Con su propia cabeza inclinada levemente escuchó al mendigo. El amigo llevaba un sombrero tipo fedora sacado de la basura encima del gorro. Alargó la mano en el clásico gesto.

Joe metió la suya en el bolsillo en busca de unos séqueles. El mendigo se los metió en lo más hondo del bolsillo de su largo abrigo. Luego extendió la mano hacia el señor Goldfanger. El señor Goldfanger apoyó los dedos confiadamente en la mano de su nuevo socio.

—Eso es todo —le dijo Joe al mendigo, con un hebreo nada tímido.

—Señor —dijo el mendigo haciendo una reverencia, y se alejó a paso ligero.

Volvieron a casa en un agradable silencio. En la esquina de Deronda Street se encontraron con la marroquí y pocas manzanas después les alcanzó el viudo. En el portal recogieron el correo. Joe tenía carta de su hija.

Llegó el invierno, y con él las lluvias. Joe le puso un paraguas a la silla de ruedas del señor Goldfanger. Sería para los días de bruma o incluso de llovizna, pero cuando llovía más tenía que quedarse en casa. Oían música mientras Joe limpiaba y zurcía. La soprano les prestó sus dos recopilaciones de arias: en LP, sin remasterizar.

Joe le arregló una gotera al viudo. Reparó la barandilla de la escalera. Aceptó la llave del piso de enfrente y la metió en la caja de los hilos, en su caja de los hilos. Al menos una vez por semana algún niño marroquí se olvidaba la llave y llamaba a la puerta. Joe hacía galletas mientras el señor Goldfanger se echaba la siesta. Los niños se olvidaban las llaves más a menudo.

Una tarde la soprano se pasó por casa de los Goldfanger después de asistir a un recital de un trío de cuerda. La señora Goldfanger estaba jugando al solitario y el señor Goldfanger la miraba. La soprano bebió unos sorbos de brandy y charló un rato con la señora Goldfanger, sus voces tintineaban como gotitas de cristal. Joe entró con una bandeja de galletas y le señaló a la visita que estaba pálida. El verano corregiría esa palidez, dijo la soprano, y rechazó la habitual oferta de Joe de acompañarla a casa.

Al llegar a la puerta, antes de introducir la llave, a la soprano le dio un síncope. Se desplomó hacia delante; entonces, con un espasmo del enorme esfuerzo, empujó la puerta con las dos manos y cayó de costado y quedó atravesada, las rodillas dobladas y tocándose. El tronco se apoyó en las escaleras que conducían al último piso. Su cabeza ofrecía un perfil mayestático.

Tamar vio las piernas al subir a su casa, distraída, después de un ensayo de teatro. No gritó. Dio media vuelta y bajó corriendo a casa de Joe y aporreó la puerta. La abrió Joe. Al verla con la boca abierta y señalando arriba con el índice, subió las escaleras corriendo y de tres en tres, y quitándose la chaqueta al mismo tiempo. La señora Goldfanger le siguió; no hace falta decir que el señor Goldfanger no se movió. Tamar siguió a la señora Goldfanger. La marroquí oyó las pisadas de aquel pequeño ejército y abrió la puerta y subió las escaleras rodeada de sus hijos. La abuela de Tamar, que había estado todo el día en cama con la cabeza embotada por un resfriado, abrió la puerta de su casa. Llevaba una bata de baño vieja con cinturón. El viudo bajó de su piso.

El marroquí, que llegaba del trabajo, cruzó el portal. Al principio vio dos puertas abiertas, la de su casa y la de los Goldfanger. El señor Goldfanger estaba sentado en el sofá de flores, apurando una copa de brandy, aunque se echó encima la mayor parte. El marroquí vio a su mujer, en mitad de las escaleras, asomando la cabeza sobre el nido de sus hijos. Luego vio a Tamar, que rodeaba con el brazo a la señora Goldfanger. Se abrió paso rozándolos a todos. La abuela de Tamar estaba en el umbral de su puerta, vestida como una judía jasídica. El marroquí vio su chaqueta jaspeada tapando un bulto en el suelo; y vio a la soprano, tendida en el rellano donde Joe la había dejado. Se le había subido la falda y había perdido un zapato. Gimió una sirena.

La muerte no era una novedad para ninguno de ellos. Los niños habían perdido a un primo muy querido en una reciente escaramuza. Por la televisión estaban familiarizados con la matanza en las carreteras. El marroquí había combatido en una guerra, y el viudo en varias, y los padres de Tamar también habían prestado servicio. Durante su estancia en el ejército, a la marroquí la habían ascendido a oficial adjunta de inteligencia, empleo que ejecutó con pericia mientras parecía no hacer nada. A Tamar la reclutarían al terminar el instituto a no ser que se uniera a sus padres en los Estados Unidos, como ellos la urgían a hacer. Tres años antes, su más envidiada amiga había volado por los aires en una cafetería. Las dos ancianas se habían sentado en muchos lechos de muerte.

Joe se arrodilló junto al cadáver e intentó la reanimación boca a boca. Luego dijo que la soprano había muerto, y lloró.

Joe y su familia no cambiaron nada del piso de la soprano. Hasta se quedaron los chales. La niña los utilizaba para tapar a sus muñecas. Iba al colegio más próximo. Parecía una niña llena de privilegios con las faldas de cuadros del colegio de monjas al que se había negado a ir. Jugaba con la niña marroquí. Aprendía hebreo rápidamente.

El viudo seguía jugando al ajedrez con Joe. Cuando Joe estaba trabajando –siguió cuidando al señor Goldfanger con la misma dedicación–, jugaban como antes en el piso de los Goldfanger. Cuando Joe estaba en casa jugaban allí. La señora de Joe hacía un estofado con muchas especias. Transcurrido un tiempo el viudo preguntó los ingredientes: carne, resultó, y boniatos y nueces. Transcurrido algún tiempo más el viudo pedía las recetas. Su cocina experimentó un giro prometedor.

Jugaban en una mesita de teca de tallas muy elaboradas. Como el resto del mobiliario, provenía de Latinoamérica y había acompañado a la soprano al exilio. Las paredes seguían adornadas con fotografías de la difunta en varios momentos de su carrera. La niña se sentaba en el suelo al lado de la mesa como un tercer jugador, seguía los movimientos.

A la señora Goldfanger le preocupaba que el cambio de suerte de Joe alterase su relación. Por supuesto que se alegraba por él, pero pensaba... pensaba..., bueno, ¿no podían haberle dejado el piso a algún pariente?

–No tenía familia –dijo la abuela de Tamar.

–Y estaba en pleno uso de sus facultades mentales, supongo –dijo la señora Goldfanger, y suspiró.

–Sin la menor duda.

De hecho en la finca hubo pocos cambios. Aunque Joe vivía en el piso que le habían legado a su mujer, siempre estaba dispuesto a quedarse por las noches. Esas noches a veces hacía la cena, aunque más a menudo era su mujer la que cocinaba; y se apuntaban los niños marroquíes, y el viudo, y a veces Tamar, y a veces hasta la abuela de Tamar; y cuando la señora Goldfanger volvía era como si organizaran una pequeña fiesta en su casa. Al señor Goldfanger siempre le había gustado el jaleo. Solo se ponía nervioso esas breves ocasiones en que Joe tenía que salir; en cuanto Joe volvía y sus miradas se encontraban, el señor Goldfanger recuperaba su habitual y tranquila vacuidad.

Cuando prorrogaron el tratado y lo ampliaron y añadieron una cláusula de ciudadanía, llegaron más compatriotas de Joe y consiguieron más y más diversos trabajos. Uno, decían, se convirtió en un diestro mendigo. El término *allog* entró a formar parte del vocabulario del servicio doméstico, perdió toda relación con la idea de caudillo tribal; pero ganó la connotación, al menos en Jerusalén, de Residente Indispensable. En la despreocupada e irresponsable Tel Aviv a veces se usa para referirse al portero.

AZAR

Cuando por fin eligieron nuestra sinagoga como nueva depositaria de una Torá de Checoslovaquia –una Torá cuyo primitivo pueblo había sido borrado del mapa–, el Comité del Rollo publicó un anuncio solemne: letras verdes sobre marfil. Se solicitaba nuestra presencia, decía el anuncio, en la Ceremonia de Aceptación que tendría lugar a las dos de la tarde del domingo 16 de noviembre de 1975.

Nada en aquella invitación dejaba traslucir que el Comité del Rollo hubiera tenido sus más y sus menos bajo la dictadura de su presidenta, la mujer del cantor. Pero mis padres y yo estábamos al corriente gracias a Sam, nuestro vecino, miembro de dicho comité. Sam nos había contado que la mujer del cantor pretendía que la Ceremonia de Aceptación tuviera lugar un viernes por la noche o un sábado por la mañana, no el lánguido sabbat de los gentiles. Pero el grupo se había unido en su contra. Aquí en el corazón de América no había día más apropiado que el domingo para esas ceremonias especiales, adujeron todos. Además, conseguiremos una mayor asistencia: el profesorado de la universidad, no judíos interesados, quizá incluso hasta el alcalde. A continuación, el sacristán expresó su profunda consternación por el hecho de que la Torá ingresase en su nuevo hogar tres semanas antes de la fecha prevista para la ceremonia.

La dejarían en el sótano –¡como un cadáver!–, denunció el sacristán–, porque las nupcias Leibovich-Sutton estaban programadas para el primer domingo posterior a la llegada del Libro y las Lehrman-Grossman para el segundo. Pero ¿qué se le iba a hacer? Las bodas no deben posponerse de ninguna de las maneras. Sam y el sacristán despejaron el cuartito que había enfrente del salón social, justo debajo del santuario, y el rabino la bendijo, y luego le pusieron cerrojo a la puerta. Y la congregación siguió con su atareada vida.

Los fines de semana nuestra sinagoga celebraba montones de actividades. La clase de Talmud se reunía la noche de los lunes. Los martes había clases de hebreo para adultos. Los miércoles pertenecían a los comités. Los jueves de seis a ocho un profesor universitario dirigía un seminario de pensamiento jasídico. Los viernes por la noche y los sábados por la mañana estaban dedicados al culto, y los domingos los niños zascandileaban por el odioso edificio del antiguo colegio, que estaba al lado del santuario nuevo. Las clases dominicales sí las tenían que pagar los padres (algunos también tenían que pagar a sus hijos), pero las demás eran gratuitas y podía acudir todo el mundo.

Un lunes por la mañana llegó en avión la Torá checa. El cantor, el rabino, el sacristán y Sam la depositaron devotamente en el cuartito que habían despejado. Cerraron con llave y allí se quedó el Libro, sin que ni la clase de Talmud ni los alumnos de hebreo ni los eruditos jasídicos ni los comités sospecharan su presencia. Quizá el sacristán fuera a hacerle alguna visita de vez en cuando. El grupo de estudio de la Torá la dejó totalmente en paz.

Al grupo de estudio de la Torá *no* se podía apuntar cualquiera. Se reunía los domingos por la noche en casa de alguno de sus miembros, normalmente en la nuestra, pero a veces en la del cantor. El piso del cantor tenía un comedor muy formal, me dijo mi padre: paredes forradas de madera y papel pintado oscuro y una araña con una luz tenue. Cuando el grupo de estudio de la Torá se sentaba a la larga mesa de caoba del cantor, nadie ocupaba las cabeceras. Los hombres se colocaban cerca del centro, tres a cada lado. La mujer del cantor insistía en proteger la mesa con un paño de encaje. La complicada geometría del paño distraía, distraía todavía más que la costumbre de mi madre de repartir con voz cantarina cuando el grupo de estudio de la Torá se citaba en nuestra casa.

—¿Por qué es tan seria la mujer del cantor? —pregunté a mis padres.

—Es de Bruselas —fue la respuesta de mi padre.

—No tienen hijos —dijo mi madre, por toda explicación.

—O puede que de Amberes —se corrigió mi padre, y suspiró—. En ese condenado paño se enganchan las fichas.

En la mesa redonda de formica que había en nuestra cocina, la mesa del desayuno, no hacía falta poner paños. Cabían ocho personas sin ningún problema. En septiembre, en la fiesta de mi decimocuarto cumpleaños, unas doce chicas se habían apretujado allí para comer pizza y confeccionar calabazas de vudú bajo la supervisión de Azinta, que estaba en su segundo año de universidad y en aquel entonces era nuestra interna.

Para el grupo de estudio de la Torá normalmente adornábamos esa mesa con un sencillo bol de pretzels. Pero la tarde del domingo de las nupcias Lehrman-Grossman lucía un centro de fresias y lirios persas. Mis padres habían asistido a la boda y al banquete, y mi madre encontró una margarita de papel debajo del plato, es decir, era ella la que había ganado el ramo de flores.

Yo estaba arreglando las flores. «¡Dede o Savalú!», canturreaba. Seguía teniendo debilidad por el vudú a pesar de que Azinta ya nos había dejado.

—Oh, cállate —dijo mi madre, aunque con amabilidad—. Ayúdame con la comida.

Me uní a ella en la encimera que separaba la cocina de la zona de desayuno. Halloween ya había pasado. Al otro lado de la ventana nuestro patio, cubierto de hojas. Una calabaza se pudría lentamente en el alféizar. Mi madre cortó el fiambre que más tarde ofrecería al grupo. Cortó el queso y los tomates y el pan de centeno. Yo coloqué los trozos y las rodajas en filas horizontales sobre una bandeja alargada. Puse pepinillos aquí y allá, en vertical, por darle un toque. Mi madre metió la bandeja en la nevera.

Encendí la lámpara que colgaba sobre la mesa. Su brillante cono pronto iluminaría no solo las flores del enlace Lehrman-Grossman, sino siete vasos de sidra o cerveza (la mujer del cantor solo tenía ginger ale). Más tarde la luz caería también sobre los ingredientes de los sándwiches (la mujer del cantor dejaba un plato de pastas duras en el aparador). Durante las horas de juego la lámpara iluminaría los rostros de los seis hombres doctos y el de la mujer.

Dieron las siete y media. Mi padre salió de su despacho y se desperezó. Sonó el timbre.

Entraron el cantor y el rabino, uno inmediatamente después del otro. Aquellos dos pasaban mucho tiempo juntos, cual pareja. Se juntaban no solo para dirigir los servicios religiosos y preparar bar mitzvás y tener al corriente de todo a los oficiantes del templo; también salían a patinar en invierno y a montar en bicicleta por la parte de las granjas en primavera. Yo los vi muchas veces en bici. Las nalgas del cantor golpeteando contra el sillín cual sacas de correo. Los rizos del rabino pegados a la kipá cual cuernos de carnero. A veces la mujer del cantor salía a dar una vuelta en bici, también. Conservaba su erguida postura hasta en las de diez velocidades.

—Hola, hola —nos saludó el cantor, acordándose de no pellizcarme la mejilla.

—Hola —nos saludó el rabino a mi padre y a mí.

A continuación llegó el padre de mi amiga Margie, con el

abuelo. El padre de Margie era el tesorero de la sinagoga. Además, era propietario de un próspero negocio financiero. Margie le llamaba «el usurero». Al morir su mujer, el usurero se había llevado a su padre a vivir con él y con Margie. Margie llamaba a su abuelo «el patriarca». Los húmedos labios del patriarca sobresalían entre sus plisadas barbas. Su hijo le tenía bien surtido de camisas de seda blancas con relieves blancos y de jerséis con cuello de chal.

El usurero andaba, casi, con la gracilidad de un bailarín. Dio a mi madre un abrazo cariñoso y a mí un beso imperfecto: sus labios no llegaron a tocarme. El patriarca levantó la mano y nos dio sus bendiciones a todos en general.

Sam, como le bastaba con trotar desde la casa de al lado, fue el último en llegar. Le abrí yo. Los demás ya se habían acomodado en la mesa redonda de la cocina. Mi madre había trasladado las flores del enlace Lehrman-Grossman a la encimera.

Sam casi ni me tocó el hombro. Tenía más de cincuenta años, y estaba cascado.

–Hola, cariño –dijo, mustio.

Le seguí hasta la cocina y ocupó el sitio que había quedado vacío al lado de mi madre. Coloqué mi silla algo separada de las demás, detrás de mi madre, a su derecha. Pero no era mi intención quedarme allí sentada. Me pondría de pie y me pasearía alrededor del grupo, deteniéndome primero detrás de una persona y luego de otra, para verles las cartas a todos. Esta libertad se me permitía a cambio de una promesa de silencio e impasibilidad. El menor aleteo de la nariz, me había advertido mi padre, podría revelar a otro jugador la naturaleza de la mano que yo estaba mirando. De modo que me mantenía inmóvil, con cara de palo. Lo normal era que me sentara al lado de la encimera, en un taburete alto. Enganchaba los tacones en el peldaño superior del taburete y metía las manos juntas entre los muslos de mis vaqueros. Y así, encorvada, observaba la partida.

En esos momentos, sin embargo, estaba sentada detrás de mi madre, a su derecha, a la altura de su hombro de seda. Mi madre llevaba el mismo vestido color rubí que se había puesto para la boda. De la nariz solo podía verle la insolente punta. Mi madre era una devota conversa, pero su trascendental perfil no lo podía convertir. Hasta bajo la dura luz de la lámpara de la cocina era, en palabras de mi asquerosa tía abuela Hannah, una cosita preciosa y una goy sin remedio.

Dos de los hombres —el cantor de pelo color pizarra y el joven rabino— también eran lo bastante guapos para aguantar bien la luz de aquel foco. El patriarca era lo bastante viejo para que el foco ennobleciera sus rasgos.

El usurero tenía fama de hombre atractivo. Margie me había dicho que le perseguían las mujeres, y que no todas las mujeres que le perseguían estaban solteras. En la mesa, el usurero aceptaba las cartas que le caían en suerte con una sonrisa, como si sintiera por todas ellas un amor infinito. Cuando abandonaba la mano —dejar las cartas boca abajo, retirarse de la partida hasta el siguiente reparto—, lo hacía con aire de reproche paternal. Bajo la lámpara, el pelo se le volvía grasiento y los labios más oscuros.

Nuestro vecino Sam era algo menos que guapo. Embellecían su pequeña nariz curva unos pocos y repugnantes pelos. A menudo el labio superior se le subía por encima de sus amarillentos dientes, y a veces allí se quedaba, sobre la repisa de la encía, vuelto hacia arriba. Además, retorcía el torso un montón. «A lo mejor es tonto», había sugerido Azinta un día de septiembre al verlo a través de la amplia ventana de la cocina, rastrillando las hojas de su patio. «En tumba no podrá descansar. Le atormenta necesidad de venganza.»

Azinta —Ann de nombre cristiano— era hija de dos dentistas de Detroit muy irritados con ella porque había adoptado el habla insular. Les había irritado todavía más que dejara nuestra casa en octubre para compartir cuarto con Ives Nielson, propietario de un establecimiento de comida natural llamado, más o menos epónimamente, el Barba Roja. Mi madre se pasó toda la tarde al teléfono hablando con la madre de Azinta, procurando tranquilizarla. Yo, sin que se dieran cuenta, escuché la conversación desde el supletorio de mi habitación. «Una fase, estoy segura», dijo mi madre. «Azinta..., quiero decir, Ann, no estaba contenta con el Departamento de Filosofía.» «Pues podía haberse cambiado al preparatorio de medicina en lugar de liarse con ese sueco.» «Un gesto de rebeldía. Durará poco», predijo mi madre. «¿Igual que el tuyo?», respondió la dentista.

Tonto o no, aquella noche a Sam le acosaban todos sus tics. Sus hombros se movían arriba y abajo con gesto de derrota.

Mi padre tampoco era guapo. Yo había comprendido reciente y súbitamente el secreto de su falta de guapura como si me lo hubiera susurrado al oído una serpiente. Mi lucidez me avergonzaba. Su calva cabeza relucía llamativamente bajo la lámpara. Su gran y picada nariz brillaba también. Su puro se encendía. Su alma se revelaba solo a través de su voz, la aterciopelada voz de un sabio. Era profesor de teoría política. Tenía una amplia sonrisa, y un hueco entre las dos paletas. Sacaba provecho a ese hueco con muy buenos resultados en verano, en el lago. Tumbado de espaldas en el agua, lanzaba chorros como las ballenas.

Todo lo que sé del póquer lo aprendí viendo al grupo de estudio de la Torá. Aprendí que una escalera real es la mejor mano posible. Lo cual tiene mucho sentido: ¿qué puede haber más grandioso que un rey, una reina y su descendencia, y un diez de ayudante de cámara, y todos ellos bajo el amparo de un as? Cuatro cartas del mismo valor, un póquer, son la siguiente mejor mano, y es muy probable que se lleven el bote; luego tres de un valor y dos de otro, que es un full; luego cinco del mismo palo; y así vas bajando hasta llegar a la pareja. Hay veces en que nadie tiene siquiera una pareja, y es la carta más alta la que se lleva todo el dinero.

Aprendí que quien reparte elige qué modalidad de póquer se va a jugar. La baraja pasa de jugador en jugador en el sentido de las agujas del reloj. En cada ronda los jugadores apuestan de acuerdo a la misma regla: en el sentido de las agujas del reloj. Hay partidas de lo que se llama póquer cubierto; en ellas los jugadores tienen sus cartas en la mano y no se las enseñan a nadie. Cada jugador tiene que adivinar las cartas de los demás por su forma de comportarse y por sus apuestas y por las cartas de que se desprenden. Hay otras modalidades dentro del póquer, todas de póquer descubierto: todos los jugadores ponen sus cartas, superpuestas, sobre la mesa formando una curva ondulada alrededor del centro, unas cartas están boca arriba y otras están boca abajo. A las cartas que están boca abajo se las llama «cartas tapadas». Cada jugador puede ver sus cartas tapadas pero no las cartas tapadas de los demás.

Tiempo después, antes de cumplir los treinta, frecuenté la compañía de un tipo que todas las semanas jugaba una partida donde se apostaba mucho dinero, y descubrí gracias a él que el pasatiempo de mis padres no tenía de póquer más que el nombre. «¿Dos ganadores?», dijo aquel tipo, y se echó a reír (normalmente, en las partidas de póquer descubierto de mis padres, la mejor mano solía dividirse el bote con la peor). «¿Qué es eso de Chicago?», me preguntó aquel hombre. La pica más baja de todos los naipes tapados se dividía el bote con la mano más alta, le dije, vacilante. «Una nomenclatura un tanto racista, ¿no te parece?», apuntó. «Dios mío», dije yo. «Seguro que lo pasabais de miedo en aquellas reuniones», se apresuró a añadir él.

Luego cambiaban las fichas blancas por monedas de cinco centavos, las rojas por monedas de diez y las azules por monedas de veinticinco. Cuando le tocaba repartir, mi madre tenía prohibido optar por frívolas invenciones como el Mittelschmerz,

111

modalidad en que ganaba la mano mediana, o el Servitude, donde había que igualar el bote para abandonar la mano. En el póquer cubierto, la apuesta inicial era de diez centavos, en el póquer descubierto, de cinco. En las partidas de póquer descubierto no podías apostar diez centavos hasta que saliera una pareja; además, en cada ronda la apuesta no podía subir por encima de la apuesta inicial, y había un máximo de tres rondas por partida. Resumiendo: las sumas que se redistribuían entre aquel grupo de amigos eran muy pequeñas. Mis padres rara vez recuperaban el dinero de los sándwiches.

Y sin embargo todo el mundo, o al menos los hombres, apostaban con ardor, como si se estuvieran jugando algo muy importante: una fortuna, una reputación, la hija de un rey.

Aquella tarde, el patriarca fue el primero en repartir.

–Póquer cubierto –anunció–. Diez centavos apuesta inicial.

Repartió cinco cartas a cada uno. Desde mi silla yo solo podía ver las de Sam y las de mi madre. Sam tenía jota/diez y yo sabía que tendría que descartarse. Mi madre tenía una pareja baja y yo sabía que ella también tendría que descartarse.

El patriarca miró a su izquierda.

–Adelante, por favor.

–Diez centavos –respondió el cantor, y tiró una ficha roja.

–Lo subo –dijo el rabino. Dos fichas rojas. El rabino estaba sentado a la izquierda del cantor y a la derecha de Sam. Yo no veía bien a Sam, solo sus míseras cartas. Al rabino solo le veía parte de los rizos.

–Voy –dijo Sam, igualando la apuesta del rabino. Puso dos fichas rojas.

–Lo subo –dijo mi madre, con su ridícula pareja de cincos.

El usurero sonrió y también fue. Papá se pasó la mano por la frente y jugó. El patriarca abandonó la mano. Todos los demás siguieron jugando.

Empezó el descarte. El cantor se deshizo de una carta, el rabino de dos, Sam de tres. Mi madre se descartó de dos. Cogió el cinco de tréboles y una reina. El usurero tiró una carta, y me pareció que la nueva le gustó. Mi padre tiró otra, y frunció el ceño, pero esa también podía ser una señal engañosa.

La siguiente ronda de apuestas empezó con mi madre. Apostó diez centavos. El usurero abandonó la mano. Papá abandonó. El cantor abandonó. El rabino tiró una ficha roja. Sam abandonó, le temblaba un hombro.

El rabino y mi madre enseñaron sus cartas. El rabino tenía tres nueves, que mejoraban los tres cincos de mi madre.

¿Sucedió exactamente así? Una baraja tiene cincuenta y dos permutaciones factoriales —con comodines, dos factoriales de cincuenta y tres, pero el grupo de estudio de la Torá no jugaba con comodines, pese a las súplicas de mi madre—. El factorial de cincuenta y dos es un número enorme. Aproximadamente equivalente a que una multitud de ángeles bailen en la punta de un alfiler. Además, han pasado dos décadas desde la noche en que los tres nueves del rabino (faltaba el de picas) batieron a los tres cincos de mi madre (faltaba el de diamantes) en la primera partida de la reunión semanal del grupo. Yo haría bien en desconfiar de mi memoria.

Pero lo cierto es que veo ese momento como si estuviera ocurriendo en este mismo instante. Los dos examinan las cartas del otro. Entonces mi madre sonríe al rabino mirándole a los ojos. El rabino sonríe a mi madre mirando el montón de fichas.

—Tenía dobles parejas de mano —dice mi padre, nervioso—. Pero no he podido mejorarlas.

—Yo tenía una pareja —dice mi madre.

—¿Y has subido con una pareja? —dice mi padre—. ¡Válgame Dios!

—¡La he mejorado!

—No lo bastante —dice el usurero, y sonríe.

El rabino se echa hacia delante y barre hacia sí el montón de fichas. Una ficha blanca rueda por el suelo. La cojo yo y, como quien no quiere la cosa, me la guardo en el bolsillo de los vaqueros.

En el grupo de estudio de la Torá aprendí lo que es repartir con cortesía, al menos como allí se practicaba. En las partidas de póquer descubierto era costumbre que el encargado de repartir las cartas fuera anunciándolas a medida que las iba dando. En los descartes, también añadía algún comentario. «Otro corazón, proyecto de color», pudo decir el cantor en la segunda partida, al darle sus cartas al rabino. «Posible escalera», dijo cuando a Sam le tocó un nueve después de un ocho. «Posible escalera baja», cuando a mi madre le dio un cuatro después de haberle dado un seis. «Sin posibilidades a la vista», se compadeció cuando, tras una jota de diamantes, el usurero recibió un ocho de picas como quien se entera de una antigua deuda. Tarde o temprano acababa por decir «¿Quién sabe?» encogiéndose de hombros; y luego, remontándose al yiddish de sus ancestros, *«Vehr vaist?»*. *Vehr vaist?* era la interpretación estándar de una mezcolanza en la que no cabían ni parejas ni escaleras ni fulles de ninguna clase. Si el jugador a quien le había tocado en suerte semejante desastre no abandonaba cuando recibía otra carta inservible, el *«Vehr vaist?»* del encargado de repartir se volvía inquietante, como una llamada de atención que nos recordara que hay cartas que no podemos ver, cosas que no podemos saber.

La noche de los domingos se me encomendaban las bebidas —no podía haber vasos vacíos— y, además, decirle a quien llamase por teléfono que mis padres habían salido. Esta segunda tarea me tenía muy ocupada. Una de las que siempre llamaba era Margie.

—¿Qué lleva puesto? —me preguntaba a modo de saludo.

—Una sotana.

—¡Oh, venga ya! ¡Sádica!

—Pantalones grises, camisa gris de rayas, jersey tostado.

—Gracias. Estoy devorando, pero devorando, Rebeca en el Pozo, la lectura de la semana que viene. ¿Vas a ir a la ceremonia del Rollo checo? –Y sin esperar respuesta–: ¿Qué llevas puesto? –Y sin esperar respuesta tampoco–: Yo llevo un vestido sumamente bíblico. ¿Cuántos años dirías que tenía Rebeca cuando dio de beber al camello del extranjero?

–Treinta.

–¡Trece!

Regresé a la partida. La baraja había dado toda una vuelta y volvía a repartir el cantor, o eso me parece recordar. Siete cartas, póquer descubierto. Esta vez me coloqué detrás del patriarca. Mi madre se estaba limpiando las gafas con el pañuelo. Se ponía gafas delante de aquellos ojos de porcelana para desviar las miradas de admiración, me había dicho mi padre. Su bisabuela había hecho lo mismo con una peluca de matrona.

–Habla la pareja de reinas –dijo el cantor, señalando al patriarca con la cabeza.

–Diez centavos –dijo el patriarca.

–Voy –dijo el cantor con tal cadencia que aquello parecía una declaración de amor. Unos treinta años antes, nada más acabar el instituto, el cantor había combatido en las playas de Anzio. Imaginé que había adquirido aquella voz de tenor en el avance hacia el norte. Había conocido a su mujer en París, después de la liberación.

Sam no disimuló su decepción ante las cartas que le tocaron en el descarte. Pero no es lo mismo decepción que desgracia. Parecía obviamente desgraciado cuando, acabada la partida, tenía que volver a su casa. Tenía dos hijos, pero los dos habían huido de aquel sombrío hogar. Uno era fisioterapeuta en Nueva York y el otro algo incalificable en la Costa Oeste –en todo caso, Sam nunca hablaba de él.

Por lo que yo sabía, la mujer de Sam estaba tan muerta como la pobre madre de Margie. No era más que una cara pálida vislumbrada fugazmente en la ventana de la cocina o un brazo bajando una persiana en la segunda planta. Una mañana lluviosa que yo no había ido a clase porque estaba resfriada, la

115

vi bajar corriendo por la entrada del jardín para darle un sobre al cartero. Quizá se hubiera olvidado de llevar aquel sobre al correo, quizá le hubiera llegado por error. El cartero cogió el sobre. La señora Sam dio media vuelta y regresó a su casa muy despacio. El viento revolvió su escaso pelo rojo y le abrió la bata rosa. Se le deshizo el nudo del cinturón y la lluvia azotó su cara de ardilla. «¿Por qué es tan rara la señora Sam?», le preguntaría yo a mi madre. «Porque bebe.» Mi madre sabía lo que es eso. Trabajaba en una oficina de atención a familias.

A las diez y media, justo después de que el patriarca se hubiera llevado el bote tras ganar la alta y la baja, mi madre empujó hacia atrás la silla.

—Me retiro.

—¿Ya? —se quejó Sam.

Los hombres continuaron jugando. Mi madre sacó la bandeja de la nevera y preparó café mientras yo retiraba los vasos de cerveza vacíos y cortaba una zanahoria descongelada en ocho trozos. Mi madre metió los vasos en el lavavajillas y yo retomé mi puesto en el taburete y por fin me permití observar al rabino. Lo hice a petición de Margie. Yo estaba enamorada del profesor de química.

El rabino tendría unos treinta años. Estaba en posesión de un doctorado en sociología y de un certificado de ordenación, y tocaba la guitarra. Era elocuente, aunque titubeaba. Desde su llegada hacía dos años, la asistencia a los servicios del sábado por la mañana se había multiplicado. Todos los viernes por la noche, Margie se lavaba el pelo primero con champú y luego con antipulgas, para darle volumen. Los sábados por la mañana se ponía una falda de terciopelo y una blusa de mangas románticas. Iba andando a la sinagoga. Después del servicio bajaba al salón social y bebía el vino dulce y comía las galletas de semillas que donaba la Hermandad. Más pronto o más tarde se acercaba al rabino. Las mujeres que servían los refrescos se ponían tensas. ¡Pobre vampiresa sin madre! Margie comentaba alguna cosa de la lectura de la Torá. Siempre tomaba el comentario prestado de la exégesis de Hertz, pero la vivacidad era totalmente suya. El rabino respondía con amabilidad. Margie se marchaba. Ahora jugaban al póquer descubierto de siete cartas. El rabino miró dos veces sus naipes tapados sin alterarse. Tenía los ojos negros como la tinta de un calígrafo, con unas manchas tenues debajo. Su pelo hizo que me cosquillearan los dedos. De pronto fui incapaz de reconstruir mentalmente el rostro del profesor de química. La ficha blanca que me había guardado antes me abrasaba la ingle. Dejé de mirar al rabino porque me lo hubiera pedido Margie; ahora me regalaba la vista para mi propia satisfacción. Me di cuenta de que el rabino ya no estaba mirando su par de cartas tapadas. En el reflejo de la oscurecida ventana de la cocina se regalaba la vista observando a mi madre.

La fría réplica de la cocina en el cristal parecía una fotografía de las que algún día podría ver un hijo mío; me señalaría con cuidado a mí y a mis padres y me preguntaría quiénes eran las otras cinco personas: el canoso histriónico, el viejo de la barba, el *latin lover,* el enano, el joven que se quemaba por dentro. Pensé en mi curioso descendiente, aún no nacido, y luego pensé en la Torá checa, sola en su cuartito con cerrojo, esperando renacer. Me estremecí y sacudí el cuerpo –como un perro no, o eso esperaba–, y volví a mirar al rabino –¿quizá como una ninfa marina?

El rabino perdió contra el patriarca, creo recordar. Se prepararon para jugar la última partida. Papá anunció: límite, el bote; el desatado final de la tarde. Límite, el bote es una modalidad de póquer cubierto de cinco cartas y se permite cualquier número de apuestas, aunque con un límite: la cantidad que haya sobre la mesa.

Repartió mi padre. Las fichas golpearon contra la mesa de inmediato. Yo solo podía ver la mano de papá. Se deshizo astutamente de una jota/diez cuando le llegó el turno, pero nadie abandonó las apuestas durante tres rondas. A la hora del descarte, todos cogieron dos cartas menos el rabino, que no cogió ninguna.

Hubo un grave murmullo ante esta muestra de fortaleza o atrevimiento.

—Paso —dijo el patriarca.

—Paso —dijo el cantor.

El rabino apostó el bote, que para entonces sumaba unos cinco dólares más o menos.

—Es mucho dinero para mí —dijo Sam, y se retiró.

Pero el usurero, con su típica sonrisa tolerante, subió la apuesta. El patriarca y el cantor se retiraron.

Y entonces el rabino volvió a subir la apuesta. Me bajé del taburete y pasé por detrás del patriarca. Oí un ruido sordo: la calabaza del alféizar había implosionado. Pasé por detrás del cantor y me quedé a espaldas del rabino. Tenía cuatro picas al rey, y el nueve de tréboles.

Perpleja ante aquel simple proyecto de color que nuestro hombre de Dios aspiraba a presentar tan temerariamente, me las arreglé como pude para obedecer las órdenes de mi padre. No sonreí, no suspiré, no solté una risita, no fruncí el ceño, no incliné la cabeza un poco más ni cambié el ángulo de los hombros ni agarré el respaldo de la silla del rabino con más fuerza de lo que ya lo hacía. Pero sentí que me ponían una llama en la frente, muy cerca, y no me habría extrañado si alguien hubiera dicho que me estaba ardiendo la melena.

El usurero levantó la vista para estudiar el semblante del rabino. Es imposible que no viera el mío, tampoco. ¿Quién podría culparle por malinterpretar mi contenido acaloramiento? Yo debía de estar viendo una escalera real, pensaría; o al menos un póquer.

—El bote es suyo —dijo, cediéndole graciosamente el bote al rabino. Enseñó su escalera, a lo que no estaba obligado. El rabino cerró con una mano su abanico de cartas, juntó los descartes con la otra y unió su nada a las demás nadas. No tenía obligación de enseñar sus cartas. Yo sabía que, en el póquer, la buena estrategia recomienda permitirse de vez en cuando que te pillen en algún mal farol. Pero un buen farol es mejor no proclamarlo, particularmente cuando das por hecho que lo has logrado con la ayuda de la mirona que tienes detrás. Más tarde mi padre me dijo que se me había puesto la cara como un tomate.

Aunque la ceremonia de recepción de la Torá checa debía empezar a las dos en punto, la congregación y la multitud que se había sumado estaban presentes con un cuarto de hora de antelación.

Nos apretábamos en los bancos del santuario, una sala octogonal con paredes forradas de roble claro y anchos ventanales sin vidrieras. La luz inundaba la estancia en la tarde radiante.

Mis padres y yo habíamos llegado a la una y media. Me coloqué entre ellos dos como si fueran a casarse conmigo, y me dejaron sentarme al lado del pasillo. Me fijé en la gente que iba entrando. La señora Sam se apoyaba visiblemente en su marido: inclinada contra él, adaptada a su cuerpo; daba la impresión de que él caminaba por los dos. Margie avanzó por el pasillo del brazo de su abuelo. Llevaba un conjunto que probablemente hubiera escogido con ayuda de Azinta: caftán naranja, turbante naranja y pendientes de plata del tamaño de copas de santificar. El alcalde saludó con la cabeza a varios conocidos. El rector no saludó a nadie. Otros cristianos observaban, rígidos, con aprecio, como si asistieran a un concierto. Azinta cogía las manos de su novio vikingo. Llevaba un vestido de cuello cerrado de la época de los pioneros, de un color castaño que iba muy bien con su tono de piel. Me pregunté si hablaría con acento escandinavo.

A las dos en punto exactamente, la señora cantora cruzó la *bimá* y se acercó al atril. Nos dio la bienvenida con voz masculina.

—Es esta una ocasión muy especial —dijo, resonante—, la culminación de los esfuerzos de mucha gente.

El discurso fue breve. Tal vez no fuera esa la intención inicial, pero al llegar a la quinta o sexta frase, los presentes desviamos la atención y nos fijamos en la entrada del santuario.

El cantor estaba en el umbral de la puerta doble. Se había puesto la túnica blanca de los Días de Temor. Rodeaba la Torá checa con ambos brazos, sin mucha solidez. Así abrazaba siempre nuestra Ley en sabbat, pero esta vez el abrazo era más raro, como cuando coges un objeto muy frágil. El rollo, envuelto en seda amarillenta, habría podido ser un niño enfermo.

El cantor avanzó con pisada silenciosa por la mullida alfombra del pasillo. No sonó el órgano ni cantó el coro. No hubo ningún sonido en absoluto. Detrás del cantor iba el rabino, también con túnica. Tenía la mirada fija en los mangos del rollo de la Torá, que asomaban sobre el blanco hombro del cantor. Detrás del rabino desfilaban los oficiantes del templo, con *talits* sobre trajes de oficina. El usurero reprimía sus andares de tanguista.

La pequeña multitud de *talits* siguió a las dos túnicas blancas por el pasillo central hasta el corredor frontal y subió los tres escalones de la *bimá* y la cruzó en dirección al atril. Pero el cantor se paró a medio camino del atril y se volvió a mirar a los miembros de la congregación. El rabino también se volvió. Los ancianos, que no habían ensayado, tropezaron con los sacerdotes y se produjo un atasco en el estrado. Una persona mayor estuvo a punto de caerse. Pronto todos estuvieron quietos. La mujer del cantor había desaparecido. Pero yo vi asomar uno de sus verdes hombros en la primera fila. Luego, cuando, sin que nadie hubiera hecho ninguna señal, la congregación se puso en pie, la perdí de vista.

—Oh, Dios de nuestros padres —empezó el cantor. Su engolada voz se quebró—. Dios de... —volvió a empezar, y esta vez no se detuvo, aunque le brillaba el rostro como si fuera de cristal—. Nosotros, la Congregación de Beth Shalom, aceptamos este sagrado rollo, único resto de Tus fieles del pueblo de Slavkov, que perecieron en Majdanek sin que uno solo quedase con vida. Siempre que leamos esta Torá, pensaremos en nuestros hermanos y hermanas desaparecidos y en sus queridos hijos e hijas. Dios quiera que seamos dignos de su legado.

El cantor inició una oración en hebreo que yo pude haber rezado, pero estaba pensando en lo que me habían contado del pueblo de Slavkov en clase de confirmación. Sus judíos eran artesanos y buhoneros y prestamistas. Algunos se pasaban el día entero leyendo los Libros Sagrados en la Casa de Estudio. Luego pensé en cosas que solo podía suponer: unos bebían demasiado y otros codiciaban la plata del vecino; y uno o dos yacían con campesinas. Había niños que tramaban prender fuego al jéder. La noche de los domingos un grupo de hombres se reunían delante de una tienda, olvidaban sus problemas por unas horas consultando la numérica sabiduría de una baraja de naipes.

El cantor concluyó la oración. Le entregó la Torá checa al rabino. El rabino la levantó hacia el cielo. Se volvió hacia el arca. El presidente de la congregación abrió el arca. El rabino puso dentro la Torá checa, al lado de la que solíamos utilizar.

La congregación sollozó. Yo sollocé también. Lloraba por una mezcla de cosas que nada tenían que ver, *vehr vaist:* por Margi, que echaba de menos a su madre, y por el rabino, que vivía solo; por la señora cantora, que no tenía hijos, y por el descuidado señor Sam; por los hijos e hijas de los judíos de Slavkov, que habrían soñado con el amor y ahora solo eran cenizas. Me quemaban las mejillas. Agarré el respaldo del banco de delante, me fijé en los nudillos, levanté la cabeza, y me topé con la compungida mirada del usurero.

TOYFOLK

En la plaza mayor del pueblo, Fergus ponía a prueba su rudimentario checo.

–Las tiendas están en las plantas bajas –dijo–. La gente encima.

–Yo solo hablo inglés –le soltó en alemán el vendedor de periódicos. Tenía la mano izquierda apoyada en el toldo de su carro. Le faltaban los dedos índice y corazón; sus espectros apuntaban al cuello de Fergus.

–Los adoquines eran gris claro. Ahora son gris oscuro –insistió Fergus.

–Tengo otras revistas al fondo del carro –dijo el vendedor de periódicos, en francés.

Fergus negó con la cabeza, pero sin censura. Una iglesia antigua se erigía de través en mitad de la plaza. El minutero de su reloj avanzaba con una sacudida cada sesenta segundos. ¿Se volvería uno loco obligado a oírlo a todas horas? ¿Llegaría uno a necesitarlo, como los besos? Una cola de clientes tartamudeaba para entrar en la panadería, y el verdulero se iba poniendo de costado e iba salpicando las coles de agua. Bajo el sol de octubre, toda aquella pequeña empresa –la iglesia, las tiendas, los puntiagudos tejados– relucía como si estuviera lacada.

–Adiós –dijo Fergus al vendedor de periódicos.

–Au revoir, juguetero.

Fergus se alejó sonriendo.

Era jefe de división de ToyFolk. Se mudaba a un destino nuevo una vez quedaba seleccionado un emplazamiento y supervisaba la construcción de la fábrica y la contratación de los trabajadores, y dirigía la factoría durante un tiempo, normalmente diez años, aunque la verdad es que nunca le parecía tanto.

La mercería: qué esmerada pirámide de ovillos. Un gato apasionado por una pelota podría echar abajo todo aquel tinglado. El escaparate del farmacéutico estaba lleno de viejas balanzas de latón. A continuación había una agencia inmobiliaria. Una mujer de mediana edad se sentaba circunspecta ante una máquina de escribir; una mujer más joven miraba la pantalla de un ordenador con gesto de consternación.

¿Y el siguiente local? Quizá el escaparate resultara esclarecedor, pero estaba dividido en demasiados entrepaños. Había expuestos algunos productos... ¿Artículos de mujer? Pensó en Barbara, y en sus hijas y en su nuera; y entró.

Una campanilla colocada en la puerta anunció su presencia. Algo le dio en la cabeza y a continuación le cayó en los zapatos. Un payaso de trapo.

–¡Oh! –exclamó una mujer a la que no veía.

–¡Ah! –exclamó un hombre al que tampoco veía.

Fergus se agachó para coger el payaso y se quedó en cuclillas, examinando los botones de madera en miniatura que recorrían el torso. Eran de artesanía. Acunó al muñeco en la palma de la mano, sosteniendo la cabeza entre dos dedos. Se levantó, crujiendo ligeramente, y miró a su alrededor.

Muñecas. Muñecas apiñadas unas encima de otras en los estantes como esclavas en un barco. Muñecas compartiendo democráticamente un cochecito. Muñecas de todos los tamaños sentadas unas sobre otras, la más grande en una mecedora, soportando exhausta al resto.

El arca de Noé, los animales reunidos en cubierta esperando a la paloma.

Cajas sorpresa con muñecos de resorte. Títeres: el príncipe y la princesa, de costado, el uno abrazado a la otra. Una prensa de imprimir del tamaño de una pinta.

Ositos de peluche... No estaba a punto de llorar en realidad, se acordaba de lo que era estar a punto de hacerlo. Los ositos le recordaron a sus hijos, dormidos, con su peluche favorito en el doblez del codo. Le recordaron al peluche de su propio osito.

El hombre que había exclamado «Ah» y la mujer que había dicho «Oh» estaban delante de una vitrina con juguetes. Tendrían cuarenta y tantos años. Barbara tenía esa edad y estaba, aunque larguirucha, en su mejor momento: los rigores de la infancia ya muy atrás, el pillaje de la vejez aún muy distante. Para esta mujer, que ahora le miraba con tanto aplomo, la belleza debía de ser un viejo hábito. Su pálida cara estaba rodeada de cabello, que una vez fue rubio y que ahora era transparente. Tenía un delicado hoyuelo en la barbilla, como si estuviera cincelado por un maestro. Los iris de sus ojos metálicos estaban bordeados de una sombra más oscura. Llevaba una falda de flores, una blusa de flores también pero con otro estampado y un chal con bordados de otra variedad flores.

El hombre tenía los ojos de un delicado azul. Llevaba una pequeña barba de cortesano, pero iba vestido con una ropa negra más propia de un campesino: pantalones holgados, chaleco suelto encima de una camiseta.

Fergus se acercó al anaquel de los juguetes de cuerda. Pasó de costado. En una vitrina, pequeñas bailarinas posaban ante un espejo, y en el espejo vio un arco con una cortina que daba paso a un almacén.

Volvió a ponerse de costado, y ahora el espejo le devolvió la imagen del hombre y de la mujer, guapos y con su espantosa ropa.

—¿Esto es una tienda? —preguntó, volviéndose hacia ellos—. ¿Un museo?

—Somos una juguetería de segunda mano —respondió el hombre. Tenía acento francés—. Eso nos convierte en una especie de museo. La mayoría de los turistas solo entran a mirar. Pero a veces también viene algún coleccionista.

—Nosotros empezamos siendo coleccionistas —dijo la mujer. También tenía acento francés—. Además tenemos un taller.

El hombre se encogió de hombros.

—Hago cosillas de madera.

—Bernard repara aparatos para todo el pueblo.

—Anna exagera.

—Me llamo Fergus.

Bernard asintió.

—El americano. El presidente de ToyFolk.

—Esta ciudad no tiene secretos —explicó Anna.

Fergus se echó a reír.

—No soy el presidente. Jefe de división.

—ToyFolk traerá prosperidad —dijo Anna—. Todo el mundo lo dice. ¿Le apetece un té?

Todos los destinos le habían deparado amigos especiales. En Borgoña, Barbara y él habían dado con un dibujante que criaba ovejas. En Lancashire pasaban los domingos con el dentista y su mujer, desorganizados, cómicos, sus tres hijos tenían la edad de los suyos. En las islas Canarias, el alcalde, un soltero, se pegaba a ellos con nervioso ardor. Y ahora aparecía esta pareja, que se le servía como un plato final. Jugueteros. Qué locura.

—Hemos llevado prosperidad siempre —dijo Fergus, dirigiendo una sonrisa a sus anfitriones desde la silla plegable que le habían abierto. Anna se sentó en un escabel; Bernard dijo que prefería quedarse de pie—. Cuando nos vamos, las cosas siempre están mejor de lo que estaban. O eso parece, en cualquier caso. El té es delicioso. ¿Es de moras?

—Sí. ¿Y su familia? —preguntó Anna.

–Mis hijos están casados, y viven cada uno en un estado. Barbara vendrá esta semana; ahora está en Minneapolis, con nuestra nieta.

–Me gustan sus figuras de acción –dijo Bernard, sin preámbulos–. Me recuerdan a mis soldaditos de plomo. Solo que en lugar de utilizar plomo fundido en su fábrica modelan plástico, ¿sí?

–Sí. Torsos y cabezas y extremidades. –Fergus se aclaró la garganta–. Las investigaciones indican que a medida que crece el mercado de las figuras de acción, el mercado de los juguetes antiguos también crece. De modo que ustedes y yo... nos complementamos.

–¡Sin duda! Pero nosotros no nos ganamos la vida con los juguetes. Lo que nos mantiene son las reparaciones.

–Tú me mantienes a mí –dijo Anna, con un murmullo. Luego levantó la barbilla como si estuviera mirando a un enemigo. Cogió una caja de música, se la puso en el regazo y le dio cuerda. Dos elegantes figuras giraron al ritmo de «Cheek to Cheek», desafinada de vez en cuando.

–He intentado arreglar ese cilindro –dijo Bernard, y volvió a encogerse de hombros–. Se me resiste. ¿Querrá volver y cenar con nosotros?

–Esta noche no puedo, tengo algunos compromisos –dijo Fergus–. Y el dueño de la pensión me ha invitado a tomar un *schnapps*.

–Entonces mañana –dijo Anna cuando la canción se iba apagando con amargura.

Llegó, flores en una mano, vino en la otra. En las habitaciones de encima de la tienda, la pareja vivía apretada, en compañía de un exceso de juguetes. Muñecas acomodaban el trasero en los rincones del sillón y los sofás, se asomaban desde una cómoda alta. Unos sonajeros color cereza florecían en una jarra de peltre.

–Eran peligrosos, esos sonajeros –dijo Bernard con gravedad–. Imagine: poner pintura en un juguete que un niño se
mete en la boca. Entonces se hacían juguetes muy tontos.
–Todavía se fabrican algunos juguetes muy tontos –dijo
Fergus–. Hay una lista, todas las navidades, la emiten en la radio, en Francia, en Inglaterra...
–Aquí también –dijo Bernard–. ¿Y ha existido alguna vez
un juguete más peligroso que un tirachinas?
–Sancionado por la Biblia –dijo Anna–. Y las canicas..., si
un niño se las traga... –Se estremeció, luego repitió su sonrisa
militar, y volvió a remover el estofado.

Las fotos decoraban el pasillo de la cocina al baño. Instantá-
neas, en realidad, pero ampliadas y en un marco de plata con
paspartú color marfil y enmarcadas como para colgar en una galería. Todas eran de la misma niña: rubia, de ojos claros. A los
dos años aparecía solemne, en una habitación con cortinajes,
compartiendo la silla con una muñeca de trapo. A los cuatro
aparecía solemne ante el mar; esta vez la muñeca era de goma y
estaba desnuda. A los seis sonreía, aferrada a una muñeca de trapo pelirroja: Raggedy Ann. A los ocho, con su Barbie, aparecía
derecha como un palo delante de un estanque artificial..., ¿de los
jardines de Luxemburgo quizá? Sillas de madera, jubilados fumando y un barco de juguete navegando hacia la derecha.

Ninguna foto más.

Fergus quiso tragar saliva y no pudo.

Al terminar el café volvió andando a la pensión por la muy
iluminada plaza: el alcalde había plantado un foco junto a la
iglesia hacía poco. En la terraza del café algunos turistas acercaban la cabeza para hablar, como títeres. En los umbrales de las
puertas había hombres quietos. Flotaba el humo de sus pipas.
El vendedor de periódicos seguía al lado de su carro. Se oía el
reloj de la iglesia.

Fergus miró los tejados, luego las montañas. Cuando fueran de visita, sus nietos reconocerían en aquella imagen un pai-

saje de cuento, pensó con una alegría breve. El reloj volvió a sonar. Esa niña.

Era todavía primera hora de la tarde para Barbara. Estaba cuidando a su nieta mientras su hija hacía recados.

—Hola —oyó decir a Fergus, con la efervescencia y la inquietud del amor–. ¿Cómo estás?

Estaba bien, y las niñas también. Había hecho una ronda telefónica el día anterior. Como siempre, Fergus se negó a coger el todo por las partes y preguntó por todos y cada uno, por turnos, y también por sus yernos.

—¿Y la pequeña?

—Un genio, creo —dijo Barbara. Su nieta tenía seis meses.

—Cómo no. ¿Y los granitos?

—El sarpullido, ya no lo tengo. —No quería preocuparle diciéndole que era un pequeño eczema. Luego hablaron de sus amistades en Francia e Inglaterra y las Canarias (Barbara mantenía el contacto con todos) y luego Fergus le preguntó si le parecía que su hijo lo estaba de verdad pasando bien en la Facultad de Derecho, y Barbara, que sabía que la detestaba, dijo que se suponía que la Facultad de Derecho no es un sitio donde haya que pasarlo bien, ¿o sí? Tal vez le gustara la práctica del Derecho–. No todo el mundo tiene tanta suerte con su trabajo como tú. —Lamentó al instante el comentario; Fergus no quería ser más afortunado que sus hijos.

—Los niños eran mi trabajo —dijo Fergus.

—Vale, pero eso no se lo digas a ToyFolk; podrían retirarte tu bonita jubilación —dijo Barbara, y pensó en todos aquellos años en todas aquellas casas, en las cinco, y en los bloques de madera y en las casas de muñecas y en los juguetes de acción. Las charlas en los colegios. El coqueteo de su hija mayor con la anorexia y la breve aventura de la menor con un motero matón. En lo mucho que les curtió a sus tres hijos aquella infancia en tantos lugares distintos...–. Cariño. Por fin se han independizado.

Oyó dos ruidos, el primero un suspiro resignado, el segundo una respiración contenida, como si Fergus estuviera pergeñando una de sus catástrofes.

—Estoy deseando verte —le dijo.

—Oh, sí. Y he conocido a una pareja...

Un llanto en el piso de arriba.

—Se ha despertado la niña.

—Hasta pronto —dijo la suave voz.

Dos noches después, Fergus fue a ver a Anna y a Bernard después de la cena. Anna estaba en el salón arreglando el tocado de una muñeca japonesa con kimono. El kimono tenía un elaborado diseño de juncos en un río. El rostro de la muñeca era blanco mate: fiel a la vida, el color de una geisha maquillada.

—¿El pelo es de verdad? —preguntó Fergus.

—Parte —respondió Anna.

—Un museo daría...

—No está en venta.

En la mesa del comedor, Bernard jugaba al ajedrez con uno de los hijos del farmacéutico. Se lo presentó a Fergus y le indicó una silla, pero Fergus no interrumpió la partida ni su afectuoso comentario. Le reveló sus planes al niño, le sugirió una estrategia para contrarrestarlos, toleró la distorsión de sus consejos, permitió que el joven Mirik avanzara hacia una dulce derrota.

—¿Mañana jugamos otra? —preguntó el chico, con las mejillas en llamas.

—Mañana jugamos otra —dijo Bernard, y apoyó la mano suavemente en el hombro de cuadros de Mirik. Luego el chico cruzó el salón a toda prisa, deteniéndose un instante para saludar a Anna con una reverencia—. No tiene talento para el ajedrez —resumió Bernard—. Un chico muy agradable.

La noche antes de la llegada de Barbara, Fergus fue por otro de los estofados de Anna. Llevó brandy, además de las flores y el vino. Después de la cena, Anna dijo que tenía el paladar de trapo, que no sabría apreciarlo, y se excusó de probar, porque en su boca solo se echaría a perder, aquel magnífico coñac.

—Me encantaría ver tu taller –le dijo Fergus a Bernard.

—Vamos a llevarnos la botella.

Desde el almacén de la planta baja descendieron todavía más, por una escalera de caracol hasta un sótano de piedra.

—Antiguamente, esto era la bodega –dijo Bernard. En el techo había un tubo fluorescente excesivamente luminoso, a Fergus le lloraron los ojos. Bernard tiró de una cuerda y ya la única iluminación provino del foco de la iglesia, cuya luz entraba atenuada por un ventanuco. Bernard y Fergus se sentaron a la mesa de trabajo, rodeada de estanterías llenas de radios y tostadoras y aspiradoras, o de sus oscuros espectros; de muñecas sin cabeza y de marionetas sin hilos.

—¿Dónde aprendiste a hacer juguetes? –preguntó Fergus.

—Pues aprendí por mi cuenta. Me gusta tallar la madera, y siempre se me ha dado bien la mecánica, y estudié ingeniería. Trabajaba en una empresa de París.

—Yo también estudié ingeniería, en Georgia Tech. Pero no es lo mío. Me gusta más la gestión.

—Talento para la organización, don de gentes, idiomas. Podrías haber sido diplomático...

—Me falta astucia. Y me preocupo demasiado por todo.

Bernard encendió la pipa.

—Por eso debe de valorarte tanto ToyFolk.

—Pues sí, es cierto. No te había visto fumar –dijo Fergus.

—Por la tos de Anna.

¿Qué le habría ocurrido a la niña de las fotos? ¿Una piedra en un ojo, una canica en el esófago? ¿Un accidente de tren, los vagones de en medio en cuña hacia el cielo, el motor cayendo a su lado? ¿Ahogada? Hay microorganismos inmunes a los medicamentos que se pueden alojar en el pecho y producir veneno;

130

antes o después el paciente cae muerto. Se había pasado la infancia de sus hijos elaborando listas mentales de amenazas funestas, para adelantarse a ellas.

Miró al hombre que fumaba al otro lado de la mesa de trabajo, luego desvió los ojos. Fue a dar con la mirada a una caja rectangular del otro extremo de la mesa. Uno de los costados era de cristal. La cogió. Tenía una manivela.

—¿Es un autómata antiguo?

—Es un autómata nuevo.

Fergus giró la manivela. Se encendió una bombilla en el interior de la caja. Había un castillo pintado en la pared del fondo. Tres soldados con pantalón de montar, casaca y charreteras apuntaban sus fusiles a una figura con jubón de campesino y los ojos tapados. Un soldado tenía la barba rubia, otro una frente protuberante, el tercero una nariz frívola. Los soldados dieron una sacudida al unísono. Se oyó una pequeña detonación. La figura de los ojos tapados cayó hacia delante. La luz se apagó. Fergus volvió a darle a la manivela. La bombilla se encendió de nuevo: la escena igual que antes: los verdugos en posición, el villano en pie, esperando.

Fergus estuvo un rato con el juguete.

—¿Qué te llevó a hacer esto? —preguntó luego.

—Oh... Nos caen muy bien los hijos del de la inmobiliaria, y en Navidad...

—Tienes un talento peculiar.

—Bueno, no tanto... Por pasar el rato.

Fergus volvió a darle a la manivela.

—Sí —dijo—. ¿Qué no sirve para pasar el rato? Dirigir fábricas, estudiar idiomas, criar hijos... —Había dicho demasiado—. ¿Más brandy? —ofreció, y sirvió más brandy sin esperar respuesta, como si la botella aún fuera suya.

Bernard bebió.

—Vuestras figuras de acción... Todas tienen la misma cara, ¿verdad?

–La misma –admitió Fergus–. El pelo, un casco, un sombrero las diferencian, y la ropa... Los niños, los niños pequeños, las identifican por la ropa, los objetos, el color.

–Los rasgos de la cara son... ¿demasiado sutiles?

–Bueno, los estudios de mercado indican...

–Al fin y al cabo –dijo Bernard–, este juguete no es para los hijos del propietario de la inmobiliaria –se interrumpió–. Me gustaría regalártelo a ti.

–¿A mí? Yo...

–Porque tú sabes apreciarlo.

–... no podría aceptar un regalo así. –Pero lo aceptó.

Barbara iba en un pequeño tren que traqueteaba a través de las montañas. Por la ventana veía pinares, abajo, en el pueblo en miniatura. Reconoció que tenía encanto: el último destino ideal para su hombre, un sentimental.

Cuando paró el tren, bajó con agilidad. Llevaba una maleta pequeña y una bolsa llena de novelas en rústica. Se había comprado unas gafas con montura de ojo de gato con la esperanza de que suavizaran su huesudo rostro.

Saltó hacia Fergus y Fergus saltó hacia ella.

Luego Fergus se echó al hombro los libros de Barbara y le cogió la maleta.

–Solo hay unas pocas manzanas hasta la pensión –dijo–. No sé dónde vamos a vivir, pero podremos ir caminando a todas partes. Dentro de dos meses conoceremos a todo el mundo. ¿Has comido?

–El tren tenía un precioso vagón restaurante, con bufé. Apuesto a que ya conoces a la mitad del pueblo. Déjame llevar los libros.

–Conozco a los importantes –dijo Fergus, sin soltar la bolsa–. El abogado, el de la inmobiliaria. –Los enumeró mientras bajaban la calle, junto a edificios antiguos de colores suaves–. Un médico, también; le conocí en la fiesta del constructor. Son todos bastante sosos, menos el vendedor de periódicos, que está loco y habla idiomas, más o menos.

En la pensión, Barbara conoció al dueño. Luego:

–¡Qué habitación más diminuta! ¡Parece una casa de muñecas! –dijo cuando Fergus la llevó arriba–. Y el edredón, ¡qué gordo! Y la decoración de la cómoda. Y eso ¿qué es? –dijo, refiriéndose al autómata. Escuchó la descripción del marido y la mujer amantes de los juguetes. A continuación cogió la caja, giró la manivela y miró la ejecución varias veces–. Qué desafiante. Me gustaría conocer al hombre que ha hecho esto.

–Lo vas a conocer. ¿Estás cansada, cariño? –preguntó el marido.

–No mucho, cariño.

Pasaron cinco días antes de que Fergus y Barbara pudieran ir a visitar a Anna y Bernard, cinco días de reuniones, de búsqueda de casa, de búsqueda de un profesor de checo.

–Aunque no sé si tengo estómago para otro idioma –dijo Barbara–. Me las puedo apañar haciendo señas.

Por fin, la noche del sábado se vieron los cuatro en el comedor de la pensión. Debajo del chaleco, Bernard llevaba camisa en vez de camiseta. Parecía un leñador. Anna llevaba un vestido de fiesta; Fergus recordó que su madre tenía uno muy parecido: tafetán azul y falda amplia.

El dueño de la pensión les mandó una botella de vino. Pidieron una segunda botella. Huéspedes de la pensión y habitantes del pueblo entraban en el comedor en pareja y en grupo.

–La noche del sábado –recordó Anna–. Es siempre así.

A las diez, el dueño sacó su colección de discos de big bands y todos pudieron bailar en la terraza acristalada con vistas a la plaza. Fergus bailó con Barbara, luego con Anna.

–Tu mujer me cae bien, me ha parecido muy simpática –dijo Anna.

–Me gusta mucho tu pueblo. Creo que seremos felices aquí.

133

—Sospecho que tú eres feliz en cualquier parte.

—No me quejo —dijo Fergus, circunspecto—. Nos gustan las cosas pequeñas.

—Aquí se puede hacer mucho con muy poco. Viejas tragedias como la del vendedor de periódicos. Cuando tenía doce años a su padre le dio un ataque y le cortó los dedos...

—¡Dios santo!

Cesó la música.

—Habla seis idiomas, más cuando está sobrio. La vida es un juego para él.

Música otra vez: música de big band, repetida. Las parejas volvieron a la pista. Fergus sonreía a las personas que ya conocía y se preguntaba quiénes llegarían a ser sus amigos, quiénes solo conocidos.

—¿Qué más chismes me puedes contar? —preguntó.

—Te puedo hablar de Bernard y de mí... No estamos casados, ¿sabes?

—No, no lo sabía. Pero eso no es raro hoy en día —dijo, a la ligera.

Anna, molesta, le miró. Aunque la pista se había llenado, Fergus pudo maniobrar para acercarla a un lateral, hacia atrás, hacia delante, sin chocar con nadie. Siempre había sido buen bailarín.

—Yo sí estoy casada —dijo Anna por fin—. Bernard no. He visto que te has fijado en las fotos. ¿A que es guapa?

—Es tu viva imagen.

—Vivíamos en París. Mi marido era propietario de varias joyerías. Yo diseñaba broches, collares. Hace diez años Bernard me convenció y me marché con él. Pensé en divorciarme.

El divorcio no estaba en la lista de inadmisibles de Bernard; era sencillamente impensable.

—¿Y la custodia? —preguntó.

—Compartida.

—Le gustaban las muñecas.

–Las trataba sin ningún cuidado.

–Ya, claro...

–El cabrón me mandó la colección entera en un taxi –dijo Anna, acalorándose–, como si fueran verduras. Vendió el negocio y desapareció con nuestra hija. Lo último que supe de ellos es que estaban en Nueva York, y luego les perdí la pista.

–Es un secuestro –dijo Fergus–. Eso no se puede hacer.

–¿Ah, no? Pues él lo hizo.

–Tendría... ¿dieciocho años?

–Tiene dieciocho años –le recriminó Anna con suavidad.

La canción no había terminado, pero ellos habían dejado de bailar. Él estaba muy erguido, juntos los tacones, rígido como un guardia de palacio. Ella acarició la seda de la falda. Él le cogió la mano derecha con su mano izquierda y colocó la mano derecha en la espalda, por encima de la cintura, y se desplazó hacia delante, mecánicamente.

–Bernard y tú erais jóvenes, podíais haber tenido hijos.

–Éramos jóvenes, sí –dijo Anna, y asintió; esta vez no se ofendió–. Pero yo no quería tener más hijos hasta recuperar a mi hija. Lealtad. Yo soy así.

Le dedicó su pequeña y valiente sonrisa. El rencor se desplegó como una serpiente de papel; Fergus sintió una punzada. Imaginó a Bernard acuciado por sus propios deseos; apoyando un fusil en el hombro, apuntando a la nuca de Anna... Porque la música terminó por fin, y porque el vestido pasado de moda de Anna exigía alguna muestra de aprecio, Fergus le hizo dar una última vuelta y la invitó a caer hacia atrás, sobre su brazo izquierdo. Y no se inclinó hacia ella como exigía la costumbre, miró en vez de ello ferozmente a Barbara y al juguetero, que estaban perfil contra perfil ante la plaza inundada de luz.

Barbara notó el rayo lanzado por los ojos de Fergus, y se volvió a hacerle frente. Fergus cogía a Anna de una manera muy rara, como una prenda de ropa. Anna, con la mano clavada como una garra en el brazo de Fergus, se irguió. Parecía ofendida. Barbara, con tacto, desvió la mirada y la dirigió a la plaza, donde se elevaba el humo de las pipas de los hombres; y el camarero de una terraza recogía las sillas, colocándolas unas encima de otras; y el vendedor de periódicos, llegada la hora del reposo, cogía las lanzas del carro y lo empujaba sobre los adoquines, acompasando el paso con el reloj de la iglesia; diez vacilantes pasos..., tic; diez pasos..., tic; diez pasos...

–Mañana es domingo –oyó que decía Fergus elevando la voz. Él le rozó el hombro–. Tenemos que llamar a Estados Unidos bastante temprano, por la diferencia horaria –dijo, equivocándose sin saber por qué aun después de tantos años, o fingiendo equivocarse; en cualquier caso, se la llevó, alejándola de sus nuevos amigos tan solo con el más breve de los adioses.

Fergus, en pijama, estaba sentado en el hinchado edredón, cortándose las uñas de los pies y dejándolas caer en la papelera. Barbara, en camisón, se cepillaba el pelo, que llevaba corto.

–Yo creía que había muerto –dijo Fergus.

–Para ellos es casi así, porque no la ven ni saben nada de ella.

–Bernard, ese padre que ha perdido a una hija, pensaba yo. Y en cierto modo también es así. A sus hijos nunca les dejaron nacer. –Se levantó, devolvió la papelera a su rincón y dejó el cortaúñas en la cómoda.

–Ha hecho suyos a los hijos de otros –dijo Barbara. Fergus, pensando en ello, se apoyó en la cómoda–. Una alternativa razonable a los terrores de la maternidad, dirían algunos –añadió Barbara.

Fergus la miró con desagrado.

Barbara contraatacó con una mirada de descaro.

–Tal vez hasta sea preferible –dijo.

–Dirían algunos –añadió Fergus al instante, ahorrándole a Barbara la necesidad de repetir la expresión. Ella, que había experimentado las alegrías de la maternidad en entornos tan satisfactorios, tan seguros..., bastaba con oír aquel fiel reloj–. En fin, nosotros hemos tenido más suerte –dijo.

Y esperó a que Barbara le diera la razón.

Y esperó.

TESS

No importa lo temprano que el abogado del hospital llegue al trabajo –y este martes de mayo llega muy temprano–, los médicos del turno de mañana han llegado ya, sus modestos automóviles aparcados en la plaza de garaje que les corresponde. Los enfermeros deben de haber llegado también, como sabe el abogado, pero la mayoría van al hospital en autobús. La ranchera púrpura de los payasos está aparcada en una molesta diagonal, ocupando dos plazas. Los de mantenimiento tendrían que hablar con esos bufones. Las bicicletas de los residentes están apoyadas en los postes, y tienen puesta la cadena.

El abogado cierra el coche y cruza el garaje con paso rápido. Bajo la pobre luz, su rubio pelo parece polvo. Hoy lo primero que tiene que hacer es redactar una argumentación preliminar, y le llevará varias horas. El hospital va a demandar por fin al Estado y a solicitar el reembolso de los gastos de Tess –pobre Tess, piensa el abogado, tan bonita ella.

Era martes y era mi día libre. Ese martes paré en la cafetería de camino al tren.

Yo siempre he sido una buena camarera. Cuando tuve que dejar el Sea View un mes antes de nacer la niña por no sé qué ley sobre levantar mucho peso y esas cosas, Billie me dijo que no me preocupara. Podía volver en cuanto me hubiera recuperado. Y me subió el sueldo, para poder pagar a la señora mayor en la que había pensado para cuidar a la niña. Resultó que la señora mayor no hizo falta, pero cuando volví al trabajo, Billie me subió el sueldo de todas maneras.

Seguro que Billie se llevó una gran sorpresa al verme, pero solo me preguntó si quería un café.

Tess es bonita. La sonda gástrica que le entra por la cintura le aporta todos los nutrientes que, según se ha descubierto, necesita una niña de dos años que no puede andar ni puede hablar ni, a todos los efectos, puede moverse por voluntad propia, aunque sí pueda agarrar, más o menos, los dedos que los adultos le ofrecen y sea capaz de sostener su tambaleante cabeza. Otra vía le entra por el pecho hasta la vena cava superior; está conectada, por medio de un curioso mecanismo de plástico de color bright aqua a cuatro tubos que salen de unas bolsas traslúcidas llenas de minerales esenciales. Bien alimentada, Tess tiene los miembros rollizos y las mejillas regordetas. Es bonita.

También es bonita porque tiene los ojos color avellana y especialmente por sus pestañas: largas, castañas y rizadas. Pestañas dignas de adornar a la realeza. A veces el personal la llama «princesa». Tess es bonita por su traslúcida palidez, aunque esa palidez pueda parecer alarmante. Cuando le hacen una transfusión es tan bonita como cualquier niña cuando va a una fiesta: parece que se haya puesto un poquito de colorete.

Yo no quería un café, lo único que quería era mirar a los ojos a la vieja grandullona de Billie. Así que me quedé allí quieta. Billie dijo que con aquellos vaqueros y mi cazadora de cuero no aparentaba treinta y seis años, ¿por qué no me sacaba el carné joven para el tren, por qué no le pegaba una paliza a alguna estudiante o algo? Nos echamos a reír.

No he sabido lo largos que son dos años hasta estos últimos dos años.

El ralo y sedoso cabello de Tess, lavado a diario y cuidado por un enfermero detrás de otro, es del mismo color castaño que las pestañas. La nariz no es más que una cuña pequeña y roma. Pero la boca es soberbia, el labio superior con sus dos picos, que parecen un puente colgante en miniatura. Un labio de diseño, piensa la estudiante de enfermería que hoy escoge la ropa de Tess (una camisetita rosa palo, un pantaloncito de un rosa más fuerte y unos calcetines verde lima; esa estudiante de enfermería tiene un don para la moda, tiene estilo). Cuando Tess hace pucheros, su labio inferior se arruga formando dos almohaditas, y cuando sonríe se estira formando una media luna.

La sonrisa... Qué cosa más curiosa, la sonrisa. Parece reactiva, parece una imitación de una sonrisa iniciada por otra persona, por otra persona cualquiera, por cualquiera que acompañe su hola con un gesto afectuoso, por cualquiera que se incline o se ponga en cuclillas junto a la silla de ruedas acolchada de Tess. Los que no la conocen, ajenos a su sordera, se dirigen a ella como a cualquier otra niña: «Preciosa», la halagan. «Qué niñita tan adorable», declaran (el género de Tess es inconfundible, toda su ropa tiene volantes). «Tu cociente de lindeza bate todos los récords», dijo un comercial de productos farmacéuticos al verla en el vestíbulo un día que la bajaron de excursión a la pecera de peces tropicales. Tess sonrió. Sus amigos –tiene innumerables amigos en el hospital, su hogar desde que la trasladaron en helicóptero del hospital de la costa donde nació–, sus amigos saben que no oye, pero le hablan de todas formas, porque ver rostros en acción, mover los labios, es muy bueno para ella, dice su neurólogo. Tess, además, sonríe cuando es testigo de esos esfuerzos. También sonríe cuando le ponen juguetes en la bandeja de su sillita especial: un conejo de peluche amarillo con ojos de fieltro negros; un tiovivo de plástico que gira al apretar un botón. Y la han visto sonreír a nadie e incluso a nada, sin motivo, tal vez mecánicamente, se temen, la cabeza en sus soportes, ladeada como la de un ratoncillo, o la de un gorrión, o, piensa una médica residente muy viajada, como la de esa presumida, la avestruz.

Esa residente exhibe una peligrosa combinación de optimismo e inexperiencia. Es una de las pocas personas que rodean a Tess que le imaginan un futuro –o, más exactamente, que lo rediseñan, porque todas las personas que cuidan a Tess le imaginan un futuro–. Pero esta residente... tiene planes. Sabiendo que los déficits neurológicos de Tess son múltiples y enmarañados, la pequeña y resuelta doctora lee una historia médica tras otra. Reflexiona sobre lo que lee. Reflexiona ahora mientras presuntamente roba un rato de muy necesitado descanso en la sala de médicos. Con los codos sobre la mesa, acaricia con sus delgados dedos su copiosa melena, se pregunta cómo podrían las neuronas listas conquistar a las neuronas tontas.

Me gusta ese tren lento. Se va parando en todos los pueblos, y en las tres primeras estaciones todavía se ve el mar. Luego las vías avanzan por detrás de unos pinares como los que hay en Maine. Yo soy de Maine. Pasa junto a unas fábricas. Se para en la ciudad.

Allí me bajé, en la ciudad.

Tenía miedo, pero no di media vuelta.

La residente piensa en las sinapsis, que se van creando solas, y recuerda que hay zonas del dañado cerebro de Tess que todavía no han escaneado en su totalidad; y se dice que hasta que Tess llegue a cierta meseta –y todavía no ha llegado, sigue escalando–, no se pueden poner límites a sus progresos.

Los médicos veteranos son menos optimistas. Las deficiencias neurológicas unidas a las deficiencias gástricas se conjugan para que el pronóstico sea sombrío. Estos médicos desarrollan su trabajo con tenacidad. El neurólogo está al tanto del caso. Tal vez escriba un artículo; la particular acumulación de problemas de Tess todavía no tiene un nombre. La enfermera cambia la sonda de alimentación cuando es necesario. Trabaja con rapidez y habilidad. Esa sonda es el cordón umbilical de Tess, que nunca podrá utilizar el tracto digestivo superior, que nunca podrá valerse de la boca ni para comer ni para beber, ni para morder ni para masticar. No obstante –le recuerda el odontólogo al personal de enfermería, con esa mirada intensa de sus pálidos ojos–, es necesario cepillar los doce dientes que ya le han salido a Tess con frecuencia, valiéndose de un palito con punta de gomaespuma, porque, aunque no valgan para nada, esos pequeños incisivos también se pueden cariar (amén de que realzan la sonrisa de la niña). El especialista en enfermedades infecciosas, que en ese momento frunce el ceño ante el informe de laboratorio de otro niño, que está saliendo de la impresora, diagnostica en Tess infecciones frecuentes. Se trata de un bengalí formado primero en la India y luego en Estados Unidos. Mientras combate los microbios que invaden a Tess, se pregunta, queriendo no darle importancia, cuál será el que se la lleve. Para ella, algunos antibióticos ya no son más que agua de cebada. «Es una mosca en una telaraña», le confesó el especialista una vez a una enfermera, y a ella le sorprendió no solo aquella idea, sino la contundencia con que el especialista la enunció. Ese especialista, normalmente tan discreto.

El personal debate periódicamente el caso de Tess, y cuando lo hace siempre está presente alguno de los fatigados médicos que la atienden. Una vez que todos han expresado su preocupación por el estado de Tess –«Su circunferencia craneal ha dejado de aumentar», dijo ayer la residente; «Hum», respondió el neurólogo–, la conversación se centra en el futuro más inmediato, en los preparativos, en el traslado a otra unidad, lejos de la habitación individual donde Tess tiene sus juguetes especiales, sus móviles y la sillita acolchada; y también tiene distracciones comunes a todos los pacientes: jirafas pavoneándose en el zócalo; una ventana con vistas a otros hospitales; televisión, lavabo, papelera; cesto de la ropa sucia; cubo de la basura para desechos peligrosos; y, sujeta a la pared de la cuna, una caja con guantes de látex. Hay un cuarto de baño para uso de padres y demás visitas. Al cuarto de baño de Tess entran los encargados de la limpieza todas las mañanas y su madre, que ahora va a visitarla una o dos veces al mes, aunque al principio iba más a menudo.

En la ciudad esperé el metro. Me puse a fumar y una niña negra de uniforme me dijo que no podía, pero fue muy amable, me dejó terminar el pitillo. Llegó el metro. Ya no era hora punta, pero iba lleno, así que me agarré a una de las correas del techo, delante de una mujer con dos niños. Eran muy guapos, mexicanos tal vez, con esos ojos tan grandes. Les puse caras y se rieron. Pero la madre se puso muy seria; así que dejé de poner caras. Me vi en la negra ventanilla. Cabeza redonda, gafas redondas, pelo a la moda. Puede que a Billie le parezca una chica de instituto, pero yo creo que parezco un chico que ya ha cumplido los ochenta y no ha llegado a crecer. Hay una enfermedad que es así, leí sobre ella en alguna parte.

Siempre me ha gustado ponerles caras a los niños.

Con la excepción de la madre de Tess y del encargado de la limpieza, nadie utiliza el reluciente cuarto de baño. El padre de Tess, que no tenía domicilio fijo en el momento de la concepción, ya se había marchado del estado sin más el día que nació. El coste de la estancia de la niña, el coste de sus cuidados, el coste de Tess, todo corre a cargo del hospital. El coste es una de esas cifras enormes que los periódicos lanzan a unos ciudadanos horrorizados. Para el departamento de contabilidad Tess es una estadística impresionante. Para el abogado del hospital es siempre una preocupación. Y hoy es un asunto pendiente.

¿Qué más puedo hacer?, se pregunta en voz alta, a mitad del informe. A solas en su despacho le dirige la pregunta a Tess, siete plantas más arriba. *Tengo encima al Comité de Asignación. Dos años. Esos capullos saben contar.*

Se han tomado medidas para trasladar a Tess a una residencia. Una residencia es sin duda su destino si continúa viviendo. Las Hermanas Evangelistas la acogerían, les encantaría acogerla, les encantaría quererla; pero las Hermanas no son un hospital, y sus servicios médicos no están a la altura del exigente organismo de esta pilluela. Es necesario cambiar continuamente las bolsas que cuelgan del palo de gotero de Tess; con el cilindro de nutrientes conectado a la sonda gástrica pasa lo mismo. Y los orificios de las vías no se pueden infectar; y hay que practicarle terapia física, sin olvidar la estimulación visual... Tess necesita cuidados expertos. Con el amor de las Hermanas habría muerto en ocho días.

De modo que cuánta suerte tiene Tess, piensa una de las enfermeras, hoy su enfermera principal, mientras limpia con cuidado la zona que rodea la vía gástrica..., cuánta suerte tiene Tess de tener un hogar en aquella unidad, con personal bien formado. Allí ve decenas de rostros sonrientes (en este instante, Tess le está sonriendo a la enfermera). Allí cuenta con manos experimentadas que la atienden sin rencor, porque no solo la atienden a ella, sino también a pacientes que aúllan, que lanzan sus pequeños puños, que chupan con fiereza biberones y chupetes; que vomitan y berrean y se ponen colorados; cuyos labios leporinos se quedan pegados y cuyos estomas hay que reparar y cuyas infecciones bacterianas sucumben a la medicación y cuyos virus sucumben al paso del tiempo; que a menudo mejoran; que finalmente reciben el alta, aunque quizá tengan que volver. (Tess frunce el ceño.)

Salí del metro por la escalera mecánica. La pared la han pintado los niños de una academia de bellas artes utilizando tapones y otros objetos de desecho. Yo siempre la toco. Mi amiga la pared.

Cuando llegué arriba, se acercaba el autobús del hospital. Tampoco entonces di media vuelta.

Billie dice que conmigo siempre se puede contar.

Los payasos se dan una vuelta por la unidad los martes y los viernes, y todos los días unos voluntarios llevan a la niña en su silla a la sala de actividades para que pueda ver a otros niños. Otros niños la ven. Encuentran consuelo en su plácida negativa a armar ruido, en su predisposición a compartir juguetes; es decir, le quitan un juguete de la bandeja y le dejan otro. Lo mismo le da una cosa que otra a esta niña pequeña que nunca ha agarrado nada; que nunca ha chupado; que nunca –piensa la estudiante de enfermería con un don para la moda con súbita envidia– tendrá envidia; que nunca –tal vez se vea obligada a concluir la exhausta residente– discriminará entre lo que es Tess y lo que no es Tess.

La voluntaria de hoy, comprendiendo las limitaciones de Tess, tiene sin embargo la esperanza de que se le pueda enseñar algo nuevo, que los suaves deditos que rodean su propio dedo índice, con el esmalte color melocotón algo desconchado, aprendan a coger algún juguete, el muslo de pollo de plástico hueco del juego de comiditas. Ahora está en la bandeja de la sillita especial. Tess, en la sillita bajo el cetro de bolsas, ha aceptado la sustitución del muslo por el dedo. Se está hundiendo. La voluntaria se pregunta si los soportes están bien puestos, pero se desanima ante la idea de levantar a la niña para ponerla bien y entubarla. En vez de ello, empuja el muslo despacio por la bandeja. Los cuatro dedos de Tess todavía lo rodean (el pulgar no lo rodea, o al menos no todavía). El muslo, de un amarillo que da grima, llega por fin a la encantadora boca con la pequeña ayuda de las desconchadas uñas de la voluntaria. Tess separa los labios ante el beso del muslo.

Chupa, suplica la voluntaria en silencio. *Chupa*.

Llega una auxiliar que se inclina y sopla el pelo de Tess como si fuera una vela, y Tess sonríe bajo la cálida brisa... La semana que viene, se promete la voluntaria; la semana que viene trabajaremos con el pulgar.

En realidad, hasta sin la ayuda del pulgar, Tess, al dar con ella, tiraba a veces débilmente de la sonda gástrica con sus renqueantes dedos. La enfermera principal y la estudiante de enfermería aficionada a la moda lo comentaron después, al preparar a Tess para la siesta. Hablaron en tono desolado sobre la posibilidad de que, en uno o dos meses, los inconscientes tirones de Tess llegaran a tener la fuerza suficiente para causar alguna molestia e incluso algún daño. De momento, sin embargo, la ropita que se enrolla alrededor del tubo desvía la incompetente mano.

A veces a Tess le costaba conciliar el sueño. Gemía, lloraba un poco: un sollozo suave que no podía oír. A la estudiante de enfermería le gustaría quedarse con ella, le gustaría cogerla en brazos y tenerla abrazada, intervención que se produce muchas veces al día, no solo con Tess, sino con todos los niños pacientes, los nerviosos y los aburridos y los que tienen calor y los insomnes, y llevan a cabo voluntarios y estudiantes de enfermería y enfermeros y de vez en cuando residentes cuando están demasiado cansados para hacer otra cosa, e incluso las auxiliares. Al auxiliar de la unidad de enfermedades infecciosas, sus gafas dos círculos dorados y su bigote un rectángulo negro, se le ha visto a veces en una silla acunando a un niño con fiebre, como si ese gesto y no el antipirético número cuatro fuera a bajarle la temperatura al paciente.

La estudiante de enfermería le hace un gesto a la enfermera principal y le echa los brazos a Tess. La enfermera principal niega con la cabeza y tapa a Tess con una manta muy delgada.

–La princesita se va a cuidar ella solita.

Las dos mujeres salen de la habitación.

Cuando entra el encargado de la limpieza, con el cubo de la fregona y empujando el carrito, encuentra despierta a Tess, pero ya no protesta.

Entré en el hospital. Esos estúpidos peces, el día entero dando vueltas en la pecera. Cogí el ascensor. Luego me senté en una silla. Cuando nació no creí que le pasara nada, pero el médico sí, nada más verla. «Estoy preocupado por alguna que otra cosilla, Loretta», fue lo que dijo. La bajaron corriendo al vestíbulo. La iban a operar allí mismo, pero decidieron mandarla aquí en helicóptero.

Tess está de costado (la espalda contra una mantita enrollada). En esa posición ve un espejo colgado de las barras de la cuna, un espejo que refleja su rostro. Se dice que hay bebés que a los tres días de vida ya reconocen la presencia de ojos. La edad mental de Tess es muy superior a la de esos bebés de tres días –el personal se alzaría en armas contra quien sugiriese lo contrario–. Y es cierto que una expresión sentida, con alma, le cruza el rostro siempre que lo ve reflejado..., una expresión de vida anímica, quiero decir, porque sus ojos y su boca siempre sugieren un alma, para alivio del personal. Ante las pestañas, sin embargo, los cuidadores a veces se sienten algo incómodos. No hay una sola mujer en toda la unidad, de la cirujana a la voluntaria, a quien no haya extrañado y maravillado que a aquella jovencita le hayan sido dadas semejantes pestañas: un ejemplo del derroche o descuido de Quienquiera que Esté al Mando. Y no obstante toda mujer, y todo hombre, ha elogiado también, en privado, en algún momento, dicha concesión, porque aunque el personal cuidaría igual de una niña fea –ya cuida igual a niños feos, a niños a quienes parece que les han tirado a la cara y de cualquier manera los rasgos, obra quizá de una Mano furiosa–, toda gracia y encanto inspiran un tierno vuelco del corazón, un escalofrío de identificación, y suavizan los grilletes de la prisión de Tess, facilitan la vigilia de sus guardianes.

Vi el helicóptero desde la cama. Había firmado todos los permisos. Cuando llegué a la ciudad, dos días después, en el coche de Billie, con Billie al volante –Billie con su gorra de béisbol–, mi niña estaba conectada a unas cien máquinas. «¿Es un bebé?», preguntó Billie. «¿O una cebolla?» Pensarán ustedes que me enfadé, pero no, sentí alivio. Billie siempre sabe lo que hay que hacer.

Pasados unos meses dejaron solo dos tubos, el de alimentación abajo y el que iba directamente al corazón arriba. Los medicamentos de las bolsas pasaban por una cosa de color bright aqua que parecía una pinza de la ropa y luego iban al tubo del corazón.

Así que podía sentarme y cogerla en brazos. Un día la cogí con demasiada fuerza y tiré de algo y a los diez minutos me di cuenta de que el tubo del corazón se había soltado de la pinza y en lugar de entrar líquido salía sangre, aunque muy despacio, me habían caído unas gotitas en la falda, pero las enfermeras dijeron que tenían que cebar la vía. Una lo hizo y la otra se quedó mirando.

El encargado de la limpieza frota escrupulosamente el inodoro, aunque apenas se usa. Pasa la mopa por la habitación. Vacía la papelera en el carro. Y luego, justo antes de irse, se detiene. Tess sigue mirando sus propios ojos.

El encargado de la limpieza, al igual que el especialista en enfermedades infecciosas, es asiático; pero mientras que el médico nació en el interior del continente, el de la limpieza proviene de algún país costero. Tiene cinco hijos. Están todos sanos y van al colegio todos los días, salvo quizá el mayor, que sale de casa a la hora debida pero siempre con una mirada furtiva. Pese a todo, a oídos del padre no ha llegado ninguna mala noticia. El encargado de la limpieza da gracias por la salud de sus hijos, por su trabajo, por los Estados Unidos de América, un país que rescata a todos los niños enfermos y les arregla las malformaciones, a veces (ha oído) antes de que salgan del útero..., pero tanto entrometimiento no lo entiende.

Conoce a Tess desde hace dos años, los dos de vida de la niña, y la considera una belleza angélica. Los seres angélicos, lo sabe bien, no necesitan de ninguna justificación para existir. (A diferencia del especialista en enfermedades infecciosas, en cuyo sistema de creencias no se incluye ninguna Jerarquía celestial, el encargado de la limpieza es un cristiano devoto.) Pero Tess no es un ángel, a pesar de su apariencia; es un ser humano, a pesar de sus defectos; y él ha oído (su comprensión del inglés es buena) que esos defectos le causarán la muerte. En su país, si Tess hubiera nacido en su casa, le habrían permitido morir. Si hubiera nacido en un hospital, la habrían ayudado a morir. *¿Por qué estás aquí?*, se pregunta el encargado de la limpieza. Él entiende que el dolor y la muerte y la pena son parte de los designios divinos, pero vivir así...

Las pestañas bajan. El encargado de la limpieza se quita los gruesos guantes de goma amarillos y se pone un par de delgados guantes de látex de la caja de la pared y recorre con uno de sus protegidos dedos la sonrosada mejilla de Tess, una vez, dos veces, tres veces, rápido, porque el gesto va contra las normas y recibiría una reprimenda. Es difícil saber, sin embargo, quién entre la corte de médicos, enfermeros, auxiliares y voluntarios, por no mencionar directivos, miembros del Comité de Asignación, contables y el tío que tira los desechos peligrosos, tan sobrecargados de trabajo todos ellos, se molestaría en hacerlo. En

149

cualquier caso, el encargado de la limpieza acaricia la mejilla de Tess sin que nadie le moleste, y tira los guantes de látex a la papelera, y, arrastrando los pies, sale al pasillo.

Me quedé en la silla que hay cerca del ascensor aunque el chino ya había salido de la habitación de mi hija. Se me había pasado el miedo. Me alegré de no haberle dicho nada a Billie. No hay que dejarse engañar por la gorra de béisbol. Se lo toma todo a la tremenda.

La penúltima visita de Tess es el abogado, mucho más alto que el encargado de la limpieza, tan alto que roza uno de los móviles del techo. Ha redactado la declaración preliminar para el juez, informa en silencio a la niña, que ya duerme. A la niña no la toca, y no adopta una actitud reverencial, como el encargado de la limpieza, sino reflexiva. No está de humor interrogativo, sino de un humor condicional y ligeramente amenazador: *Si vamos a seguir salvándote, alguien tendrá que hacerse responsable.* Responsable en sentido económico, claro está, es lo que quiere decir.

El tipo alto llamó al ascensor varias veces hasta que el ascensor por fin llegó.

Entré en la habitación.

Parecía estar bien, dormida, de costado, aunque cuando levanté la manta y solté un par de clavijas vi que todavía tenía la rozadura del pañal. A veces se llenaba de escoceduras porque no gateaba, ni siquiera se daba la vuelta, y se quedaba ahí sin más, con sus cosas. Algún día se dará la vuelta, dijo uno de ellos. Nunca comía ni bebía y estaba sorda y estaba muy malita, pero la verdad es que siempre me reconocía.

Volví a taparla. Me quedé mirándole la oreja un rato. Todas esas curvas, todos esos recovecos. La orejita de mi niñita.

Cogí del poyete de la ventana el juguete que más le gustaba. El perro de peluche rojo. Siempre se les olvidaba. Lo puse en el rincón de la cuna. Luego desatornillé el extremo del tubo del corazón de la pinza bright aqua y lo metí debajo de la manta para que la sangre fluyera invisible y en silencio como fluye la regla, hasta que no quedara nada.

FIDELIDAD

Cuando el viejo Victor Cullen, que estaba condenado a no salir de casa, que perdía visión a pasos agigantados, terminó en la cama un reportaje supuestamente escrito en Ataraku, Japón, su editor de *World Enough,* mayor también pero en plena posesión de sus facultades físicas y mentales, no supo cómo tomárselo. De manera que hizo lo que había hecho siempre: editar el texto (nunca le llevaba demasiado trabajo, salvo por las malditas elipsis), corregir las galeradas, enmendar las erratas. Con la ayuda del director de arte –también amigo y colega de Victor Cullen– trasteó un poco con unas cuantas fotografías de Matsushima, Tsuwano y Aomori, y de ellas extrajo varios y convincentes fotomontajes. Se permitió la colaboración en la pequeña travesura de una joven y pobre ilustradora que resultó ser japonesa. La chica pintó una estupenda aguada de un templo sintoísta imaginario. El editor mandó las pruebas a Godolphin, el pueblo al que Victor y Nora Cullen se habían mudado hacía veinte, no, veintiún años, tras dejar, no, tras olvidar Nueva York. Godolphin estaba en las afueras de Boston. Su hija practicaba allí la medicina.

Nora llamó enseguida.

–Greg –dijo suavemente–. Eso de Ataraku... no...

–Lo sé –dijo Greg, cortándola en seco; Nora aún tenía el

152

poder de licuarlo–. No pasa nada. A los fans de Victor les gusta todo lo que escribe, cualquier cosa.

Era cierto, los lectores de la revista no se cansaban de elogiar la agudeza de vista y de oído de Victor, sus giros, la labor de investigación. Todas las contribuciones de Victor Cullen para *World Enough* inspiraban cartas al director extraordinariamente entusiastas: misivas escritas a mano, tecleadas con dos dedos en máquinas de escribir abandonadas, compuestas con procesadores de texto y, hoy, mandadas vía correo electrónico. «Ataraku: una crispada serenidad» cosechó las alabanzas de costumbre.

Ha sido una broma, se dijo Greg. La broma de un viejo y furioso monarca secundado por sus leales lacayos. El rey Victor. Quizá a partir de ahora se tranquilice.

Casi de inmediato llegó Stwyth, País de Gales, cuyos habitantes, en su conjunto, recibieron el nombre de «puajs».

Tras Stwyth llegó Mossfontein, Sudáfrica. ¡Qué jardines tan pintorescos!

Greg, en su despacho de la tercera planta, editó Stwyth y Mossfontein y les concedió una orgullosa imagen de marca en dos números consecutivos. La editorial de la vigésima planta los publicó. ¿Se molestaba alguien de la suite de la vigésima en leer su publicacioncilla? *World Enough* daba dinero, era todo cuanto el grupo quería saber. *World Enough* siempre había dado dinero aunque no aceptase publicidad de hoteles, cruceros, líneas aéreas y paquetes turísticos. Sin embargo, destiladores de whisky, fabricantes de cigarros puros, proveedores de tejidos de tweed y cachemira sí compraban los espacios de buena gana; también libreros de viejo y vendedores de alfombras y, cada vez más, residencias de la tercera edad para mayores capaces y menos capaces.

Victor redactó a continuación la historia de Akmed, una aldea del Nilo, aunque el matasellos del sobre guardaba un sospechoso parecido con el de Godolphin. La joven Katsuko, la ilustradora, dibujó las ruinas de los alrededores de Akmed con la precisión de un Piranesi. El director de arte, de vuelta en la oficina tras una operación de cadera, desplegó sobre la mesa de Greg fotos de egipcios de reportajes antiguos.

–No todos son egipcios –admitió–. Hay algunos jordanos. Y este es afgano. –Cuánta sabiduría en esos rostros curtidos, pensó Greg, en las páginas de la revista van a quedar resplandecientes. El director de arte se aclaró la garganta–: ¿Cuánto le estamos pagando a Victor? ¿Lo habitual?

–No. Más.

–Estupendo. No quiero ni pensar que Nora ande escatimando gastos –dijo, sin querer mirar a Greg–. Su hija se ha divorciado hace poco y no puede ayudar gran cosa.

«El exuberante castillo de Lubasz», empezaba, con suavidad, el último reportaje de Victor, «se ha convertido en nuestra morada provisional. Se encuentra a veinte kilómetros de Budapest. En nuestro dormitorio, un enorme armario ropero...»

Greg y el director de arte estudiaron la pieza. Crearon interiores que encajaran con la prosa de Victor y los fotografiaron. El armario ropero del propio Greg, adornado con un querubín barbado, también fue llamado a filas. Victor daba el dato de que el querubín tenía los genitales tan largos como las barbas. Uno pensaría que había visto el impúdico mueble. Pero no lo había visto en su vida, ¿o sí? Greg lo había comprado en la Tercera Avenida cuando los Cullen ya se habían marchado de Nueva York.

Quizá Nora le hubiera hablado de él. Greg miró las galeradas primero de reojo y luego con detenimiento; vio a Victor tumbado en la cama imaginando la labor de un artesano húngaro. «Bueno, Greg tiene un armario parecido debajo del tragaluz», pudo haberle dicho Nora, cayendo en una indiscreción. Nora tenía ya ochenta años; cabía esperar algún desliz.

«¿De verdad?», pudo haber respondido Victor. Luego, bramando: «¿Y tú cómo lo sabes?»

154

Dos décadas antes, una mañana de septiembre –Greg todavía recordaba la hiriente claridad de aquel día de otoño–, Nora había cogido el lento tren de primera hora de la mañana de Boston a Manhattan. Llevaba el bolso repleto de diseños. La reunión con el vicepresidente de la empresa de tejidos duró una hora; luego, sonrojada de éxito, se marchó corriendo a Madison y llegó al restaurante más sonrojada todavía, y con un brillo en los ojos.

–Me han comprado tres, Greg. Y quieren más animales tontos para cortinas de niño: canguros, marsupiales de todo tipo. Qué bien me viene este encargo ahora. ¿Cómo estás?

Se acercaban los dos a los sesenta. Él llevaba mucho tiempo desempeñando el papel de vecino y amigo, de invitado a las fiestas, de editor. Y en las raras ocasiones en que Victor viajaba solo, por trabajo, Greg la acompañaba a este concierto o a aquella fiesta, sin esperar otra cosa que besar su sedosa mejilla antes de volver a su pequeño y abarrotado apartamento, con aquella impagable vista del cielo. Pero ahora vivían en ciudades distintas, y el convenio era otro.

–¿Que cómo estoy, Nora? Me muero de amor por ti.

–Un cumplido muy caballeroso –dijo Nora, y cogió la carta–. ¿Qué demonios es un carbonizado ártico?

–No es un cumplido. Estoy hablando en serio.

Nora, casi con sobresalto, levantó la mirada de la carta, pero tardó unos segundos en cruzarla con la de Greg. Se fijó en su pajarita, o en la perilla, quizá debería afeitársela...

–Nora, mírame.

Nora no le miró todavía. Pero la alarma fue desapareciendo poco a poco de su rostro, y fue sustituyéndola una serena aceptación. El corazón de Greg daba los mismos saltos que los canguros de Nora.

–Mírame –suplicó.

–No me atrevo.

Esas tres palabras fueron lo más próximo a la admisión del amor que Greg llegaría a oír. Fue suficiente. Los cinco años siguientes, hasta la aparición de la enfermedad de Victor, Nora se presentaba puntualmente en Nueva York todas las temporadas, cual dividendo trimestral. Pasaban la tarde en la cama no-lo-bastante-ancha de Greg. El cielo les decía cuándo había llegado la hora de marcharse porque había que coger el tren: el cielo implacable de las cinco en punto, añil en diciembre, pizarra en marzo, turquesa en junio, aciano en septiembre.

El ropero del querubín barbado que les había hecho compañía en la habitación con tragaluz de Greg en realidad no era húngaro. Era albanés. Mientras editaba «El castillo de Lubasz», a Greg le preocupó la discrepancia, como si por culpa de aquella mentira pequeña alguien fuera a descubrir la mentira grande. Porque suponte que unos lectores indulgentes advierten la falsedad... Se limitarían a esbozar una sonrisa, y seguirían comprando whisky, colchas de cachemira, primeras ediciones, aguafuertes con firma y chalés de retiro en multipropiedad para tener contentos a los anunciantes; seguirían escribiendo elogiosas cartas al director. No se iban a ninguna parte, ¿verdad? Porque si temblaban de ansias viajeras, cualquier otra revista de viajes, llena de cursos de buceo en las Galápagos, refugios en París y excavaciones en Oriente Medio, les sería mucho más útil. El lector ideal de *World Enough* se contentaba con sentarse en un sofá de piel colocado sobre una alfombra persa para ponerse a leer fumando un puro.

Greg dejó de preocuparse.

El último sobre, bastante delgado, llegó a su mesa el mismo día que llamó desde Godolphin la hija de los Cullen.

—Nos han dejado —dijo la mujer, y se interrumpió—. Los dos —dijo.

A Greg, unas tenazas heladas le paralizaron las cuerdas vocales.

—¿*Los dos?* —consiguió decir al cabo de un rato.

—Han muerto con una diferencia de doce horas. Ella debió de

tomarse algo. Tío Greg. —Hubo un sollozo prolongado—. Y aunque estaba yo aquí, y mis hijos...

Hablaron unos minutos y luego colgaron. Greg abrió el sobre.

Azula

El reino de Azula tiene forma de círculo, pero no de círculo perfecto, porque un volcán sobresale hacia el oeste tanto como hacia arriba. Es más bien un círculo con un bulto. Azula está rodeado en su totalidad por un río. De este río se pensó que era un lago hasta que descubrieron que tenía corriente, que fluye en el sentido contrario a las agujas del reloj. El agua refleja el cielo, nuestro cielo, de un azul constante y fiel. Azula fue fundado en 1678 tras una concesión territorial de Rodolfo V a un músico solitario. El país prosperó bajo el gobierno del músico. En la actualidad está prácticamente desierto. Pese a todo, los mosaicos del suelo de la mansión real apenas han perdido su brillo desde los días de gloria. Los escarabajos en constante movimiento no hacen sino acrecentar el intrincado misterio de los azulejos [...]. En nuestra suite, llena de telarañas, las cortinas de color crudo cuelgan fláccidas como la piel del codo de un viejo [...]. No tiene tejado. El hospital para incurables, que está muy próximo, sufre una decadencia considerable: en la galería de la segunda planta es mejor no pisar, como Nora descubrió casi a costa de su desaparición. Dos leprosos curados habitan el lugar.

En realidad, Azula es un refugio para parejas: cuervos, emparejados de por vida, moran en ruidosos dúos en las deterioradas vigas de nuestra habitación; y nos atienden un hombre y una mujer legalmente casados; y una pareja de casuarios vive en el patio. Sus no voladoras majestades semejan enormes almohadas cuyas plumas hayan volado de sus fundas en un estallido. Los cuervos se retuercen, seductores; las caras muestran el ardiente cortejo.

¿Las instalaciones? El retrete es una tabla, la ducha un cubo, y la dieta una invariable sucesión de pescado con tubérculos. ¿Las sábanas? Andrajosas redes de camarones. Y la bendita ausencia de agujas, conversación, bandejas, periódicos, nietos y enemas.

Aquí aguardamos, escarabajos debajo, cuervos encima y casuarios fuera. Los leprosos cuidan el jardín. El criado pesca y la criada cocina. Y Nora y yo nadamos, cenamos y nos abrazamos, ah, mi amor, mi arrugado amor [...]. Que esa astuta ilustradora dibuje a la bella esposa del autor; olvida mi abollado careto.

Muy pronto el volcán entrará en erupción, o se abrirá la tierra; o tal vez una tarde de calor a primera hora no podamos sencillamente salir del río, y nos hundamos en ese azul que nunca cambia, a diferencia del cielo intermitente de Nueva York que ella y tú observabais aquellas tardes, Greg, cabrón.

No, no, gritó Greg en silencio. Yo era un paladín. La hacía feliz en tu nombre, Victor, idiota.

El lápiz daba vueltas entre sus dedos como si tuviera voluntad propia.

Victor, idiota, seguía repitiendo su cabeza, como si también tuviera voluntad propia. *Nora, querida Nora.* Gemía con desconsuelo.

Tensó los dedos; el lápiz dejó de girar. «Rodolfo» no valía: un nombre más propio de operetas y villancicos. Mejor llamemos al rey «Godolpho». En cuanto al río... ¿Puede de verdad su desembocadura ser su nacimiento? O... Sintió más que vio entrar al director de arte arrastrando los pies.

Para la página de los colaboradores, Greg dio a Katsuko una fotografía de estudio de Nora para que trabajase sobre ella. El director de arte añadió una instantánea que sacó de la cartera. Cuando Katsuko entregó el dibujo terminado, señaló con esa forma no flexiva de hablar suya que habría deseado conocer el tema. Greg miró la foto, y allí, en la tinta marrón sobre papel crema, estaba Nora: su boca juguetona, sus luminosos iris, hasta el ligero barniz de sus párpados. Enarcando una ceja, los labios entreabiertos, *Oh, Greg, hay días que tengo que huir de su intensidad. Me abraso. Tú eres tan tranquilo, cariño, como una mortaja.*

Para ilustrar «Azula», los colaboradores hicieron caso omiso de los extensos archivos de *World Enough*. En vez de ello cometieron un delito menor: desvalijaron la cuenta de gastos. Cogieron un avión a Cairns para fotografiar casuarios. Viajaron a Estambul en busca de mosaicos. Encontraron un hospital de leprosos en Jerusalén.

Luego los dos hombres, exhaustos, cogieron el avión de vuelta a Nueva York. Llegaron muy temprano. En el apartamento de Greg dejaron las maletas en el salón y colgaron la pajarita –los dos llevaban pajarita– en el querubín y, sin quitarse ni el traje ni los zapatos, se tumbaron uno al lado del otro en la escasa cama. Se quedaron mirando un cielo veteado de gris y corrugado de pequeñas nubes. Poco después del mediodía las vetas y las nubes habían desaparecido. Cierta cantidad de satén se extendía ante sus ojos como el estandarte de un caballero.

–Azul fiel –dijo Greg.

El director de arte se incorporó, apuntó su cámara y disparó y disparó.

SI EL AMOR LO FUERA TODO

1

—Antes de llegar, ¿a qué se dedicaba? —preguntó la señora Levinger cuando Sonya apenas llevaba un mes en Londres.

—A los libros...

—¿Escribe usted?

—... de contabilidad.

—Perfecto. Piense en todo este asunto como en una hoja de balance. Para equilibrar el balance, los niños están mejor lejos de aquí. ¿No tiene pañuelo, Sonya? Coja el mío.

El incidente que motivaba esta conversación —que el personal médico apartase a un niño del grupo— se producía con frecuencia, pero era la primera vez que Sonya lo presenciaba: los rostros amables de médico y enfermera; la indiferencia aparente de los demás niños, que ocultaba imperfectamente su pánico. Muchos más letreros de cartón, como los hombres anuncio de Broadway. LONDRES, LONDRA, LOND, INGLATERRA, decían según los casos.

—Tienes un pequeño problema en el pecho —le había dicho el médico al niño en alemán.

—Lo vamos a arreglar —había dicho la enfermera, en francés.

El niño hablaba polaco y yiddish, nada más. Mientras se lo llevaban se dirigió primero al médico y luego a la enfermera.

Luego les gritó primero al uno y luego a la otra, y tensó las piernas para no andar.

–¡Mamá! –se desgañitó cuando lo levantaban del suelo, aunque no había ninguna duda de que su madre estaba muerta–. ¡Hermana mayor! –aulló cuando se lo llevaban, aunque su hermana mayor, una niña de ocho años, se había caído.

–Te acostumbrarás –le dijo la señora Levinger a Sonya–. ¡En fin!

Sonya era norteamericana y se encontraba allí a causa de la guerra. Había pasado varios veranos de su pasado reciente en la costa de Rhode Island, viviendo como una gitana: danzas en la playa, compartir casa –de una sola habitación– con un tenor ya entrado en años que estaba loco por ella; circunstancias absolutamente indiferentes para la señora Levinger y el resto de la asediada Londres... o lo habrían sido si Sonya las hubiera contado. Pero apenas contó nada de sí misma. Cuando, el año anterior, sus amigos de Providence (donde vivía las otras tres estaciones del año) le preguntaron con insistencia por qué se marchaba al extranjero, dejando sus trabajos (daba clases de hebreo en la escuela dominical y llevaba la contabilidad de varios negocios pequeños)..., cuando la gente le preguntaba, Sonya respondía: «Por el huracán.»

Su casa en la playa tenía cuatro paredes mal hechas y un tejado poco fiable. No había luz ni agua corriente. El huracán de 1938 la arrancó de sus cimientos y la arrastró dando vueltas de campana. De sus pertenencias no recuperó absolutamente nada; ni tampoco la estufa de leña, el váter químico, la tetera, la ropa de las perchas. Las semanas posteriores al vendaval las pasó sentada en su piso de la colina de Providence con la vista fija en el centro de la ciudad, también arrasado pero en vías de reparación. Para su vida, sin embargo, no había reparación posible; se deslizaba ya hacia una respetabilidad sin remedio. Tarde o temprano, algún hombre le propondría matrimonio –pese a su edad, ya avanzada para casarse, pese a que carecía de belleza, alguien acabaría por hacerlo–. El tenor ya se lo había pedido. Y ella temía que, sin la pequeña euforia de su anual verano en libertad, acabara diciéndole que sí por pura debilidad.

En vez de ello, ofreció sus servicios al Comité Conjunto de Distribución de los Estados Unidos, afectuosamente conocido como el Comité. Fue a Nueva York para una entrevista. El encargado de hacérsela, un hombre con sobrepeso en mangas de camisa y con un chaleco arrugado, dijo:

–Es una ventaja que sepa usted hebreo.

–No sé hebreo –dijo Sonya–. Solo sé el suficiente hebreo bíblico para dar las clases Aleph y Beth.

–Si la mandan a Palestina, su hebreo mejorará –dijo el hombre. Y, leyendo el dossier–: ¿Sabe francés?

–Estudié francés en el instituto, es lo que pone ahí. Una vez en Quebec pedí un vaso de vino. En cuanto al yiddish..., hace más de veinte años que no lo hablo.

Las miradas se encontraron.

–En Europa la situación es desesperada –dijo el hombre–. Alemania ha expulsado a miles de judíos alemanes de procedencia polaca y Polonia se niega a acogerlos. Pasan hambre y frío y se mueren de disentería en la tierra de nadie entre ambos países. Hay muchos niños. Varios organismos trabajan conjuntamente para ayudarles..., y trabajar conjuntamente no es, veo que también ha estudiado latín, el *modus operandi* habitual. Dos judíos, tres opiniones, ya me entiende. –Interrumpió su perorata con visible esfuerzo. Abrió y cerró la boca varias veces, pero consiguió no hablar.

–Haré cualquier cosa –dijo Sonya entretanto–. Pero no cuente con que me maneje en otros idiomas.

–¿Canta usted? Hemos comprobado que las personas que cantan se adaptan bien a este trabajo.

–Soy moderadamente musical. –Muy moderadamente. Pensó en el tenor. Estuvo a tiempo de contestar que sí. Pero no quería trabajar de niñera.

El hombre gordo relajó por fin la mirada. Miró por la ventana.

–Todas las agencias y organismos trabajamos conjuntamente para sacar a esa gente de Zbąszyń y traerla a Inglaterra. Por eso, en todas las fases del proceso, necesitamos personal eficaz y poco dado a lo sentimental. Saber idiomas es de una importancia secundaria. El Comité confía en mi criterio.

Sonya firmó una especie de contrato.

–Debe usted saber –dijo luego– que a veces me pongo sentimental.

Una sonrisa, o algo parecido, apareció en el rostro, grandote, del hombre, y desapareció de inmediato. Sonya sospechaba que, como tantos gordos, aquel hombre bailaba bien.

Cogió el tren de vuelta a Providence. Al cabo de unos meses se enteró de que la podían mandar a Londres, y allí cedérsela a otra agencia, de ayuda a niños refugiados. Puso en orden los libros de sus clientes. Al cabo de otro número parecido de meses le llegó un pasaje de barco. Guardó sus muebles en un almacén y se dio una fiesta de despedida en el piso vacío. Volvió a coger el tren y en Nueva York subió a un transatlántico con rumbo a Southampton. El hombre gordo –se llamaba Roland, recordó– se presentó, para decirle adiós, con un ramo de claveles.

–Qué amable –dijo ella.

–No es lo habitual –admitió el hombre.

Cuando llegó a Inglaterra, a los alemanes de procedencia polaca desplazados ya los habían rescatado o habían muerto. Se había declarado la guerra. La enviaron un año a Hull, para colaborar en la colocación como personal de servicio doméstico de judías alemanas que habían llegado previamente. Luego la mandaron de vuelta a Londres.

En Londres el Comité le encontró una pensión en Camden

163

Town. La propietaria y su familia vivían en la planta baja; el resto parecía una residencia de solteros. Todas las habitaciones tenían estufa de gas y cocina. A Sonya le llevó un tiempo acostumbrarse a los olores. También tuvo que acostumbrarse a las pisadas: no había moqueta y todos los inquilinos de las plantas superiores pasaban por delante de su habitación. Cierta señora mayor tenía andares de pájaro. «Querida», decía siempre que la veía. Un hombre corpulento la miraba con interés; tenía amarillo el fondo de los ojos. Andaba con lentitud, sus pasos retumbaban como tortitas de harina caídas de las alturas. Un hombre mayor andaba ligero, a paso de marcha. Con su impresionante porte y su blanco mostacho tenía aspecto de embajador, pero era el dueño del quiosco del barrio. Dos secretarias salían juntas todas las mañanas, después de rizarse el pelo con rulos (la primera vez que Sonya olió a pelo chamuscado creyó que se estaba quemando la casa).

Y había un hombre cojo de unos cuarenta años, el único extranjero. Sonya no se consideraba extranjera; era la prima de América. Pero aquel cojo... tenía acento alemán; y la piel oscura y la dentadura en mal estado. Las cejas servían de techo a unos ojos castaños siempre brillantes –donde parecía reflejarse un fuego incluso cuando su dueño revisaba sin más algún sobre que cogía en la mesita del recibidor–. Tenía una pierna más corta que otra, de ahí la cojera. Sonya reconocía la distinta cadencia de sus pasos siempre que el hombre subía o bajaba las escaleras: UNO pausa Dos, UNO pausa Dos; y siempre que pasaba por delante de su puerta: UNO Dos, UNO Dos, UNO Dos.

Llegaban los niños, oleada tras oleada. Niños polacos, niños austriacos, niños húngaros, niños alemanes. Algunos llegaban como paquetes comprados por gobiernos que negaban el pasaporte a sus padres. Los niños iban con abrigo, y todos llevaban una bolsa. Algunos llegaban en pandillas rebeldes: habían vivido como ardillas en las montañas o como ratas en los ríos. Otros venían acompañados de funcionarios que no veían el momento de librarse de ellos. Pocos entendían inglés. Los había que solo hablaban yiddish. Unos pocos tenían alguna enfermedad infecciosa y otros parecían débiles mentales, pero solo, resultó, por las penalidades que habían sufrido. Pasaban una o dos noches en un hotel de mala muerte próximo a la estación de Waterloo. Sonya y la señora Levinger, que dirigía aquella agencia, también se alojaban en ese hotel, y procuraban dormir –siempre estaban cansadas, porque había empezado el bombardeo–. Pero no podían, porque los niños –sin llorar; rara vez lloraban– se paseaban por los pasillos, o se escondían en los armarios, a fumar, o subían y bajaban en el ascensor. Al día siguiente, o el día posterior, Sonya y la señora Levinger los acompañaban a sus destinos en el campo, y los dejaban con sus familias, recias familias de granjeros, a aquellos niños vieneses que en su vida habían visto una vaca; o los dejaban en orfanatos organizados apresuradamente atendidos por maestros de escuela ya mayores, a aquellos niños berlineses que solo conocían las suaves manos de sus niñeras; o los alojaban en algún palacio obispal, a aquellos niños polacos para quien los cristianos eran el mismísimo diablo. A los niños vieneses, los palacios quizá les habrían resultado apropiados; los húngaros habrían formado una enérgica troupe en el orfanato; los pequeños polacos, familiarizados con pollos y gallinas, tal vez se habrían sentido cómodos en las granjas. Pero los alojamientos raramente se correspondían con los niños. La agencia de la señora Levinger aceptaba de todo. Después de acomodar a los niños, aunque no perfectamente, Sonya y la señora cogían el tren y regresaban a Londres. La señora Levinger volvía junto a su marido y Sonya a su soledad.

Estuvo meses saludando al hombre de piel oscura y el hombre a ella.

Se decían «Buenas tardes».

Un día salieron de la pensión a la misma hora, y anduvieron hasta el metro.

El hombre le dijo que vivía dos plantas por encima de ella. Sonya ya lo sabía, por las pisadas.

El hombre tenía en su habitación un piano de pared que había dejado un inquilino anterior. Lo mantenía afinado.

–Es muy raro encontrar un piano en una... casa de hospedaje –dijo, y pareció saborear la palabra inglesa.

Iba precisamente de camino a dar unas lecciones de piano. Sus alumnos eran niños londinenses cuyos padres se habían negado, hasta la fecha, a evacuarlos. Ella iba de camino a la oficina. En el metro, él se bajó primero.

–Espero que volvamos a vernos, señorita...

–Sofrankovitch –dijo Sonya. No le dijo que el tratamiento apropiado era «señora». Su matrimonio se había disuelto hacía tiempo. Sin hijos.

A partir de ese día, como si hubieran cambiado por otro el reloj que previamente gobernaba sus vidas, se encontraban muchas veces. Se encontraban en la estrecha y sinuosa High Street. Compraban el periódico en el quiosco de su distinguido compañero de morada. Hacían cola en la verdulería, y se marchaban los dos con unas pocas manzanas magulladas. Se encontraban también en la pescadería. A los dos les gustaba especialmente el pescado ahumado, y entregaban encantados unos cupones de racionamiento extra por darse ese lujo.

A menudo, de noche, después de que él volviera a casa del trabajo, después de que ella volviera, se sentaban al lado de la estufa de gas de la habitación de Sonya.

–Providence –dijo él, pensando–. ¿Y dónde fue aquel huracán?

–En Narragansett.

–Naghaghansett –repitió él, con vocales aristocráticamente largas, con consonantes irremediablemente guturales.

–Algo así –dijo ella, y sonrió a las sombras.

Eugene no conocía Estados Unidos, aunque siendo joven había estudiado piano en París.

–Sí, oí a Boulanger.

Salvo por esa época emocionante, Eugene no había salido de Alemania hasta hacía tres años, cuando otro organismo de ayuda a los refugiados le ayudó a emigrar a Londres. Aún no había cumplido cuarenta años, sus padres habían fallecido, su hermana estaba casada y sana y salva en Shanghái, podía ganarse bien la vida..., se trataba de uno de los casos de repatriación más sencillos, suponía Sonya.

Su padre, le contó Eugene, había luchado por el káiser. Ella era muy joven durante esa guerra. Sí, ella sabía que en el pasado Alemania se había portado bien con los judíos, con sus judíos leales al gobierno.

Él estiró sus largas y desiguales piernas hacia el exiguo azul de las llamas.

–Me alegro de que nos hayamos conocido.

En una ocasión al mediodía –*mirabile dictu*, podría haber dicho aquel hombre gordo de Nueva York–, se encontraron no lejos de la pensión, en los jardines de Kensington.

–Voy a un concierto –dijo Eugene–. Ven conmigo.

–Mi hora de comer..., no tengo tiempo.

–Los intérpretes también están en su hora de comer –insistió–. No vas a llegar tarde. No vas a llegar muy tarde –se corrigió, con su ligera y habitual pedantería.

Recorrieron algunas calles a buen paso, en dirección al río, dejando atrás cráteres de bombas y refugios de ladrillo, de cemento, de hierro corrugado. Su propio refugio, en Camden Town, era un búnker subterráneo, una cripta, más seguro que todos esos. Pero a veces temblaban las paredes, y los niños pequeños lloraban y las mujeres palidecían de miedo, y los hombres también. Sonya calmaba a los pequeños que se acurrucaban en su regazo, y sonreía para dar coraje a la madre. Se hacía difícil respirar. En el caso de que la cosa se derrumbara, morirían todos asfixiados. Que te alcance una bomba en la calle, saltar por los aires, volar en mil pedazos como la casa de la playa, cualquier cosa era mejor que no respirar... Había veces que no bajaba al refugio, que se quedaba sentada en el suelo de su cuarto, a oscuras, abrazándose las piernas. Detrás de ella, en el alféizar, había un geranio muy robusto, rojo a plena luz del día, púrpura en aquella oscuridad casi total. Y si caía una bomba en la casa, y si la encontraban entre sus destrozadas molduras y montones de cristal y de ladrillos humeantes, la cabeza en un ángulo raro, el pelo quemado, negro como en su juventud..., si la encontraban entre los escombros, la gente pensaría, si llegaba a pensar algo, que se había quedado dormida y no había oído las sirenas. Quizá hubiera bebido demasiado, le diría el de la bodega a su mujer –pensaba sin duda que su cliente a veces sacrificaba comida a cambio de whisky–. Trabajaba demasiado, diría la señora Levinger.

Eugene la llevó a una iglesia. Sonya levantó la vista y se fijó en el órgano. Algunos feligreses, también en su hora de comer, ocupaban los bancos medio vacíos. Al fondo, uno levantó la cabeza despacio al pasar Eugene y la volvió a agachar.

Bajando unas escaleras, en una pequeña capilla, algo más de diez personas esperaban en unas sillas y dos intérpretes esperaban en un estrado. El chico que estaba de pie se colocó la viola en el hombro. La chica se sentó al piano y bajó la cabeza como si esperase su ejecución. Una nota del programa hecho con multicopista mencionaba que los dos mellizos, de veintiún años, habían llegado hacía poco de Checoslovaquia. Empezó el concierto. La hermana tocaba con precisión. Eugene seguía la interpretación con los dedos, sobre las piernas. El hermano hacía el amor con su instrumento. En los interludios entre pieza y pieza, el atento público se entretenía con el débil sonido del órgano, en el que alguien practicaba arriba. El concierto duró menos de una hora. Cuando los mellizos y sus invitados desfilaron por las escaleras, Sonya buscó con la mirada al feligrés que daba cabezadas en el último banco, pero se había marchado.

Tal como le había prometido Eugene, Sonya no volvió al trabajo demasiado tarde. La señora Levinger ya estaba en su puesto, hablando por teléfono. Saludó a Sonya con un distraído movimiento de cabeza y colgó.

—Ha llegado otro grupo —dijo—. Los franceses.

La escena habitual: en el extremo de una sala grande, los voluntarios junto a unas grandes mesas alargadas; en el otro extremo, una mesa sobre caballetes llena de galletas y rebanadas de pan, platos de salchichas y jarras de leche.

Cuarenta niños que llevaban seis meses arreglándoselas solos se agolpaban en el centro de la sala como si en cuanto se acercaran a la comida fueran a pegarles un tiro.

Una niña tenía el pelo color luz de lámpara.

La señora Levinger quiso levantarse de una silla plegable, y se tocó la espalda un momento porque su grupa amenazaba con impedírselo. Pero se levantó. Ya de pie, no se tambaleó ni anduvo con paso vacilante.

Sonya tomó nota de varios detalles —era parte de su trabajo—. Había un chico de poca estatura y muy pálido que parecía enfermo, pero los médicos no le habían impedido proseguir su viaje. Hambre y fatiga, probablemente. Dos niñas pequeñas se cogían las manos. Muchos niños llevaban a niños más pequeños.

La niña rubia cargaba con la funda de un instrumento.

La señora Levinger les dio la bienvenida en francés. Los mandaban a varios pueblos de los Cotswolds, dijo. A una región de montes, matizó. Podían quedarse con sus cosas. No separarían a los hermanos. Las familias de acogida no eran judías. Pero eran solidarias.

—Yo tampoco soy judío —dijo un niño moreno.

—Ay, Pierre —le regañó un niño mayor—. No pasa nada, aquí no pasa nada.

169

Los niños se acercaron despacio y en silencio a la mesa de los caballetes.

Muy pronto todos estaban comiendo; todos menos la niña rubia y alta del instrumento. Daba la impresión de que quería acercarse a la señora Levinger. Pero en realidad no. Viró hacia Sonya.

—Madame...

—*Oui* —dijo Sonya—. *Voulez vous...*

—Hablo inglés. —Tenía los ojos grises. Tenía la nariz recta, la boca rizada, la barbilla pequeña—. Yo no quiero ir al campo.

—¿Cómo te llamas?

—Lotte —dijo la niña encogiéndose de hombros, como si el nombre diera igual—. Soy de París. Quiero quedarme en Londres.

—Ese instrumento...

—Es un violín —dijo Lotte—. Intenté venderlo en Marsella cuando nos quedamos sin comida, pero nadie lo quería. Toco muy bien, madame. Puedo tocar en una orquesta. O en un café..., música gitana.

—Me encantaría... —empezó Sonya—. No puedo. —Hizo otro intento—: En Londres no hay alojamiento para niños refugiados —dijo por fin—. Solo en los pueblos.

—Yo ya no soy una niña. Tengo diecisiete años.

Sonya negó con la cabeza.

La niña bajó los párpados.

—Bueno, dieciséis, madame.

—Llámame Sonya.

—*Merci.* Madame Sonya, cumplo dieciséis años el mes que viene, si tuviera los papeles, se lo demostraría, pero se perdieron, se ha perdido todo, hasta las fotos de mi padre. Solo queda el violín... —Lotte tragó saliva—. Dentro de tres semanas cumplo dieciséis años. Créame, por favor.

—Te creo. —La señora Levinger los miró: había más niños que necesitaban atención—. Por ahora tienes que irte a los Cotswolds —dijo Sonya—. Intentaré buscar una solución.

–Palabras vanas –dijo Lotte, y volvió la espalda.

–¡No! –¿Es que siempre le iban a negar la posibilidad de sentir, acaso debía cumplir con eficacia únicamente? Ella era moderadamente musical–. Me encanta la música gitana. Toma, aquí tienes mi dirección –dijo, escribiéndola en una hojita marrón–. Intentaré buscarte algún café, o quizá una...

Lotte cogió el papel. Sonya la vio por última vez en el tren, en un tren distinto al de ella. La chica estaba en el pasillo, apretaba el violín contra su delgado pecho.

–Me gustaría darte un anillo –dijo Eugene.

–¡Oh!

–Puede que me lleven a un campo de internamiento.

–Eso no va a pasar –dijo Sonya con vehemencia. Pero pasaba todos los días. A los extranjeros sospechosos de espionaje, también si eran judíos, les encerraban en cárceles amarillas.

–El otro traje que tengo, las partituras de piano –dijo Eugene–, se pueden defender por sí mismos. Pero el anillo de mi madre..., le debo respeto. Eludió la aduana alemana, eludió incluso mi conciencia.

Sonya le miró. A la luz de la estufa, su piel era tan oscura como el geranio.

–Tendría que haberlo vendido para devolverle el dinero a las personas que me ayudaron a escapar –explicó Eugene–. Pero solo es un diamante muy pequeño. Y para mi madre significaba mucho.

–Ah..., fue un regalo de tu padre.

–Fue un regalo de su amante. Mi madre nació en Lyon; en Berlín no cambió su idea del matrimonio. Además, claro está, mi padre era mucho mayor que ella.

–¿Mucho mayor? –A Sonya y a Eugene les separaban doce años. Ella había cumplido cincuenta y dos recientemente, aunque no lo había mencionado.

–Veinte años mayor.

Eugene rebuscó en sus bolsillos. Se oyó un ruidito metálico. Puso el anillo en la mano de Sonya.

Dos semanas después se lo llevaron.

2

A principios de su segundo año en Londres, Sonya había hecho amigos, mujeres y hombres, y tenía un salón de té favorito, dos pubs favoritos y varios paseos favoritos. Había adoptado el estilo de las mujeres que la rodeaban –vestidos de algodón, zapatos de tacón bajo–, pero desdeñaba los sombreros, pequeños y atrevidos. Se había quitado el flequillo y llevaba su canoso cabello recogido detrás de las orejas. Bajo los pasadores, uno a cada lado, el pelo, en curva, parecía unas plumas aplastadas.

Sabía dónde conseguir artículos de primera necesidad en el mercado negro. De vez en cuando, para sus pequeños clientes, aprovechaba esos conocimientos. Y a veces los aprovechaba en beneficio propio: al fondo del armario escondía una botella de coñac de contrabando, en espera del regreso de Eugene.

Asistía a conferencias en salones surcados de corrientes. Asistía a reuniones con personas que acababan de volver de Vichy y Haifa y Salónica. Asistía a conciertos de ópera improvisados y a sensacionales funciones de teatro –en cierta ocasión, en un teatro, oyó a Laurence Olivier elevar la voz por encima del ruido de las bombas.

Iba a ver exposiciones de acuarelas. Unas pocas veces, en verano, viajó a Brighton para bañarse. «¡Tienes que ir al casino!», le ordenó la señora Levinger. Recibía cartas de sus amigos de Rhode Island, de su tía de Chicago, del hombre gordo de Nueva York y del tenor y de Eugene. Siguió la pista de aquel primer niño tuberculoso, fue a verle al sanatorio a orillas del mar. Refrescó el yiddish de su juventud, por necesidad, en las primeras visitas, pero al cabo de unos meses se dio cuenta de que todas las palabras nuevas que aprendía el chico se aferraban a él como erizos. No tardaron en hablar solo en inglés. Contemplaban juntos el mar color pizarra. Al lado de su tumbona, mientras cogía su traslúcida mano, Sonya le habló del huracán que había partido su vida en dos.

—Una ola enorme entró en la cala.

—Una columna de agua... —probó el chico—. ¡Una montaña de agua!

También se mantenía en contacto con su hermana, que vivía en una casita de campo, y dormía en una litera. Un año después de que se llevaran al chico, Sonya y la señora Levinger presidieron la reunión de los niños, la niña sonrosada, el niño pálido pero sano. La madre que se había hecho cargo de la niña accedió a acogerlo a él también.

—Porque ella se está apagando, eso es verdad —dijo aquella alma buena.

—Te acordarás de Roland Rosenberg... —dijo la señora Levinger.

—Naturalmente.

Se estrecharon la mano. Él estaba algo menos gordo, pero decirlo habría sido una falta de tacto. Hablaron de trabajo aunque no hiciera falta: dio la impresión de que ella sabía de memoria los documentos que él guardaba en su deformada cartera, de que él podía ver en cada arruga de la cara de Sonya la circunstancia que la había esculpido. Pero hablaron, algo, en un restaurante lúgubre. Él tenía unos espantosos modales en la mesa. Su pañuelo era una desgracia. Recurría a su peculiar sonrisa una y otra vez: labio vuelto hacia arriba, mirada de asombro. Mark Twain, le dijo a Sonya, era una de sus pasiones. Querría repetir algún día el viaje de Twain alrededor del mundo.

—¿Y qué compositores le gustan? —preguntó ella, como sin darle importancia.

–Mi preferido es Franz Lehár.

Lehár, adorado por Hitler.

–Dios mío –dijo Sonya.

–Vergonzoso, ¿verdad? El Comité debería echarme.

No pasaban taxis. ¿Cuándo habían pasado? Roland la acompañó a casa a pie.

–Algún día volveré –dijo.

–Me alegro.

¿Se alegraba? ¿Qué le estarían haciendo a Eugene?

–El *New York Times*, por favor –dijo Sonya una tarde, y cogió el periódico de manos del caballero distinguido. Sin irse todavía del quiosco repasó la primera página. La guerra ocupaba la mayor parte, pero también hablaban de escándalos locales. Las dos Dakotas estaban sufriendo una sequía. Dobló el periódico debajo del brazo, ya lo leería en su cuarto, a la luz de la lámpara; los bombardeos habían cesado, de momento.

Desde su nicho, el caballero distinguido bramó:

–¿Qué tal está, señorita Sofrankovitch?

Sonya se volvió.

–... Bien, gracias.

–Hoy tengo periódicos de Belgrado, todo un acontecimiento.

–Ah, pero no sé yugoslavo.

–¿No? Sabe usted francés, quizá... Tengo...

–La verdad es que no. Y tampoco alemán –se anticipó–. Leo textos sencillos en hebreo, señor...

–Smith.

–Señor Smith. –Le miró con detenimiento, y la oscuridad que había detrás–. Mis padres vendían periódicos –confesó.

–No me diga.

–Sí, en una tienda. También vendían tabaco. Y dulces y caramelos, y artículos de mercería. Artículos de mercería... ¿Los llaman ustedes los ingleses también así o es un americanismo?

174

–Los llamamos también así. –El caballero distinguido atendió a otro cliente. El negocio era lo primero, por supuesto; pero ¿de verdad quería Sonya describir deprisa y corriendo a la pareja pequeña y redonda que fueron sus padres, al par de inocentes que la habían tenido mucho después de haber renunciado a la idea de fundar una familia? Para entonces su tienda era ya como una hija: su íntimo y cálido refugio. En esa tienda creció ella y se convirtió en una niña alta; y terminó el instituto y la escuela normal; de esa tienda salió para casarse con un chico guapo y de poco fiar. Y siguió adelante con su matrimonio, y también con aquella tienda, hasta que sus padres murieron.

El señor Smith despachó al cliente. Sonya se asomó por encima de la balda de periódicos. El interior del quiosco, lo bastante espacioso para dos personas si esas dos personas se llevaban bien, estaba adornado de revistas sujetas con pinzas a unas tablas sin pintar, y había anuncios de cerveza. Olía a tabaco, el aroma de su infancia. Se acordó de la mala dentadura de Eugene, más amarillenta, si cabía, por su costumbre de fumar. Inspiró.

–Vendí la tienda en la Depresión –le dijo al señor Smith. Se apoyó en un cartel: NO HABLES DE MÁS. OTROS LO PAGAN CON SU VIDA. Dejó de apoyarse en la balda y prosiguió con su historia–. También vendí la casa. Alquilé un apartamento y compré... una casa en la playa. La destruyó el huracán, aunque no sé si aquí tuvieron noticia de aquel huracán.

–Sí, sí que llegaron noticias. Y vimos fotos. *Comment donc!* –dijo el señor Smith, dirigiéndose a otro cliente que debía de serle familiar, un francés bajito con levita de jefe de sección y zapatos muy lustrosos.

Sonya se volvió y echó a andar por High Street en dirección a casa.

¿A casa? Una habitación de papel pintado con una estufa de gas. Una mesa camilla, una antigua cama plegable, un escritorio y una butaca, un armario ropero desvencijado, y una radio y una lámpara. Un pequeño joyero cerrado con llave donde guardaba la alianza de su madre, el pañuelo de seda que el tenor había recibido de una famosa mezzosoprano, y la sortija con diamante de Eugene. Su casa, en efecto. Su casa estaba allí donde ella estaba. «No tienes ningún instinto del nido», la había acusado su marido al marcharse. «Qué suerte no haber tenido un hijo. Lo habrías dejado a buen recaudo en un cajón de buró.» No tenía correo. Arriba, pues, directa a las escaleras. Coció dos huevos y tostó una rebanada de pan con el tenedor. No tenía ni jamón ni mantequilla, pero sí un vaso y mediada la botella de vino que había descorchado el día anterior. La abrió, agradecida. Leyó el periódico mientras tomaba este refrigerio, y dejó las necrológicas, esas simpáticas novelitas, para el final. Era improbable que alguna vez viera a algún conocido en aquellas páginas hasta que al regordete de Roland Rosenberg le reventara una vena; no, en serio, no tenía pinta de ir a sufrir una apoplejía, y además estaba bajando de peso..., leyó que había muerto el tenor.

Había sufrido un colapso cuando cantaba ante un numeroso auditorio de soldados en Fort Devens. Tenía setenta y tres años, sesenta de carrera. Había interpretado todos los grandes papeles, pero nunca había cantado en el Met. Tuvo un programa de radio muy popular en los años treinta. Su canción emblemática era «The Story of a Starry Night». Dejaba tres hijas y ocho nietos.

Cuando le dejó solo tenía siete nietos; por lo demás, ella podría haber escrito el obituario sin mayor problema.

Esa noche lloró por él. Por supuesto que era un acierto no haber unido sus destinos. No estaba hecha para la vida sedentaria. Ella no, Sonya no, no esta ramita humana que había brotado inesperadamente en una tienda de artículos de mercería donde siempre hacía demasiado calor y había germinado, por así decirlo, en un tarro de gelatina gracias a aquellos orgullosos y perplejos tenderos. Ah, cuánto la habían querido, mamá y papá; y ella a ellos; y también a su marido, durante un tiempo, y a algunos otros después; y también al tenor. Pero su amor era etéreo, no estaba ligado a la tierra, así que Roland Rosenberg podía arrancarla como a un puñado de hierbecillas y dejarla allí tirada, sobre los adoquines de Londres, y mandar a otra mujer de zapatos de tacón bajo a aquel barrio, a aquel bloque de viviendas, al ruinoso sótano cerca del río. Los niños. En su insomnio los fue contando. Algunos se encontraban allí, en Londres. Dos de los más pequeños vivían con una madre que había perdido el juicio después de que a su hijo mayor le pegaran un tiro en la frontera; esos chiquillos cuidarían de ella. Había una familia con una hija muy cortita que también tenía una hija muy cortita. «¡No tendrían que pasar cosas así! ¡Los hijos bajando la media!», se había quejado, como si las leyes de la herencia pudieran reconocer el error y corregir la inteligencia de la niña. La señora Levinger no dio importancia a aquel arranque. Unas adolescentes de Múnich que trabajaban de camareras se negaban a confiar en Sonya, aunque sí dejaban que les comprase la cena. Y...

Podía ser un pequeño roedor el que estaba arañando la puerta. ¿Venía el ruido precedido de pisadas? Sonya saltó de la cama, mano izquierda al pestillo, mano derecha al picaporte. ¿Era eso olor a tabaco? Abrió la puerta.

Lotte cruzó el umbral. Sus ojos iban de esquina en esquina. Vio la mesa camilla y dejó el violín debajo, con sumo cuidado. Luego se volvió y se dejó caer entre los brazos de Sonya.

Se dieron un festín a base de beicon a la mañana siguiente. Lo había traído Lotte, de la granja. Sonya lo frió con un tomate que guardaba como un tesoro y tostó sus dos últimas rebanadas de pan. Mojaron las tostadas en la grasa.

—Ahora tenemos que hablar —dijo Sonya cuando las dos se limpiaban los dedos con su única servilleta. Los dedos de Lotte eran más deliberados que delicados, como los de Eugene al piano.

–La familia –empezó Lotte–. Eran muy amables. El organista de la iglesia se hizo amigo mío. En el colegio había un chico, también; un chico inglés, quiero decir. –Y Sonya sabía lo que quería decir, la atención de aquel muchacho del pueblo suplementaba pero no suplantaba el amor juvenil de los chicos inmigrantes que había conocido antes. Esa encantadora caída de ojos.

–La familia –presionó Sonya.

–Les escribí una carta. No me mande allí otra vez. Deje que me quede con usted.

Iba contra las normas de la institución. Pero las normas de la institución a veces se pasaban por alto. Al sur del río, cinco chicos de Bucarest compartían una sola habitación, viviendo quién sabía de qué, aunque se sospechaba que de robar carteras. La señora Levinger se hacía cargo de ellos algunas veces. «No es nada bueno para los judíos, lo que estáis haciendo.» Los chicos se miraban los pies.

«Ponen en peligro nuestro trabajo», le dijo más tarde la señora Levinger a Sonya. «Un par de ellos trabajan en realidad de enlucidores.» «Bueno, la verdad es que hacen falta enlucidores», dijo la señora Levinger, desviada ya del tema. «Corre el rumor de que roban solo a los ricos borrachos.» «¡Corre el rumor! Corre el rumor de que Winston está planeando una invasión. Lo creeré cuando lo vea. Lo más probable es que sea a nosotros a quien invadan.» Sonya imaginó a la señora Levinger agarrando el recogedor de la chimenea y liándose a golpes con los alemanes lo bastante idiotas para haberse metido en su despacho.

Mientras tanto, los jóvenes rumanos robaban carteras en Mayfair. Y un par de médicos polacos sin licencia habían abierto una clínica sin licencia en Clapham Common. Los belgas que habían llegado con diamantes en el dobladillo vendían esos diamantes en el mercado negro y se marchaban a Sudamérica sin dejar un chelín a la organización que los había llevado a

Londres. Otra organización, pero aun así. «Contra las normas no», dijo la señora Levinger. «No *comme il faut*, en todo caso.» Sonya pensó en la piedra de la madre de Eugene.

–Puedo dormir en el suelo –decía Lotte en esos momentos–. Buscaré trabajo. Pagaré una parte del alquiler. Ya lo verá.

–¿Qué es eso de que hay una chica francesa que...? –dijo la señora Levinger a los pocos días–. Me ha escrito una familia...

–Está en mi casa.

Se sostuvieron la mirada unos momentos.

–Podemos gestionar una pequeña asignación –dijo la señora Levinger.

–Si fuera necesario... –dijo Sonya, con cierta frialdad, porque estaba a punto de echarse a llorar–. Se lo comunicaré.

No fue necesario. Los sábados, Lotte pedía a Sonya unos chelines; y también, ¿podría Sonya pedirle prestado un destornillador a algún vecino? Bueno, lo intentaría. El señor Smith estaba en el quiosco. La dama de los andares de pájaro se había marchado a vivir a casa de su hija. El hombre del fondo de los ojos amarillos había salido. Eugene, por descontado, tampoco estaba. Sonya llamó finalmente a la puerta de las secretarias, aunque no esperaba tener suerte. Pero las secretarias tenían una caja de herramientas enterita; habían construido una conejera en la ventana. Habían criado varias generaciones de conejos.

–Qué... monos –dijo Sonya.

–Dinero –explicó una de las jóvenes–. A los ricos les siguen encantando.

Sonya bajó con el destornillador. Lotte acababa de llegar de High Street con un candado de latón con dos llaves. Una hora después se lo había puesto a la puerta del armario. Guardó el violín junto al coñac. Cerró el armario, con candado. Se dejó caer un momento en la butaca.

–A salvo –dijo, y suspiró. Sonya se abstuvo de mencionar los bombardeos; tal vez ya no habría más.

Al ir a devolver el destornillador, Sonya se encontró con la casera.

—Tengo... una invitada.

—Me he dado cuenta, cariño. Tendré que cobrarte un poquito más.

Lotte salía a buscar trabajo todos los días. Volvía decepcionada. Por la noche iban a algún concierto. Era como si hubiera vuelto Eugene.

«Esta noche en Saint Aidan's... canta un coro», decía Lotte; o «Un bajo en Marylebone..., acaba de llegar aquí desde allí». Músicos dispersos improvisaban conjuntos.

—¿Cómo te has enterado de este? —preguntó Sonya un día que volvían a casa después de oír a un trío.

—Entré en una tienda de música buscando trabajo..., me encontré con otros músicos de cuerda...

Lotte empezó a tocar en esquinas. Sonya le advirtió que estuviera atenta a la policía. Al principio tocaba en los barrios de las afueras. Pero aunque congregaba pequeños grupos de admiradores (informó con naturalidad a Sonya), en el estuche abierto a sus pies caían muy pocas monedas. Se trasladó al centro. Tocaba en Piccadilly, en el Strand, cerca de Whitehall.

—He visto a Churchill —exclamó. Todo el mundo sabía que Churchill dirigía la guerra desde unas dependencias subterráneas, pero corrían rumores de dobles que se le parecían mucho, cientos de ellos, desplegados para engañar al enemigo y quizá también al pueblo.

En los nuevos lugares, Lotte recaudaba dinero suficiente para cubrir la subida del alquiler, comprar queso y pescado ahumado, y melocotones, para insistir en que Sonya siempre se quedara con la mayor porción.

—Eres mi mecenas, mi benefactora, mi ángel.

—Repudio esos papeles. Este melocotón está divino.

—Mi madre, entonces..., no, no, eres demasiado joven.

—No sé yo.

–¡Hermana mayor!

Sonya seguía trabajando para la señora Levinger, cedida por el Comité, pero el cometido de la señora Levinger había cambiado. Ahora llegaban pocos refugiados, pero había mucho que hacer con los que ya estaban allí. Muchas familias pasaban hambre. Sonya redondeaba al alza las cartillas de racionamiento, el dinero, a veces el trabajo a destajo en las fábricas...; podría haber sido un capataz haciendo sudar a sus trabajadores. Lotte tocaba el violín a cambio de unas monedas.

Una tarde de primavera decidió cruzar el río antes de volver a casa. No había bombardeos desde hacía mucho tiempo, solo unos pocos aviones de vez en cuando, y huían asustados por la artillería antiaérea. Junto al río vio a un payaso..., no, no era un payaso, era una niña. Sí, era un payaso: Lotte.

Estaba al lado de un edificio bombardeado que empezaban a reconstruir. Esos enlucidores... ¿habría entre ellos algún chico rumano? Lotte llevaba pantalones de cuadros y su pequeña chaqueta. Había encontrado un sombrero de fieltro –lo había robado, quizá– y se había pintado de negro el espacio entre los dientes de arriba y oscurecido algunas de sus pecas. Su rubio cabello asoma por debajo del sombrero. Tocaba el repertorio callejero que ensayaba en casa –Kreisler, Smetana, Dvořák–, con exagerada melancolía y exagerada vivacidad. «Para que se les llenen los ojos de lágrimas», había explicado. «Para regalarles un tremendo final.»

Después del tremendo final se paseó entre los desocupados poniendo el sombrero. Al llegar a Sonya hizo una reverencia. Se quitó el sombrero con coquetería. Sonya rebuscó en el bolsillo de la gabardina, pero Lotte siguió adelante.

Los oyentes se dispersaron. Lotte, sonriente, volvió junto a Sonia.

–¡Vamos a darnos un banquete!

–Pero ¡esa ropa! –respondió Sonya sonriendo.

Resultó que el sombrero estaba trucado, era plegable. Lotte

se quitó los bombachos con una ágil sacudida de cadera y dejó al descubierto una falda plisada, una de las dos que tenía. Con los pantalones y el sombrero en una mano y el violín en la otra encabezó la marcha hasta un pub.

Se sentaron en una mesa de una esquina, las dos..., los tres, contando el violín. La luz de una farola entraba por la ventana de colores. En aquel local había mucho ruido.

–Hoy me ha ido bien –dijo Lotte, dándole el dinero a Sonya, que como es lógico no lo rechazó–. Aunque yo preferiría unos ingresos fijos.

–Tendrías que estar en el colegio –protestó Sonya.

–No tardaré en encontrar plaza en una orquesta. O trabajaré en un club nocturno.

Sonya pidió un segundo whisky.

Roland Rosenberg apareció a la semana siguiente y estuvo allí cuarenta y ocho horas. Aunque todavía estaba gordo, había adelgazado y parecía agotado.

–Ha perdido usted peso, Sonya Sofrankovitch –tuvo la caradura de decir–. Cuídese.

Y entonces... los locos sueños de Lotte se hicieron realidad. El dueño de un restaurante la oyó, la contrató, le proporcionó unos pantalones de crepé y una chaqueta de lentejuelas. El café Bohemia era una mezcolanza de banquetas, murales, dorados y material reutilizado. Sonya se pasaba por allí una o dos noches a la semana.

Se acabaron los finales tremendos y lacrimógenos, se acabaron los espectaculares *glissandi*. Tocaba a Brahms, Liszt, Mendelssohn. Aparentaba el doble de su edad, pensaba Sonya. Pero, claro, probablemente ella también aparentara el doble de su edad.

Lotte encontró un trío –dos viejos y una vieja– que buscaban un segundo violín.

–Tocan muy bien –les encomió Sonya–, pero ninguno es judío.

182

Los recitales eran gratuitos, pero pagaban a los intérpretes, a veces; una fundación de Canadá. Lotte tuvo que vaciar la cuenta que compartía con Sonya para comprar un vestido azul con cuello –la chaqueta de lentejuelas no parecía lo más apropiado. Tenía todo el derecho a vaciar aquella cuenta. Contribuía a los gastos más que Sonya. Compró una pequeña cama plegable y ya no tuvo que dormir en el suelo. Compró un segundo geranio y whisky, aunque ella solo bebiera un vaso de vino de vez en cuando. Y cuando Sonya cumplió cincuenta y tres, compró dos billetes de tren. Fueron a Penzance a pasar el fin de semana y se alojaron en un hotel y dieron paseos por la playa, cogidas de la mano como hermanas.

UNO pausa Dos. UNO pausa Dos.

Un domingo por la tarde. Lotte estaba fuera tocando con el cuarteto.

UNO Dos, UNO Dos.

Sonya abrió la puerta. Esta vez era él.

La guerra dura tanto tiempo que ya se parece a la paz, le escribió Sonya a su tía. *Un día es igual a otro. No hay nuevos horrores, solo los viejos.* Se preguntó si la carta pasaría la censura.

Eugene estaba ocupado. Quizá, para compensar su injusto internamiento, alguien estuviera moviendo los hilos. Muchas personas emprendían, con mucho esfuerzo, iniciativas anónimas. Sonya y la señora Levinger continuaron con la callada labor de la agencia, que cada día llevaba a cabo más intervenciones que iban contra las normas. El hombre de ojos amarillos del piso de arriba pasaba semanas en Bletchley Park, centro neurálgico de la labor de descodificación. Lotte tocaba en las esquinas cuando tenía la tarde libre. El señor Smith, tan aficionado a escuchar, porque invitaba a ello, revelaciones confidenciales, resultó ser un espía y le detuvieron.

Eugene escribía reseñas para los periódicos. Sonya le ayudaba ocasionalmente con la sintaxis. Eran cada vez más familias las que querían que les diera clase a sus hijos, que practicaban a Czerny en barrios antaño elegantes y ahora salpicados de piedras y astillas. Daba conciertos, él también. Se sumaba de vez en cuando al cuarteto de Lotte y tocaba tríos con Lotte y el chelista y dúos con Lotte. Cuando los dos podían, ensayaban en la iglesia donde Eugene y Sonya habían escuchado al hermano y la hermana checos.

–Qué buen piano –dijo Eugene.

Sonya llevaba a sus familias a los conciertos: la pareja y su hija retrasada, una vez; la madre medio loca y los niños pequeños, varias veces; las jóvenes camareras; los enlucidores carteristas.

Como es lógico, se dijo, todas las parejas que tocan juntas desarrollan afinidades. Existen las afinidades de nacimiento; piensa en los mellizos checos, piensa en los Menuhin. Eugene y Lotte no eran hermano y hermana, pero sí podrían ser padre e hija. Veinte años los separaban. Volvió a calcular. ¡Veinticuatro! Pensó en el tenor... El perfil marrón de Eugene se inclinaba sobre las teclas. Fruncía los labios, chupaba. Lotte apoyaba la barbilla en el pañuelo. Los dedos de su mano izquierda danzaban. El vestido azul tenía manchas oscuras debajo de los brazos. Por la noche, en su catre, Lotte a veces se lamentaba, llorando, en francés.

Sonya llegó una tarde a casa y encontró el cuarto vacío y oliendo a tabaco. Puso la leche que llevaba en el alféizar, al lado de los geranios. A una manzana había una capilla, pequeña y fea, de disidentes. Iba allí y se sentaba en el último banco y apoyaba la frente en el respaldo del banco de delante, y levantaba la cabeza, y la volvía a apoyar en la madera, y la levantaba, y la volvía a apoyar.

3

La primera bomba volante cayó una semana después de los desembarcos del Día D. Luego cayeron muchas más. No se parecían a los bombardeos del primer *blitz*. No daba tiempo a buscar refugio; no había refugio. La gente se limitaba a echarse al suelo, esperando saltar por los aires, morir atravesada, hecha trizas, volar en pedazos, enterrada viva. Quien se encontrara lo suficientemente alejado de la bomba, quizá se ahorrara todo eso.

«El final está cerca, el final está cerca», le decía la casera a Sonya. «El final está cerca», suspiraban los padres de la niña malita. «El último estertor de Hitler», declaró la señora Levinger. Sonya tenía la impresión de que al Führer aún le quedaba mucho aire en los pulmones, pero solo dijo que la madre demente y los niños se habían marchado de Londres.

–Quizá a la casa de Hull.

Estuvieron media hora discutiendo los pros y los contras de encarcelar a los niños en un manicomio virtual, y cada una concluía la argumentación de la otra como las dos buenas amigas en que se habían convertido. Tomaron la decisión de buscar un retiro más campestre, y Sonya se ocupó de las gestiones.

El trabajo continuó, la reconstrucción continuó; hasta los conciertos continuaron.

Un día, a las doce y media, Sonya estaba en un banco de Hyde Park comiendo una manzana cuando oyó el ya familiar zumbido. Siguió masticando. Vio la bomba; solo una, solo una bomba, como todas. Las había, le habían dicho, que no explotaban. Esta explotó, hacia el sur, fuera del parque. Siguió masticando. El humo, gris oscuro y denso, se elevó en el aire y Sonya oyó sirenas y más explosiones y derrumbamientos y chillidos, y pisadas, también las suyas, porque cruzaba el parque corriendo, con la manzana en la mano, hacia la bomba, porque la bomba había caído cerca de esa iglesia, ¿o no? Y ese mediodía había ensayo, ¿o no? Cruzó King's Road y se unió al gentío; alguna gente corría con ella y otra gente corría contra ella. Las fachadas habían desaparecido. Los rostros estaban negros. Tropezó con una mujer, se paró; pero la mujer estaba muerta. Siguió corriendo.

Asomaba un brazo de un montón de cascotes. Volvió a pararse y esta vez ayudó a un bombero a apartar los cascotes y sacar a una mujer, todavía viva gracias a Dios, y a un bebé que la mujer había protegido con el otro brazo, también el bebé estaba vivo gracias a Dios gracias a Dios. El humo hacía difícil respirar. Los edificios se seguían derrumbando. Llegaba olor a carne quemada. Sonya alcanzó la calle de la iglesia. La iglesia estaba derruida. Ya habían formado un cordón policial; qué rápido actuaba el ayuntamiento; no habrían pasado más de diez minutos; qué pueblo tan valeroso; pero ella se iba a colar por debajo de la cuerda, sin más. Ya no tenía la manzana. Se agachó.

–¡Señorita!

Alguien la cogió por las caderas y tiró de ella con fuerza. Sonya se volvió y cayó en los brazos de un hombre rubicundo con casco, y vio, detrás de aquel hombre, a unos metros, a Eugene, la frente negra, amoratada en realidad, y a Lotte, sucia. Tenían las manos entrelazadas. En la mano libre Lotte llevaba la funda de su instrumento. No estaban en la iglesia, le explicaron cuando llegó junto a ellos. Se habían entretenido en casa.

Los bombardeos duraron varios meses. Solo las tormentas impedían el paso a los aviones. Sonya rezó pidiendo un huracán. Churchill admitió los ataques contra Londres. Las bombas volantes no cesaron hasta que quedaban tres semanas para la victoria.

Pero antes –a cinco semanas de la victoria–, Lotte y Eugene se fueron a Manchester. El director de la nueva orquesta cívica de Manchester había oído a Lotte tocar con el cuarteto, le había ofrecido un puesto. Eugene encontraría alumnos.

Lotte compartía la cama de Eugene desde el día de la bomba volante que cayó en la iglesia. Pero la noche antes de marcharse, arañó la puerta de Sonya. Se puso sus antiguas ropas –el sombrero, los pantalones de cuadros–. Tocó «Someday I'll Find You» y «I'll See You Again».

A la mañana siguiente se dirigieron los tres al metro y desde allí a la estación. Incluso al lado de Eugene y Lotte, Sonya los veía como a distancia: dos emigrados, harapientos, emparejados. ¿Padre e hija? ¿Hermanastros? No era asunto de nadie. Nada más subir al tren buscaron una ventanilla y la miraron, sus amados rostros pétreos de amor por ella. Ella se preguntó cuánto tiempo florecería Lotte bajo el protector e inquietante abrazo de Eugene, cuánto tiempo tardaría en volverse hacia otro lado. Era francesa, ¿no?, y las francesas eran infieles... ¡El diamante de la madre de Eugene! Levantó la mano izquierda, en su deslucido guante, y con el índice de la mano derecha apuntó al sitio donde se ponen los anillos.

Al otro lado de la ventanilla, Eugene negó con la cabeza. *Para ti,* dijo moviendo los labios.

Sonya vendió la sortija. Le dieron menos de lo que esperaba –el diamante tenía imperfecciones–. Se compró una voluminosa gabardina de tela de paracaidista. Se compró unos guantes nuevos y unos llamativos pantalones. Guardó el resto del dinero.

4

–Ha pasado mucho tiempo –dijo Sonya cuando la señora Levinger les dejó solos.

–Oh, quise venir –dijo Roland– cuando estuve en Lisboa, en Ámsterdam... Pero siempre surgía algo y tenía que marcharme a otro lugar. –Se removió dentro de su chaqueta; le estaba grande. Había perdido más peso. La señora Levinger había insinuado que era una especie de héroe.

Salieron de la oficina y anduvieron bajo la lluvia y el viento. La gabardina nueva de Sonya se arremolinaba a un lado y a otro; y se empapó, aunque se suponía que repelía el agua; tiraba de ella hacia atrás. Al final Sonya se levantó la falda, como para ir más fácilmente adondequiera que él la llevara.

Un pub. Se sentaron a una mesa. Sonya sabía que él no hablaría del trabajo que había hecho, y no lo hizo..., durante la primera cerveza no, durante la segunda tampoco. Bueno:

—Y ahora ¿adónde? —le preguntó, apoyando sus ajadas manos en la ajada mesa.

Él le habló de los campamentos para Personas Desplazadas. Ahora iba al de Oberammergau.

—Espero que te unas a nosotros. Tu compromiso, tu inteligencia, tu capacidad de adaptación... —Ella desdeñó los elogios con un gesto de la mano derecha y él le cogió esa mano, en el aire—. Me callo, pero no son simples halagos. Te invito a Oberammergau.

—No hablo alemán.

—Pero eres una persona musical —le recordó él. Le cogió la otra mano, aunque no al vuelo, esta vez no. Aquella mano estaba apoyada sin más en la mesa—. Sonya Sofrankovitch. ¿Vendrás?

Sonya guardó silencio. La extraña sonrisa de Roland —¿llegaría a acostumbrarse a ella, a él?— demostraba hasta qué punto deseaba que ella dijera que sí.

—Sí —dijo.

NOCHE DE PURIM

El Campamento de Gruenwasser se preparaba para Purim, esa alegre festividad en que hay que beber hasta no distinguir al rey del villano, a la reina de la puta.

–¿Purim? –inquirió Ludwig.

Tenía doce años..., pálido y delgado como todos los demás. Pero Ludwig era pálido y delgado ya Antes, en su mimada infancia en Hamburgo. Mientras se ocultaba con su tío no había podido ponerse gordo y rubicundo.

–Purim es una fiesta –dijo Sonya. Tenía cincuenta y seis años, también era pálida y delgada, pero por naturaleza. Había pasado la guerra en Londres; ahora que había terminado era codirectora de ese campamento para Personas Desplazadas. Menudo eufemismo: fugitivos de la crueldad eran; indigentes eran; personas despreciadas–. Purim celebra la liberación del pueblo judío. De un hombre malvado.

–Liberación. ¿Liberación por las fuerzas aliadas?

–No, no. Esto sucedió en Shu, Shu, Shushan, hace mucho tiempo... –dijo «hace mucho tiempo» en inglés. El resto de la conversación..., como todas las conversaciones en aquella oficina improvisada donde Ludwig a menudo pasaba la tarde, transcurrió en alemán. El de Ludwig era el pedante alemán de un niño precoz; el de Sonya el execrable alemán de una norteamericana sin facilidad para los idiomas. Su yiddish, en cambio, estaba mejorando en el Campamento de Gruenwasser. El yiddish era la lengua franca del campamento, los cigarrillos su moneda estable.

–Shu, Shu, Shushan –repitió Ludwig–. ¿Un lugar de cuatro sílabas?

Sonya cerró los ojos brevemente.

–Estaba repitiendo una vieja canción, una frase de una vieja canción. –Los abrió y se topó con la mirada castaño rojizo del niño–. Amán se llamaba el malvado. La heroína era la reina, Ester. Hablando de reinas...

–No estábamos.

–¿No estábamos qué?

–No estábamos hablando de reinas.

–Es igual –dijo Sonya–. En el envío de ayer llegó un juego de piezas de ajedrez. Solo le falta un peón. Una piedra..., ¿te vale una piedra?

–Sí. También mi abuelo guarda unos granos en una caja precisamente con ese propósito.

Sonya arrastró una silla desvencijada hasta la pared, hasta debajo de unas baldas, y se subió y cogió la caja con las piezas de ajedrez. Se la dio a Ludwig.

El niño salía a toda prisa cuando Ida dijo:

–Espera. –Ida era la secretaria, una Persona que Antes fue sombrerera–. Yo te voy a contar lo que es Purim. Aunque un niño judío como tú ya tendría que saberlo.

Ludwig se paró en seco, y apoyó la espalda en la pared, los ojos de par en par, como iluminados por un foco.

–En Shu, Shu, Shushan, hace mucho tiempo –dijo Ida en inglés, haciendo a Sonya un gesto con la cabeza; luego continuó en alemán–: hubo un rey, Asuero, y un general, Amán, y estaba Mardoqueo, un judío sabio que se pasaba el tiempo a las puertas del palacio. La reina del rey Asuero le ofendió, así que él buscó una nueva reina. Mardoqueo... –y empleó una palabra poco habitual.

Sonya pasó las hojas de su diccionario alemán-inglés.

–*¿Procuró?* No estoy segura...

–... le procuró a su sobrina, Ester –dijo Ida, con ojos negros y penetrantes–. Mardoqueo se negó a humillarse ante Amán. Amán dispuso el asesinato de los judíos. Ester, la nueva reina, instó a Asuero a detener los asesinatos. Los judíos se salvaron.

–*Procuró*... –Sonya seguía dudando.

–Entonces –dijo Ludwig, clavado todavía a la pared–, fue un milagro.

–Un milagro –dijo Ida, y asintió con la cabeza.

–Yo no creo en los milagros, sobre todo en los milagros que se consiguen *follando*.

La anglosajona rudeza del término entró como una cuña entre las polisílabas alemanas. El vocabulario de los niños se había ampliado gracias a los soldados norteamericanos. Pero los GI no eran responsables de los atropellados y brutales coitos que Ludwig había presenciado en cabañas forestales, cuadras junto a caminos, los húmedos sótanos de Marsella.

–Una chica guapa con un sombrero bonito puede obrar milagros –dijo Ida–. Sin llegar a follar. Y esa palabra, Ludwig, es de muy mala educación. –Volvió a su máquina de escribir.

Ludwig salió pitando.

Sonya, que aquel día tenía más que hacer que tres personas en una semana, se acercó tranquilamente a la estrecha ventana. Era febrero, mediada la tarde. Las sombras ya se alargaban en el patio formado por los largos barracones de madera que la Wehrmacht había abandonado con tantas prisas que las Personas seguían encontrando piezas de armas, botones, medallas y fragmentos de cartas (*«Heinz, Leibling, Der Kinder...»*). Todavía quedaba un triángulo de sol en el suelo, sin embargo, y en él jugaban los niños, andrajosos, y Ludwig debía estar entre ellos, y habría estado de no haber sido un niño peculiar que prefería la compañía de los adultos.

Transcurría el año 5707 del calendario bíblico y el año 1947 del calendario cristiano. La fiesta de Purim comenzaría después de la cena. Habría pastas: *hamantaschen,* los sombreros de Amán. Sin esas pastas lo mismo daría prescindir de aquella festividad; sin esas pastas bien podrían guardar la meguilá –el relato, escrito en un rollo– en una cisterna. Las necesarias *hamantaschen* de aquella noche... eran una broma. Hombres que Antes fueron chefs sabían perfectamente cómo cocinar tartas Sacher, tartas Linzer, todo tipo de pasteles; pero ¿dónde estaba el azúcar, dónde estaban las nueces? Ese día, con sémola y sucedáneo de mantequilla, y delgadas manchas de confitura de mora, cocinarían un pobre sustituto de las *hamantaschen,* una o dos por Persona. Sonya no sabía si aquellos pasteleros tan prácticos habían contado a los bebés entre las Personas, aunque desde luego la Cruz Roja sí que los contaba, y el mando norteamericano –todos los niños recibían barritas de chocolate con vitaminas, carne de cerdo en conserva y cigarrillos–. Sonya, sin embargo, no disponía de suficiente leche en lata... En cuanto a la comida que precedía a la fiesta..., la bazofia habitual: sopa aguada de espinacas, patatas y pan negro. Eisenhower había decretado que los campamentos de Personas Desplazadas recibieran dos mil calorías por Persona al día; qué amable, pero el general no podía llevar la cuenta de los que iban llegando porque eran muchos.

–En mi atelier yo atendía a las mujeres más distinguidas y cosmopolitas –dijo Ida, pensativa, las manos apoyadas en la máquina de escribir, descansando–. Confeccionábamos turbantes, sombreros de campana y gorros de cocinero.

–Pamelas y mantillas –dijo Sonya, para animarla. No era la primera vez que oía ese recuerdo.

–Hablo cinco idiomas. Hacíamos...

–¡Sonya! –Llegó la voz de Roland, de Roland Rosenberg, codirector con Sonya–. ¿Sonya? –Roland llegó detrás de su voz a la oficina. Parpadeó ante la bella Ida y su mirada fue a reposar en el rostro de Sonya. No había perdido la gracia de los gordos, ni siquiera la circunferencia de los gordos, aunque estaba adelgazando, como todo el personal–. Sonya, los jasídicos del edificio norte se niegan a compartir su meguilá. Han boicoteado el servicio religioso.

–La Sociedad de Ilustración también lo ha boicoteado –señaló Ida–. Tienen un seminario sobre Spinoza.

–La mermelada de moras..., queda muy poca, ¡maldita sea! –dijo Sonya. Era víctima de una súbita ferocidad aquellos días. Era el Cambio, le había dicho Ida, que lo sabía bien aunque no tuviera más que treinta y cinco años.

–Semillas de amapola, ¿por qué no nos pueden mandar semillas de amapola? –dijo Roland–. He pedido semillas de amapola. –Consultando una lista, salió con la misma celeridad con que había entrado.

–Roland, está bien. –Sonya fue detrás de él–. Los amables granjeros alemanes... van a matar unos terneros para la fiesta –dijo desde el umbral, pero Roland ya había doblado la esquina–. La nata correrá como la espuma –dijo, elevando la voz, aunque Roland sin duda ya no la oía–. El general Eisenhower... va a venir en persona.

–Sonya –dijo Ida con severidad–, es la hora de tu paseo.

Sobre la fiesta de Purim, Ludwig había disimulado. Fingir ignorancia siempre era buena idea; los sabelotodo, había observado, suelen recibir palizas o castigos del tipo que sea. En realidad sí había oído la historia de Ester, varias veces. Primero al chico del dormitorio de al lado, el del rostro radiante. Ludwig, reconociendo la radiación, vaticinaba que lo atraparían en la siguiente redada con rayos X. Entretanto el febril muchacho practicaba mucho los sermones improvisados, incluso las arengas. ¿Se creería el Mesías?, gruñía el tío Claud. Cierto día de la semana anterior había reunido a una pandilla de niños y recitado la historia de Purim. Lo está convirtiendo en algo bueno, pensó Ludwig desde la periferia del círculo; casi le salía espuma por la boca al recitar el gran final, la muerte en la horca de Amán y sus diez hijos, la matanza de los trescientos conspiradores. Luego habían trasladado la historia al aula de la segunda planta del edificio norte, donde las mugrientas ventanas tenían vistas a la cocina de una sola planta y, detrás de ella, a la huerta, muy sucia y solo con tubérculos –bah, es una parcela llena de piedras, había dicho el tío Claud con la voz tonante de un aristócrata, que nadie espere las setas que encontrábamos en las ricas tierras del sur de Francia–. Al otro lado de la huerta, un camino discurría entre granjas hasta un pueblo de tejados de teja. Más allá del pueblo, los suaves pliegues de unas verdes colinas. El profesor de historia judía, sin mirar por la ventana aquellas vistas tan familiares, había empezado la historia de Purim leyéndola en hebreo, que quizá media docena de alumnos podían entender. Tradujo al yiddish y también al ruso. Su versión, un aburrimiento en tres idiomas, insistía en que era el Señor, y no Ester, quien había intervenido para salvar a los judíos. El profesor de historia dijo esa noche que aquella interpretación de las Escrituras no tenía ninguna justificación. Un día después, el profesor de filosofía sostuvo que la historia era una metáfora.

–¿Una metáfora? –inquirió Ludwig, y aprendió el significado del término. Le encantaba aprender. Le gustaba merodear por la oficina porque Roland, sin darle demasiada importancia, dejaba caer pedacitos de conocimiento, los peía como pee un caballo. También era interesante observar a Sonya, que odiaba discutir pero tenía que discutir, que odiaba persuadir pero tenía que persuadir. Ella prefería ser ella misma, leyendo o soñando, Ludwig lo sabía bien; le recordaba a su madre... E Ida, con sus bellos y profundos ojos azules y su apasionada determinación de ir a Palestina; ojalá el tío Claud se la follara, tal vez así los tres acabaran en Tierra Santa, bueno, no tan santa, pero tampoco de barracones. Había oído que allí la gente vivía en tiendas, y que fuera dormitaban camellos. Pero el tío Claud prefería a los hombres.

Incluso sin la historia, Ludwig habría notado Purim. Las Personas del campamento –las que no estaban inválidas, paralizadas por la desesperación, atascadas en un hospital de tuberculosos, demasiado viejas, demasiado jóvenes, o (por algún error administrativo) las cristianas–, las Personas se ocupaban ruidosamente en los preparativos de la festividad. En los barracones, detrás de las lonas y las cortinas que separaban los cubículos, la gente afanaba telas de desecho; en los huecos de las escaleras, los actores ensayaban escenas; en el edificio oeste, las uvas pasas fermentaban y todavía echaban burbujas. En el pueblo, las Personas cambiaban cigarrillos y barras de chocolate por vino de la localidad. «Ácido y aguado», había dicho con desprecio el tío Claud, que escondía entre sus pertenencias una botella de coñac que Dios le había procurado quién sabía cómo. El tío Claud consumía casi toda su asignación de tabaco y también la de Ludwig, de manera que rara vez podía lanzarse al trueque. El coñac... Ludwig creía que era una muestra de las aguas de Sión. «En Sión no hay agua», insistía el tío Claud. Ludwig le daba unas gotitas todas las noches después de la última partida.

Tenían un tablero. A veces les prestaban las piezas, pero normalmente se las alquilaban al lituano del dormitorio de al lado, el dormitorio del ferviente Mesías. Al lituano el ajedrez le daba igual, pero daba la casualidad de que era el propietario del juego de piezas de su hermano, ya convertido en cenizas. No prestaba las piezas, no las vendía, solo las arrendaba. Claud tenía que darle un cigarrillo a cambio de la diversión nocturna.

Pero ahora... Ludwig abrió la lona hecha jirones que tenían por puerta, se sentó en la litera inferior, junto a su tío.

–¡Mira! –dijo, y movió la caja que Sonya le había dado. Sonó a sonajero.

Claud miró y tosió.

–Ese *litvak*... Como no me dé un beso en el trasero.

195

Cuando Sonya salió de la oficina, Ida siguió escribiendo a máquina. Estaba preparando requisas: de sulfamidas, de libros, de hilos, de comida, comida, comida.

> *Querido coronel Spaulding,*
> *Tiene usted toda la razón en que las 2.000 calorías por Persona y Día ya nos las suministran los envíos de la Cruz Roja y las compras en el pueblo. Pero los envíos de la Cruz Roja llegan cuando llegan. Algunas de nuestras Personas no comen carne de cerdo en conserva. Y aunque tenemos que hacer la vista gorda con el mercado negro, no parece muy inteligente que desde aquí les animemos a que recurran a él. Ahora mismo nuestras necesidades más urgentes consisten en fruta seca —la reserva de pasas está totalmente agotada— y compresas.*
> *Le saluda atentamente,*
> *Sonya Sofrankovitch*

Ida se pasó la mano por el pelo, tan tupido y oscuro como diez años atrás, cuando la capturaron y la separaron del marido que ya sabía muerto, oh Shmuel, y la forzaron a trabajar en una fábrica de munición. Ni el campo de trabajo, ni la huida del campo de trabajo, ni ver morir en sus brazos a su mejor amiga, oh Luba, ni que la volvieran a capturar, ni la liberación; ni estar semanas sin lavarse, ni sobrevivir en los bosques a base de bayas, ni la desaparición de la menstruación durante casi un año y su violenta reaparición; ni la gripe los piojos los malos olores las supuraciones; ni descubrir en el bosque los restos de un niño, un niño apenas enterrado, cuyo cadáver los animales habían dejado al descubierto escarbando; ni la única violación y las múltiples palizas..., nada había derrotado al vigor y la fuerza de sus cabellos. El pelo dejaba al descubierto sus esperanzas de ser feliz. ¿Y dónde encontraría esa felicidad? Ah, *b'eretz*, en la Tierra. ¿Sombrereras?, le había informado el emisario de los Clandestinos, sin disimular apenas su desdén... La

196

Tierra no necesita precisamente sombrereras. ¿Acaso crees, Giverit, que nos ponemos *chapeau* para dar de comer a las gallinas? ¿No estarás pensando en adornar a las vacas con guirnaldas de seda? Sentada en una silla de madera, las manos entrelazadas en el regazo, le dijo que cambiaría de oficio con gusto, que se haría lechera, labraría los campos, sacaría agua, mataría árabes, reventaría ingleses. Luego se inclinó hacia aquel colono cretino.

–Pero si prosperan las ciudades, *b'eretz*, y el comercio, y el amor... Yo volveré a hacer sombreros.

El colono se la quedó mirando largo rato. A continuación escribió su nombre en una lista. Ida aún estaba esperando que la llamasen.

Entretanto rellenaba la solicitud de otras Personas. Bélgica había anunciado recientemente que aceptaría a algunas. Australia también. Canadá también. Estados Unidos seguía dudando, por las leyes de inmigración, aunque el Consejo Luterano del Medio Oeste Norteamericano se había ofrecido voluntariamente a reubicar a cincuenta, sin especificar siquiera que tuvieran que ser trabajadores agrícolas, sin especificar siquiera que tuvieran que ser luteranos. Pero ¿a cuántos sastres podría acoger aquel sitio, Minnesota?

Mecanografió una solicitud, tuvo que traducir del manuscrito yiddish: *Nombre: Morris Losowitz;* sí, ella le conocía como Mendel, pero Morris era la adaptación correcta al inglés. *Edad: 35;* sí, era verdad. *Familiares dependientes: mujer y tres hijos;* sí, esto también era verdad, aunque no mencionaba al bebé que estaba en camino. *Ocupación: técnico electricista.* En Polonia había dado clases en un jéder. Quizá supiera cambiar una bombilla. *Idiomas por orden de conocimientos y dominio: yiddish, polaco, hebreo, inglés.* Rigurosamente cierto. Sabía decir «Quiero ir a Estados Unidos», y otras diez o doce palabras, quizá. Su mujer hablaba inglés mejor que él. Era más inteligente, pero la solicitud no demostraba la menor curiosidad por ella.

Ida siguió tecleando y tecleando. Anocheció. La bombilla colgada de un cable que tenía encima daba pequeños bandazos. En el salón de arriba se libraba una alegre batalla: decoraban las paredes, la orquesta del campamento ensayaba, los actores del Purim perfeccionaban sus escenas.

Ida dejó de trabajar y tapó la máquina de escribir con los retales de un *talit*. Cerró la oficina con llave y salió al patio. Encontró a dos miembros de la policía para Personas Desplazadas, memos que se daban demasiada importancia. Le sonrieron. Pasó junto a dos niños que seguían jugando al fresco de la noche. Entró en el edificio este. Cuánto jaleo: grupos de hombres, discutiendo sin parar. Y las dos hermanas húngaras, siempre juntas, cogidas las manos, o por lo menos tocándose los nudillos. Había oído que también iban juntas al baño. El primer dormitorio tenía un ventanuco a la calle y alguien había colocado una estufa, y siempre había allí algún repollo puesto a cocer, o una cazuela de cebollas, y siempre colgaban pañales cerca del vapor, y nunca se secaban del todo. Ella dormía en la siguiente sala, el primer cubículo era el suyo, una dama anciana y amable dormía en la cama de arriba, prefería dormir en las alturas a las ratas que creía que infestaban el campamento, aunque no había ratas desde la visita de una patrulla sanitaria llegada de la zona de ocupación británica. Pero la dama creía que iban a volver, y nunca se levantaba del colchón de paja hasta media tarde.

Se había levantado ya. Andaría por ahí, chismorreando. De debajo de la cama Ida extrajo un saco y volcó el contenido encima del colchón: una blusa de seda, ropa interior de seda, útiles de coser, pegamento y un casco de la Wehrmacht, abollado y agrietado. Y celofán; envoltorios de celofán; decenas de envoltorios de celofán, centenares; algunos arrugados, otros rasgados, otros intactos, extraídos tal cual de los paquetes de Camel y Lucky Strike que habían protegido... Se puso a trabajar.

Sonya, expulsada de la oficina por la solícita Ida, fingió que estaba dando un paseo. Cuando estuvo fuera del ángulo de visión desde la ventana de la oficina, dio media vuelta para volver al edificio sur. Había dos mujeres a punto de salir de cuentas, pero ninguna estaba lista para trasladarla al bungalow paritorio. En su dormitorio estaban muy entretenidas. Tres hombres ensayaban una escena de Purim: un Mardoqueo con un libro grueso, un Asuero con un manto, y un bufón con gorra y campana. ¿Un bufón? Tradicionalmente, las escenas de Purim guardaban cierta relación con la *commedia dell'arte,* había mencionado Roland. Aquel bufón tocaba la armónica, el rey cantaba «Yeden hartz hot soides» –Todos los corazones guardan secretos– y Mardoqueo iba de un lado a otro con el libro abierto y soltaba sabios refranes.

Sonya se dirigió luego al almacén. Alguien había robado una de las cajas de utensilios de la Janucá que había donado una congregación de New Jersey. Donación de nula utilidad: desmantelarían el campamento en diciembre, todos los residentes lo sabían, todos terminarían confortablemente alojados en Sidney, Toronto, Nueva York, Tel Aviv... Aun así, dijo a gritos la Persona encargada, aquello era de locos, un insulto: robarnos a nosotros mismos: ¿por qué no le robamos al cerdo del pueblo?

A continuación la clínica para tuberculosos, antiguos establos de la Wehrmacht. La enfermera del ejército que la dirigía le soltó que estaba todo como siempre, dos ingresos el día anterior, ningún alta, la máquina de rayos X daba sus últimos coletazos, ¿alguna otra novedad? Sus ayudantes, dos Personas, mujeres, que Antes fueron médicos, la informaron mejor.

–¡Vaya! Lo más probable es que, tarde o temprano, la gente que tenemos aquí mejore –dijo una–. Se recuperarán todos, *nu,* si Dios quiere, y tal vez aunque no quiera, si mira para otro lado. Elige la vida. ¿No es eso lo que está escrito?

Sonya siguió hasta su dormitorio. Como directores del campo, Roland y ella ocupaban una habitación privada, un

199

único y estrecho cuarto con una litera triple. Roland dormía en la cama de abajo, Sonya en la de en medio y de vez en cuando un inspector de la central ocupaba la de arriba, ¿en qué otra cama ponerle? El cuarto tenía un lavabo y un tocador de dos cajones. Sonya abrió el segundo cajón y rebuscó en el fondo. ¿Por qué no podía ella vestirse también de una manera especial para la fiesta de Purim? Elige la vida, elige la belleza, elige lo que todas las mujeres de Norteamérica desean, un vestidito negro. Cogió el vestido, que estaba enrollado, que había guardado hacía dos años, y lo sacó a la débil luz y lo desenrolló y lo sacudió. El tejido se resistió a estirarse. Sonya se quitó la falda, se puso el vestido por la cabeza, se quitó los pantalones de esquí. Le estaba demasiado largo. Sobre el lavabo, inclinado, había un trozo de espejo que Roland usaba para afeitarse. Lo colocó en vertical. Dio un paso atrás.

Una bruja la miró desde el imperfecto cristal. Una bruja flaca e impotente de indómito cabello gris con el atuendo de una bruja más gorda.

Había sido un espíritu libre hacía tiempo, pensó que recordaba. A la joven edad de cincuenta años vivía en la playa de Rhode Island, bailaba bajo la luna. Había vivido el huracán. Había vivido en una pensión de Londres y había trabajado para el Comité Conjunto de Distribución. Había salvado a algunos niños. Había padecido las bombas volantes. En 1945, en un húmedo pub, había aceptado la propuesta de Roland Rosenberg para dirigir conjuntamente el Campamento de Gruenwasser. Había dejado que él apoyara en la suya su mano gruesa y pecosa.

Se acercó a mirar mejor a la pequeña bruja del espejo. Y entonces, por un cambio en las corrientes de aire, el espejo se estrelló contra el suelo de madera. Y se hizo añicos.

Roland tendría que afeitarse sin espejo. También podía dejarse barba. Sonya estaba recogiendo los cristales cuando él entró.

—Déjalo, Sonya —dijo Roland.

200

Cruzó la sala y cogió la escoba y el recogedor comunitario: un cardo grande hincado en un palo, un trozo de lata. Sonya se estaba chupando un dedo cuando volvió. Roland examinó el corte.

–Mete el dedo debajo del grifo un rato.

Sonya metió el dedo debajo del grifo un rato. Cuando se dio la vuelta, Roland había barrido los restos y devuelto a su lugar el recogedor y la escoba y se había echado en la cama, con los ojos cerrados, como agotado por el reciente esfuerzo, y no por dos años de denuedo constante.

Sonya cerró la puerta. Le desabrochó a Roland el gastado cinturón. Le desabrochó la camisa de franela. ¿De qué color había sido? Se había decolorado hasta el verde amarillento de los ojos de su dueño. Le desabrochó los puños, pero no le quitó la camisa, que él decidiera si quitársela o no; era un ser humano y tenía sensaciones, ¿o no? ¿Las tenía? Tenía la vitalidad de un cadáver. Pero cuando le bajó los pantalones, un poco, y se los quitó, y le bajó los calzoncillos, y se los quitó, comprobó que estaba listo. ¿Cuándo habían hecho aquello mismo por última vez? ¿Hacía tres meses? ¿Seis? Para ellos, como para todas las demás Personas, un día gris quedaba absorbido en el siguiente. Pero había alegrías: cartas de parientes que creías difuntos, carne en la sopa –a veces–, y esa noche... fiesta. Sonya se levantó y se quitó el vestidito negro, que se deslizó por su cuerpo de bruja, y despeinó su cabeza de bruja. Dejó el vestido en el suelo. Se sentó a horcajadas en la erección de Roland, se frotó contra él atrás y adelante, a un lado y a otro, hasta sentir un chorro de su propia humedad, y él también debió de sentirlo, porque, atento, la cogió por los brazos y les dio la vuelta a los dos con un solo movimiento, como si fueran un solo animal, una ballena envuelta en franela verde quizá. Le miró.

–Roland, te quiero –dijo, y no lo había dicho nunca.

Y era verdad, amaba el tonto y absurdo desastre que era: la afeminada suavidad de sus hombros, la carne floja de debajo de su mandíbula, sus pequeños ojos, el aliento con olor a carne procesada, las cejas separadas, las manos regordetas, su gusto por los datos. ¿No era todo eso digno de amor? Ah, y su bondad. Roland empujó, empujó...

–Ah –dijo ella. Y a pesar del placer, de su placer de bruja, oyó que alguien abría la puerta con sigilo. Volvió la cabeza y vio la cabeza de roedor de Ludwig.

Cuando Roland y Sonya llegaron al gran salón –un espacio grande con un escenario pequeño–, la improvisada orquesta ya estaba tocando: cuerdas, una trompeta, vientos, un acordeón, una balalaika, tres guitarras, un tambor. Velas al borde del escenario, puestas en latas, y también en la repisa que recorría las paredes de la estancia, y también en las ventanas. Todas las velas, advirtió Sonya, eran gruesas y estaban hechas a base de velas más pequeñas retorcidas, velas de Janucá. Había también varias januquiás, y, en una mesa ancha, *hamantaschen*. Otra mesa se combaba bajo cuencos llenos de líquido.

–Esperemos que nadie coja el metanol –dijo Roland. En otro campamento, de Personas polacas en su mayoría, dos hombres se habían quedado ciegos por beber metanol.

Roland se había disfrazado, eso decía él, de Dioniso, esto es, dos espigas de enebro en la escasa cabellera, una caída sobre la frente, la otra apoyada en la humilde nuca.

Los demás disfraces eran igualmente rudimentarios. ¿De dónde habían sacado las Personas las telas, las joyas, los chales de gasa? Pero algunas se los habían procurado, no cabía duda. Una mujer le había confeccionado un regio atuendo a su marido: una capa corta de seda, en realidad, el antiguo forro del único abrigo de los dos. En Palestina no les haría falta ningún abrigo con forro, le explicó a Sonya la amante esposa. La mujer había adornado la capa con pequeñas colas de piel blancas que tras una inspección minuciosa resultaron estar hechas con relleno de compresas. Varios Mardoqueos jóvenes llevaban las patillas rizadas de los eruditos: cinta de embalar de las cajas de la Cruz Roja. Una Ester había rescatado un vestido de lentejuelas de su difunta madre. Otra llevaba una falda acampanada y un jersey donde podía leerse INSTITUTO ENGLEWOOD. Una familia católica se coló tímidamente, llevaba sus galas de Pascua, que tras varios años metidas en una caja de cartón también parecían de cartón. Ludwig y su tío Claud se habían encasquetado en el tronco unos barriles de patatas desportillados. Llevaban la cabeza coronada con guirnaldas de hojas secas. En el barril de Ludwig habían pintado: SCHWARZ KÖNIG. El tío Claud era la reina blanca.

Rey, reina, sabio y los héroes del momento: las colillas de puro identificaban a Churchill, un cigarrillo, a Roosevelt. Nadie se vistió de Amán. Pero Amán adornaba las paredes amarillas. Lo habían pintado de verde, de alquitrán, dibujado a lápiz, recortado en papel de estraza. Había varios Amanes en relieve, de grueso papel maché.

–¿Qué están tocando? –preguntó Sonya al profesor de historia.

–«Barras y estrellas». La están destrozando –contestó el profesor.

Muchos Amanes estaban representados cabeza abajo. Y todos con un bigotito negro.

Por encima del clamor de la orquesta se elevó primero la flauta, luego la trompeta, luego el tambor. Las Personas bailaban, cambiaban de pareja, seguían bailando. El montón de *hamantaschen* iba bajando, lo reponían. Entraron las dos hermanas húngaras, cogidas de la mano. En un rincón representaron una escena. Entró Ida, llevaba un sombrero. Tres hombres arrastraron el piano de pared desde el pasillo, aunque la orquesta había aclarado que no le hacía falta un piano, que no quería un piano, que no pensaba usar aquel piano, al que le faltaban diecisiete teclas. El director pegó a uno de los tres hombres con la batuta, una varilla de paraguas. Intervino Roland. El piano, con banqueta pero sin pianista, se quedó en el escenario, cerca de la sección de cuerda. Entró el radiante joven del edificio sur, envuelto en un mantel azul y blanco con manchas permanentes: Sonya supuso que el mantel también provenía de Englewood, New Jersey. El profesor de filosofía...

Esa mujer... ¿era Ida? Sonya nunca la había visto con los labios pintados. Debía de haber guardado el pintalabios durante mucho tiempo; suerte que no se hubiera pulverizado. Y su brillante blusa roja de seda, ¿cómo es que no se había convertido ya en polvo?... Ida le envió un beso a Sonya y sacó a bailar a Mendel. La mujer de Mendel, embarazadísima, asintió con una sonrisa. Mendel llevaba una levita negra con cinturón ancho con la hebilla recubierta de papel de plata. Sonya supuso que aquel atuendo puritano aspiraba en realidad a parecer luterano. Ida bailó con otros. Su sombrero lanzaba destellos en una parte de la sala, relucía en otra. Era un pesado sombrero de campana de ala estrecha, cubierto de cientos de lacitos brillantes, o quizá de mariposas, o quizá de extáticos pájaros transparentes. Absorbían la luz de las velas y la transformaban en centelleos de rubí, alas de turquesa, fogonazos de verde. ¿Eran de seda, esos lazos mariposas pájaros? ¿Eran diamantes? ¿Eran criaturas en verdad aladas? Ida daba vueltas y más vueltas. Bajo aquel casco iridiscente su recio cabello se rizaba. Algunos rizos, mojados y tentadores, se le pegaban al cuello.

–Tenemos invitados –le dijo al oído Roland a Sonya.

Sonya había hecho caso omiso de los tres oficiales norteamericanos, aunque había identificado su graduación, advertido sus medallas, reconocido la famosa sonrisa.

–Roland, estoy agotada, ya no me queda encanto, si alguna vez lo he tenido. ¿Podrías ocuparte tú de ellos un rato? Y diles que tu mujer estará con ellos en breve.

–¿Mi mujer?

–Todo el mundo cree que estamos casados, ¿por qué íbamos a decepcionarles?

–Ojalá fueras mi mujer. Me encantaría que fueras mi mujer.

–Sí –dijo ella, reconociendo su deseo, tal vez incluso accediendo a él; y luego retrocedió, retrocedió, hasta chocar con el acordeonista, que avanzaba. La orquesta de Personas hacía un receso. Sonya se sentó al ruinoso piano.

Tocó «You and the Night and the Music». Faltaban sobre todo las teclas de ambos extremos; la ausencia del la de la cuarta y del si bemol debajo del do de esa misma octava era un engorro, pero se esforzó por olvidarla. Tocó un vals de Strauss y el vals de *Fausto*. El humo se adensaba como la grasa. La atmósfera de la estancia se volvía nublada, cálida y vital; tal vez la misma vida tuviera su origen en aquellas emanaciones de tabaco ardiendo. Tocó «Smoke Gets in Your Eyes». Tocó «La viuda alegre».

El ruido aumentó. Alboroto, grititos: otra escena. Sonya vio a Ida bailar un vals con el general. Ida lo miraba de abajo arriba, desde debajo del sombrero. La pareja dio una vuelta, Sonya advirtió una mirada penetrante en el encantador rostro de su amiga. La pareja dio otra vuelta, vio que ahora la mirada era de admiración. La pareja dio una tercera vuelta, vio que ahora la mirada era de satisfacción.

–Se lo está follando –dijo Ludwig, en inglés. Se había sacado el barril del rey negro. Se había sentado en el banco, al lado de Sonya. Olía a brandy–. Es una metáfora –aclaró.

El general bailó un *two-step* con la compañera de cubículo de Ida, la menuda y vieja dama que revivía al ponerse el sol. Bailó el *kazachok* con un grupo de ucranianos. Bailó otro vals con Ida. Y luego, pasados veinte minutos, Sonya, Roland, Ludwig, Ida y otra docena de Personas se aproximaron a la puerta para despedir al jeep que se llevaba a los tres oficiales. El general se tocó la gorra –muy bonita, sin duda, con todas esas insignias doradas, pero no a la altura del sombrero de Ida.

Sonya predijo que las raciones del campamento aumentarían pronto, pero no fue así. Esperaba que Ida recibiera algún regalo particular –medias de seda, quizá–, pero no fue así. Pensó incluso que el Congreso de los Estados Unidos aprobaría sin más demora la nueva ley de inmigración.

–Solo fue un baile –dijo Ida.

–Dos bailes. Y estabas arrebatadora.

–Es un soldado –dijo Ida, y suspiró–. No un rey.

Pero entonces sucedió algo. La asignación de cigarrillos por Persona fue oficialmente incrementada. La nueva asignación, sin embargo, no debía distribuirse (ordenaba una carta formal) sino quedar a disposición de los directores. Y eso, como descubrieron Sonya y el recién barbado Roland, bastó para cambiar las cosas significativamente: para conseguir; para comprar una cerda, que enfureció a algunos pero alimentó a otros; para pagar al cristalero del pueblo, que arregló las ventanas rotas; para procurarse gasolina para hacer viajes de colecta a Frankfurt, que dieron como resultado más leche, mantequilla, verduras y compresas; y por último, con la ayuda de otro buen montón de dólares proveniente de más colectas en Estados Unidos, para permitir que un grupo considerable de Personas Desplazadas, incluida Ida, consiguiera mediante sobornos viajar por tierra hasta Brindisi para allí esperar un barco rumbo a Haifa.

Un día la mujer de Mendel, que había sustituido a Ida como secretaria de los directores, le entregó una carta a Sonya.

Hemos llegado a Palestina, escribía Ludwig en hebreo. *Nos hemos salvado, otra vez.*

EL ABRIGO

–Otras capitales –empezó Roland, y se detuvo a respirar, como hacía otras veces. Sonya esperó con aparente serenidad–... están en peor forma –concluyó Roland.

Estaban en el Pont Neuf, cogidos de la mano. De pronto se abrazaron, como si los estragos de París se lo exigieran. Roland Rosenberg tenía sesenta años y Sonya Rosenberg cincuenta y ocho. Habían dirigido el Campamento de Gruenwasser desde 1945, pero finalmente el campamento se había podido clausurar, no sin antes repatriar a Rumanía a las últimas Personas Desplazadas. De manera que también los Rosenberg se habían marchado, en dirección oeste, en el primer tren, y a continuación en otro. Los dos llevaban ropa de antes de la guerra, los dos cargaban con una única y deformada maleta. Así que también parecían Personas Desplazadas; pero sus pasaportes, norteamericanos, les daban libertad, y su empleo en el Comité Conjunto de Distribución les daba dinero.

París les daba cafés polvorientos, algunos conciertos de intérpretes de segunda fila, pan negro, y aquel puente viejo al que llamaban Nuevo. Recobrándose del abrazo, volvieron a mirar al río.

–El Viejo Continente –dijo Roland– es un cadáver.

Sonya, que había pasado la guerra en el devastado Londres

y las cinco décadas anteriores en Rhode Island, del Viejo Continente solo conocía su reputación. Cafés, museos, galerías, bibliotecas, recitales de cámara; *salons de thé;* polígotas de elegante atuendo entretenidos en devaneos de mediodía antes de volver a algún gran banco a trabajar... Una barcaza vieja y desastrada navegó primero hacia ellos, luego por debajo de ellos; niños flacos y descalzos jugaban en cubierta.

El tercer día, al salir de una *brasserie* cerca de la Bastilla, Roland sufrió un ataque al corazón. Estuvo una semana en el hospital. Sonya se sentaba a su lado en una habitación larga con camas de metal y suelos de madera que, como la enfermería del Campamento de Gruenwasser, apestaba a ácido carbólico. En apariencia estaba tranquila, y hasta se sentía muy tranquila —Roland sobreviviría a aquel ataque, le habían dicho los médicos franceses, poniendo énfasis en *aquel*—, pero no podía evitar rastrillarse el pelo con sus largos dedos..., su pelo, que había pasado del gris al blanco durante la guerra y la posguerra.

Cuando Roland recibió el alta fueron en tren hasta Le Havre y luego en barco hasta Nueva York. El Comité les consiguió alojamiento en la parte baja de la Quinta Avenida, la más cercana al centro.

Era un piso laberíntico con muebles de caoba, espejos dorados y cortinas carmesíes. Caravana de circo, habría denominado Sonya a aquel tono de rojo, pero sabía que los colores habían adquirido nuevos nombres desde su partida en 1939, hacía diez años —nombres que habían tomado prestados de vinos: cassis, oporto, champán, burdeos—. No tenían que pagar alquiler: el Comité se encargaba de abonarle directamente la renta al inquilino habitual, que pasaría en California un año entero. Al finalizar ese año ya encontrarían Roland y Sonya algo más de su gusto, fuera cual fuera ese gusto. En el Campamento de Gruenwasser habían compartido primero oficina y luego dormitorio;

se habían casado hacía seis meses, pero todavía no habían establecido un hogar.

Sonya se cortó el pelo nada más llegar. La actriz Mary Martin interpretaba a una enfermera de la marina en un espectáculo de Broadway, y se había trasquilado al uno o al dos, como si fuera un chico. Muchas mujeres llevaban ese corte en todo Manhattan, pero luego no repetían –hasta la cara más bonita resultaba anodina sin pelusa alrededor–. A Sonya, en cambio, por su cabeza alargada y su firme mirada, el pelo al rape le sentaba muy bien.

–A mí me pareces guapa de cualquier manera –dijo Roland cuando Sonya, nerviosa, volvió a casa de la peluquería. El efecto de aquella declaración fue mayor si cabe por la inexpresividad con que la pronunció–. Te querré hasta el día de mi muerte –añadió Roland, también sin emoción; y Sonya supo que también eso era verdad. Que ese día tarde mucho en llegar, se dijo, y volvió a oler el ácido carbólico del hospital.

Roland seguía pálido, pero ya no le faltaba tanto el aliento (gracias también a un nuevo medicamento). El Comité no había dejado de pedirle discursos, porque, claro, ¿quién mejor que él conocía el sufrimiento padecido por los judíos de Europa los veinte años anteriores; quién mejor que él para juzgar la situación de los judíos que se habían quedado en el continente; quién mejor que él para prever su futuro? Después de pronunciar un discurso volvió a casa con la camisa empapada. Gracias a Dios que la finca tenía ascensor.

El inquilino permanente del piso era una mujer, creían, a juzgar en parte por la colcha de la cama con dosel: amarillo crema. ¿O yema de huevo? En el fondo de uno de los cajones de la mesa había un pañuelo de encaje arrugado; olía a perfume. La inquilina sabía alemán; había libros en alemán por todas partes.

–Es alemana –concluyó Sonya.

–O austriaca, o suiza –dijo Roland–. O lituana.

–¿*Litvak*? No, judía lituana no –aseguró Sonya, y no pudo

evitar acordarse de las Personas del Báltico que habían temblado de frío en los barracones sin calefacción de Gruenwasser–. Es una aristócrata.

–En Lituania también había aristócratas –empezó el hombre razonable, pero Sonya ya estaba enumerando las señales de alta cultura: pisapapeles mil flores, dibujos del siglo XVIII enmarcados, volúmenes de Rilke y Novalis, un estante dedicado a novelas en francés. Y fotos de familia en un escritorio: un padre con gafas, una madre de rasgos muy finos –¿qué tal le sentaría un corte de pelo a lo Mary Martin?–, cinco hijas rubias con los vestidos sueltos que estaban de moda en los años veinte. Daba la impresión de que ninguno posaba; quizá les hubiera hecho las fotos, sugirió Roland, uno de sus tíos favoritos. Las niñas muy pequeñas jugando en el jardín; unas montañas se elevaban en la distancia. Ligeramente mayores en un cuarto de estar: tres recostadas en el sofá, otra sentada al piano, la menor mirando por la ventana. Al pie de la pasarela de un barco toda la familia junta, tan junta que parecía hecha un hatillo. Las niñas y la madre con abrigo, el padre no, el padre lo llevaba en el brazo. La madre lucía un sombrero asimétrico. Las niñas, ya adolescentes, llevaban sombreros de campana.

–Huyeron a tiempo –dijo Roland.

–No son judíos. Intelectuales, eso sí. Liberales...

–El Nacionalsocialismo no les quería. ¿Quién crees que será nuestra casera?

Sonya se fijó en las caras, parecidas pero distintas: una llevaba gafas, otra tenía los labios bastante gruesos... Roland tosió, se tocó el pecho.

–La del pelo rizado –dijo Sonya.

Y así, la identidad de su más o menos casera quedó más o menos decidida. Se concentraron en otras cosas. El trabajo de Roland en el Comité le mantenía ocupado, y Sonya interpretaba el papel de *Hausfrau* y daba largos paseos. Conoció al carnicero, al verdulero, al pescadero. Se hizo clienta habitual de la ferretería, cogía libros prestados en la biblioteca y bajaba muchas veces al local de limpieza en seco. Frecuentaba una cafetería de la Cuarta Avenida y entabló un sucedáneo de amistad con la propietaria. Por medio del Comité, Roland y ella conocían a inmigrantes aprensivos y eran muy amables con ellos. Y Sonya hizo dos auténticas amigas: viejas amistades de uno de sus primos –una diseñadora de joyas del East Side, una trabajadora social del West Side–. A veces, en fin de semana, Sonya y Roland iban al cine con esas mujeres y sus maridos, o iban a algún restaurante. «Una vida normal», decía Sonya con alegría. Pensó en Ida, la secretaria del campamento, tal vez a salvo en Israel, nacida Palestina, tal vez muerta por fuego de mortero.

Había un armario ropero en la habitación que llamaban estudio. Sonya había guardado sus pocos vestidos en el lado derecho, y Roland su traje de verano. También tenía un traje de invierno. Insuficiente; el Comité le pidió que se hiciera con un esmoquin, y que lo pagara de su bolsillo. Cada vez le pedían más conferencias, solicitado ahora por asociaciones de filántropos ricos, y no solo sionistas y socialistas. Se compró a regañadientes un esmoquin en Macy's, y en Macy's le hicieron los arreglos. Se lo entregaron un sábado.

–Voy a esconderlo en el armario –dijo–. Y espero no tener que ponérmelo nunca, que esa gente se busque a otro que les arengue. Solo pensar en esas cenas me da ardor de estómago –dijo, gruñendo, sentado en su butaca.

–No te levantes, ya lo guardo yo –dijo Sonya rápidamente.

Abrió la puerta izquierda del armario y sostuvo en alto el esmoquin, como si fuera un farol. Estaba envuelto en ese nuevo elemento: plástico. Intentó colgarlo, pero encontró resistencia. Había algo. Abrió la puerta derecha y, empujando, metió el esmoquin entre la ropa de verano. Luego sacó el algo.

Era un abrigo negro y largo de lana muy suave. Un abrigo cruzado: los botones a la derecha, los ojales a la izquierda. Era, tuvo que mirarse la blusa de algodón de rayas que llevaba para estar segura, un abrigo diseñado para un hombre. Tenía cuello de chal; un cuello de piel marrón, visón probablemente. Su amiga la diseñadora de joyas tenía una chaqueta de visón, de un pelo reluciente parecido a aquel. En West End Avenue vivía un productor; Sonya le había visto con su famoso abrigo de visón.

Se asomó al cuarto de estar. Roland se había quedado dormido, el periódico desarmado en su regazo. Cogió el abrigo de su percha de madera y, con él en los brazos extendidos, lo llevó al dormitorio.

Allí se lo puso. Las rayas de la blusa se veían entre las dos medias lunas de pieles como si fueran de otra especie. A aquel abrigo le hacía falta un pañuelo de seda color coñac que podía llegar a costar el sueldo de un mes de Roland, tal vez el sueldo de dos meses. Algo negro serviría. Buscó en el segundo cajón de la cómoda, sacó una combinación negra, la colocó en la abertura del cuello. Así.

Los pantalones de mujer se estaban poniendo de moda. Pero nadie los llevaba por la calle, salvo si la calle estaba en el Village. Sonya se había sumado a esa moda con entusiasmo. Los pantalones le iban bien a su forma de andar, a pasos largos. Le valían también los pantalones de hombre. Ese día los llevaba negros, y zapatos Oxford.

Había un espejo de cuerpo entero entre las dos ventanas del cuarto. Se acercó despacio.

Qué caballero tan distinguido. Qué bien, qué asentada quedaba la cabeza de pelo blanco sobre el cuello de pieles. El dueño del abrigo debía de ser muy delgado: la tela rozaba ligeramente el estrecho cuerpo de Sonya. Un hombre como él tuvo sin duda dinero suficiente para huir de Viena, para ir luego a París, para llegar más tarde a Nueva York... No como Yenkel, el pequeño zapatero, y sus numerosos hijos, no como Claud, el jugador de ajedrez, que no paraba de fumar y de toser en su litera, la de abajo...

Se quitó el abrigo y lo llevó al cuarto de estar. Roland se había despertado. Sonya le enseñó el abrigo como si fuera una dependienta, señalándole la fina factura del puño derecho, que tenía un botón. El otro puño, descubrió, lo había perdido.

–Muy bonito, pero inútil en California –dijo Roland–. Ese es el motivo de que esa mujer lo haya dejado en Nueva York.

–Ese hombre.

–Ese hombre. Teníamos que habérnoslo figurado. Una mujer plancha. –No había tabla de planchar cuando llegaron, tuvieron que comprar una–. Una mujer habría elegido otras cortinas, de un color más suave. Sí: esta es la casa de un hombre.

–Tampoco hay ningún especiero –dijo Sonya. Roland la miró pensativo. Ella se volvió y dejó el abrigo en un ángulo del sofá Biedermeier, con los hombros apoyados en el recto respaldo y los faldones en el cojín.

–Pero las fotos... –dijo Roland de pronto.

–Tenías razón tú. –Sonya se separó del abrigo y se acercó a Roland–. Fue el dueño del abrigo quien hizo las fotos a esa preciosa familia. Nuestro casero, el amado y joven tío.

–Ya no tan joven –dijo Roland, y suspiró.

–Pero igualmente amado –dijo Sonya, y tocó a Roland en el brazo.

Sonya llevó el abrigo a la mercería del barrio: no podía dejar de pensar en el botón que le faltaba, la hostigaba como un cachorro hambriento.

–¿Tienen algún parecido? –dijo, enseñándole la manga derecha a la mujer del otro lado del mostrador. El resto del abrigo siguió al amparo de su abrazo protector.

–¡Vaya! Ya no se hacen botones como este. ¿Puedo ver los otros? –Sin esperar que Sonya le diera permiso, la mujer se inclinó, cogió el abrigo, se lo arrebató a Sonya y lo extendió sobre el mostrador. Examinó los hemisferios de cuero grabado de la pechera. Levantó la cabeza y miró a Sonya con sus ojitos verdes–. Aquí no tenemos nada parecido. No sabría dónde buscar. Pero en Budapest... –dijo de una forma muy sentimental, y se calló–. A no ser que... –Metió una mano, adornada con anillos, en otro bolsillo del abrigo, un bolsillo del que Sonya no se había percatado, porque estaba astutamente disimulado por la costura–. ¡Ah! –dijo otra vez–. Vio que estaba flojo y lo arrancó. Para no perderlo.

–¿Quién lo arrancó?

–Tu señor. –Sonya se había puesto un cárdigan viejo para protegerse del fresco de octubre. Al parecer tenía aspecto de asistenta–. Llévalo a un sastre; no intentes coser el botón tú.

El sastre de University Place cosió el botón mientras Sonya esperaba. Un viento súbito arrastró los periódicos contra el mugriento escaparate de la tienda. Ya fuera, Sonya comprobó que la temperatura había bajado notablemente. Así que se puso el abrigo.

Solo a tres manzanas de casa: una al oeste, dos al norte. Se movía como la dama de ajedrez. No, como el mismísimo rey. No, no, cuánta arrogancia..., como la baja nobleza.

Roland no había llegado todavía, así que Sonya dejó el abrigo en su butaca hasta que, pasadas las cinco, empezó el suave siseo del ascensor arriba y abajo. Entonces lo guardó.

La tarde siguiente el abrigo le hizo compañía en la cocina mientras preparaba la cena. Otra tarde, mientras estaba en la cama leyendo, el abrigo estaba tirado en el diván rosa.

No se lo puso hasta después de las navidades. Porque llegó una ola de frío. Su abrigo era caliente, sí, pero ¿no era más caliente aún el del viejo caballero? El forro, de una tela desconocida entre seda y lana, era ligero pero eficaz. Al coger el tejido entre el pulgar y los demás dedos, algo resbaló dentro, como si el abrigo tuviera vida.

Compró un pañuelo –de seda no, sintético, ah, los nuevos tejidos–. El color era perfecto: coñac. Compró en las rebajas unos guantes forrados de cachemira. En una tienda de segunda mano de esas que destinaban toda la recaudación a fines benéficos encontró un sombrero en forma de cilindro achatado, piel de ardilla teñida de visón.

Sus paseos diarios se prolongaron. Empezaba en la Quinta Avenida, doblaba en Broadway a la altura de Union Square, seguía por la acera soleada. En media hora llegaba al lugar de los emigrados. No entraba en cafeterías, donde olvidados periodistas se pasaban la tarde discutiendo. Pero había un café propiedad de un hombre muy avispado de bigote retorcido, y ese sí lo frecuentaba. Ese hombre era búlgaro, creía Sonya –en el Campamento de Gruenwasser había desarrollado cierta habilidad para adivinar nacionalidades–. En el café del búlgaro tenían prensa, tableros de ajedrez, camareros con chaquetas descoloridas. Muy pronto, ella tenía mesa propia, junto a la ventana, y pedía tortilla solo con levantar el dedo índice. El abrigo lo dejaba recostado en la otra silla. El sombrero, los guantes y el pañuelo descansaban bajo el brazo dormido. Las llaves y el monedero, sin embargo, en los pantalones.

Iba a inauguraciones de galerías de arte, que eran gratuitas, como los canapés y el champán. Iba a conciertos en iglesias, al mediodía, gratuitos también, aunque sin refrigerio. Iba además, cuando daba el sol, a la zona sin reformar que había detrás de la biblioteca y daba de comer a las palomas. Iba a un templo reformista los sábados por la mañana –Roland dormía hasta tarde los fines de semana–. Iba a una gran sinagoga conservadora. Iba también a una sinagoga vieja, y se sentaba en la parte de abajo.

No se le pasaba ni por un momento por la cabeza que el abrigo fuera legítimamente suyo, nada de eso. Pero dentro de la ilícita protección que le daba aquel abrigo, Sonya se convirtió en un personaje. Con la esperanza de adaptarse al Nuevo Mundo, muchos inmigrantes, hombres, compraban fedoras y trajes con hombreras de segunda mano. Tenían, sin saberlo, aspecto de gángsters. Sus mujeres llevaban vestidos estampados, y parecían asistentas. Sonya, estadounidense de nacimiento, licenciada en magisterio y con una trayectoria profesional como contable, no había salido del país hasta después de cumplidos los cincuenta... Contribuía ahora a la preservación de las universidades, cafeterías, salones, museos, asociaciones, parlamentos, dietas, bancos y *Ringstraßen* del Viejo Continente. Caminó y caminó. Los conductores de las furgonetas se gritaban groserías. Las dependientas, en su hora de comer, llevaban lápiz de labios brillante. Sonya se detenía a veces ante el escaparate de unos grandes almacenes y le hacía una reverencia a su reflejo.

Un miércoles de marzo fue a un recital que daban los alumnos de un colegio privado. La institución era episcopaliana, pero algunas familias judías de origen alemán llevaban varias generaciones mandando allí a sus hijos. El colegio estaba en una manzana que antes ocupaban unas casas antiguas a las que habían quitado los muros medianeros, de manera que tras las burguesas fachadas se escondía un interior sorprendente: pasillos donde colgaban obras de arte de niños de jardín de infancia, un acuario, rumor de actividad esperanzada. Engastado en el conjunto había un pequeño auditorio. Sonya encontró asiento en el centro de una de las filas centrales. Leyó en el programa que la iban a deleitar con recitales de poesía, interpretaciones de música, un ballet...

–¿Ha venido a ver a su nieto? –dijo la persona que se sentaba a su lado: corte a lo paje aplastado por una boina, nariz mal reconstruida.

–Sí... A mi nieta, es bailarina.

–Ah –dijo la mujer, levemente amistosa–. ¿Cómo se llama?

–Es la hija de mi hija –dijo Sonya, que no tenía ni hijos ni hijas–. Me llamo...

El director subió al escenario y la mujer de al lado de Sonya volvió hacia él su mirada de adoración, de modo que Sonya tuvo que contentarse con la chapucera rinoplastia de su perfil.

–... Gruenwasser –terminó.

Pero la mujer ya no la escuchaba. ¿Quién quería escuchar a una refugiada de Dios sabía dónde? En el escenario, voces delicadas cantaban a Stephen Foster. El coro infantil del campamento había conseguido cantar a Berlioz; bueno, el director era un barítono de Dresde famoso en su época. Ahora vivía en Argentina. Sonya se preguntó qué tal se las apañaría con los gauchos.

El recital terminó. Media hora después, al salir del ascensor, Sonya oyó sonar el teléfono del piso.

–¿Señora Rosenberg? Soy el doctor Katz, la llamo desde el hospital Montefiore... –Soltó las llaves y el monedero en la mesita del teléfono–... ha sufrido un ataque al corazón, pero está vivo... –Se desabrochó el abrigo y dejó que cayera al suelo–... y consciente. Está estable... –Se alejó del abrigo caído, tropezó con él, preguntó el número de la habitación, colgó, sacó la gabardina del armario (en realidad ya había llegado la primavera) y cogió las llaves y el monedero de la mesita. Cogió también un pañuelo de chalis, bajó corriendo los cinco pisos y paró un taxi. Nada más subir se puso el pañuelo en la cabeza, atándolo en la barbilla. Era el último regalo de cumpleaños de Roland, aunque para llevar al cuello, a modo de bufanda..., cachemira, la última moda... Ah, permite que el año que viene yo también le pueda regalar algo por su cumpleaños; deja que le regale otra matrioska. Permite que viva.

–Gracias por venir.

–Gracias por la invitación. –¿Dónde debían sentarse?, se preguntó Sonya. Vio que Roland se acomodaba en su butaca de siempre, y ella se sentó en la suya. Su anfitriona se sentó tranquilamente en el sofá.

No era la niña del pelo rizado, era la de los labios gruesos. Seguían siendo gruesos (al fin y al cabo no podía tener más de treinta y cinco años) y el pelo seguía siendo rubio. «Me gustaría que nos conociéramos», les había dicho por teléfono, con una voz grave de la que muchas veces debían de decir que era irresistible. Bueno, tal vez fuera irresistible; ellos no habían opuesto resistencia. «Han dejado el piso mejor de lo que estaba», había proseguido. «Todo en su sitio; ¡y esos pequeños detalles!» El especiero, supuso Sonya; la tabla de planchar, la pata de una silla que ya no se movía, más plantas... ¿El botón? «Además», añadió, sonriendo, «se han dejado olvidado el esmoquin.»

En esos instantes la señora Schumacher...

–¿Les importaría llamarme Erika? –les pidió; servía generosas copas de sherry–. ¿Están ustedes viviendo en el West Side? –preguntó.

En el bloque donde ahora vivían el ascensor hacía ruido. No tenían un segundo dormitorio. Cuando Roland pasaba una mala noche, se sentaba en la cama a leer y Sonya se iba a dormir al sofá del salón. Allí soñaba con Londres y las bombas. Pero por las tardes entraba el sol. Había comprado mantas de algodón y muebles de segunda mano. Luego habían tirado la casa por la ventana en un baúl finés decorado con unas flores muy estilizadas. Hacía las veces de mesita de centro.

–En el West Side, sí –dijo Sonya.

–A pocas paradas de autobús del Carnegie Hall –dijo Roland. Hablaron de música, y del alcalde, y de cine.

–¿Estuviste en Hollywood? –preguntó Sonya. No tenía por costumbre hacer preguntas tan directas, pero le llevaba un cuarto de siglo a aquella bella mujer, y la blusa azul marino le confería la modesta autoridad de una niñera. Ya no llevaba un corte a lo Mary Martin. Su cabello blanco y liso rozaba el cuello de la blusa.

–Toda mi familia trabaja en el mundo del cine, aunque ninguno delante de las cámaras. Yo he hecho algunas traducciones, un poco de todo... Cuando me marché de Nueva York estaba en trámites de divorcio, y ya me he divorciado del todo. –Erika se estremeció con mucha gracia. Tenía un ligero acento alemán, en absoluto gutural, solo que a veces cambiaba las uves por uves dobles, como en «diworciado», y viceversa. Sus hermanas y ella habían aprendido a hablar inglés con un profesor particular, les contó; y ella había tenido un trabajo en el que estaba obligada a hablar francés, un verano que pasó con su tía, en un piso precioso, con vistas al Sena. Sonya pensó en el doliente París, en el río grasiento, en el puente.

Más conversación, luego silencio. No volverían a verse: la mujer de mundo, la pareja de pensionistas. Cuando Sonya y Roland se levantaron para despedirse, Erika también se levantó y salió del salón y volvió con el esmoquin colgado del brazo.

–No me di cuenta al llegar. Estaba escondido detrás del viejo abrigo de Franz.

–Ah Sí El Abrigo –dijo Sonya.

–De mi exmarido. Me lo quedé sin mala intención, le encantaba. Creo que lo voy a regalar a la tienda de segunda mano de la Asociación de Escritores y Artistas.

–Nuestra organización distribuye ropa entre los necesitados.

–Me acordaré –dijo Erika. Se olvidó antes de que el ascensor llegara al vestíbulo.

En la acera, Roland señaló el esmoquin, que Sonya llevaba bajo el brazo.

–No volveré a ponerme esa cosa.

–Quién sabe. «Con los cuidados adecuados puedes vivir veinte años más» –dijo, citando al médico.

–Entre esos cuidados adecuados no están los discursos después de cenar en traje de mono.

–Ya, bueno. –Y el abrigo, el abrigo...

–El esmoquin..., que magnífico sudario.

... el abrigo. Sonya iría de pesca a la tienda de segunda

mano de la Asociación de Escritores y Artistas hasta encontrarlo. Lo compraría y lo guardaría en el baúl finés; tal vez en aquella reliquia del Viejo Continente el abrigo encontrara reposo. Y si no, que se marchitara. Amor, amor...

–¿Un sudario? ¡Vamos, hombre! –dijo con mofa. Roland se sorprendió, y sonrió–. No tengo la menor intención de separarme de ti. Cariño, vamos a cenar por ahí.

Se cogió del brazo de Roland y le llevó a un restaurante italiano que acababan de abrir en la Doce Este, un local del que el elegante caballero del abrigo con cuello de visón jamás habría sido cliente.

COMPAÑEROS

Keith y Mitsuko Maguire llegaron a la ciudad como vagabundos que se desplazan en tren, aunque solo vinieran de Boston y hubiesen viajado en tranvía, aunque hubieran pagado el billete como todo el mundo. Pero se comportaban con la imperturbabilidad y la pausa de los vagabundos, sin una sola maleta y con una sola gorra, una gorra de lona que se ponían por turnos. Cargaban cada uno con una mochila con armazón y un saco de dormir. Mitsuko llevaba colgadas de las correas un par de zapatillas verde lima.

Esa tarde los vieron compartiendo una bolsa de pan de molde y un par de latas de cerveza en un banco de Logowitz Park. Después sacaron dos libros de bolsillo de la mochila y se tomaron un respiro debajo de un haya. Daba la impresión de que iban a acampar allí mismo. Pero dormir al raso estaba tan prohibido hace veinticinco años como hoy; y los dos recién llegados, según resultó, tenían por norma cumplir siempre con la ley. De hecho, pernoctaron en un hostal, el Godolphin, como dos viajeros cualesquiera. Su segunda noche la pasaron en el piso que acababan de alquilar en la última planta de uno de esos bloques de tres alturas con una vivienda por planta. Este en concreto se encontraba en Lewis Street, a la vuelta de la esquina de la casa donde yo vivo desde que era pequeña.

Y allí se quedaron un cuarto de siglo, y se relacionaron cordialmente con el dueño de la casa, que vivía en la planta baja, y con la sucesión de familias que fueron habitando el piso de en medio.

En otoño plantaban tulipanes en el jardín. En primavera Keith segaba el césped de los laterales. En verano plantaban hortalizas en la parte de atrás; las tres viviendas se repartían la pródiga cosecha.

Cualquier otro en su lugar habría comprado un piso, o una casa unifamiliar, quizá después de su primer hijo, sin duda después del segundo. Keith, que era soldador, ganaba su buen dinero; y Mitsuko, que tenía empleo a tiempo parcial como programadora informática, complementaba sus ingresos. Pero los Maguire seguían de alquiler como si eso llamado patrimonio no existiera. No tenían televisión, y su licuadora era de solo tres velocidades. Y aunque los visillos parecían, como los velos de novia, cosa del momento, sus muebles, de roble macizo, poseían el grosor de la responsabilidad. En unos percheros de la entrada posterior colgaban los chubasqueros de los niños, el casco de Keith y las zapatillas de deporte de Mitsuko. El color verde original se fue oscureciendo con el uso; Mitsuko terminó por comprarse otras de color rosa.

Yo di clase a los tres niños. Cuando el mayor empezó sexto era un apasionado jugador de fútbol. El segundo, el empollón, llevaba gafas. El tercero, el gracioso, era algo canijo. En todos ellos, los ojos orientales de la madre miraban desde el rostro celta del padre; un semblante simple, bonito, repetido; un glifo que significaba «niño».

La propia Mitsuko no abultaba mucho más que un niño. Cuando el menor entró en el instituto, hasta él era ya más alto que su madre. El pequeño rostro de Mitsuko contenía una boca de suave color beige, una nariz de escasa importancia y aquellos ojos afables suyos. Siempre llevaba el pelo corto, Keith se lo cortaba todos los meses. (Ella a cambio se lo cortaba a él, que ya tenía entradas, y le arreglaba la barba pelirroja.) Mitsuko iba todos los días en vaqueros, camiseta y zapatillas y solo se ponía otra cosa en actos sociales: una falda color guinda y una blusa de seda blanca. Y yo creo que eran siempre la misma falda y la misma blusa. En una ocasión el médico del colegio mencionó refiriéndose a ella la palabra «genérica», y cuando le pedí que identificase ese género soltó uno de sus gordos suspiros: «¿Progenitor hembra? Lo que quiero decir es que es muy primaria.» Yo estaba de acuerdo. Era como si la naturaleza solo le hubiera dado lo más básico: orejas, pequeñas y más bien planas; visión binocular; una dentadura lo bastante fuerte para comer carne de búfalo aunque no se les exigiera lidiar con nada más fibroso que manzanas y apios (Mitsuko cocinaba platos vegetarianos). Se le hinchaban los pechos hasta adquirir el tamaño de tazas de té durante el periodo de lactancia, y luego volvían a bajar. Los pechos del médico del colegio, visibles a veces debajo de la camisa de verano, eran ligeramente más grandes que los de Mitsuko.

Los Maguire no iban a la iglesia, a ninguna iglesia. Se declaraban independientes. Tampoco pertenecían a ningún club. Eso sí, todos los años colaboraban en la organización de la fiesta de primavera de los vecinos de la manzana y en la limpieza del parque en otoño. Mitsuko hacía galletas decoradas para venderlas en uno de los puestos del colegio y Keith participó en el comité de búsqueda cuando se retiró el director. Cuando el primogénito estuvo en mi clase, los dos dieron una de esas charlas, En qué consiste mi profesión, a los alumnos de sexto. Luego, a petición mía, la repetían todos los años. Con un cinturón cargado de herramientas, la máscara en la mano, Keith contaba los orígenes en la forja del oficio de soldador. Mencionaba armas, utensilios, automóviles. Nos hablaba de la astucia del viento, de la oscilación de los andamios, del agradable peso del soplete. «Se prende un arco y luego se vuelve azul», decía. «Una barra de acero se funde en otra barra de acero.» En sus apariciones ante la clase, Mitsuko empezaba con la historia. Describía la primera máquina calculadora de Charles Babbage, cuyas entrañas tableteaban nerviosamente. Nos resumía la invención del código de Hollerith (la tarjeta perforada que enseñaba a los chicos tenía el venerable aspecto de un papiro), del tubo catódico, del microchip. Luego también ella entraba en lo personal: «Mi trabajo consiste en lograr una relación íntima con el ordenador», decía. «Seguir los recovecos de su pensamiento, ayudarle a dar todo lo que puede dar.» Cuando se iba, al llegar a la puerta se volvía y se despedía con la insinuación de una reverencia.

Muchos ciudadanos conocían a los Maguire. ¿Cómo no iban a conocerlos si los niños iban al colegio, hacían amigos y practicaban varios deportes? Su casa contaba con todo lo necesario: inyecciones, revisiones y tratamientos, verduras, electrodomésticos. Los niños compraban revistas y cuadernos en Dunton's Tobacco. Todos los meses de noviembre, Keith y sus hijos entraban sonriendo en Roberta's Linens y compraban otro pañuelo belga para el cumpleaños de Mitsuko. En el siguiente acto social, el encaje asomaría como si fuera espuma del bolsillo de la blusa de seda blanca.

Pero ninguno de nosotros llegó a conocerlos bien. No llegaron a intimar con nadie. Y cuando desaparecieron, desaparecieron en un suspiro. Un día supimos que el más pequeño se marchaba para hacerse médico; al siguiente, o eso nos pareció, sus padres levantaron el campamento.

Yo había visto a Mitsuko la semana anterior. Estaba comprando aguacates en la verdulería. Me dijo que los mezclaba con leche fría y chocolate en la licuadora. «Sale un líquido verde pálido, como las libélulas», dijo. «Muy refrescante.»

Sí, el más joven se fue a la Facultad de Medicina. El de en medio era profesor de carpintería en Oregón. El mayor, periodista en Minnesota, se había casado y era padre de gemelas.

De modo que Mitsuko tenía nietas. Andaba cerca de los

cincuenta, pero aún podía pasar por adolescente. Tuve que fijarme muy bien, con el pretexto de examinar juntas unas piñas, para ver la leve sombra debajo de los ojos. Pero en su corta cabellera no había grises, y aún tenía, en camiseta y vaqueros, el cuerpo de una muchachita de quince.

Por fin escogió un aguacate. «Cuánto me alegro de nuestro encuentro», dijo con su cortesía habitual. Ni siquiera después pude identificar en aquel comentario un asomo de despedida. Los Maguire siempre se alegraban de sus encuentros con todo el mundo. Y probablemente también se alegraran de vernos la espalda.

«Tú eres una solterona», me recordó el médico del colegio unos meses más tarde. Nos hemos hecho viejos juntos; me dice lo que le da la gana. «El matrimonio es un misterio privado. Me han dicho que los padres sienten un gran vacío cuando los hijos vuelan del nido.»

«La mayoría de las parejas se quedan en el mismo sitio y decaen en compañía.»

«Quién sabe», dijo el médico, y se encogió de hombros. «Yo también soy una solterona.»

Las pocas personas que vieron a Keith y a Mitsuko esperando al tranvía aquel septiembre dieron por supuesto que se iban de acampada. Desde luego iban equipados para ello, con una mochila con armazón y un saco de dormir cada uno.

La teoría más popular dice que se han establecido en otra parte del país. Allí han encontrado trabajo –Keith con su acero y su llama, Mitsuko con las quimeras de la electrónica–; allí toman batidos de aguacate y leen ediciones de bolsillo.

Otros ciudadanos más imaginativos susurran una opinión distinta: que cuando los Maguire sacudieron el polvo de sus botas de montaña, se sacudieron también los años que se habían echado encima. Han conseguido empezar de cero en otro lugar, rejuvenecidos, restaurados. Los pechitos de Mitsuko se hinchan ya preparándose para el niño que esperan.

Yo rechazo ambas teorías. Solterona como soy, creo que la soledad no solo es la inevitable condición humana sino también la preferencia humana más sensata. Keith y Mitsuko cogieron juntos el tranvía, sí. Pero yo creo que al llegar al centro ejecutaron una afectuosa si bien bastante formal despedida en algún lugar público –la estación de autobuses, probablemente–. Y a continuación Keith se alejó a pie.

Mitsuko esperó la llegada de su autobús. Cuando llegó se subió con agilidad y destreza pese al aluminio y la lona del equipo que llevaba a la espalda. Colgadas del armazón, las zapatillas –de un rojo brillante esta vez, como si hubieran madurado– se balancearon como cerezas.

CÓMO CAER

–¡Cartas de las fans! –rebuznó Paolo–. Sal por ellas.
Todos los lunes y todos los martes Paolo llevaba una saca de lona de los estudios a la sala de ensayos del Hotel Pamona. Hasta hacía poco Paolo era Paul. Aquel cambio de nombre iba a llevar a Paul/Paolo directamente a ninguna parte, en opinión de Joss; claro que no pasa un mes, más o menos, sin que los adolescentes se reinventen –en alguna parte lo había leído–. Antes de dejar el correo, Paolo recogió la comida del jefazo para llevársela a los estudios. Le dijo a Joss que soñaba con convertirse en humorista. Las cartas que sobresalían de la saca olían a restaurante barato. Había sobres con manchas de grasa.
–¡El correo!
Paolo dejó con un balanceo la saca en la mesa redonda del rincón, se aflojó el cuello y no hizo nada para impedir que algunas cartas cayeran al suelo: engorroso asunto, demasiados micromovimientos. Por su parte, Joss seguía sin abrir la boca. Él no estaba metido en el negocio de la representación de artistas. Además, a él le pagaban por guardar silencio.
Happy Bloom llevaba un rato ensayando el monólogo inicial –el que interpretaba en esmoquin, el de los chistes más inteligentes– delante del ancho espejo entre las dos ventanas.

227

Al ver a Paolo se volvió, dio un zapatazo y decretó un receso. Le encantaban sus fans. Recibía cantidad de cartas, todas favorables. Era «la Nueva Luminaria del Nuevo Medio», en palabras de la mismísima revista *Time*, que también había publicado la foto de Happy en portada el último mes de diciembre. Habiendo Churchill aparecido en la portada la semana anterior y Stalin la semana posterior, cualquiera pensaría que Happy había conferenciado con aquellos dos estadistas en Yalta. Pero Happy era más importante que cualquier estadista; Happy era miembro honorario de todas las familias de América. La tarde de los sábados a las ocho menos cinco en punto la nación entera se sentaba a ver *La hora de Happy Bloom*... Y la noche de los viernes, cosa que quizá sólo Joss supiera, Heschel Bloomberg, con traje gris y gafas de concha –irreconocible sin maquillaje y sin tupé–, daba la bienvenida al sabbat con los demás congregantes en una sinagoga de Brooklyn.

Joss admiraba la fe del cómico. Él llevaba dieciocho años sin pisar una iglesia, desde el bautizo de su hija. Pero había estudiado secundaria en un colegio jesuita. Claro que en aquel entonces aún creía... «Me gusta la rutina de la sinagoga. Nada de improvisar», le había dicho Happy. «El cantor es barítono, y no malo si no te importan las flemas.»

El Heschel Bloomberg que rezaba plácidamente los viernes por la noche revertía en Happy Bloom el sábado por la mañana. La escritura y los ensayos empezaban a las nueve; normalmente tenía su primera rabieta a las diez. Pero estaban a martes: el programa listo, los sketches decididos. Solo tendría un par de berrinches.

Happy se sentó a la mesa a devorar el correo. Joss se acercó a una de las ventanas y respiró el aire de Nueva York en octubre. Que Happy se acurrucara con la nación entera; él, Joss, pertenecía a aquella metrópolis de piedra que seguía olvidando su nombre... Ah, en fin.

–Hay una carta para usted, señor Hoyle –dijo Paolo, e hizo un Groucho con las cejas. Extrajo del montón un sobre cuadrado verde pálido y se lo acercó a Joss: tacón-punta, tacón-punta; pobre infeliz. La carta no llevaba remite. Joss la abrió. Letra cursiva en una hoja color niebla. Se la acercó a la nariz. Sin perfumar.

> *Querido señor Jocelyn Hoyle:*
> *Soy una gran lectora (aunque sea pequeña físicamente). La televisión me deja completamente fría. Casi nunca la veo apenas. Los de la lucha libre... ¿por qué no se van a trabajar a una granja de gordos? Happy Bloom sonríe mucho. Mucho mucho mucho.*
> *Pero admiro su cara, señor Hoyle. Hace usted unos movimientos muy emocionantes con la cara. Y el movimiento de los ojos, qué ojos tan oscuros, es milimétrico. Tiene usted unos ojos que saben lo que es la esperanza, la esperanza postergada, la esperanza denegada. ¡Ay!*
>
>

La Dama de Verde

Joss levantó la mirada.
–¿Esto es una fan? –preguntó a la ciudad. Volvió a oler la carta.

La segunda carta llegó la semana siguiente, el mismo día del programa, a los estudios –ensayaban allí los miércoles y los jueves–. Happy estaba dando voces a la orquesta; a la mujer de atrezzo, que también era la *script*, que daba coherencia a todo aquel barullo (tenía nombre, pero Happy la llamaba «la generala»); a los guionistas, a los cámaras; a Joss. Paolo dio un rodeo, la saca del correo echada al hombro. Joss cogió la carta y se la metió en el bolsillo, sin abrir.

La emisión fue bien. Tenían un tenor ya en decadencia para el penúltimo número, previo al monólogo de cierre de

Happy, el de tono sentimental. Joss se colocó para oír al tenor en lo que hacía las veces de bastidores. Hacía falta tener cara, la que tenían los estudios, para llamar teatro a aquel antro, con tantos cables y alambres colgando por todas partes. Él había trabajado en Broadway, hecho teatro de repertorio, vodevil; la peor sala que había pisado estaba en mejores condiciones que el Nuevo Medio. En los dos circos con que había ido de gira imperaba tanta disciplina como en un barco de guerra; bueno, un circo no se puede permitir malas costumbres... *Nessun dorma,* cantó el ex. Se encontraba en el punto del declive que a Joss más le gustaba: la ambición había volado, al diablo con las notas altas, la emoción sustituye por fin a la resonancia. Llevaba esmoquin y le habían maquillado, pero lo mismo habría dado que fuera desnudo. Joss le adivinaba la panza debajo de la faja, imaginaba el paquete, además –ah, la tristeza eterna de los gordos.

Al terminar fueron todos, deprisa, a tomar la última: Joss, el productor y la generala pidieron whisky, el tenor brandy, Happy el ginger ale de costumbre. Luego Joss echó a correr hacia el metro. Rebuscó una ficha en el bolsillo y encontró la carta.

> *Querido señor Hoyle:*
> *¡Ajá! ¡Le he encontrado! Quiero decir, le he buscado en* Quién es quién en el mundo del espectáculo. *También en los periódicos de la Biblioteca Pública de Nueva York.*
> *Nació usted en 1903, en Búfalo. Ha sido usted acróbata. Yo también..., en sueños. Prestó usted servicio en las fuerzas armadas durante la guerra. Está usted casado y tiene una hija.*
> *Esos párpados apacibles, esa mirada de angustia. Tiene usted un rostro santo, que no cara de santo.*
> *Me pregunto a qué universidad fue usted al salir del colegio jesuita. El* Quién es quién *no lo dice.*
>
> *La Dama de Verde*

De niño había sido pobre, pero en aquel colegio todos eran pobres. Le gustaban todas las asignaturas pero sobre todo la historia. Gracias a la incansable oratoria del padre Tom, la historia cobraba vida. El padre Tom tenía los ojos verdes y llorosos, como el papel secante. La forma de vivir de los padres, allí, detrás del colegio..., una especie de casa, tranquila, llena de risas, con el hermano Jim, el querido bufón de todos. Joss también sería profesor algún día, pensaba entonces..., quizá de historia. Los padres hablaron de una beca para la universidad del estado. Pero al final se dio cuenta de que no era la asignatura que daba el padre Tom la que más le gustaba, que no le habría gustado enseñarla..., era la forma en que la daba el padre. También le gustaban las bromas, el oficio de bufón: no los chistes, como los del hermano Jim; nada de palabras: las miradas y el teatro mudo y los trompazos. Se había unido a una troupe nada más terminar el instituto, para decepción de sus mentores y desconsuelo de su madre –se le partió el corazón–. Ahora la remitente de aquella misiva quería que reviviera aquellos tiempos... Ya tarde, en el vagón de metro semivacío, se levantó, enfurecido por unos momentos, y se sacudió, retorciéndose ante la negra ventana como una marioneta. El vidrio le devolvió su rostro: el mismo que aquella dama había llamado santo. Un hombre, incómodo, se deslizó en el asiento, apartándose de él.

Al llegar a casa, Joss colocó la segunda carta encima de la primera en el segundo cajón de la cómoda, debajo de los jerséis. Podría haberla puesto en la mesa de la cocina, entre el salero y el pimentero, para la atención que le iba a prestar su mujer...

Mary, su mujer, estaba dormida, boca arriba, sus finas manos casi juntas sobre la colcha. Habría estado viendo el programa en el salón, con la luz apagada, el bourbon a mano, ya en bata y camisón. ¿Ya? Muchos días ni siquiera se vestía. Al día siguiente, de camino al tren ella comentaría su actuación con la

231

monotonía de siempre. Que la cámara le había cortado por la mitad no una sino varias veces y se había olvidado por completo de él durante el número más espectacular de la noche. Que Happy había tenido al público en la palma de la mano. Cómo había sobrevivido él, Joss, a su propia inutilidad..., pero eso no se lo diría.

Los especialistas a los que había llevado a Mary, desde hacía tanto tiempo, empezaban por reconocer que el estado de su hija era una tragedia, luego sugerían que el apego y la pena de Mary eran excesivos. *Podrían* tener otro hijo, decían esos especialistas... *Deberían* tener un segundo hijo. No tiene usted ni treinta años, señora Hoyle... Más adelante: tiene usted treinta y cinco años... Todavía no ha cumplido usted cuarenta años.

Habían probado en varios hospitales: baños, insulina. Nada servía de nada. Era una cosita encantadora, de suaves pestañas, cuando se conocieron, pero debió de darse cuenta de que la sonrisa levemente triste de su rostro alargado era una señal de fragilidad... ¿Otro hijo? ¿Otro niño? Tal y como estaban las cosas, Joss ya tenía bastantes niños a su alrededor. Estaban los inútiles de sus hermanos, su esposa enferma..., estaba Happy. Y estaba Theodora, Teddie, su única descendencia. Iban todos los viernes a verla. Estaban a viernes, ¿o no? Miró el reloj mientras se quitaba la ropa, con fatiga: la una de la madrugada. Al cabo de pocas horas iría andando con Mary hasta Grand Central y allí cogerían el tren y luego se bajarían del tren y cogerían un autobús y se bajarían del autobús y tendrían que cruzar dos calles antes de llegar a la verja. El vigilante les saludaría con la cabeza: los conocía.

Teddie los conocía. Profería aquel espantoso gemido, o se tapaba la cara con aquellas enormes manos. A veces la obesidad parecía lo peor de ella. Le ponían vestidos de algodón hechos por Mary, todos con el mismo patrón infantil: manga corta, con fruncidos, cuello blanco. Tela estampada: gallinas o flores o Bambis. A veces a Joss le daba vergüenza ajena cuando Happy se vestía de mujer: los labios pintados, peluca de pelo en punta y hombros desnudos emergiendo de un descomunal tutú, o trenzas amarillas sobre un delantal... Pero ¿por qué iba él a sentir vergüenza? Era Happy quien debía sentirla, grande y famoso humorista imitando a grande chica retrasada. ¿Imitando? Happy no había visto a Teddie en su vida. «¿Qué tal está tu hija?», preguntaba quizá una vez al año, con la mirada en otra parte. «Igual», respondía él.

Aunque no estaba siempre igual. Joss a veces tenía la sensación de que se había producido un cambio. El fatigado personal se encogía de hombros. «No crecimiento», advirtió uno de los médicos, con su defectuoso inglés. «No espera crecimiento, no.» De acuerdo, pero de vez en cuando la implacable expresión de Teddie se suavizaba un poco, o su vaga mirada al reconocer a sus padres se modificaba con un vago brillo de bienvenida. Si pudiera hablar... Tal vez les entendía, un poco. Cuando estaban solos, cuando Mary, con la desesperación de siempre, se había marchado a dar uno de sus paseos alrededor del estanque vallado, él le decía a Teddie que la quería. Cogía sus gruesos dedos. Besaba su gruesa mejilla.

–¡Hoyle!

Joss ocupó su sitio en la mesa con Happy, la generala y los guionistas. Revisaron, discutieron, se rieron. De vez en cuando Joss se metía la mano en el bolsillo y tocaba la carta de aquella semana de la Dama de Verde. Se la sabía de memoria –ahora se las aprendía, como los guiones, tan fácil como respirar.

El estridente buen humor de Happy Bloom..., supongo que a los espectadores les gusta.

Happy y los guionistas evitaban el crudo tema de la reciente guerra. Pero la Europa expuesta a la guerra había inspirado muchas de las invenciones de Happy: la viuda inglesa, por ejemplo; el jefe de sección francés; incluso la lechera que primero cantaba canciones tirolesas y luego trinaba en yiddish.

Pero es a usted, el silencioso consorte, a quien el espectador necesita.

¿Necesitaba el espectador al sumiso marido de la viuda? ¿Al asustado cliente del jefe de sección? ¿A la cabra de la lechera —con cuernos, con una guirnalda, con la cara de Joss—, que se ponía en dos patas y arrastraba los pies y hacía piruetas? *Me encanta la cabra danzarina. ¡La adoro!*

Happy y Joss harían de empapeladores el jueves siguiente. Vestidos con mono, echarían de la oficina a un empleado protestón con silla y todo. Empapelarían a lo loco librerías, radiadores, cuadros. Con rollos de distintos colores y estampados. Happy desaparecería por un armario sin puerta para decorar el interior. Joss empapelaría el armario por fuera. Happy, prisionero, se pondría a gritar, con muy diversos acentos. Cantaría algunos compases de «Alone», cantaría «Someday I'll Find Me». Asomaría por fin la cabeza rompiendo el papel, aquella cabeza redonda y adorable: los dientes algo salidos, agrandados como los de un conejo; multitud de rizos derramándose sobre la frente; las cejas oscurecidas y los párpados maquillados. Mientras Happy ponía caras buscando el aplauso, Joss le daría la espalda al público —el mudo consorte, empapelando una ventana.

—El programa fue muy divertido —admitió Mary en el tren aquel viernes—. Estabas muy gracioso. —La sonrisa hacia abajo, igual que cuando era joven; pero era una sonrisa, sin duda.

Teddie, sentada, desvió la mirada cuando llegaron y empezó a dar cabezazos en la cadera de la enfermera. Al cabo de un rato paró. Hacía calor para el mes de enero; se sentaron en las sillas metálicas del jardín marrón. La pintura de la silla de Joss se estaba descascarillando. Con aquellos precios uno pensaría... Mejor no pensar.

¿Sabe una cosa? ¡Happy Bloom depende de usted! Es posible que el uno dependa del otro.

234

Y es posible que también ella fuera víctima de una dependencia mutua, de un matrimonio de conveniencia, de una alianza conyugal como la suya con Happy. Pobre Happy: madre posesiva, dos exmujeres muy avariciosas, años en el circuito, años en la radio, y luego, por fin, captado por los nuevos hombres del Nuevo Medio.

Joss interpretaba el tercer papel en importancia en un musical en aquel entonces, hacía de suegro. La cosa resistía. A los soldados recién desmovilizados les gustaba. La gente volvía a viajar: a los turistas les gustaba. A él le daba la oportunidad de bailar un poco de claqué.

Happy le llamó.

–*La hora de Happy Bloom* te necesita.

–¿Mi cara en pantalla? –dijo Joss–. No me lo imagino. Fracasé en la tierra del cine.

–No es lo mismo, amigo. Una pantalla de televisión es como una tarjeta postal. Los espectadores no buscan actores guapos. Buscan actores con los que identificarse. Buscan parientes.

–¿Cómo que parientes?

–Sí, que para ellos el actor sea como un pariente –dijo Happy, levantando la voz.

–Ah, que sea como de la familia.

–Eso. El fiasco ese en que andas metido, Joss..., ¿cuánto puede durar? La televisión... es para siempre. Juntos tú y yo.

–Joss dijo que se lo pensaría–. Sí, piénsatelo. Ya tengo tu papel. No tendrás que decir nada, no tendrás ni que sonreír.

En cierta ocasión, en los primeros tiempos, estuvo a punto de ocurrir un desastre delante de las cámaras. Un invitado llegó borracho; la pifiaba, se quedaba parado, tropezaba con los cables; se desmayó. Y una de las chicas tuvo una hemorragia entre bastidores y hubo que llevarla corriendo al hospital. Los objetos de atrezzo no estaban en su sitio porque la generala no estaba en ninguna parte. Hubo que improvisar un número entero. Happy se removía incómodo dentro del esmoquin, y se puso a toda prisa una peluca de paje, rubia. Joss cogió la chaqueta de tweed del ayudante de producción. Volvió en sí poco a poco, el profesor sin blanca, perdidamente enamorado. Se sentó pesadamente al piano de pared del escenario y tocó «Falling in Love Again». La orquesta se quedó inmóvil. Happy se apoyó en el piano y cantó con el acento de Marlene Dietrich, bonito, pronunciando las «w» y las «r» como habría hecho Joss, frunciendo los labios, comprimiendo las comisuras. La cámara sobre ruedas se acercó y Joss se percató de que le enfocaba el rostro en el momento de escupir un chorro de agua por la boca. Tuvo gran repercusión en los periódicos de aquella semana, el señor Bloom y el señor Hoyle aportan sensibilidad a la revista, mezclan tragedia y comedia, combinan lágrimas y carcajadas, esas cosas.

> *Querido señor Hoyle:*
> *Qué artículo, ese del* Post, *contando secretos, todo sobre los guionistas de Happy Bloom, y las personas que lo han abandonado, y las que han seguido adelante y los ensayos en el Hotel Pamona. Ahora va a haber fans paseando por delante del Pamona a todas horas, ¿a que sí?*

Conocían el local de ensayo hacía meses. Los fans ya se paseaban por delante. Pero sin peluca y sin maquillaje y con gafas, Happy Bloom pasaba tan desapercibido en un hotel de Nueva York como en su casa de oración de Brooklyn. A las cinco en punto entraba sin ser visto por la puerta lateral, giratoria.

> *Yo misma me voy a acercar al vestíbulo del Pamona el lunes que viene, 13 de abril, a las doce.*
> *La Dama de Verde*

El sábado:

–¿Una comida? ¿El lunes? ¿Fuera? –bramó Happy.

–Es un compromiso ineludible –dijo Joss–. Vosotros vais a ensayar el número de la cháchara, y yo no estoy en ese número.

Entonces Happy, en uno de sus habituales giros de ciento ochenta grados, dijo:

–El dentista me ha amenazado, parece la Gestapo, tengo las encías fatal. De acuerdo, el lunes *todo el mundo* come fuera. Paolo se va a pegar un tiro cuando vea que no estamos. No os molestéis en volver hasta el martes. Mi dentista te va a poner en un pedestal, Hoyle... Pero el lunes empezamos a las *ocho,* no a las nueve –gritó.

El lunes empezaron a las ocho, y a las doce menos cuarto salieron todos pitando como niños el día de las vacaciones. Solo Joss se quedó.

Se ajustó la corbata y estiró el blazer delante del espejo grande. Primera posición, segunda, tercera... Se agarró a la barra y levantó la pierna derecha, bien alto. Sería un buen número: varón de luto balletómano. ¿Estaría más gracioso con la cara pintada de blanco? ¿Y si hacía de marica que intenta interpretar a Giselle? Sonó la campana de una iglesia. Piel cetrina. Todavía sobre un pie, soltó la barra y se pellizcó las mejillas; había visto a Mary hacerlo veinte años atrás. Retomó su postura normal, salió de la sala, tiró de la puerta y cerró con llave.

Bajó en ascensor al vestíbulo.

Las puertas del ascensor se abrieron. Salió.

En un sillón, al lado de una palmera, de cara no a los ascensores sino a la recepción, estaba sentada una mujer con gafas. El verde floresta de su chaqueta y de su falda plisada más parecía de uniforme que de traje. No llevaba medias. Le calentaban los tobillos unos calcetines cortos. Aparentaba catorce años.

Joss se acercó lentamente. La chica tenía la nariz huesuda, con una pequeña protuberancia. Su pelo, oscuro, era rizado y

237

fino. Probablemente fuera judía, o uno de esos híbridos. Joss volvió a fijarse en los pies. Uno de los zapatos, de cordones, tenía tacón y suela gruesa.

La edad le había enfadado, aquel defecto transformó su enfado en furia. Estaba habituado a los chascos. Siempre que uno de sus hermanos llamaba a la puerta –solo un pequeño préstamo, Joss, algo para salir del paso–, acababa por sacarle de sus casillas. Pero: tengo *hijos*, Joss..., cuando oía eso, le daban ganas de matar al muy capullo, y luego le daban ganas de que el muy capullo lo matara a él.

Se detuvo, para esperar que la rabia alcanzara su cénit y luego remitiera. Entretanto la chica se quitó las gafas. Joss siguió acercándose. Se colocó detrás del sillón y le tapó los ojos a la chica. Sin sorpresa –quizá había notado su presencia–, la chica colocó las manos encima de las de Joss. Mantuvieron por unos momentos aquella pose juguetona. Luego Joss deslizó sus paternales manos por debajo de las de la chica. Rodeó el sillón y se quedó mirando a su corresponsal.

–Soy Jocelyn Hoyle –dijo.

–Yo soy Mamie Winn. –No le tembló la mirada. Tenía los ojos redondos, pequeños y castaños. Volvió a ponerse las gafas.

–No has comido, espero –dijo Joss–. Dime que no has comido.

–Otto opina que los jóvenes deben empezar a beber alcohol muy pronto –le dijo Mamie a Joss en el reservado, y luego se dirigió al camarero, que les había preguntado qué querían beber–: *Kir*, por favor.

–¿Perdón?

–Vino blanco con un chorrito de licor de cassis.

–Déjate de licor de cassis, Mamie –dijo Joss–. Cerveza de barril para mí –le dijo al camarero. Quizá el Cassidy's hubiera sido un error. Se preguntó si podrían arrestarle por acoso a una menor. No sabía su edad exactamente; esa sería su defensa. Sí sabía que estaba en décimo curso, apuntaría el fiscal. El camarero sirvió las bebidas.

–¿Otto? –se interesó Joss.

–Vive en el piso de al lado –dijo Mamie–. Es vienés. La única universidad verdaderamente americana es la Universidad de Chicago, dice. Todas las demás imitan a las europeas. Así que yo quiero ir a Chicago. –Bebió un sorbo de vino, dejó el vaso manchado de pintalabios. Tenía mucho que aprender de cosmética–. ¿Y tu hija? ¿Va a la universidad? –preguntó.

–Gracias –dijo Joss al camarero, que les había llevado la especialidad del día, los dos platos en el antebrazo–. Está en un colegio interno –le dijo a Mamie: la mentira habitual–. Tienes una caligrafía excelente.

–Ah, cursiva. De pequeña practiqué mucho.

–Y escribes muy bien.

–Voy a un colegio privado –y dijo el nombre–. Con una beca. Nos exigen llevar uniforme. –Señaló la falda plisada.

–Las damas de verde.

–Cabronas ricas. –Una sonrisa descarada–. ¡Unas ignorantes! Si les pides que te citen una obra maestra, citan *National Velvet*. –Mamie pertenecía a una familia muy numerosa, libertina, de bromistas–. Happy Bloom podría ser tío mío –dijo. Los hombres representantes, las mujeres dependientas, una multitud optimista y sobre todo tolerante en sus miembros medios, jugadores de ajedrez y habituales del hipódromo, y con gordos y delgados y simpáticos y antipáticos, y todos muy peculiares–. Mi tía abuela se recorre Manhattan de punta a cabo todos los días. –Y hasta republicanos. Le encantaba el cine y el gin rummy y leer novelas. Tenía un cociente intelectual muy alto–. Lo cual solo significa que se me dan bien los test de inteligencia –dijo sin darse importancia, y pareció sincera. Por su inteligencia estaba en el colegio de verde–. El uniforme... nos iguala a todas, y eso está bien; es un disfraz, y eso también está bien...

—Mamie —dijo Joss. *Basta de cháchara*, quería decir. Apoyó los codos en la mesa, junto al guiso de ternera—. ¿Por qué esas cartas? ¿Por qué a mí? —Mamie se puso colorada. Y no estaba más guapa—. ¿Porque es divertido? —preguntó, para ayudar.

—Al principio. Pensé: eh, te va a contestar...

—No ponías remite.

—Podías contestar de otra forma, que Happy Bloom mencionase a las damas, o el verde. Alguna alusión, algún truco. Pero entonces, no sé, dejó de hacerme falta una respuesta. Solo quería que leyeras las cartas, que te picara la curiosidad. Cuando miras a la cámara con esa cara, que parece tallada, me buscas a mí, me miras a mí...

—Sí. —Joss se quedó más tranquilo, pensando en el piloto rojo de la cámara, al que había que mirar.

—En el colegio todas tienen novio. —De pronto tenía cuarenta años y estaba sola, y nunca le había pasado nada y nunca le pasaría nada—. Me encanta tu silencio —dijo, al cabo de un rato.

—Mi silencio... es una imposición.

—En mi casa todo el mundo habla a todas horas. Me encanta cómo bailas.

—El personaje mudo... Bloom lo creó para mí.

—Me encanta tu forma de caer.

Había aprendido la técnica de joven, cuando todavía iba al colegio jesuita. Había asistido a todos los espectáculos circenses, a todos los vodeviles. Había observado a payasos y acróbatas. En la primera troupe y luego en la segunda pasó varias temporadas fijándose, imitando, perfeccionando. Practicó en la cuerda floja, practicó con los volatineros. Nunca se rompió un hueso. Aprendió a no recibir el impacto en la nuca, ni en la base de la columna, ni en los codos ni en las rodillas. Sabía qué músculos tensar, cuáles relajar...

Mamie dijo:

240

–Consigues que me entren ganas de caerme, pero con mi, ya sabes, no puedo. –Hizo una pausa–. Pero tengo ganas de caer –confesó. Se quitó las gafas. Se le suavizó la mirada. ¿Llegaría a ser guapa?–. Tengo ganas de caer en tus brazos –dijo–. Estoy enamorada de ti –añadió, para que no quedasen dudas.

Joss podía hacer varias cosas en aquella coyuntura, y todas las tomó en consideración. Podía premiar a Mamie con una mirada afligida e intensa, sabía cuál poner; y a partir de esa mirada y de la posterior y aturdida respuesta de la chica llegaría a surgir, en futuras citas, una especie de afecto. Amores más extraños habían florecido. Cuando Mamie cumpliera veinte, él tendría... O podía iniciar una conversación inteligente, cotorrear tediosamente sobre los irlandeses en América, de su dura infancia, de los padres jesuitas, de sus primeros empleos, de la indiferencia del público, del decepcionante decurso de su vida. Aburrirla mortalmente, echar por la borda su amor de adolescencia... O podía ofrecerse a presentársela a Paolo, menuda pareja... O podía fingir que estaba borracho y salir dando traspiés de Cassidy's, y dejar que ella pagase la cuenta. Probablemente llevara un par de billetes de cinco en el zapato ortopédico.

No hizo ninguna de esas cosas. En vez de eso estiró el brazo y tiró suavemente de la nariz de Mamie, la nariz con bultito.

Dilataron la sobremesa y luego dieron un paseo por la Quinta Avenida. Al caminar, Mamie apenas cojeaba.

–No practico ningún deporte –dijo la chica–. A veces hay que dar pasos difíciles –añadió con ternura.

Conversaron, ah, el Empire State Building y la huelga portuaria y el alcalde: la ociosa conversación de dos amigos que se encuentran tras un largo silencio, y que pueden volver a verse o no. En la boca de metro de la calle Ocho se detuvieron. Joss le cogió a Mamie ambas manos y las columpió, primero a ambos lados, luego por encima de la cabeza, como en un baile infantil. Luego las soltó.

–Ha sido una tarde... –empezó Mamie.

–Sí –dijo Joss.

Mamie bajó pesadamente las escaleras. Joss se quedó arriba, observando cómo se hacía pequeña. No tardaría en dar la vuelta. La miraría hasta ese momento...

–Perdón –dijo una mujer con sombrero, al pasar a su lado, con prisas por meterse en el metro, impidiendo que Joss viera una última imagen de la chica.

Ese jueves hicieron una toma de *Un día en Nueva York*... No podían reírse de la guerra, pero unos marineros danzando era jugar limpio. Un bailarín de claqué que trabajaba en el cine bailó con ellos, otro actor en decadencia. Pero la parodia fue demasiado breve. Tres minutos para el monólogo de buenas noches, indicó la generala.

–Sweet Georgia –dijo Happy en voz baja. Era un número que habían hecho juntos en el circuito más de diez años antes, los pies no olvidan. La coreografía era de los hermanos Nicholas. ¿Y? Nunca habían presumido de originalidad, Happy robaba la mayoría de sus chistes.

–Georgia –indicó la generala a la orquesta, y se llevó al bailarín de Hollywood del escenario, y allí se quedaron los dos, Joss y Happy, bailando, solo bailando. Happy desapareció entre bastidores treinta segundos antes del final, para quitarse el uniforme de marinero y ponerse el esmoquin. Joss siguió bailando y bailando, claqué. Sentía los ojos de Mamie fijos en él y los suyos en ella. Aceleró para dar un salto, por qué no, y dio un taconazo en el aire antes de caer de pie y luego dejarse caer de lado, perfecto, de tal manera que el muslo recibiera todo el peso, y luego llegó a la horizontal. La cámara bajó, suavemente, para seguirle. Esa gente lo hacía cada vez mejor. El codo en el suelo y la barbilla en la mano y el cuerpo estirado y una pierna levantada, el pie girando amistosamente. Joss sonrió. Sí: sonrió.

–¿Por qué has sonreído? Te van a echar –refunfuñó Mary una hora más tarde.

Joss le tocó el pelo. Tan seco que uno pensaría que acabaría quemándoselo con su propio cigarrillo.

–Te he sonreído a ti –dijo.

–Era de esperar –dijo Judith da Costa.

–Es... esperanzador –dijo Justin, su marido, con su habitual y resuelta tolerancia.

–Ninguna de las dos cosas –dijo Harry Savitsky, que no andaba buscando problemas precisamente; que quizá anduviera buscando una solución de compromiso; que buscaba en realidad la puerta, aunque la noche no había hecho más que empezar.

Lucienne, su mujer, no dijo nada, y era muy raro en ella. Estaba concentrada en la música: un luctuoso pasaje de Liszt.

Lo que los cuatro comensales evaluaban era a un violinista, en parte su interpretación, en parte su presencia. El nuevo restaurante –que habían sugerido Harry y Lucienne– se había puesto por nombre El Húsar y ofrecía piroshki y gulash en un ambiente gitano. Se rumoreaba que el chef tenía veintiséis años. El Húsar se la estaba jugando con el chef, con el violinista, con el emplazamiento y, al parecer, con el servicio; uno de los ayudantes de camarero ya había tirado una jarra de agua.

–Hay cierta tensión aquí, en la sala –dijo Judith.

–Pues en la cocina ni te cuento –dijo Harry.

En un acogedor barrio de París, un restaurante como El Húsar podría cuajar. En París..., pero aquello no era París. Era Godolphin, un pueblo que en realidad era una cuña al oeste de

Boston; Godolphin, residencia de Harry y Lucienne Savitsky, profesores de instituto retirados; Godolphin, no tanto pasado de moda como al margen de las modas. Se podría decir lo mismo de Harry. Su tienda de ropa preferida era el almacén de prendas sobrantes del ejército/la marina del centro. Lucienne, en cambio, era genuinamente parisina (había pasado en París los cuatro primeros años de su vida, daba igual que la ciudad estuviera entonces ocupada, daba igual que apenas hubiera salido a la calle) y tenía el don de la mujer francesa para el color y la línea. Siendo niña en Buenos Aires, siendo mujer trabajadora en Boston, en los cincuenta, ya era conocido que sabía vestir muy bien con muy poco dinero, y que su hermano y ella se las habían arreglado para mantener a su madre viuda, además. Pero tenía ya muchos más de sesenta años, y quizá aquel vestido turquesa que había comprado para el bar mitzvá del nieto de una amiga fuera demasiado vistoso en aquel ambiente. Quizá fuera también demasiado ajustado para lo que ella llamaba sus poquitos kilos de más y Harry llamaba su bendita corpulencia. Harry, por su parte, era gordito.

En presencia de los Da Costa, siempre tan disciplinados, a Harry le daba vergüenza comprobar su propio apetito, y el de Lucienne. Desde luego era lo único de que avergonzarse, ¡de ni una sola cosa más! Su mujer y él eran educados, como correspondía a los profesores de instituto de su época. Lucienne había sido profesora de francés –él de química– y hablaba tres idiomas, cuatro contando el yiddish. Harry solo hablaba inglés de Brooklyn, pero siempre entendía a Lucienne hablara en el idioma que hablase. Estaban suscritos a *The New Yorker, Science* y *American Heritage*.

Estos Da Costa, sin embargo, eran *muy* altos, eran *muy* delgados. Judith, con su pelo de peluche y aquella ropa oscura, habría podido pasar por ama de llaves británica. Justin era igualmente desalentador: frente amplia, nariz esbelta y labios finos siempre en busca de gestos significativos y elocuentes. Pero Justin miraba a veces a Judith cuando hablaba y un espasmo de ansiedad cruzaba su rostro y se enredaba en esos gestos tan significativos y elocuentes. Y entonces fue cuando Justin y Harry se hicieron aliados por breve tiempo: dos hermanos pillados fumando. Una mañana a la hora del desayuno Harry le habló de esta afinidad ocasional a su mujer. Lucienne se lo quedó mirando un buen rato y luego se levantó, rodeó la mesa y le dio un beso.

¡Colines con pimentón! El joven camarero posó la cesta en la mesa con un temblor de mano. Judith cogió un colín; Justin cogió otro pero no lo mordió; Lucienne cogió otro y empezó a masticar; Harry cogió uno y se puso otro detrás de la oreja.

–Ja –dijo Judith. No le había hecho gracia.

–Ja, ja –dijo Justin.

Lucienne miró a Harry, y suspiró, y sonrió: amplia sonrisa maternal. Harry recordó al verla el propósito de la velada anual. Se quitó el colín de la oreja, cepilló con la mano las migas que pudieran haber quedado en el hombro.

–¿Qué sabes de los chicos? –le preguntó a Justin.

–A los chicos les encanta Santa Fe. Yo no comparto su gusto por el desierto ni por el monte –dijo Justin encogiéndose de hombros con elegancia.

–Eres un yanqui de lo más tradicional –dijo Harry.

Los Da Costa, como bien sabía Harry, pertenecían a una vieja familia de procedencia portuguesa y holandesa que había empezado la asimilación al minuto de llegar al Nuevo Mundo –en 1800, algo así– y había apostado por el matrimonio mixto siempre que algún episcopaliano lo aceptaba. Justin había estudiado medicina hacía cincuenta años con el objetivo de aprender psiquiatría. Había practicado terapia, había prosperado y seguía en la cumbre. Recibía a sus pacientes en un despacho independiente, antes establo, que estaba detrás de su casa, antes granja. La granja se encontraba a veinticinco kilómetros al norte de Boston. Judith había diseñado ambas reformas. Las ventanas de la consulta de Justin tenían vistas a un apacible sotillo de abedules.

Los Savitsky habían visitado la casa de los Da Costa en una ocasión, hacía tres años, la fiesta de la noche antes de la boda de Miriam Savitsky con Jotham da Costa. En aquella fiesta descubrieron que había en el Gran Boston patios traseros por los que brincaban los conejos, en los que se colaban los ciervos; que los profesionales de las enfermedades mentales no toman bebidas fuertes (Justin se las apañó para desenterrar una botella de whisky del hueco de debajo de la pila) y que la severa Judith era hija de un farmacéutico de New Jersey. El farmacéutico estaba en el césped, en una hamaca de lona: viejo y parlanchín. Harry y el abuelo de su nuevo yerno charlaron un rato sobre serotonina sintética. El anciano había muerto hacía tres meses, en enero.

¡El cóctel! El Húsar servía whisky, quizá porque no conocía nada mejor. El repertorio del violinista se rebajó al folk: melodías rusas. Harry imaginó que Lucienne conocería las letras, en yiddish. Los Da Costa no conocían ni las melodías. Eran aficionados a la música antigua. Para ser justos con ellos —y Harry siempre se esforzaba por ser justo con ellos—, tal vez no quisieran dar la impresión de que cenar fuera una vez al año con los Savitsky les resultara soportable, o solo ligeramente. Ten piedad, se dijo. Por su mimada existencia en la amable naturaleza los Da Costa debían de sentirse incómodos ante las opiniones, el ruido y el color extremos. Y para su delgado Jotham, que a la edad de treinta y siete años aún sufría de acné, probablemente hubieran deseado a alguien distinto de una abogada de caderas anchas, cabellera muy recia y sonora carcajada.

—El piso de los chicos allí... es adorable —dijo Lucienne.

—Con todo ese desorden, ¿cómo podrán apañárselas? —dijo Harry.

–Sobre todo los cuadros y los lienzos de Jotham. Qué desorden, sí –admitió Justin con valentía.

–Miriam deja la cartera en una habitación, la agenda en otra y las llaves en la cisterna del baño –dijo Lucienne–. No he sabido educarla –añadió, con falso arrepentimiento.

–Les gusta su trabajo. Parecen felices –dijo Judith, fijando sus grandes ojos caqui en Harry..., una mirada más amable.

–Así es –dijo Justin.

–Es cierto –dijo Lucienne, y por un momento, si el maître hubiera estado mirando, si el violinista hubiera estado mirando, si alguien hubiera estado mirando, sin más, ociosamente, habría podido tomarles por dos parejas felices con su relación vía matrimonio. A veces lo que parece llega a ser. Si Jotham era un poquito nervioso para los Savitsky, si Miriam era demasiado amiga de discutir para los Da Costa, pues bueno, no se puede tener todo. ¿O se puede?

–Mucha gente no tiene nada –dijo Harry, en voz alta, y Judith se sobresaltó, y Justin puso en modo alerta su estudiada empatía:

–¿Sí? –dijo dando ánimos.

Lucienne no se preocupó en absoluto. Iba por su quinto colín.

Trajeron los aperitivos: cuatro platos distintos de cosas capaces de matarte. Todos lo probaron todo: los Savitsky con impaciencia, los Da Costa con comedimiento. Hablaron de los Red Sox, al menos lo hicieron los Savitsky. El equipo había empezado bien la temporada, pero acabaría partiéndoles el corazón, como siempre, tú espera y verás. Los Da Costa murmuraron algo.

Trajeron el plato principal, y una botella de vino. Sirvió Judith: medio vaso a cada uno. Hablaron de la carrera electoral. Los Da Costa eran demócratas convencidos, aunque a veces les doliera.

–El medioambiente no le importa lo suficiente a nadie –dijo Judith. Harry asintió: a él el medioambiente no le importaba nada en absoluto.

El violinista tocaba el violín. Hablaron de Stalin: había salido una nueva biografía. Ninguno la había leído, así que la conversación descansó cómodamente en la vileza conocida.

Harry apuró el resto de la botella.

Hablaron de películas que las dos parejas habían visto, aunque no juntas, naturalmente.

Se produjo algún que otro silencio.

Lucienne va a contar la historia hoy, se dijo Harry. Contaría la historia enseguida. Los Da Costa no la conocían. Lucienne esperaba, como siempre, un momento de pausa, un lugar tranquilo, una pregunta incitadora, y el punto de inflexión de una intimidad creciente.

Harry había oído la historia montones de veces. La había oído en yiddish y en francés, y ocasionalmente en español. La mayoría de las veces, sin embargo, Lucienne la contaba en su inglés con un leve acento.

Harry había oído la historia en muchos sitios. En el santuario de la sinagoga, desde la *bimá*, la voz de Lucienne sonó como el trino de una flauta. La contó sentada en un monumento conmemorativo a los supervivientes. Ella no era, técnicamente, una superviviente, nunca había puesto un pie en un campo, pero bueno. La había oído en cuartos de estar, en estrechos patios traseros, en porches de bungalows de playa, en restaurantes como El Húsar. Una vez –la única, que él supiera, que le había regalado la historia a un desconocido– la había oído en el compartimento de un tren, en Irlanda; su compañero de viaje era un sacerdote, y escuchó con profunda atención. Una vez Lucienne había contado la historia en un cine. Otra pareja y ellos habían llegado pronto por error y tuvieron que ocupar media hora mientras la pantalla se iba llenando de preguntas de cultura general. Esa noche Lucienne había narrado la historia sentada a la izquierda de Harry, inclinado el torso hacia sus amigas –una pareja de profesoras lesbianas–, sentadas a la derecha de Harry. Mientras la contaba, Lucienne miraba a aquellas mujeres con su habitual intensidad. Harry, que se mantenía pegado a su asiento porque su mujer se asomaba por encima de su regazo, miraba a Lucienne con atención: su precioso perfil, su pelo albaricoque, el pliegue de carne debajo de la barbilla.

Con independencia del idioma en que Lucienne contara la historia, los nombres no variaban, la sintaxis era sencilla, y el vocabulario fácil: ni una palabra que un niño no hubiera podido entender, aunque Lucienne nunca le contara la historia a un niño..., bueno, sin contar a Miriam.

Harry también podría haber contado la historia, en cualquier idioma de los que empleaba Lucienne.

Yo tenía cuatro años. Los nazis habían entrado en Polonia. Estábamos desesperados, deseando escapar. Mi padre salía todas las mañanas, a hacer cola en un sitio o en otro, intentando pagar a la persona correcta.

Esa mañana se llevó a mi hermano. Mi hermano tenía doce años. Fueron a una oficina y estaban de camino a la segunda. Soldados con casco cogieron a mi padre. Mi hermano vio el camión, y luego a las personas que iban en él: lloraban. Los soldados dieron un empujón a mi padre, para que subiera al camión.

–Y tu hijo también.

Uno de ellos tiró de mi hermano por la manga del abrigo. Mi padre se paró en seco. El soldado seguía tirando de él.

–¿Mi hijo? –dijo mi padre–. Ese chico no es mi hijo. Ni siquiera le conozco.

El alemán seguía sin soltar a mi hermano. Mi padre se volvió y echó a andar hacia el camión. Mi hermano vio que encogía un hombro. Y le oyó decir:

–Será un goy.
Así que los alemanes dejaron marchar a mi hermano. Volvió corriendo a casa y nos enseñó la manga rasgada del abrigo. Esa noche logramos escapar. Llegamos a Holanda y cogimos un barco rumbo a Argentina.

Trajeron los postres. Cuatro dulces distintos: otra vez compartieron.

–Nosotros iremos a Santa Fe en septiembre, de vacaciones –dijo Lucienne.

–Nosotros iremos en Acción de Gracias –dijo Judith.

–Y los chicos vendrán al este por..., en diciembre –dijo Justin. La joven pareja pasó la mitad de sus vacaciones con una pareja de padres, la otra con la otra.

–Más espacio en su casa –les dijo Miriam a Harry y Lucienne–. Aquí se come mejor.

Trajeron la factura. Pagaron con tarjeta de crédito. El nervioso camarero se apresuró a llevarles los abrigos: dos abrigos, en realidad, y la chaqueta larga de Judith, y la estola de piel de Lucienne, heredada de su madre.

–Judith –dijo Lucienne–. He olvidado mencionar el fallecimiento de tu padre.

–La nota que mandaste era muy amable –dijo Judith, con tono de querer dar por zanjada la conversación.

–Mi padre murió cuando yo era pequeña –dijo Lucienne–. Pero cuando murió mi madre, aunque yo ya había cumplido cincuenta años, la sensación de abandono fue muy fuerte. Me sentí huérfana.

–Papá murió satisfecho con su vida –dijo Judith.

El violinista dejó de tocar. Un momento de pausa. Justin se acercó a Lucienne.

–¿Eras pequeña? –dijo con suavidad–. ¿De qué murió tu padre? –Los clientes comían con fruición. Un lugar tranquilo. Una creciente intimidad–. ¿Dónde?

Lucienne encogió un hombro, y se mordió el labio, también.

—En Europa —dijo. Se levantó y se envolvió en la raída estola; y Harry tuvo que correr un poco, porque Lucienne había alcanzado la puerta a toda velocidad.

NORMAS

Un otoño, El Cazo de Donna, un comedor de beneficencia para mujeres que tenía su sede en el sótano de la Iglesia Unitaria de Godolphin, se convirtió de la noche a la mañana en la causa favorita de todo el mundo.

–La caridad tiene modas, como tienen modas las zapatillas de andar por casa –dijo con desdén Josie, que llevaba trabajando de voluntaria a tiempo parcial para El Cazo desde su fundación, hacía seis años–. No cuentes con que esta popularidad dure mucho, Donna.

Donna nunca había contado con que nada durase mucho. Pero toda ayuda era bienvenida. Un grupo de una sinagoga cercana se había comprometido a llevar especialidades calientes. Los miembros de Manos que Ayudan, de Godolphin, habían puesto sus armarios patas arriba –los unos habían puesto patas arriba los armarios de los otros– en busca de ropa que donar. Maeve, una universidad católica femenina de la localidad, colgó el folleto de El Cazo en su panel de noticias y al poco un puñado de alumnas ansiosas empezó a aparecer casi todos los días en las profundidades inferiores (expresión de Josie): el gran comedor del sótano –y de paredes roñosas–, una cocina vieja presidida por un horno negro, un par de salitas adyacentes con dos ventanucos para que entrara algo de luz. De esas alumnas, unas pocas necesitaban material de primera mano para el trabajo sobre la pobreza del primer trimestre, pero las demás se presentaban simplemente por su buen corazón. «Madres Teresa con vaqueros de marca», le dijo Josie en privado a Donna. Para las alumnas de Maeve, Josie era un dechado de paciencia capaz de reparar la Cuisinart cuando se estropeaba y de mostrar tal amabilidad y comedimiento con las usuarias que a ellas les entraban ganas de emularla, y lo hacían. Solo que no podían evitar, ante tantas historias trágicas, reaccionar con cierta exageración. Lloraban con frecuencia. Sus ojos eran, aun enrojecidos por las lágrimas, grandes y encantadores.

–Esas chicas son más guapas de lo que yo a su edad siquiera soñaba con ser –comentó Donna en una reunión del personal–. ¿Será la fe?

–Es la sonrisa –dijo Beth–. Todos esos dientes de conejo apuntándote directamente a la cara –añadió, y mostró su propia, pequeña y dulce media luna–. La ortodoncia puede llegar a ser un cruel error.

Pam fue más allá:

–La ortodoncia es abuso infantil.

Sus compañeras rieron con ella ante semejante dislate. Ni Pam, masculina e infantil, ni Beth, rolliza, ni Donna, larguirucha, eran asistentes sociales ni defensoras legales de la infancia. Eran, sencillamente, el personal a tiempo completo de El Cazo y su directora: tres mujeres jóvenes con demasiado trabajo..., pero habían visto a muchas víctimas de abuso infantil. Se habían sentado a la mesa con los perpetradores. Habían sido testigos –y las habían atajado– de palizas de madres enloquecidas. «Aquí no se puede pegar a nadie», sabían decir con una voz tan investida de autoridad como carente de censura. Pocas semanas atrás, Pam, blanca de furia horas después del incidente, informó a sus compañeras de que había interrumpido a Concepta cuando Concepta rociaba con pimienta a su nieto, un *niño*[1] de dieciocho meses.

1. En español en el original. *(N. del T.)*

—¿Rociaba con pimienta? —preguntó Donna—. ¿Cómo que rociaba con pimienta?

—Pues que Concepta estaba rociando con pimienta a su nieto. Lo había tumbado sobre sus rodillas y le estaba echando pimienta directamente del tarro, como si fuera una pizza. Me parece que no le entró nada en los ojos, pero me han dado ganas de estrangular a esa zorra. —Pam se mordió el labio y agachó su rizada cabeza.

—Y luego, ¿qué ha pasado? —preguntó Donna con delicadeza.

—Le he dicho: «Por favor, Concepta, déjalo ya. Aquí no se puede hacer daño a la gente.» Y me he sentado a su lado, se ha reído como una tonta y me ha dado al niño. «Solo estábamos jugando», ha dicho. He cogido al niño, lo he sentado en mis rodillas, y ha dejado de llorar. Pero al cabo de un rato se lo he devuelto. ¿Qué otra cosa podía hacer?

—Nada en absoluto —dijo Donna.

No se planteaban denunciar ese tipo de incidentes a las autoridades. El Cazo de Donna rara vez conocía el apellido de sus invitadas, ni siquiera conocía su nombre de pila, si preferían ocultarlo bajo un nombre de guerra. El domicilio, cuando lo tenían, también era asunto exclusivo de aquellas mujeres. El de la pimienta era, hasta el momento, un incidente aislado. Concepta solía acudir a El Cazo sola, bebida pero no bebiendo. («Aquí no se puede beber» era otra norma. Gritar y drogarse también estaba prohibido. Las cuatro normas se incumplían con frecuencia.)

—¿Le has sugerido el cuarto de los niños? —le preguntó Donna a Pam. En el cuarto de los niños, contiguo al comedor, había juguetes donados, rotos en su mayoría, y juegos y puzles, en su mayoría sin alguna que otra pieza.

—Se lo había sugerido antes —dijo Pam, encogiendo sus estrechos hombros—. Antes de que decidiera salpimentar al niño. Pero es que Concepta no quiere que su niño se acerque a Ricky

Mendozo, y esta mañana Ricky estaba en el cuarto de los niños. «Se podría contagiar», dice Concepta.

La madre de Ricky Mendozo tenía sida. El propio Ricky era un niño enfermizo que hospitalizaban a menudo. Donna, Pam y Beth comprendían la renuencia de Concepta a que su nieto jugara con Ricky, que estaba siempre moqueando, frecuentemente sucio. El personal sabía que Ricky no tenía sida. Pero el personal no sabía muchas cosas.

Luego había cosas que sí sabía. Sabía que a los niños pequeños les gustan los peluches, los camiones y los juguetes en los que se pueden montar y a los que se pueden subir. Que les gustan las ceras y las pinturas. Que no les gusta dejar las cosas en su sitio. Que les gusta dejarlas tiradas por todas partes, y tirarse ellos por todas partes, y sentarse en las rodillas de sus madres. A los niños de El Cazo les gustaba el helado, aunque les daba miedo mancharse, y eran ruidosos, posesivos y egocéntricos, pero habían aprendido en alguna parte que cuando coges el juguete de otro niño tienes que gritar: «¡Hay que compartir!»

Pero cuando las madres o las tías o las abuelas o las novias de los padres venían a llevárselos después de comer, un miedo emergía en el interior de aquellas personitas manchadas y olorosas. Los niños interpretaban su papel en la áspera ceremonia de la reunión —«¿Dónde coño has puesto la gorra?», «¿Ya has hecho alguna de las tuyas, como siempre?»— cogiendo alguna prenda de ropa o fingiendo que limpiaban la leche. Y al personal se le caía el alma a los pies, y a las Maeves también, afirmaban, ante la premonición de maltrato, en un hotel de la asistencia social, o en un piso mugriento, o en una habitación prestada de mala gana por alguna cuñada, lugares donde ni siquiera eran de aplicación las básicas normas de El Cazo de Donna.

—Ha pasado la mañana muy tranquilo —dijo quejumbrosamente una Maeve a Josie cierta mañana cálida de noviembre cuando la voz de la madre de Nathaniel entró desde la acera por una de las ventanas abiertas del sótano.

–¡Haz lo que te digo! ¿Me oyes? ¡O si no!

–Puede que «O si no» solo signifique una bofetada –dijo Josie a la preocupada chica–. Y ha pasado la mañana muy tranquilo. Eso es importante.

Era importante no cerrar el cuarto de los niños, con la zona de juegos, aunque eso se tradujera en la reducción del personal de cocina. Algunos niños se habían convertido en habituales: Nathaniel, Cassandra, Africa, Elijah. Otros solo iban de vez en cuando. En aquellos días –gracias a la fiebre por recoger ropa que les había entrado a los de Manos que Ayudan–, las usuarias más jóvenes de El Cazo llevaban ropa comprada en Neiman Marcus y Bloomingdale's.

Pero la erguida y solemne niña de unos siete años que apareció una mañana de diciembre no llevaba la ropa de marca de los niños de Godolphin, ni tampoco los niños del siglo XX. Su vestido largo de franela gris podría haber pertenecido a una de las primeras habitantes de la Bahía de Massachusetts, de no haber tenido una cremallera en la espalda. La mujer que acompañaba a la niña también llevaba un vestido largo y sencillo hecho a mano. Las dos llevaban dos capas idénticas de color marrón. Las dos llevaban trenza: gruesa y rubia. Los ojos de la niña, grises y misteriosos, con cejas rectas, eran como los de su madre. Pero la niña no tenía la cicatriz que cruzaba la cara de la mujer, en vertical, a la izquierda, desde el párpado hasta la mitad de la mejilla.

Cuando llegaron, Beth se paseaba por el espacioso comedor del sótano con una bandeja de *knishes*.

–Hola –dijo–. Soy Beth.

Siguió el silencio.

–Sí –dijo por fin la mujer.

En El Cazo de Donna el personal limitaba las preguntas a asuntos de alimentación y confort. Por eso Beth dijo:

–¿Quieres una empanadilla de carne? –agachándose para ponerse a la altura de la niña–. Coge dos. –Pero la niña, mur-

murando un «gracias», cogió solo una. Beth se irguió–. Nos alegra que estéis aquí –dijo–. Por favor, estáis en vuestra casa. Servimos la comida a las doce. Sentaos donde queráis. Podéis consultar todo lo relativo al desayuno en el bufé que hay junto a la pared. El cuarto de la siesta está ahí, detrás de vosotras –dijo, señalando con la mano libre un cuartito estrecho con tres camas–. El cuarto de los niños está a continuación. –Retrocedió–. Estáis en vuestra casa –repitió, débilmente, dándose cuenta de que aquella pareja no se sentía en su casa en ningún sitio.

Beth informó del encuentro a Donna, que preparaba salsa agridulce en la cocina. Donna le dejó el cucharón de madera a una voluntaria y se acercó al pasaplatos, desde donde podía ver todo el comedor.

–A la derecha –dijo Beth.

Donna se distrajo al ver que Bitsy, que tenía veinte años, le estaba cantando a un peluche.

–¿Ha perdido la cabeza?

–Sí. Dice que la están volviendo loca.

Donna se fijó en la siguiente mesa y vio a las nuevas usuarias. Estaban una al lado de la otra. La niña se cogía las manos y las tenía encima de la mesa. Las dos estaban atentas al espacio que se abría ante sus ojos..., a la visión de una Nueva Jerusalén, sospechaba Donna.

–¿Vividoras? ¿Qué opináis? –dijo Beth–. Voy a hablar con la pobre Bitsy.

–Actrices en su hora de la comida –sugirió Pam, junto al otro hombro de Donna–. ¿Cómo se titulaba esa obra de Arthur Miller?

–*Las brujas de Salem* –dijo Donna. Pam se marchó.

–Parecen salidas de otro mundo –dijo la Maeve que había sustituido a Beth.

Y Josie había sustituido a Pam.

–Bichos raros –dijo.

Donna no dijo nada más. Las recién llegadas no eran como las pobres que solía acoger. Estaba acostumbrada a las granujas y a las locas, a las borrachas y a las traficantes. Le caían bien las camareras de hotel bajitas ya jubiladas a las que aún temblaba en la voz un leve acento irlandés; confiaban en que El Cazo les ayudara a aumentar su lastimosa pensión. Le caían bien las hermanas con mal carácter del Sur y del sur del Bronx; miraba con respeto y perplejidad a las pitonisas de las islas; y casi había llegado a acostumbrarse a ciertas fundamentalistas muy locuaces –arpías de Cristo, las llamaba Josie–. Pero aquellas puritanas de vida sencilla... ¿qué estaban haciendo en sus dominios?

No parecían muy necesitadas. Pero El Cazo debía ser fiel a su política: prohibido fisgar. Entre las habituales había algunas damas de buena familia chaladas que bien podían poseer un millón de dólares en fondos de inversión y que probablemente comieran en el Ritz los días que El Cazo cerraba. Se les servía sin hacer preguntas. Y lo mismo iban a hacer con aquella madre y aquella hija. Era la norma.

Los meses siguientes, Donna, Beth y Pam averiguaron algunos datos de la madre y de la hija, datos que pusieron en común en las reuniones semanales del personal. La mujer se llamaba Signe, la niña, Rhea. Signe estaba separada del padre de Rhea, un clérigo. Madre e hija vivían en un semisótano con dos habitaciones en Boston. El clérigo les mandaba un cheque todos los meses. Cubría sus necesidades.

–Pero nada más –le dijo Signe a Donna. Fue después de comer. El comedor se estaba quedando vacío. Estaban las tres solas en la mesa–. Le estamos muy agradecidas a El Cazo por el desayuno y la comida.

–Me alegro. Pero hay otros sitios a los que podrías recurrir –respondió Donna–. El gobierno estatal tiene complementos para las rentas inadecuadas, y el propio ayuntamiento...

–No.

Al cabo de unos minutos volvió a hablar Donna.

–A veces –dijo, sin énfasis– nos llegan ofertas de trabajo. Empleos de costurera.

–Mi trabajo es Rhea.

Donna miró a la niña, que era muy seria. Estaba leyendo un libro muy grueso. ¿La Biblia?, se preguntó Donna, y trató de ver el título.

–Era los Hermanos Grimm –informó a sus compañeras esa misma semana–, en la edición de Modern Library. Sin ilustraciones. Impresionante.

–Signe le da clase en casa –dijo Beth.

–¿No está eso en contra de la ley?

–No –dijo Pam, agachó la mirada y miró sus botas de senderismo. Le daba pavor que la tomaran por presuntuosa, por arrogante.

–Cuéntanos –dijo Donna, y se echó a reír.

Pam se acarició los rizos con ambas manos.

–Existe incluso una ley que facilita la educación en el domicilio, con ciertas condiciones. Pero el profesor tiene que pasar un examen, y hay que seguir un programa, y tener el material necesario... Seguro que Signe cumpliría todos los requisitos, pero dudo que se haya rebajado a presentar los papeles.

Signe y Rhea pasaban la mayor parte de la mañana en el cuarto de los niños. Poco antes de la comida escogían sus sitios en la mesa del comedor. Antes de empezar a comer inclinaban la cabeza y rezaban en silencio, y luego, también en silencio y con perfectos modales, despachaban lo que hubiera en el plato; más tarde volvían al cuarto de los niños. Allí, Rhea se sentaba al lado de su madre en una sillita, con su libro, y pasaba las páginas, y rara vez levantaba la vista.

Una Maeve llamada Michelle –la quinta de siete hermanos– demostró un interés fraternal por Rhea. Se ofreció a jugar con la niña. Se ofreció a salir con ella a pasear por el parque.

En cierta ocasión se ofreció a contarle fábulas de los indios navajos.

–Estoy estudiando el folclore –confesó al cuarto de los niños en general–. Me voy a especializar en las mujeres norteamericanas. Estoy escribiendo el trabajo de fin de curso sobre Donna.

Donna estaba raspando restos de cereales resecos del caballete

–Ni se te ocurra –dijo, mirando a Michelle.

–Oh, lo tengo casi terminado.

Las invitaciones de Michelle a Rhea se topaban siempre con una cortés negativa; de la niña, la madre escuchaba sin hacer comentarios.

–En el piso de arriba hay un púlpito muy bonito –dijo Michelle una mañana–. ¿Por qué no subimos a verlo?

–No, gracias.

–¿No te gustaría ver el colegio donde vivo? Está muy cerca de aquí.

–No, gracias.

Donna tuvo que hacer un aparte con Michelle.

–Yo creo que... si te limitas a estar disponible, como un viejo árbol, acabará acercándose a ti.

–Es tan solitaria –lamentó Michelle.

–A la pequeña Cassandra le encantaría hacer una torre con bloques.

–Cassandra no supone ningún reto.

–Ya, bueno, pero... –murmuró Donna–. ¿Algo más?

Cuando jugaba, Rhea jugaba sola: ordenaba la casa de muñecas o dibujaba elaborados diagramas que parecían patrones para manteles de encaje. Entretanto, Signe hacía ganchillo, convertía con las agujas y sus manos un ovillo de hilo color trigo en un tejido largo y suelto. El ovillo estaba en un saco de lona, y como la labor iba cayendo lentamente en el saco, también, ningún miembro del personal sabía si Signe tejía tapetes o toquillas o simplemente retales. La mujer era tan callada y tenía tanta capacidad de concentración como su hija. De vez en cuando, sin embargo, cuando uno de los niños más pequeños tenía algún problema, dejaba las agujas, se levantaba de la silla y cogía al pequeño, que quizá estuviera quejándose o berreando o simplemente muy nervioso. Y el niño se tranquilizaba al instante, bien porque asumía la tranquilidad de Signe, bien porque se quedaba paralizado de puro terror. Al cabo de unos minutos, Signe dejaba al niño en el suelo y retomaba sus labores. Su cicatriz despedía los mismos destellos que las huellas de una lágrima.

Pasó el invierno. Hubo dos peleas a puñetazos. Hubo una reyerta con cuchillos. Hubo que llamar a la policía. A Concepta la pillaron bebiendo en el servicio y le prohibieron volver en una semana. Encontraron muerta a una usuaria anciana, en la habitación alquilada donde vivía. A otra la encontraron casi muerta en un callejón. Pam empezó a organizar charlas de sobremesa acerca de temas como la autoestima y las expectativas. Cassandra y su madre dejaron de ir a El Cazo. Una tarde, mientras tomaban los postres, Donna se preguntó en voz alta qué habría sido de ellas. En su mesa estallaron en erupción varias respuestas.

—Se han ido al sur.

—Se han ido a Nueva York.

—La abuela ha vuelto a acogerlas.

—Se ha casado con ese hijo de puta.

A Donna le impresionaron las confabulaciones de aquel grupo. Encendió, cosa rara, un cigarrillo. Cassandra y su madre volverían. O no.

—Pero todas esas explicaciones no pueden ser ciertas —le dijo Michelle a Donna mientras recogía los platos.

—Claro que pueden. Una detrás de otra. De todas formas, no es asunto nuestro, cariño.

—¿Y de quién es asunto?

–De su agente de la condicional. Hay cosas que tenemos que tomarnos como vienen, Michelle.

Michelle dio media vuelta y se marchó, furiosa. Dejó la pila de platos en el pasaplatos. Cogió una silla, la arrastró haciendo ruido y se sentó al lado de una usuaria que había trabajado de abogada. Donna oyó que la chica le proponía con entusiasmo a la exletrada que pusiera por escrito sus experiencias. La mujer, encantada, lo entendió como una invitación a dictar su autobiografía.

–Nací –empezó.

Donna pensó en rescatar a su acólito, pero se lo pensó mejor, se refugió en el cuarto de los niños. Al cabo de unos minutos estaba sentada en el suelo con las piernas cruzadas. Ricky Mendozo se sorbía los mocos en su regazo. Nathaniel y Elijah estaban formando una caravana de camiones, peleándose un poco. Bitsy se paseaba por la puerta con un osito de peluche bajo el brazo.

–La salsa del pescado de hoy sabía raro –dijo Bitsy–. ¿La has hecho tú, Donna?

–La ha hecho Josie.

–¿Esa voluntaria que parece un loro?

–Es pelirroja y lleva una ropa muy llamativa –dijo Donna, esquivando el comentario.

–¿Qué tenía la salsa, eh?

–Yogur y mayonesa.

–¿Dónde está mi Nathaniel? –dijo la madre de Nathaniel, a punto de atropellar a Bitsy.

–Me gusta más la mantequilla de limón –dijo Bitsy.

–¡Eh, Nathaniel! Pero ¿todavía no estás listo?

Nathaniel corrió hacia Donna. Ricky, todavía en el regazo de Donna, le dio una pequeña patada. Nathaniel dio un grito y le pegó un puñetazo a Ricky. La madre de Nathaniel le dio una bofetada a Nathaniel. Elijah le tiró un camión a Bitsy.

La riña creció en remolino y luego se fue calmando. Donna

recibió la ayuda de Michelle, que así consiguió escapar de los recuerdos de la abogada. A las tres en punto casi todos los niños y sus madres se habían marchado. Beth y unas voluntarias estaban limpiando y ordenando la cocina. Michelle le estaba cantando a Africa. Pam intentaba tranquilizar a la espectacular madre con ojos turquesa de Elijah, que aseguraba que su trabajadora social le había recomendado la prostitución como carrera. Donna estaba fregando el comedor.

–Adiós –dijo alguien casi en voz baja: Signe. Llevaba el bolso y varios libros. Rhea también llevaba libros debajo de ambos brazos. Sus capas, ensanchadas sobre el cargamento, parecían alas de murciélago.

Muchas usuarias utilizaban la biblioteca pública. Servicios públicos, todos los periódicos, revistas, sillas para echar una cabezadita. Pero Signe y Rhea recurrían al servicio de préstamo. También visitaban el museo: una voluntaria las había visto en una conferencia titulada «Interiores en la Pintura Flamenca». Y Pam las había visto una vez en el capitolio del estado, en un debate sobre presupuestos. Todo formaba parte, probablemente, del programa educativo de Rhea. Eran salidas dedicadas a las bellas artes y a los estudios sociales como las que hacían los colegios, pero sin la complicación de pensar con quién había que emparejar a quién en el autocar. Rhea terminaría mejor educada que sus coetáneos. «Acabará en Harvard», había predicho Pam, «que es más de lo que yo conseguí.» Donna, en cambio, creía que la niña estaría mejor en una clase, aprendiendo a tolerar, interactuar y compartir. Los colegios no estaban pensados solo para los afines. Tenía que haber un sitio para aquella miniatura de madre, tan dueña de sí misma que daba miedo. Que Signe se sentara a hacer sus labores en el pasillo si no soportaban estar separadas. Que practicaran sus peculiares hábitos en otro sitio.

–Adiós –dijo Donna.

Se quedó mirándolas. Se apoyó en la fregona y dejó que su

rechazo de aquellas dos le llegara a las mejillas. Las amenazas, las bofetadas, los insultos de las madres que tenía que consentir todos los días en El Cazo no le molestaban tanto como el austero silencio de Signe. Se preguntó si no tendría sometida a la niña por medio de alguna droga que la clientela de El Cazo desconocía, por mucho que estuviera al corriente de la vida de la calle: azufre, quizá, burbujeando en la estufa del semisótano donde vivían.

–Me alegro de que esas dos se hayan ido ya –dijo la tía de Africa, tras salir por fin del servicio. Le ajustó tanto a Africa el sombrero de punto que a la niña empezó a hinchársele la cara.

–¿Qué dos?

–¿Qué dos? El demonio y su hija. Me dan escalofríos. Pero ¿no es mi niña la galletita más bonita que ha hecho el Señor? –preguntó a propósito de Africa, que murmuró algo como respuesta.

–Pero el demonio, ¿no es un hombre, Ollie?

–Pero se puede poner vestidos, cariño. ¿No tendrás por casualidad un par de pavos por ahí? Los pañales son carísimos.

Los pañales eran carísimos, sin duda. Los robaban en las tiendas para revenderlos en la calle; los emprendedores envueltos en aquel negocio conseguían unos apañados ingresos extra. Donna le dio a Ollie el dinero y los pañales, y recibió a cambio un abrazo descomunal que la hizo sonreír: fue un abrazo tan espontáneo, tan enérgico, tan momentáneamente sincero... y, en última instancia, tan absurdo.

–Dame otro abrazo –pidió Donna.

Ollie obedeció. A continuación:

–¿Me das más pañales?

Donna le dio el resto del paquete. Ollie y Africa se marcharon dando saltitos.

–Tú sí que eres el demonio –le dijo Donna a carcajadas. En cuanto a Signe..., no era más que una visitante de un mundo severo e inhóspito.

Donna se concentró en los problemas por los que atravesaba El Cazo. Las Manos que Ayudan les habían abandonado en favor de los derechos de los animales. Las Maeves ya no les visitaban con tanta asiduidad, aunque Michelle les seguía siendo fiel. El precio de las verduras estaba subiendo; hasta el brécol había desaparecido, o casi. Los ratones correteaban a sus anchas por la despensa. Al día siguiente, jueves, vivirían una pesadilla. Pam coordinaría un debate de sobremesa dedicado al empoderamiento, y ¿quién sabía en qué podía derivar? El mes anterior la sesión de empoderamiento había terminado en desastre: la exabogada había citado varios casos *in extenso;* Bitsy, indignada, le había echado té helado por la espalda a una nueva usuaria. Quizá la reunión del día siguiente discurriera más ordenadamente. Un representante de la oficina del gobernador había prometido pasarse. Donna esperaba que no fuera él quien se llevara el té helado.

Resultó que el debate sobre empoderamiento salió bien. Las usuarias asistentes redactaron un escrito de protesta por los recortes presupuestarios. Bitsy no causó ningún problema; se quedó en el cuarto de los niños con Michelle y Elijah. En el comedor, la madre de Elijah se sentó al lado del representante de la oficina del gobernador y con juiciosa obscenidad le explicó con exactitud cómo le había fallado el Estado. En la mesa, delante de ella, había dejado una mochila con todas sus pertenencias; le dio un puñetazo, por puro énfasis. El representante de la oficina del gobernador tomó algunas notas, pero sobre todo se dedicó a mirar con avidez a la hermosa madre de Elijah: su lustroso cabello, peinado en una trenza como de novia india; su marfileña piel; sus largos ojos verdeazulados.

Hacia el final del debate, Donna vio al chico del supermercado arrastrando una caja de espárragos tiernos, amoratado como la nariz de un conejo.

–¡Donación! –gritó el chico. Los ratones de la despensa,

comprobó Donna, se habían tragado todo el veneno. Debían de estar detrás de la pared, agonizando.

Y ahora era viernes por la tarde. Comida Gratis acababa de entregar varias cestas de tomates muy maduros. El personal haría salsa lo antes posible. Pam y Donna estaban separando los simplemente muy maduros de los absolutamente podridos.

–El otro día pude ver por un momento lo que está tejiendo Signe –dijo Pam.

–¿Y qué es?

–No se parece a nada que yo haya visto. Es una espiral hueca que parece volverse del revés a cada poco. No me imagino para qué puede servir.

–¿Será una soga?

Pam se estremeció.

–Probablemente lo deshace por las noches. Como hacía..., ¿cómo se llamaba?

–Penélope. Pero Signe se hace su ropa. Es capaz de tejer cosas muy útiles.

–Puede que esa espiral solo sea un hobby –dijo Pam–. ¡Agh! –añadió cuando un tomate le implosionó en la mano.

La mayoría de las usuarias se habían marchado. El personal y las voluntarias estaban fregando el suelo y limpiando la cocina y apilando sillas y mesas. Michelle, de camino a un fin de semana con su novio, se acercó corriendo: sonrisa dentuda, vaqueros enfundados a toda prisa.

–Ay, Donna, se me ha olvidado guardar el cubo de la fregona, en el cuarto de los niños. Tengo que coger el autobús. ¡Lo sientooo!

Donna le dijo adiós con la mano y fue a buscar el cubo al cuarto de los niños, donde no quedaba nadie.

Pero sí quedaba alguien. Signe y Rhea estaban sentadas en sus sillas bajas, frente a frente, recitando algo en un idioma que Donna no comprendió: una canción monótona pero emotiva que consistía en preguntas y respuestas. Signe entonaba las preguntas. Rhea declamaba las respuestas. La niña tenía los ojos cerrados, las pestañas, escasas, se alargaban sobre sus impolutas mejillas. Signe tenía los ojos abiertos, observaba a la niña con apasionado interés.

–No se puede... –empezó Donna, y estuvo a punto de caerse tras darse con la espinilla en el balde de Michelle.

Rhea abrió los ojos. Tanto Signe como Rhea se volvieron para mirar a Donna, ahora sobre una sola pierna, frotándose la otra. ¿No podemos qué?, parecían preguntar. ¿Qué norma habían incumplido? No estaban bebiendo. No se estaban drogando. No estaban gritando. No se estaban pegando. Su liturgia tenía un tono grave, pero no ofensivo. ¿Cómo terminaría su admonición?, se dijo Donna ¿No se puede... ser tan peculiar? ¿No se puede intentar salvar a tu hija del mal? ¿No se puede rezar?

–Lo siento –dijo en voz baja. Cojeando, empujó el cubo con ruedas y salió del cuarto. El hosco dueto reanudó lo que estaba haciendo. Parecía que Rhea cantaba cifras. Tal vez estuviera recitando la población de las capitales del mundo. Tal vez estuviera calculando raíces cuadradas.

Tal vez fuera un catecismo, el caso es que terminó pronto. Madre e hija salieron del cuarto con la capa puesta en el mismo instante en que Donna estaba guardando unos manteles recién lavados. Y en ese mismo instante, también, una pequeña figura dotada de media docena de brazos y pies entró rodando en el comedor desde la zona de los servicios y concentró la atención de las tres. Era Elijah, en plena huida. Cruzó en diagonal la estancia vacía, un molinillo echando chispas. Y a continuación entró su madre, corriendo también, su pelo de satén ahora suelto y derramado sobre la mochila, un pájaro jorobado.

–¡Como te coja!

Hubo una redada. Atraparon al molinillo. El captor, sin embargo, no fue el cuervo sino el murciélago: Signe. Lo sostuvo en alto, por encima de su rostro, que miraba al cielo. El niño la miraba desde arriba, sonriendo. La capa de Signe formaba una columna detrás de ella. La madre de Elijah resbaló hasta detenerse.

–¡Mi hijo! –exigió.

Rhea acudió a la reunión.

–¡Soy un avión! –gritó Elijah, batiendo los codos–. ¡Donna, soy un avión!

Rhea extendió los brazos imitando a su madre. La madre de Elijah también extendió los brazos.

–Mi hijo –dijo, más tranquila. Signe depositó a Elijah en la guirnalda que formaban los brazos de Rhea. Rhea sostuvo al niño en el aire unos instantes y se lo pasó a su madre. También la madre lo sostuvo por unos instantes, como un cáliz, antes de colocárselo sobre los hombros y marcharse.

Signe se ajustó la capa. Luego se volvió hacia su hija. Intercambiaron una larga mirada, en silencio, una mirada de paz e intimidad e intrincadamente enredada satisfacción. El espacio que había entre ellas se llenó de luz por unos instantes. Donna, aun deslumbrada, no desvió la mirada. Se preguntó si volvería a honrar alguna vez esa rara virtud: saber tratar a los demás. Sí estaba segura de que no volvería a afirmar que sobre madres e hijos era capaz de entender cualquier cosa.

Signe y Rhea se marcharon. Donna se metió en la cocina. Sería un placer cocer tomates hasta ver cómo les reventaba la piel.

EDUCACIÓN EN CASA

Por el mareo, y por las náuseas, yo iba tumbada en el asiento trasero de aquel coche polvoriento con la cabeza apoyada en el portatrajes donde iban los dos esmóquines de mi padre. Más allá de mis rodillas, que llevaba en alto, divisaba un cielo color cemento. Por encima del asiento delantero asomaban la cabeza, con coleta, de mi tía Kate y sus hombros, y la cabeza de Willy, mi hermana melliza, o al menos su gorra de béisbol. Willy no dejaba de toquetear la radio y cantaba las canciones francesas que nos habían enseñado nuestros padres.

−¡Agh! −decía yo a cada rato.

−¿Te encuentras algo mejor, cariño? −preguntó la tía Kate sin apartar la vista de la carretera. Hacía solo dos días que había abandonado la carrera, clásicas, y dejado plantados a los romanos como si no fueran más que unos perdedores, y dejado plantados también a sus novios. «Ya pueden esperarme sentados», nos dijo. «Ahora no tengo otro novio que vuestro padre.» Habíamos salido de Cincinnati el día anterior−. ¿Sigues igual?

−Sigo peor.

−Si tenemos que parar, lo dices.

−Tenemos que parar.

A la primera oportunidad, la tía Kate se detuvo en el arcén. Yo me senté en un montecillo de hierba con la cabeza entre las rodillas. En Nueva Inglaterra, comprobé, los dientes de león no eran como en Ohio, aunque a finales de agosto la hierba sí parecía más amarronada que en Ohio. Me llegó el olor a hamburguesa desde un McDonald's. De no haber tenido náuseas ya, me habrían entrado en ese momento. La tía Kate se había puesto a mi lado. Willy nos miraba desde el coche.

–Mejor que hubieras vomitado –dijo la tía Kate, sin mala intención–. Marearte en el coche es tu especialidad.

–Vomitar *no* es mi especialidad –le recordé, aunque hablaba para mi falda y probablemente ni me oyera. Aún recuerdo aquella espantosa tela a cuadros: turquesa y melocotón. En aquel entonces (teníamos diez años) me parecía preciosa. Las náuseas remitieron por fin. Imaginé las delicias que nos aguardaban: almejas y bogavante. Habían pavimentado las calles de Boston de almejas y bogavantes, nos había dicho mi padre.

Mi tendencia a marearme en el coche tenía que ver con algo de mi oído interno, nos había comentado el pediatra: mi canal vestibular era atípico. El canal vestibular de Willy no era tan atípico, había añadido el doctor con mucho tacto, tras presionarle. Más normal, mejor; pero no dijo eso. ¿Qué más daba? Yo tenía una memoria más atípica que la de Willy. Quiero decir, ella recordaba muchas cosas y yo las recordaba casi todas.

Por lo demás éramos bastante parecidas en gustos y aptitudes, aunque no nos parecíamos: ella es rubia y yo soy morena, ella tiene la nariz alargada y yo soy chata. En aquella época las dos llevábamos trenzas.

No vomité ni una sola vez en los dos días que duró el viaje a Boston. Mi padre sí devolvía en las primeras fases de la enfermedad, cuando empezaron los dolores de cabeza. Mi madre y él ya vivían en la casa nueva, en el momento en que nosotras íbamos en el coche y yo no devolvía. La casa nueva era un piso alquilado de un edificio de tres plantas de una zona donde solo había edificios de tres plantas. Mis padres habían ido a Boston en avión, con dos maletas y con el violín de mi padre.

«Los médicos de Boston son mejores que los de aquí», nos había explicado mi madre. «No, mejores no..., tienen más experiencia en la enfermedad de papá.» «Porque comen mucho marisco», había añadido mi padre, con humor.

Cuando no estaba en el hospital para que aquellos médicos que se atiborraban a marisco le aplicaran el tratamiento, mi padre dormía en la habitación de delante con mi madre. Una congregación de muebles de caoba les hacía compañía. Sobre la cómoda alta formaban en fila los medicamentos de papá –solo para hombres–. Los frascos de perfume de mamá lucían cadera delante de las píldoras. El violín, en su funda, descansaba encima de la cómoda baja. Nunca llegamos a preguntar quién había sustituido a papá en el cuarteto. Quizá el viejo Premak, que también tocaba en la sinfónica.

La tía Kate dormía en la habitación de en medio. Willy y yo compartíamos la habitación de atrás. La ventana se asomaba a un rectángulo de tierra rodeado de geranios rosas: el absceso de un patio. En horizontal, las vistas desde nuestra planta, la tercera, eran más alentadoras: bloques de tres plantas construidos en madera, como el nuestro, con las habitaciones de la parte de atrás tan próximas a la nuestra que de noche podíamos verlo todo. Eran habitaciones de niñas, niñas a las que pusimos apodo: Sacamocos, Rizos, Cuatro Ojos, Amarilis. Amarilis era un tallo y tenía una hermosa cabeza que siempre llevaba gacha. Debía de tener trece años. Detrás de las casas de Amarilis y sus amigas, y por los huecos que había entre ellas, veíamos el otro lado de la calle –también casas con porche–, y más allá todavía, otra fila de ventanas traseras. «Parece un decorado», dijo Willy. Yo sabía lo que quería decir: las fachadas parecían planas y superpuestas, sin perspectiva, hasta el punto de que de día aquel paisaje se convertía en un telón pintado. De noche, en cambio, cuando las ventanas más próximas tenían la luz encendida, las habitaciones de atrás adquirían profundidad, y hasta intensidad. Sacamocos practicaba su vicio. Rizos se tumbaba en la cama a leer revistas. Amarilis sonreía sin dejar de mirar el teléfono. En algunos porches tenían barbacoas portátiles. Era la época de las *hibachis*, las barbacoas de negro vientre de fabricación japonesa. Era la época del despertar de las conciencias. El año anterior, nuestro tercer curso, nos habían dicho que las mujeres podíamos ser lo que quisiéramos, cualquier cosa. Nos desconcertó tan triunfal revelación: en casa nadie había insinuado lo contrario. Fue el año de las protestas contra la guerra, y de los asesinatos. Hubert Humphrey besó su rostro en la pantalla de televisión de un hotel. Se produjeron avances en la curación del cáncer.

Siempre que se marchaba al hospital a seguir el tratamiento, mi padre tenía que compartir la habitación con otro paciente –a veces viejo, a veces joven–. Ese paciente también se estaba recuperando de una operación y también se sometía a terapia. Mi padre llevaba un turbante totalmente blanco, pero sin una joya en el centro. La tía Kate y él, hermanos pero no mellizos, se parecían más que Willy y yo: el mismo pelo rojo y sedoso, los mismos ojos castaños y bondadosos. Ahora la mirada de mi padre se había apagado, y su pelo había desaparecido dentro del tocado de sultán.

Casi todas las mañanas, Willy y yo encontrábamos a Kate y a mi madre en la mesa de la cocina, tomando café en silencio. En otoño una luz marrón entraba muchos días por la ventana, que estaba sucia, pero en invierno solo teníamos la luz de la lámpara de la mesa: un pequeño tiesto oscuro con una pantalla de papel llena de venas, como el rostro de un viejo. No teníamos pequeños electrodomésticos, y era una suerte, porque la cocina no tenía encimera. Guardábamos la vajilla y los utensilios en un armario exento: cajones abajo, estantes arriba. Las latas de comida se alineaban en formación en la balda de encima de los fogones. La cocina estaba esmaltada en crudo, pero el esmalte se había desprendido en algunos sitios y parecía la piel de una bestia enferma. Kate y mamá decían que aquella cocina, con su atípica decoración, era una pieza de museo, una superviviente. Le tenían tanto afecto como a una mascota, o eso parecía. Una nevera nuevecita ocupaba la mayor parte de la entrada trasera. Era demasiado grande para el ennegrecido hueco de aquella cocina gitana donde había habido otra nevera más pequeña. En ese hueco mi madre instaló un teletipo. Luego, en la pared de detrás de aquel cacharro, colgó un tablero de corcho en el que revoloteaban páginas llenas de códigos informáticos. Por las mañanas el teletipo solía estar apagado, pero cuando mi madre esperaba algún documento, lo encendía, y cuando entrábamos en la cocina lo oíamos zumbar. Mientras desayunábamos teníamos la impresión de que aquella cosa se ponía en posición, como si esperase alguna ofensiva. Y entonces los mensajes empezaban a llegar. El papel salía a trompicones del rodillo. A veces invadía la cocina un rollo que era una copia del programa en que estaba trabajando mi madre, con sus comandos de tres letras y sus fantasiosas instrucciones:

KJA DGEL
STA NSTA
BTE DKSA

Todos sabíamos que esas series representaban la transmisión en primer lugar de información y luego de control. Entendíamos el sistema numérico octal y el sistema numérico binario y su eterna correspondencia. Fracciones y decimales, sin embargo, seguían siendo *terra incognita* para nosotros, y Willy, invocando su poco atípica memoria, todavía no se había molestado en aprender ningún método para resolver divisiones largas.

En el desayuno mamá y Kate llevaban camisones con ribetes de encaje. Se demoraban con el café como si tuvieran todo el día y pudieran perder el tiempo. A primeros de otoño, cuando papá pasaba en casa más tiempo que en el hospital, cuando todavía se levantaba a desayunar, les decía que parecían concubinas y que Willy yo parecíamos semiconcubinas y que éramos su harén y el teletipo su eunuco.

Cuando el invierno de Nueva Inglaterra llegó para quedarse, mi madre compró copos de avena y en las oscuras mañanas burbujeaban en el fogón. Los aborrecíamos. Pero eran el pegamento de la normalidad, el material que supuestamente se iba a pegar a las costillas de las niñas aquellas mañanas de lengua y matemáticas. Así que nos los echábamos en el cuenco y nos sentábamos con nuestra madre y nuestra tía en la mesa redonda. Ellas ya se habían repartido el periódico, pero ahora se repartían cada sección con una de nosotras. El teletipo palpitaba. Kate se levantaba por más café. Tenía las caderas tan estrechas como un chico. Se sentaba. El teletipo escupía. Al cabo de unos minutos mamá se levantaba. Se inclinaba sobre la máquina, el pelo cayéndole por delante, la mano abierta sobre el pecho cubierto de encaje.

No era normal en aquella época que una programadora tuviera un teletipo en casa. Pero mi madre no era una programadora normal. Podía seguir mentalmente la sinuosa red de circuitos de una máquina. Comprendía su sintaxis y sabía sacar partido de su simple y perruna lógica. «Tengo un pequeño don», nos dijo un día con franqueza. «Nací con él, como con las pecas.» Cincuenta años antes –diez años antes incluso–, una persona con esa facultad habría tenido que desviarla hacia la contabilidad, el punto, los puzles. Mi madre pertenecía a la generación más adecuada para su don. En ese aspecto había tenido suerte.

Había conseguido un empleo a tiempo parcial una semana después de nuestra llegada. Un mes más tarde le ofrecieron la posibilidad de instalar el teletipo en casa y le dijeron que podía trabajar las horas que quisiera, el doble de tiempo para el que estaba contratada. Tenía que asistir a la reunión semanal de los empleados; ese fue el único requisito que le pusieron. Pero a ella el contacto con sus compañeros de trabajo le parecía importante y, en todo caso, siempre hacía más de lo que le pedían. De modo que ella y nosotras íbamos a la oficina dos días a la semana, y a menudo nos quedábamos allí hasta las doce de la noche. Esos días iba a ver a mi padre por la mañana y luego pasaba por casa a recogernos. Yo me sentaba muy erguida en el asiento delantero e intentaba no marearme con todas mis fuerzas.

Los ordenadores eran pesados gigantes en aquel entonces, con luces y conmutadores y cintas magnéticas que no dejaban de chirriar. La máquina de mamá gruñía en una nave con aire acondicionado, rodeada de un laberinto de despachos de paredes de aglomerado y mesas que no eran más que tablones con patas de hierro. Los programadores tenían colgadas alrededor de su mesa fotos e invitaciones a fiestas y sombreros de paja. Mi madre no tenía nada, pero en un rincón de su despacho había un par de sillas de colegio viejas con pala para escribir. Las tenía colocadas la una frente a la otra, en un ángulo de treinta grados. Las había comprado cerca del hospital, en una tienda de segunda mano. Entre las sillas había un cubo de metal más grande de lo normal lleno de libros y juegos. Debajo de todo había una alfombra persa de imitación.

Siempre que veo la palabra «felicidad» pienso en aquel rincón.

Pocos compañeros de trabajo de mamá estaban casados, y ninguno tenía hijos. Algunos se llevaban a su perro al trabajo. Una tarde, uno de los programadores que trabajaban con mi madre nos llevó a un campeonato de lucha libre. Conteníamos la respiración cada vez que inmovilizaban a un luchador, suspirábamos cuando resucitaba. Meses después una chica nos llevó a una exposición de flores. De los barrios de la periferia acudieron clubs que montaron jardines de verdad con tierra de verdad delante de unos decorados. Nos llevamos a casa una maceta de narcisos y una amapola de papel.

–Voy a extraer opio de esta flor –dijo nuestro padre, que ya tenía la voz muy débil–. Tendremos unos sueños... ¡Unos sueños! –dijo, elevando mucho la voz de repente.

Pero apenas hacíamos excursiones. Los días que mi madre iba a la oficina los pasábamos sobre todo en nuestro rincón. Una secretaria ya mayor trabajaba para el grupo de mi madre. Tenía un horario convencional y pasó un tiempo antes de tener algún trato con ella. Pero una tarde de diciembre a eso de las cinco nos llamó cuando volvíamos del dispensador de sándwiches. Estaba escribiendo a máquina y no despegó los dedos de las teclas mientras hablaba con nosotras, aunque sí dejó de escribir.

–Harriet y Wilma –dijo a modo de saludo.

Todo lo que tuvimos que hacer fue decir:

–Hola, señorita Masters –y sonreír y salir pitando. Pero:

–Harry y Willy –la corrigió Willy.

La señorita Masters puso las manos en el regazo con imponente gravedad.

–Gemelas pero no idénticas.

–Hermanas fraternales –dijo Willy.

–¿En qué curso estáis?

–En cuarto –dije yo al mismo tiempo que Willy dijo:

–En quinto.

–Ay, ay, ay –alcanzó a decir únicamente la señorita Masters, pero con tono inquisitorial.

–Va un curso adelantada –dije yo, y mi explicación coincidió, echándolo todo a perder, con la de Willy:

–Va un curso retrasada.

Y entonces sí que salimos pitando. Al doblar la esquina cogí a Willy por su huesudo hombro.

–¿Es que *quieres* ir al colegio? –pregunté, con apremio.

–Joer. No.

–Pues entonces.

Mi madre estaba en su mesa, que era una tabla, escribiendo algún código. Siempre que se inclinaba sobre lo que estaba haciendo, el pelo, que le llegaba por los hombros, y era abundante y lacio, se separaba *motu proprio* y le caía a ambos lados del cuello. Nos acomodamos en nuestras sillas con los sándwiches y un libro, sin que nuestra madre reparara en nuestra presencia. Entendíamos que con tanta concentración, que no indiferencia, se olvidara de nosotras, igual que entendíamos que los arrebatos de mi padre se debían a la enfermedad, no a un enfado. El lápiz de mi madre arañaba el papel. Nosotras leíamos y masticábamos. Mi madre empezó a tararear, señal de que había resuelto algún problema. Se irguió y empujó la silla, que protestó ligeramente, *aagh*. Yo levanté la vista y empecé a cantar la letra de la canción que tarareaba mi madre. Era «Good Morning», de la película *Cantando bajo la lluvia* –la habíamos visto dos veces en el cine de reestreno del barrio y una vez en casa de alguien, en la televisión–. Willy se unió a nosotras, solo que una tercera más alto. Nosotras cantamos la letra y mamá abandonó la melodía y tareó un continuo. El programador que nos llevó al campeonato de lucha entró con un diagrama de flujo y se paró a escuchar aquella serenata improvisada.

Cuando no íbamos al trabajo de mi madre íbamos al trabajo con Kate. Después de que mi madre saliera hacia el hospital, después de que nosotras hubiéramos terminado de limpiar la casa (Kate se ponía un pañuelo azul en la cabeza) y hubiéramos ido a la biblioteca y al monumento de la Guerra de Secesión y quizá hubiéramos escuchado ensayar al organista de la pequeña iglesia de ladrillo o visitado el lago de Walden helado, tras ir en autobús, o nos hubiéramos puesto al día en Gloucester, tras ir en tren, o después de habernos quedado en casa hechas un ovillo, escuchando leer a nuestra tía su propia traducción de Ovidio..., después de eso, nos encaminábamos a Busy Bee Diner, el restaurante donde mi tía trabajaba medio turno, de cuatro a ocho.

De camino al restaurante veíamos a los niños del barrio ocupados en sus diversas actividades infantiles: practicar lanzamientos a canasta, o cuidar a algún niño más pequeño, o, en el bazar, mirar fijamente el mostrador para ver si alguna chocolatina Baby Ruth saltaba directamente a su bolsillo. A menudo reconocíamos a los niños a los que espiábamos desde la ventana: Sacamocos, segura de sí misma, con las manos en los bolsillos; Rizos, bonita; Amarilis, espectacular. Y a otros niños también. Llevaban ropa heredada y parecían muy educaditos. Eran todos blancos, y la mayoría, rubios. Pero Amarilis no. Cejas oscuras sobre ojos oscuros: una sirena mediterránea en aquella región de Hibernia. Observábamos a los desconocidos conocidos y ellos nos miraban a nosotras. ¿Sentían curiosidad? Los alumnos del colegio religioso probablemente pensaran que íbamos al colegio público. Los alumnos del colegio público sabían que no habíamos aparecido por su edificio de hormigón; ¿se darían cuenta de que no llevábamos las faldas plisadas y las blusas blancas del colegio católico? ¿Qué explicación se darían sobre nosotras? Nosotras especulábamos acerca de sus especulaciones.

–A causa de nuestro delicado estado de salud nos dan clase en casa –sugirió Willy.

–Un familiar ya mayor –añadí yo.

La tía Kate sonrió.

La familia Halasz, que también eran su propietaria, atendía el Busy Bee. El pudin de arroz Halasz estaba hecho con ricota; la tarta de chocolate Halasz tenía pepitas de chocolate. Cuando mi padre no estaba en chirona, como decía Kate, le llevábamos uno de esos postres, y también un plato de estofado de ternera con cebada. Aunque la comida estaba muy buena, no se la terminaba.

Estábamos deseando cocinar platos rápidos al otro lado del mostrador con Anton Halasz, y servir las mesas con Kate. Pero las leyes contra el trabajo infantil eran más severas que las leyes contra las pellas. El señor Franz Halasz, padre de Anton, solo nos dejaba trabajar en la cocina, una sala cuadrada y de techos altos que los clientes no veían. El señor Halasz, que llevaba una boina a modo de gorro de chef, nos enseñó a lavarnos como un cirujano. Nos enseñó a machacar hierbas y a convertirlas en polvo entre las palmas de las manos, y a cubrir con hojas de repollo trozos de carne sazonados con romero, y a batir claras de huevo a punto de nieve, una nieve tan blanca y vaporosa como las gasas de las vendas.

Algunas mañanas Kate iba a ver a mi padre y mi madre se quedaba en casa con nosotras y el eunuco. No nos molestaba que no nos dejaran solas. Sabíamos que nuestra capacidad no estaba en cuestión, como sabíamos que el odio a los hombres no era la causa de los desaires de la tía Kate ante las inocentes insinuaciones de algunos clientes del Busy Bee, ni de que guardara las distancias con Anton. También sabíamos que mamá no pegaba su mejilla a la de Willy algunas mañanas de invierno en el salón porque Willy estuviera muy delgada, y que a mí no me daba a veces de pronto un abrazo en la cocina porque yo tuviera vértigos. Y aunque a Willy y a mí nos gustaba observar qué andaban haciendo los vecinos, no llegamos a perfeccionar nuestras técnicas de espionaje porque quisiéramos ver cómo se cepillaba el pelo Amarilis. Fue para observar a nuestras dos concubinas. Veíamos las miradas que intercambiaban a primeros de año; y luego las presentíamos sin verlas, las miradas; y más tarde llegamos a presentir las miradas que ni siquiera tenían necesidad de intercambiar.

Yo me levantaba por la noche a menudo; para ir al baño, si me preguntaban, en realidad para estar más cerca del oscuro calor del salón. A veces la tía Kate tocaba a Chopin o a Schubert en el piano de pared. Normalmente estaba recostada en el sofá, con las rodillas dobladas, leyendo. Mamá estaba en su mesa, con sus códigos. En el equipo sonaban *Rosamunda, Egmont, Sigfrido.* Mamá y la tía Kate hablaban poco. Una vez, sin ningún preámbulo, mi madre se levantó de la mesa y cruzó el salón y se sentó en el suelo y apoyó la cabeza en la tripa de la tía Kate. Y empezó a llorar en silencio. La tía Kate se puso el libro que estaba leyendo abierto sobre la frente, a modo de sombrero. Lo sostenía con la mano izquierda como si pudiera llevárselo el viento. Con la mano derecha acariciaba el ridículo pelo de mi madre.

En marzo trasladaron a mi padre a un centro de rehabilitación. Un sábado por la tarde mi madre nos llevó a verle. Cogimos el coche y cruzamos la ciudad. El sitio estaba cerca de unos edificios deprimentes de usos mayormente indefinibles, aunque en uno de ellos, sabíamos, había una pista de patinaje sobre ruedas muy conocida.

Papá no estaba conectado a un gotero.

–Libre como una paloma –dijo, batiendo los codos. Sus andares eran inseguros, pero no necesitaba bastón ni apoyarse mucho en mi madre; la rodeaba por los hombros, pero era más un abrazo que otra cosa. Estuvimos paseando los cuatro por los pasillos, y parecía que no nos atrevíamos a parar. Creo que mi padre imaginaba lo que estaba por venir: el crecimiento constante del tumor, quedarse ciego del ojo derecho, una nueva operación, el fracaso de la nueva operación... Sobre el lustroso linóleo marchaba el enfermo, susurrando al oído de su mujer. Mi madre llevaba el pelo separado, dejando al descubierto su sumiso cogote. Nosotras íbamos detrás.

A las cuatro y media mis padres se sentaron por fin en la cama de mi padre. Iban a compartir cena en la cafetería, dijeron. Nutritivamente, la cena siempre era correcta.

–Repugnante –confesó papá–. No sé si preferiríais ir a una pizzería –nos dijo a Willy y a mí.

Si nos quedábamos podríamos ver comer a mi madre, ver fingir comer a mi padre, comer nosotras –¡veis!, buenas chicas–, tragar el pastel de almejas, la compota.

–Pero... –empezó Willy.

–Que os divirtáis –dijo mi madre.

Volvimos a recorrer el pasillo. En todas las habitaciones había dos tristes pacientes.

La pizzería, a dos calles del hospital, tenía paredes de azulejo y un olor asqueroso. No tenía bancos, solo sillas. Era demasiado temprano y todavía no habían llegado los clientes de la cena. Salvo un puñado de solitarios con cazadora no había nadie más que nosotras. Pedimos una pizza y nos sentamos a esperar.

Entraron cuatro chicas armando jaleo. Las reconocimos, eran del barrio. Debían de haber cogido el tranvía y el metro –gracias a nuestra labor de espionaje sabíamos que no las llevaban en coche a ningún sitio–. Tenían patines de ruedas colgados del hombro. Los de Amarilis en una funda de tela vaquera.

–Hola –dijeron.

–Hola –dijimos.

Se dirigieron al mostrador a pedir sus pizzas. Estudiamos sus variadas espaldas (erecta, de hombros redondos, delgada, bisecada por una trenza) y sus variadas posturas (inquieta, desgarbada, regia, manos en los bolsillos de atrás) y sus narices al darnos el perfil derecho o el izquierdo, y su languidez o determinación cuando se acercaban a la máquina de discos o a los servicios, y si estaban cómodas o no cuando mal que bien se acoplaron en la mesa, y vimos que una siempre se levantaba a buscar algo, dónde están las servilletas, por cierto, y las vimos charlar, reír, juntar las cabezas, separar las cabezas, deslizar los codos por la mesa. La chica de gafas –yo estaba bastante segura de que se llamaba Jennifer, había tantas Jennifer– se sentó de una forma que me resultó familiar, con la rodilla derecha doblada hacia fuera de tal modo que el pie derecho quedara sobre la silla, la pierna izquierda manteniéndolo en su sitio como un ladrillo sobre un pudin de Navidad. Una postura que causaba un calambre profundo y placentero; yo conocía ese dolor.

–Wilma –llamó el pizzero. Willy se levantó para ir a recoger nuestra pizza. Las chicas no la miraron. Willy trajo la pizza a la mesa y nos la repartimos, junto con la ensalada.

–Nicole –dijo el pizzero. La chica que yo creía que se llamaba Jennifer se desenroscó y fue a buscar las pizzas con Amarilis. Nicole y Amarilis pusieron las grandes tortas redondas en la mesa con mucho cuidado. Luego se produjo una pelea vergonzosa. Se reían y se agarraban y se acusaban mutuamente de avaricia, y una tiró una Coca-Cola.

—¡Guarra! —gritaron—. Mira quién fue a hablar.

—Jen, no seas ladrona —dijo Nicole, la gafuda, riéndose, mientras Amarilis doblaba una cuña de pizza sobre otra y se hacía un sándwich—. ¡Jen, eres una vaca!

De manera que Amarilis solo era una Jennifer más. Levantó la cabeza. Ahora tenía un bigote de kétchup, favorecedor. Me miró directamente. Luego miró directamente a Willy. Cuatro Ojos —Nicole— también levantó la cabeza y siguió la mirada de Amarilis —la mirada de Jen—. Luego la tercera chica. Luego la cuarta.

Nos abalanzamos sobre ellas al cabo de un minuto. Hicimos piña, si es que es posible que dos niñas de once años con modales de chicazo hagan piña con un cuarteto de adolescentes ya núbiles. ¿Once años? Sí, habíamos celebrado nuestro cumpleaños hacía un mes. Éramos oficialmente adolescentes, había dicho mi padre desde su cama de la habitación de delante (ese fin de semana tampoco estaba en chirona), dándonos un diario de piel a cada una: uno marrón, uno azul. Cualquier número entre once y diecinueve, incluidos, pertenecía a la adolescencia; pura matemática, explicó mi madre; ya podíamos decir que éramos adolescentes, o mayores, si lo preferíamos.

Éramos adolescentes, un dato interesante que comunicamos a nuestras nuevas amigas. Hablamos de programas de televisión que no habíamos visto. Y de los chicos del barrio.

—¿Conocéis a Kevin? —preguntó Nicole.

—Sé quién es —mentí—. Malvado. —Sabíamos que «malvado» quería decir «maravilloso».

¿Nos gustaba Robert Redford? ¿Los Stones? ¿Habíamos visto al hombre del gas?

Nadie nos preguntó en qué curso estábamos.

¿Sabíamos patinar?

Patinar era nuestra pasión, dijo Willy. Prácticamente habíamos nacido con los patines puestos. Después de ver la tele y de arrancarnos las cejas...

–Nosotras venimos a la pista muchos sábados –dijo Amarilis, que para mí nunca podría ser Jen. Se levantó, y sus camaradas se levantaron con ella–. A lo mejor nos vemos aquí otro día. Aquí.

¿Lo habéis oído? Aquí. Cualquier trato posterior entre nosotras tendría lugar fuera del barrio. Lo pillamos: en sus casas nos conocían, y no pensaban bien de nosotras. Quizá sus familias hubieran visto los camisones de puta de nuestra madre y nuestra tía. Quizá tuvieran algún prejuicio contra los hombres con turbante.

Las chicas de colegio se fueron zumbando. Willy y yo volvimos al hospital. Mi madre nos estaba esperando en el vestíbulo mal iluminado. Nos dirigimos las tres en silencio al coche.

Hacia finales de primavera mi padre vino a casa por última vez. Ya no podía comer, a no ser que a tomar té le llamemos comer.

–Me gustaría tocar un poco –le dijo a Kate.

Siempre que tocaban el cuarteto o la sinfónica se sentaba en el escenario, a distancia, como si la música lo transportara lejos de nosotras, como si el arco, al deslizarse arriba y abajo, lo llevara a algún lugar vetado para nosotras. Estaba a distancia incluso de sí mismo: parecía que los dedos de su mano izquierda danzaban solos. Una vez, sin embargo, sí había tocado casi entre nosotras, en la boda del hermano pequeño de mi madre; se puso en pie y tocó «The Anniversary Waltz», a petición, tras tomar prestado el instrumento del trío contratado. Se había puesto el esmoquin para la ocasión; la combinación del blanco y negro de la ropa con su pelo rojo le daba un aspecto al mismo tiempo alegre y alborotado. Mi madre nos contó que «The Anniversary Waltz» era una vieja canción rusa que alguien había saqueado y a la que había puesto letra porque la necesitaba para una película musical. En el salón de la casa alquilada mi padre no tocó «The Anniversary Waltz». Tocó composiciones más dulces –algo de Mendelssohn y algo de Gluck– y la tía Kate le acompañó bien; muy bien, de hecho, sobre todo porque solo sollozaba en silencio. Luego tocó «Isn't It Romantic?», y Kate se recobró e introdujo un precioso solo, estilo Oscar Peterson. Nosotras conocíamos la música y la letra, y podríamos haberla tarareado e incluso cantado. Pero nos quedamos sentadas en el sofá, mudas, flanqueando a nuestra madre. Fuera, las farolas iluminaban las fachadas de cartón piedra de las otras casas. El cielo era púrpura. Mi padre llevaba una bata de rayas del hospital encima de un pijama color natillas. Cerró los ojos al llegar a la última nota. Silencio. En la cocina, el teletipo empezó a traquetear.

–Nada sobre las cláusulas subordinadas –dijo la directora ya de regreso en Cincinnati, en agosto–. Nada sobre la Edad Media. –Murmuraba, pero era comprensiva. Intentaba decidir si matricularnos en quinto o concedernos simplemente el aprobado–. Contadme qué habéis estudiado. –Willy, desde su silla, estaba mirando al patio a través de la ventana del despacho. Yo estaba mirándola a ella–. ¿Qué habéis estudiado? –repitió la directora con amabilidad.

Seguimos mudas. Así que tuvimos que repetir quinto, o soportarlo por primera vez, qué importa, lo mismo daba. Willy aprendió a dominar las divisiones largas. Yo nunca entendí cómo olvidar.

DISPARO FALLIDO

En la boda de Cynthia, Nancy logró lo que podría llamarse un éxito. Es decir, uno de los tíos de Cynthia se enamoró de ella.

–Mi querida señorita... ¿Hanks?

–Hasken.

–Lo que yo decía. Mi dulce niña graduada. Mi encantador y tierno tallo. ¿Cuántos años tienes, Hanks..., veinte?

–Veintiuno –admitió Nancy. Una pareja de bailarines se asomó por encima de la mesa. Nancy vació en el plato su bolso de pedrería. Al caer las gafas las buscó un poco a tientas. Los bailarines, que resultaron ser Cynthia y su nuevo marido, se alejaron flotando.

–Gafas, y ese vaporoso vestido verde... Me recuerdas a una náyade estudiosa –dijo el tío de Cynthia. En el momento en que su mano reptaba entre copas hacia el codo de Nancy, su mujer le reclamó por fin–. Yo no soy ningún viejo chocho –protestó cuando se lo llevaban.

Y así la boda. La tarde posterior, Nancy, con pantalones de peto y camiseta, se apoyó pesadamente en la ventana de un Greyhound. El autocar avanzaba retumbando en dirección al norte, por la carretera de New Hampshire. Nancy había puesto su bolsa de lona en el portaequipajes de encima de los asientos.

Sacó una polvera del bolsillo trasero del pantalón y la abrió. Quizá el tío de Cynthia no fuera un viejo chocho, pero tenía muy mal ojo para los parecidos. Ella no era ninguna ninfa. Más bien parecía una profesora, una profesora de literatura alemana, por ejemplo: de esas que solían contratar los caballeros jóvenes que recorrían a pie los Dolomitas, de las que citarían a Goethe mientras sus pupilos tonteaban con camareras. Nancy había visto en biografías fotos de esos estudiantes aplicados: pelo lacio cubriendo apenas las orejas, y barbilla alargada, y gafas de montura dorada. El parecido era notable. Se pasó el peine por el flequillo, y se preguntó dónde estarían los Dolomitas.

Los árboles de la carretera ahora eran más grandes, y más verdes: Maine. Nancy se cambió de sitio y sacó el kombolói. Cuando dudes, haz inventario de tus activos. Una licenciatura, *cum laude;* un novio, Carl; cierto dominio de algunos idiomas; un buen drive. Sí, y era una esquiadora experta. Y además era discreta; más de un año había alimentado cierta pasión por un profesor de tenis itinerante, y nadie sospechaba nada de nada. Lo conseguiría. Al final del trayecto le esperaba su familia, lo que quedaba de ella: tres mujeres aguardando. Estaría a gusto.

A las seis el autocar llegó a la estación de autobuses de Jacobstown. Nancy se bajó, polvera, peine y kombolói en el bolsillo trasero, bolsa de lona al hombro. Se alejó a pie rápidamente del pueblo. Las aceras se iban estrechando, luego desaparecían sin más. La carretera subía una colina. En lo alto, un letrero de madera en un poste indicaba la entrada al Club de Campo de Jacobstown. Se sentó debajo.

Pocos días antes más o menos a la misma hora su familia, de vuelta de su ceremonia de graduación, habría llegado a aquel mismo sitio: mujeres cansadas con resaca de champán. Nancy podía imaginar aquel regreso. La tía Laurette iría al volante del jeep, sus pesados labios cruzados como brazos. A su lado iría su madre, delgada como un espárrago. La vieja prima Phoebe iría detrás, dando cabezadas. Subirían el cerro traqueteando, levan-

287

tando polvo, despertando a algún vagabundo tumbado en la hierba..., e, incorporándose, Nancy observó que ahora se paraba un Renault, no el jeep de la familia. Se la quedó mirando un hombre de ojos dorados.

–¿Señorita Hasken?

–... sí.

–Me llamo Leopold Pappas –dijo el hombre, revelándole lo que ella ya veía, situándola en una circunstancia que ella ya había imaginado, y muchas veces: que en aquel lugar, a esa misma hora, él aparecería, sudoroso después de ganar un partido, y la invitaría a subir a su coche, a saltar, a elevarse por los aires...–. ¿La puedo acercar a algún sitio?

–Si le digo la verdad, prefiero ir andando.

–Oh, es bueno para la digestión.

–... supongo.

–¿La veré por el club este verano?

Nancy asintió.

Leopold aceleró.

La mente en blanco, cinco o diez minutos. Luego Nancy se puso costosamente en pie, cogió la bolsa de lona y echó otra vez a andar. No tardó en llegar a la finca de su madre. Los pinos y los abetos se espesaban. Abandonó la carretera, cogió un camino y llegó a un claro. Todavía a cubierto de los árboles contempló su casa.

Era una casa baja de color blanco, plateada ahora en la tarde de verano. Un amplio porche rodeaba la primera planta. En la planta de arriba, buhardillas y torres. Era una casa confortable. Alguien podría escribir obras de teatro en ella, o planear revoluciones. En ese instante, en el porche, tres condesas de San Petersburgo disfrutaban de su merienda-cena, acompañada de té. Su actitud era un poquito demasiado arrogante..., había que guiñar los ojos para darse cuenta: sí, arrogante. Nancy suspiró. Sacó una cosa del bolsillo, la levantó, apuntó...

–Nancy, ¿eres tú?

–Sí, mamá. –Cruzó el césped y echó la pierna por encima de la baranda del porche. La prima Phoebe se inclinó para darle unas palmaditas en la rodilla.

–¿Qué estabas haciendo? He visto brillar una cosa de plata.

–De acero –corrigió Nancy–. Un peine de acero.

–Ah, pensé que era una pistola.

Nancy le dio el peine y pasó la otra pierna por encima de la baranda.

–Bienvenida –dijo la tía Laurette. Tenía voz nasal.

–Bienvenida –dijo la señora Hasken con una sonrisa.

–Bienvenida –dijo Phoebe.

Bebían ginebra en tacitas de té. La señora Hasken era una mujer apacible. Bajo su anaranjado globo de pelo, la tía Laurette sonrió. Phoebe empezó a peinar la falda con el peine de Nancy. No pertenecían a la aristocracia al fin y al cabo, no eran más que unas sustitutas.

–¡Vaya! –dijo Phoebe–. Vaya, vaya, vaya, vaya, vaya, niña mía, no es tan malo venir a casa.

No lo era. Con frecuencia durante el trimestre que acababa de terminar, Nancy había pensado con ardor en su futuro, y siempre había llegado a una sola y agradable vocación, la de institutriz. Pero en estos tiempos, ¿quién quiere una institutriz? Ahora las amables solteronas se decantan por otros oficios, pensaba Nancy. En secreto, se presentaban en Washington para trabajar de prostitutas o para algún grupo de presión. En cuanto a sus amigas, algunas se habían ido a vivir a Nueva York, a un apartamento. Otras habían optado por hacer dedo en dirección oeste. Una se había ido a vivir a una casa flotante. Pero Nan descartaba tales aventuras. Nan tenía que pensar en su familia...

En esos momentos era su familia la que estaba pensando en ella, observándola con serenidad, con una ginebra en la mano, como las tías que las tres más o menos eran, porque con Phoebe tenía una relación más cercana que con una prima, y con la señora Hasken una más distante que con una madre. En cualquier caso, tías o ancestros, familiares directas o indirectas, por aquellas damas tan estrafalarias corría la misma sangre que por Nan. En la consanguinidad se fundaban sus derechos; en la consanguinidad y en el afecto.

Bajó deslizándose de la barandilla y se sentó en el balancín. Phoebe le ofreció ginebra con menta. Su madre sonrió. Laurette se puso a silbar.

–Hola, Nancy –dijo una criada desde la ventana.

–Hola, Inez.

Inez desapareció.

–¿Bailaste mucho en la boda? –preguntó la señora Hasken.

–Un poco, con los tíos de Cynthia.

–Todos los hombres son unos peleles –dijo Laurette. Todos los inviernos se marchaba al Caribe y allí pasaba dos semanas de decepción–. ¿De verdad me parezco a Simone Signoret?

–Como hermanas –dijo la prima Phoebe.

–¿Cómo está Carl? –preguntó la señora Hasken.

–Desde ayer –añadió Phoebe.

–... bien.

–Pero no le quieres. –La señora Hasken tenía los ojos pálidos, radiados y ribeteados de negro. Era viuda desde hacía diez años.

–No, es verdad –dijo Nancy.

–Él sí te quiere –señaló Phoebe.

–Así funciona el mundo –dijo Laurette, rotunda–. Con el pie cambiado. De todas formas, ¿qué es el amor? Una droga, un trastorno. Me cae bien Carl.

–Y yo digo: dile que sí –dijo Phoebe–. O si no, no.

–Maxima Gluck ha muerto –dijo la señora Hasken.

–¿La maestra? Qué pena.

–Y el señor Sargent. –La señora Hasken fijó la mirada en un centímetro de mimbre. La prima Phoebe empezó a masajearse la pantorrilla, llena de varices. La tía Laurette calculó el precio del paisaje.

—Estamos pensando en adoptar a un niño de doce años —dijo Phoebe.

—¿A alguno en particular?

—No. A lo mejor nos decidimos por una segunda televisión.

—Tu madre ya no cose —dijo Laurette.

—Por lo demás todo sigue igual —dijo la señora Hasken.

—Desde ayer —dijo Laurette.

El balancín del porche no era gran cosa en cuestión de muelles, y la compañera de Nancy, su bolsa de lona, había muerto para el mundo, pero Nan probó a darse impulso. El balancín rozó una tabla del suelo, y se paró.

—Voy a deshacer el equipaje —dijo Nancy en un murmullo, y se levantó.

Arriba en su habitación voló la ropa; al final, de un jersey, y enmarcado, emergió Carl. Era tan enjuto como Nancy. Y también llevaba gafas, y los dos tenían el mismo pelo en juliana. En la universidad otros estudiantes les habían tomado muchas veces por parientes —hermanos, suponía Nancy—. Lo dejó en el escritorio y se acercó al pequeño balcón de madera. Allí adoptó actitud de rentista: brazos extendidos, manos en la baranda. Encontraría un trabajo interesante, se juró. Estudiaría a Mann y a Hesse. Se negaría a sumarse a las partidas de bridge nocturnas solo por completar la mesa, y a ir de visita a los bebederos del pueblo. Y esa austeridad despejaría el terreno para la acción. Pero se seguía preguntando: ¿estará el futuro escrito en el presente, o hay que perseguir el destino como un arponero? Al rato la llamó su madre para que bajara a cenar. Se metió dentro corriendo, se quitó la ropa que llevaba y se puso una falda larga negra y una blusa de mangas cónicas, prendas con las que se sentía una maestra de escuela travestida. Dio cuenta de la cena con devoción. Llegó la hora de acostarse.

Y así fue el primer día de Nancy en casa. Los siguientes no dieron para grandes conclusiones, pero a finales de la segunda semana Nancy se había desposado con el balancín del porche. En su abrazo estaba estudiando la colección de novelas policiacas de Laurette. Dormía hasta tarde y cuando se despertaba, el desayuno, preparado por una festiva Inez, la estaba esperando. Inez tenía novio, informó la madre de Nancy desde el otro extremo de la mesa. Nancy examinó los anuncios. En el pueblo, Laurette, que llevaba una tienda de ropa, estaba promocionando los artículos de verano. La prima Phoebe, debajo de un árbol, trabajaba en sus memorias.

Las cenas empezaban con un cóctel en el porche, terminaban con una cerveza en el salón.

–¿Y tienes pensado buscar algún trabajo? –preguntaba la señora Hasken de vez en cuando.

–Sí.

–Naturalmente que sí –decía Phoebe.

–Pronto –prometía Laurette–. Vámonos al cine.

Cada tres tardes el jeep bajaba al pueblo dando tumbos. Laurette al volante. Al regresar a casa conducía Nancy, tanteando despacio la frondosa oscuridad. En el asiento delantero Laurette y ella iban mudas como amantes. Las otras dos dormitaban en la parte de atrás.

Se sentía mimada: la adorada sobrina pequeña. No observaba ningún horario salvo el de ir tres tardes a la semana a las clases de tenis. En la pista era toda energía...

–¡Nada de pelotas cortadas! –gritaba Leo–. La raqueta no es un sable.

Un lunes de julio, un cielo turquesa. Nancy, junto a la red, frunció el ceño. Leo le mandó un globo. Nancy levantó la raqueta por encima de la cabeza y allí la mantuvo, como en señal de protesta. La bola le golpeó en la cara y bajó rodando por el cuello. Leo se unió a ella en la red. Ese invierno, una pequeña panza se le había formado por encima del cinturón. La rodilla derecha lucía una cicatriz familiar.

–No está mal. Trabaja ese ángulo –dijo.

–Vale –dijo Nancy–. Nos vemos el miércoles.

Esa noche durante la cena Phoebe dijo:

–He oído que es un libertino.

–¿Qué quieres decir con libertino? –soltó Laurette–. ¿Depravado o incontinente?

–Desatado –respondió Phoebe–. El año pasado se contenía. Este año le han visto con todos los bomboncitos del pueblo. ¿Estás segura de que era profesor de historia del arte? ¿Y de que pasó en Europa unos años, haciendo el vago? ¿Y de que por fin está estudiando medicina? Tiene treinta años.

–Treinta y uno –dijo Nancy–. Se lo toma con tranquilidad, nada más.

–Tiene los ojos como dos pastillas –dijo Laurette, resoplando.

Nancy empezó a llegar tarde a las lecciones. Pero no cambió de forma de vestir: shorts mil rayas muy amplios y camiseta. Se ponía en las gafas unos anteojos marrones para el sol. Llevaba el periódico. Se convirtió en costumbre tomarse un descanso en mitad de la clase, sentarse los dos en un banco pintado de blanco. Leo, que se había encariñado de ciertas ciudades en los seis meses que había pasado fuera, hablaba de sus favoritas. En cierto hotel de Londres, con la tapicería descolorida y las sábanas raídas, te sientes heredero de todo lo que es dulce y delicado. Los patios de Delfos son de tiza por la mañana, de llama y canela al crepúsculo. Uno duda si visitar el Palais-Royal, pero detrás de su fría columnata hay una heladería y un tapicero rumano.

–Te encanta viajar –acusó Nancy.

–Claro.

–La gente debería quedarse donde está.

–¿Debería? A ti también te gustaría explorar lugares que no conoces.

–Tal vez los Dolomitas –murmuró.

Leo llevaba un sombrero de fieltro muy estropeado, el sombrero del poni de un buhonero. Sus ojos ámbar a Nancy le recordaban un anticongestivo. Le dieron ganas de pintarle el cuello.

–¡Vámonos al cine! –seguía proponiendo Laurette.

–¡Vámonos!

Nancy caía rendida nada más sentarse en la butaca, veía la película desfallecida, convencida siempre de que de aquel síncope saldría transformada. Después del cine lo que más le gustaba era leer en el porche. En agosto había abandonado la ficción policiaca en favor de una novela muy gruesa y relajada.

A veces bajaba en bici al pueblo, se metía en la biblioteca y se olvidaba de todo. Largas ventanas se abrían a una extensión de césped recién regado. Un día a eso de las cinco y media levantó los ojos del libro y vio a Leo al otro lado del césped. A su lado caminaba una mujer, joven y muy elegante. En la calle estaba el Renault. Leo examinó el parquímetro, el pulgar en la ranura de las monedas, la barbilla pegada al pecho: el aparato había contraído algo muy serio. Su compañera metía tripa. Al cabo de unos minutos se marcharon andando. Nancy salió de la biblioteca y pedaleó hasta casa. Como siempre, se detuvo en una roca que había al lado de la carretera, cerca del club de campo. Desde aquella roca se divisaba la casa de veraneo de Leo: una pequeña cabaña que Nancy había amueblado mentalmente con una cama, una alfombra trenzada y, en un gancho, el sombrero del caballito... Estuvo mirando un buen rato, volvió a subirse a la bici y se fue a casa a toda velocidad.

Te echo de menos, le había escrito Cynthia. *¿Qué planes tienes?*

Nancy se tumbó en el balancín como un cadáver. Un sombrero de paja, un canotier, apoyado en la frente. *Sir Charles Grandison* protegiéndole la entrepierna. Las moscas zumbaban en el techo. Eran las once en punto de un lunes, la primera mañana de vacaciones para Laurette. Laurette se asomó al porche, con bata y un tocado de rulos.

–Nan, me voy a Nueva York dentro de quince días. Ven conmigo. Buscaremos un hotel bonito.

–Vale.

Laurette se sentó cerca de la baranda y dejó que el sol le diera en la cara.

—Iremos a un baile —declaró—. Te compraremos ropa de otoño: un traje pantalón a lo mejor. ¿De dónde has sacado ese sombrero?

—De una tienda de ropa usada para causas benéficas. ¿Vas a atormentar a las dependientas?

—Sí. —Laurette cerró los ojos—. Aunque lo mío es la comedia. Mi exmarido me eligió a mí porque era muy graciosa.

Nancy se acordó de él, un químico con la boca torcida. Se había vuelto a casar, tenía cuatro hijos.

—¿Por qué le diste puerta? —preguntó Nancy.

—Pensé que encontraría algo mejor. —Laurette levantó la cabeza y guiñó los ojos. El sol iluminó su anaranjado cabello—. ¿De verdad que me...?

—Como hermanas —aseguró Nancy.

Cuando se fue Laurette, Nancy volvió a leer la otra carta. *Te quiero*, decía todavía. *Creo que ha llegado la hora de que...* Se quedó mirando las moscas unos minutos durante los que la señora Hasken llegó al porche tras deambular sin rumbo y se sentó.

—¿Quieres sentarte en el balancín, madre?

—Me parece que no.

Era guapa a pesar de su extrema delgadez. A los cincuenta todavía no tenía canas. Había llevado sombrero, tarareado canciones, reído con los graciosos de la radio. Había soportado la enfermedad y decadencia del hombre al que amaba, y su agonía. Sola, había asistido a espectáculos de ballet en graneros llenos de corrientes, aplaudido en graduaciones, y esperado a Nancy, tumbada de costado en un sofá cuyo brocado le había impreso una huella cruel en el rostro.

—¿Te acuerdas de «La luciérnaga»? —preguntó Nancy.

—Me parece que no. ¿Aquel *pas de deux?*

—Irma Fellowes me sacó a empujones del escenario, igual que una escoba.

–La regordeta de Irma. Se ha casado.

–¿Qué tal te encuentras?

–¡Bien! –Se llevó la mano volando a la cara–. ¿No lo parece? No. Pero Nancy ya había hablado con el médico de la familia, una tripa con barba.

«Tensión alta», había dicho. «Bajo control.»

«¿No debería seguir una dieta especial?», le había preguntado Nancy.

«No. ¿Qué tal te trata la vida?», preguntó el doctor.

«Así así.»

«Ajá. ¿Te tiran los tejos muchos chicos?»

«Muy pocos.»

«Vaya. Cásate, niña», le aconsejó el doctor.

El mensaje empezaba a calar. Cásate, decían los ardientes ojos de Laurette, o prepárate a negociar con humor el descenso de los años. Cásate, le advertía Phoebe. O tú también terminarás haciendo el tonto en la corte de otra. «¡Cásate!», le había gritado Cynthia, la cola del vestido una venda alrededor del brazo. «Eh, Nan, cásate tú también. ¡Todos quieren bailar contigo!» Cásate, suspiraba la señora Hasken. Antes de que me retire. *Matrimonio,* decía la carta de Carl, *los dos saldremos ganando.*

¿Por qué no? No era de esas mujeres que inflamaban a los hombres. Era larguirucha y sin grandes dotes. Tenía suerte de que Carl la quisiera. Pensó mucho en aquel joven tan decente, tanto que llegó a aparecérsele allí delante, sabio, académico. Para un montón de pequeños pendencieros algún día podría llegar a director. Sonreía y estaba a punto de acabar con ella: tenía una sonrisa encantadora. Lo colocó en la baranda. Luego evocó al hombre al que amaba, y tras sopesar todos los detalles –la cicatriz de la rodilla, la panza–, lo colocó al lado de su rival.

Nancy estaba segura de que podían llegar a una solución entre los tres. Con gorra y pantalón corto se esconderían en una cueva. Hacia finales de enero espiarían a los lobos cuando se deslizaran por el hielo. Cuando llegara la primavera descenderían por el río en una balsa hecha por ellos mismos... Se retorció en el balancín como si hubiera notado un pinchazo. Las chicas de veintiún años no jugaban a ser Huck Finn. Contraían matrimonios sensatos o se volvían útiles por otros medios. ¿Qué estaba ocurriendo, en todo caso? Las verdades bajaban la cabeza en cuanto advertían su presencia. Además, había empezado a padecer sinusitis. A la mañana siguiente se levantó a las cinco y salió a dar un paseo por el bosque, y el día después, lo mismo. Hacía el tercer día de salir a andar al amanecer tenía sin duda la cabeza más despejada por la mañana, y le consumía la rabia por la tarde. Abandonó la nueva afición.

Esa tarde, en un papelucho amarillo, escribió: *Querido Carl, no puedo, lo siento.* Compasiva, se paró ahí. *Con cariño, Nan,* y echó la cosa al correo.

–No pareces muy contenta –dijo Leo, la tarde siguiente. No lucía el sol, pero la niebla abrasaba. Se sentaron en su banco, Leo llevaba el sombrero del poni, Nancy el de paja.

–Disforia –dijo la chica, en voz baja, incómoda bajo la mirada médica de él. Tenía el pecho anormalmente plano, y él se daría cuenta; los hombros demasiado altos; la larga barbilla había sido diseñada como un marcapáginas...

–¡Eh!

Salió de su ensimismamiento.

–El calor –explicó.

–Demasiado calor para jugar al tenis.

–Demasiado.

–Ven a mi cabaña a tomar una copa de cerveza –dijo Leo, como si tal cosa.

–Me esperan en casa –tartamudeó Nancy, aterrorizada.

–Oh.

–... media copa. Estaría bien. ¿Tienes media copa?

–Corto una por la mitad –prometió Leo.

Un sendero se zambullía entre los árboles. Leo iba delante. Nancy estudió su cabeza. No tardarían en llegar a la cabaña. Subió el último tramo, algo empinado, como una novicia, brazos extendidos, palmas preparadas para toparse con un muro. Leo, todavía por delante, abrió la puerta, y ella pasó volando a su lado. Se dejó caer en la cama y tiró el sombrero de paja a la mesa. Leo se puso en cuclillas delante de la nevera. Nancy se quitó los anteojos Polaroid. Leo le dio una taza. Nancy se quitó las gafas del todo. Una figura borrosa se sentó en una silla.

–Tengo cinco dioptrías en cada ojo –dijo Nancy para iniciar la conversación–. En el ejército no me dejarían entrar, como no fuera de capellán. En la legión extranjera también exigen una vista razonable.

–Oh.

–Muchas personas importantes han sido miopes. Está directamente relacionado con la inventiva y la ansiedad. –Tanteó la mesa, encontró las gafas. Veía otra vez. Miró a Leo con una sonrisa, como si le hubiera superado en ingenio–. Y además de al tenis, ¿juegas al squash? –le preguntó.

–No. El otro deporte que practico es el ping-pong.

–Yo el bridge.

–Yo prefiero el póquer.

–¿Ah, sí?

–Sí.

Fuera, la bruma se levantó de pronto. Destellos de sol entraron en la cabaña. Un diamante amarillo cayó en el óvalo central de la alfombra. Nancy se fijó en la intersección del cuadrilátero con la elipse, y recordó la fórmula para calcular el área. Tras este ejercicio pasó a reflexionar sobre algunos autores. Oscar Wilde, Thomas Hardy, Shakespeare; *Mucho ruido*, Beatriz y Benedicto y sus chanzas. Apropiado para evitar tanta tontería.

–Estamos solos en tu cabaña –le dijo a la cicatriz de Leo–. Me gustaría aprovechar la oportunidad.

–¿Oh?

–Estoy enamorada de ti.

–Oh, Nancy, soy lo bastante mayor para ser tu...

–Abuelo. No lo tendré en cuenta. ¿Quieres casarte conmigo?

–... no.

–... No te he oído bien.

–No.

–Inaceptable –gruñó–. Es a ti a quien quiero.

–Solo de momento –dijo Leo, serio.

–No soy ni mucho menos una pobretona –insistió Nan.

–Nancy. Déjalo.

–De acuerdo –dijo Nancy, aprisa–, entonces vámonos a vivir juntos. Seré tu hermana, tu criada. Coseré, zurciré, lavaré los platos, lavaré la ropa interior de tus queridas...

–No.

–¿No?

–No.

Nancy se elevó por los aires. Sentía desapego, indiferencia, exaltación. Ser derrotada, estaba comprobando, es también librarse de una carga. Uno viaja más ligero. No obstante... Leo tenía un desagradable brillo en los ojos. Sus enormes zapatillas de tenis eran como transatlánticos. Le dieron ganas de abrazarle por la cintura y hundir la nariz en su tripa. Se acordó de las áridas noches en el catre de Carl. Podía haber entre los hombres y las mujeres ciertos tratos para los que ella todavía no era apta.

Se quedó en la cama, tirada de cualquier manera, ofendida. Extendió el brazo y cogió el sombrero y se lo puso, de lado. Luego embutió los puños en los bolsillos de los shorts.

–¿No quieres pensártelo?

–No, cariño.

La dama de París se encogió de hombros.

–Entonces está claro.

Leo se inclinó.

–Eh, oye. ¿Me oyes? La suerte favorece a los valientes, Nan. La vida no te encontrará aquí. Ve a otro sitio y tendrás éxito. Cincuenta millones de franceses no pueden equivocarse... Eh, mi niña, no llores.

–... casi nunca lloro. No estoy llorando.

Leo se encorvó, le puso las manos en los hombros para calmarla.

–Viaja, ve mundo, mi niña.

–No puedo. Tengo mis obligaciones.

–Por supuesto. Contigo misma. Sé un poquito más femenina. Prueba con París.

–¿*La haute couture?* –preguntó Nancy, con curiosidad.

–*La vie.* Siéntate a ver cisnes en Zúrich. Estudia la sana vida de Ámsterdam. Y de los italianos, en Roma, aprende a amar.

–Esperaba que me dieras algunos consejos. En Jacobstown –dijo Nancy, con cierta acritud. Leo se echó a reír y le dio dos besos; dos rígidos besos, dos besos de primos. Pero puesto que una pretendiente rechazada apenas podía esperar nada más, tendría que conformarse.

A las cinco, Nancy pedaleó hasta el porche. Al echar la pierna por encima de la baranda, las tres mujeres la miraron con una sonrisa. Después de tomar la decisión de no irte a vivir con Carl, se dijo, y tras el fracaso de Leo, conténtate con estas reuniones tan divertidas. Y puedes recordarte que tienes tus obligaciones. Puedes, de vez en cuando, ir en busca de lo imposible. ¡Qué divertido! Todavía a horcajadas, soportó la visión de sí misma varios veranos por delante: la chaqueta de un dandy, camisa con volantes; orgullosa, satisfecha; andrógina sin remedio. Parpadeó para espantar a aquel granuja.

A la mañana siguiente la persona que estaba de más, en vaqueros y con estola de lona, salió con decisión de casa de las Hasken. En el porche, tres damas solemnes y a cierta distancia. Con el centelleo de las gafas, Nancy se alejó sin mirar atrás. En la estación de autobuses se apoyó en las taquillas. ¿Estambul? Demasiados ladrones. Y Zúrich era demasiado cuadriculada. En Ámsterdam te podía atropellar una bicicleta. Cruzó hasta el mostrador, compró un billete y se quedó mirando la máquina del café. Ya decidiría en la agencia de viajes. Deseó fugazmente haber vivido una adolescencia más estimulante, haberse echado antes a la mar. Entonces, apoyando la bolsa de lona, subió al autocar que se dirigía al sur.

NOVIA Y VIRGEN

–Háblame de ti –le dijo Marlene al Rafferty con quien estaba hablando.

La boda se le estaba subiendo a la cabeza, como todas las bodas. No había nada majestuoso en la parroquia de aquella zona residencial, pero hacía una preciosa tarde de finales de septiembre y la novia, hija de su prima, iba sin duda muy guapa, y se parecía a su abuela. El novio trabajaba de comercial para los Rafferty. También era muy guapo, pero inspiraba poca confianza: cabello demasiado abundante, mirada demasiado calculadora, sonrisa con erupción de dientes. Podría haber pasado por un Kennedy joven. Pero se llamaba O'Riordan.

En algún momento del banquete Marlene se había separado de su marido y sus hijos. En aquellas celebraciones familiares Paul y los niños tenían siempre una apariencia tan interesante, o simplemente tan judía, que se los quitaban de las manos como si fueran saladitos. De manera que se había quedado sola en la cola de los invitados, como una viuda..., no: como una doncella. Y al poco el tal Hugh Rafferty se materializó a su lado. Marlene besó a Peggy Ann, la novia, y le dijo al novio que deseaba que fuera muy feliz. Hugh hizo lo mismo. Luego se dejaron arrastrar por la corriente, y Hugh cogió dos copas de champán de una bandeja que pasaba.

—Háblame de ti.

No era la más sofisticada de las presentaciones. Pero la sofisticación habría dejado frío a aquel hombre; Marlene se dio cuenta solo con mirarle. Se dio cuenta, también, de que era muy educado y de que tenía una buena formación académica (Harvard, resultó). Era, además, respetuoso y atento; su mujer era de las que logran que se hagan las cosas (era directora de publicidad de una universidad local, le dijo Hugh a Marlene con orgullo); quería a sus muchos hijos. Navegaba y esquiaba y jugaba al tenis, y pese a todo le estaba saliendo tripa. Tenía los ojos azules y una mirada luminosa, y una de esas sonrisas que se curvan hacia arriba, como las que los niños les ponen a las galletas. En realidad Marlene tenía intención de escabullirse, por temor a estar reteniendo a personas deseosas de estar en otra parte. Pero Hugh se mantuvo firme y tuvo la amabilidad de hablarle de sí mismo. Dirigía la empresa maderera familiar y vivía en South Shore. Era, después de su abuelo y de su padre, el tercero que hacía ambas cosas. Le encantaba su trabajo y disfrutaba de la vida doméstica. En el pasado, su sonrisa debió de aparecer en los sueños de muchas vírgenes...

—¿Y tú? ¿Estudiaste en Wellesley? —dijo—. Lo más normal es que nos hubiéramos cruzado alguna vez.

—Soy la hija de un bombero de Detroit, estudié con una beca. La novia es pariente de mi madre, aunque mi madre ya falleció, y mi padre. Mis hermanas viven aquí y allá. —Parloteaba.

Apareció Paul. Marlene presentó a ambos hombres, luego le dijo a su marido:

—Has estado cuidando a la tía Tess. Te he visto. ¿Qué le pasa esta vez? ¿La gota?

—Las encías.

—¿Eres dentista? —preguntó Hugh.

—Soy radiólogo.

—A la tía Tess lo mismo le da —dijo Marlene, y los tres se

echaron a reír, y luego Hugh se excusó, no sin antes despedirse con un apretón de manos.

Eso debería haber sido todo. Volver a encontrarse parecía improbable: Hugh a medio camino del cabo Cod, Marlene cerca del centro; Hugh se movía con gente de dinero, Marlene entre idealistas. Si O'Riordan le asestaba un hachazo a Peggy Ann, quizá se vieran en el funeral, o en el juicio. De otra manera, no.

Volvieron a verse cinco días después. La afición de Marlene —era biógrafa amateur— la llevaba a veces a la Biblioteca Pública de Boston. El trabajo de Hugh exigía su presencia en las oficinas de la empresa en el Prudential Center dos veces a la semana. Allí se dirigía a las doce y cuarto aquel jueves; Marlene estaba a punto de entrar en la biblioteca.

—¡Hola! —dijo él. Las prisas habituales. Y a continuación, aunque fácilmente podría no haberlo dicho, añadió—: ¿Has comido?

—Pues... normalmente no como al mediodía.

—Eso quiere decir que no has comido. Vente a comer conmigo.

De vez en cuando en la universidad, en alguna fiesta, un chico alto y guapo, atrapado por su despierto semblante, bailaba con Marlene... Caminaba al lado de Hugh, por Boylston Street, por Clarendon. Ojalá sus amigas pudieran verla.

La conversación fluía. A ninguno le gustaba agotar los temas. Se pasaron el vino y compartieron un postre. Luego volvieron sobre sus pasos. En la entrada de la biblioteca Marlene se dio la vuelta y se estrecharon la mano.

—Muchas gracias —dijo mirando a Hugh de abajo arriba—. Me has recordado los placeres de comer fuera de casa.

—Permíteme que te los recuerde otra vez —dijo Hugh, y le soltó la mano y metió la suya en el bolsillo. Tampoco le des demasiada importancia a todo esto, decía su actitud.

—Vengo todos los jueves —mintió Marlene.

—¿El próximo jueves entonces? Dime dónde te sueles sentar.

–Voy de sección en sección –dijo–. Pero podría quedarme en publicaciones periódicas. Por la zona de *Fortune*, por ejemplo.

–De acuerdo. ¿A eso de la una?

De modo que empezaron... las comidas de los jueves. Se daban un festín en alguna taberna y se quedaban con hambre en los restaurantes de comida sana. Comían pescado crudo envuelto en algas. Un jueves que Hugh tenía prisa entraron en una tienda de donuts y comieron en el mostrador. La semana siguiente Hugh insistió en varios platos en el Ritz.

En Navidad se tomaron un descanso obligado mientras Hugh y su familia estaban en el sur. En febrero, Marlene estuvo una semana con gripe; ese jueves por la mañana, temblando, llamó a Hugh a su despacho.

–Con el señor Rafferty, por favor –dijo a la secretaria, que sonaba guapísima–. De parte de la señora Winokaur.

–¿Marlene? –dijo Hugh al ponerse. Marlene nunca había oído su voz por teléfono. Se le revolvió el estómago; pero probablemente fuera la gripe–. Oh, lo siento –dijo Hugh cuando ella le dijo que se encontraba demasiado mal para salir–. Que te mejores. –La voz de Hugh transmitía franqueza y ninguna vergüenza. Cualquiera que hubiese oído la conversación habría pensado que no eran más que dos amigos cancelando una comida.

Y ¿eran otra cosa? Sus encuentros semanales no serían más inocentes si alguna Hermana los convertía en trío. En público, como si fueran estatuas. Hablaban de política, de baloncesto, de las primeras comuniones a las que habían sobrevivido, de las vidas que Marlene investigaba, de los árboles que a él más le gustaban. Hablaban de las pocas personas a quienes ambos conocían (los jóvenes O'Riordan ya estaban esperando un bebé). Eran como un universitario y una universitaria en esa cosa tan reglada y pasada de moda: una cita. Pero las citas no eran más que el principio, ¿o no? El moroso principio de una serie. Y llegarían a ser apresuradas, precipitadas; llegarían a una cumbre y terminarían bien en un corazón roto, bien en una ceremonia en una iglesia de piedra. «¿Cómo he llegado hasta aquí?», le había dicho más de una novia nerviosa y asustada a Marlene. ¿Cómo hemos llegado hasta aquí? Se preguntó Marlene. ¿Hacia dónde vamos?

El primer jueves cálido de mayo compraron una bolsa de pretzels y se los comieron a orillas del Charles. Se sentaron sobre la gabardina de Hugh. Hugh se aflojó la corbata. Centenares de hombres de todo Boston se estaban aflojando la corbata por el calor de la primavera. Pero Marlene tuvo que desviar la mirada, hasta que notó que disminuía el rubor.

Pasaron la mayoría de los jueves del verano de pícnic en el río o viendo las barcas en forma de cisne del parque público. Si llovía se sentaban en una terraza, debajo de una sombrilla. Dio la casualidad de que sus vacaciones coincidieron: en el tiempo, no en el espacio; los Rafferty se fueron de camping a Wyoming, los Winokaur intercambiaron casa con una familia de Hampstead. En septiembre Marlene y Hugh estaban de vuelta en Boston. Había pasado casi un año desde que se conocieron.

El jueves después de las vacaciones, al mediodía cogieron uno de los cruceros del puerto. El barco estaba atestado y había mucho alboroto. El servicio de señoras no funcionaba. Hugh derramó el café en la falda de Marlene. Se disculpó, pero pareció que desviaba su fastidio hacia Marlene.

–Siento haberme puesto delante –dijo Marlene, seca.

–¡Eh!

Y el barco volvió tan tarde que tuvieron que coger un taxi. Marlene se acurrucó en el rincón y observó el perfil de Hugh. Muchos romances de universidad no sobreviven a las vacaciones de verano. ¡Como si a aquello se le pudiera llamar romance! *¿Cómo hemos llegado hasta aquí?*, se repitió. *¿Hacia dónde vamos? Suponte que Paul lo descubre.*

Suponte que Paul descubre ¿qué? Hugh y ella nunca se habían besado. Nunca se habían cogido de la mano. Una vez los nudillos de él habían abrasado los suyos al pasarle el menú por

306

encima de la mesa. Una vez, a orillas del río, Hugh se tumbó boca abajo a su lado y ella le puso la mano brevemente en la espalda, cubierta de rayas azules y blancas. Él se estremeció y volvió la cara...

–¿Te gustaría que fuéramos a un hotel? –dijo Paul.

Marlene todavía tenía la falda empapada de café.

–¿Me lo estás pidiendo a mí o al taxista? De manera que Hugh tuvo que mirarla. No sonreía, y se había sonrojado, como un chiquillo.

–Sí –dijo ella–. Me gustaría.

Sabían adónde ir. Dos veces habían comido en la cafetería del Orlando, un animado hotel para hombres de negocios, y habían visto registrarse a parejas sin equipaje: los dos guapos, los dos bien vestidos.

–El jueves que viene entonces –dijo Hugh.

–El jueves que viene –asintió Marlene.

No había dejado de querer a Paul. En la semana que siguió lo quiso con ternura, con gratitud: amaba su cuerpo musculoso, que fuera bajo, su ensimismamiento, lo bueno que era con los niños. Un amor nada tenía que ver con el otro. Paul era el hombre con quien, satisfecha, envejecería. Pero aunque Hugh y ella pasaban de los cuarenta, el suyo era el fugaz y feliz amor de la juventud. Todo lo demostraba: su indiferencia ante el futuro, su conversación brillante, en la que siempre se ponían al día. Él era su novio. Ella era su chica.

Se puso un vestido nuevo: seda, de talle bajo. Era del color de los ojos de Hugh. Estaba guapa, esperaba..., aunque tenía las mejillas un poquito demasiado redondas y los ojos, de color pizarra, desaparecían cuando se reía. Su pelo rizado estaba de moda. A distancia podía pasar por una mujer fatal.

Y a distancia se vieron, ese siguiente jueves. Marlene estaba al fondo del vestíbulo cuando Hugh entró por la puerta giratoria. Les separaba la cafetería. Hugh se abrió paso entre las mesas, con andar algo torpe y pesado, más corpulento que la mayoría de los hombres, más guapo que ninguno. Se le curvaron los labios con la sonrisa. Se le curvaron, se le curvaron..., pero falsamente. Marlene se dio cuenta enseguida.

–No tienes que hacerlo –dijo en un murmullo. Hugh acercó la cara, tanto que podría haberle besado, y ¿quién habría pensado nada malo? Dos viejos amigos dándose un beso, la gente lo hacía todo el tiempo. Paul siempre se estaba quejando de que mujeres a las que apenas conocía le abrazaban en las fiestas como bailarinas de tango. Volvió a decirlo–: No tienes que hacerlo. Cariño.

–No puedo –dijo Hugh.

Marlene probablemente habría podido convencerle. «Me he puesto el diafragma», podría haber dicho, y él habría comprendido que con ese gesto ella ya había traicionado su matrimonio. O podría haber dejado que los ojos se le llenaran de lágrimas de decepción y tristeza. O su entusiasmo, su alegría, podrían haberlo arrastrado. Pero no recurrió a esas artimañas.

–No tienes que hacerlo –dijo por tercera vez–. Aunque –añadió sin poder evitarlo– todos los demás lo hacen.

Hugh la cogió del brazo y la llevó a una mesa.

–Nosotros no somos todos los demás –dijo.

No, ellos no eran todos los demás, se dijo Marlene al tiempo que fingía comer la ensalada. Todos los demás..., en Boston, en París, en Tel Aviv; protestantes, católicos, judíos; blancos y negros, jóvenes y viejos y ricos y pobres..., todos los demás jugaban con las reglas del hoy. Los jóvenes O'Riordan aparecerían por aquel mismo hotel en diez años. Y sus hijos, llegado el momento; y los hijos de Hugh... Todos los demás se habían puesto al día. Pero Hugh y ella eran de otra época. Estaban ligados al código de su juventud: abnegación y honor y fidelidad; un código inoportuno por el que, se dio cuenta con una punzada, serían siempre castos y estarían siempre enamorados.

VISIÓN BINOCULAR

Por su cuarenta cumpleaños a mi padre le regalaron un par de prismáticos. Todos sus colegas médicos colaboraron en el regalo. Mi padre ni se dedicaba a la observación de aves ni era aficionado a los deportes, de modo que las lentes se quedaron encima de la cómoda como si fueran un trofeo. Al principio no me tentaban. Ya antes me había decepcionado el oftalmoscopio de mi padre, que no tenía ningún aumento. (Tampoco me gustaba el telescopio de monedas del edificio de veinticuatro pisos de la ciudad de Connecticut donde vivíamos, el más alto de Nueva Inglaterra; en cuanto conseguía enfocar algo de interés, se agotaba el tiempo de mis cinco centavos.) Pero una tarde de diciembre, paseando sin rumbo por la casa, igual que un niño pequeño, entré en la habitación de mis padres, cogí los prismáticos, me los llevé a una ventana que daba a la calle y dirigí los objetivos a un árbol sin hojas. Vi una mancha borrosa marrón, así que empecé a juguetear con las ruedecillas del aparato. Y entonces el árbol apareció hipernítido, tanto que me dolieron los ojos. Por fin, tras juguetear un poco más, vi el árbol con claridad y hasta vagamente amenazante, como a mi tío abuelo en la última celebración familiar cuando se acercó tanto a mí al agacharse que su corbata se columpió delante de mis ojos. Pero cuando

309

alargué el brazo inconscientemente para tocar la corteza, toqué el cristal de la ventana.

La otra ventana de la habitación de mis padres, como las de las demás habitaciones de la casa, que estaba al extremo de la fila, daba al bloque de pisos de al lado, también de ladrillo, al segundo piso concretamente, donde vivían los Simon.

Con ayuda de los prismáticos, me proyecté en el salón de los Simon. Tenían una chimenea oscura como una cueva. En la repisa se acurrucaba un reloj con joroba. En una de las dos sillas que flanqueaban el hogar estaba sentada la propia señora Simon, la canosa cabeza gacha. Estaba haciendo ganchillo. No podía ver bien la labor, ni tampoco el estampado del vestido que llevaba la señora Simon, pero sí que la silla era verde y tenía un paño de encaje para el respaldo, y que la lámpara de la mesita iluminaba una pila de revistas. Naturalmente no tenían televisión, solo los ricos que querían aparentar tenían televisión en aquel entonces.

Fui a mi habitación. Desde allí inspeccioné el comedor de los Simon. Un cuenco de plata vacío ocupaba el lugar de honor de la mesa. Quizá los compañeros de trabajo del señor Simon se lo hubieran regalado por su cuarenta cumpleaños. Fui a la habitación de mi hermana. Desde la ventana observé la pequeña cocina de los Simon. En el escurridero había dos tazas y dos platitos. En la pared colgaba un calendario, pero por mucho que jugueteara con las ruedecillas de los prismáticos no pude ver qué compromisos tenían los Simon.

Desde la última habitación, el cuarto de invitados, apenas pude vislumbrar el oscuro dormitorio grande de los Simon. Sabía que tenían también una habitación pequeña porque mi amiga Elaine vivía en un piso idéntico más abajo, en la misma calle. Esa habitación daba al patio de atrás, una estrecha franja de césped con seis pequeños garajes, uno para cada piso. Nunca conseguiría ver esa habitación. La que sí veía tenía una cama de matrimonio, con una colcha de ganchillo a los pies doblada en un perfecto triángulo rectángulo. Esa aplicación de la geometría a la vida cotidiana le resultó muy gratificante a mi crítico yo de diez años.

Ese mes, que incluyó unos días de vacaciones, descubrí con gran satisfacción que la señora Simon era una mujer muy ordenada. La veía con frecuencia en el salón, colocando perfectamente un antimacasar o los caramelos de un plato o limpiando la puerta de cristal de la librería. La limpieza general la hacía una vez a la semana una regia mulata, pero a veces yo veía a la testaruda señora Simon de perfil, inclinada sobre el fregadero, frotando con furia. De vez en cuando se echaba en el dormitorio. Y con frecuencia desaparecía. Tal vez estuviera hablando por teléfono en la entrada, un espacio sin ventanas donde mis prismáticos no podían penetrar. O tal vez estuviera a varias calles de Elm Street, porque hubiera ido andando, como la mayoría de las mujeres del barrio, a comprar verduras y pescado, o a la biblioteca a coger prestado algún libro. Yo me tropezaba con ella a veces cuando iba a alguno de esos recados. Medíamos lo mismo —yo era una niña alta y ella una mujer baja y algo encorvada— y tenía una expresión tan acerada como sus rizos. Cruzábamos la mirada, sin prismáticos de por medio. «¡Hola!», decía yo con un hilo de voz, repentinamente tímida. Ella nunca contestaba.

Todas las tardes a última hora, la señora Simon estaba muy ocupada. Removía cazuelas en los fogones. Ponía la mesa del comedor. Doblaba el periódico varias veces, así y asá, y por fin lo dejaba en el brazo de la butaca del señor Simon. Volvía a colocar los antimacasares y a arreglar las velas.

Anochecía a las cuatro y media. Desde la ventana del cuarto de invitados, mientras leía con una linterna, yo me fijaba en los coches que iban volviendo a los seis garajes. Una farola iluminaba el patio. Cuando aparecía el coche del señor Simon, cerraba el libro, apagaba la linterna y cogía los prismáticos.

El señor Simon, que era alto, se iba desenrollando poco a poco hasta bajarse del coche. Se pasaba una mano por el pelo, canoso, subía la puerta del garaje, volvía a subir al coche y lo guardaba. Tardaba en bajarse, lo cual me daba a mí la oportunidad de ver bien la matrícula, que tenía tres números y dos letras –que he olvidado por completo–. Yo acariciaba con la vista la curva del maletero. Comprobaba si alguna rama se había enganchado al parachoques. ¿Dónde habría estado el señor Simon para ganar un trofeo así? ¿Trabajaría de comercial? ¿Qué haría mientras la señora Simon y yo le esperábamos sin dejar de mirar el reloj?

En mitad de mis cavilaciones, el señor Simon reaparecía, con su cartera, y bajaba la puerta del garaje. El pañuelo que colgaba del bolsillo del abrigo, ¿acabaría cayéndose? Y la caída del pañuelo ¿la advertiría únicamente yo, cuando mi presencia era tan indetectable como la de Dios? Si solo yo veía su encuentro con el asfalto, ¿se podría realmente decir que aquel retal había caído, o sucedería lo mismo que con el árbol del que nos habían hablado en clase, ese árbol que cruje en el bosque sin que nadie lo oiga y plantea por tanto un interrogante filosófico para toda la eternidad? Sin duda la señora Simon, que hacía la colada con la minuciosidad de un buscador de oro al tamizar un puñado de tierra, lo echaría en falta. Pero el pañuelo se aferró al bolsillo mientras el señor Simon cruzó el patio sin novedad, y despacio, en dirección a la puerta de atrás del bloque.

Me deslicé en la habitación de mis padres, que estaba a oscuras. Mi madre reproducía las tareas de la señora Simon pero en nuestra cocina, en la planta de abajo. Mi padre estaba en su consulta, salvando la vista a la gente. Concentré mis lentes mágicas en el iluminado salón de los Simon, a pocos metros de distancia.

Cuánto ansiaba yo ser testigo del regreso del señor Simon. Ay, siempre se producía en esa entrada que quedaba fuera de mis ángulos de visión. Debía de parecerse a la llegada de mi padre: la mujer apresurándose hacia la puerta; el hombre trayendo una ráfaga del tiempo, y agitación; el abrazo, cariñoso y a veces engorrosamente largo; y al final la separación, para que aquellos brazos enfundados en el abrigo pudieran coger a las dos niñas pequeñas que bajaban corriendo las escaleras. Pero en casa de los Simon no había niños. Quizá la pareja intercambiara un beso digno.

La cena de mi casa coincidía con la de los Simon. Y luego yo tenía que ayudar a mis padres a lavar los platos. No volvía a ver a los Simon hasta la noche. Era mi escena favorita. La pareja delante de la chimenea y el invitado invisible. Comprobaba cuán inmóvil permanecía el largo rostro del señor Simon mientras él leía el periódico, lentamente, página a página, y qué rígidos mantenía los hombros debajo de aquella chaqueta que no se quitaba nunca. Casi podía oír el tictac del reloj de la repisa.

Luego me concentraba en la señora Simon. Cruzaba las agujas, y las volvía a cruzar. Y arriba y abajo, arriba y abajo se movían sus activos labios, la incesante boca, la boca de la que nunca salía una palabra para mí pero que hablaba con tanta facilidad y fluidez y tan de continuo cuando el amado estaba en casa. Hablaba. Reía. Volvía a hablar.

Después de las vacaciones dejé de visitar a los Simon con tanta frecuencia. A finales de enero solo me dejaba caer por su casa muy rara vez: un momento a última hora de la tarde, por ejemplo, para asegurarme de que la comida estaba en el fuego.

Luego, una mañana de febrero mientras estábamos desayunando, aparecieron dos policías en la puerta de atrás de mi casa.

–Doctor, ¿puede usted...?

Mi padre no se entretuvo ni para ponerse la chaqueta; acompañó sin más a los robustos agentes al patio; visto por detrás, con el chaleco de seda y en mangas de camisa –una camisa blanca–, parecía su criado. Cruzaron la nieve dura y entraron en el patio del bloque de al lado. Mi madre se quedó mirando por la ventana de la cocina, con la mano en el corazón.

Mi padre volvió antes de que hubiéramos salido hacia el colegio.

–Se trata de Al Simon –le dijo a mi madre–. Ha muerto durante la noche.

Mi hermana siguió atándose las botas.

–¿Le han matado? –dije.

–No –dijo mi padre–. ¿A qué viene eso?

–La policía.

Mi padre suspiró. Luego, tras una pausa reflexiva:

–El señor Simon se ha suicidado –me dijo–. En el coche.

–¿Se ha tirado por un barranco?

Mis padres intercambiaron ceños fruncidos y hombros encogidos. Qué niña, decía su mirada, toda curiosidad y nada de empatía, ¿y es a eso a lo que se refieren sus profesores cuando dicen que es superdotada? Luego, todavía con un deje de paciencia, mi padre explicó que el señor Simon había metido el coche en el garaje, había cerrado la puerta desde el interior, había tapado las ranuras con periódicos, se había vuelto a subir al coche y había arrancado el motor.

Al día siguiente en la sección de necrológicas no encontré la menor insinuación de suicidio, a no ser que *repentinamente* fuera una palabra cifrada. Pero la última frase era chocante: «Al señor Simon, soltero, le sobrevive su madre.»

Fui corriendo a buscar a *mi* madre.

–¡Yo creía que era su mujer!

–Y ella también –dijo mi madre, admitiéndome de pronto en el complicado mundo de los adultos, haciéndome comprender lo que hasta entonces yo solo había visto.

RELATOS NUEVOS

–Dos caras, una sola nariz –dijo Toby–. Una rareza fisionómica. ¿De quién la habremos heredado? –Isaac Abravanel –respondió Angelica, aunque el parentesco con el ilustre mercader portugués nunca hubiera quedado del todo demostrado.

La nariz, independientemente de su origen, era una probóscide larga, fina y ondulada bastante mona. Pero salvo por ese rasgo similar, los dos primos no se parecían en nada. Angelica tenía ojos topacio, varios colores oscuros se alternaban en su cabello. Los estrechos ojos de Toby eran grises, su pelo de un castaño uniforme.

Tenían dieciséis años. Durante el curso, cada uno desde su casa –la de ella en París, la de él en Connecticut–, se mantenían al corriente de canciones, salones de piercings, películas; además, naturalmente, tenían teléfono móvil y sabían dónde conseguir maría. Con todo, allí en Maine podían mostrar su auténtico yo. La familia describía de diversas formas su auténtico yo. Ratones presumidos, según sus hermanos y primos pequeños. Buena gente, según el yayo, que también era buena gente. Condenadamente listos, según sus madres, que eran hermanas. La tercera hermana, la tía de Toby y Angelica, dijo en cierta ocasión, quejándose, que respiraban un aire enrarecido incluso para aquella familia, y que eran las dos personas más hipermimadas sobre la faz de... La declaración de la mujer fue apagándose hasta quedar en nada, como de costumbre. En cuanto a la yaya –la yaya alta, de pelo corto, muy corto, y ojos pálidos–, nadie sabía lo que pensaba de esos dos nietos en particular, porque no se tomaba la molestia de decirlo.

Estaban recibiendo una educación excepcional: Angelica en una *école*, Toby en un colegio interno. Toby hablaba francés casi tan bien como Angelica inglés. Allí en Maine jugaban al tenis, iban de excursión, a nadar. El yayo primero les enseñó a conducir y luego les dijo que no podían coger el coche. «El que sabe dominarse se hace fuerte», les explicó. «Además, os podrían detener por conducir sin carné.»

–El que sabe dominarse lo hace por miedo –dijo Toby una tarde que iban dando un paseo hacia una pequeña casa flotante–. Somos un clan muerto de miedo. Desde Amberes.

Hacía setenta años que la familia había huido de Amberes con destino a Haifa. Los detalles del desembarco se habían contado y repetido hasta la saciedad. Tanto, que Angelica habría sido capaz de plasmarlos en un dibujo. La más pequeña bajó corriendo por la pasarela del barco, una fortuna en diamantes cosida en el abrigo. Luego bajaron dos de sus hermanos –con el paso del tiempo el mayor se convertiría en el yayo–. Luego bajó la bisabuela, con semblante trágico, con abrigo de cuello de piel. Había dejado las tumbas de otros dos hijos en el cementerio de Shomre Hadas. El bisabuelo cerraba la marcha. Él había organizado el viaje desde Bélgica, él se había llevado a su familia en busca de seguridad, y ahora sus hijos le debían la vida por partida doble. Su retrato colgaba frente a la mesa del yayo en la casa de Manhattan, la típica casa antigua de Nueva York y otras ciudades de América, de esas adosadas.

–El bisabuelo era todo un personaje –decía Toby en ese instante–. Un europeo culto.

–Clarividente –le recordó Angelica–. De no ser por él ni tú ni yo estaríamos aquí.

–Estábamos destinados a existir.

–No, no, ha sido puro azar. –El día anterior Angelica había conseguido varios puntos extra en el Scrabble bilingüe gracias a la palabra «azar»–. Azar y heroísmo.

Los heroicos bisabuelos se habían establecido en Jerusalén, prosperado, observado con preocupación el nacimiento de Israel. El abuelo, en cambio, solo se había quedado en el áspero Israel el tiempo necesario para ir acumulando antipatía. El final de la guerra lo encontró en otro barco, este con rumbo a Hoboken (dos años más tarde su hermano pequeño emigraría a Ciudad del Cabo). La familia había conservado sus contactos con los bancos: útiles para ambos hijos. En Nueva York, el yayo hizo dinero con dinero. Era un dandy, tenía oído, se casó con una renegada yanqui que trabajaba de ayudante de un veterinario. Grace Larcom –ahora la yaya– era hija única, llegada a última hora. Insistió en convertirse, o al menos en declararse convertida, aunque el yayo le hubiera dicho que no hacía falta. Aquella casona, la casa de veraneo de Maine, era cuanto los apurados padre y madre de la yaya habían podido legarle, y con gusto lo hicieron. «Sintieron un gran alivio al ver que me elegía un ser humano», le contó a Angelica en pocas palabras, como era ella. «Ya se estaban preparando para un enlace interespecies.» Pasaron varias décadas y verano tras verano las tres desperdigadas hijas del yayo y la yaya regresaban con sus maridos y sus familias, que aún estaban creciendo: la bella madre de Angelica de París; la artística madre de Toby de Washington; la tercera hermana, la que rara vez terminaba una frase, de Buenos Aires.

Angelica le llevaba un mes a Toby. Eso la convertía en la mayor de nueve nietos, jerarquía accidental que le reportaba escasos privilegios –allí todos tenían sus obligaciones–, aunque sí una habitación propia, en la tercera planta. A la tercera planta solo se accedía por una escalera trasera desvencijada, aunque del amplio vestíbulo a la segunda planta, con balaustrada, subía una elegante escalinata central. Hacia la mitad, la escalinata se dividía en dos tramos: una enorme Y. «Digna de un teatro de ópera, pero aquí», protestaba la yaya, y no obstante se preocupaba de conservar los balaustres tallados en buen estado. Excepto por ese detalle espectacular, la casa era asimétrica, y también caótica. Una estancia daba paso a la siguiente, y las puertas del armario de la despensa estaban decoradas con vidrieras descoloridas por el paso del tiempo, y había un piano cubierto con un brocado ribeteado de flecos llenos de polvo, y, sin contar la ocasional pieza de plata de firma, la casa tenía también reliquias familiares de escaso valor repartidas por todas partes. «Impedimenta», las llamaba la yaya. Unos pinos frondosos protegían la casa de la intromisión del sol. Pero aquí y allá la luz parpadeaba inesperadamente: reflejada en una pala de cobre, en una araña descolgada del techo tiempo ha y abandonada sin que nadie la hubiera llorado, en una licorera con un turbio líquido amatista. «Esa cosa púrpura es ya orgánica», dijo Toby. «Un día va a salir reptando algún gusano y estaremos en un nuevo universo.»

Por la abarrotada casa se paseaban nueve adultos y dos adolescentes y siete niños, buscándose unos a otros, evitándose unos a otros, portando libros vino raquetas flores ositos de peluche. A los más pequeños les gustaba subirse a hombros de sus padres y de sus tíos. A veces el yayo subía a alguno sobre sus rodillas y jugaban al caballito. «¡Me estás matando!», protestaba el yayo, pero gruñía de felicidad.

Todos los veranos la hija de Buenos Aires trazaba un detallado calendario para despojar la casa de los objetos sobrantes; tarde o temprano abandonaba el proyecto. Entretanto cumplían, más o menos, con la limpieza semanal. Se encargaban de ella una madre y una hija del pueblo más próximo. Madre e hija tenían los dientes marrones. La comida la preparaba Myrrh, una mujer grandota, cargada de hombros y gruñona que, tachando algunos apellidos, era prima segunda de la yaya. Myrrh recibía un dinero por su trabajo, y comía con la familia –era su familia también–. Soportaba las cenas sin una mala palabra: todos hablando a la vez; soportaba la interminable comida del sabbat. El yayo había vuelto a la religión en sus últimos años, y recitaba una larga y personalizada bendición sobre la cabeza de cada uno de sus doce descendientes. Las tres hijas y los nueve nietos se turnaban para ayudar en la cocina de acuerdo con una complicada rotación diseñada por la yaya. Mientras limpiaba, Myrrh gruñía ocasionalmente alguna orden: «Aquí... Eso no.» Hacía poco les había soltado «Dejadlo ya» a Toby y Angelica, que estaban cadera con cadera delante del cubo de la basura, tirando las sobras de la comida de los platos.

Myrrh dormía en la habitación contigua a la de Angelica. Pasaba la mayor parte del día dentro de casa, aunque a veces salía a dar un paseo con la nieta más pequeña, que aún hablaba solo en su idioma materno, el español. Cuando volvían, parecían muy tranquilas, y llevaban montones de arándanos. En la mesa se sentaban juntas. «Callada, profunda», dijo Myrrh una noche mientras cenaban; un comentario puntual, al parecer dirigido a la yaya. «Me recuerda a Abigail la del aserradero, nuestra progenitora.» La yaya asintió.

Por las noches la cocina pasaba a ser el gran dominio de la yaya. Allí pasaba sus horas de insomnio, su famoso insomnio. Leía libros sobre mamíferos ya extinguidos y repasaba su colección de esqueletos de pájaro, que había reunido cuando era joven. «Me los traía el gato.» Fumaba, resolvía problemas de ajedrez y tocaba una vieja flauta. De día la flauta descansaba en una mesa del gran e inútil vestíbulo; también en esa flauta se reflejaba la luz.

Toby y Angelica daban un paseo en barca por el lago. Toby cogía los remos de vez en cuando. Angelica dejaba que el agua se deslizase entre sus dedos. Era la pose de una pose. ¿Por qué posar delante de aquel primo tan divertido, el preferido de todos sus parientes? Como un hermano, y ella como una hermana...

−¿Seremos una familia muerta de miedo? −se preguntó en voz alta.

Otro habría olvidado que la frase era suya. Toby lo recordaba. Recordaba fechas de reyes y presidentes. Recordaba todas sus peleas jugando al Scrabble. ¿De verdad se puede añadir *-tismo* a *anatema?* Se puede; *anatematismo* aparece en el diccionario histórico. Toby, además, era capaz de recitar párrafos enteros de los libros que todos los años los dos elegían para los nueve meses que pasaban separados. En la casa de París Angelica, en la habitación del colegio Toby, los dos primos leían los títulos pactados previamente: Ransome, Colette, Naipaul... El año anterior lo habían dedicado a la novela rusa. Tomaron la decisión de estudiar ruso en la universidad −en la familia nadie lo hablaba; así lo hablarían solamente ellos−. Aquel verano, Toby se aficionó a rusificar las palabras: Gothamgrado, Volvoskaya, anatematuski.

Buscó con sus ojos grises el rostro de Angelica. No sonreía.

−Muerta de miedo. Pero mírate, *moy* Angelica. Tienes motivos de sobra para confiar en ti. Belleza (no niegues con la cabeza, *dushinka).* Esos *ochi chornya,* tienes los ojos ámbar, no negros, pero no sé cómo se dice «ámbar» en ruso −como si supiera cómo se decía en ruso todo lo demás; el muy granuja sabía unas cinco o seis palabras−. Perteneces a una noble casa...

−No digas tonterías, Toby. Los judíos solo reconocemos... las nobles intenciones.

−Meritocraski espiritualiski, eso por supuesto. Pero la nuestra es una primera familia igualmente.

−... vale, de acuerdo −dijo Angelica suspirando.

−Y sin embargo... nuestra relevancia tiene pies de arena, una sensación que tenemos todos. Una sensación que tú también tienes.

–¿Te refieres a los diamantes?

–Los diamantes son de carbono. Hablo metafísicamente, y lo sabes... No, metafóricamente –se corrigió Toby, y de pronto pareció un niño–. Cambia, se mueve, la arena. Nos echa, o nos acoge, de mala gana. Nosotros no pertenecemos a ninguna parte, así que cada nueva generación huye a otro lugar.

–Portugal –dijo Angelica. Existía una leyenda deshonrosa: uno de sus antepasados habría aconsejado al rey de Portugal no patrocinar el viaje de Colón–. Nosotros empezamos en Portugal.

–Nosotros empezamos en el desierto, como todo el mundo.

Habían llegado a una cala.

–Arena, literalmente –dijo Toby al saltar de la barca, que arrastró hasta la pequeña playa con Angelica todavía a popa. La ayudó a bajar; todos los nietos estaban educados en los buenos modales. Subieron por un sendero, Toby delante–. *Muerta de miedo* es demasiado fuerte –dijo volviendo la cabeza, ofreciéndole a Angelica su tenso perfil–. Inquietos..., eso es lo que somos.

En ese instante, sin embargo, Angelica estaba muerta de miedo. La larga y lisa melena de Toby, sujeta por una cinta; su morena espalda; sus duros glúteos, dentro de aquellos pantalones iridiscentes. Como tantas adolescentes de París, Angelica encontraba atractivos a los hombres mayores. Tenía pensado casarse con un hombre maduro y con experiencia. Tenía pensado dar clases en la Sorbona, como su padre y el padre de Toby. Seguiría dibujando a lápiz. Los hombres jóvenes eran una circunstancia necesaria dentro de su plan de vida. Sabía que pronto se entregaría a uno, pero ¿a este compañero de litera? Tenía los hombros huesudos...

Se detuvieron en un claro. Un viejo hogar de piedra, tocones, abundancia de agujas de pino. Toby se volvió para mirarla.

–¿Querrás, Angelica Laurentovna? –dijo con voz grave. Si la hubiera abrazado, ella habría dado media vuelta y echado a correr. Pero una petición tan respetuosa...

–Sí –dijo Angelica, y el terror desapareció.

Se quitó el bañador. Toby abrió mucho los ojos. Se quitó el bañador, lo lanzó a una rama. Angelica se tumbó. Las agujas se le clavaron en la espalda, en la cabeza. Toby se puso de rodillas, ella separó las piernas. Se hacía así, ¿o no? Y él entró en ella como un... químico, pensó Angelica, con la intención de trasvasar líquido de un vaso de precipitado a otro vaso de precipitado, sin derramar nada. Toby frunció el ceño. Angelica gimió sin poder evitarlo. Toby la miró con hambre, *merde*, el deseo era más poderoso que el dolor, gracias a Dios al menos cerró sus *ochi griski*. Empujó una vez, otra vez, y de pronto todo hubo terminado. Golpeó con la cabeza en las agujas de pino.

–Dios –dijo–. Angelica, lo siento, demasiado pronto –dijo.

Pobrecillo, su primera vez, también. Angelica miró con ojos llorosos la cabeza cavadora de él.

–¿Te ha dolido mucho?

–Sí.

–La próxima vez no te dolerá. Te lo prometo.

No volvió a doler. Que tallo más raro el suyo. Crecía entre carnosas almohaditas malvas. Surcado de venas. Vestía su opaco manto los pocos días de cada mes que daban en llamar multiplicantes, aunque no estuviera del todo claro que sus negocios fueran monstruosos.

–Yo creo que tiene que haber habido varias generaciones de endogamia –dijo Angelica una noche.

–Compartimos aproximadamente una octava parte de los genes –dijo Toby, agotado, verborreico, la nariz, la nariz de la familia, apuntando al techo de la habitación–. Pero no es más que una estadística. Nosotros podríamos compartir hasta la mitad, nuestras madres podrían ser iguales, como gemelas. Nunca se sabe, todo es azar.

–No, destino.

–Azar, azar. ¿No eras tú la experta en la palabra azar?

–Chist, no tan alto. Nuestro destino quedó decidido hace mucho tiempo –insistió Angelica–. Antes de los dinosaurios, antes incluso de los judíos.

No volvieron al claro entre pinos. Se citaban en vez de eso allí, en la habitación de Angelica. Los muebles los habían ido subiendo generaciones de ascendientes de la yaya, que nunca tiraban nada, que nunca salían de Nueva Inglaterra, que nunca tuvieron que huir a otra tierra con los activos de la familia repartidos en la persona de la hija menor. Al lado de la cama, sobre la esquelética mesilla, había un faisán de cobre en un cuenco de latón. Los vivos verdes y rojos del papel pintado se habían desteñido y transformado en un único e intenso color. Una librería con puertas de cristal guardaba manuales de medicina. «Eran de mi tío abuelo Jim», había explicado la abuela. «El bueno de Jim. Nunca se emborrachaba tanto para no poder salir a una urgencia.»

Las ventanas de la tercera planta tenían forma de rombo, con cristales pequeños en forma de rombo. Se abrían hacia fuera, sobre un gozne. Las mosquiteras las habían hecho por encargo hacía cien años, y estaban llenas de agujeros. «Ridículas ventanas con forma de diamante», había gruñido la yaya. «A lo mejor hace un siglo alguien anticipaba mi enlace con una gran casa de Amberes.»

«Yo creo que pensarían que te liarías con un primate inferior.»

«Mis padres tenían miedo de que me casara con un mono, sí. Y puede que lo hiciera.» El yayo tenía el largo labio superior de un mono y la nariz muy ancha. Un mono alto y bien vestido, el apuesto socio de un organillero. Se decía que de jóvenes la yaya y él tenían peleas y alguna que otra vajilla acabó hecha añicos. Pero el comentario de la yaya estaba lleno de ternura. Aquella mujer tan envarada quería a su juguetón marido. Y él la quería a su vez. Gracias a ese amor volvían las tres hijas a una casa de veraneo tan incómoda.

325

–Estamos reproduciendo una pasión ancestral –dijo Angelica.

–Toda excusa es buena –dijo Toby, y sonrió.

En la habitación de Angelica, Toby y ella, negras estatuas de mármol, se frotaban mutuamente para insuflarse vida. Los libros de medicina se oscurecían detrás de la descolorida vitrina, pero los jóvenes amantes sabían sus títulos de memoria, sabían incluso en qué orden estaban colocados. *Principios de otorrinolaringología, Manual de oftalmología, Avances en epidemiología...*

–¿Qué epidemias crees que había entonces? –dijo Angelica, en voz baja, hablando al hombro de Toby.

–Gripe, fiebre reumática, odio a los judíos.

Angelica miró por encima de él y se fijó en el faisán de cobre del cuenco de latón de la esquelética mesilla.

–La fiebre reumática no es contagiosa.

En una de las tumbas de Amberes yacía un niño pequeño que había muerto de fiebre reumática: Jacob, un año mayor que el yayo, su constante compañero de juegos. «Han pasado décadas..., y me acuerdo de Jacob todos los días», había dicho el yayo con su áspera voz de mono. «Con un hermano se puede tener una relación más estrecha que con una esposa o un marido.»

Angelica se preguntó si algún día el faisán se podría separar del cuenco.

–A algunas personas se las llevan muy pronto –dijo. Esa vieja verdad pareció nueva sabiduría.

–¿El pequeño Jacob? Sí. No la bota nazi: una bacteria. El azar, mi querida niña.

El cuarto jueves de agosto la nieta más pequeña se dignó por fin a hablar en la lengua que comprendía desde hacía mucho, y exigió, con un inglés gramatical, que la llevaran con los demás niños a la feria ambulante. Volvió feliz, con algodón de azúcar en el pelo y vómito en la ropa. «Subir a Vueltas y Vueltas ha sido un error», confesó su padre. La niña, muy sabiamente, se negó a cenar y se permitió que Angelica la bañara y que su madre la acostara.

Dio la casualidad de que esa noche se presentó un amigo del yayo –había hecho negocios con él–, y ocupó el sitio en la mesa de la niña. Era un ángel de Broadway; para él la casa era un escenario y la familia el reparto de una comedia en tres actos; y lo dijo tantas veces que ya resultaba cargante; tanto que el yayo lo mandó a limpiar a la cocina. Y por dos veces rodeó los hombros de Angelica con su largo brazo.

–Me gustaría darle un golpe de kárate –dijo Toby, mucho más tarde, y cortó el aire con la mano plana y tensa y tiró al suelo el faisán de cobre. El cuenco de latón estuvo temblando un rato, como si se lo estuviera pensando, y luego también cayó. La desvencijada mesilla, privada de todo propósito, se vino abajo.

–¡Ya vale! –gritó el hermano de Angelica desde el cuarto de los niños, al otro lado del de Myrrh. Sufría pesadillas, y las tres caídas no tenían nada que ver con su grito.

Poco después de las doce a Angelica la despertó otro ruido. ¿Era el viento en los pinos, hablando de otoño y de separación? No: era un objeto voluminoso que alguien arrastraba sobre un suelo sin moqueta. Oyó gruñidos, también, y palabras desagradables. Luego oyó sacudidas. Era una jaula, ¿verdad? Con una niña dentro quizá... Era un gran pesebre de madera... Al final resultó ser algo más vulgar, una maleta, y había llegado a la escalera de atrás. Bajó dando volteretas.

Toby no se despertó. Angelica se puso unos shorts y una camiseta y bajó, también ella, la escalera a toda velocidad. Abrió la puerta al rellano de la segunda planta, con su barandilla exquisitamente tallada. Myrrh bajaba por el tramo de la derecha de la gran escalinata. Con el equipaje bajo control, de momento. La maleta era de las antiguas, rectangular, con estampado de chevrón. Debió de ser elegante, antaño. Myrrh llevaba una prenda de abrigo amarilla y un sombrero satinado marrón, atuendo muy parecido a los asquerosos platos de natillas que tenía por costumbre preparar. Su soliloquio había subido de volumen. Llegó a la mitad de la escalera, la parte más ancha, donde convergían los dos tramos superiores. Le pegó una patada a la maleta, que se estrelló contra el suelo del vestíbulo. La yaya salió de la cocina. Estaba fumando, seguía con la misma ropa, pantalones y jersey, que había llevado todo el día. Miró a su pariente.

–Myrrh –dijo–. ¿Qué?

–Ni un minuto más –dijo Myrrh, depositando todo el peso en los últimos escalones–. Decadencia. Traición a la hospitalidad. ¿Es que la juventud y la belleza siempre tienen que salirse con la suya?

–La familia se va a quedar otros dos días, tres como mucho.

–Me voy a casa de mi hermano esta misma noche.

La yaya resopló.

–Habíamos quedado en que te ibas a quedar todo el verano. Como siempre.

–A la porra con lo que habíamos quedado.

–A la mierda, vale. El primer autobús no sale hasta las seis.

–Me marcho de este antro. Me voy andando si hace falta.

Silencio.

–Grace, ¿has oído lo que he dicho?

Silencio.

–Soy capaz de despertar a toda esta casa disoluta, consentida y putrefacta, a esta casa que se ahoga en su propia liquidez...

La yaya suspiró. Posó la mirada en Myrrh y luego la levantó y miró a Angelica, y luego la levantó más.

–¡Niñas! Volved a la cama.

Angelica se volvió a tiempo de ver cerrarse la puerta de tres habitaciones, la última la de sus padres (vio por un instante los interesados ojos negros de mamá). La yaya la miraba fijamente.

–Los zapatos.

Angelica bajó las escaleras, pasó al lado de Myrrh, corrió

hasta la cocina. Había otro cigarrillo encendido. Lo apagó, encontró sus zapatos de suela de goma, volvió al vestíbulo. La yaya le tiró algo. Cogió ese algo: las llaves del Volvo.

Nunca había conducido de noche, pero resultó que era fácil atravesar los bosques lacados en negro. Había filamentos de plata: agujas de pino que reflejaban la luz de la luna. El largo camino por delante, el camino de su casa, era suave y gris, como el polvo del ribete de flecos del paño del piano. ¿Tendrían sentido las preposiciones del ruso? El ruso tenía unos cien tiempos verbales, le habían dicho: el iterativo, el durativo, el... Llegaron a la carretera de doble dirección. En el asiento de atrás iban las dos mujeres, en silencio, la maleta en vertical entre ellas como un pretendiente compartido. Llegaron al pueblo.

–*Où doit-on aller?* –le preguntó Angelica a su abuela.

–*Après la gare, à droite.*

–Dejad ya de hablar como las ranas –dijo Myrrh, y su voz taladró la nuca de Angelica–. Jodía, incestidora. ¿Es que no te valía nadie de fuera?

–Myrrh –protestó Angelica con dolor.

–¡Sexócrata!

–Y aquí gira a la derecha –dijo la yaya–. ¡Aquí! –Y Angelica tuvo que pisar el freno, y dar marcha atrás. Luego ya pudo girar. A cien metros había una señal: LAS CABAÑAS DE BILL, y una oficina con un porche donde brillaba una débil bombilla. Un hombre delgado apareció debajo de la bombilla.

La yaya bajó la ventanilla.

–¿Bill?

–¿Señora Larcom?

–Aquí está Myrrh, para una noche. Se marcha en el autobús de las seis. –Le dio unos billetes a Myrrh–. Para la cabaña y para el billete.

Myrrh tiró de la maleta para sacarla del coche y cerró dando un portazo y pasó por delante de los faros –cabeza gacha bajo el sombrero, hombros encorvados dentro del abrigo: una figura que le gustaría dibujar, pensó Angelica, y dejaría el dibujo sin titular y el sagaz dueño de alguna galería lo titularía *Exiliada*–. Myrrh se detuvo en el porche.

–Cabina tres –dijo Bill.

–Vale –dijo Myrrh.

–Arranca –dijo la yaya.

El camino a casa fue más corto que el camino a las cabinas de Bill, verdad eterna del continuo espacio-tiempo, había señalado Toby en cierta ocasión. Angelica y su abuela entraron en la cocina y se sentaron a la mesa de roble. La yaya apagó la luz y encendió un cigarrillo. Angelica le devolvió las llaves, que reflejaron el tenue resplandor de la ventana. La habitación, a oscuras, fue revelando sus conocidos tesoros: peltre en un armario, la vieja cocina con el piloto cobalto, el retrato de un revolucionario, varias escobas boca arriba en un colgador de paraguas.

–En general –dijo la yaya sin más preámbulos–, una relación prolongada causaría muchos inconvenientes. Para ti, para él, para todos nosotros. Tu bisabuelo no salvó su linaje para que se enredara en sí mismo como un encaje viejo y podrido, como el paño de un altar de Amberes. Supongo que quiero decir Brujas.

–Brujas, sí –dijo Angelica, y tragó saliva–. Ahora tú formas parte de ese encaje.

–No se nota mucho –dijo la yaya–. La influencia de los Larcom no se ha hecho sentir.

¿Era de extrañar? Los Larcom no tenían ancestros dorados, ni diamantes escondidos en abrigos, ni exilios, ni renacimientos, ni tragedias. Ni dinero.

–El incesto consensuado –dijo Angelica– no se considera delito.

–Me parece que estás citando a Toby. No estamos hablando del incesto como delito. A la porra con eso. Estamos hablando de que el incesto va contra lo que es correcto. Ampliar el grupo para garantizar su supervivencia..., esa es tu responsabilidad, la tuya y la de tus coetáneos. –Encendió otro cigarrillo, y a la luz de la llama de la cerilla le brillaron los ojos, el blanco blanco, el iris casi blanco–. Antes o después te cansarás de esto –dijo–. Cánsate ahora, querida hija de mi hija.

Durante dieciséis años la yaya se había dirigido a Angelica solo por el nombre. Aquella súbita manifestación de cariño –una declaración, en realidad– valía por diez de las largas y rebuscadas bendiciones del yayo. Qué expresión tan espléndida. Se podría vivir toda una vida de los beneficios que rendía.

Angelica se quedó mirando a su abuela.

–Haré lo que dices. –Ofreció la mano derecha para sellar el acuerdo. Pero la yaya siguió fumando.

El verano siguiente la yaya, enferma, se quedó en la casa de Manhattan. El yayo se agazapaba en un cojín, en un rincón del dormitorio. Nadie tuvo ánimos para abrir la casa de Maine. Las tres hijas fueron, se marcharon, volvieron a ir. La madre de Angelica llegó de París con ella. En su triste semana en Nueva York –la yaya ya no podía hablar–, la madre de Toby llegó de Washington con Toby. Espantaron a los dos primos, los echaron de casa. Se sentaron con un raro silencio en una cafetería. Se pasearon sin interés por un museo.

–He descubierto la astronomía –dijo Toby.

–Nuestras estrellas son nuestro destino.

–Eso es astrología, como por supuesto sabes. Lo que tú y yo necesitamos es una cama. –Lo que necesitaban era un dormitorio atestado de muebles viejos y con una ventana adiamantada y con diamantes. Pero una vez más, por qué no... Angelica se permitió que Toby la llevara a un hotel de mala muerte donde, tras quitarse solo las prendas de abajo, ambos disfrutaron de un breve espasmo de alivio: primero Toby, luego Angelica; por turnos, como bajo la mirada de una niñera.

–Este año voy a empezar a estudiar ruso –dijo Angelica, abrochándose la sandalia.

–Sí, pues entonces yo también –dijo Toby poco convencido. La yaya murió en agosto. Un importante rabino ofició una digna ceremonia junto a la tumba. La hija de Buenos Aires empezó a hacer un elogio *motu proprio* pero se vino abajo a la mitad. Luego oraciones; luego todos lloraron: las tres hijas, los tres yernos, los nueve nietos, el tío abuelo de Sudamérica y su camada, la tía abuela de Jerusalén. Uno a uno fueron soltando puñados de tierra sobre el ataúd de pino. Y los parientes presbiterianos, Myrrh incluida, a continuación; y luego le dieron el pésame a un mudo yayo. Eran raros, tercos, no elegidos; pero en las venas de Angelica la sangre de Maine corría pareja con el exaltado fluido de Amberes; y tal vez algún día tuviera una hosca hija que coleccionase escarabajos y prefiriese la ruta 201 al bulevar Raspail y tocase una flauta en la que se reflejaba la luz... La prima Myrrh le estaba ofreciendo la mano. Angelica se la dio.

Todos los descendientes del bisabuelo se quedaron aquella semana, y luego volvieron a casa, si así la llamaban.

–Adiós, querida madre de mi madre –le susurró Angelica a la gruesa e indiferente ventanilla del avión de Air France–. Adiós, Tobski –añadió, acordándose de pronto de su primo.

UNA MUJERCITA

Volaron de Boston a Bangor una mañana templada de febrero. Gail quería hacer creer que leía una novela muy tontorrona que había escogido su grupo. Max había escogido un mamotreto científico, pero lo llevaba cerrado en el regazo, sobre sus anchos muslos, y encima había abierto la partitura de la Opus 66 de Beethoven, que ensayaba. Gail metió con ánimo juguetón una uña muy cuidada entre dos de los laboriosos dedos de Max, y Max, con una irritación nada habitual, se quitó aquella mano de encima.

Andaban cerca de los setenta y ambos estaban jubilados. Iban a Maine a ver a su amigo Fox, probablemente por última vez. Gail le tenía mucho cariño a Fox, pero estaba deseando, con tanta curiosidad como pavor, que llegara el final. Toda muerte prefigura nuestra propia muerte: algo podría aprender. Había sido maestra; el descubrimiento era un hábito que duraba toda la vida.

1

Hay una anécdota que se atribuye a Beethoven, aunque sea imposible de corroborar: en Viena, al ver pasar a una mujer, el músico le comentó a su amigo Janitschek: «Qué majestuoso trasero, como los de los amados cerdos de mi juventud.»

Mucho tiempo atrás, cuando estaban en la universidad, Fox le había exigido a Max que no se creyera ese cuento. Había dicho que, si era cierto que alguien había hecho dicho comentario, ese no sería Beethoven, ni tampoco Janitschek, sino Janáček, el compositor checo que vivió casi un siglo después y que amaba tanto al pueblo que probablemente amara también a sus animales. Beethoven era un urbanita, sostenía Fox, para él los cerdos eran solo salchichas.

–Pero el trasero de un cerdo es en verdad una cosa muy bella –añadió Fox. Su tío había sido un caballero granjero en Vermont, y durante los veranos, pocos, que había pasado con él, Fox había llegado a apreciar mucho la oronda dicha del puerco.

La relación de Max con los cerdos se limitaba principalmente a las advertencias del Levítico. También recordaba los cerdos muertos del escaparate de la carnicería italiana de la Avenida J ante el que pasaba todos los días de camino al colegio. Allí colgados para que todo el mundo pudiera verlos, cabeza abajo, como Mussolini.

–Muertos y curados –le dijo a Fox.

–Un cerdo muerto no se parece en nada a un cerdo vivo –le informó Fox.

–¿Cómo os conocisteis tu compañero de cuarto y tú? –le preguntó Gail a Max a los diez años de haber terminado la universidad. Ellos se acababan de conocer. Les habían puesto juntos en un almuerzo por un bat mitzvá, se hacían pregunta tras pregunta, ignorando groseramente a los demás solteros de la mesa.

–¿Fox y yo? Nos unió el *shadchan*[1] de la universidad.

Gail comprendió; la oficina de alojamiento los había colocado juntos en primer curso.

–Un emparejamiento nada obvio –se arriesgó a decir.

1. «Casamentero profesional» en la cultura judía. *(N. del T.)*

–Nosotros también nos preguntamos por qué.

En aquellos tiempos a los alumnos recién matriculados les hacían compartir habitación con compañeros de formación, circunstancias familiares y sociales y preferencias religiosas y deportivas semejantes. En ninguno de esos particulares –salvo, quizá, en que ni uno ni otro practicaban ningún deporte– parecían coincidir Foxcroft Whitelaw y Max Chernoff. Un abuelo de Fox había sido gobernador de Maine y el otro rector de una pequeña universidad de Nueva Inglaterra; antes, un clérigo protestante había lanzado una mirada iracunda a su propia generación y las sucesivas. Los ancestros de Max, guardianes de pequeños comercios poco rentables, se remontaban sin nombre hasta el misterioso shtetl que habían abandonado sus abuelos. A su vez, en Brooklyn sus padres abandonaron la mayoría de las costumbres judías, salvo la de consumir comida kosher, para complacer a sus padres. En el primer año de matrimonio, Max y Gail hicieron lo mismo en honor de esos ancianos abuelos, que a veces iban a comer con ellos. Cuando murió el último abuelo, los jóvenes Chernoff también abandonaron esa costumbre, y no tardaron en cocer langostas en la cocina de su casa.

Max no siempre fue Max. Pero al ingresar en la universidad vio la oportunidad de deshacerse del afectado «Maurice» con que sus padres le habían obligado a cargar. Más tarde, sin embargo, cuando ya era un historiador de la medicina consolidado, agradeció la dignidad del «Maurice Leopold Chernoff» que adornaba sus dos libros. Poco después de la publicación del primero encontró un regalo en el correo: una grabación de Maurice Abravanel y la Orquesta Sinfónica de Utah dirigidos por Maurice André tocando obras para trompeta de Ravel. *Foxcroft,* decía la tarjeta que la acompañaba. Max estudió el disco del derecho y del revés.

–Ninguno de los dos toca la trompeta, a ninguno de los dos nos gusta Ravel... –se dijo en voz alta.

Un hombre tan culto; un hombre a veces tan tonto.

–Es por el nombre, tu nombre –explicó Gail.

La música unió a los compañeros de habitación..., quizá la oficina de alojamiento hubiera actuado con más sagacidad de la que parecía. De pequeño a Max le había enseñado a hacer escalas y ejercicios de digitación y «Für Elise» una tía abuela con una falta de oído monstruosa («Que sepas tararear ya es un milagro», comentó Gail tras conocer a aquella tía formidable, que aún vivía cuando se casaron). Luego Max estudió con un profesor de verdad en la calle Veintitrés. Durante el primer semestre del primer curso, después de la cena tocaba a veces en la sala comunal del colegio mayor: jazz sobre todo, pero también a Bach y a Chopin. Era un aficionado muy ducho. Fox, tras escuchar con mucha atención, mencionó que él personalmente había probado con varios miembros de la familia de las cuerdas. Luego, el día después de las vacaciones de Navidad, mientras memorizaba fórmulas en la habitación compartida, Max oyó entrar a Fox en el cuarto de estar compartido haciendo más ruido del habitual. No era de extrañar: llevaba un estuche de violonchelo bastante maltrecho y tuvo que apartar de una patada su segunda maleta. Del estuche sacó un magnífico instrumento.

–Se me ha ocurrido –dijo. Max esperaba que el instrumento estuviera asegurado.

Resultó que Fox destacaba por su destreza y dedicación. No tardó en ensayar una hora al día, y se unió a un cuarteto de estudiantes y por las tardes tocaba duetos con Max en la sala comunal, cuando ninguno tenía laboratorio y no había nadie por allí. Disfrutaban mucho los dos de aquellas sesiones, aunque con tanta disparidad de instrumentos –Max tocaba el piano vertical del colegio, Fox su valioso chelo– y de capacidades, Max se acordó de otras disparidades que a veces le afligían. *Chicos de Flatbush*, pensó Gail cuando Max le habló de aquella vieja aflicción, ¿habrá alguna especie a la que resulte más fácil herir?

Fox estudió luego en la Facultad de Medicina de Chicago, Max en la de Nueva York. Fox se casó antes de licenciarse.

–Fue una sorpresa para mí que se casara tan joven –le dijo Max a Gail en el premonitorio bat mitzvá–. En la universidad era muy desconfiado con las chicas. Bueno, yo también.

Sophia Whitelaw era delgaducha y sencilla y había hecho caso omiso de sus orígenes aristocráticos, había prescindido de la universidad y recorrido Europa como una vagabunda. En la boda bailó con todos los hombres y también con su hermana, Hebe, una niña de diez años baja para su edad que estaba enamorada de su caballo.

–La cuñada de Foxcroft se llama... ¿cómo? –preguntó Gail. Solo había transcurrido una hora de su periodo de mutua compañía, que se prolongaría toda la vida. Solo les habían servido medio pollo–. ¿Hebe? ¡Qué nombre más raro! ¿De dónde proviene?

–Hebe es la diosa griega de la juventud.

Max estaba estudiando su segunda licenciatura, en historia de la medicina esta vez. «Me he dado cuenta de que prefiero la biblioteca al costado de la cama», le dijo a Gail. Gail daba clase a niños de cuarto. (Más tarde, después del nacimiento de su único hijo, volvería a la enseñanza, y seguiría en ella treinta años.) Tenía el pelo rizado, la nariz operada. Leía mucho y coleccionaba joyas art déco. Tenía su colección de pretendientes, incluido uno rico que la había querido antes de retocarse la nariz, cuando todavía tenía perfil de lechuza, pero verse elegida por un médico fue como si la ascendieran, por mucho que aquel médico no tuviera pensado abrir consulta. (Por su parte, daba la impresión de que para Sophia la práctica de la medicina estaba en el mismo nivel social que la limpieza de escaparates.)

Fox se incorporó a un departamento de endocrinología en Maine. Max empezó a dar clase en Boston. A veces una familia pasaba un fin de semana en casa de la otra y viceversa. Los hombres oían música y tocaban duetos; los niños –los Whitelaw tenían una hija, Thea– jugaban a las damas y, transcurridos algunos años, al ajedrez; las mujeres visitaban algún museo si estaban en Boston y alguna feria de artesanía si estaban en Maine. En una ocasión Sophia llevó a Gail y a Hebe (la Diosa de la Juventud iba a casa de su hermana con frecuencia) a Lewiston a ver una exposición de herramientas de agricultura antiguas. La vieja arpía que las coleccionaba y vendía también comerciaba con joyas y bisutería, en su mayor parte de poco valor. Pero allí, tirado encima de una mesa, había un círculo de diamantes incrustado en plata incrustada en esmalte negro. Gail se puso la pulsera. Qué transformación: se sintió una reina, o al menos como una plebeya con muñeca de reina.

–Puedo hacerle una pequeña rebaja –dijo la bruja de la propietaria.

–¿No vas a celebrar ningún cumpleaños en todos estos años? –dijo Hebe, cogiéndose del brazo de Gail.

–Sisa algo de la partida de gastos. Insisto en un regalo especial –aconsejó Sophia–. Date ese gusto –alentó a Gail la yanqui aquella que ni siquiera tenía anillo de compromiso.

Gail se deshizo del conspicuo grillete y meneó la cabeza: No. A las pocas semanas, Sophia, dándose ese gusto, dejó a su marido y a Thea, su hija adolescente, y reanudó su vida de vagabundeo... modificada: esta vez pasaba en casa el mismo tiempo que fuera.

–No, no me importa –dijo Thea, con su habitual franqueza, respondiendo a la pregunta de Gail–. Es divertido cuando está y es un descanso cuando no está.

2

«En tu numerosa cohorte alguien tendrá que morir el primero», había dicho Max. «Para que dé comienzo la avalancha.» Durante las primeras décadas se sucedieron los accidentes, los horribles cánceres prematuros, los suicidios. Y murieron algunos niños, niños de otros, gracias a Dios, pero Gail nunca perdió el miedo por su propio niño. Por fortuna, la hija de los Whitelaw y el hijo de los Chernoff se convirtieron primero en sanos adolescentes y después en sanos adultos –hoy en día nadie considera que la homosexualidad masculina sea una desgracia; en voz alta no, en cualquier caso.

Al cabo de un tiempo llegaron las enfermedades que predice cualquier actuario. Fox y Sophia y Max y Gail de un modo u otro las evitaron. No pudieron evitar envejecer, sin embargo. Los hombres lo hicieron de forma distinta. Ninguno se mantuvo en forma –ninguno lo había estado nunca, para empezar–, pero Fox era al menos de natural delgado. Max fue ganando peso paulatinamente; esto era natural, también, o al menos genético, o al menos no patológico (le señaló a Gail); la carne extra, le había asegurado su abuela, actúa como protección frente a diversas enfermedades. Un análisis estadístico publicado en el *Boletín de la Sociedad Geriátrica Americana* apoyaba esta insólita verdad. Los estrechos hombros de Max se estrechaban con los años y sus anchas caderas se ensanchaban. Cuando, desnudo después de hacer el amor (una actividad cada vez más infrecuente dentro de su grupo de edad, demuestran los estudios, mientras que otros estudios demuestran asimismo que a ambos miembros de una pareja mayor les gusta imaginar, en plena faena, que tienen por compañero o compañera a una estrella de cine), iba de la cama al baño, a Gail a veces le daba por pensar que estaba contemplando la retirada de una mujer saciada. Pero cuando volvía después de un aseo que consideraba necesario –Gail habría yacido en medio del sudor y del esperma hasta la mañana siguiente–, con el miembro encogido y el mostacho estirado, por la sonrisa, Max volvía a parecer un macho. Su hombre.

Pocas dolencias les aquejaban. Los fibromas de Gail requirieron una histerectomía. A Max tuvieron que operarle de una hernia. Varios antidepresivos causaron en Fox varios efectos secundarios como estreñimiento y pérdida desigual de cabello. En cuanto a Sophia..., nunca se ponía enferma. Y su adusto atractivo mutó en cegadora belleza: excelente osamenta y buena dentadura; piel tersa que desconocía las cremas hidratantes; cabello claro, solo ligeramente deslucido, en un moño flojo recogido en la nuca. Seguía haciendo montaña, esquiando, buceando. Cuando volvía, con frecuencia, a su casa de Maine, Hebe la acompañaba. A la Diosa de la Juventud le habían salido patas de gallo como a todo el mundo, y sus pequeños dientes amarilleaban. A veces los Whitelaw invitaban a los Chernoff a pasar el fin de semana. Encontraban a Hebe charlando con Fox. Encontraban a Sophia subida a una inestable escalera, recableando la lámpara del porche, o a horcajadas de uno de los aguilones, como si fuera un poni, para reponer algunas tejas. Tenía la osadía de un muchacho y la competencia de un hombre y la gracia de una mujer. Parecía al comienzo de una vida muy larga. Gail se dio cuenta de que estaba celosa, ¿o estaba deseosa?

De vuelta en casa, Gail, dirigiéndose a Max, aventuró:

–Sophia acabará enterrándonos a todos.

–Alguien tiene que ser el último.

Sophia no sería la última, sería la excepción; pero Gail se guardó para sí esta revelación más precisa, hasta poder compartirla con la joven Thea Whitelaw. Un verano, Thea, que trabajaba en el máster de enseñanza que estaba estudiando en Harvard, se quedó con los Chernoff entre apartamento y apartamento.

–Tu madre puede vivir siglos –dijo Gail.

–Oh, y lo hará –dijo Thea–. Es medio cetácea. *Cetus* es latín, viene del griego *kētos*...

–Monstruo marino, ya. Los maestros de escuela acumulamos muchos datos. Pseudoerudición.

Gail era muy severa..., pseudoseveridad. Había llegado a tenerle mucho afecto a aquella chica, ojos oscuros como nube de lluvia, pelo castaño recogido en una trenza gruesa.

En la cohorte más pequeña alguien tenía que morir primero, también. Uno de esos carcinomas por lo general curables cazó a Fox. Pero en su caso... no era tan curable. Pese a todo, transcurrieron algunos años: tratamientos, periodos de descanso, más tratamientos, todo el mundo sabía lo que había que hacer. No había habido visitas Whitelaw-Chernoff desde el diagnóstico. La terapia de Fox consumía mucho tiempo. Y el hijo de los Chernoff vivía en Savannah; si viajaban, sus padres viajaban a Savannah. El peso de Max suponía una pequeña traba. Gail se fatigaba con frecuencia. Le habían salido pliegues en los párpados, pero el resto de su rostro, era consciente, transmitía la vida que había transmitido siempre; y todavía era bonito: la inclinada barbilla, suya de pleno derecho; la inclinada nariz, suya de plena rinoplastia. Se alegraba de haber vendido la casa para trasladarse a un piso. La cocina contaba con los últimos adelantos, y encimera de granito, además. Daba igual que ya no cocinara, le gustaba poner las palmas de las manos y luego la mejilla en la fría piedra.

Thea había vuelto a Maine; vivía en la casa de su padre. A veces encontraba allí a su madre; y a Hebe también. Thea daba clase a quinto. Llamó una mañana de enero.

–Queda poco, Gail.

–¿Qué quieres decir? Max habló con tu padre la semana pasada..., bueno, el mes pasado..., antes de Navidad. ¿Han vuelto a ingresarle?

–No. Cojea por toda la casa, puede hacer de todo menos comer, toma algo para el dolor. No quiero decir que vaya a morirse. Quiero decir que se está muriendo.

La diferencia entre lo inminente y lo cercano, sí. Estaba también lo inevitable, pero todos entraban dentro de ese grupo, incluso la cetácea Sophia.

–Ven, por favor –dijo Thea–. Tráete música.

–Pues... ¿Qué música?

–¿Beethoven?

–Uf, demasiado difícil. Max ya casi no toca. Cosas para niños nada más, para la hija de los vecinos. –Una mocosa, la niña: o quizá Gail todavía no hubiera hecho las paces con su destino: nada de nietos–. El otro día hizo un riff maravilloso sobre «Oh, Mr. Sun» –admitió.

–¿Y las variaciones sobre *La flauta mágica?*

–*Ein Mädchen...*

–... *oder Weibchen*. Por favor, no me llames pseudoerudita.

–Vale –dijo Gail, accediendo a la petición, y acordando también el programa: las doce variaciones de Beethoven sobre «Una muchacha o una mujercita», de Mozart.

3

Bangor. El avión alabeó sobre los pinos, sobre el agua. En el aeropuerto les estaba esperando el novio de Thea. Subieron a su Piper, Max al sitio del copiloto. Este otro vuelo les llevó solo diez minutos. Aterrizaron en un rectángulo de tierra rodeado de píceas. A continuación, en el jeep del novio, fueron por un camino con roderas de isla en isla, atravesando puentes minúsculos, hasta llegar a la última isla de la serie, el familiar afloramiento con cincuenta y pico casas. La que estaba más hacia el este, pardusca y tradicional como las demás, era la de Fox. Un porche profundo envolvía los tres lados que daban al fiero mar. Dentro había ángulos, ventanas extrañas, rincones, y todo se había vuelto familiar con el paso de los años. En la sala de música estaba el Steinway comprado con ocasión del nacimiento de Fox. El ático tenía una cama de matrimonio dura. En ella Gail y Max harían el amor como siempre lo hacían en aquella casa, como si por estar allí invitados fuera su obligación.

Las estancias principales eran las más alejadas del camino. Sus ventanas, y la puerta de entrada también, se abrían al porche y al mar. La parte de atrás de la casa daba al camino. Max y el novio de Thea subieron el equipaje: cruzaron un arco enrejado y desaparecieron. Y subieron los escalones del porche y entraron. Gail bajó del jeep como pudo. Echó la cabeza hacia atrás para fijarse en la fachada trasera de la casa, donde vio, en una ventana alta –... el rellano de la escalera de atrás, ¿verdad?– a una mujer: Thea, con dos almohadas sin duda destinadas a la cama marital del ático. Thea saludó con la mano y siguió subiendo. Una planta más abajo, detrás de una ventana con cristal purpúreo, estaba Fox. También saludó con la mano. En la cocina se movía otra persona, otra mujer: Sophia. Y en la puerta ahora abierta que conducía a una cocina de muebles anticuados donde la familia hacía todas las comidas estaba la pequeña Hebe, que abrazaba sus pecosos brazos con nerviosismo.

–¡Gail! –exclamó con voz aflautada la Diosa de la Juventud, y bajó corriendo los escalones de madera y se echó en brazos de Gail, que no demostró ningún entusiasmo.

A continuación, dentro de la casa, más encuentros. La bella Sophia. El demacrado Fox. Thea, agotada.

Thea y Gail tenían desde hacía tiempo una guarida propia. Unas dos horas más tarde –Fox acostado en su habitación, Max echando una siesta en la suya y la de Gail, habiéndose marchado el novio, Sophia y Hebe en la compra en busca de verdura, cual mortales–, se encontraron allí las dos. Una estancia que había sido despensa y antes quizá sala para curar carne. Allí dentro no alcanzaba el calor. Aunque la tarde no era especialmente fría y una fina capa de nieve menguaba bajo el sol, su pequeño refugio conservaba el frío glacial de los meses anteriores. Gail llevaba su parka, Thea el abrigo de marta cibelina de su madre.

–Tiene muy mal aspecto, ¿no te parece? –dijo Thea.

–Sí –dijo Gail, porque estaba de acuerdo.

A Fox se le había puesto el pelo del color de la espuma. Su piel era casi tan transparente como la tenue bombilla que colgaba sobre sus dos apenadas cabezas. Fox se había unido a los demás en la comida sin participar en ella. Se mantenía vivo a base de un nutriente médico envasado al que él mismo atribuía sus frecuentes vómitos. Los tratamientos y sus secuelas eran lo que lo estaba matando, decía él; la enfermedad había desaparecido, aseguraba. «Estoy curado y estoy muerto», decía, con furia e impotencia. Sus vómitos no sonaban —Gail le había oído vomitar dos veces— como la cascada de un borracho, sino como una arcada prolongada e improductiva.

—He traído bombones. ¿En qué estaba pensando? —se lamentó Gail.

—Hebe ya se ha zampado toda la caja. A papá le gusta probar, solo probar, algunas cosas, como pastel de marisco con especias, queso cremoso y carnes ahumadas. Adora el beicon. Así que mamá estuvo friéndole beicon todas las mañanas durante un tiempo y papá comía un poco y al cabo de un rato lo vomitaba. Al final mamá dejó de hacérselo y empezaron a tener esas peleas que tanto les gustan, cuando se gritan notas a pie de página totalmente inventadas y papá cita algún tratado médico...

—Algún tratado que trate su tratamiento.

Thea sonrió, débilmente.

—... y mamá invoca alguna novela inglesa, con todos esos caballeros gotosos de tanto oporto y tanta carne de cerdo. Y cita el Deuteronomio...

—El Levítico. «Y el puerco, pues hendida está su pezuña, y hendida está con hendidura, pero no rumia; inmundo os será.»

—Pues el Levítico. Y mamá empezó a freír el beicon por las tardes, cuando papá está durmiendo, como ahora. Toma somníferos para dormir, no se despertaría ni con el beicon, no se despertaría ni aunque se prendiera fuego la casa. Así que empezó a levantarse por las noches, para freírse beicon.

—¿No podéis dejar de comprarlo?

—Oh, por favor, Gail, ¿a ti te parece que el cerdo es inmundo?

–Claro que no. La carne de cerdo puede ser muy fina si se hace bien.

–Ah, bueno –dijo Thea–. De todas formas, papá dice a gritos que la gota es una de las pocas enfermedades que no tiene, y que las prohibiciones del Antiguo Testamento no atañen a los Whitelaw. En su familia nunca ha habido ni un asqueroso judío... Lo siento, Gail, lo dijo exactamente así.

–En todas las familias ha habido algún judío –dijo Gail, tranquila.

–«Ergo», dice, el beicon no puede sentarle mal. Y la tía Hebe siempre se pone de su parte. Jura que el beicon es el pilar de su existencia, de su propia existencia, que por lo demás es totalmente absurda... Ah, no me hagas caso, la quiero mucho.

–Cariño.

Gail estaba sentada en un taburete alto y Thea en uno bajo, así que a Thea le resultó muy fácil apoyar la mejilla en el muslo vaquero de Gail. Estuvieron así un buen rato. Luego Thea volvió a levantar la cabeza.

–Ahora dejo el beicon en el maletero del coche, cerrado con llave. Y papá no lo prueba. Pero la pelea no ha terminado. No dejarán de pelearse hasta que se muera –dijo, y tragó saliva–. Pero no se va a morir mientras haya pelea.

–Entonces es el beicon lo que le mantiene con vida –dijo Gail.

La cena, que hicieron Thea y su madre, consistió en pollo, ensalada y vino para todos menos para Fox, que esta vez tampoco comió nada y solo bebió su espeso líquido verde medicinal. El novio de Thea volvió. Hebe y Max estuvieron hablando de política. Fox no dijo nada, estaba concentrado en la batalla interna. La altiva Sophia puso, también, su atención en otra parte. Insistió en limpiar sin ayuda. Fox subió a vomitar, y no volvió a bajar. El mar azotaba las rocas.

–Voy a dar una vuelta en la peligrosa oscuridad –anunció Hebe.

El novio se marchó. Gail y Max y Thea se sentaron a leer en el salón. Hebe volvió y les dijo que no le había pasado nada.

–Sorprendente: soy propensa a los accidentes.

El mar rompía en las rocas todavía con más fuerza.

Gail se despertó en plena noche. Había olvidado meter el valium en la maleta. Max roncaba ligeramente. Habría sido cruel despertarle; además, ¿con qué motivo? Podía bajar sin hacer ruido y meterse en la habitación de Fox, hurgar en su botica hasta encontrar algún somnífero. Pero ¿y si ponía las manos en un medicamento letal? Despertar a un moribundo sería peor que cruel. Se levantó, cogió de una percha el abrigo encerado de alguien y se lo puso. (Se había olvidado de meter la bata en la maleta, además. A veces tenía la impresión de que en el cerebro se le estaban formando rincones resbaladizos.) Bajó casi sin hacer ruido por la escalera de atrás y en la segunda planta se dirigió a la escalera principal, cuya raída moqueta amortiguaría el ruido. Aun así, cada pisada producía un crujido. Se detuvo, se asomó a la barandilla.

La luna entraba por la sala de música, rozando reliquias familiares desechadas, empolvando de plata el Steinway.

Fox y Sophia estaban sentados en unas sillas orientadas hacia el ventanal. Sus rodillas casi se tocaban. Fox llevaba un albornoz de rayas de hospital; lo habría cogido prestado, o lo habría robado, durante uno de sus ingresos. Sophia seguía con los mismos pantalones de pana y su andrajosa camisa de franela. Pero, más allá de sus harapos, qué noble cabeza lucían aquellos aristócratas, incluso el que iba a morir. Qué envidiables perfiles. Gail se esforzó por oír la tranquila conversación de la pareja, que hablaba en voz baja. Al fin y al cabo, ella no era en realidad una invitada; la habían convocado para presenciar la agonía, y como buena maestra de escuela tenía la obligación de escuchar a escondidas. Pero todo cuanto pudo oír fueron unas cuantas sílabas que pudieron ser, que debieron ser, que probablemente fueron «amor» y «recuerdo» y «miedo».

Max se sentó al piano a la mañana siguiente. Fox se echó en un sofá gastado. Gail, cansada, con la esperanza de pasar inadvertida, se encorvó en una silla del oscuro comedor donde la familia no hacía ninguna comida. Cogió la novela que había llevado, todavía ilegible. Veía la sala de música a un lado, a través de un arco, la cocina al otro lado, a través de una estrecha puerta. El piano estaba perfectamente afinado. El viejo estuche del chelo de Fox, el que arrastraba de casa a la universidad y de la universidad a casa, estaba de pie en un rincón.

Max dejó el piano y pasó por el comedor. No vio a Gail. En la cocina se sirvió algo de café y le echó mucho azúcar. Fox se levantó del sofá. Sacó el chelo del estuche e insertó la pica como si fuera una prótesis. Se sentó en una silla con el instrumento delante, exageradamente inclinado. La pica penetró en la alfombra. Fox no se había vestido y llevaba el albornoz de rayas que Gail había visto la noche anterior. Ahora Gail advirtió unas manchas amarillas.

Sophia y Thea y Hebe estaban en el porche. La temperatura todavía era anormalmente elevada para esa época del año. O quizá fuera normalmente elevada —Gail sabía que la costa de Maine había experimentado dos años consecutivos de inviernos suaves en el siglo XIX y también en 1929, otro de esos datos inútiles que recordaba de sus tiempos en la enseñanza—. El novio aún no había aparecido. Gail no pudo recordar su nombre. ¿Se acordaría él del suyo? ¿Habría alguien sobre la faz de la tierra que recordara 1929 y los narcisos que se habían marchitado el día de San Valentín? Fox rasgó las cuerdas con el arco. Tocó una suite de Bach, la pieza con que calientan los chelistas. No les hizo el menor caso ni a su mujer, ni a su hija ni a su cuñada, que entraron en tropel desde el porche. Encontraron a Gail de

347

inmediato. Sophia anunció que mientras los chicos tocaban las chicas saldrían a patinar.

—No he traído patines —dijo Gail.

—Tengo un par de sobra —dijo Thea.

—Me estarán grandes.

—Les ponemos un relleno.

—¿Con qué? —dijo Gail, y siguió a las demás hasta el coche de Thea.

Fueron de isla en isla hasta el continente. Ya allí fueron a su charca favorita, negra, salpicada de grumos de hielo como la sal kosher. Los patines de Thea, con el complemento de un par de calcetines desparejados que la misma Thea había cogido de la cuerda, le quedaron a Gail como si se los hubieran hecho a medida. Gail pensó en el invierno en que enseñó a patinar a su hijo; por un momento fue como si no hubiera pasado el tiempo, como si su hijo todavía fuera aquel niño alegre y ella su encantada madre.

Ejecutó algunos giros. Thea y Sophia bailaron el vals. Pero la Diosa de la Juventud era la estrella. Con una falda larga rescatada de un baúl de los Whitelaw y una chaqueta ajustada y una chistera —Fox se la había puesto en la investidura de alguien—, Hebe hacía giros, levantaba una pierna y luego la otra, daba saltos, aterrizaba cual mariposa. Gail, que se fatigó pronto, la observaba desde el borde de la charca. ¿No tendría alguna deidad real la amabilidad de encoger a aquella pizca de persona y transformarla en objeto de porcelana y ponerla encima de una caja de música para que pudiera estar dando vueltas por toda la eternidad? «Vive alquilada en una granja de caballos de New Hampshire, en una casita de campo de una sola habitación», le había contado Thea. «Viene a cotorrear con papá, tiene que coger varios autobuses para llegar, unos diecisiete.» Pero en ese instante Hebe debió de tropezar con un bulto de hielo, o quizá fuera una raíz que se había abierto paso durante el deshielo, como un niño que se desprende de las mantas. La chistera se cayó y rodó describiendo un amplio arco hasta el centro de la charca. Hebe se dio de bruces contra el suelo, y se golpeó en plena cara.

Bueno, en realidad no. «El cuerpo hará casi cualquier cosa para proteger los ojos y la nariz», había dicho Max una vez. «Las manos salen disparadas; muchas muñecas se rompen así. Solo una persona inconsciente se olvida de la cara. Una noche que estaba de guardia vi...», y contó la historia del borracho que se había destrozado el rostro en una caída; mencionó los huesos por su nombre, como si se tratara de unos amigos. La espaciosa memoria de Max había almacenado todo lo que había visto en el periodo de prácticas, antes de abandonar las urgencias del trabajo clínico. La noche anterior le había dicho que creía que a Fox le quedaba un mes de vida como mucho.

Hebe se quedó inmóvil. Pero tenía la cabeza ladeada, de modo que era muy probable que la nariz no se le hubiera roto. Hermana y sobrina fueron a toda prisa hacia ella. Hebe se puso a gatas (tampoco se había roto las muñecas) y luego se quedó medio sentada, con las piernas (tampoco se había hecho daño en las piernas) dobladas. Gail llegó junto al trío. Thea se había arrodillado al lado de su tía. Hebe tenía un lado de la cara lleno de arañazos, pero sin mucha sangre.

–¿Estás bien? –preguntó Sophia.

–Hay que curarte esa cara –dijo Gail.

–Me ha entrado un mareo de pronto –dijo Hebe. Cogió la mano de Thea y se levantó con esfuerzo. Gail siguió a la pareja hasta la orilla. Se volvió una vez y vio que Sophia iba patinando hasta el centro de la charca y cogía la chistera, como un ayuda de cámara.

Encontraron a Max solo en la mesa de la cocina.

–Fox está acostado –dijo–. ¿Qué te ha pasado, Hebe? Déjame ver.

Thea sacó las llaves de los vaqueros y volvió a salir. Gail la vio abrir el maletero de su coche y sacar algo envuelto en papel de estraza blanco. Volvió a entrar, dejó las llaves en la encimera y abrió el paquete. Sacó una tajada de beicon, rosado y reluciente. Cortó unas lonchas y se las dio a su madre, que ya se había acercado a la vieja cocina y estaba colocando una sartén negra y grande sobre el quemador. Las lonchas se rizaron, se arrugaron, echaron burbujas. Su aroma llenó poco a poco la cocina.

Gail puso la mesa. Max le aconsejó a Hebe que se lavara la cara con agua tibia poniendo mucho cuidado. No hacía falta ningún calmante. Hebe salió dispuesta a obedecer. Sophia sirvió las primeras lonchas.

La fragancia se hizo más intensa –el olor a desafío, a suntuosa energía calórica, a comida no kosher–. Antes del furor de la normativización, la clase de cuarto de Gail había dedicado felices unidades a los animales de granja. Gail, cómo no, las había preparado a conciencia. La cerda es particularmente maternal, aprendió y luego enseñó a sus alumnos; los cerdos de la mayoría de las razas son prolíficos y también muy eficientes a la hora de convertir el grano en carne. Vuestro cerdo tiene un estómago pequeño en un organismo muy grande. Los primeros restos fósiles, de los antecesores de los pecaríes, fueron descubiertos en China... Eso podría explicar la gloria de la comida china, había especulado en silencio, aunque para la gloria no había más explicación que la vida o la muerte o las preferencias sexuales. En cierta ocasión, cuando su hijo debía de tener tres años, vieron un cerdo de juguete en una tienda, una hembra, una cerda muy pequeña, escrupulosamente realista. Le contaron las tetas: doce. «Por aquí sale la leche», dijo. Y se abrazaron los dos recordando con dulzura la lactancia...

–Triquinosis –dijo Hebe al volver–. Te la pueden contagiar los cerdos, ¿verdad?

–Pueden –dijo Max–. A los cerdos se la contagian las ratas. Pero sí, Hebe, si comes carne de cerdo cruda puedes ingerir la larva enquistada de una lombriz y ponerte muy mala. Por eso el beicon se come muy hecho, y por eso desprende ese aroma tan tranquilizador.

Hebe añadió, con desacostumbrada franqueza:

—A lo mejor sí es malo para él.

Y Gail, apretando los labios, se dio cuenta de que Hebe quería al marido de su hermana a su manera frustrada, de que aquellos dos compañeros de casa por temporadas debían de pasarlo bastante bien en su mutua compañía: una patinando, el otro tocando el chelo; una hablando, el otro tapándose los oídos; y no había necesidad de molestarse en tener sexo...

—El beicon no es malo para Fox —dijo Max—. Ya nada puede ser malo para él. —Pese a su mantecosa blandura Max no era un hombre de lágrima fácil. Pero se le quebró su amable voz y los estrechos hombros se vinieron abajo, y con la regordeta mano se tapó el retorcido bigote.

Sophia siguió sacando lonchas de la sartén. Hasta que dejó de hacerlo. Arriba, Fox dormía su sueño asistido. Thea recogió los platos. Sophia le dio el beicon y las llaves a Gail, que salió, dejó el paquete en el maletero del coche y luego, inclinándose, apoyándose en un pino enano, vomitó. Bajo su mano la corteza parecía un brazo de tweed. Se irguió y volvió a entrar.

Por fin llegó la noche. Se reunieron todos en la sala de música después de la cena que comieron todos menos Fox. Con ánimo festivo, Fox se había servido el nocivo nutriente en una copa de champán. Había inspeccionado la cara de Hebe.

—Mañana tendrás un espléndido moratón —le aseguró a su compañera en el sufrimiento.

Al otro lado del eucalipto seco puesto en una jarra empañada encima del piano, el rostro de Max tenía aspecto metálico: bigote de peltre, piel de estaño. Debajo de sus escasas pestañas, sus ojos parecían discos de aluminio. Cualquier desconocido que entrara en ese momento en el salón habría dicho que él era el moribundo y no Fox, cabeza gacha, su delgadez oculta detrás del chelo.

Tocaron. Dos viejos, sus instrumentos aún más viejos pero destinados a una estancia más larga en la tierra. Quizá nadie hubiera tocado nunca aquella pieza tan imperfectamente, quizá nadie la hubiera tocado nunca en las mismas circunstancias. Las Doce Variaciones sobre el tema de Papageno fueron concebidas como un ejercicio de salón para aficionados. Gail lo sabía. Sabía que la obra era un Beethoven menor, un Beethoven sin ambición; había aprendido mucho de música durante las largas décadas de matrimonio. Max confundió un pasaje. Si la hubiera elegido un hombre interesado por el arte moderno, por el fútbol americano, por la cocina, ella habría aprendido algo de esas cosas. Por su parte, había aportado al matrimonio su pasión por enseñar, y también una caja de puros llena de pines y hebillas y clips. Había planeado continuar con la colección, vender, hacer negocio. Un *dolce vibrato* de Fox se agrió. Pero Gail, que no recibió aliento aunque tampoco censura, terminó por abandonar ese hobby. Los músicos pasaron por todas las variaciones en un cuarto de hora.

El novio aplaudió. Fox fue a la planta de arriba a vomitar. El novio de marchó. Max se quedó junto al piano, con la partitura debajo del brazo. Hebe se le acercó trotando, con la cara enrojecida e hinchada, pensando otra vez en la vaselina. Thea y Sophia fueron por toda la casa apagando las luces.

—No te toques la cara —le dijo Max a Hebe. Y a Gail—: ¿Tardarás mucho en subir?

Gail negó con la cabeza. En realidad siguió a su marido. En realidad, desnuda, se metió en la dura cama antes que él, y lo envolvió en su cuerpo con el ardor de una araña. En el momento de la irreversibilidad, rompiendo la ola, no solo pensó en Michelle Pfeiffer, la compañera que aquella noche imaginó, sino en que Michelle Pfeiffer llevaba puesta aquella pulsera de diamantes y plata y esmalte negro que se había negado a sí misma. Parpadeó para borrar la imagen de aquella baratija, y de la mujer que la llevaba. Max volvió de sus abluciones. La luna iluminó su desnudo cuerpo en forma de pera; sus ojos parecían monedas dignas del esfuerzo. *Mein Mannchen*, pensó Gail. Mi pequeño esposo.

Durmió algunas horas. Se despertó como si le hubieran dado una bofetada, se levantó y se puso el abrigo encerado y bajó, sin preocuparse del ruido. En la sala de música no había nadie. La puerta del porche estaba entreabierta. Thea estaba allí, sola, sentada en una silla de aluminio, con los brazos apoyados en la barandilla de madera del porche, la cabeza apoyada en los brazos. Con un leve chirrido Gail arrastró otra silla hacia la mujer más joven y se sentó a su lado. Thea alzó la mirada. Se tocaron las manos.

¿Qué podía decir Gail? Que la pareja de extraños compañeros de habitación Foxcroft y Maurice habían apurado con razonable provecho la vida que les había tocado en suerte. Que si alguien se molesta en preguntar yo he hecho lo mismo.

–Ayudar a morir a un hombre... es el trabajo de muchas personas. –Eso es lo que dijo.

En el interior de la casa oyeron un quejido: inanimado; habían abierto la puerta de atrás. Las pisadas de una persona resonaron en el suelo de madera del pasillo de la cocina. Luego un débil bostezo: un maletero que se abría... y un débil clac: un maletero que se cerraba. Las pisadas, esta vez más fuertes, volvieron a la casa, y la puerta de atrás se volvió a cerrar.

Thea se enderezó.

–Las llaves del coche..., las dejé en la encimera –dijo Gail–. Las ha visto, a la hora de cenar. Tu madre ha visto que las ha visto. Yo he visto que ha visto que las ha visto.

Oyeron el chisporroteo en la cocina. Pronto les llegó la fragancia celestial. El chisporroteo se hizo más fuerte, como de dedos dando un gozoso masaje: estaba hecha, muy hecha. Lista para saborearla y engullirla y vomitarla sin resentimiento, aquella loncha de beicon de algún magnífico cerdo.

FECHORÍAS

Buscar monedas... era idea de Henry. Una actividad, que no un delito, que ni siquiera una falta. Y con los tiempos que corrían cualquier ocupación que despertara su entusiasmo merecía la pena. Era tan sencillo. Las había por todas partes. Escondidas debajo de los buzones y en las esquinas del ascensor y en la acera. Las podían pescar en las butacas de los cines. Dorothy las encontraba también, grasientas, en las cunetas. Las lavaba y a veces les sacaba brillo. Una vez, en un bar, Henry vio dos monedas de veinticinco centavos en la barra, y se las guardó. El barman extendió la mano.

–Es mío –dijo–. La propina que ha dejado el cliente anterior.

Henry renunció. En su taburete, Dorothy no desvió la mirada. Henry se habría quedado con esas monedas, las habría robado. Robar sí era un delito. Y sin embargo era el barman el que parecía avergonzado..., avergonzado por Henry, quizá.

A la mañana siguiente Dorothy bajó al centro a hacer un recado. En una acera llena de gente se vio de pronto cogiendo el monedero de la mochila abierta de la atolondrada chica que iba delante de ella. La chica llevaba un gorro de punto rojo con una borla azul real. Dorothy –que también había llevado gorros así, hacía ya una eternidad– se apartó en dirección a un escaparate. *Cielos*, se dijo, contando el dinero del monedero. Cuarenta dólares y algo de suelto. *Qué estás haciendo. Corre a buscarla, corre a buscarla.* Más adelante, la borla se movía por encima de la multitud de compradores. Dorothy metió el monedero en su bolso. *Llévalo a una comisaría, di que te lo has encontrado en la calle.* En vez de llevarlo, entró en el metro y subió al vagón que la llevaría lentamente a casa. No llevar a la policía un monedero encontrado en la calle no era ningún delito. Podía quedarse con él; el monedero podía hasta ser legalmente suyo. O, si lo devolvía en comisaría y la atolondrada chica del pompón no se molestaba en denunciar su pérdida, el monedero hasta podría serle devuelto, a ella, la honorable rescatadora de un objeto perdido. Hasta que el metro no salió del túnel no se acordó Dorothy de que no se había encontrado aquel dinero. Lo había afanado.

Se lo confesó a Henry esa misma noche.

–¿Cuánto?

–Cuarenta dólares, pero aunque fueran cuarenta céntimos...

–Una universitaria malcriada. Su papaíto se lo repondrá.

–Henry...

–Vamos a probar con los caballos.

Al día siguiente fueron en tren hasta el hipódromo y apostaron veinte dólares dos veces, y perdieron las dos veces.

–Bueno, ya has pagado por tus pecados –dijo Henry con buen humor.

Volvieron a casa en medio de un cálido silencio, cogidos de la mano.

–Del juego no te puedes fiar –declaró Henry esa noche–. Robar monederos, esa es la solución.

–¿A qué problema? –Henry la taladró con la mirada, pero Dorothy continuó–. Para ser carterista es preciso un entrenamiento, que a su vez requiere un maestro, y a Fagin le ahorcaron hace tiempo.

–Aprenderé por mi cuenta. ¿Te acuerdas de cuando tocaba a Debussy? Puedo ser muy hábil con los dedos.

Henry había logrado que Debussy sonara a John Philip Sousa, y lo sabía perfectamente, o lo había sabido. Ahora le gustaba reformular el pasado, costumbre propia de las personas mayores. Y la moral; la moral también la reformulaba; y la ética.

–Mangar dinero a los demás es peligroso –dijo Dorothy con voz de saber lo que estaba diciendo–. Vamos a puentear el dinero.

–¿Puentear el dinero? –No era una palabra que usara con frecuencia.

–El dinero tiene un valor porque es útil para comprar cosas --explicó Dorothy–. Centrémonos directamente en las cosas. Tiendas.

Henry la miró con una sonrisa.

–Con menuda chica me he casado.

Dorothy le devolvió la sonrisa, pero se le había encogido el corazón. La decadencia de los antiguos valores debía de ser señal de demencia, ¿o no? Quizá se tratase de demencia encapsulada, confinada a malas conductas sin importancia. Algún que otro delito menor podía servir de antídoto a muestras más graves de senilidad. Ella sabía de pobres viejos que intentaban sobar a las camareras.

A veces todavía le entraban ansias. Por la mañana temprano, por ejemplo, cuando el amanecer tornaba las paredes de la habitación de un lila intenso, a ella le gustaba pensar que era un color de burdel. Deslizaba la mano sobre las sábanas, la hacía reptar como un ratón de venas azules. Henry dormía boca arriba, cosa que supuestamente no debía hacer, por la apnea. Roncaba, dejaba de respirar, roncaba, dejaba de respirar. Dorothy le agarraba por el hombro y le sacudía lo justo para que se diera la vuelta –hacia el otro lado– y se pusiera de costado. No solía despertarse; y eso estaba muy bien, porque necesitaba descansar todo lo que pudiera. Dormía muy mal, se despertaba con frecuencia, hasta que finalmente se despertaba y ya no se volvía a dormir; y eso estaba muy mal, porque se levantaba de mal humor y estaba de mal humor hasta la cerveza de mediodía, que le animaba por un rato y a veces hasta le ponía amoroso, tanto que, también a veces, por la tarde... Pero siempre necesitaba su pastilla, y tenía que esperar una hora, y ella estaba ya seca por mucho que se embadurnara con el gel de aquella vieja; lo mismo le habría dado cepillarse los dientes con él. Además, a esa hora en la habitación entraba una luz que les mostraba tal cual eran. Los surcos de la cara de Henry muchas veces estaban grasientos. El cuero cabelludo, allí donde todavía quedaba pelo, lo tenía pálido como una ostra. La queratosis le había puesto el pecho como si tuviera guijarros. Y Dorothy: el pelo no había llegado a ponérsele del todo blanco; el sol revelaba con crueldad su similitud con la paja. Y si Henry quería besarle el hueco del cuello –algo que tanto le había gustado hacía mucho tiempo, meterse en el sedoso monedero de arriba antes de meterse en el monedero aún más sedoso de abajo, de mucho más abajo, como solía decir–, se encontraba ahora que el espacio por encima de la clavícula estaba relleno de una piel suelta y temblona como el requesón. Y además Henry tardaba mucho en correrse, y martilleaba con insistencia, lo que nunca habría hecho cuando era más joven; y ella habría tardado mucho más, probablemente toda la eternidad; pero, exhausto, Henry se echaba a un lado y ella terminaba triste y con la piel irritada.

Mucho tiempo atrás, los diez primeros años de matrimonio, tenían que robar momentos de placer al trabajo y al cuidado de los niños y al sueño del que siempre anduvieron escasos. A partir de entonces el sexo fue pacífico y considerado. Hacía diez años todavía eran muy afectuosos el uno con el otro. Pero los mejores años quedaban lejos, en la universidad..., todavía estaban prohibidas las visitas de personas del sexo opuesto; todavía se castigaban con la expulsión las conductas inmorales. En la universidad el problema era encontrar un lugar para practicar conductas inmorales. Tenían un puñado de lugares favoritos. La última planta del museo de arte de la universidad, un espacio de almacenaje para cuadros y esculturas para restaurar donde les hacían compañía oscuras anunciaciones y agrietados desnudos. La casa flotante del río..., hacían el amor debajo de alguna canoa volcada. A primeros de otoño y a últimos de primavera iban al mar en autobús desde la facultad, porque la playa estaba desierta a última hora de la tarde.

A Dorothy le gustaba recordar un día de octubre en particular. El agua, demasiado fría para algo más que un chapuzón, se rizaba en matices de peltre y pizarra. La contemplaron un buen rato. Luego Henry se quedó dormido. A Dorothy le entró frío, y la única toalla que habían llevado tapaba el pecho de Henry. Dorothy se la quitó con cuidado, deteniéndose a admirar el vello castaño rojizo, y se envolvió con ella.

–Nena –dijo Henry, abriendo un ojo medio hinchado–. No seas ladrona. Esa toalla es mía.

–De eso nada –dijo Dorothy, se levantó de un salto y echó a correr. Henry estuvo grogui unos minutos y luego se levantó y también echó a correr. Corrieron por toda la playa, chico medio desnudo persiguiendo a chica en bikini. La larga melena castaña de Dorothy, espesa en aquel entonces, flotaba detrás de ella; la toalla de rayas ondeaba en su mano. Corrió hacia un muro de rocas bajas que iba desde la carretera hasta el mar. Henry la atraparía cuando llegara a las rocas y tuviera que subir gateando. Ella, astuta, no intentó correr más. En lugar de eso dio media vuelta de pronto y le plantó cara; y él chocó contra ella como si llegara disparado por un cañón. Dorothy soltó la toalla. Se quedaron de pie en un abrazo jadeante. En realidad no era ningún juego, era un simple abrazo, el amor palpitaba de un corazón a otro. Cuando los dos se dieron finalmente por satisfechos con ese intercambio, metieron los dedos entre la carne y la cintura del bañador y del bikini; al cabo de unos instantes los amantes yacían en la arena al lado de su escasa ropa. A quién le importaba que alguien pudiera pasar por allí.

Se casaron al poco tiempo. Criaron a dos hijas muy tranquilas que ahora vivían con sus familias en Ohio. «Esas inversiones sí que han dado sus réditos», diría Henry con una sonrisa refiriéndose a su progenie. Los complacidos abuelos visitaban a sus fructíferas inversiones dos veces al año. Se iban de viaje a algún otro sitio de vez en cuando, compraban libros nuevos en la librería, donaban dinero para obras de caridad. A medida que envejecían iban haciendo lo que dentro de su cohorte todos hacían: pagaban la comunidad de propietarios, compraban fruta y verdura, iban al cine y a un modesto restaurante una vez a la semana. Se unieron a un grupo de observación de aves. Se ocupaban de sus problemas de salud. Pero estaban muy cansados para viajar y sus gustos literarios se habían reducido: ahora solo thrillers y viejas novelas, que sacaban prestadas de la biblioteca pública. Cancelaron su abono de la sinfónica: tenían un excelente equipo estéreo y los ciclos resultaban demasiado caros. El museo era gratuito los martes, así que dejaron de pagar la cuota de socios. Anularon la suscripción a *The New York Review of Books*. Mantenerse al día podía quebrar su frágil presupuesto. Las pensiones, las anualidades, el seguro de salud a largo plazo..., con eso era suficiente. Pero, de nuevo como su cohorte, tenían la sensación de pasar apuros.

–Las tiendas, es lo primero que voy a probar –dijo Dorothy–. Soy experta en compras.

En un pequeño supermercado esperó hasta ser la única clienta. Luego deslizó un cartón de leche en su bolsa de la compra reutilizable y empujó el carrito hasta la caja, que atendía una mexicana melancólica..., no, una indígena: tenía cara de azteca, parecía demasiado lista para dejarse robar. Dorothy giró el carrito y se dirigió a los artículos refrigerados y puso la leche otra vez en su sitio y la volvió a coger y esta vez la dejó en el carrito. Empujó el carrito hasta la caja y pagó todo lo que llevaba.

Probó también a birlarles leche a las rusas. Pero volvieron a fallarle los nervios. Detrás de un mostrador había una recia mujer de pelo naranja sirviendo platos de pollo y *kasha* para llevar, y su gemela servía ensaladas de por lo menos la semana anterior. Aquel sitio olía pescado. Dorothy pensó sin poder evitarlo en los sufrimientos de aquella gente, generación tras generación. Se ocupaba de la caja una hermana menor de las otras dos. Dorothy cogió el cartón de leche de la bolsa de la compra y lo puso en la caja con la fruta y las verduras.

El cajero del 7-Eleven parecía un poquito corto. Cómo iba Dorothy a aprovecharse de él. De ninguna manera. Las tres veces le dijo a Henry que la leche era robada.

Por otra parte, las iniciativas de Henry también habían sido infructuosas. En una tienda de ropa de caballeros se había metido un par de calcetines en el bolsillo de la chaqueta y se había ido. Pero al llegar al metro los calcetines habían desaparecido. Alguien le había robado a él, aseguraba.

–Es probable que se cayeran... –empezó Dorothy.

Poderoso fruncimiento de ceño.

–Tenemos que trabajar en equipo –dijo Henry–. Uno será la distracción, otro el artista del hurto. –Dorothy guardó silencio–. ¿Quieres encargarte de tu propia operación, nena? –dijo, y la tocó por debajo de la barbilla–. ¿Es eso lo que quieres?

Lo que quería era que él... volviera a ser como antes. Pero no dijo nada.

Los grandes almacenes pasaron a ser su teatro de operaciones. Aprendían a base de práctica. Había artículos que Dorothy deslizaba delicadamente del mostrador mientras Henry y la dependienta hablaban de artículos parecidos que la mujer había ido sacando para enseñárselos. Se hicieron de esta forma con un par de guantes de ante, un pelele, una pluma, un pequeño marco de fotos, un tarro de salsa picante de importación. En el departamento de joyería Dorothy hizo desaparecer unos gemelos en la manga derecha de su abrigo. Luego, recuperando la sonrisa «y ahora cuéntemelo todo de usted» de su mediana edad, apoyó el codo izquierdo en el mostrador de cristal e invitó a la joyera a contárselo todo sobre las piedras semipreciosas. Entretanto, metió la mano derecha en el bolsillo del abrigo y ahí la dejó hasta que primero un gemelo y luego el otro cayeron de la manga a la palma medio cerrada de su mano. ¿Qué hacer con el botín? Pues la salsa picante la aprovecharon. El marco de fotos se convirtió en regalo de bodas. El pelele y la pluma y los guantes los regalaron a una organización benéfica. Los pobres sabrían darles buen uso, sin adivinar su valor de mercado, valorando únicamente su utilidad. Redistribución, ese era el compromiso que Henry y ella habían adquirido, se dijo Dorothy. Y aunque estaba preocupada por el futuro inmediato de los vendedores a los que habían engañado, por los grandes almacenes mismos no sentía la menor compasión: eran muy capaces de soportar sus pérdidas. En aras de la equidad mandó regalos muy generosos a los nietos de los vendedores. Pero sus simpatías se centraban en el agitado Henry, cuyo humor mejoraba de inmediato después de un robo pero caía en picado a los pocos días.

–Estamos desperdiciando nuestro talento –gruñó Henry un día–. Tendríamos que empezar a pensar en robar bancos.

–O diligencias –dijo Dorothy a la ligera–. ¿Qué hacemos con esos preciosos gemelos?

Henry se encogió de hombros.

–A la beneficencia.

–Se van a dar cuenta de lo que valen y los van a revender. Tendrías que ponértelos tú, Henry. En una fiesta.

–¿Cuándo fue la última vez que fuimos a una fiesta? Ya solo vamos a entierros. Cuando me toque... me entierras con ellos.

–De acuerdo –dijo Dorothy, y suspiró–. Bancos entonces.

–Voy a ponerme al día sobre alarmas y sistemas de seguridad
–dijo Henry, soltó una risita y rodeó a Dorothy por la cintura.
Y salieron del brazo directamente hacia la biblioteca. Y al
llegar se toparon con el último Le Carré, que estaba en una lista
de espera de seis meses y en ese momento viajaba como un pasa-
jero cualquiera en el carrito de devoluciones. Henry lo cogió sin
más. Encontró también en el carrito un libro sobre cómo instalar tu propio sistema de seguridad y sin sentirse culpable empujó suavemente a Dorothy para que pasara por el torniquete de
detección de libros robados, y después le pasó el Le Carré por
encima de unos estantes.

–Se te olvidaba esto, querida –dijo, y volvió al mostrador
para sacar en préstamo el libro sobre alarmas. *Qué pareja más
encantadora,* habría pensado cualquiera que los viera.

Leyeron el Le Carré enseguida –primero Henry– y después, una mañana temprano, lo dejaron en el buzón de devoluciones de la biblioteca. También devolvieron el libro sobre alarmas.

–Demasiado complicado –dijo Henry–. Nos hace falta un
experto.

–Nos hacen falta unas vacaciones –sugirió Dorothy.

–¿Y adónde vamos? –Ceñudo.

–Me refiero a... un descanso.

–¿Para qué? –Exhausto.

–El otro día... encontré los prismáticos.

Y volvieron a integrarse en el grupo de observación de aves,
y daban bonitos paseos, y oían sonidos preciosos, e hicieron
nuevos amigos, y poco a poco fueron retomando las viejas costumbres, frugales pero no ridículas, prudentes pero no escasas.
Honorables.

La excedencia duró unos meses. Entonces un día leyeron
que habían abierto un hotel de lujo en el centro, y dentro de él
varias boutiques también de lujo.

–Vamos a echarle un vistazo –dijo Henry–. Por los viejos tiempos.

–«That Old Gang of Mine» –cantó Dorothy–. Henry, ¿se podría decir que nuestra carrera delictiva fue un éxito?

–Una parte de ella fue violenta.

–Más bien algo lenta; y la embellecíamos –dijo Dorothy, con esa forma de hablar ilógica y tangencial que había desarrollado recientemente–. «Por el cosquilleo que siento en los pulgares»[1] –prosiguió. Las citas le salían de la boca como si se descolgaran de las paredes de su cerebro. Muchas veces olvidaba dónde ponía las cosas. «¿Mi agenda?», exclamaba con alarma. Y Henry le decía que se la había encontrado en el congelador.

Un jueves por la tarde, poniendo como excusa una reunión con su asesor financiero, un personaje imaginario, anularon su cita para ir al cine y luego cenar temprano con los Halperin y fueron al centro. Se vistieron para la expedición y Henry se puso su chaleco favorito, de un rojo candente. Lo había adquirido en una boutique de caballeros por el simple procedimiento de quitarse el abrigo, ponerse el chaleco, volver a ponerse el abrigo y marcharse tranquilamente. Dorothy llevaba un moño más suelto de lo habitual aquellos días. Se puso una falda larga de flores y una chaqueta negra ceñida. Había comprado ambas cosas hacía algunos años.

–Podrías pasar por modelo de Renoir –dijo Henry–. Preciosa.

El gran vestíbulo circular del hotel también era precioso, aunque austero, decorado con felpa de color castaño y palisandro. En la sala de fumadores vieron una moneda de cinco centavos en un cenicero. Allí fumar no era un crimen.

–Cariño, ven –dijo Henry.

1. «By the pricking of my thumbs»: *Macbeth*, acto IV, W. Shakespeare; y también el título de una novela de Agatha Christie. *(N. del T.)*

—«Oh, cariño, cariño mío» –cantó Dorothy, y se guardó la moneda en el bolsillo.

Del vestíbulo salía un corredor de lujosas tiendas: escaparate tras escaparate de artículos tentadores: bolsos de piel, elefantes de jade, una pirámide de cremas faciales.

—Esa sustancia promete el retorno del cutis de los dieciocho años –leyó Dorothy en voz alta.

—Con espinillas y todo –dijo Henry. Libros antiguos, accesorios para hombre, maletas, relojes. Un pequeño local llamado Silk–. Hay vigilante –señaló–. Oh, mira qué ajedrez.

Pero Dorothy se había soltado de su brazo. Se había quedado en la puerta de Silk: chales, pañuelos, pañuelos de caballero; hasta guantes; hasta cinturones. Entró flotando.

—¿Mantienen a los gusanos en buenas condiciones de salubridad? –le preguntó a la dependienta.

—¿Señora?

—Me gustaría ver ese pañuelo del escaparate, el de tonalidades azules... Sí, ese.

Y la dependienta cogió el artículo con ambas manos como si cogiera a un bebé y lo dejó en el mostrador de cristal como si fuera la mantita de un bebé.

La mujer desde su lado y Dorothy desde el suyo se maravillaron de los colores de la gasa. La mujer parecía sincera, pero, por descontado, no podía advertir el poder de aquellos azules, hasta qué punto reflejaban la decente vida de Dorothy: la tinta del río nocturno visto desde debajo de una canoa, el malva del mar a la puesta de sol, el azul verdoso de los juncos de la orilla, el plata del rocío. El brillo de los ojos de Henry de joven y el velo nublado que tenían de viejo. El estampado geométrico de los pijamas de sus nietas. Los vestidos de sus damas de honor eran de color aguamarina, un tono que se repetía con exactitud en aquel tejido que fluía. Allí estaban las venas de sus manos. Allí estaba el zafiro del cielo de París al anochecer. Allí estaba la sombra azul púrpura de la cabeza de una estatua sobre la espalda más pálida de otra en aquel almacén de la última planta del museo de arte. Allí estaba el anillo de cobalto del aparato del glaucoma. Allí estaba la ceniza azul grisáceo que recubría la moneda que se había metido en el bolsillo. Y por último, el lila de su habitación al amanecer.

–¿Cuánto? –preguntó Henry desde la puerta.

–Quinientos dólares –dijo la dependienta.

–Bueno, bueno –balbuceó Henry–. Tengo unos magníficos gemelos...

–Aquí no hacen trueques, cariño –dijo Dorothy, con seguridad. Anduvo hasta Henry tras echarse el pañuelo al hombro como para demostrar su versatilidad. Y meneó el dedo. Como si hubiera recibido una orden, Henry se hizo a un lado y Dorothy asintió y cruzó la puerta y aceleró el paso hacia el vestíbulo.

–Pero... ¡Señora!... Mierda.

La dependienta salió de detrás del mostrador al parecer con la esperanza de superar también a Henry. Pero Henry se había vuelto a colocar delante de la puerta, y apoyaba las manos en las jambas de cristal plateado. Tenía las piernas separadas sobre el umbral de cristal plateado.

–No se puede pasar –entonó.

La dependienta retrocedió corriendo al mostrador y apretó un botón que tenía detrás, en algún sitio, y cogió un teléfono de cristal que había pasado desapercibido sobre su base de cristal. Henry echó a andar. Dorothy trotaba más adelante, el pañuelo echado al hombro, de nuevo como un bebé. Henry aceleró. Seguridad iba ya detrás de él, aunque no muy deprisa: los hurtos eran perjudiciales para las buenas relaciones públicas. Dorothy llegó al vestíbulo. Henry casi había alcanzado al grácil duendecillo, el moño soltándose, el pañuelo flotando desde la mano. Dorothy se volvió de pronto, y colisionaron, pecho con pecho y corazón con corazón. Boca encontró boca. El pañuelo cayó al suelo.

365

Las personas que se encontraban en el vestíbulo levantaron la vista con indiferencia, como aristócratas. La dependienta de Silk adelantó a Seguridad, se puso de rodillas y gateó hasta el pañuelo y lo apretó contra el corazón. Luego se levantó y se marchó. Seguridad recordó que tenía algo que hacer, y desapareció. Henry y Dorothy se despegaron el uno del otro y salieron del hotel cogidos de la mano y llamaron a un taxi.

El taxi les llevó a un restaurante de los muelles. Allí vieron el agua del puerto temblar bajo el frío cielo de octubre. Observaron a las gaviotas pacíficas y a las gaviotas agitadas, en vuelo. Se miraron. Hablaron plácida y largamente de las cosas pasadas, y en absoluto de las cosas por venir.

MINISTERIO DE AUTODOMINIO

¿Había visto en su vida tranvías más feos? Aguamarina, con remolinos azalea. Pero:

–La belleza es lo de menos –le aseguró Alain al alcalde de Muñez–. Algo encontraría mi mujer digno de encomio.

Y lo hizo, la generosa Isabella. Isabella era rubia, y había estudiado en los Estados Unidos: hablaba inglés incluso mejor que él. Pese a todo era, indudablemente, ciudadana de su país, el país de los dos, aquella pequeña y áspera nación de Centroamérica. Sus enormes ojos castaños lo decían, la curva de la pantorrilla, su llamativa forma de vestir. «Yo estoy, simplemente, a este lado de lo vulgar», le gustaba decir en broma.

–La belleza es lo de menos –repitió Alain. Lo de menos en comparación con la tecnología: los tranvías estaban bien construidos. Lo de menos en comparación con el comercio: los tranvías formaban parte de un importante acuerdo con el lejano Japón. Lo de menos con el gobierno de un país que amaba sin moderación.

El alcalde suspiró aliviado.

–Su perspicacia... Yo apostaría por ella –arriesgando una especie de juego de palabras, porque Alain era ministro de juegos de azar. A lo largo de los años, Alain se había convertido en confidente y asesor de casi todos los miembros del gobierno: sus colegas podían confiar en su discreción y buen juicio, y gracias a su ausencia de ambición personal eran ellos los que recibían los aplausos. Ese día había llegado desde la capital para inspeccionar aquellos tranvías en nombre del ministro de transportes.

En ese momento le estrechaba la mano al alcalde, y, con una gracilidad sorprendente para un hombre de su estatura y corpulencia, subió a bordo de un tranvía que ya avanzaba por la avenida central.

–Como la seda –le dijo al alcalde desde la ventanilla, y se dio la vuelta, quizá un instante antes de lo debido. Esperaba no volver a tener tratos con aquel granuja, aunque no le quedaría más remedio: tener tratos con granujas era parte de su trabajo de cuidador o vigilante.

A medio camino de la estación se bajó del tranvía y entró en un café para tomar una copa de vino y un trozo del paté local, hecho con anchoas e hígado de jabalí. Y un trozo más. Cuando tenía una reunión se llevaba a menudo algo a la boca para no tener que decir la última palabra. En casa asaltaba la nevera. La asistenta sabía qué noches se despertaba con hambre, aunque Isabella seguía durmiendo plácidamente cuando él se levantaba. De modo que tal vez se podría decir que tenía sobrepeso..., no si preguntabas a sus subordinados, que asociaban apetito y bondad; y no si preguntabas a la ciudadanía, que apenas conocía su rostro, porque muy rara vez le hacían fotografías, y por tanto no podía valorar su físico, y no si preguntabas a su sastre, escrupulosamente mudo cuando tenía que ensanchar una nueva prenda; pero sin la menor duda sí si preguntabas a su hija, que le llamaba «Gordi». Isabella, sin embargo, apreciaba la carne extra de la cintura de Alain –le gustaba toquetearla, incluso masajearla, cuando hacían el amor– tanto como apreciaba el brillo de sus ojos azules y su recio cabello. Podía flirtear con otros, pero siempre de esa manera alegre y superficial propia de las mujeres fieles a sus maridos. Alain también era fiel.

El camarero se aprestó a introducir un nuevo trozo de paté en las arterias de su cliente.

–No, gracias –dijo Alain con una sonrisa.

Pagó la cuenta y subió por una estrecha escalera hasta un casino del tamaño justo, seis mesas, permitido en todo el país menos en la costa. Allí florecían los complejos turísticos, y atraían a personas de todas partes del mundo.

Las cortinas de la oscura estancia, cerradas frente al sol de la tarde, daban al honrado lugar una atmósfera de madriguera de canallas. Los crupieres llevaban esmóquines que no eran de su talla y el director movía los ojos hacia todas partes como si temiera que la policía pudiera irrumpir en cualquier momento. En realidad tenía estrabismo. Alain se hizo con una cantidad de fichas equivalente a su salario de una semana. Sus compañeros de ruleta tenían el pacífico aspecto de los asiduos. Apostó al negro hasta ganar unas cuantas veces; luego del trece al veinticuatro hasta estar sentado detrás de dos silos de fichas. Pasó el dedo por ellas, de arriba abajo... Volvió a apostar: a la edad de su mujer cuando se casaron, veintidós; qué vivaz y cariñosa muchachita era Isabella entonces; lo era todavía, a pesar de las décadas, a pesar de la muerte de su hijo nada más nacer, cosa que apenas mencionaban, salvo rara vez. No apostó a la edad del niño, siempre cero; y de todas formas a los ceros solo jugaba la banca. Apostó a la edad de su descarada hija, dieciséis; a los factores de su edad, nueve y cinco. La preciosa bola corría, se paraba, daba vueltas sobre sí misma, caía en un hueco, se quedaba quieta. Cuando hubo triplicado su apuesta, Alain se retiró.

Y ahora estaba impaciente por volver a casa. Fue a pie hasta la estación. Compró un billete y subió al expreso de última hora de la tarde. El tren era de líneas elegantes y plateado. Pero Alain y el ministro de transportes habían persuadido al ferrocarril para que los vagones del pasaje tuvieran un diseño más antiguo: el pasillo a un lado y compartimentos para seis al otro. Embellecedores de latón, revestimientos de caoba, los revisores con visera y chaqueta cruzada..., todos los elementos de la primera clase, aunque los billetes fueran de una sola clase. Se sentó al lado de la ventanilla: el tren iba solo medio lleno a aquella hora. Al abandonar la estación y girar ligeramente, revelando su reluciente curva, inclinó el cuerpo como un colegial y pegó la frente a la ventanilla.

La única pasajera del compartimento, sentada enfrente, hizo un gesto de simpatía y comprensión. Tenía unos treinta años, y era muy alta. Alain calculó que si se añadía la longitud de las piernas a la longitud del torso a la extraordinaria longitud del cuello a la longitud de la cabeza alcanzaría el metro ochenta, su propia estatura. Tenía la frente estrecha y el pelo recogido en una especie de moño, en la coronilla, como si todo lo que se necesitase para completar su belleza fuera un poquito de estatura extra... Alain oía a su mujer haciendo un comentario parecido, aunque, por descontado, sin que aquella mujer la oyera; Isabella rara vez era desagradable. La mujer tenía un labio superior con dos pequeños picos. Llevaba gafas: su extrema convexidad le indicaba que era hipermétrope. También llevaba un vestido pretérito: sin mangas, sin cintura, hasta los tobillos, del mismo color coco de su piel..., a lo mejor había teñido el uno para que hiciera juego con la otra...

La mujer levantó los ojos del libro que estaba leyendo y le regaló una sonrisa grave.

–Ministro.

–Ah... ¿Nos conocemos? Perdóneme...

–Soy vicepresidenta del Sindicato de Artesanos. Estuvo usted hablando con nosotros hace algunos años... sobre confianza. Los sacerdotes y los médicos tienen que tener confianza. Los maestros del juego también. «Cuando un país puede confiar en sus crupieres, el Estado está a salvo.» Eso es lo que dijo.

El discurso habitual, no menos sincero por ser enlatado.

–Perdóneme, ya me acuerdo de usted –mintió Alain. Quizá en aquel entonces aquella mujer no fuera tan alta; quizá no hubiera alcanzado toda su estatura hasta aquella misma tarde. Pero ya casi era de noche, ¿no? El sol estaba ya al otro lado de la montaña. Los prados de la cumbre serían de oro líquido, los montes más allá de los prados de color rosa, y más allá todavía el suave paisaje de la capital aún estaría empapado de luz. Pero allí el tren plateado reflejaba un verde cada vez más oscuro.

–Me llamo Dea... –dijo Dea amablemente.

Alain no entendió bien el apellido. Se había vuelto a inclinar hacia delante para ver a la reluciente locomotora penetrar en la montaña..., la locomotora, y el primer vagón, y el segundo. Luego los demás, que se iban ocultando a su vista a medida que el tren daba el latigazo hasta ponerse recto, y entraba en el túnel. Y también entró su vagón..., se sumieron en la oscuridad por un instante. Luego las luces del compartimento empezaron a encenderse.

Alain se reclinó. Dea se había puesto a leer otra vez. Bueno, él también podía leer. Apoyó la mano en la cartera; dentro había listas y tablas, un libro de artículos sobre la reforma agrícola. Leyó la larga introducción. Leyó el primer artículo...

Se produjo un ruido sordo, pesado y prolongado.

Se produjo una potente sacudida que movió el enorme vagón y a sus pasajeros.

El tren se detuvo.

Al cabo de unos instantes los hombres uniformados corrían por los pasillos: una docena de Charles de Gaulles. Hombres con mono y gorra pasaron corriendo a continuación. Cerrando la marcha iba una anciana asustada vestida de negro, una de esas viudas antiguas que el campo albergaba.

Dea se quitó las gafas. Tenía los ojos del indefinible metal oscuro de las monedas viejas.

–¿Qué cree que ha pasado? –dijo.

Una segunda bruja negra pasó volando por el pasillo: huir del desastre, probablemente pensara, en realidad corriendo hacia él.

—Creo que ha habido un derrumbamiento —dijo Alain. Se preguntaba cuánta piedra y esquisto habrían caído, y cuántos daños habrían causado, y si habría algún herido. Dea estiró su largo cuello hacia la ventanilla. Se apagaron las luces del tren. Las paredes calcáreas del túnel se volvieron de un lila intermitente: al parecer, la electricidad del túnel solo había perdido potencia, pero no se había cortado.

—Ya nos dirán lo que ha pasado —dijo Alain.

—Sí, ministro. Basta con que nos demos conversación. Yo he venido a Muñez a comprar materiales para mi trabajo. Soy tejedora.

—Yo he venido a Muñez a inspeccionar unos tranvías por hacerle un favor al ministro de transportes. Soy un burro de carga, por voluntad propia.

Dea asintió como si comprendiera, y tal vez así fuese.

—Su nombre es francés.

—Mi madre —dijo Alain, metiendo en esas palabras un anhelo trasplantado por París, el que su madre había tenido por los bulevares toda su vida—. El suyo es... teológico.

—Clásico. Mi padre era maestro. Y entrenador de fútbol.

—Ah... Y a usted ¿le gusta el deporte nacional?

—A mi marido sí le gusta. —Los dos habían visto la misma película de reciente estreno, sobre la cual no estaban de acuerdo. Sí compartían la misma admiración por Borges y Stella Dufy. Sonreían con tolerancia ante la veneración por los santos y esas cosas. Dea estaba segura de que después de la muerte había, a no tardar, un renacimiento—. Viajamos de vida en vida —dijo.

Apareció un revisor y se colocó junto a su puerta, pero se dirigió no solamente a ellos sino a todo el vagón. Hablaba como si tuviera un megáfono.

—Se ha derrumbado una pared —bramó. Apareció corriendo una niña pequeña y le tiró de la chaqueta—. El tren...

—Ella, ven aquí —dijo un hombre.

–... ha frenado justo a tiempo –prosiguió el revisor–. No hay heridos, algunos hombres magullados. Pero no podemos seguir viaje, y tenemos que volver andando hacia atrás.

–¿Volver andando hacia atrás? –dijo la niña, riendo–. ¡Yo no!

–Bueno, anda hacia delante, pero hacia el sitio de donde veníamos.

–Yo quiero andar hacia atrás –dijo la niña rebelde.

–¡Ella! –volvió a llamarla el hombre.

Los pasajeros se bajaron en orden aunque con dificultad. A una silla de ruedas y a su anciano y débil ocupante les llevó un tiempo.

–Mi maleta –dijo una mujer, preocupada.

–Llévela usted –le soltó un hombre.

–Por aquí –dijo alguien en la parte de atrás.

Setenta y cinco pasajeros desfilaron junto al tren detenido. Les iluminaban los rayos de las linternas con pilas de los operarios. Solo se veían las figuras; las paredes del túnel, el suelo del túnel, hasta el aire del túnel, eran negros. La niña que tantas ganas tenía de andar de espaldas iba a hombros de su padre. Un hombre con chaqueta de cuero llevaba en brazos al anciano minusválido; otro llevaba la silla de ruedas, plegada, sobre la cabeza; un tranquilo asistente con turbante de flores seguía al trío. Detrás del último vagón los pasajeros se reagruparon, junto con un técnico y un guardafrenos y los revisores y los bomberos. El anciano fue reasentado en su silla de ruedas. El jefe de revisores, que llevaba charreteras, se dirigió a todos.

–Señoras y caballeros, tenemos que volver a Muñez. Tenemos que volver hasta la entrada del túnel.

–¡... una reunión muy importante! –gritó un hombre.

–Lamentamos los inconvenientes. Esta noche el departamento de transportes les proporcionará alojamiento en los hoteles de Muñez. Mañana regresaremos a la capital en autocar.

–¿Autocares para cruzar la montaña? ¡Por el amor de Dios! –dijo el hombre de la reunión importante–. Tardan ocho horas.

373

–Ay... El personal del ferrocarril nos acompañará. No son más que unos kilómetros. Un tren de cercanías nos espera a la entrada del túnel.

–El expreso nocturno nos va a hacer papilla... ¡Oh! –Un trío de mujeres mayores.

El jefe de revisores se permitió un suspiro.

–Se han cancelado todos los trenes –aseguró a todos.

Alain pensó en los días que tenían por delante: ni un solo convoy mientras se realizasen las reparaciones, a continuación la apertura de una única vía, despliegue de un pequeño ejército para dirigir las operaciones primero en un sentido y luego en el otro. Habría que corregir las inexactitudes de la televisión, enmendar los editoriales de prensa, requisar autobuses para la larga travesía de la cordillera. Sus propietarios alquilarían avionetas particulares para volar de la capital a Muñez y de vuelta hasta que alguna se estrellase en las montañas: nadie había descubierto aún una ruta aérea segura.

El jefe de revisores encabezaba la expedición. Los demás empleados se repartieron entre los pasajeros, sus linternas complementaban el parpadeo del túnel.

Alain y Dea estaban hacia el final de la cola. Alain llevaba la cartera en la mano de fuera. En la suya Dea llevaba una bolsa de ratán con muestras de más ratán. En las manos de dentro no llevaban nada. De vez en cuando se rozaban los nudillos. El hombre de la reunión importante, algo encorvado aunque de anchas espaldas, se iba quejando a voluntad a un compañero al que no parecía que conociera y que de cuando en cuando volvía la cabeza como pidiendo que alguien ocupara su lugar.

En media hora la luz de las linternas se fundió con otra: la luz gris de la tarde. Respiraron aire puro. El túnel quedó atrás; pisaban hierbas que llegaban por las rodillas. Les estaba esperando un viejo tren de madera. No tenía más que tres vagones, así que la mayoría de los pasajeros tuvieron que completar de pie el trayecto a Muñez. Al hombre de la silla de ruedas y a su acompañante los colocaron en un rincón como si fueran maletas. La pequeña Ella insistió en hacerse un ovillo en el portaequipajes del techo. Dea se quedó en el pasillo, junto al hombre encorvado, que seguía protestando entre dientes. Alain iba al lado de Dea.

En la estación no había nadie –¿cuántas horas hacía que se había subido al fatídico tren expreso justo allí?–, el alcalde esperaba bajo un gran arco del siglo XIX. Parecía el último soldado de un ejército derrotado. Estaba repartiendo folletos de hotel. Luego Alain y él se dirigieron a su despacho, tras pasar delante de unas mansiones de piedra con delicados balcones, mansiones sacrificadas por necesidades de gobierno. Las amapolas florecían por todas partes: la planta nacional, hermosa pero fácilmente dañable. En la mesa del alcalde, desde el sillón del alcalde, Alain mantuvo una breve conversación telefónica con el presidente, y también con Isabella, que dio gracias a Dios y lloró un poco; luego habló mucho con el ministro de transportes, y ni mucho ni poco con su propio lugarteniente. Al terminar la última conversación ya era medianoche.

–Ministro..., es usted bienvenido en mi casa. Si quiere usted pasar la noche allí...

–Pues es muy curioso, pero como viajo tanto ya solo puedo dormir en los hoteles. De todas formas, muchas gracias.

Dio la impresión de que el alcalde sentía alivio. Alain se fijó en su folleto, reconoció la dirección y emprendió camino por la avenida principal. Un tranvía nocturno avanzaba detrás de él como un guardaespaldas. El hotel estaba muy poco iluminado. Sola, en el vestíbulo, estaba la mujer. Había olvidado su nombre –¿Lea?–, pero no la había olvidado a ella. Desde el ruido sordo del tren al detenerse bruscamente, frenado de pronto por el hábil maquinista –«Vi que el túnel se abría un kilómetro antes», diría en televisión. «Vi que las rocas desaparecían por la grieta; me di cuenta de lo que estaba pasando; recé para que la locomotora se parara limpiamente y los vagones no descarrilaran, no se amontonaran...»–, a partir de ese momento, habiendo evitado la muerte, garantizada la supervivencia, Alain y la mujer se habían estado enroscando como los vagones en el descarrilamiento que no había llegado a ocurrir. Alain se aproximó a Dea y le ofreció la mano. Dea la cogió.

Alain se quedó en Muñez varios días. Había funcionarios con los que hablar antes de volver a la capital para reunirse con otro grupo de afectados. Luego, durante varios meses, el infortunado incidente del túnel pondría en juego toda su paciencia y fuerza de voluntad para dejar que otro pusiera fin a la conversación. Por una suerte de milagro, en las montañas no se estrelló ninguna avioneta.

Los demás supervivientes viajaron a la capital al día siguiente en los autocares especiales que prestaban el servicio. Dea llegó a casa a las cinco de la tarde. La farmacia de Luc ocupaba la fachada y, cuando ella entró, Luc estaba atendiendo a un cliente, explicándole los posibles efectos secundarios de un medicamento. Al ver a Dea se interrumpió, aunque no salió del mostrador. Miró a su mujer como habitualmente: con simpatía, de abajo arriba (era bajito); y su ya pálida piel palideció más de renovado alivio, de renovada gratitud –habían hablado por teléfono el día anterior, sabía que estaba bien, pero aun así–. Desde su rincón expertamente protegido su hijo de dos años profirió un aullido de bienvenida.

Dea no trabajó al día siguiente. En vez de ello se llevó a su amado hijo al parque y estuvieron los dos viendo los títeres, y escuchando a la banda de música, y compartieron un plato gigante de helado. Pero al día siguiente volvió a su mesa de caballete de la habitación del fondo de la casa, un estudio con ventanas que daban a un pequeño jardín bordeado de amapolas. El niño jugaba a sus pies con depresores linguales de madera que eran soldados y un castillo hecho con botes de medicamentos vacíos. Antes de salir de la capital para ir a Muñez, Dea había humedecido sesenta y siete tiras de sauce. Había insertado uno de los extremos en el surco que recorría la circunferencia de un disco de roble: la base de una nueva cesta. Ahora la obra reposaba cabeza abajo sobre un molde diseñado por ella. Las duelas de sauce, curvadas hacia el suelo, se habían secado. La cesta invertida, embrionaria, le recordaba a Dea, como siempre, a una mujer que se hubiera vuelto loca, a una mujer de cabeza plana con mechones separados regularmente –sesenta y siete esta vez– que permitían atisbar una cabeza anodina y sin rasgos. Cogió una caña larga y flexible del color de la dentadura de un viejo. La humedeció. Quitó una sola duela e introdujo la punta de la caña en su lugar, en ángulo, y volvió a meter la duela en el surco, y la caña quedó fijada en su sitio para siempre. Empezó a tejer, quitando y sustituyendo una duela de cada dos. La primera circunnavegación era siempre la más difícil, exigía la más estricta exactitud, y Dea no podía permitirse el lujo de no concentrarse en otra cosa que la tarea que tenía entre manos, aunque estuviera pendiente del niño, y supiera que una lluvia fina había empezado a caer, y fuera también consciente de estar recordando un ritmo acompañado de suspiros, una música más delicada de la que había esperado de un hombre tan... fuerte y enérgico. Apoyó la candente mejilla en los nudillos brevemente ociosos.

Pasaron diez años antes de que volviera a verlo. La capital es grande y la gente se mezcla libremente, las prendas se frotan con otras prendas en las plazas y en los mercados y en los tribunales. Pero Alain y Dea no llegaron a encontrarse en ningún lugar público. Y Alain e Isabella no iban a las ferias de artesanía; y Dea y Luc no eran muy devotos de la pompa y boato del gobierno: la espléndida toma de posesión de otro presidente esos diez años, pese a la atención que le prestaron, bien podría haber ocurrido en otro planeta. El nuevo presidente le pidió a Alain que siguiera siendo ministro de juegos de azar.

Diez años. La sala de conciertos estaba abarrotada. La soprano, ahora una estrella internacional, había crecido en el barrio de Dea: de niñas fueron amigas. Dea recibió dos entradas de la fila diez, Luc prefirió quedarse en casa con los niños –ya eran tres–, así que Dea invitó a un colega artesano, un chico cuyas soldaduras abstractas todavía no se habían hecho famosas.

Alain e Isabella también estaban en la platea, pocas filas detrás y a la derecha de Dea y su acompañante. Alain tenía una excelente vista del cuello, de la oreja, a veces de la nariz, una parte de la frente. Llevaba el pelo muy corto. La soprano cantó un programa de arias y canciones de amor conocidas. Se las cantó a Dea..., eso es lo que Alain pensó, que la soprano cantaba por petición suya.

Dea y su joven acompañante no se levantaron en el intermedio. Alain e Isabella saludaron a amigos en el foyer y bebieron champán. Los pequeños sándwiches de carpa ahumada estaban particularmente deliciosos. La segunda parte del programa consistió en unos Lieder. Qué diapasón tenía la soprano; cuántas cuerdas tenía en la laringe. Alain se lo dijo a Isabella..., lo dijo a través de Isabella, en realidad.

Tras los últimos «Brava», tras el último bis, el público se levantó, empezó a salir, rozándose, entre murmullos... Dea se volvió. Diez años habían añadido una trémula arruga a cada una de sus mejillas. Alain metió tripa. Sus miradas se cruzaron varios segundos.

Mi guapo acompañante solo es un amigo... Era cuanto Dea quería decir. Aunque tenía de qué presumir. Se había convertido en una maestra tejedora. Enseñaba en la escuela de artes y oficios. Mujeres ricas y turistas buscaban sus cestas, bolsos en su mayoría. Estaba trabajando en una oval, y al día siguiente volvió a ella, con el ceño fruncido, separando las duelas con ferocidad, eligiendo cañas de colores en conflicto, solapándolas, retorciéndolas, montándolas. Hizo la tapa de celosía entrelazada con correas, infiltrada de nudos hexagonales. Era un diseño enloquecido. Nunca gustaría. Quizá ni siquiera se vendiera, aunque la firma impresa con humo en la base solía ser garantía de que sí.

Esa tarde Alain llevó a su hija al hipódromo. Ya tenía veintiséis años, y se había divorciado. La dejó escoger los caballos, que eligió según el nombre de la yegua, o el nombre del semental, o el nombre de la madre, o el color de la chaquetilla del jockey. Medio dormida, vio las carreras en la pantalla de televisión del club. Alain, inclinado con interés en su asiento de tribuna, las siguió todas de principio a fin. Volvieron a casa con las ganancias, una pequeña fortuna.

Pasaron otros diez años. Acababan de elegir a otro nuevo presidente. La toma de posesión tuvo lugar en el Gran Parque, en un escenario adornado con flores ante mil butacas plegables con dorados. En el escenario se sentaba el paisano laureado con el Premio Nobel, varios expresidentes, el nuevo presidente y todos los ministros, Alain incluido, aunque pronto se jubilaría con las condecoraciones de costumbre. Cuatro jóvenes cadetes sostenían sendas banderas, uno por cada una de las armas del ejército. Habían elegido al hijo de Dea, que ahora servía en las fuerzas aéreas, para aquella guardia de honor, quizá por sus excelentes calificaciones escolares, quizá por su inusual estatura. Las familias de todas las personas que ocupaban el escenario se sentaban en las primeras filas, doradas, del auditorio.

El mayor de los expresidentes era ciertamente muy mayor. Se sentaba en su silla encogido, en el frente del escenario, con los bastones cruzados en el regazo. Alain estaba justo detrás de él. Dea estaba justo enfrente de los dos, en la séptima fila, en el asiento del pasillo. Cambió de postura y pudo ver con claridad la cara de mono y el disminuido torso del hombre cuya vida duraba ya tanto, y pudo ver, por encima de su rostro, su rostro. Aquellos hombros recordados. Alain, por su parte, pudo ver el cabello negro, las gafas, el largo cuello. Dea se quitó las gafas, con la esperanza de cruzar una mirada: pero no, estaban demasiado lejos el uno del otro. Sostuvieron, no obstante, una pseudomirada hasta que el expresidente se estremeció, y Dea, que era hipermétrope, supuso que estaba cometiendo la estupidez de intentar levantarse. Ella sí se levantó. El expresidente levantó la grupa y sus bastones rodaron por los muslos y cayeron al escenario. Dea dio unos pasos. El viejo se puso en pie y se tambaleó y Dea vio que tenía la entrepierna mojada. Alain se levantó entonces y cogió al anciano, que se estaba cayendo, y lo levantó y lo sostuvo en sus brazos como a un niño muerto y vio a Dea avanzar hacia el escenario y ahora sí que cruzaron una mirada, pero estaba obligado a volverse para dejar al expresidente tendido a lo largo de cuatro sillas que rápidamente se habían quedado libres. Alain se agachó y desabrochó la camisa del anciano y le aflojó el cinturón.

—Soy médico —dijo un hombre que había subido al escenario, y metió su mano experta debajo de la camisa. El expresidente abrió los ojos. Aparecieron los enfermeros de la ambulancia y la policía apaciguó a la multitud (los cuatro cadetes no se movieron de su sitio) y Alain, liberado de toda responsabilidad, se incorporó a tiempo de ver a Dea volver a su asiento. Luc miró a su mujer y enarcó las cejas.

—Reanimación cardiopulmonar —explicó Dea.

El anciano no había muerto y gracias a Alain no se había hecho daño.

—A veces me desmayo —insistió—, no es nada.

La ambulancia se lo llevó al hospital de todas formas. La toma de posesión siguió adelante sin sobresaltos. Después, Alain se marchó a una cena de gala. Todo el tiempo que estuvo a la mesa notó un nudo en el estómago que le arruinó el apetito. Isabella le dirigió miradas de fácil compasión. Todavía era rubia, todavía era admirada, todavía era fiel.

Dea cenó en un restaurante falsamente rústico con Luc y

sus dos hijos pequeños –el mayor, el cadete, tuvo que sostener su bandera también durante la cena oficial–. Luego padres e hijos volvieron a casa. Todos menos Dea, exhaustos, se fueron a la cama. La complicada cesta que hizo el día después del concierto de la soprano había sido un espléndido éxito. Ahora la gente pedía a gritos sus creaciones. Fruteros, cuencos, portavinos, encantadores bolsos de noche redondos –los hacía para estrellas de cine, personalidades de la televisión, mujeres de industriales–. Había tejido una cuna para la nieta del rey de Suecia. Aceptaba como alumnas solo a tejedoras ya competentes. Era, según el ministro de cultura, un tesoro nacional. La casa en que vivía con Luc y los niños había aumentado en una planta, y el jardín había mejorado, y la farmacia había adquirido mostradores de granito, y el taller era ahora por completo de cristal.

Esa noche Dea no continuó con el proyecto que estaba terminando –un joyero de mimbre con diecisiete cajoncitos que se deslizaban como si estuvieran lubricados–, sino con una obra privada, una escultura no de tamaño real sino ligeramente mayor. Llevaba años trabajando en ella. Conseguir que un material vegetal, tan fibroso, pareciera piel, mediante un entrelazado muy tupido, se antojaba muy improbable; pero en manos de Dea sucedió. Dos figuras fundidas en una sola. La más delgada apoyaba la cabeza en los anchos hombros de la otra, y sobre esa cabeza inclinada el cabello recogido en un moño, esparcido hacia fuera.

Alain se marchó pronto del banquete. Tras un corto chaparrón, las calles estaban resbaladizas. Alain fue pisando su propio reflejo y llegó a un almacén. Le seguía un coche, como aquel tranvía la noche de Muñez. En el almacén Alain dio una contraseña, entró, se sentó entre otros hombres –unos mal vestidos, otros bien vestidos, todos fumando, todos rebosantes de dinero–. Jugaron durante una hora palpitante; las cartas eran el mundo entero. Alain ganó dos buenas manos –una bien, la otra de farol–. Un jugador que tenía una cicatriz le lanzó una mirada asesina. Luego los hombres del coche entraron pistola en mano y arrestaron a todo el mundo excepto a Alain. Alain le entregó sus ganancias a uno de ellos. Ah, aquellos golpes imprescindibles.

Otros diez años y alguno más: trece. El taller de cristal se había convertido en patio de recreo para los nietos –el cadete se había convertido en capitán y padre–. Cuando el Museo de Arte Moderno compró la escultura sin título, Dea renunció a sus alumnos, terminó los encargos que tenía entre manos y no volvió a aceptar ninguno, y se matriculó en la Academia de Farmacia. No había olvidado la ciencia que dominó de pequeña. Solo necesitó un año de formación para graduarse, para unirse a su enfermo marido en calidad de socia.

Un día de la estación lluviosa, Luc arriba en la cama con un resfriado que iba a peor, un cliente ciego sugirió a Dea que encendiera la luz.

–Puedo sentir la oscuridad como si fuera de franela –dijo el hombre dando golpecitos con el bastón.

Dea pulsó tres interruptores y luego un cuarto, y saltó un fusible, y tuvo que bajar al sótano por la empinada escalera porque allí estaba la caja de los fusibles. Estando allí oyó los dos timbres de campanilla que indicaban que habían abierto la puerta.

–Un momento –dijo, y volvió a subir, gruñendo un poco por su rodilla artrítica.

Todavía tenía un pelo abundante. O, más bien, un pelo que parecía abundante, porque ella, ojo experto, observó que era abundante de nuevo, tras un ataque de calvicie. Por debajo de este segundo brote su frente color natillas parecía menos piel que la piel de la estatua que ahora estaba en el museo. Los ojos azules se habían apagado hacia el malva, el color de la bóveda del túnel cuando se apagaron las luces del tren. Tenía los labios más delgados. Bajo su elegante traje, se le había hundido el pecho.

De modo que se estaba muriendo, treinta años después.

—Alain —dijo Dea, rompiendo el largo silencio.

—Dea —dijo Alain, y se le quebró la voz.

—Alain, mi..., en otra vida. Te lo prometo.

Alain asintió. Dea también bajó la cabeza, y cerró los ojos. Volvió a oír los dos timbres de la campanilla.

En el hotel de Muñez, tanto tiempo atrás, a Alain le dieron una habitación mayor que la de Dea. Con tácito acuerdo, escogieron la de ella. Era cuadrada y blanca, y tenía una sola cama individual contra la pared. La ventana daba a la desierta avenida. Alain se duchó primero, luego Dea; luego, desnudos, se encontraron en medio del cuarto y se abrazaron como si quisieran fundirse en un solo ser. Con su fuerte brazo, en torno a la espalda de ella, Alain pegó el cuerpo de Dea al suyo. Dea apoyó la cabeza en su hombro. Así, en aquella postura, se contaron su vida hasta entonces. Abandonaron toda reticencia, incluso toda cortesía: no dejaban de interrumpirse.

—Un juego de azar, no hay nada más emocionante, ni siquiera... —dijo Alain—. Ganar o perder —dijo.

—Mis padres querían que fuese médica —dijo Dea.

—Tengo que ir allí donde brille: casinos, hipódromos, loterías.

—Yo quería estudiar medicina. Pero cambié de opinión, como hoy la pequeña Ella. Encontré mi vocación. Los dedos, la caña, están hechos los unos para la otra.

—Peleas de gallos en callejones, dados cerca de vertederos. Algún idiota acuchillado y abandonado hasta...

—A los pretendientes que no les daba miedo mi estatura les daba miedo mi pasión. Solo Luc, un hombre bueno...

—... morir. —El alba iluminó la habitación. Un tranvía tempranero subió por la avenida—. Soy responsable ante mi...

–Soy responsable ante mi...

–... familia –susurró Alain.

–... familia –gimió Dea.

–... país.

–... manos.

Alain le cedió esa última palabra. Le entregó su amor. Pensaría en ella casi todos los días del resto de su vida. Solo la privaría de su presencia.

Entonces aflojaron su abrazo y encontraron el camino hacia su única cama.

EL PUENTE DE JUNIUS

1

El primer puente era de piedra. Debajo vivía un ogro, aseguraba la gente del pueblo, granjeros y leñadores educados a base de fábulas. Al barbado y encorvado ogro le gustaba, como a todos los de su especie, zampar niños. Un dibujo del puente datado en el siglo XVIII lo mostraba agazapado debajo de la dovela con un saco. La señorita Huk era la propietaria de dicho dibujo y lo tenía colgado cerca de la entrada de su posada de montaña. También tenía una fotografía del puente hecha a principios del siglo XX, con mucho grano y poco convincente. También en ella, mediante un truco visual de juncos y niebla, daba la impresión de que aparecía un ogro.

El puente de piedra se arqueaba sobre el estrecho río que separaba las montañas de las granjas de los alrededores del pueblo de Sklar. Los rusos tenían planeado llevar el ferrocarril a aquellas montañas, lo más fácil para deforestarlas. También se había pergeñado un plan para ampliar la carretera que serpeaba desde el pueblo al siguiente pueblo más alto. De modo que echaron abajo el puente de Junius piedra a piedra. Una estructura de hierro –también llamada Junius– ocupó su lugar. El nuevo Junius era plano, con barandillas laterales que consistían en una Z detrás de otra Z: ZZZZ... El ogro emigró durante la construcción del puente de hierro; al menos eso es lo que se dijo la gente. Quizá se uniera a los Socialistas. Pero regresó una vez completado el nuevo Junius, y se dice que todavía vive debajo de él, que duerme en uno de los caballetes, que molesta a los jóvenes que hacen el amor en la orilla con sus desconsolados aullidos. Nunca llegaron a construir el ferrocarril y nunca ensancharon la carretera.

El señor y la señora Albrecht y su hijo habían cruzado el puente de Junius hacía cinco días. Habían pasado esos días en las montañas, yendo en coche de pueblo en pueblo. Cuando volvieron a bajar y llegaron a la posada, la señorita Huk les sugirió de inmediato varias formas de líquido: un baño para todos, sopa para todos, ron caliente para los recios padres, leche caliente para el élfico niño. Hizo estas recomendaciones, que nadie le pidió, desde su sitio en el mostrador de entrada, en el gran espacio abierto que hacía las veces de recepción, sala común, sala de conciertos cuando Andréi se dignaba a tocar: un lugar donde el fuego siempre estaba encendido y los pinos hacían guardia al otro lado de los ventanales. Sabía que su gesto de autoridad no molestaría. La suya era la autoridad de los insignificantes.

La señorita Huk era delgada. Ojos, piel, cabello, jersey, falda, medias, botas: todo era del gris del mantillo de aquellas montañas. Una afilada nariz asomaba de un rostro estrecho. Llevaba gafas. Su voz era extraordinariamente suave.

—Gracias —dijo Robertson Albrecht ahora ante las sugerencias de la señorita Huk—. Pero mi mujer prefiere el vino blanco.

—Sí —dijo Christine Albrecht. Tenía ojos ambarinos y una amplia boca rosada, y su pelo tenía un tinte rojizo, como si le hubieran puesto colorete a aquella mata inmanejable.

—¿Frío? —preguntó la señorita Huk al milmillonario norteamericano, a su arrebatadora mujer.

–Frío, oh, sí –dijo la señora Albrecht.

Como si esas pocas sílabas fueran la señal que estaba esperando, el encargado se inclinó para coger el equipaje. Aunque era estrecho de hombros y tenía caderas de mujer, era capaz de levantar cargas muy pesadas. Con la mochila del niño debajo de un brazo y la cartera del padre debajo del otro, cogió las dos maletas y subió las escaleras. Muchos hombres no tolerarían que les cogieran la cartera; la señorita Huk había conocido a muchos magnates así. A Robertson Albrecht no parecía importarle. Al contrario, se volvió para observar la estancia. Aunque grueso de torso, daba la impresión de estar en una buena forma castrense. Fue asimilando (la señorita Huk, atenta a su perfil, observó cambios en el ángulo de sus párpados de escasas pestañas) la enorme chimenea de piedra; la alfombra cuyo complicado dibujo solo se podía adivinar, porque sus varios verdes eran casi indiferenciables; los bancos de madera tallada que flanqueaban el hogar en forzada oposición; las sillas tapizadas. El niño, a gatas, estaba detrás de una de esas sillas, traicionado por un delgado tobillo en un calcetín arrugado y una zapatilla deportiva. Ahora los dos miembros de la pareja daban la espalda a la señorita Huk para mirar a su hijo –para mirar la silla que casi le ocultaba–. La señorita Huk miró hacia arriba. La esquina de una maleta desapareció tras el ancho rellano.

Reinaba el silencio. En el gran dormitorio de arriba y en el pequeño unido a él el encargado dejaría las maletas en un estante plegable, abrió las cortinas y empujó las ventanas hacia fuera. En la cocina la cocinera, que tenía la mitad de la cara púrpura, estaba asando un cerdo. La ayudanta bizca estaba cociendo fruta. El resto del reducido personal también estaba ocupado, y los demás clientes se entretenían en sus distintos asuntos; y la señorita Huk estaba sentada a la caja registradora; y el señor Albrecht estaba de pie junto a la señora Albrecht, solo la parte superior del brazo de sus chaquetas se tocaba, como por accidente.

El niño seguía a gatas. El pie del calcetín y la zapatilla se movió y desapareció. La cabeza apareció al otro lado de la silla. Se fue levantando despacio. La señorita Huk se fijó en él. Tal como esperaba, el niño evitó su mirada con gafas. Tenía los ojos grandes y plateados. El cabello también era pálido. Tenía la cara chupada, la barbilla en punta. Miraba hacia delante, pero no a sus padres –a los rasgos gomosos del señor Albrecht, envueltos en piel oscura, al hermoso rostro de la señora Albrecht y su ropa corriente–. Los dos hablaban un francés excelente, había notado la señorita Huk. El niño avanzó con una gracilidad mecánica. Se paró a cuarenta y cinco centímetros de su madre y de su padre. Estaba guardando una lupa en su funda; estaba metiendo la lupa en el bolsillo de sus pantalones cortos caqui: pantalones cortos gastados, supuso la señorita Huk, no por desafiar la nieve de fuera sino porque le encantaban. Quizá el color, quizá los bolsillos.

–*Anthrenus scrophulariae* –le dijo Lars al no espacio que había entre sus padres, a la línea donde sus brazos de tweed apenas se tocaban.

–Bueno, no tiene nada de raro –le dijo el señor Albrecht a su hijo.

La señora Albrecht no dijo nada.

La señorita Huk tampoco dijo nada. *Esos malditos escarabajos de la alfombra,* fue lo que pensó.

Cuando diriges una posada a los pies de las montañas de Mátra, una posada que no presume de nada en particular –unas fuentes termales por supuesto, excelente vino y comida por supuesto, senderos entre bosques–, tienes que atraer a gente que se contente con bañarse, pasear, comer, beber, leer los libros que traen o los de la sala de lectura de detrás de las escaleras. Si la posada es más que una posada, o menos, tienes que tener la suficiente perspicacia de ofrecer algo para compensar ese menos o más. La señorita Huk ofrecía algo: Andréi.

–No es nuestro músico residente, ni mucho menos –dijo pocas horas después a los ya bañados e hidratados Albrecht–. Es un cliente como cualquier otro, semipermanente como muchos. Se trajo su clavicémbalo..., es de su propiedad.

–¿En un coche? –preguntó distraída la señora Albrecht.

La señorita Huk dijo sí, es fácil colocar el teclado y las cuerdas entre cojines, y lógicamente le quitó las patas. Las patas se pueden meter en un saco. Cuando Andréi toca para nosotros, informó la señorita Huk, triste el semblante, el encargado y él bajan el instrumento por las escaleras. Y la ayudanta de cocina baja las patas...

–En un saco –completó la señora Albrecht buscando con la mirada el dibujo del puente y su ogro.

Su marido no dijo nada. Estaba muy quieto..., como un flan.

–Un saco, sí. Y luego, en esta sala, cerca de esas ventanas, los hombres y la chica vuelven a montar el instrumento, vuelven a atornillar las patas. Los tres se han hecho unos expertos en el montaje.

La ayudanta de cocina entró en la sala y sugirió cenar. El gong sonó al mismo tiempo. La señorita Huk se levantó, los Albrecht se levantaron, Lars salió de detrás de su silla y avanzó despacio.

–¿Querrán unirse a mi mesa y cenar conmigo? –preguntó la señorita Huk a los nuevos clientes–. Es la costumbre la primera noche.

Lars hizo una pausa. A sus oídos no les pasaba nada. La renuencia tensó sus rasgos, pero siguió a sus padres al comedor. Iluminado solo por velas, el comedor tenía seis mesas. Cuatro fueron ocupadas rápidamente. Los belgas se sentaron en una. El topólogo, radiante dentro de su vacuo estilo, en otra. S. y S. se sentaron en la tercera. S. y S. eran dos mujeres que preferían que las llamasen por las iniciales de su apellido; lástima que se tratase de la misma inicial, pero el personal cumplía con prontitud. Una S. era escocesa, la otra noruega. La señorita Huk y los Albrecht se sentaron a la mesa de la señorita Huk, que estaba sobre un pequeño estrado cerca de la ventana. Al otro lado de la ventana estaba el bosque: espeso, luego más espeso.

–Como dioses, esos pinos –dijo Christine Albrecht cogiendo aire–. Druidas..., tú has leído sobre ellos, Rob, seres milagrosos. En las islas, pero tal vez aquí en Hungría también.

–Cariño.

La señorita Huk advirtió el deseo de calmar. A los oídos no les pasaba nada, tampoco.

Se aclaró la garganta, con esfuerzo.

–*Pinaceae sylvestris* –dijo–. Las historias que hayan oído de sus propiedades de transformación no son más que cuentos de campesinos. Aquí los inviernos son duros. Las urracas presagian la llegada de extranjeros, y hay un círculo de ramitas que cura los gases. Se llama *frázkarika*. Pero los pinos solo son árboles. –Tosió. Qué discurso tan largo.

Todos los huéspedes estaban ya sentados. La ayudanta de cocina sirvió sopa, y al cabo de un rato retiró los cuencos; sirvió el asado y la compota de frutas y una ensalada de helechos al vapor poco hechos. Se llevó los platos vacíos llegado el momento. Trajo queso. El comedor se llenó del casi silencio del festín. Una conversación aquí, un siseo y un comentario súbito allí, la risa falsa de los belgas, un grito breve. La ayudanta de cocina trajo tartas. Lars comió una cucharada de sopa, un solo trozo de carne, una sola cucharada de compota, un solo helecho. El queso y la tarta ni los probó.

–A las doce –le dijo Robertson Albrecht a la señorita Huk– me gustaría usar su teléfono, para llamar a mi hermano a Nueva York.

–Claro. Sabrá usted que no tenemos conexión a internet.

–No tengo ordenador –dijo el señor Albrecht.

–Ni móvil, ni portátil, ni reloj –dijo su mujer con una sonrisa.

Lars levantó la cabeza.

–*Albrecht fraternis.*

Volvió a no tomar postre.

Andréi no se presentó a la hora de cenar. Bajó al salón después, su gran cabeza como una carga sobre su escuálido esqueleto. Pequeñas manchas rojas persiguiéndose a lo largo de la mandíbula –debía de haberse afeitado con esa navaja–. Saludó con la cabeza a los últimos clientes, sentados hombro con hombro en el sofá, pero no se entretuvo en presentarse; en vez de eso, se unió al topólogo en la mesa de ajedrez.

Christine Albrecht aceptó el coñac de la señorita Huk. La señorita Huk llevó a continuación la bandeja de las copitas a Andréi y el topólogo, que cogieron una. S. y S. estaban ocupadas bordando, eran abstemias. La señorita Huk no ofreció coñac a los tres belgas, que se habían quedado en el comedor, fastidiando la recogida y la limpieza. Eran excursionistas sin la menor intención de estar allí, decían; pero la tormenta de hacía dos días les había impedido llegar a Sklar. Y luego una cosa llevó a la otra, como le dijo a la señorita Huk el líder del grupo..., de la panda, en opinión de la señorita, porque si aquellos tres eran excursionistas, ella era la Reina de la Noche. «Este sitio tiene algo», dijo el líder, moviendo su cabeza de hiena y sonriendo, un hábito poco convincente. Cierto *je ne sais quoi?* Pero no lo dijo así; solo los británicos utilizaban esa frase. La señorita Huk se preguntó qué andaría buscando aquel trío. Tal vez ahora algunos pensaran que una infusión de agujas de pino curaba la esquizofrenia y aquellos matones estuvieran pensando en comprar los bosques, o en alquilárselos a los inútiles del gobierno, o en robárselos al ogro de debajo del puente.

Lars se sentó en un escabel junto a la repisa de la ventana, contemplando a los dioses pinos. La señorita Huk dejó la bandeja en una mesa, cogió una copita y se acercó a esa ventana. Se quedó a una distancia decente del niño.

–En Buenos Aires la gente come escarabajos vivos –comentó–. Una clase especial de escarabajos. Dicen que son buenos para la salud.

Silencio.

–Para la salud de los argentinos –aclaró la señorita.

Silencio.

–No de los escarabajos –dijo la señorita al reflejo del niño.

Silencio.

–*Ulomoides dermestoides* –concluyó la señorita para sí.

2

Dos días después, la señorita Huk estaba en recepción.

–Buenos días –dijo el señor Albrecht. Había bajado las escaleras sin hacer ruido.

–Buenos días –repitió la señorita Huk.

–¿Es su voz quizá más fuerte en alemán? –preguntó el señor Albrecht en alemán.

–No. Solo en húngaro –dijo la señorita en inglés–. Y no mucho más.

El señor Albrecht abrió las manos para enseñar las palmas. Derrotado.

–No tengo intención de vender la posada –dijo la señorita–. No, no –respondió al gesto de sorpresa del señor Albrecht–, usted no ha dicho que quiera comprarla; y sí, sí, ha venido porque le han hablado de las particulares propiedades de este lugar y quería conocerlas de primera mano. –Por detrás del hombre de negocios pasó uno de los belgas, sin mirarlo. El hombre de negocios tampoco miró al belga–. Pero comprar cosas está en su naturaleza –prosiguió.

–Es costumbre, no naturaleza –murmuró el señor Albrecht–. No quiero la posada, es su imperio. –Él llevaba su imperio en la cabeza, y en la cabeza de su hermano. La señorita Huk había leído al respecto; llegaba a todas partes–. Pero he visto cómo trabaja –prosiguió–. Si algún día quiere otro empleo...

—Gracias –dijo la señorita, queriendo decir no. Cuando yacía en su jergón esperando la muerte quería recordar una vida que, salvo por los pocos años de Budapest, se circunscribiera a aquel lugar, sus pasos cruzándose y volviéndose a cruzar en aquella zona de la montaña.

Sonó el teléfono. La voz áspera, el idioma, francés. Reconoció a uno de una pareja de hermanos. Amantes de la naturaleza, observadores de aves. Domingo.

—Sí –dijo la señorita Huk al micrófono.

Tiempo atrás, después de la guerra, cuando el hostal era propiedad de su tío y de su tía, cuando ella era una niña pequeña y luego una niña mayor, cuando les leía cuentos a los niños pequeños de los clientes con su voz ya suave... Tiempo atrás, los clientes eran burgueses de clase media propiamente dichos, gastaban con mesura el dinero que habían conseguido ahorrar. Entonces no había ningún Andréi. Los sábados por la noche llegaban violinistas de Sklar a tocar viejas canciones, cobraban, se emborrachaban, volvían a casa dando tumbos, cruzando el puente.

Sus amables tíos la mandaron a la Universidad de Budapest. Estudió ciencias. Pero en Budapest apenas podía respirar; echaba de menos el aire del bosque sagrado. Entre las personas corrientes se sentía fuera de lugar, hasta secuestrada. La voz se le retiró a la laringe. Reconocía a solitarios como ella: el hombre que le arreglaba los zapatos, una mujer del parque con la mirada perpleja, un profesor que enseñaba matemáticas en la universidad. Pero los solitarios no quedan, no se reúnen; alguien debe convocarlos.

La señorita Huk soportó Budapest el tiempo suficiente para sacarse el título. Luego regresó a casa.

—Me quedo aquí –les dijo a sus tíos.

—Querida, vuelve a la capital, da clases, cásate. ¿Para qué nos hemos pasado la vida trabajando si no para ahorrarte a ti trabajo?

–Mi sitio está aquí.

–Hay mucho que hacer –dijeron sus tíos, y suspiraron–.
Un negocio solitario, ya lo sabes –le dijeron–. Es necesario
guardar las distancias con los clientes, con los empleados...

–Sí –suspiró la señorita Huk.

Empezó de criada, a petición propia. Fregaba el suelo de
piedra de la cocina; aprendió los rudimentos de los oficios de
electricista, fontanero, contable. Su tío y su tía murieron, uno
después del otro, el mismo mes. Lloró por el hombre y lloró
por la mujer. Pero sus lágrimas no tenían sal.

Poco a poco la clientela del hostal fue cambiando. Clientes
sin imaginación cedieron paso a clientes con secretos. Las familias cedieron paso a los solitarios. Algunos llegaban con su propio edredón; una anciana que iba todos los veranos se llevaba
un juego se sartenes. Llegaban hombres exhaustos y dejaban a
algún familiar por tiempo indefinido. Corrió la voz como había
sucedido siempre, de pueblo en pueblo, como las leyendas que
transmitían las comadres; ese sitio cerca del puente..., los raros
pueden estar a sus anchas.

Los empleados cambiaron, también. Un día el viejo encargado, casi siempre borracho en todo caso, cayó al suelo echando espumarajos. Dos días después llegó el nuevo: muslos que
entrechocaban a cada paso. Sentado en el cuarto de lectura con
la señorita Huk, sus ojos linternas azules, comentó que estaba
acusado de prácticas malsanas. «De espiar», adivinó la señorita.
«Sí. Porque me gusta sentarme en los parques, en los billares,
en las orillas de los ríos. No tengo otros vicios, ni otras inclina-
ciones. Pero los niños... me provocan. Y luego me denuncian.»
La señorita le contrató y jubiló a la vieja cocinera. Se presentó
la nueva; tenía hendiduras en la cara, como si la hubieran acuchillado. Se presentó la ayudanta bizca.

Había mucho que hacer, bendito trabajo. Comida, bebida,
toallas; la recepción; las ventanas. La señorita Huk abrió en ese
momento el libro de contabilidad. Robertson Albrecht se había

retirado a una butaca con un libro, dejando a la señorita en su imperio. Había facturas que pagar. Había nuevos huéspedes a los que recibir: los aficionados a las aves, y una pareja de ingleses gordos y con tres niños. Iban todos los años. Los niños eran niños de acogida, y la pareja había conseguido adoptarlos, le confió la madre a la señorita Huk..., se lo confiaba a quien quisiera escucharla, en tonos de secreta urgencia. «Solo aquí nos sentimos una familia.»

Las tres en punto era ya una hora avanzada para todos los empleados y huéspedes del hostal. Andréi dejó de ensayar y subió a acostarse. La cocinera salió a fumar. El encargado se marchó a alguna parte. Los clientes se retiraron a su habitación o al cuarto de baño.

A menudo la señorita Huk se metía en la cocina a las tres. Normalmente, la ayudanta se sentaba junto al descolorido samovar. Sonreía con timidez, como era habitual en ella. La señorita Huk acercó una silla a la mesa, el tablero de madera gruesa ideal para cortar. Un cuchillo de carnicero colgaba de un cordón atado en una esquina.

Las tres se hacían las tres y cuarto, las tres y media, las cuatro menos cuarto. Se iba recobrando la actividad. La tristeza vespertina de Andréi disminuía, y se levantaba de la cama. A veces el taxi de Sklar traía un cliente o se lo llevaba, y el taxista entraba en la cocina a tomar algo. El encargado volvía a aparecer, empujando un tonel. No era desgarbado ni tenía un aspecto desagradable, pensaba la señorita Huk: solo otra forma de ser, para un hombre. Algunas noches, detrás de la barra, con esmoquin, el rostro lampiño ligeramente húmedo, los labios ligeramente rojos, parecía una mujer guapa travestida.

Ese día, por la ventana, la señorita Huk le vio junto a la pila de leña con el hacha. Se le acercó un hombre, Robertson Albrecht. Un educado diálogo, imaginó la señorita. Necesito hacer ejercicio, ¿puedo? Cómo no, señor. El americano levantó el hacha, los músculos vivos bajo una capa de grasa sin importancia, y asesta el golpe, y el leño se parte sumiso, como queriendo someterse a su voluntad.

A las cuatro sonó el timbre en la cocina. La jovencísima ayudanta llevó té y una tarta al salón. Pocos minutos después:

–Un banquete digno de un rey –exclamó Andréi a la señorita Huk, que había vuelto a su sitio en recepción. Decía lo mismo casi todos los días. La S. noruega sonrió, dejando al descubierto sus largos y grises dientes.

–Oh, siéntese con nosotras, señorita Huk –dijo la S. escocesa.

–Ya he tomado té, gracias.

En realidad no había tomado té, se solidarizaba con la ayudanta de cocina, sin el beneficio de alimentarse o de hablar; pero pronto llegaría el momento de tomar una bebida de verdad. El grupito se calentó delante de la chimenea. El encargado, ahora con mono, abrió el bar. Un belga bajó por las escaleras. El topólogo también bajó. Bajó otro belga. Lars entró a gatas desde el cuarto de lectura –¿habría carcoma en el cuarto de lectura? Dios mío–. Apareció el tercer belga. Estaba ya todo el mundo menos los Albrecht mayores..., pero no, ellos también estaban, al lado de la ventana, tan sólidos. ¿Cómo era posible que no los hubiera visto entrar?

3

El viernes a las tres, esa hora tan avanzada, la señorita Huk subió a la habitación del encargado para llevarle sábanas y toallas limpias. Las dejó encima del catre..., suaves, para que la sensible piel del encargado no se arrugase.

La torre tenía cuatro ventanas, una a cada lado. Tres de ellas tenían vistas a iridiscentes ramas verdes. Desde la cuarta se divisaba Sklar en la lejanía. Si mirabas directamente hacia abajo, veías el jardín de la cocina y la pequeña zona de aparcamiento. En ese momento solo estaba la camioneta del hostal. El sedán alquilado de los Albrecht no, advirtió la señorita Huk. También vio al desconocido: pelo negro y fino peinado sobre una testa reluciente. Se asomó para ver mejor y dio con la frente en la ventana del encargado. Retrocedió y sacó los binoculares del encargado de la cómoda.

Orejas pegadas a las sienes. Bufanda castaña. Enjuto. Barba negra en punta.

Un científico, pensaría una.

Esperó, el presunto científico, con los brazos relajados, al lado de un abedul. Cuando Lars salió gateando al aparcamiento, el hombre se mordió los finos labios. Lars no levantó la cabeza al oír el silbido. Pero se puso en pie. Se acercó al desconocido. Se detuvo a la distancia habitual: medio metro. El hombre movió los labios: estaba diciendo algo. Lars le escuchaba. Los dos en cuclillas, y el hombre sacó una lupa. Más hablar, más escuchar. Cuando el hombre se incorporó y se acercó al camino, Lars le siguió.

Hombre andando, niño detrás; y los dos desaparecieron del campo de visión de la señorita Huk.

La señorita cogió aire, con un pequeño silbido. No hizo nada más. El hostal dejaba a sus clientes hacer lo que les placiera. Los niños eran responsabilidad de los padres.

Así que allí se quedó ella, pensando en los cuentos que había leído en voz alta. El mercader que cambió todo su oro por un par de alas. Había encontrado aquel viejo libro hacía unos días. Los hermanos que por error se mataron el uno al otro estando a oscuras. Se había ofrecido a leerle algún cuento a Lars. Los hijos de los campesinos que iban en busca de fortuna y la lograban o fracasaban. Lars la había mirado con dureza y se había escabullido. El estornino cuyo trino hacía añicos el espejo que era el mundo, y así el mundo tenía que volver a empezar.

Seguía en la ventana.

Pero la pequeña figura: qué breve su estancia.

«Te mueves como un rayo», se maravillaba el tío Huk.
Todavía era capaz. En un instante estuvo en la segunda
planta, y al siguiente, en la primera. La cocinera no estaba en la
cocina. El encargado estaba en algún sitio. S. y S. estaban sentadas en el salón con sus bordados. El topólogo apoyado tranquilamente en el mostrador de recepción.

–Han llamado por teléfono –dijo–. He cogido una reserva.
La señorita Huk, que volvía a subir las escaleras, hizo una
reverencia en agradecimiento. Llamó a la puerta de Andréi. Ah,
Andréi odiaría aquello, pero:

–Sí –dijo Andréi.
La señorita Huk entró como un rayo, y allí estaba, y la
ayudanta de cocina con él, y su rostro tomó nota de la irrup-
ción de la señorita Huk sin alarma.

–Un hombre se ha llevado a Lars –dijo la señorita Huk con
aspereza.
Abrochándose los pantalones, Andréi salió de la habitación. La ayudanta de cocina cogió la navaja de Andréi y fue corriendo tras él. La señorita Huk cerró la marcha.

En la primera planta Andréi entró como una exhalación en
la cocina, salió con el cuchillo de carnicero; y el trío bajó corriendo los escalones de madera del hostal, atravesó la maleza y
llegó al camino. Giraron ladera abajo. Parches de nieve de la
última tormenta se aferraban todavía al barro.

La señorita Huk echó a correr, y sus pensamientos también. Tal vez los americanos hubieran decidido deshacerse del
niño. Transformarlo no podían. Tampoco podían mimarlo
eternamente. Le palpitaba el corazón. Lars no amaría. No se
casaría. Ni siquiera tendría fantasías; reconocería y clasificaría.
Aprendería más nombres latinos y se acordaría de todos. Era
una especie de felicidad..., eso podía asegurárselo.

El trío llegó a los bajos escalones del puente de Junius. Andréi esgrimía el cuchillo. La ayudanta de cocina enarbolaba la
navaja. La señorita aminoró el paso.

El caudillo belga les cortó el paso, con los brazos en alto.

–El niño está bien –dijo.

Lars estaba en la barandilla, cerca pero no al lado de su padre. El falso científico también estaba en el puente, con las manos atadas a la espalda. El segundo belga estaba allí, llevaba un rollo de soga. Al otro lado, en medio del puente, estaba el coche de los Albrecht, la señora Albrecht al volante, y al lado del coche de los Albrecht un coche verde desconocido, el tercer belga al volante. Los coches cortarían el tráfico. ¿Cuándo había tráfico?

El belga de la soga empujó al hombre atado y lo metió a empujones en el asiento trasero del coche verde y se sentó delante junto a su compatriota. Excursionistas, finalmente. El coche salió marcha atrás del puente, giró y se encaminó hacia Sklar.

Lars estaba examinando alguna cosa de la barandilla. La señorita Huk sabía qué era. Una polilla moteada depositaba allí sus huevos. La larva hacía un capullo alrededor de sí misma. El proceso en su conjunto era una curiosidad biológica: la polilla debía haber optado por madera, no por hierro, pero alguno de sus ancestros cometió ese mismo error hacía mucho tiempo, cuando la reconstrucción del Junius, y generación tras generación de insectos lo repetía; ahora salían polillas del puente.

Andréi y la ayudanta de cocina, que habían bajado sus armas, dieron media vuelta y emprendieron el camino de regreso. El caudillo belga fue detrás de ellos. Christine Albrecht arrancó el coche y condujo unos cuantos metros y recogió a su marido. Se sentaron el uno al lado del otro un momento, sin mirarse, él puso la mano encima de la que ella tenía en el volante. Luego siguieron hasta el hostal. Lars, tras una última inspección del capullo, fue detrás del coche de sus padres.

Cuando todos desaparecieron de la vista, la señorita Huk bajó a la orilla. Se metió en el barro, las botas chapotearon. Se asomó debajo del puente.

Desde un rostro gordo unos ojos azules la miraron.

–Sabes que yo nunca... –se oyó–. Me senté aquí una tarde, me gusta el dibujo que hace el hierro... –empezó a explicarse.

–Lo sé –dijo la señorita, tranquilizándole–. Ahora ven a casa.

La señorita volvió a subir al camino. Estaba alcanzando a Lars..., no, el niño había aminorado el paso.

–El capullo del puente –dijo la señorita.

El niño volvió la cabeza, hacia ella, aunque desviaba la mirada hacia otra parte.

La señorita le hizo esperar. Lars por fin la miró.

–*Hepialus lemberti* –le premió. Se miraron fijamente a los ojos por un momento, pupilas penetrando pupilas, como en el sexo, supuso la señorita.

4

Andréi extrajo cintas de sonido del instrumento pintado.

Lars estaba sentado, quieto como una piedra, en uno de los bancos tallados. En una fila de sillas plegables estaban los demás huéspedes y la señorita Huk, todos escuchando. El encargado, acodado en la barra, escuchaba. La cocinera, llena de manchas, apoyado el hombro en la jamba de la puerta, escuchaba. Desde algún lugar la ayudanta de cocina también escuchaba.

Christine Albrecht daba la impresión de estar solo medio escuchando. Parecía agotada sin remedio. Al concluir los aplausos se escabulló. Robertson Albrecht observó cómo subía; la señorita Huk, cerca, lo observó a él.

–¿Vamos al cuarto de lectura? –dijo el señor Albrecht, mirando todavía a su esposa.

Se sentaron uno al lado del otro.

–Siento lo de esta tarde –dijo Robertson Albrecht, con su tensa gravedad–. Estamos acostumbrados a los intentos de secuestro, estamos preparados. Pero me gustaría habérselo ahorrado.

La señorita asintió.

–Nos iremos mañana, con nuestros ofensivos guardaespaldas. –El silencio yacía entre ellos como un animal–. Gracias por el confort de su hostal –dijo el señor Albrecht–. Lars –dijo, y se interrumpió–. Lars no es particularmente precoz, no lee nada si no algo de entomología, ni siquiera lee muy bien. –La señorita le honró con su mirada inexpresiva–. Mi hermano de Nueva York, mi socio, él también es... limitado.

La señorita habló por fin, todo lo alto que pudo.

–Es posible que en un siglo o dos lo interpersonal deje de tener valor.

–Que solo lo practiquen unos pocos y devotos excéntricos –asintió el señor Albrecht–. Por hacer juegos de palabras.

–Yo podría quedarme al chico –se oyó gritar la señorita.

–No –dijo el señor Albrecht, quizá con indulgencia, quizá convirtiendo en cenizas los años que a la señorita Huk le quedaban de vida.

RELIQUIA Y MODELO

El nieto de Jay, el único hijo de su única hija, se casó con una chica nacida en Kioto. Mika tenía una barbilla encantadora, como una cucharita de té. Se ponía dulces trajes pastel con bordecitos de encaje asomando por el escote. ¿Quién iba a pensar que se pasaba los días haciendo dinero con dinero? La joven pareja se mudó a un piso de Tokio con electrodomésticos que se desmontaban para encajar dentro de otros electrodomésticos. Woody también era analista de inversiones.

–Creo que voy a aprender japonés –le dijo Jay a su hija en el avión que les llevaba de regreso a casa después de la boda.

La hija le miró. ¡A tu edad!... Pero no dijo nada. Tenía mucho tacto, tanto como su difunta esposa, pensó Jay, y notó un repentino picor en los ojos: dos alumnas de Wellesley. Su hija tampoco dijo que no había necesidad de tan heroico esfuerzo: la joven pareja era bilingüe y, si tenía hijos, los educaría en ambas lenguas y también serían bilingües, los híbridos; y, en cualquier caso, ¿con cuánta frecuencia vería Jay a esos niños? Ella y su marido tenían salud y juventud de sobra para hacer el viaje de ida y vuelta entre Godolphin y Tokio dos o tres veces al año. Jay no. Tampoco dijo su hija que para estudiar japonés hay que gozar de una memoria en perfectas condiciones. A los setenta y cinco, Jay ya solo era capaz de recordar los últimos fichajes de los Red

Sox después de grandes esfuerzos, y se había alegrado mucho de que en la quincuagésima reunión de su clase repartieran etiquetas con los nombres. En aquella cena de antiguos alumnos repartieron, además, la letra de «Fair Harvard», otra ayuda para la memoria. La clase se puso en pie y entonó:

Reliquia y ejemplo del valor de los ancestros,
que mucho tiempo ha mantenido viva su memoria,
¡Flor primera de su naturaleza! ¡Estrella de su noche!
Calma nacida en el cambio y la tormenta.

Jay conservaba una respetable voz de barítono. Sonny Fessel, su antiguo compañero de habitación, que había hecho una fortuna con la rinoplastia, emitía apenas un graznido. Pero él, pese a su potente voz, no estaba del todo bien. Padecía una enfermedad de la sangre. La enfermedad atravesaba un periodo de indolencia, pero quién sabía lo que tenía en mente. Y Jay sufría de tensión alta.

La azafata retiró la bandeja con manos de marfil.

—Estoy buscando algo que hacer —le dijo Jay a su hija, explicándose.

Se había jubilado después de trabajar toda su vida como actuario de seguros y terminar una honorable temporada como comisionado de seguros del Estado (Woody había heredado su habilidad para las matemáticas, «para los números», decían ahora). Ya no jugaba su partido semanal de squash desde que el club adoptó la nueva bola, más blanda, y amplió las viejas pistas. La ciudad donde vivía, Godolphin, frondosa cuña de Boston, estaba regida por un concejo municipal —glorioso circo— que solo celebraba sesiones, de una semana de duración, dos veces al año. Los rituales del judaísmo le dejaban frío. Su padre inmigrante envuelto en un *talit* era un recuerdo sentimental, no un modelo. La relación de su padre con la religión empezó y terminó con los desayunos de la Hermandad, y el propio Jay había abandonado la escuela dominical al día siguiente del bar mitzvá. Pero ahora... los días pasaban y solo perdía el tiempo, había perdido también el apetito, tenía la sangre muy fina. Estudiar cualquier cosa podría convertirse en un buen tónico.

Al volver buscó talleres para personas mayores en el instituto de enseñanza secundaria de Godolphin. ¿Encuadernación? ¿Vidrieras? Pensó en los cursos no sectarios que daban en el templo: ¿Ha muerto el sionismo?, tal vez, o Grandes Mujeres Judías, impartido por la propia rabina, una rubia con un corte de pelo anticuado, a lo paje. Pero Japonés I, que daban en el Instituto de Idiomas de Godolphin, era mucho más interesante que Theodor Herzl y Rosa Luxemburgo. Cuando Jay leyó la descripción del curso volvió a respirar la fragancia y volvió a oír los sonidos de su reciente semana en Japón: el susurro de los árboles en flor; el brillo de los palos de incienso en los ruidosos altares de Tokio; el espeso olor a fideos de un pequeño y particular restaurante donde sonaba, en una radio al lado de la caja, «La chica de Ipanema». También recordó los tejidos. En el Paseo del Filósofo de Kioto se topó de frente con un grupo de niños uniformados que no se separaron para dejarle pasar sino que le rodearon, envolviéndole en su suave sarga de marinero. La nueva abuela de su nieta, una mujer muy guapa con el cabello teñido de un intenso color castaño, había acudido a la boda con un atuendo tradicional: seda carmesí con faja color crema. Le costó reconocerla cuando la familia se reunió de nuevo en un restaurante pocos días después: pantalones y jersey de cuello alto, la ropa de todos los días. Su inglés le hacía un buen servicio.

—Hoody es bueno y simpático —le dijo a Jay, queriendo sugerir: estamos encantados.

—Mika es una *shaineh maideleh* —dijo Jay, echando mano de dos de sus cincuenta palabras de yiddish. Y sonrió: un aire pícaro siempre le había granjeado la simpatía de las mujeres—. Una chica encantadora —aclaró, pero no le dijo que estaba traduciendo. Aquella mujer pensaría que su inglés, que tanto le habría costado aprender, era muy parco. En fin...

La austera beldad de la profesora de Japonés I eclipsó la belleza de Mika como el sol a la luna. Nakabuta-sensei estuvo de pie los noventa minutos de la primera de sus clases semanales. Doce alumnos alrededor de una mesa levantaron la vista y la miraron. El aula de aquella mansión reformada de lo alto de la colina tenía vistas al río de Cambridge, a las casas de ladrillo de Harvard, con sus campanarios. En la casa de más hacia la izquierda se habían alojado Jay y Sonny Fessel.

–La gramática japonesa –dijo Nakabuta en su rico inglés sin acento– al principio les parecerá incomprensible. Olvídense por favor del cariño que le tienen a los plurales. Divórciense por favor de los pronombres. Intenten flotar como un loto en nuestro estanque de sugerencias e indirectas.

Algunos alumnos se asustaron y dejaron las clases nada más empezar el semestre. Los que continuaron eran hombres de negocios o científicos o programadores cuyo trabajo los llevaba con frecuencia a Japón, o jóvenes que habían vivido un tiempo allí y eran más o menos capaces de mantener una conversación en argot. Jay constituía una categoría en sí mismo: el viejo alto de pelo blanco veteado de algunas hebras de pelo rojo, manchas que se resistían a desaparecer; el vejete con la esperanza de conversar con unos bisnietos que aún no habían nacido.

En julio la joven pareja viajó a Godolphin para visitar a la hija y al yerno de Jay. Y también a Jay, naturalmente. Jay le dijo a Mika, en japonés, que el buen tiempo había llegado pronto a Massachusetts la próxima primavera; no, la primavera pasada; no, *esta* primavera. Los tomates estaban deliciosos, verdad. Le preguntó por su padre y por su madre y por su abuela, *chichi* y *haha* y *baba*, y recordó, demasiado tarde, que esos eran apelativos muy muy familiares. Mika contestó que su familia estaba muy bien de salud, gracias, y lamentó ver que Jay usaba bastón.

405

Hablaba, en japonés, considerablemente despacio. Ah, no era más que artritis, que le estaba atacando, explicó; «recrudecer» era el verbo que habría preferido, pero decías las palabras que sabías, que no siempre eran las que querías decir.

El segundo año, Sugiyama-sensei, menuda y sencilla, introdujo a la clase en el modo pasivo, que unas veces suponía renuencia y otras incluso explotación. Hacía pruebas de vocabulario todas las semanas y enseñó a sus alumnos a contar trazos cuando estaban aprendiendo a trazar kanjis –como esclavos contando latigazos, pensó Jay–. Les aconsejó practicar ideogramas sin lápiz ni papel, pintarlos con los dedos en cualquier superficie apropiada.

En la visita de ese verano, Jay se llevó a Mika varias veces a pasear por Godolphin. Había mejorado de la artritis y ya no necesitaba bastón. Le enseñó el bloque donde había vivido de niño, el parque donde había jugado al béisbol, el instituto donde había cursado el bachillerato; ninguno había cambiado por fuera a pesar de los años. El restaurante de comida preparada hasta sigue abierto, le informó, con una sintaxis correcta en japonés y al mismo tiempo fiel al yiddish. La población no era tan variopinta cuando yo era pequeño, consiguió decir, aunque en realidad empleó un adjetivo que significaba «varios». Entonces solo éramos judíos e irlandeses y... no sabía cómo se decía «protestantes», así que los mató. Ahora somos rusos, y también vietnamitas, y también sudamericanos, y otros muchos que no hay necesidad de mencionar; la última frase contenía una palabra monosílaba que por desgracia colocó en la posición equivocada. Mika asintió de todas formas, y Jay se sintió orgulloso de sí mismo, orgulloso de todo lo que había aprendido de Sugiyama-sensei. La dedicación con que Sugiyama enseñaba japonés había influido además en un inglés bastante peculiar: *burn*, *barn* y *bun*, dichos por ella se convertían en la misma palabra.

Yamamoto-sensei, el profesor de tercer año, tenía muy buena pronunciación en inglés. Su forma de hablar, sin embargo, era alarmante. Su discurso se veía interrumpido por risitas, resoplidos, y unas *n-n* de asentimiento, menos prolongadas que las *n-n-n* de disentimiento. Jay rehuía a aquel tipejo jadeante y baboso. En la cetrina piel de Yamomoto-san, en la rosada humedad de sus labios, en la breve gordura de su nariz, con los orificios bien a la vista, en los bordes negros de sus gafas, constituía el lastimoso recordatorio de Feivel Ostroff, el chico que había invadido la clase de octavo de Jay hacía más de sesenta años. Feivel y sus hermanos exudaban ese tufillo a vieja Europa que la mayoría de las familias judías se habían quitado de encima en cuanto habían podido. En circunstancias normales, los Ostroff nunca habrían acabado en Godolphin: el padre era propietario de una pequeña verdulería de un barrio en proceso de deterioro de Boston, y su prole vivía de ella. Pero ese padre incapaz murió, y el hermano de la madre, que había prosperado con la guerra, trasladó a la viuda y a los huérfanos a un espacioso piso de Jefferson Avenue y se hizo cargo del alquiler. Les compró todo lo necesario e incluso bicicletas.

Si los Orloff hubieran sido jasídicos, habrían formado parte de una tribu que lleva curiosos disfraces de marioneta; habrían ido a la escuela diurna de los jasídicos. O si los Orloff hubieran sido ortodoxos, habrían llevado kipá e ido al colegio ortodoxo. Pero no eran jasídicos ni ortodoxos, ni tampoco observaban con particular celo ninguna ley. Eran simplemente morenos, delgaduchos y molestos. Llevaban las tarteras atiborradas de pepinillos y huevos duros. Feivel se reía de sus propios chistes. Algunos alumnos hicieron buenas migas con él: ayudaba mucho con los deberes de latín y en aquellos días Harvard aún pedía el dominio de una lengua muerta. Jay, que en cualquier caso sacaba en todo sobresaliente, le ignoraba.

Pero a Yamamoto no podía ignorarle. Jay se había propuesto conquistar la lengua japonesa; el territorio de Yamamoto entraba en su plan de batalla. Y sus compañeros de clase tenían tanta determinación como él. Ya solo quedaban cuatro. Era como si asistieran no al decoroso instituto de idiomas sino a la escuela nocturna a la que su abuela le llevaba a rastras hacía ya un siglo, incluso después de diez horas de trabajo, porque todo su futuro dependía del inglés.

Tres de los otros habían acompañado a Jay desde el principio –dos hombres de negocios y un programador–, y el cuarto era una nueva alumna, una chica que había empezado a estudiar japonés en la universidad y ahora vivía con un médico de Kobe. Jay se preguntó cómo serían sus hijos –la chica era pálida y con pecas, con el cabello seco y las pestañas transparentes–. En el nuevo bisnieto de Jay, según las fotos de Internet, se habían mezclado tranquilamente rasgos de ambas familias: tenía en miniatura, y resultaba encantador, la barbilla y el pelo y los ojos de su madre, la boca rizada de su padre y las nobles napias del padre del propio Jay. En una de las fotos, la abuela de Mika sostenía al niño en el regazo. Llevaba gafas y tenía una expresión indescifrable.

Yamamoto era un experto instructor. Obligaba a la clase a repetir conjugaciones verbales y fórmulas de cortesía y palabras onomatopéyicas hasta que Jay quedaba *mukamuka, kurakura, gennari...*, le entraban náuseas, le daban mareos, acaba exhausto. Pero no toda la culpa era de Yamamoto; finalmente la enfermedad de Jay había pasado a la ofensiva. En fin, era su destino, ¿o no? Su *unmei*. Yamamoto permanecía de pie durante la instrucción, respirando ruidosamente, agitando los brazos, gritando casi sus nocivas risitas. Era como un soldado..., como un soldado japonés..., como un soldado japonés de las películas de guerra que Jay había visto cuando era pequeño. Se vestía como un oficinista: traje completamente negro, camisa completamente blanca, corbata rojo oscuro; pero bien podría haber llevado un mono verde de tanquista con cordones en cintura y tobillos. Tenía la boca siempre ligeramente entreabierta; los dientes, blancos y cortos, rozaban el grueso labio inferior. Le gustaba cortar el aire con la mano. Chac. Chac. La instrucción solo era parte de la clase semanal. Estaba también la devolución de las tareas corregidas, toda una lección de humildad, y las pruebas de escritura de kanjis, y las cintas de vídeo en las que actores sobreexcitados interpretaban dramas de oficina: alguien tiene que hacer una presentación urgente, alguien está a punto de perder un contrato. Woody debía de llevar una vida llena de peligros. Los alumnos terminaban las conversaciones de tema general que iniciaba Yamamoto.

Sheila-san, ¿qué has hecho este fin de semana?

He cocinado *shabu-shabu,* he jugado al tenis, he trabajado en el jardín, he estudiado japonés.

Tú ahora, Ralph-san.

He cocinado carne a la brasa, he jugado al golf, he ido al cine, he estudiado japonés.

Sensei, *¿usted* qué ha hecho?, preguntaba siempre alguien. Y seguía una frase didácticamente plagada de modificadores, modismos y contracciones. Con un poco de suerte Yamamoto había ido a un partido de los Red Sox, pero los pobres Sox habían perdido por seis carreras. En un concierto un cuarteto muy habilidoso había interpretado una composición escrita para ellos. Atropellaron a un perro y el pobre animal acabó mal: muerto. Durante estos relatos, la boca de notables incisivos, enmarcados en la saliva de las comisuras, permanecía abierta, con la acostumbrada sonrisita de satisfacción, réplica de la sonrisa angustiada de Feivel Ostroff.

En el instituto Feivel había ganado peso suficiente para quedarse en meramente delgado. Había aprendido a sonreír menos. Cuando Jay y él entraron en primer curso al otro lado del río (el tío de Feivel pagaba el alojamiento y la comida, amén de la matrícula) se llamaba a sí mismo Phil. Se licenció en clásicas, dedicó su tesis a Ovidio. A ojos de Jay, Feivel-Phil conservaba la febril impaciencia de un novato, pero ahora era un hombre entre diez mil, menos raro que muchos, menos estrambótico que una pareja de esquimales, menos exótico que el Aga Khan, menos grasiento que los sabelotodo de Brooklyn que se pasaban la vida entre el laboratorio y la clase preparándose para una eminente carrera científica y, como resultó al final, un par de Nobels.

Phil Ostroff le hizo la corte a una chica de la rancia Radcliffe llamada Dorothea, también licenciada en clásicas, cuyos padres eran profesores de alguna universidad norteamericana. Phil y Dorothea, ambos *summa cum laude,* se casaron ante un juez de paz justo después de la graduación. Luego se especializaron en la Universidad de Chicago, que les pagó un jugoso estipendio por el honor de su presencia.

En el semestre de primavera de Japonés III, la Pascua judía empezó la noche del sábado anterior a la Pascua cristiana. Este fin de semana voy a ir a un banquete religioso, dijo Jay. Quizá no comamos pan. Con una receta de mi querida esposa, mi querida hija va a hacer un caldo. Comeremos pollo, batatas, fruta, galletas saladas, un pescado especial.

Albóndigas de pescado, amplió Yamamoto. Porque para *gefilte* no existía equivalente en japonés.

Sheila prepararía la tradicional comida de Pascua: jamón cocido, batatas, fruta. Uno de los hombres de negocios iba al partido y el otro a visitar a su familia a Nueva York y el programador pensaba ordenar su colección de discos compactos. Los ordenaría primero por siglo, dijo; dentro de cada siglo, por compositor; dentro de cada compositor, por...

Yamamoto estiró el labio inferior bajo el toldo de dientes. La semana que viene tendremos el placer de hablar de su sistema. La clase de hoy ha terminado.

En cuanto a este fin de semana, insistió Jay. ¿Sensei wa?

Los dientes se volvieron hacia él. Voy a un jéder.

Invitado a la fiesta, pensó Jay: un cuerpo extraño en un organismo vivo... Pero el profesor continuó. Mi mujer va a preparar la comida. Yo dirigiré el servicio.

–¿En hebreo? –preguntó Jay, sorprendido, en inglés.

Yamamoto volvió la cabeza, tomando distancia de aquella impertinencia. «El hebreo es una lengua difícil», debería haber dicho Jay, y habría sido una forma respetuosa de no hacer la pregunta. Pero al demonio el respeto, la pregunta y sus compañeros de clase esperaban respuestas.

Si, excepto los cuatro en Cambridge, te has pasado tus setenta y siete años de vida en Godolphin, puedes averiguarlo todo; sabes a quién preguntar.

–Está casado con una dentista de Worcester –le dijo a Jay Carol Glickman. Era junio; la había estado esperando en la biblioteca; sabía que iba a las sesiones de cine para personas mayores–. Una de esas chicas capaces de hacerlo todo.

Jay pensó en Mika, otra vez embarazada y seguía trabajando desde casa, con el ordenador, que sin duda se convertía en una tabla de cambio cuando el mercado ya hubiera cerrado.

–La señora Yamamoto..., la doctora Yamamoto... ¿Es judía?

–Sí, signifique eso lo que signifique hoy en día. Parte de su familia ha vuelto al redil; y ahora son ortodoxos. –Carol pronunció esta última frase remedando el acento japonés, y se echó a reír. Jay se habría reído también, pero sabía que le apestaba el aliento, por las tóxicas pastillas que estaba obligado a tomar. Carol paró de reír, y continuó–: Algunos seguro que son cuáqueros o practican zen o lo que sea. ¿Sabías que la hija de Feivel Ostroff es sacerdotisa episcopaliana?

–Feivel no estuvo en la reunión –recordó Jay con retraso.

–Murió el año pasado. El profesor más querido de Dartmouth, ¿o era Williams? Con él el latín se hizo muy popular, y también el griego. –Carol volvió a interrumpirse. ¿Se supone que ahora tengo que expresar mis condolencias?, se preguntó Jay–. Y tú, Jay, ¿cómo estás? –dijo Carol por fin, sin gravedad.

Su marido, un juez, había formado parte de la Liga Antidifamación cuando Jay también pertenecía a ella. Ahora Carol estaba viuda, como la abuela de Mika. Se había teñido el pelo, también como la abuela de Mika: el mismo tono corteza... ¿Que cómo estaba? Ella misma podía verlo: amarillo y encogido. Carol probablemente podía también calcular cuántas probabilidades tenía Jay de vivir un año más. Jay, el actuario, ya lo había calculado: ninguna.

–No me queda mucho tiempo más en este mundo –dijo, sin malicia, sin picardía, girando la cabeza para espirar. Carol abrió la boca, lista para consolarle–. Otro día –dijo él, y se fue corriendo.

En septiembre Jay acudió a los servicios de los Días Temibles por primera vez desde hacía años. El *talit* de su abuelo le prestaba al cuerpo apariencia de carne. Se sentó en el extremo del banco, y desde ese sitio podía ver una puerta lateral. La rabina vestía dramáticos ropajes blancos. Llevó la Torá por el pasillo seguida de los ancianos, que caminaban arrastrando los pies: coetáneos, pensó Jay. La rabina se detuvo en la fila de Jay y él consiguió una de sus viejas sonrisas juguetonas. La dentadura todavía la tenía bien. La rabina esperó con su carga, con una media sonrisa también ella, y Jay se acordó de tocar el rollo con su libro de oraciones y llevarse el libro a los labios, aunque se hizo más pesado en el trayecto de regreso, como si hubiera adquirido el peso de los números.

En octubre Jay cruzó el río para asistir a una aburrida conferencia sobre economía japonesa. En noviembre fue a ver el Partido y llovía, y se marchó a la mitad. La semana siguiente visitó la biblioteca Widener con su carné de alumno, cincuenta dólares al año. Habían reforzado recientemente las estanterías, pero no las habían reorganizado. Entre baldas de acero los pasillos eran tan estrechos como siempre. En el Nivel 3, de pie sobre el viejo suelo de piedra, le rozaban el cuerpo libros suaves y amables como los escolares de Kioto, y volvió a sentirse niño. Pero no había ningún volumen que deseara leer. Tampoco había deseado matricularse en Japonés IV. Estaba demasiado cansado. Pero le alegraba lo que había conseguido. Entendía los libros con ilustraciones para niños. Podía hablar con la *shaineh maideleh* de la tienda japonesa de chucherías. Reconocía varios cientos de kanjis; y por las noches, flotando en el baño, aún podía trazar varios de ellos en su atrofiado muslo. En su restaurante de sushi favorito escuchaba las palabras que volaban de un maestro de sashimi a otro. De vez en cuando preguntaba sin que le diera vergüenza el significado de alguna expresión. Su hematóloga, una india pequeñita, le instaba a comer y beber todo lo que le sentara bien. No le sentaban bien muchas cosas, pero la cerveza japonesa y el salmón crudo no eran peores que los copos de avena y el puré de manzana.

El caldo de pollo sí le caía bien en el estómago –los judíos tenían razón en eso–. Wulf's, el único mercado kosher que quedaba en Godolphin (cuando era pequeño había seis), preparaba una buena cantidad cada pocos días y la envasaba. Jay compraba un tarro los domingos, tomaba lo que podía a lo largo de la semana, tiraba el resto. Domingo tras domingo el hombre barbado de la caja lo miraba sin reconocerlo. Tenía la mente en cosas más elevadas, quizá en el inventario.

A Jay se le había quedado grande la ropa. Uno de sus raros días buenos compró dos pares de chinos, al parecer habían vuelto a ponerse de moda, en el Gap más próximo. Y un blazer azul marino, ¿de qué talla?..., pequeña, que Dios le ayudase. Su hija se pasaba por su casa todos los días para saludarle y ordenar el piso. Los dos aguardaban en silencio que el doctor mencionase el asilo. Mientras, él todavía podía darse su paseo semanal hasta Wulf's.

Y fue en Wulf's, una mañana de domingo, cuando volvió a ver a Yamamoto, y a la familia Yamamoto, cuatro hijos en total. Jay se escondió detrás de un expositor de especias. Desde su escondite se fijó en la esposa dentista. Era sorprendentemente bonita, y delgada a pesar de sus muchos embarazos. Llevaba sombrero de fieltro con el ala curvada hacia arriba. Atractiva. Jay se dio cuenta de que aquel sombrero era la sustitución que habían hecho los ortodoxos modernos de la peluca de matrona. Abundante cabello castaño y rizado debajo del sombrero. La mujer empujaba un carrito en el que un niño de dos años mandaba despóticamente sobre unas verduras. Yamamoto iba detrás, y llevaba otro niño con un solo brazo. Dos niños pequeños desfilaban en el hueco entre su madre y su padre, y hablaban alegremente –en inglés, advirtió Jay–. Los niños, incluso el más pequeño, tenían el pelo negro y liso del pequeño hijo de Woody; también tenían parecidos ojos oscuros, en un ángulo más suave que si su sangre fuera pura. Los niños llevaban kipá. También Yamamoto-san, su *chichi yiddische.*

De modo que esa era la habitual trayectoria de un inmigrante, ese salto de un grupo desfavorecido a otro grupo desfavorecido. ¿Qué había sido de aquellas décadas, generaciones incluso, necesarias para irse disimulando entre yanquis? Jay el comisionado, Glickman el juez, Fessel el cirujano..., cuán delicadamente se entremezclaban con los favorecidos. Y el audaz Feivel Ostroff, estudioso de los textos paganos, había conseguido completar una metamorfosis. En algún lugar un obispado aguardaba sin duda a su hija la sacerdotisa... Y allí, donde los estantes de caballa en conserva estaban frente a los estantes de cajas de *kasha,* los hijos de Yamamoto, progenie cruzada de dos clanes marginados, trotaban con confianza. La asimilación estaba tan pasada de moda como el bugui-bugui.

Olvidando esconderse detrás de las especias, Jay se irguió tanto como le permitió el dolor. Todavía era lo que había nacido para ser: un Judío Antidifamación; un ciudadano de Godolphin, Massachusetts; un leal hombre de Harvard. Papá Yamamoto quizá fuera inmune al atractivo de las casas del otro lado del río. Pero en este mundo nuevo de dioses intercambiables, y de mujeres que vestían ropa de sacerdote, como *drag queens*..., en este mundo nuevo donde naciones que habían tratado de borrarse del mapa acababan en la misma cama, y donde tus hijos se lanzaban al otro lado del planeta y se olvidaban de volver..., en un mundo así las cosas duraderas, sin duda, eran los ladrillos y los campanarios, una biblioteca y un estadio. Permanecían, te daban estabilidad hasta el final..., flores en tu desierto, estrellas en tu noche. Él revelaría esta verdad a la rabina cuando la rabina hiciera su obligada visita a los casi muertos. Sonó la campana de una iglesia próxima. Con la chaqueta flotando alrededor de lo que quedaba de él, Jay fue del expositor de especias a la caja.

–Caldo de pollo –dijo, con una voz solo audible por encima de la llamada a los fieles. Recibió el tarro y puso el dinero en la mano impasible–. Hasta la semana que viene –prometió, o quizá fuera un ruego. Al hombre de la barba le daba exactamente igual.

LINAJE

–Buenos días, señora Lubin.

Silencio.

–Profesora Lubin –corrigió el doctor tras consultar su tablilla.

Silencio.

–¿Qué tal se encuentra?

Silencio despreciativo.

–¿Sabe por qué está aquí?

Silencio tenso.

–Ha sufrido usted un episodio neurológico, un accidente isquémico transitorio...

–Un derrame –dijo la profesora Lubin por fin. Estaba en la cama de un hospital con las barras laterales de aluminio parcialmente levantadas. En una esquina de la habitación había un palo de gotero sin nada. La otra cama estaba desocupada. Una desvaída reproducción de un Cézanne colgaba de una pared mostaza.

–¿Un derrame? Bueno, todavía no, y esperemos que ni todavía ni nunca. Me alegra oír esa voz tan fuerte. Soy el doctor Mortimer Lilyveck, y esta es la doctora Natalie White, y este el doctor Eric Hauser. El doctor Hauser le va a hacer algunas preguntas.

Silencio.

El doctor Hauser se aclaró la garganta.

–¿En qué mes estamos?

La profesora desvió los ojos y miró por la ventana, al cielo nevoso de Chicago. Volvió a fijarse en el doctor Hauser, con una mirada feroz.

–¿Quién es el presidente?

La mirada se hizo más feroz todavía.

–¿Cuántos años tiene? ¿Dónde se encontraba usted cuando...?

–Noventa y dos –dijo la profesora–. Debería tenerlo ahí registrado. Nací en 1914, en Brooklyn. –El joven doctor Hauser hizo un gesto con la probable intención de confortar a la paciente. Años atrás, muy lejos de allí, ese gesto habría bastado para merecer el pelotón de fusilamiento–. Mi padre nació en Rusia –dijo la profesora, más despacio–. Era el... Era... Era el... –y de repente, avejentada la voz, y temblorosa, la profesora empezó a hablar en otro idioma. Y la voz recobró su vigor.

Era el zar. Padrecito.

Siguió hablando deprisa, en la otra lengua.

–*Vestía con sencillez y se bañaba en agua fría. Llevaba una medalla con un retrato de su mujer, la emperatriz Alejandra. Amaba a la enérgica emperatriz. Mi madre no era enérgica. No amaba a mi madre.*

»*Esta historia a ustedes, indiferentes americanos, les da igual. Pero pronto sufriré otro accidente isquémico...*

–Un accidente isquémico... –El doctor Hauser, con una segunda sonrisa funesta, captó esas palabras que conocía.

–*... por eso deseo... contar. Yo no soy la última Románov..., hay descendientes colaterales por aquí y por allá, uno dirige una empresa de limpieza, y yo ni siquiera soy una Románov legítima, ni siquiera soy legítima, pero soy la única descendiente viva de Nicolás II y Vera Derevenko. Y podría, si así lo quisiera, recla-*

417

mar el tesoro que al parecer está guardado en un banco de Francia. Podría reclamar la corona que está en una vitrina de Moscú. Podría reclamar todos esos huevos Fabergé hechos para mi familia.

»Mi madre, Vera Derevenko, era hija de un médico de la casa real. Nos enseñó el trabajo de enfermera. Nicolás y ella copularon en los bosques que rodeaban la residencia favorita de Nicolás, Tsárskoye Seló, en junio de 1913, cuando el mundo vivía en paz. Y luego Vera volvió a su hospital de San Petersburgo y supo que estaba embarazada. Huyó a América. Allí nací yo. Mi padre no sabía nada de mí, era el zar.

–Profesora Lubin, ayudaría mucho que hablara usted en inglés –dijo el doctor Lilyveck.

–¿A quién?

–¿...?

–¿Ayudaría mucho a quién?

–A nosotros.

La profesora hizo un gesto de cansancio.

–*La emperatriz Alejandra y los niños, mis medio hermanos, destinados a morir en un sótano, no estaban allí, estaban de vacaciones en Crimea. Los médicos y los tutores también. Rasputín estaba bebiendo y fornicando en otra provincia. Nicolás, jefe de Estado, se quedó en Tsárskoye Seló para estudiar documentos y firmarlos, para leer cartas y contestarlas. Los ministros iban a verle continuamente. La duma era un chiste.*

»Mi madre también se había quedado unos días para arreglar unos asuntos de su padre, el médico.

»Todos los días el zar salía solo a dar un paseo por el bosque. También mi madre. Lo suyo no fue una cita secreta, sino un accidente. Yo fui una casualidad.

»¿Ha estado en nuestro país en primavera? Yo no, ni en ninguna otra estación; pero mi madre me lo describió los últimos días de su enfermedad, hace cincuenta años. Barro; bueno, lo del barro es conocido. Una dulce confusión en el bosque, los abedules cubier-

418

tos de hojas recientes, pinos rojos altísimos, sauces. *Se oyen los mirlos. Los van a* matar...

Apuntó con dos dedos a la doctora White, que no parpadeó, que ni siquiera bajó los ojos.

–... en otoño. *Había un barranco donde burbujeaba un agua cristalina. De una rama colgaba un cazo de madera de abedul. Bebieron agua fresca. Anduvieron por un camino serpenteante hasta un pabellón de caza que nadie usaba. Hablaron de Dickens, de Durero..., temas favoritos de los rusos cultos. Con el sol de última hora de la tarde el aire se llenaba de gotitas de ámbar, y todo parecía bañado en té tibio: los árboles, el mojado camino, hasta el rostro de las dos personas que todavía no se habían tocado. Así es* la primavera rusa.

El doctor Lilyveck se tocó la calva.

–Tenemos una traductora. Pero hoy no ha venido.

–Mi madre tenía los ojos *color avellana y los dientes muy separados. Era muy pecosa, tenía el pelo castaño claro y rizado. Como formaba parte de la casa real, había visto cómo la adorada emperatriz y el odiado monje azuzaban y acosaban a Nicolás. El Padrecito le daba lástima. Aquella tarde no la violó, ni la sedujo; nadie ejerció el derecho de pernada. Ella colaboró en su propia desfloración. Nicolás fue delicado con las manos. Tenía los ojos castaños, del color del zorzal, como la barba. El dolor fue pequeño, la dulzura extrema.*

»*Y entonces ocurrió algo extraordinario. Mi madre levantó la vista y miró a Nicolás a los ojos, y vio su asesinato, el asesinato que se produciría cinco años más tarde,* en julio, doctor Hauser.

–Estamos en enero –dijo el doctor, con voz grave.

–Ocho, vio *ocho cadáveres: el hombre, su mujer, cinco niños, una criada, y un spaniel espachurrado, agonizante. Los cadáveres..., primero les dispararon, luego los descuartizaron, los metieron en ácido, los quemaron y los enterraron. Los pocos restos se pudieron identificar más tarde gracias a la medalla y al esqueleto del spaniel, al que también habían echado en la fosa.*

»*Mi madre vio otras cosas futuras, imágenes inconexas. Vio a una niña pequeña con los ojos abiertos, muerta de tifus, ¿o era de hambre?, ¿o era por una bayoneta? Uno de los millones de niños del Padrecito que morirían en la guerra civil. Vio a Trotski, con su abrigo. Vio a Zinóviev el apparátchik bajando de una limusina con asientos de piel de oso. Vio a los miembros de la checa, con los colmillos manchados de sangre. Vio a Lenin muerto, víctima de un derrame o tal vez de un veneno.*

»*Cuando llegó a sus oídos, en el lejano Brooklyn, la noticia de estos sucesos, mi madre se limitó a asentir.*

»*Mis buenos doctores, el folclore ruso tiene una figura de leyenda: un oso amaestrado. No recuerdo qué nombre le daban, llamémosle* Accidente Isquémico...

–Accidente Isquémico, sí –repitió el doctor Hauser, para animar.

–... *que tenía el poder de ver el futuro pero no el de hablar para contarlo. Solo podía mirar a sus amos desde el hogar; con pesar, porque el futuro siempre es doloroso. Y eso le sucedía a mi madre: hablaba poco, hablaba menos, apenas hablaba, bien podría haber sido un animal. En Brooklyn, a pesar de sus conocimientos de enfermería, trabajaba de auxiliar en una institución para retrasados. Vivimos con una prima pobre. Mi madre hablaba poco y lo poco que decía lo decía* en ruso.

–La traductora viene mañana.

–Después se levantaron y estiraron la ropa. *El zar cogió la foto de su mujer, que se le había caído del bolsillo. Se llevó a los labios los dedos de mi madre. Volvieron al palacio por separado.*

»*Mi madre no volvió a verle. Oiría muchas veces que había sido autocrático, débil, extravagante, indiferente a sus súbditos, merecedor del epíteto «Sangriento». Nunca lo contradijo.*

»*Todo esto me lo contó en un ataque de locuacidad la noche que* murió.

–No piense en la muerte –dijo el doctor Lilyveck.

La profesora Lubin cerró los ojos, y el doctor Lilyveck desapareció, y sus dos ayudantes desaparecieron. La profesora recordó y luego optó por no recordar el minúsculo piso de la Avenida J donde había transcurrido su infancia y a las dos lúgubres mujeres que la habían criado; su largo y anodino matrimonio; sus contribuciones menores a la topología; a su único hijo, víctima de un cáncer a los treinta y cinco años. Otro Románov muerto. Y a ella, incorporada en una cama bajo tres pares de ojos atentos..., ¿la investirían a ella en esta hora tardía del mismo poder que al viejo oso, del poder de ver el futuro? Pestes, conflictos civiles, bebés monstruosos..., cualquier granuja podría adivinar tales catástrofes. No. Su don no era ver el porvenir sino el pasado. Pensó en el Padrecito, Nicolás, abandonado antes de su muerte y desatendido después, recordado ahora solo por una matemática que había sufrido un derrame y que no le había conocido y no obstante podía ver la ropa caqui. Barba. Ojos amables. Boca sonriendo a la enfermera pecosa que una tarde cálida había apaciguado su atribulado ánimo. Un incidente solitario, un momento de singular calma, su resultado una vida de singular anonimato: la suya. Pero con su muerte no moriría el recuerdo de aquel incidente —ese recuerdo había perecido con Nicolás, con Vera—, sino el recuerdo de su relato en el lecho de muerte. La reputación del zar trágico..., sin una nueva mancilla...

Abrió los ojos. Los médicos seguían allí, tomando nota en sus tablillas, intercambiando miradas, concienzudos como la checa.

—Mi madre estaba loca —dijo apresuradamente en inglés—. Su historia es pura invención —se retractó—, para consolarme de mi vergonzoso nacimiento. Estamos en invierno, doctor Hauser. El presidente es... un bobo.

La doctora White le tocó la mano. *Madrecita*, dijo en la lengua de la anciana. *Si fue mentira, fue una mentira generosa. Y si fue verdad, está a salvo contigo y conmigo. Ahora descansa.*

Pocos minutos después, en el pasillo.

—Natalie —soltó el doctor Lilyveck—, que hables ruso..., una cualidad inesperada. El parloteo de la paciente..., ¿qué estaba diciendo?

—Mortimer —dijo la doctora White con dulzura—. Un cuento popular, más o menos.

CHICA DE AZUL CON BOLSA GRANDE MARRÓN

Tenían muchas cosas en común, el hombre de sesenta y siete y la chica de diecisiete. Los dos eran bajitos. Sus ojos de un azul claro muy similar, aunque Francis tenía una vista excelente y solo le hacían falta gafas para leer cuando la letra era muy pequeña y Louanne tenía una vista deficiente: fulminaba el mundo con la mirada a través de unas lentes tan gruesas que parecían opacas. Vivían en dos pisos idénticos, aunque simétricos, de la segunda planta de una casa urbana típica (tan sólidas construcciones burguesas eran la base fundamental de la vivienda familiar en Boston y los barrios próximos al centro, decía Francis a menudo, probablemente demasiado a menudo). Louanne vivía con sus tíos. Francis vivía solo. A los dos les gustaba más el helado que los dulces. Los dos preferían llevar mochila.

Francis llevaba su gastada mochila casi vacía desde hacía tiempo: un libro o dos, el *Globe* de la mañana, las gafas de cerca que casi no se ponía, los sobres de Cystadane que tenía que mezclar con agua y tomar cada cuatro horas. Pero aquella mochila era, le gustaba pensar, su seña de identidad en lo que a vestimenta se refería. En los cuarenta años que había formado parte de la Gran Asamblea Legislativa de Massachusetts –primero en la Cámara Baja y luego en el Senado– no había querido llevar cartera. Aunque en ese entonces llevaba la mochila llena.

La mochila de Louanne sí estaba llena, ahora: a reventar de libros de texto. Estudiaba química, cálculo, lengua, francés y derecho constitucional. Derecho constitucional era una asignatura nueva y experimental para alumnos de último curso con buenas notas. Le causaba problemas porque daba por supuestos ciertos conocimientos de historia de los Estados Unidos. Pero ella se había mudado a aquel barrio con tranvía desde Rusia hacía solo dos años, en segundo. Historia de los Estados Unidos se daba en primero.

–La historia de los Estados Unidos se ha terminado –le dijo a Francis una memorable tarde del último mes de septiembre. Se habían conocido en la escalera. Ella volvía a casa del instituto, él salía a dar un paseo.

–¿Qué quiere decir, señorita Zerubin?

–Quiero decir que no la he dado y que ya no puedo darla –dijo ella, y se explicó–. Por favor, llámeme Louanne, señor Morrison –concluyó.

No se llamaba Louanne más de lo que él se llamaba Édouard Vuillard. Se lo había copiado a una cantante de country que había visto en televisión la mañana que llegó de Moscú.

–De acuerdo, Louanne. Por favor, llámame... –Dudó. ¿Senador?

–Le llamaré señor Francis, señor Morrison. Señor Francis, ¿no es usted una especie de historia de los Estados Unidos en persona? Es usted una encarnación. –Louanne estaba dos peldaños por debajo de Francis. Lo miraba de abajo arriba, y se había ruborizado. Francis le vio caspa en la raya del pelo: deslustrado, castaño comadreja–. Quiero decir, como ha sido usted diputado todos estos años... Se acaba usted de retirar, me lo ha dicho mi tío. Y sus antepasados fueron Fundadores. ¿No vinieron en uno de esos barcos?

–En *La Pinta*.

–Yo creía que se llamaba de otra manera. Señor Francis, ¿puedo pedirle que me dé clases? Lo consideraría un favor de peso –añadió Louanne, imperiosa.

Francis retrocedió un peldaño.

–Pues, querida, verás, mi hobby, ver cuadros, se lleva la mayor parte de mi tiempo ahora liberado. Además, soy miembro del patronato del museo; formo parte del Comité de Adquisiciones...

–Un día a la semana, podría venir un día a la semana.

–¿Cuánto tiempo llevaba planeando aquel ataque?–. Los miércoles salgo a las doce. Por la tarde los profesores tienen reuniones. –Louanne subió un escalón y soltó la mochila al lado de los pies. Francis no podría bajar sin saltar por encima–. Puede mandarme textos. Los leo seguro. Soy concienzuda.

Francis sabía que era concienzuda. Era concienzuda limpiando. Los sábados por la mañana su tía dejaba la puerta del piso abierta, igual que Francis, en honor al día. Había visto a Louanne pasando la aspiradora de rodillas, metiendo la varita mágica debajo del sofá. Y era concienzudamente sencilla: sin maquillar, sin pendientes ni collares ni pulseras, sin más ropa que vaqueros y cazadoras vaqueras; como si hubiera convertido en misión completar lo que la naturaleza había dejado a medias.

–Puede hacerme test –ofreció Louanne.

Francis nunca la había visto con ningún compañero ni compañera. Era concienzuda hasta para no tener amigos... Y su jubilación, se preguntó Francis, ¿de verdad prometía ser concienzudamente satisfactoria? ¿Tantos amigos tenía?

–¿Darte clases? –dijo–. ¿Los miércoles por la tarde? Me lo tomaré como un privilegio.

Y así había dado comienzo la modesta tutoría, hacía seis meses, que se había desarrollado casi siempre en el salón de Francis –allí estaban sentados hoy, un nublado miércoles de marzo– y a veces en el museo y a veces en un estanque cercano. No se atenían al programa original estrictamente –la Constitución, el pe-

425

riodo colonial–, sino que hacían incursiones en el arte y la naturaleza y hasta en la pedagogía.

–Desapruebo los exámenes tipo test. Tú sabes desarrollar muy bien las respuestas –dijo Francis un día, devolviendo a Louanne un examen que le había enseñado. Había sacado un notable alto.

–¿Qué tienen de malo los exámenes tipo test? O te acuerdas de algo o no te acuerdas, y si no te acuerdas tienes un cincuenta por ciento de probabilidades...

–Un examen es un instrumento pedagógico. Debería animar al alumno a pensar en lo no categórico, en lo ambiguo.

Louanne rezongó.

–Yo a mis clientes nunca les hago test. Me los tirarían a la cara.

Sus clientes, tres abogados que habían respondido a un anuncio que había puesto en el periódico, estaban perfeccionando su ruso hablado, que era ya excelente.

A veces Francis y Louanne se desviaban al territorio de la historia personal.

–No se ha casado –señaló Louanne una tarde despreciando todo tacto, como buena camarada–. A lo mejor le gustan más los hombres.

–Me gustan las mujeres y me gustan los hombres, a la distancia apropiada. –Hasta le gustaban las colegialas feúchas y sin pelos en la lengua con un viejo apego a su ruinosa madre patria.

En otra ocasión, deteniéndose cerca del estanque, Louanne dijo que tenía pensado volver a Rusia al terminar el instituto.

–¿No volvería usted también a su país de nacido? –le preguntó a Francis al ver su gesto de sorpresa.

–De nacimiento –dijo Francis; Louanne le había pedido que le corrigiese los errores–. Yo nací aquí –dijo, sin poder evitar cierto orgullo.

–Entonces el exilio le es desconocido.

–*Terra incognita* –admitió Francis. Pero Louanne no había estudiado latín, así que se vio obligado a explicarle la expresión.

Hoy, mientras un sol repentino empalidecía aún más el salón verde pálido de Francis, Louanne y él le estaban dando vueltas al tema del gobierno representativo.

–¿Nunca perdió unas elecciones? –preguntó Louanne–. ¿En cuarenta años? –Se quitó las gafas y las limpió, dejando al descubierto sus ojos azules, las descoloridas pestañas. Volvió a ponerse las gafas.

–No, la verdad es que no. Pero a veces tuve adversarios francamente incapaces –dijo Francis–. A los republicanos les gustaba proponer siempre a alguien aunque ese alguien no tuviera experiencia, ni convicciones, ni sentido de los principios de gobierno.

–Pero la gente le votaba a usted también cuando su adversario no era un capullo. La gente le quería a usted. ¿Por qué?

–Me identifico con la comunidad –se atrevió a decir Francis. Luego, viendo impaciencia y una agitación casi imperceptible en el semblante tenso de Louanne y en el ángulo modificado de sus gafas, prosiguió–: Para mí la comunidad es una extensión de mí mismo: sus jardines públicos mi arriate de flores, sus bibliotecas públicas mis librerías, su policía mi guardia personal, su equipo de béisbol mi... –Miró el mapa del Massachusetts del siglo XVII que estaba encima del sofá; regalo de sus compañeros por su jubilación.

–Siga, por favor.

–... su equipo de béisbol mi equipo, sus hospitales mi tía loca. –Se estaba citando a sí mismo, la maldición de la vejez. Pero Louanne no lo sabía–. Opino que la familia, definida de diversas formas, definida a veces como célibe y solitaria, al mismo tiempo que constituye el paradigma del Estado, está amparada por él. Opino que... –Ahora sí se interrumpió–. Louanne... Creo que basta por ahora.

427

—¡No, por favor! Hábleme de su primera legislación en el Senado.

—Legislatura. Otro día.

—Vale. Y otro día vamos al museo.

—Vale.

—¿Qué día?

Francis consultó el reloj.

—Este día.

Primero fueron a ver el Vuillard, como siempre. La madre del artista está sentada de perfil a una mesa. Corta una tela, parecida a la tela escocesa, y el vestido también tiene cuadros, y el papel pintado tiene dibujadas unas peras. Un armario de madera basta, campestre. Las lámparas están apagadas y no hay ventanas; la luz tiene un origen desconocido y se posa en la nuca de la señora Vuillard, en su moño, en la oreja, en la mandíbula, en sus gafas; y se refleja en un cuenco de latón, e ilumina medio plato lleno. La fuente de luz está detrás del pintor, o en el pintor, o en el hombre y la chica que ahora contemplan la obra.

—Qué natural parece todo —dijo Francis; ya lo había dicho antes—. Pero un cuadro es una obra artificial. —Este era un tema nuevo—. «Requiere la misma astucia que un crimen.»

Louanne guardaba silencio.

—Esa frase no es mía —confesó Francis.

—¿Es de Monsieur Vuillard?

—Es de Monsieur Degas.

—¿Que también era soltero y también vivía con su madre?

—No, Degas llevó una vida... más activa.

Siguieron adelante. A la chica le daban igual los cuadros de personajes burgueses en sus casas, y le daban igual los carteles del proletariado. Francis lo sabía porque sabía qué no le daba igual: Sagradas Familias frontales, coquetas Anunciaciones. Algún día a Louanne también se le podría aparecer un ángel, anunciando no el amor, nada tan ambicioso, sino quizá, por fin, la amistad.

Siguieron paseando y contemplando; luego, en la cafetería del museo, tomaron un té. Francis pidió helado, Louanne un napoleón.

–Necesito su fuerza –explicó. Tenía que ver a sus clientes, que ahora pedían que les enseñara jerga.

–No se proponen nada bueno –presagió Francis–. Especuladores.

–Lo mismo opino yo –dijo Louanne con indiferencia–. Aunque ya son ricos.

Normalmente daban la clase en la oficina de los clientes, pero a veces en casa de uno de ellos, una villa italiana de un barrio hacia el oeste. Louanne tenía que coger dos autobuses, pero luego la mandaban a casa en un taxi.

–Quieren ser todavía más ricos de lo que son.

–¿No es lo que quiere todo el mundo?

Se despidieron debajo de un olmo. Muy probablemente las mochilas distorsionaran sus pequeñas figuras, pensó Francis: los podrían confundir con esculturas de jardín. Louanne se dirigió al centro, a la oficina de sus turbios clientes. Francis cruzó un parque, de un púrpura espectral con el primer crepúsculo.

–Mi patio particular –dijo, exultante.

Pero había muchas cosas que no tenían en común el legislador jubilado y su pupila. La facilidad para los idiomas, por ejemplo: Louanne hablaba ruso, alemán, inglés y un francés rudimentario; Francis, a pesar del latín y el griego de su época escolar, era monolingüe. La salud, otro ejemplo: su corta estatura era meramente hereditaria, y su afección cardiaca, descubierta en unas pruebas de laboratorio, le causaba pocas molestias; Louanne, en cambio, era bajita por mala alimentación, y necesitaría lentes correctoras toda su vida, y su tía no sabía absolutamente nada de nutrición. Y la política... Los viejos Zerubin desconfiaban de cualquier forma de socialismo, incluso de la tibia tendencia redistributiva del Partido Demócrata. Habían votado a los republicanos desde que habían conseguido la nacionalidad. En cuanto a Louanne, se reía de la presunción de igualdad. «De manera que todo el mundo tiene derecho a una educación superior por obra de alguna deidad», se mofaba. «Y por eso los profesores de los colegios de los barrios pobres dan sobresalientes a letras de rap y hay carreras de dos años para enseñar publicidad en televisión. ¡Democracia!» Habría recibido con los brazos abiertos el retorno de los Románov.

Aun así, qué cómodo se sentía ahora Francis durante las cenas de los sábados en casa de Louanne. Ternera y estofado de cebada, discos de grasa decorando la superficie. La ensalada: patatas con nata; una cebolleta picada, la verdura verde del menú. Un postre blandurrio que se come con cuchara. La tía teñida, jersey de lentejuelas una talla menor. El tío calvo, de carrillos caídos. La sobrina. La araña que da una luz rancia. Un perro artrítico y resollante. Los cuadros: ofrendas de acontecimientos mágicos en colores primarios, todos salidos de la mano del mismo emigrado sin talento. Un recordatorio religioso: la Virgen y el Niño de Giotto, el marco dorado hace juego con la aureola. Francis pensó en su amado Vuillard; y trasladó a aquella digna familia de su piso beige lleno de falsos Chagalls y la espantosa reproducción de una obra maestra a un cuarto lleno de dibujos y el sol entrando a través de las persianas. Todo se podría tocar: el bigote del hombre, los labios exageradamente pintados de la mujer, la mancha de salsa en el puño vaquero de la chica, que se estaba enseñando sola a comer con la mano izquierda.

–¿Con qué objeto? –decía, repitiendo la pregunta del propio Francis–. Quiero ser ambigua.

Francis no la corregía, en parte porque estaban presentes otras personas, en parte porque la chica había dicho exactamente lo que quería decir. En su mano izquierda, el tenedor hacía ondas, temblaba y hasta dio algunas vueltas de campana.

Luego tío y sobrina jugaron al ajedrez, y la señora Zerubin

hizo punto, y Francis y el perro contemplaron el fuego. Qué satisfactoria la vida doméstica cuando le puedes cerrar la puerta al final del día y luego cruzar el vestíbulo y cerrar otra puerta, la tuya.

Otro miércoles: ahora de abril. El tema era el dinero.

–De Tocqueville ya lo apuntó hace casi dos siglos –dijo Francis.

–A usted no le gusta el dinero, señor Francis.

–Pues verás, nunca me he sentido pobre. Y me da igual... ah, la ropa cara, o viajar, o la alta cocina. ¿Y a quién le hace falta un automóvil en esta ciudad tan íntima?

–Entonces, ¿qué le importa a usted? ¿Cuáles son sus valores trascendentes? –preguntó Louanne, orgullosa de la expresión, como demostraba su sonrisa.

Bueno, se dijo Francis, si estaba obligado a nombrar algo: la relativa importancia de la sinceridad, la fundamental importancia de la lealtad...

–La verdad –se oyó mentir.

Louanne suspiró.

–Y aparte de la verdad ¿qué?

–La belleza –admitió Francis sin poder evitarlo.

–¿La belleza de las personas?

Francis asintió: Louanne le estaba haciendo un examen tipo test. La chica apretó los dientes.

–Y la belleza de un sicomoro –dijo Francis–, y la de una callejuela, y la de una obra de arte, pero eso ya lo sabes. –Y la belleza de la soledad, añadió Francis en silencio.

–¿Y la belleza de un diamante? Puedo conseguirle un diamante –dijo Louanne–. Kolia, el primo de mi tía, los ladrones que conoce...

–Las joyas no me interesan. –¿Cómo había permitido que aquel interrogatorio llegara siquiera a comenzar?–. El civismo, ese es otro de mis valores trascendentes, y también...

431

–Belleza –repitió Louanne–, eso sí se lo puedo conseguir.

–Louanne, ¿qué quieres decir? Tú has aportado belleza a mi vida. –Sostuvo su intensa mirada–. La belleza de... tu extraordinaria mente juvenil, y de tus conversaciones.

–Sí –soltó Louanne.

Tres miércoles después Louanne entró llevando, por sus resistentes asas, una bolsa grande marrón. Tenía expresión solemne, como si imitara al ángel de la Anunciación. Puso la bolsa en el suelo con oficioso cuidado y sacó algo con un marco estrecho. Lo puso también en el suelo, y lo apoyó en la pared forrada de papel vegetal.

Debía de tener cincuenta centímetros por treinta. La madre de Vuillard otra vez, vista de cara; con más años, un rostro ensombrecido: un rostro que se asomaba a la cuna de un nieto, por ejemplo, o al lecho de un inválido. Frente amplia, ojos amables y un labio superior que parecía un discreto toldillo. Se asomaba en realidad a un jarrón de cristal lleno de flores, sobre todo margaritas, pero también lirios y anémonas. El fondo no era más que la sugerencia de un papel pintado.

El cuadro estaba firmado.

–Lo vi hace unas semanas –dijo Louanne, encogiéndose de hombros dentro de su chaquetón azul marino–. En esa casa. Estaba en una especie de cuarto de invitados, justo al lado del baño. Fui a hacer pis y abrí la puerta, que siempre está cerrada, y encendí la luz y lo vi.

–Louanne. –Un susurro.

–No me sorprendió, la casa está llena de cosas parecidas. Están forrados, esos matones. Compran cosas para blanquear dinero. Usted ya lo sabe, señor Francis. En Rusia se forran más todavía, como dijo usted.

–... como dijiste *tú*.

–Como. Así que lo cogí. Ayer. Porque la mujer de ese tío le ha dejado y él se va a Moscú mañana, y tardarán semanas en

432

darse cuenta de que el cuadro no está, y entonces él creerá que ella...

–Louanne –dijo Francis, todavía sin aliento.

–No estaba ahí colgado para que cualquiera pudiera llevárselo, no se crea –dijo Louanne–. Tenía un mecanismo de seguridad que tuve que ver cómo abrir. Y coger la bolsa, que tampoco fue ninguna tontería. Tuve que comprar un pañuelo en Bloomie's, y pedirle la bolsa a la zorra de la dependienta. Y al día siguiente devolví el pañuelo y me quedé con la bolsa.

–Louanne –dijo Francis. Parecía incapaz de decir otra cosa. Le dolía el pecho.

Louanne estaba delante de él, firme como un guardia pero sin la estatura de un guardia.

–¿Qué?

La propiedad es un derecho, pensaba Francis. *Robar es un delito*, pensaba. *Existe un pacto social*, pensaba.

Pero Louanne ya sabía todo eso. Había memorizado los principios de la ética como habría memorizado la receta de la masa pastelera: algo que era capaz de aprender y no llevar nunca a la práctica. Y él no la iba a regañar. La lealtad era lo más importante; él mismo se lo había dicho, o había querido decírselo.

–¿Es que no va a decir nada? –dijo Louanne, con los brazos en jarras.

–Gracias –logró decir Francis.

Colgó el cuadro el martes siguiente –le llevó todo ese tiempo decidir dónde–. Primero pensó en colgarlo en el dormitorio: nadie más entraba allí excepto la mujer que iba a limpiar. Pensó en su pequeño despacho: rosas en la alfombra, lirios en la pared, libros, una butaca con estampado chevrón y cortinas con dibujos de cacatúas que tapaban casi del todo la estrecha ventana. Pensó en la cocina y en el baño y en el vestíbulo compartido entre su piso y el de Louanne; pensó en la escalera de atrás, con los peldaños cubiertos de goma antideslizante. Pensó en el vestidor.

Al final lo colgó en el salón, encima de la chimenea. El retrato de su bisabuelo (fiscal general de la comunidad, 1875-1880) quedó relegado al dormitorio, sustituyendo al espejo, que, él sí, acabó en el vestidor, y pareció que duplicaba su humilde guardarropa.

Su bisabuelo, con barba, una mano apoyada en las leyes de la comunidad, lanzaba su noble mirada a través del salón, al mapa antiguo de Massachusetts. Retrato y mapa habían constituido un eje de honor. El Vuillard corrompía la estancia.

—Atractivo —dijo un antiguo colega que había ido a verle en busca de consejo—. ¿Nuevo?

—Reubicado —dijo Francis, conteniendo la respiración. La conversación se centró en el último gobernador, un memo.

—Oooh, señor Morrison —dijo la mujer que iba a limpiar.

—Bonito —dijo el hombre que fue a arreglar la gotera del baño, pero seguramente se refería al piso en general.

Las gafas de Louanne destellaban ante el cuadro durante las primeras visitas tras la dádiva; luego ya no. Louanne estaba haciendo un trabajo sobre el Colegio Electoral. Conversando sobre ese procedimiento valioso y anticuado transcurrían sus sesiones. En casa de los Zerubin hablaban de perros y de béisbol.

En ningún sitio encontró la noticia del robo. Para empezar, lo más probable era que el cuadro fuera robado. No pudo identificarlo en los textos de ningún catálogo; ni siquiera bajo el epígrafe «De propiedad particular» leyó *La señora Vuillard con flores*, o algo parecido. Aun así, su más reciente propietario ya debía de haber advertido su falta. Quizá la mafia rusa estuviera ideando algún plan infalible para matarlo.

Louanne seguía dando clase a aquellos sucios abogados.

—Y el de la casa grande, ¿y si menciona que le han robado? —preguntó Francis.

—No lo ha mencionado.

–¿Y si lo hace?

–¿En qué idioma?

–Pues... en inglés.

–Le diré: «Dígalo en ruso.»

–Pues en ruso.

–Me solidarizaré con él. –Para demostrarlo, Louanne ladeó la cabeza y frunció las comisuras de los labios, el verdugo comprobando el nudo de la horca.

A Francis el regalo le encantaba. Pasaban los días y no le encantaba menos. Tampoco se acostumbraba a él: la mujer tan cerca que casi se la podía oír; economía de líneas y limpieza de paleta; la ligera distorsión del ángulo de la cabeza; la ausencia de un concepto grandioso. Las humildes margaritas. Un artista humilde: secundario incluso en su apogeo.

–Nuestra constitución es más precisa que la suya, porque nosotros no dependemos del poder judicial –decía Louanne un miércoles–. Se consideraba que los jueces eran una extensión del Padrecito, y...

–Sí –dijo Francis, aunque no estuviera seguro de la exactitud del comentario–. Louanne, querida, tenemos que devolver el cuadro. –Las gafas de Louanne le miraron–. Me gusta mucho, pero es demasiado para mí. Me va a acabar matando.

–Le acabará matando un ataque al corazón. ¿No toma unos sobres para eso?

–El Cystadane es para *evitar* mi muerte.

–Para retrasarla. De todas formas, nadie se ha muerto nunca de belleza.

–Pues yo seré el primero.

Silencio mientras Louanne le estudiaba con la mirada. Se le ocurrió, no por primera vez, que las lentes de Louanne probablemente redujeran lo que tenía delante.

–Todavía tengo la bolsa grande marrón –admitió Louanne–. Pero últimamente a esos ladrones les doy clase en la oficina. No sé cuándo volveré a esa casa.

435

–No podemos devolvérselo a ellos, Louanne. Exige un lugar público. Un escenario compartido, un sitio en el que cualquier persona, de dinero o sin un dólar, culta o inculta, apasionada o indiferente, pueda beneficiarse de su...

–¡Señor Francis!

Francis se interrumpió. Con sencillez y sin esfuerzo dijo:

–El cuadro pertenece al museo.

–Oh. Pues dónelo.

–Bueno, no, no con su turbio origen. –No quería que la deportaran–. Tenemos que introducirlo en el museo sin que se den cuenta.

–¿Como una bomba?

–Como una bomba.

–Mi tataratío tiró una bomba. Luego le fusilaron. Capullo.

Louanne se refería a su pariente. O eso esperaba Francis.

–Buenos días, Nick.

–Buenos días, señor Morrison –dijo el vigilante–. Me alegro de verle. Ah..., la señorita tiene que pasar el paquete por la máquina.

Francis había pensado que ocurriría eso exactamente: que la Bolsa Grande Marrón sería una buena forma de desviar la atención, que ese día él tampoco tendría que enseñar el contenido de su mochila, porque muy rara vez tenía que enseñarlo, aunque ese día no llevara la mochila de siempre, sino una nueva, bastante más grande, aunque también más bien vacía, y plana.

–La señorita es una buena amiga mía. En la bolsa lleva sus pinturas –dijo Francis–. Enséñaselas, Louanne. –Y Louanne, fingiendo estar molesta, sacó uno a uno un bloc de dibujo, una tabla de dibujo y un manojo de lápices sujeto por la mitad con una goma elástica. Los lápices se abrían en abanico por arriba y por abajo exactamente igual que las margaritas de Vuillard se abrían en abanico desde la boca del jarrón y sus tallos se abrían en abanico por abajo en el agua tan expertamente retratada.

A continuación Louanne volcó el contenido de su bolsa. Un clip cayó al suelo.

–Quiere copiar un Rembrandt –confesó Francis–. Dibujar un cuadro, buen entrenamiento para la mano. El vigilante tuvo que concentrar su atención en el visitante que venía detrás. Louanne recogió sus cosas. Subieron trotando hasta los Rembrandts. Louanne dibujó unas líneas. Luego bajaron trotando a la sala de los miembros del patronato. De ahí pasaron a los despachos y de ahí bajaron sigilosamente por una escalera lateral hasta el sótano y más allá, hasta el sótano del sótano. Llegaron a un sitio donde había doce taquillas, algunas cerradas con candado, el resto entreabiertas.

Louanne ayudó a Francis a quitarse la mochila como si la mochila fuera un sobretodo y ella una doncella, una doncella en tela vaquera. Hasta ese día Francis nunca le había visto un vestido. Abrió la cremallera de la mochila. Louanne sacó el objeto sin quitarle el plástico de burbujas. Francis lo metió con cuidado en una taquilla y la cerró.

Louanne sacó un candado del bolsillo y lo puso en las armellas. Abrió la mano, le estaba ofreciendo la llave a Francis. Francis dijo que no con la cabeza. Louanne cerró la mano.

Más tarde, imaginaba Francis, Louanne se tragaría la llave. Probablemente ya hubiera practicado la maniobra. Daba igual: el cuadro escaparía de su cautividad pasados diez años, tal vez quince, cuando algún comité de conserjes determinara que aquella taquilla estaba abandonada. Forzarían el candado, llevarían el secreto de la taquilla al despacho del director. El mundo del arte viviría una pequeña agitación. Alguien decretaría que el cuadro era auténtico; alguien distinto lo declararía donación anónima; otros pondrían de relieve la curiosa forma en que se había concretado el obsequio. Colocarían el cuadro en alguna sala numerada. Pero primero lo colgarían en alguna exposición de adquisiciones recientes. Francis mandaría por correo a Louanne una invitación y un billete aéreo de ida y vuelta.

Mientras seguía a la chica por una escalera y la siguiente, deteniéndose a coger aliento en cada diminuto rellano, tuvo que admitir que para entonces Louanne tal vez se hubiera esfumado en algún oscuro rincón de Moscú, y él en la cegadora fluorescencia de una residencia de ancianos.

–*Ars longa* –murmuró.

Louanne volvió la cabeza.

–Solo unos cuantos escalones más –le aseguró.

VACACIONES DE ENERO

5 de febrero

Querida señora Jenkins:

Josephine Salter me ha informado de que la Academia Caldicott no aplazará la fecha de entrega de su trabajo de las Vacaciones de Enero hasta que usted reciba una solicitud de mi parte. Considere esta carta dicha solicitud. Es lógico que Josephine no haya podido entregar el trabajo en plazo; el inesperado regreso de su madrastra el 31 de enero, después de dos meses de ausencia, causó en su familia no poco trastorno. Además, probablemente sepa usted, como sabe casi todo el pueblo, que su padre celebró dicho regreso estampando la vajilla contra la pared y rociando de whisky el viejo ordenador de la familia. Josie y el pequeño Oliver, a quien en su casa llaman Tollie, recibieron a su madrastra de mejor grado.

Permítame que le diga, por si pudiera servir de algo, que Josie ha sido un gran activo para No Me Olvides durante todo el mes de enero, y que los clientes echan de menos su respetuosa presencia y yo echo de menos su estatura. Solo con subirse a una guía de teléfonos llegaba a los muñequitos del último estante. Y además parece que ha aprendido algo de antigüedades. Pese a todo sigo pensando que las Vacaciones de Enero son el taimado método de la Academia Caldicott por el cual sus pro-

fesores se permiten el lujo de estar unos días más sin trabajar, y cobrando, entretanto los padres de los alumnos se ponen frenéticos de tanta preocupación. Las chicas de quince años que se ponen a trabajar voluntariamente en albergues, centros veterinarios, restaurantes étnicos y pueblos de Centroamérica corren el riesgo de contraer tuberculosis, psitacosis o salmonella, y de padecer seducción y aburrimiento profundo. Trabajando en mi establecimiento, Josie por lo menos ha evitado los primeros cinco males.

¿Qué tal estás, Eleanor? Tengo un tintero eduardiano al que quizá querrías echar un vistazo.

Rennie

15 de febrero

Querida señora Jenkins:

Gracias por ampliarme el plazo de entrega de mi trabajo de Vacaciones de Enero. No me ha hecho falta tanto tiempo como creía al principio. Por sugerencia suya llevé a diario notas en fichas de diez por quince, y como usted predijo, no me fue nada engorroso, habiendo leído las fichas varias veces y habiéndolas ordenado y reordenado como si estuviera jugando a CeldaLibre[1] y habiendo reflexionado mucho, hacer el trabajo. (La frase precedente demuestra por qué no se debe abusar de los gerundios, de modo que la he dejado sin corregir por si acaso usted necesitara un ejemplo de la realidad para la unidad de gramática de décimo curso.) Mi trabajo sigue el útil esquema que usted nos proporcionó: Por qué elijo, Qué he hecho, Algunas cosas que he aprendido. Tras elaborar el esquema, redactar el trabajo ha sido muy fácil. He hecho tres borradores de tres días sucesivos, empezando por la mañana en que mi padre me dejó una máquina de escribir (nuestro ordenador ha sufrido un accidente). Encontré que las notas a pie de página podrían resultar bastante útiles y las he

---

1. *Similar al solitario.*

introducido siguiendo el Manual de estilo de Chicago, *numerándolas secuencialmente.*

Así que aquí tiene el trabajo, que dedico a mi difunta madre. Como usted debe de saber, aunque sucedió antes de su época, de usted, ella también estudió en la Academia Caldicott. Compartió muchas veces conmigo sus recuerdos de aquellos días, aunque ella los llamaba flashbacks. Muchos besos,

Josie

NO ME OLVIDES
TRABAJO DE LAS VACACIONES DE ENERO
JOSEPHINE DOROTHY SALTER

Mi plan original para un proyecto de las Vacaciones de Enero era leerles a los ciegos. Dicen que tengo una voz agradable. Antes de morir de un tumor,[1] mi madre perdió la visión, y yo tenía que leerle todas las tardes igual que ella me había leído a mí cuando yo era pequeña, sobre todo *Cuentos de los Hermanos Grimm,* nuestro libro favorito. Pero a los lectores de los ciegos los mandan por toda la zona de Boston, acá y acullá, y yo necesitaba un lugar de trabajo cerca de la guardería de mi hermano Tollie, porque la madre de mi hermano no estaba en casa esos días y por consiguiente yo me tenía que ocupar de él y de la casa, que totalizaba tres personas. De modo que pedí trabajo en No Me Olvides, una tienda de antigüedades próxima, porque se puede aprender mucha historia de los artículos del pasado. La señora Renata McLintock, dueña y propietaria, me avisó de que principalmente aprendería a limpiar y a echar líquidos con mano firme, y me dijo que esperaba que en mi progresista y procelosa[2] academia me hubieran enseñado a calcular con el ordenador el cinco por ciento de impuestos del estado de Massachusetts y que me acordara de hacerlo.[3]

A lo largo de este trabajo me referiré a la señora McLintock como «Rennie», porque ella misma me pidió que la llamara así.

1. Glioblastoma.
2. *Sic.*
3. Yo creo que era una broma pero puede que no; a algunas personas se les ha olvidado el cálculo elemental. Tina, mi madrastra, no sabe ni cuadrar las cuentas, aunque es una guitarrista excelente y lo sabe todo de semidemihemicorcheas y sabe leer el ritmo y la velocidad en una partitura y también sabe no hacerles caso cuando lo pide la interpretación. Puedo calcular mentalmente el cinco por ciento de cualquier cosa y también sé cálculo elemental. Y también sabe Tollie, que tiene cuatro años.

442

No sabe de dónde sacó su madre eso de Renata.[1] Rennie tenía razón sobre lo que yo principalmente iba a hacer. Pasaba la aspiradora y limpiaba el polvo (durante enero lo he hecho en casa también) y fregaba el servicio de la trastienda y luego echaba el agua del cubo en las jardineras, que era mi cometido.[2] También saqué brillo a la lámpara de latón, que data de 1775 más o menos. Le han puesto unos cables y bombillas de sesenta vatios. Me tuve que subir a una escalera. Esas eran mis tareas con el ordenador y la limpieza. Algunas eran diarias y otras eran semanales. También ayudaba a Rennie con sus tareas de anfitriona. No Me Olvides es como el pozo del pueblo de la época colonial, un periodo que dimos el año pasado. En el pozo del pueblo se daban noticias y consejos y cotilleos. Las mujeres se iban con agua y también llenas de fuerza y autoestima, aunque a algunas les gustaba que otras se sintieran mal o estúpidas. Pero de este tipo desagradable en No Me Olvides había muy pocas. Luego mencionaré a cierta persona en particular. También tenemos muchas clientas que solo entran a charlar y no compran nada. Algunas lo que quieren es que las reconfortes un poco, como la que tiene una hija a la que han rechazado en Princeton,[3] y otras que solo quieren consuelo, como la mujer cuyo hijo ha muerto hace poco.[4] Yo era capaz de ver la diferencia entre los dos tipos y les hacía un té a las primeras y les daba una copa de sherry a las segundas y no vertía ni una gota.

1. Mi madre me puso Josephine por *Mujercitas* y Dorothy por *El mago de Oz*.
2. Aprendí esta técnica de jardinería de Tina, una conservacionista. El agua sucia es buena para las plantas de interior y para las plantas de exterior, aunque la señora Bluestein, la profesora de ciencias de Caldicott, como usted sabe, dice que ella es de Missouri, un comentario que al parecer indica que no se lo cree.
3. En la primera entrevista.
4. Sida.

Esto me lleva a la parte más importante de mi trabajo: Qué Aprendí en No Me Olvides aparte de la técnica de sacar brillo al metal y de conseguir que funcionase el datáfono. Aprendí a diferenciar varios estilos de joyas: victoriano, art nouveau, art déco y posguerra mundial hasta eso de 1950 (Rennie no comercia con nada posterior a 1950). El victoriano es delicado y elaborado. El art nouveau está inspirado en temas mitológicos y de la naturaleza como libélulas o mujeres encantadas, puestas en sinuosos diseños. El art déco es geométrico y emplea motivos como rombos y zigzags. La introducción de los materiales sintéticos se produjo en la Segunda Guerra Mundial, y Rennie tiene unas esclavas de baquelita color caramelo suaves como la seda. Todas esas joyas y la plata de los hogares y la cerámica china son el pan nuestro de cada día del establecimiento. Rennie está especializada en cerámica hecha por las Chicas de la Tarde del Sábado y en joyas de luto victorianas.

Las Chicas de la Tarde del Sábado surgieron del movimiento de artes y oficios de la Inglaterra de 1870, basado en los ideales reformistas de John Ruskin y William Morris. Estos dos importantes hombres defendían un retorno a la artesanía manual, no solo por estética sino también con el propósito de conseguir objetivos sociales y educativos.[1] A finales del siglo XIX, en el muy poblado North End de Boston, a pocos kilómetros de No Me Olvides, un grupo de jóvenes inmigrantes italianas y judías se reunían los sábados por la noche para hacer cerámica, guiadas por una mujer de mundo muy altruista.[2]

1. Yo señalaría que esto está en consonancia con los altos ideales de la propia Academia Caldicott.
2. El North End está lleno de italianos. Tina es de ascendencia italiana y tiene conocidos en ese barrio. Se quedó en casa de una Amiga muy particular el tiempo que no estuvo en casa, experimentando sus propias vacaciones de enero, me dijo. Iba todos los días a ver a Tollie a la guardería. Escribo esto porque sé que hay rumores que dicen que es una madre a la que le da

Esta mujer quería que las Chicas ganaran dinero y que también trabajaran en un ambiente sano y edificante. Pero la gente no compraba la cerámica, porque sus precios eran más altos que los de los productos fabricados en masa. Ahora esos platos son muy preciados y los coleccionistas pagan mucho dinero por ellos, a menudo a Rennie. La artesanía es simple y vistosa y a veces está decorada con motivos de corral; si no supieras que es urbana, dirías que es rústica. En todo caso es bonita (es lo que Rennie y yo pensamos). Las joyas de luto victorianas son un caballo de muy distinta fábrica de pegamento.[1] A Rennie y a mí no nos gusta mucho pero hoy en día están de moda, y unas chicas góticas que yo conozco (no son alumnas de Caldicott) llevan peinetas de gutapercha con calaveras. Las joyas de luto tenían el propósito de ser un recuerdo de un ser querido y asimismo un recordatorio de la inevitabilidad de la muerte. Las sortijas de luto alcanzaron la cúspide de su popularidad en Inglaterra después de la muerte del príncipe Alberto, en diciembre de 1869.[2] En Inglaterra en las sortijas solían poner el nombre, la edad y la fecha de la muerte de la persona difunta. Las primeras sortijas estaban hechas de esmalte negro. Las posteriores estaban hechas de azabache.

Como el presente es un trabajo de investigación y observación, no he escrito muchas anécdotas ni especulaciones ni digresiones o me he limitado a las notas a pie de página que todo lector podría saltarse. El semestre que viene voy a dar Escritura de Diarios. He observado los detalles operativos de un pequeño comercio, así que los voy a comentar. Rennie me ha permitido ver el libro de contabilidad, que es de los de pluma y tintero. El administrador le instó a comprarse un ordenador pero al final

---

todo igual. Es una buena madre. Hay personas que confunden el ser madre con el ser ama de casa.
1. Una expresión de Rennie.
2. Fiebres tifoideas.

ella dijo: «¡Al infierno!»[1] Rennie escribe todas las letras con un ángulo de inclinación de sesenta grados. Su letra es más legible que muchos tipos de letra de los ordenadores.[2] También acompañé a Rennie a algunas subastas. Me di cuenta de que hay que ser muy inteligente para calcular el valor de cada artículo individualmente y de habitaciones llenas de cosas. En una mansión enorme el propietario acababa de morir[3] y había maravillosos objetos de plata, como cabía esperar. Pero en dos pisos espantosos, Rennie encontró objetos artísticos inusuales. Siempre pagó por ellos lo que valían, aunque por supuesto no un precio tan alto como el que pensaba poner en la tienda.

También observé e intenté imitar sus diversas formas de tratar con las clientas, aparte de servirles té y/o sherry a las que obviamente estaban tristes. Es muy paciente con la gente que no se decide y también con la que tiene que pensárselo, que realmente quiere decir consultar con su marido. Es muy dura con los revendedores que quieren un descuento exagerado. Siempre acepta devoluciones. Aguanta mucho pero no aguanta todo. Por ejemplo, esa antipática a la que me refería antes que entraba frecuentemente solo a cotorrear. Normalmente esa mujer a mí ni me miraba, pero un día en que Rennie estaba terminando de atender a una clienta me pidió que le enseñase una sortija de luto de azabache. Se la enseñé y le dije que el mejor azabache proviene de unas minas de Whitby, Inglaterra. Whitby la explotaron demasiado y hoy es ilegal extraer nada de esas minas, porque el único azabache que queda está en los filones de los acantilados que hay encima del pueblo. Si sacasen ese azabache,

1. *Sic.*
2. El tipo de letra que utiliza Rennie se llama Copperplate. Lo crearon en Inglaterra en el siglo XVIII. En los primeros cuadernos de escritura de los Estados Unidos siguieron usando esa letra tan sencilla. En Caldicott están pensando en retomar la asignatura de caligrafía en los primeros cursos, una excelente idea pero es muy tarde para mí.
3. Infarto de miocardio.

los acantilados se derrumbarían. En ese caso, la sobrexplotación ha conducido a una infraexplotación. En mitad de mi minilección, que había ensayado con otras clientas con buenos resultados (es decir, ventas), me dijo, con absoluta sinceridad: Tienes una voz preciosa. Luego dijo: ¿Quién eres? Y le dije mi nombre, el de pila, el segundo y el apellido. Me dijo Salter yo conozco a tu familia tu madre era una santa tu madrastra es una dejada tu padre es un tirano. Así, sin puntos ni comas. Me sorprendió que no dijera tu hermano está ido. Rennie la despachó en medio minuto, puede que menos, mencionando, aunque no era verdad, que teníamos que irnos a una subasta, y hasta puso la alarma y cerró la puerta con las tres fuera para que resultara creíble. Nos quedamos mirando cómo se iba.[1] Luego entramos en la siguiente puerta, un restaurante, y comimos, y pagó Rennie (normalmente llevo un Tupperware con un filete de la cena, o macarrones con un poco de lechuga de la cena anterior, o ternera con nata de algún día antes si no se ha puesto mala). Durante la comida Rennie me dio una receta de minestrone Para Toda la Semana, una sopa de verduras que dura de domingo a sábado. Yo la habría hecho el fin de semana pero llegó Tina y volvimos a encargar comida preparada, cosa que de todas formas Tollie

1. Quizá sea este el lugar para corregir los errores de esa mujer. Mi madre no era una santa. No hizo nada para acabar con las guerras ni con el calentamiento global ni para ayudar a los indigentes. Cuando un bizcocho no subía lo mandaba a la mierda (*sic*). Era miope, mucho, y no sabía coser, y hasta con las gafas parpadeaba mucho, lo cual, como era tan alta, hacía que pareciera un poco como una jirafa perdida, pero no era una santa. Tina no es una dejada, solo es desorganizada. Tiene veintitrés años. Tenía dieciocho cuando conoció a mi padre y se quedó embarazada de Tollie. Mientras estaba en North End con su Amiga, reflexionó sobre su vida aquí y llegó a la conclusión de que las ventajas superaban a los inconvenientes. Mi padre no es un tirano. Es distraído y le preocupan las investigaciones bioestadísticas y a veces se pone muy irritable, pero está haciendo borrón y cuenta nueva. Mi hermano está ido. Yo le quiero mucho hasta cuando se queda mirando en silencio sus pensamientos, puede que entonces incluso más.

prefiere. Esa fue la comida en que le dije a Rennie que Tollie desayuna todos los días helado de vainilla y media taza de café. Es lo único que quiere comer. Muy pocas personas se habrían abstenido de los comentarios, pero Rennie se limitó a decir que sí con la cabeza. Muy pocas personas tienen la discreción de dirigir un pozo de pueblo. Yo espero conseguir esa cualidad, porque estoy pensando en el negocio de las antigüedades como carrera profesional. Concluiré con un debate sobre la historia de las gafas. Rennie le compró una pequeña colección de gafas a un caballero que vendía unos relojes que ella quería adquirir. Me pidió que hiciera de las gafas mi proyecto personal, así que las numeré y las coloqué en una caja grande que forré de terciopelo, e investigué y escribí lo que encontré en un letrerito con un tipo de letra muy elegante (todavía tenemos un ordenador) que dice así:

UNA BREVE HISTORIA DE LAS GAFAS

Los antiguos usaban piedras para leer: trozos de cristal que aumentaban lo que estaban viendo. El fraile franciscano Roger Bacon (1220-1292) determinó que una lente convexa (convergente) podía ayudar a las personas con la vista débil o cansada (presbicia). En Florencia, en el siglo XIX los fabricantes de vidrio hacían lentes cóncavas (divergentes) para las personas miopes. Pero todas estas ayudas se producían solo con una lente. El primer registro pictórico de unas gafas es *San Jerónimo en su estudio*, de Ghirlandaio. Esto demuestra que se hacían gafas no necesariamente durante la época de San Jerónimo (347-420), pero sin ninguna duda durante la época de Ghirlandaio (1449-1494). Se han usado desde entonces, con monturas de oro, cobre, cuero, hueso, hueso de ballena y concha de tortuga. Los bifocales los inventó Benjamin Franklin.

En esta vitrina están viendo ustedes gafas del siglo XIX que demuestran las tendencias victorianas: oro con filigranas, ornamentos de marfil, y, en un par (n.º 4), un engaste para joyas en las patillas. Las propias joyas se han perdido. Muy pocas de esas gafas tienen refracción (graduación) en las lentes, lo cual indica que se usaban principalmente de adorno, pero el par sin patillas (n.º 2, quevedos) magnifica mucho la imagen, y las gafas de montura de acero (n.º 7) fueron hechas para una persona muy miope.

Yo vendí tres gafas, por 50 dólares cada una, consiguiendo un beneficio neto de 150 (Rennie dijo que las gafas se las dieron de regalo).[1] Me enseñó que la entrada del libro de contabilidad solo mencionaba los relojes. Quería que yo me quedara con los 150 dólares, pero yo le dije que se supone que en las Vacaciones de Enero trabajábamos de voluntarias. Pues entonces quédate con un par de gafas, dijo, de una forma bastante seca. Y entonces cogí un par sin graduación, porque tengo una agudeza visual perfecta, igual que mi padre. Esas gafas tienen la montura de plata y los cristales rectangulares. Me las puse una noche mientras estaba haciendo la cena y mi padre y Tollie estaban jugando la partida de ajedrez que siempre juegan antes de cenar. Mientras estaba salteando el tofu, noté que mi padre me miraba, y finalmente dijo: Has restituido a tu madre en esta casa. Esto demuestra que llevar gafas puede alterar el aspecto de una persona e incluso influenciar la visión ¡de un observador! Entonces Tollie dijo «Jaque mate» por primera vez en la historia, lo cual demuestra que incluso un adulto experto puede ser superado por un niño si no está prestando toda la atención (el adulto). Incluyo estos ejemplos para demostrar que durante las Vacaciones de Enero he adquirido unas informaciones inespe-

1. Regalo significa en este caso gratis, pero se dice así para suavizar el negocio.

radas. Lo más importante que he aprendido fuera del objetivo de las Vacaciones de Enero es que la no curiosidad como la de Renata McLintock, junto con un simple Estar Ahí, es más efectiva que todas las buenas intenciones de amigas y vecinas, incluso de las que te dejan cazuelas de comida en la puerta de la cocina.

Establecimientos como No Me Olvides ayudan a preservar las cosas del pasado, y esto aumenta nuestro conocimiento general de la historia. Las tiendas de antigüedades han sido criticadas por fomentar lo más bajo de la naturaleza humana: la codicia y el narcisismo. Pero la adquisición de artículos ofrece un auténtico placer estético a aquellos que los adquieren y también a aquellos que los verán en sus definitivos lugares de reposo, los museos. En cuanto al narcisismo, yo creo que ha llegado para quedarse. El arte del adorno personal lleva practicándose desde que Eva se dio cuenta de que estaba desnuda. Asimismo, a las personas les gusta comprar objetos bonitos a otras personas para demostrarles su amor. Mi padre le compró a Tina de regalo de bienvenida a casa unos pendientes de granate almandino que datan de finales de la Belle Époque.[1] Le regaló un pendiente y dejó el otro en la caja de seguridad de Rennie, para que se lo pida en el futuro, como una especie de recompensa a la buena conducta. Es su forma de ser, y Tina dice ahora que puede vivir con ella.

1. 1871-1914.

JUERGA DE MAYORES

Grace y Gustave se casaron en agosto, en la casa de Gustave, típica, de tejado a varias aguas, pardusca, achaparrada y con un porche tan profundo que las habitaciones de la planta baja quedaban muy en sombra. En la parcela había espacio más que de sobra para un jardín lateral, pero Gustave solo tenía rododendros y azaleas alrededor de la fachada y un manzano desamparado en mitad del césped. Todos los meses de mayo, Gustave arrastraba unas sillas de jardín desde el garaje hasta el manzano y las colocaba una al lado de otra y de otra. Cuando Grace vio por primera vez esta composición, en julio, pensó en una residencia de ancianos, aunque nunca le diría algo tan hiriente a Gustave, un hombre al que resultaba tan fácil herir, como se deducía por cómo se sonrojaba cuando se equivocaba de calle, por ejemplo, u olvidaba un nombre propio. De manera que se limitó a cruzar el jardín y a mover una de las tumbonas para que quedaran en ángulo, y luego ajustó ese ángulo.

–Ahora una se acurruca sobre la otra.

La tercera silla la volcó. Luego Gustave la volvió a levantar.

Se habían conocido en junio delante de un par de zorros que mal que bien se habían hecho un hogar en la reserva animal de Bosky's Wild, en el cabo Cod. Gustave estaba de visita en el chalé que había alquilado su hermana. Grace había llega-

451

do desde la parte occidental de Massachusetts con su amiga Henrietta. Estaban acampadas en el parque estatal.

–¿Dormís en una tienda? –preguntó Gustave aquella tarde decisiva–. Estás fresca como una flor.

–¿Qué flor? –Grace era una apasionada jardinera aficionada amén de una apasionada actriz aficionada y de una apasionada cocinera y anfitriona aficionada. ¿Había desempeñado una profesión alguna vez? Sí, hacía mucho tiempo; había sido profesora de segundo de primaria hasta que sus hijos reclamaron toda su atención.

–¿Qué flor? Una hortensia –respondió Gustave, sorprendido ante su euforia–. Los ojos –explicó, más sorprendido todavía, esta vez porque se despertaba el deseo.

Los ojos entoldados de Grace eran ciertamente de un azul violeta. Tenía muy pocas arrugas y llevaba una pinza de concha que no contenía por completo su cabello canoso. No tenía una figura demasiado maciza, pero cómo pretender lo contrario.

–Me llamo Grace –dijo Grace.

–Yo Gustave –dijo Gustave. Cogió aire–: Me gustaría llegar a conocerte bien.

Grace sonrió.

–Y a mí.

Grace había empleado un recurso retórico popular entre su grupo de amigos de Northampton: la elipsis, u omisión de palabras que se sobrentendían. Gustave, tras un momento, la comprendió, aunque no dijo nada. Luego hizo una reverencia. (Su difunta madre había nacido en París; él honraba sus gálicos modales aunque, salvo los cinco años que estuvo de profesor en un liceo de Ruán, había vivido toda su vida en esa cuña de Boston llamada Godolphin.)

Grace esperaba que aquel hombre menudo que se doblaba como un jefe de sala cogiera a continuación su mano y la cepillara con su bigote; pero no. En vez de eso la informó de que era profesor de universidad. Enseñaba historia de la ciencia. Grace abrió los ojos de par en par –una maniobra ensayada y al mismo tiempo sincera–. Entre sus amigos de Northampton (los tenía a montones) había tejedores, terapeutas, defensores de la medicina holística, cantantes. Y naturalmente profesores universitarios. Pero la historia de la ciencia, el hecho de que la ciencia tuviera incluso una historia, le había pasado hasta entonces inadvertida. ¿Copérnico? Ah, Newton, y Einstein, sí, y Watson y ¿cómo se llamaba el otro?

–Crick –dijo, triunfal, inclinando la cabeza con esa coquetería suya que...

–¿Te pasa algo en el cuello?

... según había insinuado Hal Karsh ya no la favorecía. Enderezó la cabeza y estrechó la mano de Gustave como una verdadera dama.

Gustave había escrito una biografía de Michael Faraday, famoso científico del siglo XIX, aunque a Grace no le sonara. Cuando hablaba de aquella inculta encuadernadora inspirado por la intuición, la ligera pomposidad de Gustave se disolvía en afecto. Cuando mencionaba a su difunta esposa exhibía un afecto más leve, pero en apariencia era viudo desde hacía mucho tiempo.

En Northampton, Grace colaboraba como voluntaria en un albergue, atendiendo a niños que solo iban al colegio de forma intermitente.

–Niños abandonados, abandonados por sus madres, todos –dijo–, madres abandonadas por sus hijos.

Gustave hizo una mueca. Cuando Grace describió la necesidad de sentarse en el suelo con aquellos chicos, monitor y pupilos cruzados de piernas en el roñoso linóleo, Gustave observó que la juguetona alegría de aquella mujer se transformaba en algo más profundo: simpatía, compasión. Grace había preparado una jardinera de interior en lo alto de la improvisada aula

453

del sótano del albergue; enseñaba el ciclo vital del narciso, «su biografía, por así decirlo», incluidas algunas falsedades que Gustave amablemente le señaló. Grace asintió con gratitud.

–La verdad es que no estudié botánica en la universidad –confesó. La Universidad de Wichita, matizó; luego diría que la Universidad de Wyoming, pero tal vez, se dijo Gustave, antes hubiera oído mal, o después: el Oeste siempre había sido para él algo vago.

Una amiga abogada de Gustave ofició la ceremonia nupcial en el oscuro salón. Después Grace bebió champán a sorbos debajo del manzano con la hermana de Gustave.

–Ay, Grace, qué pacífica pareces. Vas a planear por encima de sus rabietas.

–¿Cómo? –dijo Grace, intentando volverse hacia su nueva cuñada pero incapaz de mover la cabeza o los hombros. Una peluquera de Godolphin le había advertido del tenso recogido italiano que le daba tirones en la nuca; Henrietta había insistido en el sombrero de tul blanco; la propia Grace había escogido el vestido, hortensia azul y solo una talla menos. Sus nietos, que con sus padres habían cogido el vuelo de San Francisco de primerísima hora de la mañana, se maravillaron ante la transformación de su normalmente astrosa abuela, y además: ¿qué había sido de su pelo?–. ¿Cómo? –repitió la erecta Grace; pero la hermana de Gustave se abstuvo de explicaciones, igual que se había abstenido de mencionar que la primera mujer de Gustave, que había muerto el último mes de enero en Ruán, se había divorciado de él hacía décadas, bajo la influencia de un farmacéutico francés del que se había enamorado.

Gustave y Grace se fueron de luna de miel a París, y se permitieron todo tipo de caprichos: un hotel con patio, restaurantes con estrellas, un día en Giverny, otro en Versalles. Incluso asistieron a una conferencia sobre las nuevas aplicaciones del benceno –Gustave estaba interesado en el tema; Grace, con su escaso francés y su más escasa ciencia, estaba interesada en la lúgubre multitud que se reunió en el Instituto Pasteur–. A los dos les encantó el nuevo paseo y el nuevo *musée,* y pasaron dos horas en la Saint-Chapelle escuchando un concierto interpretado con instrumentos antiguos: dos flautas dulces y un laúd y una viola da gamba. Fue una tarde de lo más deliciosa. Gustave se olvidó de que la habitación del hotel estaba hecha un desastre, y también de la a veces fatigosa euforia con que Grace saludaba toda nueva aventura. Grace hizo caso omiso de su propia irritación ante la costumbre de Gustave de preocuparse por todos y cada uno de los platos de la carta: ¿tanto importaba cuánta nata, cuánta mantequilla? De algo había que morir, ¿no? La luz entraba a chorros por la radiante ventana convirtiendo en oro el cuidado bigote de Gustave, el desaliñado moño de Grace.

Y llegó septiembre, y empezaron las clases. Gustave enseñaba Física para Poetas los lunes, miércoles y viernes a las nueve, Aplicaciones de la Química esos mismos días a las diez. Daba clases en un seminario para licenciados en filosofía de la ciencia los jueves por la tarde. Las dos primeras semanas de seminario tuvo que lidiar con la típica clase llena de corrientes. Pero entonces Grace hizo algunas sugerencias... Gustave puso reparos... Grace insistió... Gustave dio su brazo a torcer. De manera que la tercera semana dieron el seminario en su casa. Grace preparó dos tartas de manzana y las sirvió con mermelada de grosellas templada. Los alumnos revivieron el partido de fútbol americano del sábado anterior. Gustave, que, como Grace, profesaba un acusado odio al fútbol, permitió tranquilamente que continuara la charla hasta que todos se quedaron a gusto, luego orientó la conversación hacia Arquímedes. Grace se sentó en un rincón y estuvo haciendo punto. El día siguiente supuso su primera separación desde la boda. Gustave tenía una conferencia en Chicago. Iría en taxi hasta el aeropuerto, justo después de Aplicaciones de la Química. Esa mañana temprano cogió toda la ropa necesaria y ocupó medio maletín. Mientras leía el periódico, Grace le metió sin que él lo supiera un trozo de tarta de manzana envuelto en papel de aluminio. Después del beso de despedida en la puerta, Gustave se fijó en el rincón que Grace había ocupado la tarde anterior. Encima de la silla seguían los libros de punto y los ovillos y la prenda en la que Grace estaba trabajando, sin duda, un jersey para él. Ya le había hecho uno gris. La lana de ahora era rosa. Volvió a mirar a su sonriente esposa.

–Nos vemos el domingo –dijo.

–Ay, te voy a echar de menos.

Le echó de menos, de inmediato. Habría seguido echándole de menos si no la hubieran invadido, media hora después, dos viejos amigos de Northampton que venían cargando con Hal Karsh. Hal estaba de visita, había llegado de su actual rinconcito en Barcelona. Regresaba a España el domingo. Hal, maestro de la villanella quebrada, inventor del soneto de trece versos, lucía, ah, un poético flequillo que le rozaba las cejas, de un pelo todavía castaño en su mayor parte pese a que solo era ocho años menor que Grace. Aquellos dedos largos, acostumbrados a la pluma y al piano pero no al teclado del ordenador –el procesador de textos es la muerte de la composición, te diría; y también te diría por qué, sin ahorrarse explicaciones, ni siquiera en la cama.

Al piano vertical de Gustave no le habría venido mal que alguien lo afinara. Hacía tiempo que Grace tenía pensado llamar a alguien, pero había estado demasiado ocupada colocando crisantemos y encargando bulbos e intentando refrescar su francés del instituto. Sea como fuere, el cuarteto empezó a tocar. Lee y Lee, la pareja que había llevado a Hal, había llevado sus violines también. Grace revolvió una caja de cosas que todavía no había deshecho y encontró su flauta dulce. Luego preparó chile. Asaltaron la *cueva* de Gustave. Y por fin se fueron a dormir: Lee y Lee en el cuarto de invitados, Hal en el suelo del despacho de Gustave, Grace, sin quitarse la ropa, en el lecho marital. Luego, el sábado, fueron al lago Walden y a la costa norte de Massachusetts, y el sábado por la noche llegaron amigos de Cambridge desde el otro lado del río. Esta vez Grace hizo minestrone, en una sartén –la cazuela de barro estaba en la encimera, con una costra de chile del día anterior.

Hal se preguntaba qué estaba haciendo Grace en una triste casa de un pueblo donde estaba prohibido aparcar de noche. Semejante norma era la clara señal de un ambiente punitivo. Y ese marido que tan bruscamente había adquirido... ¿De quién se trataba, en todo caso?

–Lo encontró en el zoo, delante de un lince –dijeron Lee y Lee. Ojalá, se dijo Hal, Lee y Lee estuvieran practicando algo tan suyo como el artístico hábito de la distorsión.

Hal quería a Grace, con el afecto del hermano menor consentido, o del colega desaliñado y con mala fama –años atrás habían dado clase en el mismo colegio experimental, el mismo que exigía dedicación al profesorado y descuidaba los títulos (Hal tenía un máster, pero Grace había preferido no ir a la universidad)–. Hal opinaba que Grace estaba muy guapa pero algo inquieta. ¿Compartía su nuevo cónyuge su gusto por las sustancias ilícitas, sabía de su ocasional necesidad de levantar el campamento sin previo aviso? Aunque siempre volvía... Cuando Hal mencionó que los amigos de Cambridge traerían hierba, a Grace le bailaron los ojos. Porque lo cierto era que ya no resultaba tan fácil conseguirla. En Barcelona se podía encontrar fácilmente, aunque a veces fuera una porquería...

La maría era buena. Conversaban mientras fumaban; y recitaron poemas; y al cabo de un rato jugaron a los acertijos y juegos de palabras. Era como en los viejos tiempos, pensó Hal. Ojalá Henrietta también estuviera allí. «No aguanto al pesado ese con el que se ha casado», había soltado Henrietta.

Pero el pesado estaba en Chicago.

Era como en los viejos tiempos, pensaba también Grace. Y cuánta agudeza demostraban todos al jugar; cuánta en aquella ronda en particular, Lee y Lee espalda contra espalda, desnudos, mientras ella, completamente vestida, cruzaba el salón a rastras, boca abajo. Raro que nadie lo hubiera adivinado todavía: el «New Deal», el programa político de Franklin Roosevelt. Raro, también, que nadie hablase, aunque momentos antes todos rieran alegremente; y Hal, ese hombre con tantas cualidades, se había metido dos dedos en la boca y había silbado. ¿A Lee? ¿O a Lee? En silencio, Grace se deslizó sigilosamente hacia el vestíbulo y vio, al nivel de su mirada, un par de zapatos bien abrillantados. Sobre los zapatos, pantalones bien planchados. Levantó la cabeza, cosa que una anguila nunca podría hacer –a lo mejor en esos momentos parecía una lombriz, y echaba a perder la escena–. El cinturón de los pantalones era de Gustave..., sí, se lo había regalado ella; tenía una hebilla de cobre que parecía el sol y, en el centro, una abultada turquesa ovalada. Cuando colgaba de la percha de los cinturones entre otros muchos de piel negros y marrones con discretas hebillas a juego, aquel parecía una deidad, el Señor del armario. Ahora, sobre los pantalones oscuros, bajo la camisa de rayas, parecía de mal gusto, un error, una mala elección...

Se levantó como pudo y se vio frente a la camisa de Gustave. ¿Dónde estaba su chaqueta? Ah, la noche era calurosa, debía de habérsela quitado antes de entrar en casa sin hacer el menor ruido quince horas antes de la hora prevista. Miró hacia un lado. Sí, había colocado, que no tirado, la chaqueta en la silla del vestíbulo; había colocado, que no soltado, la cartera al lado de la silla. Volvió a mirar a su marido. Los faldones de la camisa lucían una gran mancha de forma más o menos triangular: la forma, adivinó, de una cuña de tarta. La tocó con índice tembloroso.

–Tu tierno, delicado... y pringoso regalo –dijo Gustave y a continuación pasó revista al salón de su casa. La pareja desnuda había estado en su boda, había bebido su champán. Un par de sabelotodos. Sus nombres rimaban. A las demás criaturas no las había visto jamás. Un tipejo delgaducho de flequillo gris se aproximaba.

—Gustave, quiero que conozcas a... —empezó Grace.

—Diles por favor a estas personas que se marchen —dijo Gustave con una voz grave que Grace no había oído hasta entonces.

Las personas se fueron escabullendo como flanes que caen al suelo... Lee y Lee, primero, vestido el uno con la ropa del otro, cogiendo las fundas e instrumentos de pasar la noche, dándole un beso a Hal en su precipitada huida hacia el coche y las multas por haberlo dejado aparcado por la noche. A Grace no le dieron un beso. La pandilla de Cambridge no daba besos a nadie. Pero Hal... mantuvo el tipo. Le sacaba una cabeza a Gustave. Le ofreció la mano.

—Verás...

—Adiós.

—Escucha, yo...

—¡Largo!

Hal se largó, con su bolsa en la mano izquierda y, bajo el brazo derecho, Grace. En el último momento Grace dio media vuelta como para mirar a Gustave, para suplicarle, quizá..., pero era solo para coger el bolso de la mesita del hall. Al lado del bolso vio un cucurucho de flores. Guisantes de olor, velos de novia, una gerbera. Un ramo sin imaginación; Gustave debía de haberlo comprado hecho en algún local del aeropuerto.

Gustave subió las escaleras. Según parecía, los invitados habían estado dando brincos y retozando sobre todo en el piso de abajo; salvo las dos camas sin hacer del cuarto de invitados, el único testimonio de la ocupación eran las toallas encharcadas en el suelo del baño. Gustave se dirigió a su despacho y los ojos volaron directamente a la estantería donde, manuscrita, entre dos gruesas tapas, guardaba su biografía de Faraday, aún en busca de editor. Nadie la había robado. Sobre la moqueta había un libro abierto, boca abajo. Se inclinó y vio que se trataba de una gramática del español. Le dio una patada.

Al volver abajo se calentó la minestrone –no había comido nada desde su repentina decisión de abandonar la aburrida conferencia y volver a casa lo antes posible–. Sabía bien. Buscó un porro –qué olor tan dulce quedaba todavía en la casa–, pero al parecer la pandilla había apurado todo el alijo. Encontró, en un rincón, una flauta, pero no podía fumarse una flauta. Metió todos los platos y todos los vasos en el lavavajillas. Trató de limpiar los restos de chile de la cazuela y la dejó llena de agua. Pasó el aspirador. Luego volvió a subir y se desvistió, y, tras dejar la ropa en el suelo –cómo enganchaban aquellas costumbres de gitanos–, se metió en el lado de Grace de la cama. Con un suspiro se reconoció ya mayor, se dejó caer sobre la espalda. Pensar, con escasa piedad, no le impidió quedarse dormido.

Pero a las pocas horas se despertó. Se levantó y volvió a recorrer la casa. Tiró la gramática del español a la bolsa de basura que ya había llenado y llevó la bolsa al garaje, sabiendo que cualquiera que le viese bajo la luz de las farolas con su pijama de rayas a las tres de la madrugada le tomaría por loco. Y qué. Los vecinos les tenían por una pareja mona; había oído ese epíteto degradante en la pescadería. Prefería estar loco a ser mono. Volvió a cerrar el garaje y entró otra vez en casa. Y sin duda tenía que estar mal de la cabeza para casarse con una mujer por lo seductores que eran sus ojos. Había confundido una pose traviesa con una atracción duradera. Grace era una frívola, nada más, y cuando dejabas de vigilarla un momento... Irrumpió en el salón... El jersey rosa inacabado compartía ahora su silla con una botella de vino, de una buena bodega, de una buena añada... Vacía. Le dieron ganas de deshacer el jersey. El ovillo seguiría enrollado; desharía el jersey y haría un ovillo mayor. Cuando Grace volviera se encontraría una reproducción de la bobina de Faraday, de color rosa. ¿Volver? Volvería para recoger su ropa y la paella y los bulbos que quería plantar. Él cogería el jersey. A un niño de diez años sí le valdría. Un color ofensivo, un tamaño ofensivo... Volvió a la cama y se echó.

Grace también estaba despierta. La habitación del hotel era oscura y olía mal. Hal dormía a su lado sin moverse, sin roncar. Siempre había dormido bien. Era un apasionado del sueño. Era un apasionado de todo lo que le proporcionaba placer. Grace no iría bajo ninguna circunstancia con él a Barcelona, como le había sugerido él de pasada la noche anterior (también había sugerido que le invitara en el bar del hotel; y suponía que también tendría que invitarle a la habitación). En cualquier caso, tenía el pasaporte en el primer cajón de la mesa de Gustave, con el de Gustave. Suponía que se lo mandaría a Northampton..., aún no había vendido su casa, gracias a Dios, gracias a la providencia, gracias a Quienquiera que esté al mando de todo. Suponía que le mandaría todas sus cosas, sin comentarios obsesivos. No quería saber nada de él. Tampoco quería saber nada de Hal: le bastaba con haber compartido el cepillo de dientes la noche anterior, y luego la cama, y ahora estaba dormido –bueno, durmiéndose– y no se había quitado la camisa, que no planchaba jamás.

Qué espanto no tener ropa para cambiarse. Una cosa era no haberse depilado las axilas; otra muy distinta llevar las bragas sucias. ¿A qué hora abrían las tiendas los domingos? Se levantaría a primera hora e iría de compras, y buscaría un jersey nuevo, tal vez, así se animaría un poco. Se acordó del chaleco para su nieta que había dejado en la silla a medio terminar; esperaba que Gustave también se lo mandara a Northampton.

–Amelie... –murmuró Hal.

–Grace –le corrigió.

Ojalá estuviera ya en casa, donde todos tenían necesidades

461

y además la necesitaban. Ojalá no se le hubiera ocurrido nunca ir a aquella reserva animal del cabo Cod y no se hubiera parado nunca a ver aquellos zorros. Ojalá no se hubiera casado nunca con un hombre solo porque era culto y educado, sobre todo cuando había resultado ser un pedante y un mojigato.

Ese mismo domingo, Gustave pensó a ratos en llamar a la abogada que los había casado, y que daba la casualidad de que estaba especializada en divorcios. En vez de ello leyó los periódicos y vio el partido de fútbol americano que ponían en la televisión. Vaya un deporte: la fuerza dirigida por la inteligencia. Preparó la clase del día siguiente, en la que reproduciría con sus alumnos uno de los primeros experimentos de electrificación de Faraday. Todos llevarían unas latas llenas de agua forradas de papel aluminio de las que sobresaldría un clavo. Rudimentarias botellas de Leyden que llenar de electricidad. La electricidad la produciría un plato de poliestireno colocado sobre un molde de repostería de aluminio –los chicos también llevarían esas «máquinas» de fricción–. Se fue a la cama temprano. Vio una baja luna de otoño sobre la mansarda del otro lado de la calle..., bueno, solo la mitad de la esfera era visible, pero ya sobrentendía él el resto.

Grace se compró, entre otras cosas, un jersey amarillo. Se tomó su tiempo antes de volver al hotel. Encontró a Hal duchado y sonriente. Durante un largo paseo por el río escuchó sus opiniones sobre el realismo mágico y la antonomasia. Ella había olvidado qué era la antonomasia.

–El uso de un adjetivo en lugar de un nombre propio –dijo Hal–. «El quisquilloso», por ejemplo.

Hal le habló de la farsa medieval española, muy relacionada con la farsa inglesa. Y justo cuando Grace ya pensaba que su dolorida cabeza estaba a punto de estallarle, llegó la hora de mandarlo al aeropuerto. Y Hal, al parecer, tenía dinero suficiente para el taxi. Asomó la cabeza por la ventanilla antes de doblar la esquina.

–El apartamento está cerca de Las Ramblas, el mejor sitio de Barcelona –dijo. Grace se despidió con la mano. El taxi desapareció, y con él el dolor de cabeza.

Regresó al hotel, a la habitación que habían compartido y que ahora era su habitación, exclusivamente, y leyó los periódicos y disfrutó de una cena ligera y solitaria viendo la televisión, viendo la repetición del partido de fútbol americano de la tarde. ¡Buena intercepción! Qué chicos tan valientes los jugadores. Y Gustave también lo había sido, ¿verdad?, burlándose del savoir faire mientras limpiaba su casa de borrachos a los que no había invitado. Qué rojo se había puesto cuando Hal tan teatralmente le había ofrecido la mano..., se había sentido agraviado, ¿verdad?, y quizá también se equivocara; quizá pensó que había sido ella la que había convocado a sus amigos, quizá pensó que él también había fallado, que le había fallado a ella. Si volvía a verlo le hablaría del desarraigo de Hal. Le hablaría del taller de los pobres Lee y Lee, lleno de cuadros invendibles. Si volvía a verlo... Se puso el camisón nuevo y se metió en la cama. Veía una parte de la cúpula del parlamento de Massachusetts, lo suficiente para sugerir el todo.

El aula tenía forma triangular. El estrado, con un atril y una mesa de laboratorio, estaba en el vértice, la parte más baja de la estancia; filas concéntricas de mesas ligeramente en curva ascendían radialmente hacia la pared de atrás. En cada mesa se sentaban tres estudiantes. El profesor, de pie, se dirigía a ellos desde el atril, se acercaba a la mesa de laboratorio para hacer alguna demostración. Empleaba los mismos instrumentos caseros que los alumnos. Mientras hablaba y hacía demostraciones –creación de la carga eléctrica, almacenamiento–, los estudiantes le imitaban. Había risas de expectación y ocasionalmente algún comentario nervioso y un ambiente general de satisfacción.

Solo algunos de aquellos poetas cambiarían de rumbo y se harían físicos, pero ninguno de ellos contemplaría la ciencia con desprecio.

—Faraday realizó su experimento con un equipo igualmente tosco —les recordó el profesor—. Y con fe suficiente para pensar que saldría bien. La fe, ahora tan pasada de moda, fue su sostén.

La mujer de la última fila, sola en una mesa, sin molde de repostería ni latas envueltas en papel de aluminio, deseó tener también aquellos cacharros, poder obedecer las instrucciones de aquella voz amable y mesurada; pero sobre todo se maravilló otra vez de la historia que aquella voz contaba, la del joven y humilde Faraday pertrechándose para su viaje vital.

—Él pensaba que el diseño de la naturaleza revelaba la presencia de Dios —terminó el hombre bajito. Estaba radiante.

Cuando el hombre advirtió por fin a la mujer del jersey amarillo, volvió a aquella tarde en París cuando ese mismo color encendido lo creaba el sol refractado por las vidrieras y su compañera separó los labios mientras oía los instrumentos de viento y de cuerda que emitían música hacia las alturas. La mujer se había emocionado, había sentido que se elevaba con la música, y generosamente le había transportado a él con ella...

La lección terminó entre aplausos; los adolescentes se dispersaron; el profesor se materializó en la silla de al lado de la oyente.

Se miraron durante un rato.

—Soy Grace —dijo la mujer por fin.

—Soy Gustave. —Y cómo le palpitaba el corazón—. Me gustaría... llegar a conocerte.

Otra larga pausa mientras el profesor, demasiado tarde, consideraba los riesgos de tan ambiciosa empresa, porque a él también había que llegar a conocerle, y se revelarían sus mezquinos secretos, y también sus anticuadas convicciones. Soportarían las necesarias decepciones, y practicarían los necesarios perdones, atentos a advertir qué temas les resultaban delicados. La cabeza de Grace discurrió por las mismas sendas. Los dos optaron por correr el riesgo. Gustave dio muestras de su deseo tocando el encantador rostro, Grace del suyo desdeñando la elipsis.

–A mí también –fue todo lo que dijo.

VALERIES

Desmond Chapin abrió la puerta de su casa a una mujer enjuta y vestida con sencillez de unos cuarenta años, nariz torcida, pelirroja y con el cabello recogido en un moño impecable.

–Señorita...

–Valerie Gordon –dijo.

–La nueva niñera.

–Bueno..., si nos viene bien a todos. –Tenía un leve acento canadiense.

–Me recuerda usted a alguien –dijo Desmond, y la acompañó al salón. Val no dijo nada, pero Desmond se lanzó de todas formas–. ¿A Mary Poppins?

Val negó con la cabeza.

–Yo no soy como Mary Poppins. A veces demuestro mucha imaginación, pero no hago magia. Me gusta la cortesía, pero me dan igual los buenos modales.

Val buscaba trabajo de niñera y era su primera entrevista. La consideraba un ensayo. No tenía más referencias que las de sus empleos como oficinista. Después de estrecharle la mano a Deborah Chapin, saludó a los gemelos de cuatro años, que sonrieron y se echaron a reír.

–Tengo una relación muy especial con los gemelos –se atrevió Val a decirles a los niños–. Veréis, soy...

Pero ya estaban corriendo para ir a jugar en el patio vallado. Desmond le preguntó por qué dejaba el trabajo de oficina. Demasiado repetitivo, después de veintitantos años, le dijo Val: demasiada penitencia. Sí, podía ocuparse de las normales tareas de la casa: sí, podía hacer comidas sencillas de vez en cuando; sí, y zurcir.

–Pero solo zurcir –aclaró.

Deborah anotó por escrito las personas que daban referencias de Val, directores de oficina sobre todo.

–Todavía me estoy preguntando cuál es la diferencia entre cortesía y buenos modales.

–Ah..., la cortesía es innata, los buenos modales se aprenden.

Val abandonó el ensayo. Supuso que Deborah había tomado sus notas con tinta invisible. Pero al día siguiente le llegó la oferta, por teléfono: «... aunque nos gustaría todavía más», dijo Deborah, «que vivieras con nosotros, y el salario sería el mismo. ¿Te lo puedes pensar?».

–No trabajo de interna, lo siento.

Suspiro. «De todas formas te queremos a ti.»

Y así empezó la nueva carrera de Val.

Los Chapin le regalaron un coche con dos sillitas de niño y le dijeron que lo considerara suyo. Val lo cogía a veces, pero cuando salía con los niños solía hacerlo en autobús, tranvía o metro, o a pie. Y como en su casa no tenía plaza de garaje solía dejar el coche en casa de los Chapin e iba y venía del trabajo caminando. Si los Chapin le pedían que se quedara con los niños por la noche, se marchaba en cuanto llegaban sin acompañante de ninguna clase, haciendo caso omiso de los malos augurios de Desmond.

–Sé que esto es el viejo y seguro Godolphin, lo más peligroso que hay por aquí son los lepidópteros del roble, pero aun así, Val..., no tardo ni un minuto en llevarte.

Pero ella siempre decía que no, bajaba por la entrada, volvía la cabeza al llegar a la puerta y le dirigía la pícara sonrisa que había perfeccionado hacía mucho tiempo. Desmond probablemente no pudiera verla. Val iba paseando hasta su casa sin novedad.

Estuvo cinco años con los Chapin, hasta que se arruinaron. Se habría quedado más tiempo con ellos –los gemelos la querían, ella siempre supo quién era quién, tenía algún dinerillo ahorrado y podía pasarse unos meses sin cobrar–, pero no, eso sería humillar a Desmond todavía más; y, en cualquier caso, los Chapin dejaban Boston.

Fueron los Chapin quienes le presentaron a los Green y sus tres niñas pequeñas. Los Green la contrataron al instante, aunque se llevaron una decepción al saber que no ocuparía la habitación del ático. Pero es que Val no quería dejar el sótano donde vivía. En invierno apreciaba el calor de un horno cercano, en verano el fresco de las habitaciones semisumergidas. Pequeños rayos de luz entraban como sobres –un sobre encima de otro sobre– por las ventanas altas y se posaban en el suelo como en espera de que alguien los recogiese. Tranquilidad, silencio..., ser interna supondría estar sometida a voces y movimientos constantes, molestos incluso en una familia cortés, peor todavía entre la familia de incontenibles con quienes se había criado.

Pasó varios y satisfactorios años de niñera de los Green. Pero luego los Green se mudaron a Washington por motivos de trabajo.

Sentada con Val en la mesa de la cocina, Bunny Green dijo:

–Podrías venir con nosotros. Piénsatelo. La capital...

–No, pero gracias.

Bunny suspiró.

–Eres una joya. Ojalá tuvieras una gemela. –Val se miró el regazo–. Una amiga mía se ha vuelto a quedar embarazada y la familia de la esquina, la que está diseminada a los cuatro vien-

468

tos, necesita una niñera aunque todavía no lo sepa. El teléfono no va a parar de sonar.

No fue para tanto. Sí recibió algunas ofertas después de conocer a las familias. Pero no cuadraban las circunstancias. Una casa estaba justo en el límite de Godolphin, junto a uno de los barrios residenciales del oeste –habría tenido que coger dos autobuses para llegar–. Los cuatro hijos de otra familia tenían un buen puñado de actividades y lecciones extraescolares; se habría convertido en su chófer. Una tercera familia tenía un hijo enfermo que necesitaba constantes atenciones. Los ojos de la sobrecargada madre suplicaban en silencio. Pero Val se mantuvo firme.

–Lo siento –dijo–, pero no me encuentro capacitada para el trabajo.

De modo que aceptó un empleo provisional: un matrimonio, con una niña de tres años, que estaba pasando el verano en Godolphin. Ya se pondría a buscar en otoño, aunque sin demasiada confianza. Las referencias de los Chapin y los Green contaban en su favor, pero su forma de ser probablemente fuera en su contra: esa insinuación de Desmond Chapin de que tenía maneras de institutriz..., las institutrices estaban pasadas de moda. Y para entonces su color o su edad la marginaban en los parques. Guapas mujeres de Uganda y Burkina Faso, delgadas y de piel lo bastante tersa para pasar por adolescentes, procuraban incluirla mientras observaban a sus niños desde el banco, pero pronto empezaban a hablar en su dialecto, o en francés, y sus niños no se acercaban a su tímida niña de tres años. Las *au pair* británicas la evitaban como si fueran gobernantas. Las escandinavas le sonreían como si ella fuera una mascota. Las mamás –había algunas también, aunque sin maneras– la ignoraban por completo: estaban demasiado ocupadas jactándose de sus niños, como si pretendieran venderlos en un futuro.

Echaba de menos a los Green. Cuando levantaron el campo, sus hijas ya no necesitaban que las vigilasen ni en el parque ni en ningún otro sitio, solo que les hiciera la cena cuando salían sus padres y, de vez en cuando, recordarles que tenían que hacer los deberes. Pero les gustaba mucho estar con ella, en especial a la hora de irse a la cama. Querían oír los cuentos que Val había inventado con ellas cuando eran pequeñas. Cuentos Ejemplares de Dilemas Éticos, los llamaba Val. Las niñas los llamaban Valeries. Se desarrollaban en ciudades vagamente medievales. La realeza vivía en la distancia, y no había amor romántico ni tesoro escondido; pero a veces había encantamientos casuales y de vez en cuando la búsqueda de algo. En un Valerie a la madre enferma de una niña le encantaban los sándwiches de oruga: ¿estaba la hija obligada a prepararle la comida? ¿Y a compartirla? En otra, un niño de seis años quería ver una decapitación, pena con que se castigaba la ñoñería en Valerilandia. ¿Era demasiado joven para ver algo tan macabro o lo ilustraría y educaría, y así algún día se uniría a la campaña contra la pena capital? Cuando convierten en buey a un avaricioso terrateniente, ¿hay que engancharlo al arado o era el cambio de identidad castigo suficiente?

Sí, echaba de menos a los Green. Se preguntaría qué estarían haciendo en esos momentos, lunes por la mañana..., ¿habrían hecho amigos en Washington? Todavía echaba de menos a los gemelos Chapin, que debían de estar casi en el instituto. Echaba de menos a la pequeña de tres años, que ya había regresado a California. Pero recordar las pérdidas con melancolía, lamentarse por unos niños a los que ya no veía..., eso nunca llevaba a ninguna parte. Eran las nueve en punto. Más le valía darse prisa. Tenía una entrevista a las diez.

Toda la familia estaba presente: los padres y sus dos hijas y su hijo varón. Nueve, siete y cinco años. El padre era profesor en una universidad cercana, de una modalidad de las matemáticas, le dijo el hombre de mala gana.

–Topología.

Tenía una marca color fresa en la mejilla izquierda que no

lo afeaba más que una raya en una camisa. La madre era pequeña, del tamaño casi de una niña, y tenía el pelo revuelto y sin color y una larga nariz élfica.

–Yo no trabajo –dijo–. No trabajo todavía –se corrigió–. Estoy buscando una ocupación.

Los niños eran tranquilos y parecían sanos, aunque el varón, el más pequeño, estaba muy delgado y no la miraba a los ojos.

–Sus referencias –dijo el profesor Duprey con un tono anodino– son impecables.

La desvencijada casona estaba en la punta de Godolphin más próxima a Boston, a un corto trayecto a pie de la casa de Val. Pero los Duprey ponían como condición irrenunciable que viviera con ellos.

Cuán flexibles se habían vuelto sus principios. Aquella familia desconocía la alegría y Val suponía que tampoco hablaban mucho. Seguiría teniendo tranquilidad y silencio. Y Godolphin era ahora menos seguro de noche, al menos para una mujer que volvía a casa sola. Una promotora acababa de comprar el bloque entero donde ella vivía y muy posiblemente quisiera reformarlo.

El profesor Duprey bajó una peligrosa escalera y Val le siguió. Los demás bajaron en tropel. Entraron en un grupo de habitaciones muy parecidas a la suya, incluso por los ventanucos. La luz se colaría por las ranuras oblicuamente, de la misma forma impersonal.

–Sí –dijo Val–. Pero tengo un contrato de arrendamiento –recordó.

–Habrá que pagar una penalización por incumplimiento. La pagaremos nosotros –dijo el profesor–. Librará los jueves y los domingos, las veinticuatro horas.

Una forma civilizada de servidumbre, pues. Pero Val tampoco había sido muy dada a socializar desde que dejó su casa: alguna tarde que otra iba al cine con alguna de sus pocas amigas.

–No es que yo salga mucho, señorita Gordon –dijo la esposa. Hablar de tú probablemente no fuera la norma.

–Mis padres no salen nada –dijo Win, la niña de nueve años.

–Pero en casa nos hace falta otro adulto –dijo el profesor.

–Si Dios hubiera querido que la gente tuviera tres hijos...
–empezó la señora Duprey.

–... habría creado un tercer padre –terminó el joven Liam, y esta vez sí miró a Val.

Y si Val hubiera querido vivir en una casa con adultos y niños y bichos (las mosquiteras de los Duprey necesitaban un arreglo), no habría salido del seno de su ruidosa familia y de la cochambrosa casa de Toronto, donde nadie tenía habitación propia; habría contemplado la sucesión de las generaciones; podría haber inventado Valeries para todos los niños que andaban cerca. Lo que quería, y había descubierto a los veinte años, era vivir sola, con una familia a la que poder tocar con solo estirar el brazo. Y por un tiempo lo tuvo, o no, con los Chapin y los Green y aquella niña pequeña ese mismo verano... Aplastó un mosquito. Además de los insectos voladores que entraban por las mosquiteras estaban los escarabajos que campaban a sus anchas por la cocina y por la cocina que estaba encima, la cocina de... ellos. Como tendría que prescindir de los nombres de pila pensó en sus empleadores como pronombres. Él, Ella, Ellos. La pareja.

Él era alto y desgarbado. Ella era como una niña. Quemaba las comidas o las dejaba a medio hacer, cosía los botones en la camisa que no era («Estás fundando un estilo nuevo», la consolaba Fay, su segunda hija, que se quedó de piedra al ver un cárdigan con botones de trenca). Y empezaba proyectos y los abandonaba, y no le importaba que los insectos se adueñaran de la casa. Solo se sentía cómoda con sus hijos y, poco a poco, con Val.

Entre la pareja no había calor. Ni ira, ni resentimiento, ni alegría. Podrían ser hermano y hermana obligados a vivir en reducidas circunstancias a fin de criar a sus hermanos pequeños. En cuanto a los tres hermanitos, obedientes y nada pedigüeños, pronto le cogieron cariño a Val, pero eso sí, la compartían tan escrupulosamente como si hubieran llegado a un pacto. Las niñas iban solas al colegio. Val llevaba a Liam, que pasaba la mañana en otro colegio. Se quedaba muy quieto y mudo cuando se paraba a ver algo. Ante una tapia de piedra irregular que se sostenía en pie sin necesidad de cemento, gracias a la habilidad con que el albañil había colocado las piedras. Ante los capullos cerrados, medio abiertos, floridos o marchitos de las amapolas. Señalaba el paso de una etapa a otra día a día. Se ponía a gatas para examinar las deposiciones de los perros.

–El dueño de este perro no hace lo que le corresponde –señalaba Val–. Debería seguir a su perrito con una bolsita.

–Entonces no veríamos la caca del perro –dijo el niño–, ni podríamos imaginar el estado de sus entrañas.

El niño hablaba poco, pero siempre con precisión. Val suponía que era una especie de genio. Todos eran precoces; hasta la incompetente de la señora Duprey parecía una niña de doce años demasiado brillante.

El parque cercano tenía una escultura fantástica y caprichosa. Liam se subía a veces torpemente a una tortuga de piedra y se entretenía contando alguna cosa, las moléculas del aire, probablemente. Val se sentaba en un banco, ignorada por la habitual colección de adultos. Fueron mucho a aquel lugar ese otoño. Para comer, el niño solo tomaba una zanahoria y medio sándwich de queso. Val se preguntó si le gustarían las orugas.

En casa Val animaba a los niños a que hicieran sus camas por la mañana; animaba a la señora Duprey a estirar las sábanas del lecho conyugal y limpiar el polvo y barrer de vez en cuando. La propia Val pasaba el aspirador por las alfombras, que habían perdido el dibujo hacía décadas. Y a veces era Val la que iba a comprar fruta, hacía la comida, llamaba al exterminador de plagas, mandaba arreglar la escalera de atrás, recordaba dejar en la enorme mesa del comedor el dinero para la mujer de la limpieza, que iba una vez a la semana (el dinero lo guardaban suelto en un cajón de la cocina, donde podía cogerlo cualquiera; de ahí se cobraba su paga Val). Esa mesa de comer gigante probablemente ya estuviera en la casa. Los muebles de mimbre del salón, sin cojines a juego, probablemente procedían de la beneficencia.

Un sábado de diciembre Val sugirió un viaje a un almacén de grandes descuentos para comprar ropa nueva para el colegio. Val condujo. Se cuidó de que los niños encontraran lo que les hacía falta. A Liam le gustaba una camisa de cuadros y Val compró tres, cada una de ellas una variación de las otras dos. La señora Duprey se paseó por la sección de ropa para adolescentes y encontró unos vestidos azul marino dignos de una huérfana francesa. Val le compró media docena.

Pasó algún tiempo antes de que Val retomase las Valeries. A los niños, lectores de talento los tres, todavía les gustaba que les leyeran en voz alta antes de irse a dormir; al menos a las niñas, que se acurrucaban a ambos lados de Val en el sofá de mimbre del salón. Desde un puf Liam se quedaba mirando la ennegrecida chimenea. A los tres les gustaban los Hermanos Grimm sin edulcorar; les gustaban las fantasías de Robin McKinley, con toda su complicada psicología.

Entonces, la noche de un miércoles:

—Cuéntanos un cuento, por favor —dijo Win—. Sabes contar cuentos, lo ponía en tu currículum.

—Bueno..., no se trata de cuentos exactamente.

—Entonces, ¿de qué se trata?

—De dilemas interactivos. Juntos inventamos situaciones que requieren una solución. Luego inventamos algunas soluciones. Luego elegimos entre ellas, o no.

—Por favor —dijo Win.

–Había una vez –dijo Val– un tranquilo hostal de un tranquilo pueblo al que un día llegó cierto huésped. Era un hombre sombrío y callado: un carpintero. Hacía preciosas cucharas y cazos y husos, y los vendía a muy buenos precios. Al cabo de un tiempo pudo comprarse una casa y hacerse un taller, un taller grande, abierto como un establo, con solo tres paredes. Los niños del pueblo se ponían donde debía de haber estado la otra pared y le observaban trabajar.

»Un día, un funcionario del príncipe del distrito se detuvo en el pueblo para hablar con el alcalde acerca de asuntos financieros, o quizá agrícolas. Cuando se marchaba del pueblo pasó junto a la casa del carpintero, muy despacio, porque era preciosa y así le pareció al caballo también. En su taller el carpintero estaba tallando un muñeco, y había varios niños mirando. El funcionario tiró de las riendas. El carpintero levantó la vista. Los hombres cruzaron la mirada. El funcionario hizo dar media vuelta al caballo y regresó a la casa del alcalde a un trote tranquilo.

»Resultó que el carpintero había pasado algún tiempo en las mazmorras del príncipe en castigo por cierto delito. Y no un delito cualquiera, además. Cierto delito contra un niño.

–Alguien reptó hasta el sofá: Ella–. Y al funcionario se le planteó el siguiente dilema: ¿tenía la obligación de decirle al alcalde que entre sus conciudadanos había un hombre con esas tendencias?

»Reflexionó y reflexionó. Su caballo volvió a detenerse. Los dos sopesaron el problema.

–Tenía la obligación de hablar con el alcalde si esas tendencias no habían... no habían desaparecido –dijo Fay.

–Esas tendencias rara vez desaparecen del todo –dijo la señora Duprey.

–El carpintero había cumplido su castigo –dijo Win.

–¿Y qué pasaría si el funcionario se lo decía al alcalde? –dijo Fay.

–Que entonces el dilema ya no recaería sobre sus hombros sino sobre los hombros del alcalde –dijo Val–. ¿Debería el alcalde comunicar a su pueblo el pasado del carpintero?

–Echarían al carpintero –dijo Win–. Tendría que marcharse.

–Tres paredes..., todo el mundo puede ver lo que hace –dijo Liam.

–Que lo dejen en paz a no ser que levante una cuarta pared –dijo Win.

–Hasta que la levante –corrigió la señora Duprey.

Así terminó la historia. Aquella pandilla no se daba atracones. Los niños se fueron a su habitación. Su pequeña madre también.

El día siguiente, jueves, era el día libre de Val. Fue al cine con una amiga. Y el viernes los Duprey tuvieron una de sus raras noches con invitados –otra familia con sus niños–. Val preparó dos redondos de carne y dejó que los niños mezclaran la ensalada. Aunque la invitaron a unirse a la mesa, como habían hecho en casa de los Chapin y en casa de los Green, declinó la oferta, como siempre. Estuvo mirando por la ventana de la cocina, a través de las mosquiteras que había colocado, el transformado jardín, a aquella hora sombras grises bajo la luna de invierno: pero sabía en qué sitio saldrían los tulipanes que había plantado, y el allium de después.

Sábado por la noche:

–¡Otro dilema, por favor! –pidió Fay.

Y el domingo, también, y esta vez se le unieron Ella y Él. Él se sentó en una silla junto a la chimenea, grave como cualquier alcalde. Y Ella se sentó en el suelo, al lado del sofá, y Liam en el puf, y las niñas al lado de Val, Fay acariciándole el brazo.

Adoptaban la misma posición varias noches a la semana, y Val iba reciclando viejas Valeries, algunas de ellas inventadas, algunas embellecidas a partir de incidentes reales o medio rea-

476

les. Finalmente ya no pudo recordar ninguna más. Pues entonces inventa otras, embellécelas...

–Había una vez una gran ciudad que subía por la falda de una montaña –empezó–, una ciudad bulliciosa, próspera, la mayoría de sus ciudadanos felices, algunos muy desgraciados, por supuesto. La gente tenía familias muy grandes en aquellos tiempos...

–Esperaban perder a algunos hijos –dijo la señora Duprey.

–Practicaban la redundancia –dijo el profesor.

–Un hogar era particularmente numeroso: nueve niños, varios tíos y varias tías, un abuelo. No tenían mucho dinero, porque a ninguno de ellos le gustaba trabajar, pero se mostraban generosos con el que tenían. Tenían tres vacas y algunas gallinas. Normalmente siempre había alguien que se acordaba de echarles de comer. La mamá hacía la comida para toda la familia y el papá se encargaba de los arreglos de la casa.

»Justo en mitad de la animada progenie había unas niñas mellizas. Una era muy alegre. Tenía un cabello rubio y rizado que no había forma de peinar. La gente no podía evitar querer a aquella niña inquieta. La otra, que también era muy guapa, se debatía entre el sentido del deber y las ganas de pasarlo bien. Era organizada; la familia le confiaba la gestión de sus exiguas rentas. Tenía el cabello negro y liso como el regaliz.

»Quizá la hija alegre y desenfadada fuera también un poco frívola y alocada. El caso es que cuando cumplió los dieciséis años, se quedó embarazada. El padre del niño desapareció. Lo mismo le había ocurrido a una o dos de sus hermanas. Era algo que solía aceptarse de buen grado, que algunos hasta aplaudían. El niño que iba a nacer sería, como los demás, el niño de todos. Todos le cuidarían. En realidad el suceso solo se traduciría en un aumento de la relajada y fácil felicidad de la familia...

»Pero el niño nació...

–Deficiente –dijo la señora Duprey.

Val tragó saliva.

–Sí, la niña, pues se trataba de una niña, nació deforme y también deficiente, y era de esos bebés que se pasan todo el rato llorando y de los que es muy ingrato ocuparse. Su cabello, rizado y pelirrojo –Val se llevó la mano a su propio cabello–, era como una maldición. Las brujas de la ciudad se habrían deshecho de ella. Los sacerdotes ofrecieron llevársela a la Casa de la Compasión, que estaba al otro lado de la montaña, para criarla con otros niños parecidos a ella. Un mago quiso transformarla en anfibio. Pero la familia se negó en redondo a escuchar tales ocurrencias. «Esperanza», dijeron, pues Esperanza se llamaba la pobre niña, «Esperanza se criará aquí con nosotros.» «Y tendrá la mejor vida que pueda tener», añadió la mayor y más perezosa de las hermanas.

»Solo una persona calló, alguien cuya imagen de la familia se había ensombrecido a causa de aquel suceso, alguien que en el fondo maldecía a todos por su irresponsabilidad y negligencia.

–Una de las gemelas –dijo Liam.

–La que sabía que tendría que ocuparse de todo –dijo Win.

–Era ella la que tendría que haber aceptado la propuesta del mago. Una preciosa rana –dijo Fay.

–O la de los sacerdotes –dijo la señora Duprey.

–O incluso la de las brujas: eutanasia –dijo el profesor.

–Pero no la habrían escuchado –dijo su mujer–. Aunque era una...

–Así pues, ¿qué debía hacer? –preguntó Val, interrumpiendo.

–Salir pitando –dijeron los otros cinco al unísono.

Pocas semanas más tarde, un domingo lluvioso, Val se estaba tomando un té cerca del cine mientras esperaba para ver una película afgana recién estrenada. Un hombre vestido con una ropa que tiempo atrás había sido de buena calidad se sentó delante de ella. Su dentadura también se había deteriorado, pero seguía teniendo una sonrisa encantadora, y naturalmente Val le reconoció.

Habían vuelto a la ciudad hacía poco. Val preguntó por las gemelas, y por Deborah. Desmond preguntó qué había sido de ella.

–Soy niñera en la familia de un profesor universitario –dijo Val–. También hago de chica para todo y de ama de casa. La verdad es que me gusta.

–¿Estás interna?

–... sí.

–Me he acordado a veces de ti todos estos años –dijo Desmond–. Me acuerdo del primer día, cuando me recordaste a Mary Poppins. Pero no era a Mary Poppins en realidad, sino a la actriz que hacía de Mary Poppins, que hizo tantas películas, te acuerdas, Julie Andrews. Era una inglesa ingenua y adorable y seguía siendo adorable años después. No parecías una institutriz, y Julie Andrews tampoco. Eras más de esas chicas a las que les gusta ir de fiesta, solo que ibas disfrazada. –Val no quiso comentar tan descortés desenmascaramiento–. Al final te has cortado el pelo y has dejado que se rice como le venga en gana. Más juvenil..., solo tienes cincuenta años, ¿no?

–Cuarenta y nueve.

Sallie tenía cuarenta y nueve, también, si no había muerto ya de tanto sacrificarse. Y Esperanza... Esperanza tendría treinta. Val recordó el doloroso parto, la enorme cabeza con pelusa rojiza emergiendo por fin entre sus muslos, y cómo de inmediato comprendió que aquel bebé anormal no sería como los demás excepto quizá en el vínculo con su madre.

–Con ese peinado tan desenfadado –dijo Desmond– apuesto a que te ves más como la niña que fuiste.

–La niña que dejé atrás –dijo Val, con voz grave y plana.

TÍA TELÉFONO

Probé por primera vez la carne cruda cuando tenía nueve años. Me habían llevado a una fiesta de adultos. Mi padre estaba de viaje, en un congreso de inversores, y mi hermano se iba a quedar a dormir en casa de un amigo; y mi cuidadora se puso enferma a última hora, o eso dijo. ¿Qué podía hacer mi madre, quedarse en casa? Así que me llevó con ella. Había cócteles y un bufé con tartar de ternera en rebanadas de pan de centeno y ceviche helado en un cuenco –todo sucedió hace treinta años, antes de que hubieran declarado mortales esas delicias–. La fiesta la daban los Plunket, terapeutas de familia: dos gorditos que iban igual de desaliñados, como para demostrar que el glamour no es un requisito imprescindible para el sexo salvaje.

Mi madre y Milo y yo nos fuimos andando a la fiesta aquella radiante tarde de septiembre. Nuestra casa y la de Milo y la de los Plunket estaban a menos de un kilómetro, en Godolphin, una cuña frondosa de Boston, como las casas de la mayoría de los invitados: psiquiatras y psicólogos clínicos y asistentes sociales componían la concurrencia. Todos eran amigos, se derivaban pacientes, se repartían en varios grupos de supervisión; constituían un conjunto académico, comunicativo, con su envidia vigorosamente pisoteada. Sus hijos eran amigos, también, algunos tanto como si fueran primos. Yo ya odiaba los grupos de antes, pero lo cierto es que formaba parte de aquel grupo.

Entre los adultos, Milo era *primus inter pares*. Publicaba un artículo detrás de otro, todos muy aclamados: historias clínicas de niños con síntomas como mutismo electivo y terror a los coches y estreñimiento voluntario de hasta diez días de duración. Yo ansiaba convertirme en una de sus fascinantes pacientes, pero era consciente con enorme tristeza de que un terapeuta muy rara vez trata a los hijos de sus amigos por muy enfermos que estén, y sabía, también, que en todo caso yo tampoco estaba tan enferma, solo tenía malas pulgas y era muy egocéntrica. En sus publicaciones Milo daba a los jóvenes dolientes nombres de pila falsos y solo la inicial de su apellido.

–¿Y cómo me llamarías a mí? –le pregunté una vez, aún con esperanzas de alcanzar la inmortalidad.

–Pues, ¿cómo te gustaría que te llamase, Susan?

–Catamarina M.

Me reconfortó con su mirada marrón. («Los ojos», le dijo una vez la doctora Lenore a mi madre, «compensan con creces la ausencia de barbilla.»)

–Pues a partir de ahora y para siempre te llamaré Catamarina.

A falta de síntomas, ya tenía un nombre. Lo único que tenía que hacer era dejar de hablar o hacer de vientre. Pero ay, la naturaleza fue mucho más fuerte que yo.

Los amigos de Milo respetaban su pacífica soltería: admitían la asexualidad, les parecía una preferencia no patológica, amén de beneficiosa para la sociedad. Milo nació en la cosmopolita Budapest, lo cual le daba todavía más caché. Sus liberales padres, que se dedicaban al negocio de las antigüedades y artículos curiosos, habían escapado justo antes de la Segunda Guerra Mundial. Así que Milo creció en Nueva York y le educó una pareja de húngaros, sin un dólar al principio pero ricos al poco tiempo. Y heredó una colección notable de figurillas chinas antiguas.

El día de la fiesta Milo llevaba la ropa de costumbre: pantalones de franela, jersey de cuello alto, chaqueta de tweed. Debía de tener casi cincuenta años, era por tanto un poco mayor que mis padres y sus amigos. El pelo, prematuramente gris, se elevaba alto y recio desde su estrecha frente. En la nuca formaba una onda, como la de una escoba de cerda suave. Era muy alto y muy delgado.

El doctor Will Plunket me dio tartar de ternera en pan de hamburguesa. Pero los hijos de los Plunket no me dejarían unirme a ellos —estaban jugando a Dragones y Mazmorras— así que, mientras masticaba mi hamburguesa cruda, salí al jardín de otoño, iluminado por los destellos del sol. En una tumbona de la terraza de piedra había una mujer a la que no conocía. Tenía cara de pocos amigos y parecía aburrida. El doctor Judah se unió a mí un rato y se preguntó en voz alta si las hadas anidarían debajo del crisantemo. Le miré con el ceño fruncido, pero en cuanto se fue me puse de rodillas y miré debajo de las flores. Nada. Al cabo de un rato me encontró Milo. Con su suave voz habló de las plantas que había junto al muro de piedra: decían que el basilisco curaba la melancolía, la mejorana el dolor de cabeza, la hiedra la conjuntivitis. Se agachó, cogió un puñado de hiedra, se levantó y me dejó unas hojas aplastadas en la palma de la mano.

—No te la comas.

Y también se fue.

Yo me acerqué a la terraza.

—Qué suerte tienes —dijo la mujer de la tumbona lentamente y en un tono muy bajo, y luego dio otro trago a su cóctel.

—Sí. ¿Por qué?

—Por tener una tía tan atenta —dijo la mujer, y volvió a beber.

—Mi tía vive en Michigan.

—¿Y está aquí de visita?

—Está pasando un mes en Europa.

–Me refiero a la tía con la que estabas hablando.

–¿Milo?

–¿Se llama Milo? Me metí corriendo en la casa. Encontré a mi madre hablando con la doctora Margaret y con el doctor Judah.

–¡No te lo vas a creer! ¡Esa paciente de la terraza se cree que Milo es mi tía! –Mi madre me dirigió una mirada feroz–. ¡Mi tía! –le repetí sin hacer caso a la doctora Margaret, y luego me volví hacia el doctor Judah–. Mi... –Pero no pude terminar porque mi madre me sacó a rastras del salón.

–Cállate, Susan. Cállate ahora mismo y no vuelvas a decir eso otra vez. Heriría los sentimientos de Milo de una forma espantosa. –Se apartó de mí y se cruzó de brazos–. Tienes las rodillas sucias –dijo, aunque normalmente en aquel círculo nadie denigraba la suciedad–. ¡Cuánta porquería!

–Es tierra del jardín –la corregí.

Mi madre suspiró.

–La mujer de la terraza es la hermana del doctor Will.

–Por qué Milo no podría haber sido tía mía.

–No sería.

–¿«No sería»? ¿Y por qué no «no podría haber sido»?

–Porque es mejor evitar las perífrasis modales, si se puede.

Mientras la conversación se deslizaba al terreno seguro de la gramática, volvimos a la fiesta. Milo estaba con el doctor Will, escuchándole. A mí no me parecía que el pelo medio largo de Milo fuera más femenino que el blusón negro del doctor Will. Pero por una vez yo estaba dispuesta a obedecer a mi madre y no volví a referirme al error de la mujer de la terraza. Esperaba que Milo no me hubiera oído. No heriría sus sentimientos por nada del mundo; o eso pensaba.

Milo celebró el día de Acción de Gracias aquí, la Pascua judía allí, la Navidad dos veces en un día, primero con los Collins y luego con los Shapiro. Fumó su cigarro puro de después de la cena en el jardín de todos. Llegó a nuestra casa el día de puertas abiertas de Año Nuevo, al que yo estaba obligada a asistir al menos un cuarto de hora. Me pasé ese cuarto de hora detrás de una lámpara. Mis padres, hombro con hombro, fueron recibiendo a sus invitados. Mi madre deslizaba a veces la mano en el bolsillo de mi padre, como un caballo hozando en busca de azúcar.

Milo iba a recitales de piano y a bar mitzvás y a ceremonias de graduación. En agosto visitó a cuatro familias distintas, una por semana. Era mi tía, lo era, y la tía de muchos niños nacidos en nuestra comunidad terapéutica, si una tía es alguien que siempre está dispuesto a hablar por teléfono con unos padres preocupados; y especialmente con las madres, que eran las que más se preocupaban. Esas madres nuestras, llenas de comprensión por sus pacientes, se veían impotentes cuando eran sus hijos los que les daban problemas. Y entonces se convertían en hermanas y colegas frenéticas, prestas a lanzarse al teléfono. Malas notas, conductas primitivas en el recreo, malas contestaciones, embustes, salir hasta la madrugada, hacer novillos..., para todos esos problemas estaba Milo dispuesto a dar consejo y consuelo. Y él lo sabía, también, cuando un niño necesitaba ayuda externa –estrangular un gato era señal inequívoca–. Normalmente, sin embargo, era el padre, o la madre, el que necesitaba una interpretación y también una recomendación de ayuda. «No, el porro de hoy no es la pipa de crack de mañana», le aseguró de forma memorable a la doctora Lenore. La hija de la doctora Lenore estaba, naturalmente, escuchando por el supletorio. Todos éramos maestros en el arte de las escuchas domésticas: deslizar el índice entre el auricular y el botón en que descansaba, llevar el auricular al oído, soltar el botón con la delicadeza de un cirujano hasta que se establecía una muda conexión.

El mes de julio de mis doce años me escapé de un campamento. A la mañana siguiente llegué a casa, ceñuda y triunfal, y escuché a escondidas a Milo y a mi madre. Milo estaba sugiriendo a mi madre que me felicitara por haber cogido el autobús en lugar de volver haciendo autoestop.

–Le robó el dinero del billete a su monitor –dijo mi madre.

–Lo cogió prestado, creo. Anímala y que se lo devuelva por correo.

–¿Y no tendría que animarla a volver al campamento?

–¿Al lugar odiado? –dijo Milo, e hizo una pausa, mientras soltaba el humo de su puro–. ¿Al lugar del que ha tenido los suficientes recursos para escapar?

–Es complicado tenerla en casa –dijo mi madre, con un pequeño sollozo.

–Claro, Ann, ya lo imagino –dijo Milo. Y luego–: Es su casa, también.

Hubo un silencio. El de Milo era el silencio de alguien que ha dicho una verdad y el de mi madre el silencio de alguien que la ha escuchado. Y hubo un tercer silencio, un silencio dentro de un silencio: el mío. «Es su casa, también», oí. El acogedor salón. La cocina desde cuya ventana se veían pájaros y ardillas y alguna vez un faisán que se extraviaba proveniente de una zona todavía más alejada del centro de Boston. La consulta anexa en que mi madre recibía a sus pacientes. La habitación donde por las noches atendía las llamadas de pánico de esos mismos pacientes y desde donde llamaba a Milo. La habitación de mi hermano, con sus proyectos de construcción, en distintas fases –aunque tenía un año menos que yo, ya era un mecánico capaz–. Mi propia habitación: pósters, libros, juguetes de cuando era más pequeña pero de los que todavía no me había deshecho, ropa tirada por el suelo y colgada de las lámparas. Una puerta de cristal daba paso a un pequeño balcón. Mi madre había plantado alegrías en unas jardineras, pero yo dejé que se secaran. Sin recriminármelo, había sido testigo de cómo descuidaba –profanaba, en realidad– un espacio generoso de la casa. De aquella casa que era mi casa también.

El resto del mes de julio estuve haciendo de niñera de los niños de la casa de al lado, tratándoles con un fingido afecto que acabé por sentir («La hipocresía es el primer paso hacia la sinceridad», había escrito Milo). Hice un pequeño esfuerzo por ordenar mi habitación («Una ficha es una moneda de poco valor, que no una falsificación», la misma fuente). En agosto nos fuimos al cabo Cod.

Nuestro bungalow, decididamente humilde, daba al mar; no había playa de arena, pero nos habíamos acostumbrado a tumbarnos en nuestra franja de guijarros. El bungalow tenía cuatro habitaciones pequeñas. Las paredes eran delgadas, así que la acústica era perfecta. Fuera había una barbacoa y una ducha. A veces, mi padre asaba pescado en la barbacoa; a veces mi madre y él preparaban juntos la comida, en la incómoda cocina, en la que se tropezaban todo el rato y se reían.

Como siempre, Milo llegó la tercera semana. A él también le oía, cuando se daba la vuelta en la cama o cuando chapoteaba en el baño, igual que oía las conversaciones de mis padres aunque hablaran en voz baja, los indiscriminados pedos de mi hermano. La pequeña familia, pese a ello, un grupo demasiado numeroso para mí.

—Quiero trabajar en una oficina particular —dije una mañana.

—Podrías ser psiquiatra —dijo mi hermano, que no tenía imaginación.

—¡Particular! ¡Yo sola! Que no venga nadie.

—Ah. Podrías ser presidenta de un banco —dijo Milo—. No te interrumpirían casi nunca.

—O camarera de hotel —dijo mi madre—. Tú y tus montones de sábanas.

—O astrónoma, tú sola con tu telescopio —dijo mi padre. Esa era la mejor propuesta—. Un trabajo para el que hay que saber un poquito de matemáticas —añadió en voz más baja.

Ese día, algo más tarde, Milo nos llevó a mi hermano y a mí a Bosky's Wild, una reserva de animales salvajes. Ese verano fuimos una o dos veces. Los animales más salvajes eran una pareja de zorros. Los zorros son padres amantísimos mientras sus crías necesitan cuidados. Luego se separan, y al año siguiente se buscan otra pareja. Pero los dos alicaídos especímenes de Bosky's estaban condenados a estar el uno con el otro un año sí y otro también. El pavo real no parecía divertirse mucho, tampoco. Cuando desplegaba el plumaje, con escaso entusiasmo, se le veían huecos. Un armadillo, una pitón hembra, unos pocos monos diciendo tonterías, esos eran los animales salvajes de nuestro barrio. Pero al otro lado de sus patéticas jaulas había una granja en pleno funcionamiento, con pavos y gallinas y un huerto de manzanos y un campo de maíz. Un poni con sombrero de paja tiraba de un carro alrededor del campo de maíz. Había otros dos ensombrerados ponis en los que se podía montar, dando vueltas en círculo, pero no por tu cuenta: había que soportar a uno de los adolescentes de por allí que trabajaba en Bosky's e iba caminando a tu lado. Aquellos granujas no ocultaban su desprecio tanto por el rocín como por su montura.

A la pitón la alimentaban con un ratón blanco vivo cada dos semanas. Era una comida que se producía en público pero pasaba inadvertida. Hasta que corrió la voz. Cuando aquel día llegamos a Bosky's con Milo, había una docena de niños pequeños delante del terrario. Sus padres, con dudosa expresión, se arremolinaban a cierta distancia. Mi hermano fue a ver los ponis. Milo y yo éramos lo bastante altos para ver bien por encima de los niños, de manera que los dos, y los niños, vimos todo el espectáculo: cómo el señor Bosky metía desde arriba al ratón en el terrario, la aterrada parálisis del roedor, cómo la experta serpiente lo estrangulaba, y luego cómo la serpiente se iba tragando poco a poco al ratón, por una boca abierta de par en par como sobre una bisagra. La pitón se zampó sin ayuda el ratón, al que había roto todos los huesos pero que supuestamente todavía respiraba. El roedor fue entrando, y entrando, hasta que ya solo podíamos ver su diminuto trasero y luego su delgada y blanca cola.

Los niños, aburridos en cuanto la cola desapareció, se fueron acercando a sus impresionados padres. Una madre delgadita vomitó en una bolsa de playa. Milo la miró con compasión. Yo no.

–Una bulímica en vías de recuperación –dije en cuanto empezamos a movernos.

–¿Dándose un pequeño respiro? –se preguntó–. Podría ser –dijo, admitiéndome generosamente en la compañía de los intérpretes.

Te quiero, Milo, podría haber dicho yo si entre nosotros nos dijéramos esas cosas.

Ese otoño empecé a ir al colegio con regularidad, obligándome a tolerar grupos al menos durante la hora que duraban las clases. Tuve que escoger un deporte, así que me decidí por el atletismo, el menos interpersonal de todos. Empecé a hacer los deberes de casi todas las asignaturas. Aprobé las matemáticas que había suspendido el curso anterior.

Mi madre ya no necesitó tanto llamar a Milo.

Yo alcancé una suerte de intimidad. Mi mejor amiga –casi la única en realidad, sin contar a la hija del doctor Judah y la hija de la doctora Lenore y al hijo pequeño de los Plunket, que estaban en mi curso– era una chica superalta con un cuello superlargo. Sus padres eran indios de la India. Los dos eran radiólogos. La chica quería estudiar medicina, también, con tanta naturalidad como la hija de otros padres querría heredar el negocio de la familia. Anjali –un nombre precioso– era una chica normal y morena, y tenía los párpados caídos y la nariz ancha. Se apellidaba Nezhukumatathil: «Donde nació mi padre, el equivalente a Smith.»

Vivían a pocas calles de nosotros. Las dos volvíamos a casa juntas todos los días, y muy rara vez nos molestábamos en hablar. Nuestra ruta nos llevaba delante de la hilera de casas adosadas donde vivía Milo, ante su pequeño jardín, que apenas necesitaba cuidados: un cerezo silvestre rodeado de diamantes silvestres con un confidente de hierro forjado pintado de blanco debajo. Milo tenía dos timbres, uno para la casa, uno para la consulta y la sala de juegos. Por la tarde siempre estaba trabajando, así que no le dije a Anjali que conocía al dueño de aquella casa en particular.

Pero un día de mayo a las cinco en punto allí estaban, en el intrincado banquito, él y su puro. Un paciente había anulado su cita, comprendí yo de inmediato. Hubo un intercambio de holas y una presentación; y luego, cuando Milo apagó el puro en una lata llena de arena que tenía al lado del confidente, entramos; y Milo le fue contando a Anjali de dónde procedían algunas figurillas y enseñándole sus utensilios de punto de cruz. ¿Cómo había sabido que a aquella jirafa muda le gustaban las cositas y las labores manuales? Si hubiera ido con Sarah –otra chica con la que a veces hacía buenas migas, una gran atleta– le habría puesto la música de *Hair* y habría hablado con ella de ejercicios de estiramiento. Ah, era su trabajo. Me tomé una lata de Coca-Cola. Habréis supuesto que me supo a rayos... porque me moría de celos. Pues no, lo que sentía era admiración por Milo, que interpretaba su acogedor papel para aquella niña, con el confortable límite de la inminente llegada del próximo paciente. En efecto, a los diez minutos nos señaló la puerta. Y lo hizo, tras consultar primero su reloj con tristeza.

–Hasta luego, Anjali –dijo en la puerta–. Hasta pronto, Susan. Gracias por traer a tu amiga. –Como si lo hubiera hecho a propósito para hacer gala de esa sociabilidad que tanto esfuerzo me había costado.

Una calle después o así, Anjali hizo una rara confesión: le gustaría vivir con Milo.

–¿En qué sentido? –pregunté, esperando que me hablara de las figurillas, del punto de cruz, incluso del cerezo.

–Sola.

¡A mí también!, me dieron ganas de confesarle. Pero no habría sido verdad. Yo adivinaba ya que algún día me casaría y produciría molestos niños. Yo no era tan valiente como Milo, como Anjali. La naturaleza volvería a demostrar que es más fuerte que yo.

Agosto: antes del último año de instituto. Salía a correr todas las mañanas: ya no era una obligación, sino un placer. La tercera semana en cabo Cod vino Anjali a pasar unos días conmigo, y un amigo de mi hermano vino también a pasar unos días con él, y Milo vino a pasar unos días con la familia. Venía a nadar y hacía tartas de arándanos y nos regalaba lecciones improvisadas sobre esto y lo de más allá: la formación de los huracanes; las estrellas, aunque yo ya había descartado la astronomía como carrera; la ciudad de Scheveningen, donde, a la edad de cuatro años, había pasado el verano. Le gustaba recordar a un viejo camarero holandés que todas las tardes le llevaba limonada y hablaba de sus años de acróbata circense.

–Mentiras, bellas mentiras, esenciales para el *amour propre.*

–¿Para el *amour propre* del camarero? –pregunté.

–Y para el mío. Tomarse en serio las mentiras, una virtud necesaria.

En bañador tipo slip, musculoso y bronceado, a Milo era imposible confundirle con una mujer. Pero el amigo de mi hermano, cuyos padres, maestros, no formaban parte de nuestro exaltado círculo, le dijo a mi hermano que Milo era tan jodidamente atento y servicial que probablemente fuera una especie de reina destronada. Mi hermano no dudó en comunicarme esa valoración.

–¡Una reina!

–Tienes las rodillas sucias –solté, pero él, naturalmente, no entendió la referencia. Yo me puse furiosa con los tres: el ingrato invitado, mi insensible hermano, y Milo, que había dado pie a la acusación con sus tartas y sus recuerdos. Animó a Anjali, que era muy taciturna, a hablar de cosas antiguas, también. Al parecer era lo que más le interesaba en aquella época. Al parecer Milo y ella se habían encontrado en el museo aquella primavera, en alguna tontuna de exposición, dedicada a los teléfonos precolombinos, quizá. Luego la había invitado a tomar un té.

El jueves de esa semana Milo y yo llevamos a Anjali bajo una lluvia fina a la estación de autobuses –tenía que volver a Boston para asistir a una fiesta familiar–. Anjali saltó del asiento de atrás y cogió su bolsa de viaje, llena de espejitos, y se la echó al huesudo hombro.

–Gracias –dijo con su inexpresiva voz (en el bungalow ya le había dado con mucha educación las gracias a mi madre). Cerró de un portazo y se dirigió al autocar.

Milo bajó la ventanilla y metió la cabeza en la llovizna.

–En octubre hay una exposición de netsukes –dijo, elevando la voz.

Anjali se paró y se dio la vuelta, y le sonrió, una sonrisa que duró varios segundos. Luego subió al autocar.

Milo y yo nos quedamos hasta que el vehículo arrancó.

–¿Vamos a Bosky's? –dijo Milo.

–Está plagado de hormigas –dije–. Los formícidos de Bosky –dije, por lucirme. Milo no dijo nada–. Bueno, vale –me eché atrás. También Milo estaba de vacaciones.

Aquel día lluvioso Milo prestó la misma atención a los animales salvajes, con la misma seriedad: los zorros con su monogamia forzosa, el impotente pavo real, los desquiciados monos. Se fijó en la lánguida serpiente, que aún estaba digiriendo el alimento de la semana anterior. Se paró un rato largo ante la vitrina de un animal nuevo, un agutí de Belice, una especie de roedor (lo decía un letrero mal escrito).

–Para los beliceños es un plato muy sabroso –me dijo Milo, que tenía más datos del agutí de los que decía el letrero–. Es un animal herbívoro, y muy sociable, comparte una red de madrigueras con otros de su especie.

–¿Sí? Como tú.

Milo me dedicó su mirada de interés.

–Yo como carne...

–No debería haber dicho eso –dije en voz baja.

–... aunque es verdad que he perdido el gusto por el tartar de ternera. No es una acusación tan terrible, Catamarina M. Todos vivimos, tus padres y nuestros amigos y yo, en una especie de madriguera común, y el teléfono la hace todavía más común, o más íntima, sobre todo cuando los pequeños oís lo que decimos por el supletorio... Parece hipo, yo me quedo esperando hasta que lo oigo. ¿Me has insultado? ¿Qué me llamaste?

–Sugerí que eras una especie de rata –dije, confesando la falta y no el delito. Lo que sugerí, y temía que Milo lo supiera, fue que era un animal entrometido y dependiente que daba consejos a cambio de amistad; que pese a toda su intuición y sabiduría clínica no conocía de primera mano la rabia que prende entre las personas, el ansia de comerse al otro. Las emociones fuertes no formaban parte de su repertorio. Pero se habían convertido en parte del mío durante la visita de Anjali, cuando la veía desplegarse bajo la radiante amistad de Milo: envidia, odio, furia... *Una vez te salvé del ridículo, a ti, hombre ridículo.*

–Una rata –repitió–. A pesar de todo, tú eres mi... sobrina preferida.

–¿Se supone que me tengo que tomar en serio esa mentira? Vete a la eme, Milo.

–Susan...

–Vuélvete a tu casa.

Retrocedí, alejándome de él y de su amigo el agutí. Luego di media vuelta y eché a correr. Pasé corriendo por la jaula del armadillo y al lado de los monos y me metí en la granja, y las gallinas y los pollos y los niños se apartaban asustados.

–¡Eh! –gritó el señor Bosky. Salté la valla circular de los ponis, la recorrí por dentro y la volví a saltar.

–Está loca –dijo uno de los chicos, con sorpresa y admiración. Tal vez yo pudiera luego escaparme una noche y citarme con él en un almiar. Corrí directamente hacia el campo de maíz, entre las erectas líneas de los tallos. Más allá del campo de maíz había un sembrado de lechugas. Lo rodeé, no quería pisar nada de Bosky ni causar ningún destrozo. Aceleré, disfrutando de uno de esos chorros de aire que el entrenador de atletismo nos había enseñado a aprovechar, un entrenador que, sin cuidar los sentimientos ni a los individuos, nos estaba convirtiendo en atletas. Aminoré la marcha al llegar al bosque, y lo atravesé cual zorro libre ya de compañero; me deslizaba con sigilo, como una serpiente presta a atrapar a un ratón. Al otro lado del bosque estaba la autovía. Crucé con cuidado –no tenía ningunas ganas de que mis padres sufrieran–. Otra carretera, estrecha, llevaba a la playa, a dos kilómetros de casa. Seguí andando. Mi hermano y su amigo estaban en el porche, hablando amigablemente con Milo; Tía Milo, Reina Milo, Doctor Milo, que tan equitativamente repartía sus favores. Nos saludamos con la mano, y di la vuelta para ir a la ducha del jardín de atrás y abrí el grifo y me metí debajo, con la ropa puesta.

Como yo ya había advertido, mi madre llamaba a Milo con menos frecuencia. Ese último año de instituto, tenía yo la impresión, no le llamó ni una sola vez excepto para recordarle la fiesta de Año Nuevo.

Y después, hablando con los hijos de otros terapeutas en casa durante las vacaciones de la universidad, o más tarde, si nos encontrábamos en Nueva York o San Francisco, supe que todas las madres habían dejado de consultar a Milo. En parte, creo, porque tenían menos necesidad de sus consejos. Los niños habíamos crecido por fin. Y nuestros padres lo habían comprendido e incorporado, así que ya no precisaban oír los principios básicos de Milo sobre sus hijos –«Os deben a vosotros y a la sociedad una mínima cortesía. Todo lo demás es cosa suya»–. También habían incorporado una observación anterior sobre el castigo físico: «Es adictivo. En vez de pegar a tu hijo, fúmate un cigarro.»

Y tal vez, además, rehuyeran a su hermano mayor, que había sido testigo de sus heridas.

Algunos quizá incluso hubieran creído el rumor sobre Milo: que estaba dedicando tantas atenciones a Anjali N., una niña del instituto, que sus padres habían tenido que advertirle que no volviera a verla. La fábula se difundió con una facilidad pasmosa. Yo simplemente se lo comenté a la hija de la doctora Margaret, dos años menor que yo, agradecida de que yo le dedicara mi atención. Luego le hice jurar que guardaría el secreto.

En cualquier caso, nosotros, los hijos crecidos, nos fuimos revelando que ahora era el propio Milo quien llamaba, deseoso de saber cómo progresaban los pacientes, anécdotas de los últimos viajes, noticias de los niños, especialmente noticias de los niños.

–Un entrometido –dijo la hija de la doctora Lenore.

–Un avaricioso –dijo Benjy Plunket, que prácticamente se había quedado a vivir en casa de Milo mientras se divorciaban sus padres–. Cuando yo estaba en la universidad quería estudiar todo lo que yo estudiaba. Hasta se compró mi libro de biología molecular, con cosas nuevas que no se sabían en su época.

–Se las compuso para acoplarse a los Apfel cuando fueron a Las Vegas –dijo la hija de la doctora Lenore.

–La gente sobrevive más allá de su propia utilidad –concluyó la hija del doctor Judah.

–Es muy triste –coincidimos todos, con una malicia displicente.

Mi madre seguía contestando al teléfono cuando llamaba Milo (gracias a los contestadores, otras viejas amigas lo evitaban) y toleraba sus monólogos, cada vez más discursivos. Y seguía invitándole a nuestra casa del cabo Cod, y cuando se unió a nosotros para el crucero por Escandinavia fue porque mi padre y ella insistieron con entusiasmo. Otros fueron menos generosos. Los Apfel, que perdieron mucho dinero en Las Vegas, rompieron definitivamente con él.

Ahora somos adultos. Preferimos el mail al teléfono. Muchos vivimos todavía en Godolphin. Ninguno nos dedicamos a una profesión relacionada con la salud mental. Ni siquiera Anjali siguió el camino de sus padres y estudió medicina. Enseña historia del arte en Chicago, y tiene tres hijas. La naturaleza ha demostrado ser demasiado fuerte para ella, también. Algunos de nuestros hijos tienen problemas. Pero aunque el avejentado Milo sigue trabajando –es un estimado asesor de un centro de orientación infantil de Boston, ha desarrollado un trabajo pionero con delincuentes juveniles–, nosotros no le consultamos. Nos recuerda demasiado nuestra infancia colectiva en aquella madriguera en que todos se conocían; y a nuestras ansiosas madres; y a su inquietante poder de empatía. Somos otra generación, la generación del amor a palos, del así aprenderás. Y siempre están las pastillas.

Mantengo el contacto con Milo. No es una carga: mi marido y yo somos lingüistas, y a Milo le interesa el lenguaje.

–Hay esfuerzo de estructura hasta en la expresión de los esquizofrénicos –había escrito.

Heredé la casa del cabo Cod, y Milo viene a pasar unos días todos los veranos. Él y mis dos hijos y yo vamos siempre a Bosky's. Ha menguado, ahora se reduce a un alce desesperado, un mapache y los pobres zorros, aquella pareja o alguna otra. La serpiente se ha jubilado y el agutí tampoco está. Pero la granja sigue en pleno esplendor, y los ponis reciben un sombrero nuevo todos los años. Mis hijos ya son mayores para ir pero comprenden que hay que mimar al viejo Milo.

Un bigote blanco tapa el labio superior de Milo. Su pelo,

también blanco, sigue siendo largo. Tiene considerables entradas y en su ahora amplia frente le han salido carcinomas escamosos. Por consejo de su dermatólogo, se cubre la cabeza. En invierno lleva boina, en verano un sombrero de tela de ala flexible.

Hoy, con su sombrero de verano y unos pantalones con bolsillos laterales que le están demasiado grandes, monta uno de los ponis. Esa silla debe de estar castigando sus viejos huesos. Puede que esté intentando entretener a mis hijos. Desde luego están entretenidos. Cuando va por la parte más alejada del círculo sueltan risitas groseras.

—La abuela más rápida del Oeste —se burla uno.

—Madame Vaquera —responde el otro.

Mientras, Milo va inclinado hacia el chico que lleva al poni, y le va contando una historia de desgracias, sin duda, y le regala alguna sugerencia que podría cambiar su vida o al menos lograr que su tarde sea un poco mejor.

A mí me dan ganas de abofetear a mis hijos y, también, de fumarme un cigarro. En vez de eso les informo de que Milo representa una forma evolucionada de la vida humana que algún día ellos podrían emular o incluso adoptar. Eso les devuelve la seriedad. Así que no menciono que hace tiempo Milo fue valorado y luego explotado y luego traicionado y finalmente marginado; que, como sus padres, personas desplazadas, fue capaz de adaptarse con dignidad a las nuevas circunstancias.

Y aquí nos quedamos, con los codos en la valla, mientras a lomos de su poni Milo se acerca pesadamente. Le sonreímos. Bajo el sombrero, lleva arrugado el rostro; debajo del bigote, cubierto de sudor, su boca entreabierta deja al descubierto unos dientes marrones. Nos devuelve la sonrisa como si compartiera nuestra pequeña mofa de su cabalgada: como si a él le hiciera gracia, también.

INDEPENDENCIA

Cuando Cornelia Fitch se jubiló de la práctica de la gastroenterología, compró –siguiendo un impulso, pensó su hija– una casa en New Hampshire al lado de un lago alimentado por un manantial. No vendió el pequeño piso de su viudedad, sin embargo: tres habitaciones muy sensatas con dibujos enmarcados colgados en las paredes grises. El piso, que estaba en Godolphin, zona residencial de las afueras de Boston, quedaba a veinte minutos a pie del hospital donde había trabajado; y muy cerca de donde vivían su hija y sus dos amigas; y en Godolphin Corner disponía de una buena librería de libros de segunda mano y de una excelente costurera. Cornelia tenía una pierna ligeramente más larga que la otra, defecto que lograba ocultar la hábil costurera. «¿Pero tú te crees que existe alguien perfecto?», había resoplado su tía Shelley cuando, a los quince años, el defecto de Cornelia se hizo evidente. La tía Shelley había vivido con la familia; ¿dónde, si no, iba a vivir? «Eres una cabeza hueca», añadió la mujer, dependiente y graciosa.

La casa del lago... Cornelia le había echado el ojo hacía años. Le recordaba la casita de campo de un gnomo. «Gonomo», solía corregirle equivocadamente la tía Shelley. Las demás casas de la espaciosa colonia del lago eran de madera erosionada por el tiempo, oscuras, pero la de Cornelia era del pálido granito gris de la zona, con motas doradas que centelleaban aquí y allá. Tenía postigos verdes. En la planta de abajo había un dormitorio y en la de arriba otro, un servicio en el jardín, un pequeño generador. Hiedras acuáticas trepaban por las piedras. Ranas y salamandras habitaban el húmedo jardín.

Cornelia pasaba cada vez más tiempo allí. En el fondo del lago, las tortugas avanzaban centímetro a centímetro en dirección adondequiera que fuesen. Los pececillos viajaban en compañía, toda la congregación viraba en una dirección y luego en otra, banderola submarina ondeando al viento submarino. Abedules, con ligero ropaje de hojas, inclinados hacia el agua.

No había playa. La mayoría de la gente tenía un bote de remos o una canoa o un *sunfish*. Había jubilados como Cornelia que pasaban sus días igual que ella: leyendo, observando la tibia vida salvaje, haciéndose a veces alguna visita. El camino de tierra terminaba en la carretera a un par de kilómetros, y allí una familia coreana regentaba una tienda que tenía un poco de todo. Thompson, su colega –para Cornelia era un colega, por mucho que, como ella, ya no fuera a cumplir los setenta–, se pasaba todo el día sentado en el porche, dibujando el lago. Dos hermanas de mediana edad jugaban al Scrabble por las noches, y Cornelia se unía a la partida de vez en cuando.

–Me preocupa que estés en medio de ninguna parte –le decía Julie, su hija.

Pero las centelleantes piedras de la casa, su interior enjalbegado, el verdor en verano y el azul pálido del cielo invernal –que veía por las ventanas profundamente encastradas en los anchos muros–, el misterioso e interminable marrón del techo apuntado sobre la cama... y el lago y los árboles y los somormujos y las ardillas listadas... En ninguna parte no. En alguna parte. En aquella misma parte.

–Cornelia, lo más sensato es que esto lo abordemos con un tratamiento –dijo el oncólogo–. Por supuesto con quimio, algo de radio... –El oncólogo se interrumpió–. Podemos vencerlo.

Cornelia estiró las piernas: la larga, la más larga. Le gustaba la consulta pasada de moda de su médico, con su colección de libros muy leídos en una vitrina. El cristal la reflejaba ahora a ella, a su espléndido personaje: pelo corto teñido de corteza, traje pantalón de lino beige, camisa crema. Una sortija con un zafiro grande era su único exceso, en apariencia, porque la piedra, aunque convincente, era vidrio. Había pertenecido a la tía Shelley, que probablemente la hubiera adquirido en una casa de empeños. Pero la mujer que ahora llevaba aquel adorno falso era una mujer de fiar. La gente se había fiado de ella. Le habían confiado sus nudosos abdómenes, sus hinchados intestinos delgados, sus sangrantes intestinos ciegos, sus tortuosos intestinos gruesos. Dóciles, le habían ofrecido el ano para que ella pudiera insertar la sonda y guiarla dentro, pasando el recto, el sigmoides, el colon descendente...

–¿Cornelia?

Él también era de fiar: diez años más joven que ella, un hombre menudo, un poco bobo, pero ningún estúpido. Sí, juntos podrían vencer aquella recurrencia, y esperar la siguiente.

–Bueno, ¿qué más podemos hacer? –dijo, con tono razonable–. ¿Le puedes pedir a la enfermera que me dé cita?

El doctor la miró unos segundos.

–Sí. Hasta la semana que viene, pues.

Cornelia asintió.

–Dame otra receta de los analgésicos, por favor. Y de los somníferos, también.

De camino al norte pasó por casa de Julie. Las niñas estaban en casa, recién llegadas del campamento urbano: dos niñas encantadoras. Julie le dio un abrazo.

–Me encanta el verano, no tengo que trabajar. Puedo acompañarte cuando te pongan las inyecciones.

–Llévate un libro. –Cornelia odiaba charlar por charlar.

–Claro. Querrás comer algo, ¿qué te apetece?

–No gracias. –Se tocó el cabello.

–Y te pondrás esa peluca tan bonita de la última vez –dijo Julie, tímidamente.

Se dijeron adiós con la mano: la mujer joven y las niñas en la puerta, la mujer mayor en el coche. La peluca sí era bonita. Un artesano engreído y genial había reproducido con exactitud su estilo y color de pelo, además de recomendarle rizos platino –¡Eh, doctora, pruebe algo nuevo!–. Pero ella prefería lo viejo, y lo obtuvo. No había muchas cosas que hubiera querido que no hubiese conseguido: ser cada vez más competente en su profesión, el matrimonio, la maternidad, que le publicaran artículos; hasta una aventura hacía años, siendo jefa de residentes –ya casi no recordaba cómo era él–. Bueno, si Henry hubiera estado menos preocupado... No había llegado a hablar bien francés y había perdido la facilidad con que antaño tocaba la flauta. Era poco probable que pudiera enmendar esas fallas incluso aunque la enfermedad remitiera. Una vez había perforado un colon, al poco de empezar a trabajar; lo reparó enseguida, y no hubo complicaciones, y la compasiva mujer siguió siendo su paciente. Después de Julie tuvo algunos abortos, luego se dieron por vencidos. Habían pedido su opinión con frecuencia. Había pagado la pensión de la tía Shelley, aquella pensión tan sucia; pero la mujer, aficionada a la botella y la maría, se había negado a ingresar en una residencia. Por la jubilación le habían entregado una placa y regalado un grabado del siglo XVIII. Las novelas estaban bien, pero prefería las biografías. De no haber estudiado medicina, podría haber sido diseñadora de interiores, aunque habría sido difícil plegarse al espantoso gusto de algunos.

Paró en la tienda de los coreanos y compró tomates de ensalada, zumo de uva blanca, una jarra para el agua.

—El maíz es bueno —le aconsejó el propietario, y su sonrisa dejó al descubierto un diente de oro.

—Estoy segura. Volveré mañana.

Ahora los tomates estaban en el frutero de rayas de la encimera. Por un momento lamentó tener que dejarlos atrás, sus toscas cicatrices, sus bultos. Luego, los ojos de par en par, la informada, la entendida Cornelia soportó una visión: demacración, turbios despertares, las niñas, que obedientemente se quedan quietas. Ve con el rabillo del ojo una visita junto a la cama, se sienta con desánimo en la silla orinal, empuja un andador hasta el buzón de la esquina y exige una medalla por la hazaña, mira un libro al revés. El manto de la dependencia responsable... no le sentaría bien. Con un ojo todavía abierto, guiñó el otro a los tomates.

Se puso el bañador y se dio un baño rápido. Mientras nadaba saludó con la mano a las hermanas Scrabble y a su colega. Ya en casa se vistió con camiseta y vaqueros, tiró el bañador mojado a la horquilla de un pruno. ¿Qué hay que coger cuando se sale a remar antes de la cena? Binoculares, sombrero contra el insidioso sol oblicuo de última hora, toalla, y el termo que ya había llenado con ese cóctel preparado con esmero. Siempre le había interesado la farmacología. «Yo me voy a tomar tres pastillas al día. Ni una más», había declarado la tía Shelley en cierta ocasión. «Las que a ti te dé la gana, granuja.»

Cornelia empujó con fuerza, luego se valió de un golpe de la pala en redondo para hacer girar la canoa y poder ver el tejado de pizarra y los muros de piedra de su casa. No más que un pequeño lugar de granito, comprendió; nada fantástico, después de todo. Había cambiado una austeridad por otra, simplemente. Pensó en los tomates, y volvió a girar y a remar, borda derecha, izquierda, derecha... Luego, como si fuera su propia pasajera, levantó un respaldo y se acomodó contra él, y deslizó la pala debajo del asiento. Apuró el brebaje poco a poco, por temor al vómito.

Bebiendo a sorbos, sin pensar, se dejó llevar sobre un disco de cobalto bajo una cúpula aguamarina. Los abedules se doblaban en su honor, bajo la custodia de altos pinos. Contempló su cuerpo en toda su extensión. No se había puesto náuticos, solo sandalias, y sus diez dedos brillaban en rosa.

El manantial se encontraba en el centro del lago, que era casi circular. Normalmente un bote a la deriva avanzaría en esa dirección. Ese día, en cambio, la canoa obedeció ciertas instrucciones privadas. Viró hacia el este; gracias al sol poniente, que tenía a su espalda, a Cornelia le flamearon las uñas de los pies. Su nave se dirigía hacia la parte de la orilla densamente boscosa y deshabitada. Y ganaba velocidad. Cornelia pensó en desperezarse y salir de su letargo, coger la pala, recuperar el control; pero en vez de eso observó que la proa se abría paso confiada hacia los árboles y la tierra húmeda. Nunca alcanzaría la orilla, sin embargo, porque empezó a abrirse un abismo entre el lago y aquella tierra. Nadie había reparado nunca en ese abismo. Quizá hubiera surgido recientemente, una falla abierta hacía una semana o dos; quizá la orilla se hubiera separado del lago o el lago de la orilla; en cualquier caso, allí estaba: la fisura, la sima..., una caída de agua.

¡Una caída de agua! Y se dirigía directamente hacia ella. De pronto un ruido llegó a sus oídos..., un chapoteo, no un fragor; tentador, no amenazante; y aun así. Cuando la canoa pasó por el labio de la caída de agua, Cornelia se puso en pie, lo que nunca es fácil en una barca, más difícil ahora con las sustancias que formaban remolinos en sus venas. Se agarró a una rama que colgaba encima, y vio con moderada desesperación que su navío se inclinaba y caía a continuación despegándose de sus pies, arrastrando con él su cargamento: toalla, pala, binoculares, sombrero, y el termo casi vacío.

¿Y ahora qué? Se quedó allí colgada, manos, brazos, hombros, torso, desiguales piernas, los queridos y pequeños dedos de los pies. Miró hacia abajo. El abismo en el liso tejido del lago no se abría, después de todo, entre el agua y la orilla, sino entre el agua y el agua. Era un corte profundo y oscuro como ranura de buzón. Cayó por él.

Por la ranura cayó, suavemente y sin dolor. Le ondeaba el cabello. Tocó fondo muy por debajo de la superficie del agua, sobre un suelo musgoso. ¿Seguían en su sitio los dedos de los pies? Sí, y el pañuelo en el bolsillo de los vaqueros. Hacia ella avanzaba una pequeña multitud; algunos con ropa de fiesta, otros disfrazados.

–Cornailia –susurró su compañero de laboratorio de la facultad, nacido en Dublín. Qué bien había envejecido.

–Doctora Flitch –dijo la señora de la limpieza, resplandeciente con aquellas lentejuelas.

–¿Abuela? –dijo una niña.

–Cornelia –dijo un ciervo, o quizá era un antílope o una gacela. Se echó hacia atrás; los pies se le despegaron del suelo. Ahora estaba en horizontal. Iba tumbada sobre un animal por un pasillo, hacia una esquina; los tabiques curvados del corredor estaban pegajosos y eran rosas.

–Descansa, descansa –dijo el animal, al que no había visto, en cuyo lomo se apoyaba; un buey, tal vez, una especie de marido. Doblaron la esquina con dificultad (ella era demasiado larga, el buey demasiado grande), pero lo lograron; y entraron en una sala inundada de luz, una sala de bienvenida o deportación, mesas de caballetes repletas de papeles. Estaba de pie.

–Amigos –empezó.

–Chist –dijo alguien.

Había personas humildemente enganchadas a goteros colgados de las ramas de los pinos. Comían tomates y maíz dulce y jugaban al Scrabble. Algunos paseaban sin rumbo. Aquí mando yo, quiso decir. Yacía con un hombre emplumado.

–Connie, ¿no te acuerdas de mí?

El hombre le mostró el perfil derecho y luego el izquierdo. Ese ojo hinchado..., bueno, sí, pero en ese momento no recordaba su nombre. Volvía a estar de espaldas, las rodillas levantadas y separadas; ah, la expulsión final del parto. Julie... Estaba de pie, bailando con un rastrillo, que mantenía erecto con los puños ligeramente crispados. Los dientes del rastrillo le sonreían. Vio rodar el termo; lo cogió y apuró el contenido. Besó a cierta criatura de aliento caliente y desagradable.

–Soy una célula rebelde –le confesó la criatura.

Las garras de un paciente desesperado le arañaron el pecho. Luego el agua tibia y respirable la envolvió, y sintió una agradable laxitud.

Una ráfaga súbita de fluido más frío, y purgaron la sala de personas, aparatos, criaturas, animales. Desaparecieron todos menos la doctora Fitch. Se le secó la lengua de miedo. Y entonces la tía Shelley se adelantó arrastrando los pies, con su vieja bata, las medias caídas por debajo de las gordezuelas rodillas, un cigarrillo colgando de su boca color hígado. Cuánto les gustó siempre a Cornelia y a sus hermanas subirse a los gordos muslos de Shelley, con cuánta alegría hundían la nariz en su carne colgante. «Pillina», decía ella con una sonrisa. «Sinvergüenza.» No existía palabra de cariño mejor que los insultos de la tía Shelley, beso tan suave como el accidental roce de sus labios, aventura tan grata como la conquista de su regazo.

Un gatear ahora con dificultad, un embelesado acurrucarse. Se le cayó una sandalia. Arrugó la frente en la familiar blandura entre la mandíbula y el cuello.

–Quédate conmigo –susurró. Una punzada... ¿Remordimientos? ¿Reproches? Ah, piérdete. Era la dicha, ese abrazo compasivo y lleno de babas. La dicha, otra vez, después de seis secas décadas–. Quédate.

No podía durar. Y no quedó nadie, ni familiares, ni amigos, ni personas, ni animales, ni plantas, ni agua, ni aire. Pero Cornelia no estaba sola; estaba en compañía de una sustancia dura, semitransparente y zafiro; y mientras la observaba, la sustancia despidió unos destellos y se hizo añicos; y más añicos, y más, conservando sin embargo su forma poliédrica, siete caras exactamente... Cornelia examinó un trozo en la palma de la mano porque quería estar segura, y el trozo se hizo añicos en la línea de la vida. Más y más pequeños sus componentes, más y más numerosos. Expandiéndose luego, los añicos se convirtieron en túmulo de piedras, montículo de guijarros, montaña de arena, universo de polvo, conservando siempre su color azul, compuesto de turquesa y azul real y el blanco de los primeros dientes. Y la sustancia, más fina aún, la envolvió, la agitó, la levantó del suelo, la sacudió, la acarició, entró en sus orificios, la hizo girar y dar vueltas de campana, la pulió con sus granos. Se convirtió en lluvia fina, en minúsculo rocío, y la elevó por los aires; se adensó en una espiral que la recogió al caer. Cornelia se hizo un ovillo y quedó inmóvil. Tranquila no, no; porque no era presa de una calma poética. Lo había entregado todo. Estaba en otra parte.

Transcurrido un tiempo su colega se acercó remando hasta el centro del lago. Llevaba una hora contemplando la canoa a la deriva. Los asuntos de cada uno son los asuntos de cada uno. Comprobó que su vecina estaba muerta. Ató la proa de la canoa a la popa de su bote y la remolcó hasta la orilla.

ÍNDICE